Corina Bomann

STERN-
STUNDE

DIE SCHWESTERN VOM WALDFRIEDE

ROMAN

PENGUIN VERLAG

Sollte diese Publikation Links auf Webseiten Dritter enthalten,
so übernehmen wir für deren Inhalte keine Haftung,
da wir uns diese nicht zu eigen machen, sondern lediglich
auf deren Stand zum Zeitpunkt der Erstveröffentlichung verweisen.

MIX
Papier aus verantwortungsvollen Quellen
FSC® C014496
FSC www.fsc.org

Klimaneutral*
Druckprodukt
ClimatePartner.com/14044-1912-1001

Penguin Random House Verlagsgruppe FSC® N001967

1. Auflage 2021

Neumarkter Straße 28, 81673 München
Umschlag: bürosüd GmbH
Umschlagmotiv: Magdalena Russocka, Natasza Fiedotjew / Trevillion Images;
buerosued.de
Redaktion: Kristina Lake-Zapp
Karte: Peter Palm
Satz: GGP Media GmbH, Pößneck
Druck und Bindung: GGP Media GmbH, Pößneck
Printed in Germany
ISBN 978-3-328-60205-7
www.penguin-verlag.de

Für alle heilenden und helfenden Hände des Waldfriede,
früher wie heute.

Die Autorin hat im vorliegenden Roman tatsächliche Ereignisse aufgegriffen, die sich in einer bestimmten Gegend zu einer bestimmten Zeit abspielten. Zahlreiche tatsächliche Abläufe und handelnde Personen sind verändert, ergänzt und in ihren Verschränkungen sämtlich romanhaft gestaltet.

Dieser Roman ist also ein Werk der Fantasie, in dem Fakten und Fiktion, Geschehenes wie Erfundenes, eine untrennbare künstlerisch verfremdete Einheit bilden.

Prolog

Es war einer der wärmsten Tage des Sommers 1916, als sie auf den See hinausfuhren. Die Luft flirrte vor Hitze, und Libellen huschten über das Wasser hinweg, auf der Suche nach Beute.

Mit ruhigen, kräftigen Zügen ruderte Martin, während Hanna am anderen Ende des Bootes lag und die linke Hand nach den Wellen ausstreckte. Ihre Fingerspitzen berührten sachte die Wasseroberfläche, ihr Blick verlor sich in den feinen, glitzernden Wellenlinien, die sich schließlich mit dem Fahrwasser des Bootes vermischten.

Der Ruf eines Kuckucks drang aus der Ferne zu ihnen herüber. Wie hatte Hannas Großmutter immer gesagt? *Am Morgen Sorgenkuckuck, am Mittag Trauerkuckuck und am Abend Glückskuckuck.*

Die Mittagsstunde war vorbei, aber der Abend noch fern. Trauer war es allerdings nicht, was sie in diesem Augenblick fühlte. Sie hätte für alle Zeiten hier verharren können, zusammen mit dem Mann, den sie mehr liebte als ihr eigenes Leben.

Nach einer Weile ließ Martin die Ruder los, und das Boot kam zum Stehen. Sanft schaukelte es auf dem Wasser.

Hanna schaute zu ihrem Verlobten. Wie immer, wenn sie sein Gesicht betrachtete, strömte ein warmes Gefühl der Geborgenheit durch ihre Brust. Wie ein Prinz aus dem Märchen wirkte er mit seinem rotblonden Haar, das von goldenen Strähnen durchzogen war. Seine Augen, grün wie Smaragde, funkelten, und seine sinnlich geschwungenen Lippen waren zu einem Lächeln verzogen. In seinem leicht offenen weißen Hemd, dessen Ärmel über die muskulösen Unterarme hochgekrempelt waren, strahlte er geradezu im Sonnenlicht.

»Wollen wir nicht weiterfahren?«, fragte sie, während sie zu ihm hinüberglitt.

»Nein«, antwortete er mit einem schelmischen Funkeln in den Augenwinkeln. »Hier habe ich dich endlich ganz für mich.« Er legte den Arm um sie und küsste sie. Als sie den Kopf auf seine Brust bettete, hörte sie den kraftvollen Schlag seines Herzens. Seine Wärme umfing sie, und wie immer, wenn sie bei ihm war, konnte sie die schwere Arbeit und das Leid der Patienten hinter sich lassen, mit dem sie tagtäglich konfrontiert war.

Die Arbeit im Sanatorium Friedensau war ihre Bestimmung, aber manchmal träumte sie davon, die Tage einfach nur mit Martin zu verbringen, auf einer einsamen Insel oder so wie jetzt in einem kleinen Boot.

Eine Weile verharrten sie schweigend, lauschten dem Wind, der die Bäume am Ufer zum Rascheln brachte, und sogen die von Heu- und Blütenduft geschwängerte Sommerluft in ihre Lungen.

Als sich eine Wolke über die Sonne schob, fiel ein Schatten auf das kleine Boot. Vielleicht ist es doch der Ruf des Trauerkuckucks, dachte Hanna.

»Wann musst du gehen?«, fragte sie leise. Sie sah ihn an und ließ eine Hand zwischen die Knopfleiste des Hemdes gleiten, unter den Stoff, wo sie seine Haut und seine Brusthaare spürte.

Der Einberufungsbefehl lag bereits ein paar Wochen zurück. Als Adventist hatte Martin aus moralischen Gründen den Dienst an der Waffe verweigert, doch es hatte ihm nichts genützt. Der Brief, der ihm den Termin seiner Abreise mitteilte, war gestern Abend bei ihm eingetroffen.

»Schon am Montag«, gab er zurück.

Montag. Dann hatten sie nur noch diesen Nachmittag und den morgigen Sonntag für sich. Viel zu wenig Zeit.

»Musst du denn wirklich gehen?« Hanna spürte, wie sich die Angst in ihre Brust krallte wie ein klauenbewehrtes Ungeheuer. »Wenn du nun nicht am Bahnhof erscheinen würdest …«

»Dann würde man mich sofort vors Kriegsgericht stellen und wahrscheinlich erschießen.« Martin seufzte schwer. Sie wusste um seine Angst, auch wenn er versuchte, vor ihr den Tapferen zu spielen. »Es ist nur der Sanitätsdienst. Mit den Kämpfen habe ich nichts zu tun.«

Hanna bezweifelte das. Auch Feldlazarette waren nicht gegen Angriffe gefeit. Es galt zwar als verabscheuungswürdig, sie anzugreifen, aber im Laufe des Krieges, der nun schon zwei Jahre wütete, waren bereits so viele abscheuliche Dinge geschehen, dass auch das nicht mehr ausgeschlossen war. An der Front gab es keine Sicherheit.

»Du musst mir versprechen, dass du gut auf dich achtgibst.« Hannas Blick wurde dringlich. »Wenn dir etwas zustößt, kann ich nicht weiterleben.«

Er zog sie an sich und gab ihr einen Kuss. »Ich werde auf mich aufpassen, das verspreche ich dir. Und du gib acht auf dich. Nicht dass du dir einen anderen suchst.«

Hanna versetzte ihm einen Knuff gegen die Brust. »Du weißt, dass ich keinen anderen lieben kann. Ich liebe nur dich, Martin Bergau, nur dich!«

»Und ich liebe dich!« Martin lächelte und küsste sie erneut, diesmal leidenschaftlicher denn je. Eine nie gekannte Begierde wallte in Hanna auf. Sie hatte sie schon des Öfteren verspürt, wenn sie mit Martin zusammen war, doch sie hatten ihr nicht nachgeben können, weil ihnen ihr Glaube vorgab, bis zur Hochzeitsnacht damit zu warten.

»Die Zeit wird vergehen wie nichts«, sagte er, als er sich von ihr gelöst hatte. »Und vielleicht ist der Krieg schon in einigen Monaten vorbei.«

Hanna spürte, wie Tränen in ihre Augen stiegen. »Ich wünschte, das wäre er bereits«, sagte sie. »Dann könnten wir endlich heiraten und …« Er verschloss ihren Mund mit seinen Lippen und streichelte mit den Fingerspitzen ihre Wange.

»Wenn ich wiederkomme, gehen wir zu Pastor Schubert. Sofort. Er wird uns sicher trauen.«

Hanna wusste, dass sie etwas erwidern sollte, doch auf einmal war sie wie gelähmt, starr, brachte kein einziges Wort heraus. »Hast du gehört, Hanna?«, fragte er. Seine Augen weiteten sich, als würde er etwas Furchterregendes sehen.

»Hanna!«, rief er, packte ihre Arme und rüttelte sie. »Hanna!«

»Hanna!«

Das Bild von Martin, dem See und dem Sonnenlicht wurde von Dunkelheit verschluckt. Nur die Stimme blieb, aber es war nicht mehr seine Stimme, die nach ihr rief. Ein Traum, dachte Hanna. Es war nur ein Traum.

Im nächsten Augenblick spürte sie, dass jemand heftig an ihrer Schulter rüttelte.

»Hanna, wach auf!«, drängte die Stimme, die einer Frau gehörte.

Hanna zwang sich, die Augen zu öffnen. Noch immer war es dunkel, bis auf den kleinen Lichtpunkt, der über ihrem Gesicht schaukelte.

»Was ist los?«, fragte sie schlaftrunken und versuchte, die bleierne Schwere ihrer Lider abzuschütteln.

»Sie haben Martin gebracht!«

Die Erwähnung seines Namens ließ den Schlaf von ihr abfallen.

»Martin?«, fragte sie ungläubig.

»Ja. Ein Transport mit Verletzten ist angekommen. Martin ist darunter.«

Verletzte? Hanna schoss in die Höhe. Martin war verletzt? Das konnte nicht sein!

Rasch sprang sie aus dem Bett. Jetzt erkannte sie, dass es Schwester Christel war, die sie geweckt hatte. Sie trug ein dickes Wolltuch über ihrem Schwesternkleid. Hanna erinnerte sich, dass sie zum Nachtdienst eingeteilt worden war.

Seit der Krieg immer schlimmer wurde und die Front sich nach Belgien verlagert hatte, kamen manchmal auch nachts Patienten zu ihnen, Soldaten, die während der Kampfhandlungen verletzt wurden.

Die Erstversorgung erfolgte natürlich in den Feldlazaretten, doch sobald die Soldaten transportfähig waren, wurden sie in andere Häuser gebracht, um gänzlich zu genesen.

Hanna betete täglich dafür, dass die erlösende Nachricht vom Kriegsende bald eintreffen und Martin zurückkehren würde.

Hatte Gott sie endlich erhört?

Hastig schlüpfte Hanna in ihr blau-weiß gestreiftes Schwesternkleid und zog ihre Stiefeletten an. Ihre Gedanken rasten. Martin verletzt … Was war passiert? Hatte ihn eine Kugel getroffen? Oder gar Schlimmeres?

Sie verzichtete darauf, sich die Schwesternhaube aufzusetzen, und stürmte aus dem Raum. Christel folgte ihr.

Das Schwesternheim lag ein Stück vom Sanatorium entfernt. Draußen fiel ihr Blick auf einen Lastwagen, ein schattenhaftes Ungetüm im Lichtschein der Sanatoriumsfenster. Männer waren dabei, Kameraden von der Ladefläche zu helfen.

Hannas Herz begann zu rasen. Die freudige Aussicht, Martin wiederzusehen, rang in ihrer Brust mit der Furcht vor dem, was ihm geschehen war.

Möglicherweise würde die Verletzung dafür sorgen, dass er nicht mehr zurück an die Front musste. Und was wäre schon dabei, wenn er Narben davontrug? Sie würde ihn immer lieben!

Als sie stehen blieb, um einen der Soldaten nach Martin zu fragen, hörte sie Schwester Christel rufen: »Er ist schon drinnen!«

Hanna zuckte zusammen. Sie hatte ganz vergessen, dass ihre Kollegin hinter ihr war. Mit gerafften Röcken rannte sie die Treppe hinauf. Sogleich huschte ihr Blick über die Gesichter der Männer, die im Foyer saßen. Einige hatten Kopfverbände, anderen waren Arme oder Beine amputiert worden. Ein Mann hatte ein Auge verloren, das andere blickte leer durch sie hindurch.

Martin war nicht unter ihnen.

»Komm mit!« Schwester Christel fasste sie am Arm und zog sie zu den Krankenzimmern.

»Wie schlimm ist es?« Die Worte wollten kaum über Hannas Lippen kommen.

»Das siehst du gleich«, sagte Christel. Der Blick, den sie ihr zuwarf, verhieß nichts Gutes. Sie drückte Hannas Arm und eilte weiter.

Die Tür des Krankenzimmers stand offen. Dr. Erich Meyer, der Leiter der Klinik, und ein Pfleger standen vor einem Bett. Darauf lag ein Mann, der sowohl den linken Arm als auch das linke Bein verloren hatte. Die Stümpfe waren mit dicken Verbänden versehen. Die Gesichtszüge des Patienten waren schmerzverzerrt, seine Augen geschlossen.

Nein, das war nicht ihr rotblonder Prinz mit den starken Armen und dem wunderbaren Lächeln!

Hannas Kehle schnürte sich zu, und für einen Moment vermochte sie kaum das Zimmer zu betreten. Dann richtete der Verletzte den Blick auf sie. Seine Augen leuchteten auf, sein Mund, der ihr ganz anders vorkam als sonst, verzog sich zu einem Lächeln.

»Hanna!«, brachte er krächzend hervor. »Meine Hanna!«

Die Stimme war immerhin geblieben. Tränen schossen ihr in die Augen. Sie wusste nicht, was sie tun sollte, wusste nur, dass es tatsächlich Martin war, der da vor ihr lag. Ihr Magen krampfte sich zusammen, und der bittere Geschmack nach Galle füllte ihren Mund.

Martin streckte die rechte Hand aus. Sie sah vollständig aus, war aber ebenfalls dick verbunden. »Hanna, komm zu mir, damit ich dich richtig sehen kann.«

Hanna rang die Übelkeit und das Entsetzen nieder und machte einen Schritt nach vorn. Der Pfleger, der damit beschäftigt war, ihn zu betten, trat beiseite, und auch Dr. Meyer nickte ihr zu und wandte sich ab.

Als sie ihren Verlobten von Nahem sah, schnappte sie entsetzt nach Luft. Er war offenbar nicht zum ersten Mal verletzt worden. Neben den frischen Blessuren hatte er noch einige andere davongetragen, die inzwischen vernarbt waren. Mehrere Schnitte hatten die Unterlippe geteilt und verliehen seinem Mund einen grotesken Ausdruck.

Zitternd streckte nun auch sie die Hand aus, die Martin ergriff und mit unvermuteter Kraft an seine Lippen zog.

»Ich habe dich so vermisst, mein Liebling«, flüsterte er.

Ein Schauer überlief Hanna. Sie liebte Martin, ja, aber ihn so zu sehen, übertraf ihre schlimmsten Befürchtungen.

Eine Träne rollte über ihr Gesicht. »Ich dich auch«, gab sie zurück. »Um Himmels willen, was ist nur mit dir passiert?«

»Beim Abtransport der Verletzten gab es einen weiteren Angriff«, erklärte Dr. Meyer mit leiser Stimme. »Granaten gingen auf die Sanitäter nieder, die Splitter haben das Bein und den Arm so stark zerfetzt, dass sie amputiert werden mussten.«

Martin nickte matt. Sein Blick wanderte zu den Stümpfen. »Ich erinnere mich nur an einen grellen Blitz. Als ich wieder zu mir kam, war bloß noch die Hälfte da.«

Hanna presste die freie Hand auf den Mund. Schluchzer würgten sie, doch sie wollte vor Martin unbedingt die Fassung bewahren. Er war hier, war wieder zu Hause. Nichts anderes zählte.

»Vielleicht sollten wir Sie eine Weile allein lassen«, schlug Dr. Meyer vor und bedeutete dem Pfleger, mitzukommen. »Wenn etwas ist, wir sind nebenan.«

Am liebsten hätte Hanna den Arzt gebeten, dazubleiben, so erschrocken war sie über Martins Zustand.

»Ich dachte schon, dass dieser Tag nie kommen würde«, sagte Martin, als die beiden Männer draußen waren. Auch in seinen Augen glitzerten nun Tränen. »Deine Briefe waren das Einzige, an das ich mich klammern konnte. Ich habe so sehr darauf gehofft, endlich nach Hause zu können.«

»Jetzt bist du hier«, sagte Hanna und schluckte die Tränen hinunter. Noch immer wusste sie nicht so recht, was sie tun sollte. Hätte er lediglich einen Verband oder eine Krücke gehabt, wäre sie glücklich gewesen und hätte ihn überschwänglich geküsst. Doch nun empfand sie Ekel und auch ein wenig Angst, dass er wie Glas zerbrechen würde, wenn sie ihn berührte.

»Endlich können wir heiraten!«

Hanna spürte, wie sich etwas in ihr zusammenzog. »Du solltest erst einmal richtig gesund werden«, gab sie vorsichtig zurück. »Ich glaube nicht, dass der Pastor dir erlaubt, so vor den Altar zu treten.«

»Das wird ihm egal sein. Einem verletzten Soldaten wird er den Wunsch, endlich mit seiner Liebe verbunden zu sein, nicht abschlagen, oder?«

Hanna zögerte. Ihr Martin, ein friedlicher Mann, der nicht einmal eine Waffe in die Hand hatte nehmen wollen, war von Granaten zerfetzt worden und würde nie wieder der Alte sein. Das Letzte, woran sie jetzt denken wollte, war die Hochzeit.

»Du willst mich doch noch, oder?« Ein flehender Ausdruck trat auf sein Gesicht.

»Natürlich will ich dich!«, entgegnete sie und schämte sich ihrer Gedanken. Das schlechte Gewissen brachte sie schließlich dazu, sich über ihn zu beugen und ihn zu küssen. Wenn sie die Augen schloss, war es wie früher. Seine Lippen waren zwar etwas rissig, fühlten sich aber immer noch warm an. Doch als sie die Augen wieder öffnete und ihn ansah, kehrte die Realität zurück.

»Ich werde den Pastor fragen«, versprach sie. »Aber jetzt musst du dich ein wenig erholen. Ich werde schon dafür sorgen, dass du …« Sie stockte, als ihr klar wurde, welche Worte ihr auf der Zunge lagen. *Dass du wieder auf die Beine kommst.* Doch das würde er nicht mehr, er würde nie wieder auf die Beine kommen. Bestenfalls in einen Rollstuhl. Die Tränen konnte sie nun nicht mehr aufhalten.

»In deiner Nähe werde ich ganz schnell wieder gesund«, versicherte ihr Martin und wischte ihr mit der verbundenen Hand vorsichtig über die Wangen. Hanna fragte sich, ob er ihr ihre Gedanken ansehen konnte. »Aber in der Werkstatt wirst du mir jetzt wohl zur Hand gehen müssen.«

»Das tue ich doch ohnehin schon«, gab Hanna zurück und schniefte. »Es macht mir nichts aus, das weißt du doch.«

Martin nickte und befeuchtete kurz mit der Zunge seine Lippen. »Du würdest eine gute Hausmeisterin abgeben bei deinem Technikverständnis. Ich habe schon immer gesagt …«

Plötzlich ging ein Ruck durch seinen Körper. Er griff sich an den Hals und bäumte sich auf.

»Was ist mit dir?«, fragte Hanna ängstlich und umklammerte Martins Hand.

Er riss die Augen weit auf und rang krampfhaft nach Atem.

»Dr. Meyer!« Ihre Stimme wurde schrill. »Dr. Meyer, kommen Sie schnell!«

Der Arzt kam angelaufen, gefolgt von dem Pfleger, der ihn begleitet hatte. Entgegen seiner sonst so ruhigen Art wirkte seine Miene auf einmal angespannt.

»Er bekommt keine Luft mehr!«, stieß Hanna angsterfüllt hervor.

»Lungenembolie!«, hörte sie den Doktor sagen, dann wandte er sich an Hanna. »Bitte verlassen Sie das Zimmer!«

»Aber ich möchte bei ihm sein!«, widersprach sie. »Ich *muss* bei ihm sein!« Sie begann zu schluchzen, doch da spürte sie auch schon die kräftigen Arme des Pflegers auf ihren Schultern, die sie zur Tür hinausschoben.

»Lass mich los!«, schrie sie und versuchte, zurück ins Zimmer zu gelangen. »Ich muss zu ihm! Ich muss zu ihm!«

Der Pfleger zog sie mit sich durch den Gang und drückte sie auf eine der Wartebänke vor der Station.

»Hanna!«, sagte er und sah ihr fest in die Augen. »Du kannst jetzt nicht bei ihm sein!«

»Aber jemand muss Dr. Meyer assistieren!«

»Das mache ich. Lass den Doktor seine Arbeit machen und beruhige dich. Ich sage dir Bescheid, wenn du wieder zu ihm kannst.«

Alles in Hanna schrie danach, sich loszureißen und zu Martin zu stürmen, aber natürlich hatte der Pfleger recht. Wenn Dr. Meyer seine Arbeit gut machen wollte, brauchte er keine weinende Schwester im Raum.

Sie nickte und sackte auf der Bank in sich zusammen. Der Pfleger eilte zurück ins Krankenzimmer. Für eine ganze Weile konnte sie nichts anderes tun, als mit leerem Blick an die Wand gegenüber zu starren. Das Ticken der Stationsuhr wurde übertönt von allen möglichen

Geräuschen, doch Hanna sah, wie der Zeiger unerbittlich weiterrückte. Drei Minuten vergingen, fünf, dann zehn. Schwestern eilten an ihr vorbei, Patienten wurden an ihr vorübergeschoben oder humpelten an Krücken den Gang entlang. Hin und wieder öffnete sich die Stationstür, doch Hanna hatte kaum noch Kraft, aufzublicken. Ihr Bauch und ihre Brust schmerzten vor Angst.

Lungenembolie, hatte Dr. Meyer gesagt. Hanna wusste, dass es Lebensgefahr bedeutete, wenn sich ein Blutgerinnsel löste und in die Lungenarterien wanderte. Aber das konnte nicht sein. Martin war immer gesund gewesen …

Als die Zeiger der Uhr auf kurz vor eins gerückt waren, öffnete sich die Stationstür erneut, und Dr. Meyer erschien. Er wirkte abgekämpft, sein Körper leicht gebeugt. Auf seinem Kittel prangten gelblich rote Flecke.

Hanna sprang auf. »Kann ich zu ihm? Geht es ihm besser?«

Dr. Meyer senkte den Kopf. Es fiel ihm sichtlich schwer, die richtigen Worte zu finden.

»Es tut mir wirklich leid, ich … ich konnte nichts mehr für ihn tun.«

Die Worte waren wie Regentropfen, die vor Hanna auf den Boden fielen, während sie unter einem Vordach stand. Sie erreichten sie nicht wirklich, obwohl sie wusste, dass sie da waren.

Ungläubig schüttelte sie den Kopf. »Das ist nicht möglich. Ich … ich habe ihn gesehen, er war doch auf dem Weg der Genesung!«

»Das ist richtig, aber bei Thromben ist das so eine Sache. Er hat lange gelegen, und der Transport war alles andere als bequem …«

»Ich will ihn sehen!«, fiel sie ihm ins Wort und ballte entschlossen die Fäuste. Dr. Meyer hatte sie nie belogen, dennoch glaubte sie ihm kein Wort.

Der Arzt senkte den Kopf und trat beiseite. Hanna stürzte durch die Stationstür und rannte zu Martins Zimmer.

Er lag auf dem Bett ausgestreckt, das Krankenhemd war von seiner Brust gerissen. Jetzt sah sie, dass er auch auf dem Rest seines Körpers Verletzungen und Narben hatte.

»Martin!«, rief sie, doch er regte sich nicht. Eine Spur blutigen Schaums klebte an seinem Kinn und den blau unterlaufenen Lippen. Seine grünen Augen starrten leblos an die Decke, verblasst wie zwei welke Blätter.

»Schwester Hanna, tun Sie sich das nicht an«, hörte sie Dr. Meyer hinter sich sagen. Doch es war zu spät. Der Anblick brannte sich ihr unauslöschlich ins Gedächtnis ein.

Und plötzlich war es, als würde sich ein tonnenschweres Gewicht auf ihre Brust senken. Ein klagender Laut entfuhr ihr. Hastig schlug sie die Hand auf den Mund, um ihn zu ersticken. Ihre Knie wurden weich, während sich der Rest ihres Körpers verkrampfte. Wie eine Ertrinkende schnappte sie nach Luft.

»Schwester Hanna?«, hörte sie die sorgenvolle Stimme von Dr. Meyer, doch alles wirkte auf einmal weit weg. Ihr Gesichtsfeld zog sich langsam zusammen, die Welt verschwamm an den Rändern. Ihr Herz pochte wie wild, ihr ganzer Körper begann zu zittern. Sie spürte, wie ihre Beine nachgaben. Jetzt sterbe ich, dachte sie, dann wurde ihr schwarz vor Augen.

Erster Teil

»Es war der 29. Dezember 1919, ein kalter Wintertag, an dem Dr. Conradi und seine Gattin nebst Bruder H. F. Schubert, Bruder Stahl und Schwester Maria Kuch im ›Waldsanatorium‹ in Berlin-Zehlendorf-West anlangten, um das Haus für die Gemeinschaft der Siebenten-Tags-Adventisten zu übernehmen, das nunmehr den Namen ›Sanatorium und Klinik Waldfriede‹ tragen sollte.«

»Ergab die oberflächliche Besichtigung des Sanatoriums auch ein leidlich befriedigendes Ergebnis, so stellte sich doch bald heraus, dass die Anstalt, die während des Krieges als Lazarett gedient hatte, stark verwohnt war und einer gründlichen Überholung bedurfte.«

(Chronik des Krankenhauses Waldfriede, 1920)

»Ja, selbst als der Kaufvertrag bereits unterzeichnet war, drohten Intrigen aller Art und selbst Beschlagnahme durch Behörden zur Unterbringung von Flüchtlingen. Es war, als ob sich alles gegen das Zustandekommen der in Aussicht genommenen Anstalt für unsere Gemeinschaft verschworen hatte …«

(Aus den Erinnerungen von Dr. Louis Eugene Conradi, 1920)

1. Kapitel

Friedensau, 1. Dezember 1919

Seit einer halben Stunde berieten sie nun schon. Unruhig rutschte Hanna auf dem Stuhl herum. Sie war sich nicht sicher, was sie hier sollte, fürchtete jedoch, dass der Grund, aus dem die Oberin noch immer mit Dr. Meyer zusammensaß, kein guter war.

Wahrscheinlich wollen sie mich entlassen oder zumindest versetzen, dachte sie und rieb sich bang die Hände. In ihrem Magen wühlte die Angst, ihre Füße waren kalt. Kein Wunder bei dem eisigen Wind, der durch den Gang wehte. Aber es waren nicht allein die Temperaturen, die sie erschauern ließen.

Seit jener schrecklichen Nacht, in der Martin gestorben war, fiel es ihr immer schwerer, Patienten zu pflegen. Eine Zeit lang hatte sie es auf ihre Trauer geschoben, doch selbst als ein Jahr herum war, blieb ein Schatten in ihr, der ihre Arbeit mehr und mehr trübte. Handgriffe, die ihr früher nichts ausgemacht hatten, wurden mit jedem Tag zu einer immer größeren Belastung.

Seit Kriegsende war Friedensau kein Lazarett mehr, sondern nur noch ein reines Sanatorium. Das bewahrte sie allerdings nicht davor, sich weiterhin um an Leib und Seele versehrte Männer kümmern zu müssen.

Als sie eines Tages an das Bett eines Soldaten trat, dem man Erholung in ihrem Haus verordnet hatte, tauchte plötzlich wieder Martin vor ihrem inneren Auge auf, wie er verstümmelt und nach Luft ringend im Krankenbett lag.

Der Patient hatte nicht einmal Ähnlichkeit mit ihrem Verlobten, trotzdem begann ihr Herz zu rasen, und sie bekam Atemnot. Ihre Ohren rauschten, dann fiel sie, genau wie in Martins Todesnacht, an seinem Krankenbett in Ohnmacht.

In der darauffolgenden Zeit häuften sich Vorfälle wie dieser. Dr. Meyer hatte sie untersucht und kein körperliches Leiden gefunden, doch am Tag danach war sie wieder zusammengebrochen, als sie sich um den Soldaten kümmern sollte.

Die Oberin sprach von Hysterie, Dr. Meyer erkannte, dass ihre Seele unter dem Trauma des Verlusts litt. Ihm war es zu verdanken, dass sie von den Versehrten ferngehalten wurde.

Doch konnte das auf Dauer so weitergehen? Was taugte eine Krankenschwester, die nicht jeden Kranken pflegen konnte? Manche Kolleginnen tuschelten bereits hinter ihrem Rücken und behaupteten, dass sie sich nur vor der Arbeit mit den Soldaten drücken wollte.

Ihre einzige Stütze war ihre jüngere Schwester Leni, die sie an schwierigen Tagen in den Arm nahm und tröstete. Mit Leni konnte sie über ihre Ängste reden, ohne fürchten zu müssen, dass sie sie für verrückt hielt.

Weitere Minuten verstrichen. Schließlich hielt Hanna es nicht länger aus, stand auf und schlich zur Tür. Kurz vergewisserte sie sich, dass niemand in der Nähe war, dann drückte sie das Ohr ans Holz.

»Sind Sie sicher?«, fragte die Oberin gerade. »Sie wird auch in Ihrem Haus mit Versehrten zu tun bekommen. Was, wenn sie auch vor ihnen zurückschreckt?«

Hanna biss sich auf die Lippe. Genau das hatte sie befürchtet. Doch was bedeutete »in Ihrem Haus«?

Was Dr. Meyer entgegnete, verstand sie nicht. Er redete stets sehr leise, und man musste gut aufpassen, wenn er eine Anweisung gab.

»Dann holen Sie sie mal herein«, vernahm sie eine dunkle Stimme, die nicht Dr. Meyer gehörte.

Eilig zog sich Hanna zurück und setzte sich wieder auf den Stuhl gegenüber der Tür. Im nächsten Augenblick erschien Oberin Sickesz' Gesicht im Türspalt. Ihre Züge waren hart, ihre Augen wachsam und ihr Verstand so scharf wie die gefalteten Kanten ihrer Haube, die auf dem grau melierten Haar saß.

»Du kannst reinkommen, Hanna«, sagte sie streng und öffnete die Tür.

Hanna stand auf, straffte die Schultern, strich ihre Schürze glatt und trat ein.

»Guten Morgen«, grüßte sie und machte einen kleinen Knicks.

Dr. Meyer brummte etwas und nickte. Im Sessel neben ihm sah sie Dr. Conradi.

»Guten Tag, Schwester Hanna«, sagte er, erhob sich und streckte ihr die Hand entgegen. »Ich freue mich, Sie zu sehen.«

Sie war ein paarmal an ihm vorbeigelaufen, wenn er im Operationssaal zu tun hatte. Er war Mitte dreißig, hatte braunes Haar und überragte sie um gut einen Kopf. Der Schnurrbart über seinen vollen Lippen stand ihm hervorragend. Seine braunen Augen blickten sie überraschend herzlich an.

»Ich mich auch«, gab sie zögerlich zurück und wunderte sich darüber, dass er sie bei den wenigen Begegnungen überhaupt wahrgenommen hatte. Schließlich war sie nur eine Schwester von vielen.

»Setz dich«, sagte die Oberin.

Hanna nahm auf dem zweiten Sessel vor dem Schreibtisch Platz und faltete sittsam die Hände im Schoß. Mittlerweile fühlten sie sich wie Eiszapfen an. Wie peinlich zu wissen, was die Oberin Dr. Conradi alles über sie erzählt hatte!

Erst jetzt bemerkte sie, dass der jüngere Arzt einige Papiere vor sich liegen hatte. Hanna erkannte ihren Namen und wusste, dass es sich um ihre Akte handelte, in die all ihre Verdienste, aber auch all ihre Verfehlungen eingetragen wurden.

»Sie stammen aus Magdeburg?«, begann Dr. Conradi. »Geboren am 10. Juli 1895.«

Hanna nickte.

»Seit wann sind Sie in Friedensau?«

Das hätte er eigentlich meiner Akte entnehmen können, ging es ihr durch den Sinn, doch laut antwortete sie: »Seit 1913.«

»Dann sind Sie hier ausgebildet worden?«

»Ja, Herr Doktor.« Hannas Gedanken wanderten kurz zurück zu ihrem ersten Tag im Sanatorium. Als Stadtkind war ihr die Gegend ein wenig karg und trübe vorgekommen, doch nach einer Weile hatte sie die Vorzüge ländlicher Ruhe zu schätzen gelernt.

Und da war Martin gewesen. Ein Jahr jünger als sie, aber bereits groß und breitschultrig wie sein Vater. Sie hatte in ihm zunächst nur den Hausmeistersohn gesehen. Zwei Jahre später hatte er begonnen, sie vorsichtig zu umwerben.

Zu Kriegsbeginn hatte er nicht zu den Leichtsinnigen gehört, die mit wehenden Fahnen für den Kaiser in den Krieg gezogen waren. Aber dann, im Jahr 1916, hatte man ihn eingezogen.

Hanna schloss kurz die Augen, um den Gedanken zu vertreiben. Als sie sie wieder öffnete, warf Dr. Conradi gerade einen Blick auf die Papiere, dann sah er sie erneut an und sagte: »Ich habe gehört, Sie interessieren sich für Technik.«

Hanna wurde rot und blickte zu Dr. Meyer. Der saß mit vor der Brust verschränkten Armen da, ohne eine Miene zu verziehen.

»Mein … mein Verlobter war der Sohn des Hausmeisters. Er hat seinem Vater in der Werkstatt geholfen und mir ein paar Dinge gezeigt …« Sie brach ab, überlegte kurz, dann fügte sie hinzu: »Aber ja, ich interessiere mich für Technik.«

»Sie hat manchmal kleine Reparaturen in den Patientenzimmern vorgenommen, wenn der Hausmeister nicht abkömmlich war«, brachte die Oberin an.

Das war damals, als Martin fort war und seinen kränkelnden Vater nicht mehr unterstützen konnte. Wilhelm Bergau hatte der Tod seines Sohnes derart mitgenommen, dass sich seine Krankheit rapide verschlechterte und er ihm nur drei Monate später ins Grab folgte.

Dr. Conradi lächelte sie an. »Sie haben vielleicht schon gehört, dass wir ein Krankenhaus gekauft haben. In Zehlendorf, das liegt in der Nähe von Berlin.«

Hanna hatte von dem neuen Krankenhaus gehört. Aufgrund seiner Lage nahe der Hauptstadt würde es dem Sanatorium in Friedensau gewiss den Rang ablaufen.

»Wären Sie denn interessiert, zu uns zu kommen?«, fragte Dr. Conradi. »Wir benötigen eine Schwester, die sich nicht vor technischen Geräten scheut«, führte er weiter aus. »Würden Sie einen Röntgenkurs belegen?«

Aus einem ersten Impuls heraus hätte Hanna beinahe abgelehnt.

»Diese Strahlen sind gefährlich«, hatte eine ältere Schwester behauptet. »Möglicherweise kann man dann keine Kinder mehr bekommen.«

Welche Kinder?, dachte Hanna bitter. Martin ist tot, und ich werde nie heiraten. Da ist es wohl egal. Außerdem wäre das die Gelegenheit, den Blicken und dem Getuschel zu entfliehen.

Sie blickte in Dr. Conradis erwartungsvolles Gesicht.

»Sie werden nicht nur für die Aufnahmen bei den Patienten zuständig sein«, erklärte dieser, »Sie müssen auch die Filme entwickeln und zudem leichte Schlosserarbeiten übernehmen. Fühlen Sie sich dem gewachsen?«

Hanna zögerte. Mit Dr. Conradis Angebot tat sich eine große Chance für sie auf. Röntgenapparat, Schlosserarbeiten ... das klang gut. Dann brauchte sie nicht mehr an die Betten zu treten, nicht mehr die Stümpfe der Verstümmelten einzureiben. Nicht mehr das Schreien der körperlich und seelisch versehrten Männer zu hören ...

»Sie dürfen natürlich eine Weile überlegen«, fuhr Conradi fort. »Wenn Sie sich dafür entscheiden, für mich zu arbeiten, müssten Sie spätestens Anfang Februar in Zehlendorf anfangen.«

Hanna blickte zu Dr. Meyer und Oberin Sickesz. Die Miene der Oberin war unbewegt, auch Dr. Meyer hatte seine Haltung nicht verändert.

Dr. Conradi lächelte sie freundlich an. Er wirkte so viel angenehmer als jeder andere Arzt, mit dem sie es bisher zu tun hatte. Sie erwiderte sein Lächeln und antwortete entschlossen: »Ich brauche keine Bedenkzeit. Ich sage Ihnen zu. Und ich belege auch gern den Röntgenkurs.«

***

Eine halbe Stunde nach dem Gespräch im Sanatorium machte sich Louis Conradi auf den Weg zum Magdeburger Bahnhof. Er hatte die Einladung von Dr. Meyer zum Mittagessen ausgeschlagen, denn er musste unbedingt seinen Zug nach Berlin erwischen.

Der Fahrer des Sanatoriums lenkte das hauseigene Automobil auf einem holprigen Feldweg an der alten Klappermühle vorbei, dem Wahrzeichen Friedensaus, dann bog er auf die Landstraße ein. Dreißig Kilometer lagen vor ihnen, und der Wagen war nicht mehr der schnellste.

Ein Lächeln lag auf Louis' Gesicht, als er an das Gespräch mit Dr. Meyer, der Oberin und Hanna Richter zurückdachte.

Er hatte seine neue Röntgenschwester hin und wieder durch die Gänge eilen sehen, aber gesprochen hatte er zuvor noch nie mit ihr. Als Dr. Meyer mit der Bitte auf ihn zukam, eine Schwester zu übernehmen, die angesichts von bestimmten männlichen Patienten die Nerven verlor, hätte er nicht gedacht, dass es um sie ging. Hanna Richter wirkte kompetent und keineswegs wie ein scheues Reh. Laut Erich Meyer war sie ein freundliches Mädel, neugierig und gelehrig, nur manchmal ein wenig eigensinnig, was in seinen Augen keine nachteilige Eigenschaft darstellte. Aber wer konnte schon in die Köpfe der Menschen blicken? Jedenfalls bot sie einen hübschen Anblick: schlank, mit feinen Zügen, einer kleinen Nase, dunkelblonden, leicht störrischen Locken und blauen Augen. Ihre Nerven würden in seinem Haus hoffentlich an Stärke gewinnen.

Als der Fahrer schließlich vor dem Magdeburger Bahnhof hielt, bedankte sich Louis, steckte dem Mann ein paar Münzen zu und stieg aus. Eine kühle Brise erfasste ihn. Seit Tagen fiel die Temperatur beständig. Würden sie Schnee bekommen?

Außer ihm waren nur wenige andere Passagiere am Gleis. Er rieb sich die Hände, blies seinen warmen Atem hinein und schaute auf die runde Uhr an einem der Tragbalken des Bahnhofsdachs. Kurz vor halb elf. Wenn sich der Zug nicht sonderlich verspätete, dürfte er rechtzeitig zum Innenministerium kommen.

Mittlerweile war mehr als ein Jahr vergangen, seit er sich mit Dr. Meyer und Heinrich Schubert vom Ostdeutschen Verband auf die Suche nach einem passenden Gebäude für ihr Vorhaben gemacht hatte. Wenn er schon nicht die Chance bekam, als Missionsarzt nach Afrika zu gehen, wollte er wenigstens die Möglichkeit nutzen, die ihm die Gemeinschaft der Siebenten-Tags-Adventisten geboten hatte: ein Krankenhaus zu errichten, in dem nach christlichen Regeln gelebt und gearbeitet wurde.

»Es ist an der Zeit für dich, mein Sohn«, hatte er wieder die dunkle, strenge Stimme seines Vaters im Ohr. »Ein eigenes Haus ist deinen Fähigkeiten angemessen. Außerdem brauchen wir Adventisten ein großes Hospital in Deutschland. Enttäusche mich nicht.«

Die Suche hatte sich von Anfang an schwierig gestaltet. Es gab nur wenige Häuser, die für eine Klinik geeignet waren. Die meisten waren entweder zu weit weg von einer Großstadt oder zu heruntergekommen.

Das Waldsanatorium von Valerie Ziegelroth, in Zehlendorf gelegen, war der erste Lichtblick gewesen. Es bot alles, was er sich wünschte: eine gute Anbindung an den Verkehr, die direkte Nähe zu Berlin, gleichzeitig unberührte Natur in der Nähe. Mit der Krummen Lanke gab es in der Nachbarschaft sogar einen See, um den die Patienten flanieren konnten.

Doch Frau Ziegelroths Preisvorstellungen waren unverschämt gewesen. Siebenhundertdreißigtausend Mark für ein Sanatorium, das durch die Nutzung als Kriegslazarett verschlissen war. Dr. Hauffe, der es im Auftrag von Frau Ziegelroth mehr schlecht als recht führte, würde es nicht halten können.

Conradi hatte gespürt, dass man einen Dummen suchte, dem man das Geld aus der Tasche ziehen konnte. Gleichzeitig hatte ihn der

Anblick des Hauses zutiefst berührt. Vor seinem geistigen Auge erschien bereits, was daraus werden könnte.

Meyer und er hatten versucht zu verhandeln. Doch der Prokurist, ein kleiner Mann mit Kneifer auf der Nase, war starrköpfig, ebenso wie die Frau, die er vertrat. Die Verhandlungen wurden eingestellt. Conradi war die Aufgabe zugefallen, das Scheitern dem Ostdeutschen Verband mitzuteilen.

Dessen Büro hatte er gerade verlassen, als auf dem Potsdamer Bahnhof eine junge Frau auftauchte. Sie war die Sekretärin von Heinrich Schubert, mit dem er kurz zuvor noch gesprochen hatte. »Dieses Telegramm ist eben gekommen«, erklärte sie völlig abgehetzt, während sie ihm einen Umschlag reichte. »Herr Schubert hofft, dass ich Sie noch erwische, bevor Ihr Zug kommt.«

Louis öffnete das Telegramm.

+++ *BITTEN UM WEITERE VERHANDLUNGEN* +++ *MÜSSEN VERKAUFEN!* +++

Unterzeichnet war es vom Prokuristen des Ziegelrothschen Sanatoriums. Damals hatte er sein Glück kaum fassen können. Das Ziel war greifbar nah!

Doch nun, etwas mehr als ein Jahr später, war diese Vorladung des Innenministeriums gekommen. Was wollte man von ihm?

Das Pfeifen des Zehn-Uhr-dreißig-Zuges riss ihn aus seinen Gedanken. Wenig später schob sich das Ungetüm über die Gleise und kam mit einem schwerfälligen Schnaufen zum Stehen. Wie Nebel waberte der Dampf über das Gleis, als Louis Conradi in den Waggon einstieg.

Am Nachmittag klarte es ein wenig auf. Golden leuchtete die Sonne, die um diese Jahreszeit viel zu schnell versank, in den Fenstern des Innenministeriums.

Louis beeilte sich, die Stufen hinaufzukommen. Unterwegs war der Zug aufgehalten worden, und für einen Moment hatte er schon gefürchtet, er würde zu spät kommen. Doch nun war er endlich hier.

Sein Magen schmerzte vor Aufregung, aber er wusste, dass er sich nichts anmerken lassen durfte. Ministerien waren Haifischbecken, da musste man sehen, dass man nicht zu tief ins Wasser geriet und gegen alles gewappnet war.

In der ersten Etage angekommen, meldete er sich im Sekretariat des Ministerialbeamten Gunter Wiedemann, der das Ressort Gesundheit verantwortete. Als er in dessen Büro gerufen wurde, sah er, dass Wiedemann nicht allein war. Zwei weitere Herren waren ebenfalls anwesend, ein älterer mit weißem Bart und ein Mann in seinem Alter mit akkurat gezwirbeltem, rotblondem Kaiser-Wilhelm-Bart. Der jüngere namens Joachim Feldten stellte sich als Anwalt im Dienste des Ministeriums vor, der ältere, Johann Veit, als Vertreter des Bürgermeisters von Zehlendorf.

Wiedemann selbst hatte eine Glatze und einen etwas speckigen Nacken, der über den Kragen quoll.

»Sie sind also Dr. Conradi, der neue angehende Klinikleiter.« Der Ministerialbeamte kam lächelnd auf ihn zu, doch Louis war der abschätzige Unterton nicht entgangen.

»Das bin ich«, antwortete er und war einmal mehr froh darüber, dass der Kaufvertrag für das Haus mittlerweile rechtskräftig gesiegelt war.

»Nun, da haben Sie einen guten Fang gemacht. Das alte Sanatorium ist wirklich schön. Es hat sicher noch andere Interessenten gegeben.«

»Worauf wollen Sie hinaus?«, fragte Louis und blickte zu den anderen Herren, die ihn genau musterten.

»Sie wissen ja, dass wir derzeit viele Flüchtlinge aus den französischen Grenzgebieten in die Stadt bekommen. Das Sanatorium hätte ihnen gut als Heim dienen können.«

Louis wollte gerade richtigstellen, dass es außer ihm keine Interessenten gegeben hatte, als Wiedemann auch schon fortfuhr: »Aber Sie haben es klug angestellt und einen Kaufvertrag geschlossen.«

»Das entspricht dem üblichen Prozedere.«

Wiedemann ließ sich Zeit mit einer Erwiderung. Die anderen beiden Herren sagten nichts. Er faltete die Hände auf der Tischplatte, über einem Dokument, das auffällig Louis' Kaufvertrag ähnelte.

»Sie gehören den Adventisten an, nicht wahr?«

»Ja.« Conradi konnte seinen Unmut kaum noch zügeln. Was wollte dieser Wiedemann von ihm?

»Ich habe mir sagen lassen, dass Sie den Samstag als Sabbat feiern. Handelt es sich bei Ihrer …« Louis sah ihm deutlich an, dass er nach einem Begriff suchte, der keinen Affront auslöste, »… Ihrer Gemeinschaft«, fuhr der Beamte schließlich fort. »Handelt es sich um eine Abspaltung des Judentums?«

Louis ballte die Fäuste, bis ein leises Knacken ertönte. Jedem anderen hätte er die Meinung gegeigt, doch hier war mehr Feingefühl angebracht, wollte er nicht enteignet werden. Wer konnte schon sagen, was in dieser jungen Republik an neuen Verordnungen geschaffen werden würde?

»Nein. Wir sind eine christliche Gemeinschaft. Wir unterscheiden uns von der Evangelischen Landeskirche darin, dass wir den Samstag als Ruhetag heiligen und nicht den Sonntag.«

»Wie es die Juden auch tun.«

»Wie es in der Bibel steht!« Louis' Stimme wurde energischer. Wer war dieser Mann, dass er ihm von Gottes Gesetz erzählen wollte!

»Aber Sie sind eher ein Verein als eine Kirche«, setzte Wiedemann nach. Der jüngere Mann neben ihm stieß ein spöttisches Lachen aus.

Louis ließ sich nicht aus der Ruhe bringen. »Das liegt an unserer bislang noch geringen Mitgliederstärke. Wir leben nach den Regeln Gottes und der Bibel. Daran gibt es nichts zu rütteln.«

»Und in diesem Geist wollen Sie auch das Krankenhaus führen?«

»Wir führen es im Geiste der Nächstenliebe!«, erklärte er mit Nachdruck. »Und nach den neuesten Erkenntnissen der Wissenschaft. Darin unterscheiden wir uns nicht von katholischen oder anderen evangelischen Häusern. Außerdem spielt die Religion bei der Behandlung der Patienten keine Rolle für uns. Wir helfen jedem Menschen, egal, welcher Anschauung und welchen Glaubens er ist.«

Wiedemann blickte auf das Blatt unter seinen Händen.

»Es ist an und für sich ein kleiner Skandal, dass Frau Ziegelroth dem Amt Zehlendorf nicht das Vorkaufsrecht gewährt hat. Wir können es uns nicht leisten, ein Gebäude wie dieses verkommen zu lassen.«

Vater im Himmel, hilf mir, ruhig zu bleiben, dachte Conradi.

»Mit Verlaub, aber das Haus stand sehr lange zum Verkauf, und es gab keine anderen Bewerber. Das Amt Zehlendorf hätte es nicht zum Preis von siebenhundertdreißigtausend Mark gekauft, oder?« Louis sah den Ministerialbeamten scharf an. Der wich seinem Blick aus. »Ich habe keineswegs vor, dieses Gebäude verkommen zu lassen. Derzeit ist dort noch Dr. Hauffe tätig, doch sobald er das Waldsanatorium geräumt hat, werden wir es in Besitz nehmen und mit dem Aufbau beginnen. Die Baupläne sind bereits erstellt. Wenn ich gewusst hätte, in welcher Angelegenheit Sie mich sprechen wollen, hätte ich sie mitgebracht!«

Die Stille, die seinen Worten folgte, war durchdringend.

»Zwei Jahre«, sagte Wiedemann schließlich. »Sie haben zwei Jahre, um das Haus zum Laufen zu bringen.«

Louis schüttelte den Kopf. So etwas hatte er ja noch nie gehört!

»Es ist unser Recht, Gebäude zu enteignen, die unserer Meinung nach einen größeren Nutzen fürs Gemeinwohl bringen könnten«, fügte der Ministerialbeamte hinzu. »Ich verstehe, dass aufgrund der schlechten Wirtschaftslage ein Jahr zu kurz wäre, aber zwei Jahre sollten genügen.«

Louis starrte auf den Hut in seinen Händen. Die Machtlosigkeit, die ihn ergriff, war kaum zu ertragen, doch er wusste, dass er Stärke zeigen musste. »Ich habe verstanden«, sagte er. Seine Stimme klang erstaunlich fest. »Und ich versichere Ihnen, dass wir das Haus im kommenden Jahr eröffnen werden.«

»Es geht nicht nur um die Eröffnung, sondern auch um die Bilanz.«

»Auch diese wird stimmen.« Louis erhob sich. Wiedemann hatte seinen Standpunkt klargemacht, er wusste nun, woran er war. »Wenn Sie mich nun entschuldigen würden? Mein Zug fährt in einer knappen Stunde. Alles Weitere können wir gern schriftlich erörtern.«

Er nickte den beiden stummen Beisitzern zu, dann verabschiedete er sich und verließ das Haus.

Draußen atmete er tief durch und wischte sich übers Gesicht. Was bildete sich dieser Wiedemann ein? Und was hatte der Zehlendorfer dort zu suchen? War ihm plötzlich eingefallen, dass das alte Sanatorium doch etwas wert war? Wollte er es sich deshalb unter den Nagel reißen? Flüchtlinge! Soweit er informiert war, gab es nicht viele davon in Berlin. Wiedemanns Behauptung war ganz klar ein Vorwand, vermutlich, um günstig oder gar umsonst an das Gebäude zu kommen.

Auf der Treppe vor dem Gebäude blieb Louis kurz stehen. Ihm war schwindelig, sein Herz raste.

Die Sonne war hinter dem Horizont verschwunden, nur ein schmaler Streifen Rot leuchtete über den Hausdächern. Louis blickte hinauf zum Himmel, wo die ersten Sterne zu leuchten begannen.

Wir werden es schaffen, sagte er sich. Wir werden eines der besten Krankenhäuser rings um Berlin aufbauen, und dann kann sich dieser Wiedemann seine Enteignungspläne an den Hut stecken!

Und plötzlich wusste Conradi auch genau, welchen Namen seine Klinik tragen sollte: Waldfriede.

2. Kapitel

Friedensau, 9. Februar 1920

Die Abendsonne senkte sich bereits dem Horizont entgegen, als Hanna zu der kleinen Werkstatt lief, die seit Martins Tod verschlossen geblieben war. Der jetzige Hausmeister hatte es vorgezogen, sich in einem der neueren Nebengebäude niederzulassen, wodurch dieser Ort immer noch war wie damals, als ihr Verlobter hier noch seinem Vater zur Hand ging.

Außer ihm kannte nur sie das Versteck des Zweitschlüssels. Hanna bückte sich, lockerte einen Stein in der Mauer und zog ihn heraus. Dann setzte sie den Stein wieder an seine Stelle und schloss auf. Vorsichtig öffnete sie die Tür.

Alles war noch so wie in dem Jahr, als Martin in den Krieg gezogen war. Da hing sein Kittel, den er bei der Arbeit getragen hatte, da standen seine Arbeitsschuhe. Wenn ihr im Sanatorium alles zu viel oder sie wieder von Panik überfallen wurde, zog sich Hanna an diesen Ort zurück und spürte ihm nach, seiner Wärme, seinen Worten. Den Träumen, die sie miteinander gesponnen hatten.

Diesmal setzte sie sich nicht auf seinen Schemel, und sie vergrub auch nicht wie sonst das Gesicht in seinem Kittel. Stattdessen tastete sie über das oberste Brett des Spindes und zog das Notizbuch hervor, das Martin dort zwischen Gebrauchsanweisungen und Dokumenten gelagert hatte. Es war abgegriffen, der Schnitt mit Fingerabdrücken übersät. Mitten in der Arbeit hatte Martin manchmal danach gegriffen, um eine Idee zu notieren. Dabei war es ihm egal gewesen, ob er gerade Öl oder Schmutz an den Händen hatte.

Hanna betrachtete die verfärbten Papierkanten und strich über die Abdrücke. Martins Spuren. Das Einzige, was neben ihren Erinnerungen von ihm bleiben würde. Für immer. Sie würde sein Notizbuch mitnehmen nach Zehlendorf, als Andenken an die Zeit mit ihm.

Mit Tränen in den Augen presste sie das Büchlein an ihre Brust. Konstruktionszeichnungen befanden sich darin, Erfindungen, die nun nicht mehr gebaut werden würden. Martin hatte von einem Leben als Ingenieur geträumt. Die Krankenpflege war für ihn nur eine Zwischenstation gewesen. Er wollte dafür sorgen, dass die Arbeit der Ärzte und Schwestern in den Hospitälern leichter wurde. Damit auch Hanna es leichter hatte.

Zitternd atmete Hanna durch. Ihre Knie fühlten sich weich an, aber sie wollte sich ihrem Schmerz nicht ergeben. Stattdessen wollte sie Martin noch einmal besuchen, um sich von ihm zu verabschieden.

Das Büchlein in der Hand, lief sie zu dem kleinen Friedhof, der sich ebenfalls auf dem Grundstück des Sanatoriums befand. Sie passierte die alte Klappermühle und erreichte wenig später den eingezäunten Gottesacker. Er war den Verstorbenen ihrer Gemeinschaft vorbehalten. Seit der Eröffnung des Sanatoriums im Jahre 1901 hatten hier einige Schwestern, Pfleger und andere Mitarbeiter ihre letzte Ruhe gefunden.

Die Reihen der Gräber mit den identischen Holzkreuzen hatten sich durch den Krieg vervielfacht, doch Hanna hätte Martins Grab nicht mal mit verbundenen Augen verfehlt.

Eisiger Wind spielte mit ihren Haarsträhnen, als sie vor dem Grabhügel haltmachte und ein kleines Gebet sprach. Anschließend öffnete sie die Augen und schaute auf das Kreuz mit seinem Namen und den kleinen Strauß aus Fichte und Stechpalmenzweigen, den sie ihm zum Jahreswechsel gebracht hatte. Die Blätter wirkten schon etwas trocken, und einige der Nadeln waren abgefallen, aber die Beeren leuchteten unvermindert in hellem Rot.

Sie zögerte, wie immer, wenn sie vor seinem Grab stand. Der Pastor behauptete, der Tod wäre wie ein Schlaf, aus dem man bei der Auferstehung in einem neuen, unversehrten Körper erwachte.

Was brachte es, wenn sie Martin von ihrem Leben erzählte? Wäre es nicht angebrachter, darauf zu warten, dass sie ihn wiedersah?

Nach einer Weile begann sie trotzdem zu sprechen.

»Ich werde nach Zehlendorf gehen. Du erinnerst dich bestimmt nicht an Dr. Conradi, aber er hat mir angeboten, als Röntgenassistentin in dem neuen Krankenhaus zu arbeiten.« Sie machte eine kurze Pause, dann fuhr sie fort: »Du hast einmal gesagt, ich würde eine gute Hausmeisterin abgeben. Das hier ist ähnlich. Ich wünschte, ich könnte dir das Röntgengerät zeigen.«

Tränen liefen über ihre Wangen. Auf einmal fiel es ihr schwer, Martin zurückzulassen.

»Ich werde dein Büchlein mitnehmen, du weißt schon, das mit deinen Erfindungen. Vielleicht werden sie eines Tages Wirklichkeit. Und wenn nicht … dann sind sie bei mir gut aufgehoben.«

Sie wischte sich mit dem Handrücken über das nasse Gesicht.

»Ich liebe dich, Martin, und es tut mir so leid, dass wir nicht heiraten konnten. Ich … ich schäme mich für meine Gedanken, doch inzwischen weiß ich, dass ich dich geheiratet hätte, egal, was der Krieg aus dir gemacht hat … Aber jetzt muss ich nach vorn schauen. Fortgehen. Ich werde dich niemals vergessen.«

Eine Weile stand sie noch schweigend vor dem Grab, derart in Gedanken versunken, dass sie die Welt um sich herum nicht bemerkte. Dann spürte sie plötzlich eine sanfte Berührung an der Hand. Ohne sich umzuwenden, wusste sie, dass Leni neben sie getreten war.

Ein Blick zur Seite bestätigte ihre Vermutung. Ihre Schwester war etwas kleiner als sie und hatte die gleichen störrischen blonden Haare. Doch damit hörten die Ähnlichkeiten auch schon auf. Leni war rundlicher und hatte ein fülligeres Gesicht, während Hannas Züge beinahe schon kantig waren. Außerdem hatte Leni die Nase ihres Vaters geerbt, während Hannas der ihrer Mutter ähnelte.

»Sie suchen dich schon überall«, sagte ihre Schwester leise.

Hanna nickte. »Ich wollte mich nur von ihm verabschieden.«

»Das dachte ich mir, deswegen bin ich hier.« Die Blicke der Schwestern trafen sich. Über ihnen, in der Ferne, stießen ein paar Krähen krächzende Laute aus. »Komm wieder mit rein«, sagte sie. »Es ist Zeit fürs Abendessen, und du musst noch packen.«

Hanna nickte und warf einen letzten Blick auf das Grab. »Kümmerst du dich darum, dass er hin und wieder Blumen bekommt?«, fragte sie.

»Natürlich«, versprach Leni.

Hanna sagte Martin still Lebewohl, dann ließ sie sich von ihrer Schwester ins Haus ziehen.

Nach dem Abendessen begaben sie sich gleich in ihr Zimmer und fingen an, Hannas Sachen zu packen.

Viel an Besitz hatte keine von ihnen, dennoch füllte sich die Teppichstofftasche zusehends.

»Ich wünschte, ich könnte mit dir kommen«, sagte Leni seufzend. »Zehlendorf ist sicher herrlich. Vornehme Villen, elegant gekleidete Menschen. Und dann die Nähe zu Berlin. Das klingt sehr aufregend!«

»Wenn es nach unseren Eltern geht, ist es das Sündenbabel schlechthin«, gab Hanna zu bedenken. Sie wusste, dass ihre Eltern Lenis Ansicht über ihre neue Wirkungsstätte nur bedingt teilten. Sie hatte die beiden kurz nach der Jahreswende noch einmal in Magdeburg besucht. Es war ihnen nicht recht gewesen, dass sie nach Zehlendorf ging, so nah an Berlin, doch sie konnten nichts dagegen tun. Hanna war volljährig und unverheiratet, die Entscheidung lag bei ihr.

»Unsere Eltern waren noch nie dort!«, entgegnete Leni mit einem verträumten Lächeln. »Ich stelle es mir wunderbar vor: die Lichtspielhäuser, die Autos und die Leuchtreklamen …«

»Ich glaube kaum, dass ich viel nach Berlin kommen werde«, sagte Hanna. »Aber wenn, dann werde ich dir auf jeden Fall berichten, was es dort zu sehen gibt.«

»Möglicherweise wird dort irgendwann ein Mann auf dich aufmerksam«, bemerkte Leni und knuffte sie in die Seite. »Vielleicht sogar ein Arzt.«

»Ich werde vorrangig mit Kranken zu tun haben«, bremste Hanna die Begeisterung ihrer Schwester. »Außerdem gibt es im Waldfriede keinen anderen Arzt als Dr. Conradi.« Und außerdem gibt es für mich keinen anderen Mann als Martin, fügte sie in Gedanken hinzu.

»Du glaubst doch wohl nicht, dass Dr. Conradi eine Klinik von der Größe allein betreiben kann!«, hielt Leni dagegen. »Irgendwann wird er Assistenten brauchen. Junge, hoffnungsvolle Mediziner, unverheiratet …«

»Keiner von denen wird wie Martin sein«, gab Hanna steif zurück, während sie sein Notizbuch verstaute. »Nach ihm wird es keinen Mann mehr für mich geben.«

Leni presste die Lippen zusammen, dann trat sie zu Hanna und legte ihr den Arm um die Schultern. »Entschuldige bitte. Ich … ich habe es nur scherzhaft gemeint.«

»Schon gut.« Hanna zwang sich zu einem Lächeln.

»Du wirst bestimmt eine ganz wunderbare Röntgenschwester«, fuhr Leni fort und küsste sie auf die Wange. »Und wenn du mal für ein paar Tage freibekommst, reisen wir beide in die Sommerfrische, ganz allein.«

»Du kommst natürlich zu mir«, sagte Hanna. »Dann fahren wir zum Wannsee und lassen es uns gut gehen.«

»Und bis dahin schreibst du mir?«

»Das mache ich.«

Hanna zog Leni in ihre Arme. Die Eltern loszulassen, fiel ihr nicht schwer, die Trennung von Leni dagegen schmerzte sie doch sehr. Wer wusste schon, wann sie sich wiedersehen würden?

3. Kapitel

Zehlendorf, 10. Februar 1920

Bei ihrer Ankunft in Zehlendorf am folgenden Abend fand Hanna tatsächlich wundervolle Häuser vor – weiße Villen mit großen Fenstern und weitläufigen Gärten. Menschen in eleganten Kleidern gab es ebenso wenig wie blühende Parks, aber noch herrschte ja der Winter, der Blumen und schöne Kleider unter Schnee und Wollmänteln verbarg.

Hanna hatte gehofft, dass sich das Krankenhaus im Ortskern befinden würde, doch ein Passant, den sie nach dem Weg fragte, schickte sie nach Westen, in Richtung Zehlendorfer Stadtrand.

Nach und nach wurde es immer einsamer. Schon bald waren kaum noch Häuser zu sehen. Vor dem Horizont erhob sich ein dunkler Wald. Die Straße war sandig und ausgefahren wie die Feldwege rings um Friedensau.

Verunsichert blieb Hanna stehen und zog einen Zettel aus der Tasche. »Waldsanatorium, Alsenstraße 97, Zehlendorf« stand darauf. War sie irgendwo falsch abgebogen? Oder hatte man sich einen Scherz mit ihr erlaubt?

Ein Schauer rann über ihren Nacken. Die Nächte konnten empfindlich kalt sein, und sie trug nur ihre Schwesterntracht unter dem Lodenmantel und einen kratzenden Schal um den Hals. Entschlossen schob sie den Zettel in die Tasche und setzte sich wieder in Bewegung, wobei sie ein paar blonde Haarsträhnen zurückstrich, die unter ihrer Haube hervorlugten.

Unter ihren schon etwas ausgetretenen Schuhen knirschte es leise, durch die nahen Bäume pfiff ein eisiger Wind.

Da flammte ein Lichtschein zwischen den Bäumen auf.

Hanna ging geradewegs darauf zu und spürte plötzlich wieder Pflaster unter den Füßen. Wahrscheinlich war sie tatsächlich irgendwo falsch abgebogen.

Im schwindenden Tageslicht erblickte sie schließlich einen Zaun. Dahinter erhob sich ein finster wirkendes Gebäude mit Spitzdach und zahlreichen kleinen Erkern. Das orangefarbene Licht zwischen den Bäumen spiegelte sich in den oberen Fenstern. Wie ein Krankenhaus sah es nicht aus, eher wie eine riesige Villa.

Doch dann bemerkte Hanna das Schild am Torpfosten: »Waldsanatorium Dr. Ziegelroth«. Offenbar war man noch nicht dazu gekommen, das Schild auszutauschen.

Als sie das Tor aufstieß, ertönte ein markerschütterndes Quietschen. Die Angeln mussten unbedingt geölt werden! Ein weiteres Geräusch ließ sie innehalten. Es klang wie Schritte, nur viel schneller. Einen Atemzug später schoss ein Schatten auf sie zu, gefolgt von einem ohrenbetäubenden Bellen.

Mit einem Aufschrei sprang Hanna zurück. Der stinkende Atem des Tieres schlug ihr entgegen, sein scharfes Gebiss schnappte nach ihrer Hand.

»Aus!«, befahl sie energisch.

Der Hund erstarrte, doch er hörte nicht auf zu knurren und hielt die Augen unverwandt auf Hanna gerichtet, als wollte er sie jeden Augenblick anspringen.

Hannas Mund wurde trocken. Sollte sie sich lieber umdrehen und wegrennen?

»Prinz!«, schallte da eine Männerstimme über den Hof. »Zurück!«

Wenig später tauchte der Mann auf, eine Petroleumlaterne in der Hand.

Der Hund zog sich mit gekrümmtem Buckel in seine Hütte zurück.

Erst jetzt merkte Hanna, dass sie wie Espenlaub zitterte. Der Mann sagte etwas zu ihr, was sie zunächst nicht verstand. Dann erkannte sie das Gesicht von Dr. Conradi. Seine braunen Locken hingen ihm ein wenig wirr ins Gesicht, und sein Schnurrbart wirkte nicht mehr so akkurat geschnitten wie damals im Dezember. Bartstoppeln breiteten sich auf seinem Kinn aus.

»Schwester Hanna?«, wiederholte der Arzt. »Ist alles in Ordnung mit Ihnen? Hat der Hund Sie verletzt?«

»Nein, es ist alles in Ordnung, ich bin nur erschrocken.« Hanna legte die rechte Hand auf die Brust und versuchte, sich zu beruhigen.

»Entschuldigen Sie bitte, unser Prinz ist recht diensteifrig«, erklärte Conradi. »Sie haben sich gut gegen ihn behauptet.« Er lächelte sie an.

»Wir hatten zu Hause immer einen Hund. Mein Vater sagte, man müsse Tieren nur die Stirn bieten und dürfe keine Angst zeigen.«

»Und Sie haben keine Angst?«

»Ich habe Respekt«, antwortete Hanna. »Angst hilft einem bei Hunden nicht, die riechen das, und dann ist man geliefert.«

Conradi lachte auf, dann sagte er: »Hier treiben sich ab und zu Leute herum, die ein Auge auf unser Baumaterial geworfen haben. Etliche Male schon haben sie versucht, etwas zu stehlen.«

»Das tut mir leid«, brachte Hanna hervor.

»Nun, kommen Sie doch erst mal rein, Sie müssen ja ganz durchgefroren sein!«

Ohne den Hund aus den Augen zu lassen, folgte sie Dr. Conradi über eine breite Holzplanke, die über die abgehauene Treppe gelegt war, zur Haustür. Bevor sie eintrat, legte Hanna den Kopf in den Nacken und schaute an der Fassade hinauf. Die Wände waren mit Wildem Wein bewachsen, von dem im Moment nur kahle Ranken und ein paar traurige erfrorene Blätter zu sehen waren.

Dr. Conradi führte sie erst durch einen kleinen Vorraum, der früher vermutlich als Aufnahme gedient hatte, dann bogen sie ab in einen finsteren Gang. Die Luft war feucht und kaum wärmer als draußen. Ein muffiger Geruch ging von den Tapeten aus. In der Ferne glomm schwach eine Karbidlampe.

»Momentan kommt es immer wieder zu Streiks, und die Folge ist, dass wir keinen Strom haben«, erklärte der Doktor. »Leider können wir auch nicht heizen, denn die Kondensleitung der Heizung ist marode und muss erneuert werden.«

Martin hätte sie vielleicht reparieren können, schoss es Hanna durch den Kopf, doch sie vertrieb diesen Gedanken rasch wieder.

Der Arzt ging ihr voran in einen kleinen Raum, der ebenfalls von einer Gaslampe erhellt wurde. Hier gab es kaum Möblierung und anstelle eines Ofens nur einen Feuerkorb, in dem eine Flamme über glimmenden Kohlen loderte. Die Leute, die sich darum scharten, waren für sie im ersten Moment nichts weiter als Schatten, doch sobald sich ihre Augen an das dämmrige Licht gewöhnt hatten, erkannte sie zwei Männer und drei Frauen, die sie erwartungsvoll anblickten.

Die ältere, Schwester Maria Kuch, war ebenso wie Hanna Krankenschwester. Sie stammte ursprünglich aus Friedensau, wo sie einander kennengelernt hatten, war dann aber nach Hamburg gegangen. Die strohblonde Frau mit den Sommersprossen auf der Nase musste Conradis Ehefrau Catherine sein. Soweit Hanna wusste, stammte sie aus Skodsborg in Dänemark.

Die dritte im Bunde war ein blasses, brünettes Mädchen mit ausdrucksvollen dunklen Augen, vielleicht sechzehn oder siebzehn Jahre alt. Sie musterte Hanna neugierig.

Von den Männern erkannte sie Carl Rohleder. Er war früher einmal Pfleger in Friedensau gewesen, war dann aber nach Greiz in Thüringen gegangen.

Seinen Nebenmann hatte sie zuvor noch nie gesehen.

»Seht, wer zu uns gefunden hat!« Conradi stellte die Laterne auf einem kleinen Tisch ab.

Hanna deutete einen Knicks an. »Guten Abend.«

»Guten Abend, du musst Schwester Hanna sein«, sagte Catherine

Conradi mit leichtem Akzent und reichte ihr die Hand. »Wie war deine Reise?«

»Gut, danke«, antwortete Hanna und erwiderte den Händedruck. »Aber der Zug hatte leider sehr viel Verspätung.«

»Ja, die Streiks«, sagte Dr. Conradi, der sich zu seiner Ehefrau gesellt hatte. »Alles brodelt und gärt in den Straßen. Wollen wir hoffen, dass nichts Schlimmeres vom Zaun gebrochen wird.«

Als der Zug durch die Stadt gefahren war, hatte sie Barrikaden gesehen und zwei Männer von irgendwelchen Auseinandersetzungen mit der Polizei reden hören.

»Schwester Maria dürfte dir bekannt sein«, fuhr Frau Conradi fort und blickte zu den beiden Männern. »Genauso wie Pfleger Rohleder. Georg Bridde kennst du noch nicht, oder?«

Hanna schüttelte den Kopf.

»Bruder Bridde wird sich in der ersten Zeit unserer Kontobücher annehmen«, sagte Conradi. »Er kommt aus der Schweiz und hat dort Erfahrungen mit der Buchhaltung gesammelt.«

Der Buchhalter reichte ihr mit einem freundlichen Lächeln die Hand.

Frau Conradi nickte dem unbekannten Mädchen zu. »Und das hier ist Else Rogel. Sie hilft bei den Reinigungsarbeiten.«

Die Angesprochene erhob sich und reichte ihr die Hand. Sie war recht klein, wirkte eher wie ein Kind. Doch der Händedruck war der einer erwachsenen Frau.

»Freut mich, Schwester Hanna«, sagte sie. Ein Lächeln huschte über ihr Gesicht. Hanna erwiderte es.

»In den nächsten Tagen werden weitere Helferinnen dazustoßen«, fuhr Dr. Conradi fort. »Einige von unseren Mädchen, die hier bereits tätig sind, kommen aus Zehlendorf, es sind die Töchter von Gemeindemitgliedern. Und irgendwann werden wir unsere eigenen Schwestern ausbilden.«

Hanna bemerkte, dass Frau Conradi ihrem Mann einen zweifelnden Blick zuwarf.

»Nimm doch Platz«, sagte sie dann und erhob sich. »Es wird gleich Zeit fürs Essen. Sicher bist du ganz ausgehungert.«

Zusammen mit Else verließ sie den Raum.

»Na, setz dich schon!«, forderte Schwester Maria Hanna auf und deutete auf einen Schemel, der in der Dunkelheit kaum auszumachen war. Hanna ließ sich darauf nieder.

Draußen schlug erneut der Hund an. Alarmiert erhob sich Dr. Conradi, doch das Tier gab sofort wieder Ruhe. Schritte ertönten. Wenig später erschien eine weitere Frau in der Tür.

»Schwester Ida!«, wurde sie von Dr. Conradi begrüßt. »Wie war es in der Stadt?«

»Unruhig«, gab sie zurück, während sie ihren Schal ein wenig lockerte und ein Päckchen auf den Tisch neben der Tür legte. »Die Leute haben den Verstand verloren.«

Schwester Ida streckte die Hände dem Feuer entgegen. Dann bemerkte sie Hanna. »Oh, verzeih, dich habe ich gar nicht gesehen.«

»Das ist Hanna Richter«, stellte Maria sie vor. »Unsere neue Schwester hier am Waldfriede.«

»Freut mich, Hanna«, sagte Ida und reichte ihr die Hand. »Ich bin Ida. Ida Juckel. Ich komme wie Schwester Maria aus Hamburg.«

Hanna erwiderte Idas Lächeln.

Im nächsten Augenblick kehrten Frau Conradi und Else zurück. Else hielt die Lampe, während Frau Conradi das Tablett trug. Darauf standen eine Terrine und einige Schüsseln. Der Geruch von gekochten Möhren und Graupen überlagerte kurz den allgegenwärtigen stockigen Geruch.

»Normalerweise essen wir im Speisesaal, aber am Abend sind wir so eine kleine Gruppe, da bleiben wir vorerst hier, wo es einigermaßen warm ist«, erklärte sie und stellte das Tablett auf einen provisorischen Tisch.

»Ich helfe Ihnen«, sagte Schwester Maria und erhob sich. Sie verteilte die Schüsseln, die Frau Conradi befüllte. Die Wärme des Graupenbreis drang durch die Keramik und vertrieb die Taubheit aus Hannas Fingern.

Sie musste sich zwingen, nicht zu schlingen. Es mochte vielleicht einfacher Graupenbrei sein, aber in diesem Augenblick schmeckte er überaus köstlich. Sie hatte seit Stunden nichts gegessen.

Als der erste Hunger gestillt war, sah sich Hanna erneut in dem dunklen Raum um, doch sie konnte noch immer kaum etwas erkennen.

»Du wirst dir das Zimmer mit Schwester Maria und Schwester Ida teilen«, erklärte Conradis Ehefrau, während Else die Schüsseln einsammelte. »Wir haben leider noch nicht viele Räume bewohnbar gemacht, und da unsere Heizung nicht funktioniert, müssen wir uns gegenseitig wärmen.«

»Das ist mir recht, danke«, antwortete Hanna und unterdrückte ein Zähneklappern. Jetzt, wo ihr Magen voll war, kam die Müdigkeit, und auch die Kälte spürte sie jetzt stärker.

»Carl, sei doch bitte so gut und bring unsere neue Schwester zu ihrem Zimmer«, sagte Frau Conradi, dann wandte sie sich wieder an Hanna. »Nimm dir einen Backstein aus der Feuerschale im Keller, damit du es einigermaßen warm im Bett hast.«

Schweigend folgte Hanna dem Pfleger zur Kellertreppe. Auch hier nistete der Muff in allen Ecken, und der Schmutz knirschte unter ihren Schuhen.

Hanna richtete ihren Blick auf den Rücken des Mannes vor ihr. Er war recht muskulös und ging ein wenig vornübergebeugt, was gewiss von der schweren Arbeit kam. Pfleger mussten die Patienten oft anheben und auch in die Bäder tragen, wenn es notwendig war.

Wäre es nicht schön, wenn man eine Vorrichtung hätte, die das erledigen würde?, meinte sie, Martins Stimme zu hören.

Nicht jetzt, sagte sie sich und zwang ihre Gedanken zurück in die Gegenwart.

Rohleder öffnete die Kellertür. Die Luft unten war feuchter, doch nicht ganz so kalt. In der Mitte des Raumes stand ein großer Feuerkorb, in dem eine helle Flamme loderte.

»Da drüben sind Lappen.« Rohleder deutete auf einen Stapel Stoff, der auf einer kleinen Holzbank lag. Er war rau, wie Loden, den man für Mäntel benutzte. »Wir nehmen uns alle einen Stein mit nach oben. Das macht die Nächte erträglich.«

Er griff nach einer langen Zange und stieß sie in die Glut.

»Brennt das Feuer die ganze Nacht?«, fragte Hanna, während sie beobachtete, wie der Pfleger einen dampfenden Stein aus dem Korb zog.

»Ja, wir müssen die Mauern trocknen.« Er legte den Stein auf den Lappen, den sie sich ausgesucht hatte. Während sie ihn rasch einpackte, fragte sie: »Und wenn hier ein Brand ausbricht?«

»Wir Männer halten reihum Wache. Das müssen wir ohnehin, wegen der Materialien.«

Der Gedanke, dass sich Diebe auf dem Gelände herumtreiben könnten, beunruhigte Hanna. Mit der rechten Hand drückte sie den Backstein an die Brust, in der linken hielt sie ihre Tasche. Als sie spürte, wie die Wärme in ihren Körper strömte, schloss Hanna für einen Moment voller Wonne die Augen, dann beeilte sie sich, Rohleder die Stufen hinauf und durch die Gänge zu folgen.

»Das sind die Privaträume von Herrn und Frau Dr. Conradi«, erklärte er, als sie die Küche passiert hatten und an zwei recht neu wirkenden Türen vorbeikamen. »Da gehst du nicht hinein, wenn es keinen dringenden medizinischen Grund gibt, verstanden?«

»Natürlich«, antwortete Hanna rasch.

Sie erklommen eine Treppe und waren schließlich am Ziel.

»Schwester Maria wird dir morgen alles zeigen. Gute Nacht.«

»Gute Nacht«, gab sie zurück. Kurz darauf war Carl Rohleder in der Dunkelheit verschwunden.

Hanna trat ein. Der Raum war groß genug für ein Krankenzimmer der dritten Klasse, in das vier bis sechs Krankenbetten hineinpassten. Mondschein fiel durch die Fenster und zeichnete einen hellen Fleck auf die Bodendielen.

Die Betten waren eindeutig Krankenbetten. Während zwei von ihnen mit dicken, rauen Decken bedeckt waren, lag auf dem dritten nur ein flaches, klamm wirkendes Federbett. Das musste ihr Platz sein.

Rasch ließ Hanna den Stein unter der Bettdecke verschwinden. Die Hitze, die sie zuvor an ihrer Brust gespürt hatte, verging leider viel zu schnell. Ein Frösteln unterdrückend, öffnete sie ihre Tasche und begann, die wenige Habe auszupacken, die sie aus dem Schwesternheim mitgenommen hatte. Das Notizbüchlein von Martin ließ sie stecken.

Die Tür öffnete sich, und Schwester Maria trat zusammen mit Schwester Ida ein. Auch sie trugen je einen eingewickelten Stein bei sich, den sie unverzüglich unter den Decken verschwinden ließen.

»Hast du dich eingerichtet, Hanna?«, fragte Ida.

»Ja«, antwortete sie und wischte hastig über ihre Wangen. Die anderen sollten nicht sehen, was in ihr vorging. Sicher hatten sie von ihrem Verlust gehört, aber es wurde erwartet, dass sie weitermachte.

»Behalte deine Sachen besser an«, riet Schwester Maria ihr. »Wenn der Stein seine Wärme verliert, wird es hier empfindlich kalt. Du willst uns doch nicht erfrieren, oder?«

Nein, das wollte Hanna nicht, also kam sie dem Rat der Älteren nach.

Sie löste die Klammern, mit denen die Haube auf ihrem Kopf befestigt war, setzte sie ab und öffnete dann auch den Knoten in ihrem Nacken.

Als sie nach einem kurzen Gebet unter die Decke schlüpfte, war der Stein immer noch warm.

Und plötzlich war da das Bild von dem letzten Sommer, den sie mit Martin verbracht hatte. Sie hatten die Füße in den warmen Sand am Ufer des Sees gesteckt und der Wärme nachgespürt. Hanna hatte an seiner Schulter gelehnt und seine Hand gehalten.

Wie lange mochte es her sein? Vier oder fünf Jahre? Jedenfalls war es der Sommer gewesen, bevor er in den Krieg zog.

Hanna drängte die Erinnerung beiseite. Ich bin hier, um neu anzufangen, sagte sie sich und vertrieb den Anflug von Trauer. Ich bin hier, um zu vergessen.

4. Kapitel

Zehlendorf, 11. Februar 1920

»*Zwei Jahre. Sie haben zwei Jahre!*«

Louis schreckte hoch und schnappte nach Luft. Das Herz pochte ihm bis zum Hals. Der Albtraum, der ihn eben noch heimgesucht hatte, verblasste. Nur die Worte blieben ihm im Ohr: *Zwei Jahre …*

Im nächsten Augenblick realisierte er, dass er weich und warm in seinem Bett lag. Der Duft nach Haferbrei strömte ihm in die Nase. Ein erleichtertes Seufzen entfuhr ihm, als er sich zurücklehnte und über sein Gesicht strich.

Wann würden die Träume aufhören? Das Gespräch mit diesem Wiedemann lag jetzt schon ein knappes Vierteljahr zurück, aber seine Stimme verfolgte ihn noch immer. Und damit auch die Angst, zu versagen.

Er schwang die Beine aus dem Bett und schaute zum Fenster. Noch war die Sonne nicht aufgegangen, aber der Himmel rötete sich schon am Horizont. Er tastete nach seiner Taschenuhr, klappte sie auf. Fünf Minuten nach sechs.

Die Betthälfte neben ihm war verlassen. Catherine war schon auf den Beinen, wie jeden Morgen. Das Frühstück für alle bereitete sich nicht von allein zu.

Er lauschte den Geräuschen, die aus der Küche drangen, dann stand er auf, verrichtete seine Morgentoilette und griff anschließend nach seinem Rasiermesser. Der Schnurrbart, den er eigentlich trug, verschwand schon beinahe unter den Bartstoppeln ringsherum. Wie sollte er ein gutes Beispiel abgeben, wenn er so verwildert aussah, als hätte er den Dschungel durchquert?

Das Rasiermesser kratzte leise über sein Kinn. Konzentriert arbeitete er sich voran. Wie sehr er es vermisste, ein Skalpell in der Hand zu halten!

Natürlich arbeitete er hin und wieder im Friedensauer Operationssaal, doch das stellte ihn nicht zufrieden. Er brauchte den Klinikbetrieb, die Visiten, die Patienten in seiner Sprechstunde und das Skalpell in seiner Hand. Er brauchte es, das erste Greinen neugeborener Kinder zu hören, den Schrei des Lebens.

Er brauchte sein eigenes Haus.

Dieses hatte er nun, doch er fühlte sich seit Wochen wie ein Verwalter, was ihn weit mehr unter Druck setzte als eine volle Krankenstation.

Als er fertig war, schlüpfte er in das beste Hemd, das ihm geblieben war, und zog eine dunkelgraue Weste darüber. Es war schon lange her, dass er sich ausgehfein gemacht hatte.

Er hatte allerdings nicht vor, auszugehen, er hatte lediglich einen Termin in einem Lagerhaus in Hamburg, doch es würde nicht schaden, anständig auszusehen. Händler versuchten seltener, einen übers Ohr zu hauen, wenn man optisch etwas hermachte.

Am Hamburger Hafen waren Bestände aus dem Kriegsbedarf der Marine eingelagert. Schon vor einer Woche hatte er mit dem Verantwortlichen, einem gewissen Krömer, gesprochen, und dieser hatte ihn eingeladen, sich die Vorräte anzusehen.

In der Küche traf er auf seine Frau, die gerade am Herd stand.

»Guten Morgen«, begrüßte er sie.

»Guten Morgen«, erwiderte Catherine, ohne aufzusehen, denn der Brei im Kochtopf brodelte, und sie wollte nicht riskieren, dass er anbrannte. »Hast du gut geschlafen?«

»Es ging so.« Louis wollte ihr nichts von dem bizarren Traum erzählen, der seine Ängste der vergangenen Wochen spiegelte.

»Wann wirst du aufbrechen?«, fragte sie, nahm den Topf vom Herd und goss anschließend Kaffee in seine Tasse. Eigentlich nahmen sie die Mahlzeiten immer gemeinsam mit der Belegschaft ein, doch wenn er verreiste, frühstückte er vorher am Küchentisch.

»In einer Dreiviertelstunde«, antwortete er und ließ sich auf seinem Platz nieder. Catherine füllte ihm Brei in eine Schüssel und streute etwas Zimt, den sie für besondere Anlässe aufgehoben hatte, darüber. »Der Zug soll um halb neun vom Potsdamer Bahnhof abfahren.«

Catherine warf ihm einen sorgenvollen Blick zu.

»Mach dir keine Sorgen, ich bin im Handumdrehen wieder zurück. Die Züge sind sicher.«

Seine Frau nickte und setzte sich ihm gegenüber.

»Das neue Mädchen, diese Hanna. Ist das die, deren Verlobter auf dem Feld gestorben ist?«

»Er war Sanitäter. Ein Bombenangriff hat ihn zerfetzt. Die Oberin meinte, nach seinem Tod habe sie sich verändert.«

»Und dann holst du sie hierher?«

»Sie stellt sich gut an, hat laut Dr. Meyer nur Schwierigkeiten bei Soldaten mit Verstümmelungen, was man ihr nicht verdenken kann. Außerdem ist sie technisch interessiert. Und sie scheint keine Angst zu haben.«

»Angst? Wovor?«

»Vor den Röntgenstrahlen. Unter den Schwestern herrscht allerlei Geschwätz, was die Röntgenstrahlen angeht. Sie behaupten, sie würden unfruchtbar machen.«

Catherine presste die Lippen zusammen. Unfruchtbarkeit war ein Reizwort, das er eigentlich vermied. Aber wie sonst sollte man die Angst beschreiben, die viele Schwestern davon abhielt, mit dieser Technik zu arbeiten?

»Und Hanna hat keine Angst davor?«, fragte sie schließlich.

»Wie es aussieht, nicht. Möglicherweise hat sie aber auch von diesem Rollins gelesen, der nachgewiesen hat, dass Blei vor den Strahlen schützt. Ich muss unbedingt eine dieser Schürzen auftreiben.«

Catherine schien noch etwas auf der Seele zu liegen.

»Aber es wäre doch möglich, dass auch bei uns Soldaten mit Verstümmelungen eingeliefert werden. Was werden die anderen sagen, wenn Hanna ihre Arbeit nicht tut?«

»Das Waldfriede ist kein Sanatorium, sondern ein Akutkrankenhaus. Der Krieg ist vorbei. Und selbst wenn es zu einem weiteren kommen sollte, werden wir eine Aufgabe für Schwester Hanna finden. Im Röntgenzimmer wird sie ohnehin bald genug zu tun haben.« Seine Frau wirkte immer noch skeptisch, daher griff er über den Tisch und nahm ihre Hand. »Du weißt doch, wie wir es halten: Niemand wird sich selbst überlassen, egal, welchen Herausforderungen er gegenübersteht. Mit ein wenig Abstand von Friedensau wird Hanna schon wieder eine gute und zuverlässige Schwester werden. Auch du hast etwas Abstand gebraucht, nicht wahr?«

Catherine sah ihn fast entsetzt an, dann entzog sie sich seinem Griff. »Das war etwas anderes«, murmelte sie.

»Verzeih«, sagte Louis, als er den Schmerz in ihren Augen sah.

»Schon gut. Iss dein Frühstück, der Brei bleibt nicht ewig warm.«

Louis griff nach seinem Löffel und wünschte sich, seine Worte zurücknehmen zu können.

***

Das Tageslicht verbesserte Hannas Eindruck von dem Gebäude kein bisschen. Im Gegenteil, es machte ihn noch schlimmer. Jetzt erkannte sie ganz deutlich die Risse, die abgebröckelte Farbe und fleckigen Tapeten, deren Muster kaum noch zu erahnen war. Das hier konnte man auf keinen Fall einem Patienten zumuten!

Vom Glanz damaliger Zeiten, als dieses Haus als Sanatorium für die bessere Gesellschaft Zehlendorfs und Berlins gedient hatte, war nichts übrig geblieben. Nicht einmal mehr in dem ehemaligen Salon, den sie als den Ort wiedererkannte, an dem sie am Vortag zusammengesessen hatten. Der Feuerkorb war verschwunden, doch der Geruch nach Rauch war immer noch sehr stark.

Schwester Maria hatte ihr beim Frühstück aufgetragen, sich umzuziehen und anschließend hier einzufinden. Alle anderen waren bereits bei der Arbeit, doch bevor Hanna begann, wollte die ältere Schwester ihr erst einmal das Haus zeigen.

»Deine Schwesterntracht wirst du bei all dem Dreck nicht brauchen. Zieh dir was anderes an«, hatte Maria ihr geraten und sie dann allein gelassen, um die Aufgaben an die anderen Frauen zu verteilen.

Glücklicherweise hatte Hanna noch zwei andere Kleider dabei, darunter ein einfaches braunes, das schon mal einen Fleck vertrug.

Das braune Kleid kratzte ein wenig, aber wenigstens brauchte sie nicht zu fürchten, dass Staub und Schmutz es ruinierten.

Die Minuten zogen sich hin, ohne dass Maria wieder auftauchte. Neugierig ließ Hanna den Blick schweifen.

Das unter einer Plane verborgene Gebilde in einer der Raumecken weckte ihr Interesse. Hanna trat näher und hob den Stoff an. Ein Klavier! Ihr Herz machte einen freudigen Sprung. Sie liebte den Klang dieses Instruments und konnte ihm stundenlang lauschen. Es war, als würden die Klänge ihre Seele mitnehmen auf eine Reise durch die Lüfte und in den Himmel.

Gedankenverloren drückte Hanna eine der Klaviertasten und erntete einen furchtbaren Missklang.

»Ah, da bist du ja!«, hörte sie eine Stimme hinter sich sagen.

Erschrocken wirbelte sie herum und sah Schwester Maria, die mit einem Eimer in der Hand hinter ihr stand. Vor lauter Interesse für das Klavier hatte sie sie nicht kommen hören.

»Entschuldige«, sagte Hanna hastig.

Schwester Maria winkte ab. »Keine Sorge, an diesem alten Ding kannst du nichts kaputt machen. Das braucht erst einmal eine Trockenkur und einen Stimmer, ehe wir darauf spielen können.«

Hanna spürte, wie sie errötete.

»Aber jetzt komm!«, sagte Maria energisch und führte Hanna in einen langen Gang, von dem einige Türen abgingen. Die Wände waren mit verblassten Malereien versehen.

»Hier unten wird Dr. Conradi sein Sprechzimmer einrichten«, erklärte sie und deutete auf eine dunkle Holztür. Gegenüber befand sich eine kleine Nische mit Holzbänken, die offenbar erst vor Kurzem mit Sandpapier abgeschliffen worden waren.

»Gibt es auch einen Operationssaal?«, fragte Hanna.

»Bisher noch nicht«, antwortete Maria. »Der wird erst neu gebaut. Dieses Haus diente ausschließlich der Genesung und Erholung, einen Arzt mit den Fähigkeiten von Dr. Conradi hatten sie hier nicht.«

Sie gingen weiter, vorbei an teilweise leeren und teilweise verwahrlost wirkenden Räumen, in denen hier und da ein Handwerker zugange war. Wo würde wohl die Röntgenanlage stehen?, fragte sich Hanna. Nichts von dem, was sie hier entdeckte, sah aus, als wäre es zu irgendetwas zu gebrauchen.

»Wann beginnt denn der Röntgenkurs?«, erkundigte sie sich ein wenig beklommen.

Maria blieb stehen. »Röntgenkurs?«, platzte sie heraus und lachte laut auf. Ein freudloser Ton, begleitet von einem strengen Blick. »Hier gibt es erst mal den Scheuerkurs!«

Mit diesen Worten drückte Maria ihr den mitgebrachten Eimer in die Hand. Darin lag eine Bürste, die an einer Seite schon einen guten Teil ihrer Borsten eingebüßt hatte.

Hanna wäre am liebsten vor Scham im Boden versunken. Wie hatte sie nur eine so dumme Frage stellen können, angesichts des Zustandes, in dem sich das Haus befand?

Schweigend und mit hochrotem Kopf folgte sie Schwester Maria die Treppe hinauf. Die Türen, die von dem breiten Flur abgingen, waren mit Messingnummern versehen. Manche waren noch fleckig und angelaufen, andere glänzten schon wieder.

Hinter einer der Türen hörte sie Gelächter, hinter einer anderen ein monotones Schleifen.

»Das werden die Krankenzimmer der ersten Chirurgischen Station. Die Böden müssen geschrubbt und die Türen und Fensterrahmen gereinigt werden. Keine von uns macht eine Ausnahme.«

Hanna wusste, worauf Maria anspielte, aber hier lagen keine Soldaten mit abgerissenen Gliedmaßen.

»Wasser bekommst du in der Küche, draußen gibt es Sand, den du für die Eichendielen benutzen kannst«, fuhr Maria fort. »Sag Bescheid, wenn dir etwas auffällt oder fehlt. Du machst erst einmal die vierundzwanzig und fünfundzwanzig, und wenn du damit fertig bist, kommst du zu mir, dann teile ich dir einen neuen Raum zu. Ich bin in der sechzehn unten, wenn nicht dort, in der siebzehn.«

»In Ordnung.« Hanna nickte und sah, wie Schwester Maria zur Treppe ging. Sie öffnete die Tür zur Nummer vierundzwanzig.

Das Zimmer war leer, aber an den Schatten, die das Licht auf den Tapeten hinterlassen hatte, erkannte man, wo die vier Betten gestanden hatten. Auch der Platz, an dem sich der Tisch für die wachhabende Schwester befunden hatte, war noch sichtbar.

Beim Anblick des Bodens traf sie beinahe der Schlag. Die Dielen waren schwarz-grün und die Zwischenräume voller Schmutz. An den Rändern, wo sie mit den feuchten Wänden in Berührung gekommen waren, wucherte Schimmel.

Um dem Holz zu seiner ursprünglichen Farbe zu verhelfen, würde man eine Schleifmaschine brauchen und keinen Sand. Und erst recht nicht diese schiefe Bürste!

Hanna seufzte tief. Ihr war auf einmal nach Weglaufen zumute.

Sie blickte sich um, ratlos, wo sie zuerst anfangen sollte. Dann erkannte sie an einer der Wände den Schatten eines Kreuzes. Sie schritt über die knarzenden Dielen und berührte wenig später ehrfürchtig die Umrisse mit den Fingern.

Komm schon, du lässt dich doch davon nicht ins Bockshorn jagen, tönte Martins Stimme in ihren Ohren.

Nein, das würde sie nicht tun. Eine Anweisung war eine Anweisung. Sie war nicht hier, um gleich am ersten Tag die Flinte ins Korn zu werfen.

Entschlossen griff sie nach der Bürste.

Auf Knien, die Hände blaurot vom kalten Wasser, schrubbte sie in der folgenden halben Stunde den Boden des Krankenzimmers, ohne eine wesentliche Änderung herbeizuführen. Zu lange und zu tief schon war der Schmutz ins Holz eingedrungen.

Auch in Friedensau hatte sie hart arbeiten müssen. Besonders als sie sich noch in der Ausbildung befand, war Bodenschrubben an der Tagesordnung gewesen. Doch die Dielen waren nicht verschimmelt gewesen, und statt Sand hatte es Soda gegeben.

Sie biss die Zähne zusammen und schrubbte weiter. Ihr Rücken schmerzte, und es dauerte nicht lange, bis sie ihre Hände nicht mehr fühlte.

Als sie sich stöhnend aufrichtete, sah sie, dass Else in der Tür stand. Offenbar hatte sie sie schon seit einer Weile beobachtet.

»Kann ich etwas für dich tun?«, fragte Hanna.

»Nein«, entgegnete Else. »Nein, ich … ich wollte Sie etwas fragen.«

Hanna nickte, froh über diese kleine Unterbrechung. »Nur zu, frag mich ruhig«, sagte sie und trocknete sich die Hände an ihrer Schürze ab.

»Können Sie singen?« Else schaute sie abwartend an.

Hanna zog die Augenbrauen hoch. »Singen?«

»Frau Conradi feiert am achtundzwanzigsten ihren Geburtstag«, erklärte das Mädchen. »Wir wollen ihr gern ein Ständchen bringen und bräuchten noch ein paar kräftige Stimmen.«

Hanna erinnerte sich gut an die Singabende zum Sabbat in Friedensau. Sie hatten ihr immer Freude bereitet. Doch ob sie gut singen konnte, wusste sie nicht zu beurteilen.

»Ich mache gern mit. Und sag ruhig du zu mir«, entgegnete Hanna.

»Wirklich? Aber Sie sind doch eine Schwester!«

»Und du vielleicht auch irgendwann.«

Else zögerte, dann fragte sie: »Kennen Sie … kennst du Bruder Schubert? Aus Friedensau?«

»Ja«, antwortete Hanna. »Natürlich!«

»Ich habe bei ihm vorgesprochen, weil ich gern Krankenschwester werden möchte. Er meinte, ich sei zu klein dazu.«

Hanna legte den Kopf schräg. Das Mädchen war wirklich nicht besonders groß, aber sie selbst war auch keine Riesin. Außerdem würde Else vielleicht noch wachsen.

»Und warum bist du hier?«

»Ich habe nicht lockergelassen«, antwortete sie. »Ich habe erst auf Bruder Schubert eingeredet und dann auf Dr. Conradi. Ich würde so gern Krankenschwester werden!«

Die Art, wie Else entschlossen die Fäuste ballte, gefiel Hanna.

Es erinnerte sie an den Tag, an dem sie selbst vor ihrem Vater gestanden und verkündet hatte, dass sie Krankenschwester werden wollte. Ihr Vater hätte es lieber gesehen, wenn sie bis zu ihrer Heirat zu Hause geblieben wäre, um im Haushalt zu helfen, aber Hanna hatte sich berufen gefühlt.

»Das wirst du. Ganz sicher«, gab Hanna zurück. »Es ist nicht einfach, aber man kann es schaffen. Das siehst du ja an mir. Nicht die Körperkraft ist entscheidend, sondern der Wille.«

Elses Augen leuchteten. »Danke, das ist lieb von dir.«

Schritte hallten durch den Gang. Else zuckte zusammen.

»Also, dann werde ich mal wieder«, sagte sie rasch. »Wir treffen uns nachher im Speisesaal. Ach ja, die Proben finden morgens um vier im Wald statt. Da ist Frau Conradi noch nicht wach und kann uns nicht hören.« Mit einem Augenzwinkern huschte Else aus dem Zimmer.

5. Kapitel

Das Lagerhaus befand sich direkt am Hafen. Seit Kriegsende erlebte die deutsche Schifffahrt wieder einen kleinen Aufschwung. Passagierschiffe legten hier ebenso ab wie Fischkutter. Auf der Alster herrschte reger Betrieb, Schiffshörner erklangen, Männer riefen sich etwas zu, fluchten zuweilen. Kräne schwangen ihre langen Arme über die Schiffe, um ihnen die Ladung abzunehmen.

Der Anblick weckte Sehnsucht in Louis' Brust. Wie gern wäre er mit einem der großen Schiffe gen Afrika gereist, um dort als Missionsarzt zu arbeiten! Er hatte diesen Gedanken eigentlich ad acta gelegt, aber immer, wenn er ein großes Schiff sah, überfiel er ihn wieder wie ein Räuber.

»Sind Sie wegen der Waren hier?«, fragte eine Stimme hinter ihm mit gedehntem Hamburger Akzent. »Dr. …«

»Conradi.« Louis drehte sich um. »Dr. Conradi.«

Der Mann trug ein abgewetztes braunes Jackett, eine dunkle Hose und grobe Schuhe. Auf seinem Kopf saß eine Schiebermütze. Offenbar hatte er heute keine Zeit gehabt, sich zu rasieren, denn sein Kinn war mit Stoppeln übersät, die noch weit davon entfernt waren, ein Bart zu werden.

»Krömer«, stellte er sich vor. »Willem Krömer.«

Die beiden Männer reichten sich die Hände.

»Freut mich, Sie kennenzulernen«, sagte Conradi, worauf Krömer antwortete: »Und mich erst! Es kommt ja nich so häufich vor, dass sich jemand in diesen Zeiten an sein Wort hält.«

»Oh, da brauchen Sie bei mir keine Sorgen zu haben. Ich halte mich immer an mein Wort.«

Der Mann musterte ihn, und Louis fragte sich, ob er nicht doch besser jemanden hätte bitten sollen, ihn zu begleiten.

»Dann wollen wir uns den Schatz mal ansehen, ne?« Krömer vergrub die Hände in den Taschen und schritt voran.

Louis folgte ihm schweigend. Nach einer Weile fragte er: »Gibt es noch andere Interessenten für die Ware?«

»Für den Krempel? Nee, wer sollte das Zeuch auch haben wollen, ne? Zum Glück wird es nich mehr gebraucht.«

Louis jubilierte innerlich. Kein weiterer Interessent bedeutete, dass er den Preis drücken konnte.

Andererseits war es möglich, dass die Ware nicht viel taugte. Niemand hatte Verwendung für angerostete Instrumente, mottenzerfressene Betten und blutverschmiertes Verbandszeug.

»Woher kommen all die Sachen?«, fragte er, während sie durch eine Lagerhalle schritten. Der Sonnenschein wurde von dem Schmutz auf den hohen Scheiben gedämpft. Da Krömer keinen Lichtschalter betätigte, war dies wohl die einzige Lichtquelle.

»Marine«, antwortete der Mann, der sich mit traumwandlerischer Sicherheit zwischen den Regalen und Kisten bewegte. Manche davon waren mit Planen verdeckt.

»Einiges war für Schiffe gedacht, anderes für U-Boote.« Der Mann zuckte mit den Schultern. »Haben es nich mehr gebraucht, nachdem sie von den Engländern versenkt wurden.«

Krömer führte Conradi zu einem mit einer Plane abgedeckten Haufen. Unter dem grauen Stoff zeichneten sich die scharfen Kanten etlicher Kisten ab.

Mit einem schwungvollen Handgriff zog der Mann die Plane zur Seite. Jetzt wurde offenbar, dass sich darunter nicht nur Kisten befanden. Auch bündelweise Decken und Tücher, außerdem Leinwände waren hier eingelagert worden.

Für den Transport all dieser Dinge werde ich einen Lastwagen brauchen, dachte Louis und war für einen Moment sprachlos. Dann ließ er den Blick schweifen. Sofort identifizierte er einige Kisten mit der Aufschrift »Sanitätskorps«. Außerdem einen Packen Inlettstoff und einige Federbetten. Brauchte man Letztere wirklich auf einem U-Boot?

»Dürfte ich wohl in die Kisten hineinschauen?«, fragte er Krömer.

»Klar«, sagte dieser, zog ein Messer aus der Tasche, was Conradi instinktiv ein wenig zurückweichen ließ, und hebelte den Deckel von einer der Kisten. Darin befanden sich weitere Schachteln, einige davon mit Leimpapier verziert. Sie stammten eindeutig aus der Vorkriegsproduktion, wo man sich noch ansprechende Verpackungen leisten konnte.

»Darf ich?«, fragte Louis und streckte die Hände nach der Schachtel aus.

Der Mann nickte, während er das Messer in seiner Handfläche wog. Die Klinge war sehr breit, und es würde ihn nicht viel Mühe kosten, ihm damit den Hals durchzuschneiden.

Louis verdrängte den unheilvollen Gedanken, beugte sich über die Kiste und öffnete die Schachtel. Der Anblick des Inhalts zauberte ihm ein Lächeln aufs Gesicht. Skalpelle in verschiedenen Größen. Jedes von ihnen in Seidenpapier eingeschlagen, ohne den kleinsten Kratzer. Was mochten wohl die anderen Schachteln enthalten? Spatel? Zangen? Wundhaken?

»Also das hier nehme ich. Und die Betten dort …«

»Ganz oder gar nich«, unterbrach ihn Krömer. »Es geht hier nich darum, sich etwas rauszupicken. Entweder Sie nehmen alles, oder ich sperr die Türen wieder zu!«

Damit hatte Louis nicht gerechnet. Er hatte sich das Beste heraussuchen wollen. Was sollte er schon mit all den alten Felddecken und der groben Leinwand? Er wollte kein Schiff einrichten, sondern ein Krankenhaus.

Er rang mit sich. Alles zu kaufen würde sicher ein Vermögen kosten. Nun ja, was kostete momentan kein Vermögen? Aber er brauchte auch Geld für weiteres Baumaterial. Der Operationssaal war nur ein Posten von vielen, der große Summen verschlingen würde.

»Wenn Sie nich wollen, werd ich das Zeuch auch woanders los«, drängte Krömer. Louis blickte auf die Ausrüstung. Das OP-Besteck war vielleicht etwas unvollständig, doch was da war, blitzte nagelneu.

»Ich nehme die Sachen«, sagte er schnell, denn er wusste, dass Verhandlungen hier nichts brachten.

»Na bestens!« Krömer klappte sein Messer zu und ließ es in der Hosentasche verschwinden. »Bezahlt wird bei Abholung. Ein paar Tage lasse ich Ihnen, denn es ist sicher nich leicht, 'nen passenden Wagen für den Transport zu finden.«

»Danke, das ist sehr freundlich von Ihnen.«

Der Mann reichte ihm die Hand, und Louis schlug ein.

»Ich kann Ihnen ein Fuhrunternehmen empfehlen, wenn Sie wollen«, setzte Krömer hinzu, als sie sich dem Ausgang zuwandten.

»Das ist nicht nötig. Ich habe ein paar Bekannte, die aushelfen werden.«

»Da haben Sie großes Glück, Herr Doktor! Melden Sie sich einfach bei mir, wenn es so weit ist. Ich bin in meinem Büro, wenn Sie mich suchen.«

Wenig später ließ sich Louis zur Wohnung seines Vaters in der Hoheluftchaussee chauffieren. Er hatte das Glück gehabt, eines der Automobiltaxis zu ergattern, mit denen man geradezu durch die Stadt flog. Die Fahrzeuge faszinierten Louis, und er nahm sich vor, eines für das Krankenhaus anzuschaffen, sobald es ihm finanziell möglich war. Die Inflation trieb wilde Blüten, deshalb war an Extravaganzen vorerst nicht zu denken.

Der Taxifahrer versorgte ihn mit dem neuesten Klatsch aus der Stadt, doch Louis hörte kaum zu. Er dachte zurück an seine Zeit als Arzt am hiesigen Freimaurer-Krankenhaus, an dem er bis zum vergangenen Jahr noch gearbeitet hatte.

Nicht nur der Krieg hatte große Verheerungen gebracht. Auch die Spanische Grippe hatte reichlich Opfer gefordert. Er erinnerte sich noch gut an all die Kranken, die bei ihnen eingeliefert wurden.

Tag und Nacht waren die Schwestern und Ärzte im Dienst gewesen, die Gesichter versteckt unter Mundschutzen, die sonst nur die Chirurgen im OP trugen. Noch nie zuvor hatte er so viele Dahinsiechende gesehen, noch nie zuvor hatte er sich so machtlos gefühlt. Die Grippe hatte alle Schichten der Bevölkerung gleich gemacht, die Reichen starben daran wie die Armen.

Das Taxi bog in die Hoheluftchaussee ein. Louis wappnete sich. Sein Vater war ein strenger, fordernder Mann, der durchaus Humor hatte – nur ging er nicht gerade verschwenderisch damit um.

Richard Conradi hatte sich ausgebeten, dass Louis ihm in regelmäßigen Abständen Bericht erstattete, wie es mit dem Waldfriede voranging. Und da Louis gerade in Hamburg war, konnte er zwei Fliegen mit einer Klappe schlagen.

Vor der Nummer 82, dem Wohnhaus seines Vaters, blieb der Wagen stehen. Louis bezahlte den Fahrer und stieg aus. Kurz warf er einen Blick auf die helle, stuckverzierte Fassade, in deren Fenstern sich der blaue wolkenverzierte Himmel spiegelte. Dann öffnete er die Tür und trat ein.

Ein scharfer Geruch wehte ihm entgegen. Auf der gegenüberliegenden Seite des Flurs stand die Tür zum Hinterhof offen. Wahrscheinlich hatte der Hund der Nachbarn wieder mal neben der Tür sein Geschäft verrichtet.

Die abgeschabten Binsenmatten auf den Treppenstufen dämpften Louis' Schritte, als er in die erste Etage hinaufstieg. Der Kauf der Ausrüstung war ein voller Erfolg gewesen. Bei dem Lastwagen würden seine Glaubensbrüder helfen können. Auch aus diesem Grund war der Besuch bei seinem Vater wichtig.

Oben angekommen, wischte er sich den Staub vom Mantel und klingelte.

In der Wohnung blieb es zunächst still. Louis klingelte erneut und für einen Moment fürchtete er schon, dass sein Vater wieder in Friedensau sein könnte.

Doch da ertönten schwere Schritte. Der Riegel wurde zurückgeschoben, dann schwang die Tür auf, und Louis blickte in das überraschte Gesicht von Richard Conradi.

»Louis! Was machst du denn hier?«, fragte er. Es war ein seltener Anblick, ihn hemdsärmelig, mit Hosenträgern über den Schultern und in brauner Cordhose zu Gesicht zu bekommen. Normalerweise trug er zumindest eine Weste über dem Hemd, und wenn er ausging, immer ein Jackett.

»Ich hatte dir doch geschrieben«, antwortete Louis. »Ich bin hier wegen des Lagers.«

Seit dem Tod von Louis' Mutter Lizzie lebte der Vater allein. Er hätte die Möglichkeit gehabt, sich eine neue Frau zu suchen, doch er wollte nicht. Stattdessen hatte er sich voll und ganz seiner Arbeit verschrieben.

»Aber ja, das hatte ich ganz vergessen! Komm herein, mein Junge!« Richard Conradi trat beiseite, um seinen Sohn einzulassen. »Ist Catherine gar nicht bei dir?«, fragte er, während er die Tür hinter ihm schloss.

»Nein, jemand muss ein Auge auf das Waldfriede haben.« Waldfriede. Es tat gut, den Namen auszusprechen. Wenn etwas einen Namen hatte, konnte man es greifen und halten.

Sein Vater führte ihn in die Wohnstube, wo eine große Standuhr mit stetem Pendelschwung und leisem Ticken die Vergänglichkeit der Zeit anzeigte. Es war kurz nach eins, vermutlich hatte sein Vater Mittagsruhe gehalten.

»Also, wie ist es gelaufen?« Richard ließ sich auf den breiten, schweren Ledersessel sinken.

Louis nahm auf dem Sofa Platz, dort, wo seine Mutter immer mit ihm gesessen hatte. Sie fehlte ihm sehr, denn mit ihr hatte er über alles reden können. In ihren Augen war keine Sorge zu klein, kein Herzensleid zu profan gewesen. Sie hatte ihn als Einzige zärtlich mit seinem Zweitnamen Eugene gerufen. Das vollkommene Gegenstück zu seinem strengen Vater.

Louis gab ihm einen kurzen Bericht von dem, was er in der Lagerhalle vorgefunden hatte. Außerdem erzählte er ihm von Krömers Bedingungen.

»Du hast richtig gehandelt«, sagte sein Vater. »Auch wenn dir jetzt noch nicht klar ist, was du mit den überzähligen Dingen anfangen sollst – Gott wird dir ihre Bestimmung zeigen.«

»Darauf vertraue ich.« Louis machte eine gedankenvolle Pause, bevor er fortfuhr: »Wegen der Menge der Waren benötige ich deine Hilfe, Vater. Sagtest du nicht, es sei dir möglich, einen Lastwagen aufzutreiben?«

»Das stimmt, allerdings werde ich einen Vorlauf benötigen. Wie schnell muss es denn gehen?«

»Der Verkäufer meinte, so schnell wie möglich.«

Richard wiegte nachdenklich den Kopf. »Zwei Wochen wird er sich wohl gedulden müssen. Meinst du, er wäre damit einverstanden?«

»Zwei Wochen?«, platzte Louis heraus. Da hätte er auch in Skodsborg anfragen können. Oder einen Pferdewagen bemühen.

»Die Zeiten sind nicht mehr wie vor dem Krieg. Viele von uns haben einiges aufs Spiel setzen müssen und verloren. Aber ich versichere dir, in zwei Wochen hast du deinen Wagen.«

»Danke. Ich hoffe, der Mann lässt mit sich reden. Er hat ein paar wirklich schöne Sachen für das Krankenhaus.«

»Du wirst das schon hinbekommen.«

Richard betrachtete seinen Sohn, dann sagte er: »Es ist wirklich schade, dass Catherine nicht bei dir ist. Ich hätte mich gern mit ihr unterhalten.«

Worüber?, dachte Louis mit einem Anflug von Abwehr. Darüber, dass sie keine Kinder bekommen kann? Dass wir es weiter versuchen sollen?

»Diese Gelegenheit bekommst du spätestens an ihrem Geburtstag.«

»In der Zeit werde ich leider in Amerika weilen. Ein Bekannter aus Battle Creek hat mich eingeladen. Es wird mir guttun, mal etwas anderes zu sehen.«

Die Ankündigung der Reise überraschte Louis. Sein Vater war

öfter unterwegs, aber eigentlich pflegte er ihm vorher Bescheid zu geben.

»Ich hoffe, dass ich euch mitnehmen kann, sobald ihr im Waldfriede abkömmlich seid. Die Amerikaner brennen übrigens darauf zu hören, wie es vorangeht.«

»Richte ihnen bitte unsere Grüße aus«, gab Louis etwas steif zurück. »Wir werden Einladungen verschicken, wenn wir wissen, wann wir eröffnen können.«

»Das werde ich ihnen gern sagen.« Richard musterte seinen Sohn eine Weile schweigend, dann fügte er hinzu: »Ich gebe Heinrich Bescheid. Er meldet sich bei dir, sobald er den Wagen hat.«

Louis spürte, dass das Gespräch beendet war. Er stand auf. Eigentlich hatte er vorgehabt, über Nacht zu bleiben, aber aus irgendeinem Grund war ihm die Lust darauf vergangen.

»Auf Wiedersehen, Vater. Der Weg nach Berlin ist lang. Außerdem muss ich zuvor noch Krömer Bescheid geben. Hoffentlich treffe ich ihn in seinem Büro an.«

»Gehe mit Gottes Segen.« Richard Conradi erhob sich aus seinem Sessel und brachte seinen Sohn zur Tür.

6. Kapitel

Am Abend hatte Hanna das Gefühl, sie wäre von einem Felsbrocken überrollt worden. Ihr Rücken schmerzte, ihre Finger pochten, und die müden Beine wollten auch neben dem Backstein nicht warm werden.

Den ganzen Tag über hatte sie keine Zeit gehabt, an Martin zu denken. Das war gut. Gut war auch, dass die Mädchen, mit denen sie die Böden schrubbte, einen netten Eindruck machten.

Schwester Ida trat ein und streckte stöhnend ihren Rücken. »Ich sehne den Tag herbei, an dem die Heizung endlich wieder geht!«

Maria, die auf ihrer Bettdecke saß, vor sich die aufgeschlagene Bibel, blickte auf. »Das wird wohl noch eine Weile dauern, wenn die Arbeiter lieber demonstrieren, als ihrem Tagwerk nachzugehen.«

»Tag für Tag in seinen Kleidern zu schlafen, kann nicht gesund sein«, murrte Ida weiter und löste ihr Haar.

»Gibt es in der Küche vielleicht noch warmes Wasser?«, fragte Hanna, die immer noch ein wenig von der Wäsche mit dem kalten Wasser fröstelte. Im Sommer machte ihr das nichts aus, aber im Winter fiel es ihr gleich doppelt so schwer. »Wir haben uns in Friedensau manchmal welches geholt, wenn die Küchenmädchen mit dem Spülen fertig waren.«

Maria und Ida sahen sie überrascht an.

»Es wäre doch schade, wenn es einfach so wieder abkühlt«, fügte Hanna hinzu. Sie wusste, wie wichtig es war, ein gutes Verhältnis mit den anderen zu pflegen, und sah jetzt die Chance gekommen, ihre beiden Zimmergenossinnen für sich einzunehmen. »Immerhin sind dafür Holz und Koks verbrannt worden!«

Die beiden Frauen warfen einander einen Blick zu, dann nickten sie. »Das klingt nach einer guten Idee«, sagte Maria.

»Ja, genau!«, pflichtete Schwester Ida ihr bei. »Frau Conradi wird nichts dagegen haben.«

Hanna erhob sich und schlüpfte in ihre Stiefeletten.

»Hier, nimm die Laterne mit!«, sagte Ida und reichte ihr eine der Lampen.

Als sie auf den Flur trat, wurde der eisige Hauch, der in den Räumen allgegenwärtig war, noch stärker. Der Wind strich raunend um die Mauern und pfiff durch die Fenster. Die Dielen knarrten leise unter ihren Schuhen, die Lampe zeichnete gespenstische Schatten an die Wände. Ein Schauer rieselte über Hannas Rücken, und auf einmal wünschte sie sich in ihr Bett zurück. Dennoch ging sie weiter, schlich auf Zehenspitzen an den Privaträumen der Conradis vorbei und erreichte endlich die Küche. Dort stellte sie die Lampe auf dem Tisch ab. Der Herd strahlte immer noch Wärme ab. Sie schaute sich um und entdeckte einen Krug aus Emaille, den sie mit angenehm warmem Wasser aus dem großen Topf auf der Herdplatte füllte.

***

Bei seiner Rückkehr nach Berlin war die Stadt tiefdunkel. Nur ein paar alte Gaslaternen spendeten Licht. In den Fenstern warf Kerzenlicht unstete Schatten an die Gardinen. Der Streik hielt also weiterhin an.

Wie lange wird das noch so gehen?, fragte sich Louis, während er den Kragen seines Mantels hochklappte, um sein Gesicht vor dem eisigen Wind zu schützen. Was könnten wir alles auf die Beine stellen, wenn endlich Ruhe im Land einkehren würde!

Nach einem strammen Fußmarsch erreichte er das Tor des Waldfriede. Der Wachhund schlug kurz an, doch als er die vertrauten

Schritte seines Herrn vernahm, verstummte er und kam schwanzwedelnd auf ihn zu.

Louis tätschelte ihm den Kopf, dann ging er zur Tür. Der Hund folgte ihm eine Weile, doch auf sein scharfes Kommando zog er sich in seine Hütte zurück.

Das Krankenhaus war still. Nur hinter sehr wenigen Fenstern glomm der Schein einer Petroleumlaterne. Die Euphorie des erfolgreichen Tages hatte ihn während der Fahrt wach gehalten, doch nun merkte er, wie müde er eigentlich war. Er freute sich auf sein Bett und darauf, morgen wieder seinen alltäglichen Pflichten nachkommen zu können.

Als er den Flur entlangging, erblickte er einen Lichtschein in der Küche. War Catherine etwa noch wach?

An der offenen Küchentür angekommen, blieb er stehen und warf einen Blick hinein. Die neue Schwester stand am Herd und füllte Wasser aus dem Kessel in einen Krug. Sie trug ein Wolltuch über ihrem Kleid, und ihre blonden, widerspenstigen Locken flossen frei über ihren Rücken. Sie war so versunken in ihre Tätigkeit, dass sie ihn gar nicht bemerkte.

»Ah, Schwester Hanna, Sie sind noch wach?«

Die Angesprochene erstarrte in ihrer Bewegung und wirbelte zu ihm herum.

»Dr. Conradi«, stieß sie erschrocken hervor und blickte ihn aus großen Augen an. »Sie sind wieder zurück!«

»Ja, es ging alles schneller als erwartet.« Louis spürte, dass sich ein Lächeln auf sein Gesicht schlich. »Wollen Sie sich einen Tee zubereiten?«, fragte er und deutete auf den Topf.

»Nein, nur ein wenig Wasser zum Waschen holen. Es ist übrig und wird anscheinend nicht mehr gebraucht, warum also sollten wir es verschwenden?«

Conradi zog die Augenbrauen hoch. »Da haben Sie recht, Schwester Hanna. Nehmen Sie es ruhig.«

»Danke.« Einen Moment schien sie mit sich zu ringen, dann fügte sie hinzu: »Ihre Frau erwähnte beim Abendessen, dass Sie in Hamburg seien, um Material für das Haus zu besorgen. Ich hoffe, es hat geklappt.«

Louis knöpfte seinen Mantel auf. »Ja, ich denke, ich hatte Erfolg.«

»Ich will nicht neugierig erscheinen, aber haben Sie etwas Schönes für das Haus bekommen?« Jetzt wurde sie rot.

Ihre Schüchternheit rührte Louis. Im Gegensatz zu den meisten anderen Schwestern hatte sie noch nichts von der Härte, die sich in deren Züge meißelte, sobald sie einige Jahre länger im Dienst waren und die Arbeit an ihnen zu zehren begann. Und mit den offenen Locken wirkte sie noch ein ganzes Stück hübscher.

Sie schien ihm seine Gedanken anzusehen, denn sie tastete eilig nach ihrem Haar und drehte es zu einem Zopf zusammen.

»Ja, sogar vieles. Ausrüstung, Instrumente, Betten … Bei einigen Dingen weiß ich zwar selbst nicht, was wir damit machen sollen, aber man kann sie vielleicht eintauschen.«

Hanna nickte. »Möglicherweise findet sich noch eine andere Verwendung dafür.«

»Vielleicht.« Er machte eine kurze Pause. »Ich bin jedenfalls froh, dass sich der Mann, der das Lager verwaltet, darauf eingelassen hat, die Sachen noch für zwei Wochen aufzubewahren. Eher war kein Lastwagen zu bekommen. Danach habe ich zwei Stunden vergeblich am Bahnhof gestanden – die Zuverlässigkeit der Züge lässt wahrhaftig zu wünschen übrig.« Er lachte, was ihre Beklommenheit ein wenig zu vertreiben schien. »Da dachten wir schon, wir hier in Zehlendorf hätten unter den Streiks zu leiden, aber andernorts ist es ebenso.«

»Soweit ich gelesen habe, ist es im gesamten Land unruhig, seit der Kaiser abgedankt hat«, gab Hanna zurück.

»Sie interessieren sich für Politik?«

»Ich lese gern Zeitung – sofern sich die Gelegenheit bietet, eine zu bekommen.«

Conradi nickte, dann fiel ihm etwas ein. Er öffnete seine Tasche und zog das *Hamburger Abendblatt* heraus, das er am Bahnhof erstanden hatte, um sich ein wenig die Langeweile zu vertreiben. Die Nachrichten waren deprimierend, aber immerhin wusste er nun wieder, wie es um die Welt da draußen stand.

»Hier, nehmen Sie. Sie sind doch sicher neugierig, was in Deutschland passiert, nicht wahr?«

Hanna wollte protestieren, aber er legte die Zeitung auf den Küchentisch und wandte sich zum Gehen.

»Danke«, stieß sie hervor. »Gute Nacht.«

»Gute Nacht«, erwiderte Louis, dann verschwand er in seinen Privaträumen.

Wie erwartet, lag Catherine bereits im Bett. Ihre gleichmäßigen Atemzüge verrieten, dass sie schlief.

Louis verzichtete darauf, sie zu wecken. Der Tag war sicher anstrengend für sie gewesen, und die Nacht würde früh enden. So leise wie möglich schälte er sich aus seinen Kleidern und schlüpfte in sein Nachthemd. Das Feuer in dem kleinen Ofen war bereits verloschen, doch ein wenig Restwärme hing noch in der Luft.

Seine Frau regte sich, als er sich zu ihr legte, doch sie wachte nicht auf. Er schloss die Augen. Ein Lächeln huschte über sein Gesicht, als er an die Begegnung mit der neuen Schwester zurückdachte. Ein findiges Mädchen. Warmes Wasser zum Waschen. Ja, das fehlte ihnen allen. Und so vieles mehr.

***

Mit klopfendem Herzen stand Hanna vor dem Herd. In der Küche auf den Doktor zu treffen, hatte sie nicht erwartet.

Nachdem sie ihre erste Verwirrung niedergerungen hatte, warf sie einen Blick auf die Zeitung – ein kostbares Geschenk. In dicken Lettern wurde über Unruhen in Hamburg berichtet. Auf dem groben Papier war das Bild einer Blockade abgedruckt. Wie behütet sie doch in Friedensau gewesen waren!

Hanna ließ die Zeitung unter ihrer Schürze verschwinden. Sie hatte vor, sie unter der Matratze ihres Bettes zu verstecken, bis sie Gelegenheit hatte, darin zu lesen. Anschließend nahm sie den vollen Krug, griff mit der freien Hand nach der Lampe und verließ, noch immer innerlich aufgewühlt, die Küche.

7. Kapitel

Zehlendorf, 12. Februar 1920

Am nächsten Morgen erwachte Hanna schon weit vor Sonnenaufgang. Sie war froh, dass ihre innere Uhr noch immer funktionierte, denn heute stand die Chorprobe an.

Als sie sich aufrichtete, sah sie, dass Schwester Ida und Schwester Maria noch leise vor sich hin schnarchten. Hanna schlüpfte aus dem Bett und tastete sich vorsichtig zum Paravent, hinter dem die Waschschüssel stand. Nachdem sie ihre Morgentoilette verrichtet hatte, schlüpfte sie in neue Unterwäsche und ihr zweites Kleid. Hanna hatte gehofft, es anziehen zu können, wenn die Temperaturen milder wurden, denn der blaue Kattun, aus dem es bestand, war nicht besonders dick. In dem Wollkleid konnte sie sich nicht mehr sehen lassen.

Zum Abschluss schlang sie ihr Haar im Nacken zu einem Knoten und holte ihre Wollmütze und die dazu passenden Handschuhe aus ihrer Tasche. Leni hatte sie aus silbergrauer Wolle gestrickt, weil sie meinte, die Farbe würde ihr gut stehen.

Als sie fertig war, verließ sie auf Zehenspitzen den Raum. Auch wenn Else ihr den Weg beschrieben hatte, war sie doch unsicher, ob sie in der morgendlichen Dunkelheit die richtige Stelle finden würde.

Um Frau Conradi nicht aus Versehen in die Arme zu laufen, verließ sie das Haus durch die Hintertür. Diese führte auf den Hof und zu den

Werksschuppen. Die Kälte zwickte in ihre Wangen und Ohren, der Geruch von Schornsteinrauch reizte ihre Nase. Fröstelnd zog sie den Mantel enger um ihren Körper. Das Kattunkleid passte wirklich nicht gut zu dieser Witterung.

»Pst!«, machte es da von der Seite. Hanna zuckte zusammen. Im nächsten Augenblick traf sie ein Lichtschein direkt ins Gesicht.

»Ich bin's«, flüsterte Else.

Hanna kniff die Augen zusammen. »Was soll das?«, fragte sie protestierend.

»Die habe ich von meinem Onkel bekommen«, sagte Else kichernd und zeigte ihr das kleine Rohr, auf dem an einer Seite das Licht durch eine Linse fiel. »Eine Taschenlampe. Sehr praktisch, wenn du nicht irgendwann in der Krummen Lanke landen willst.«

»Krumme Lanke?«, fragte Hanna verwirrt. Dunkle Punkte hüpften vor ihren Augen.

»Ein See mitten im Wald. Der Doktor meinte, dass er irgendwann ein Haus am See kaufen würde, in dem wir alle Ferien machen können.«

»Gibt es denn Häuser um die Krumme Lanke?« Was für ein komischer Name für einen See, fand Hanna. Gleichzeitig wurde sie neugierig und fragte sich, was wohl dazu geführt hatte, dass man ihn so nannte.

»In der Nähe schon, aber nicht direkt am Ufer. Ich glaube auch nicht, dass der Doktor diesen See meint.« Sie richtete den Strahl der Taschenlampe in die Dunkelheit. »Wollen wir? Die anderen warten schon.«

Hanna hielt sich dicht an Else. Die Dunkelheit war noch so tief, dass sie kaum die Hand vor Augen erkannte.

»Es ist nicht weit«, wisperte Else. »Wir wollen nur nicht, dass Frau Conradi etwas mitbekommt. Sie ist immer schon gegen fünf auf, und unser Gesang ist in dieser stillen Gegend ziemlich weit zu hören.«

Hanna versuchte, etwas auf ihrer Uhr zu erkennen. War es halb fünf?

»Leuchte doch bitte mal«, flüsterte sie Else zu.

Als der Lichtschein die Uhr traf, sah sie, dass sie recht hatte.

Wenig später vernahm sie leise Stimmen und Gekicher.

Fünf Mädchen hatten sich um eine kleine Feuerstelle versammelt, die mehr schlecht als recht brannte.

»Wir sind da!«, verkündete Else und leuchtete über fünf Gesichter. Hanna hatte die Mädchen beim Putzen und am Mittagstisch gesehen. Sie wohnten nicht im Haus, da sie die Töchter von Berliner Gemeindemitgliedern waren. Ihre Namen hatte sie sich nicht gemerkt.

»Das ist Schwester Hanna. Sie wird unseren Chor unterstützen.«

Die Mädchen nickten ihr zu und nannten nacheinander ihre Namen: Martha, Christa, Hilde, Helene und Luise.

»Machen noch andere Schwestern mit?«, fragte Hanna, während sie die Hände aneinanderrieb. Trotz der rauen Fäustlinge, die sie trug, fühlten sie sich wie Eiszapfen an.

»Wir haben gefragt, aber Schwester Maria war zu beschäftigt, genauso wie Schwester Ida. Die beiden kommandieren uns lieber herum, als mit uns zu singen.« Elses große Augen strahlten, das konnte Hanna sogar im Lichtschein sehen. »Du bist die Erste, die mitmacht.«

Hanna wunderte sich über die Ablehnung von Maria und Ida. Hatten sie keine guten Stimmen? Jede Friedensauer Schwester konnte eigentlich passabel singen.

»Was wollt ihr denn einüben?«, fragte sie, ohne auf Elses Bemerkung einzugehen.

»›Auf Adlers Flügeln getragen‹«, antwortete eines der Mädchen, das sich als Luise vorgestellt hatte. »Kennst du das?«

Hanna schüttelte den Kopf. Dieses Lied war ihr bisher nicht untergekommen.

»Es stammt von der Frau eines Arztes. Wir haben es im Bibelunterricht gelernt, es ist wohl noch recht neu. Ich singe es dir mal vor.«

Mit glockenheller Stimme begann Luise: »Auf Adlers Flügeln getragen übers brausende Meer der Zeit, getragen auf Adlers Flügeln bis hinein in die Ewigkeit …«

Die Melodie und die Worte riefen bei Hanna eine Gänsehaut hervor. Wie wunderschön das klang! Stets hatte sie sich gewünscht, so singen zu können. Rührung ließ ihr Herz brennen, und sie wünschte sich inständig, dass ihre Schwester bei ihr wäre.

Stille folgte dem Gesang. Nur der Wind raunte in den Bäumen.

»Ein schönes Lied«, sagte sie. »Ich fürchte aber, du wirst mir einen Zettel mit dem Text geben müssen. Das habe ich mir nicht alles merken können.«

»Den kriegst du«, versprach Luise. »Wir sind schon etwas weiter, aber heute üben wir noch einmal Zeile für Zeile. Ja?«

Wenig später schallte der Gesang durch den Wald, und es schien, als würde er die Morgendämmerung hervorlocken.

***

»Vater wird eine Reise nach Amerika unternehmen«, bemerkte Louis und hielt die Hände gegen die offene Feuerluke des Herdes. Nach seinem Rundgang durchs Haus war er durchgefroren und spürte seine Finger kaum noch. »Wusstest du etwas davon?«

»Nein«, antwortete Catherine, während sie die Graupen abwog.

»Er hat sich nach dir erkundigt.«

»Aha?«, gab sie ohne aufzublicken zurück. Catherine war eigentlich immer gut mit ihrem Schwiegervater ausgekommen, doch seit der Fehlgeburt wirkte sie angespannt, wenn Louis Richard erwähnte. Er konnte nur ahnen, welcher Druck auf ihr lastete. Sein Vater erwartete viel, das stimmte. Aber bislang hatte ihr das nichts ausgemacht.

»Anscheinend hat es ihn gewundert, dass du nicht bei mir warst.«

»Einer muss nach dem Haus hier schauen. Das hast du ihm hoffentlich gesagt.«

»Ja, das habe ich.«

Louis betrachtete sie eine Weile. Die Arbeit und die Kälte hatten ihre Spuren hinterlassen. Auf ihren Gesichtern und Haaren, aber auch auf ihren Seelen.

Wenn du eine Ehe ruinieren willst, bau ein Haus, hatte er mal irgendwen sagen hören.

Schritte stürmten den Gang hinauf. Im nächsten Augenblick rief eine aufgeregte Stimme: »Herr Doktor, da ist ein Polizist, der Sie sprechen möchte!«

Conradi richtete sich auf und blickte in das gerötete Gesicht eines jungen Bauhelfers. »Was für ein Polizist?«

»Es geht wohl um das Baumaterial, das wir letzte Woche bekommen haben.«

Louis wurde es heiß und kalt zugleich.

»Ich komme«, sagte er, warf seinen Mantel über das angeschmutzte Jackett und verließ die Küche.

Der Polizist war ein untersetzter Mann mit Schnauzbart, der ihn wie ein Walross wirken ließen. Unter seiner Pickelhaube lugten wachsame blaue Augen hervor, die auf jede seiner Bewegungen achteten.

»Guten Tag«, grüßte Louis höflich. »Sie wollen mich sprechen?«

»Sind Sie der Eigentümer dieses Hauses?«

»Ja. Dr. Louis Conradi. Mit wem habe ich das Vergnügen?«

»Wachtmeister Baumann. Wie ich sehe, lagern Sie auf dem Gelände Baumaterial.« Der Blick des Polizisten wanderte zu dem Materialstapel seitlich des Gebäudes. »Darf ich es mal in Augenschein nehmen?«

»Selbstverständlich«, entgegnete Conradi und öffnete widerstrebend das Tor. Alles in ihm schrie, es nicht zu tun, aber er wusste, dass er keine Wahl hatte. Wenn er den Polizisten wegschickte, kam er vielleicht mit einer ganzen Mannschaft zurück. Oder schlimmer noch, dieser Wiedemann erfuhr davon.

Er führte Baumann über den ausgetretenen Weg zum Materiallager, über das eine Plane gespannt war. Erst in der vergangenen Woche war das Baumaterial eingetroffen: Mauersteine, Träger und einige Säcke Kalk. Das alles waren wertvolle Güter, die dieser Tage nicht leicht zu beschaffen waren. Die Fuhrwerkslenker hatten Mühe gehabt, überhaupt bis hierher zu gelangen.

»Zeigen Sie mir, was darunter ist«, befahl der Beamte, als sie vor dem Materialhaufen angekommen waren. Unter den Blicken der Bauarbeiter, die die Anwesenheit des Uniformierten mitbekommen hatten, zog Conradi einen Teil der Plane zur Seite.

Der Beamte legte den Kopf schräg. Louis sah ihm an, dass er den Wert der Waren überschlug. Das ungute Gefühl in seiner Magengrube wurde stärker.

»Haben Sie eine Baugenehmigung?«, fragte Wachtmeister Baumann schließlich.

Ein heißer Schauer lief über Louis' Nacken. Das hatte er befürchtet! Wiedemann, dachte er. Lässt er uns jetzt bespitzeln? In diesen abgelegenen Teil von Zehlendorf war zuvor noch nie ein Polizist gekommen.

Er zwang sich zur Ruhe.

»Wir haben einen entsprechenden Antrag beim Baurat eingereicht, allerdings steht die Antwort noch aus.«

Die Züge des Polizisten verhärteten sich. »Solange Sie keine Baugenehmigung haben, dürfen Sie nicht bauen«, beschied er. »Dementsprechend benötigen Sie auch kein Material, das anderswo dringend gebraucht wird.«

Am liebsten hätte Louis dem Beamten den Kopf geradegerückt, was die Wichtigkeit eines Krankenhauses anging, doch das hätte alles nur noch schlimmer gemacht.

»Ich beschlagnahme hiermit das Material und untersage Ihnen die weitere Verwendung«, erklärte Baumann, bevor Louis Einwand erheben konnte. »Außerdem werden Sie auf der Stelle die Bauarbeiten stoppen.«

Den letzten Satz sagte er so laut, dass ihn auch die Handwerker in der Nähe verstehen konnten.

»Das können Sie nicht tun!«, platzte Louis entrüstet heraus. »Das hier wird nicht irgendein Wohnhaus, wir bauen ein Krankenhaus für das allgemeine Wohl!«

»Und dazu brauchen Sie eine Baugenehmigung, Herr Doktor«, knurrte der Beamte und zog einen Zettelblock aus seiner Uniformtasche. »Ich werde eine Anzeige aufnehmen.«

»Anzeige?« Louis starrte ihn entsetzt an. Hilflos sah er zu, wie der Polizist einen Zettel ausschrieb. Wenig später drückte er ihm die Aktennotiz in die Hand.

»Wenn Sie damit nicht einverstanden sind, wenden Sie sich an den Baurat und bringen die Erlaubnis bei. Bis dahin rühren Sie das Baumaterial nicht an und schicken auch Ihre Arbeiter weg, sonst lasse ich es gleich abholen.«

Die Worte des Polizisten waren wie ein Schlag in die Magengrube. Zorn ballte sich in Louis zusammen. Am liebsten hätte er diesen impertinenten Kerl geschüttelt, doch er ballte nur die Fäuste und zwang sich zur Ruhe. Welchen Schaden trug die Stadt davon, wenn er vor der Zeit Baumaterial anschaffte?

Sein Verdacht, dass Wiedemann und der Zehlendorfer Bürgermeister hinter dieser Schikane steckten, erhärtete sich.

»Haben Sie einen guten Tag, Doktor. Wir sehen uns in einer Woche. Bis dahin muss die Genehmigung vorliegen, sonst ist das Material weg und Sie bezahlen ein saftiges Bußgeld«, drohte Wachtmeister Baumann und schickte sich an, das Gelände zu verlassen.

Louis' Herz raste. Für einen Moment konnte er nichts weiter tun, als dem Polizeibeamten wütend hinterherzuschauen. Die Welt um ihn herum schien plötzlich stillzustehen. Was sollte er tun? Eine Woche Zeit würde nicht ausreichen, um die Genehmigung beizubringen. Es sei denn, es geschah ein Wunder und der Postbote brachte den ersehnten Brief. Möglicherweise hatte Wiedemann auch bei der Verzögerung des Bescheides seine Finger im Spiel.

Erst als er Schritte hinter sich vernahm, drehte er sich um. Carl Rohleder trat zu ihm.

»Was ist passiert?«, fragte er.

»Wir haben eine Anzeige bekommen«, sagte er und hielt den Zettel in die Höhe. »Wegen der fehlenden Baugenehmigung dürfen wir die Arbeiten nicht fortsetzen.«

»Aber das ist doch nicht möglich.« Rohleder ließ den Blick über die Aktennummer schweifen.

»Es ist möglich«, entgegnete Louis niedergeschlagen. »Uns fehlt diese leidige Genehmigung.« Er stieß einen Seufzer aus

Rohleder nickte. »Und was sollen wir nun tun?«

»Möglicherweise bringt uns der Postbote das ersehnte Schreiben, und alles löst sich in Wohlgefallen auf. Ansonsten können wir nur beten.«

»Was ist mit den Arbeitern?«

Es wäre leicht gewesen, einfach weiterzumachen, aber Louis war sich sicher, dass der Beamte irgendwo lauerte und herauszufinden versuchte, ob sie sich wirklich an das Verbot hielten. Die Vorstellung, dass er mit einem Fernglas im Gebüsch saß und sie beobachtete, hätte erheiternd sein können, wenn sie denn nicht so gefährlich gewesen wäre.

»Die Männer sollen nach Hause gehen«, beschloss er. »Wir werden erst weitermachen, wenn die Genehmigung da ist. Alles andere wäre Leichtsinn.«

Carl Rohleder presste die Lippen zusammen, dann nickte er bedächtig.

***

Der Vormittag verging nur schleppend, und Hanna wünschte sich beinahe, wieder unten im Krankenzimmer anstatt auf dem Dachboden zu sein.

Nach dem Frühstück hatte Maria sie beiseitegenommen. »Bruder Rohleder hat auf dem Dachboden einige funktionsfähige Schränke gefunden, mit denen man eine Apotheke einrichten könnte. Dr. Conradi möchte, dass sie geschrubbt werden. Ich denke, das ist eine gute Aufgabe für uns beide.«

Hanna hatte genickt. Es klang immerhin besser, als stundenlang mit krummem Rücken auf dem Boden zu knien.

»Nimm dir besser einen Schal mit, da oben kann es etwas ungemütlich werden.«

Der Dachboden war finster, und obwohl es ganz furchtbar zog, roch es ziemlich muffig. Licht fiel zwar durch die Dachfenster, drang aber nicht in alle Ecken vor.

Die Schränke waren hübsch anzusehen, doch man hatte das Gefühl, dass sämtliche Flüssigkeiten der Welt in das Holz eingesickert waren. Mithilfe des Sandes vermochte Hanna den Schmutz immerhin ein wenig zu lösen. Was vorher dunkelbraun war, entpuppte sich als rotes Mahagoni, auch die Beschläge begannen wieder zu glänzen. Allerdings ging es nur Zentimeter für Zentimeter voran, und allmählich kam es ihr wie eine Strafaufgabe vor, auch wenn Maria selbst mitarbeitete.

Als die ältere Schwester den Dachboden für eine Weile verließ, um unten nach dem Rechten zu sehen, erhob sich Hanna und streckte den Rücken durch.

Durch eines der Dachfenster konnte sie die Häuser in der Ferne sehen, dazwischen befand sich ein kleiner See.

War das die Krumme Lanke? Nein, dazu war er zu winzig. Etwas weiter rechts schloss sich das Waldgebiet an. Die Bäume waren kahl, dazwischen standen kleine Schutzhütten. Einige von ihnen waren ziemlich brüchig. Außerdem gab es einen Palisadenzaun.

Ihr Blick fiel auf das Anstaltsgelände. Am Zaun standen zwei Männer. Einer von ihnen trug eine Polizeiuniform, der andere musste Dr. Conradi sein.

Ein Polizist hier im Waldfriede?

Neugierig öffnete Hanna das Fenster und versuchte zu verstehen, was sie miteinander sprachen, doch sie war viel zu weit entfernt, noch dazu stand der Wind so, dass er die Worte eher fortwehte, als zu ihr trug.

Als sie Schwester Marias Schritte hörte, wich sie zurück und machte sich wieder an die Arbeit, doch das, was sie gesehen hatte, ließ sie nicht mehr los.

Erst als es zum Mittagessen läutete, legte sie den Lappen beiseite.

»Bring den Eimer runter und wasch dir die Hände«, wies Schwester Maria sie an. Auch ihr Schrank war bereits zur Hälfte sauber. »Nach dem Essen machen wir weiter.«

»Ja, Schwester Maria«, sagte Hanna und erhob sich. Den Eimer voller Schmutzwasser in den Händen, stieg sie vorsichtig die Treppe hinunter. Unten angekommen, bog sie um die Ecke und wäre beinahe mit dem Doktor zusammengestoßen. Erschrocken wich sie zurück, wobei ein Wasserschwall über ihren Rock und ihre Stiefel schwappte.

»Verzeihen Sie, Schwester Hanna«, sagte Conradi. »Ich habe Sie nicht kommen gesehen.«

»Schon gut, ich muss mich bei Ihnen entschuldigen, ich war in Gedanken«, sagte Hanna und blickte an sich hinunter. So viel dazu, das Kleid morgen wieder tragen zu können.

»Ja, in diesen Zeiten bleiben die Gedanken nicht aus«, gab der Arzt nachdenklich zurück und schob die Hände in die Hosentaschen. Er wirkte gebeugt, so als trüge er eine schwere Last auf seinem Rücken. Seine Miene machte einen abgespannten Eindruck.

»Ist alles in Ordnung, Herr Doktor?«, fragte sie. »Ich habe vorhin zufällig beobachtet, dass Sie mit einem Polizisten geredet haben …«

»Der Beamte hat mitbekommen, dass wir Baumaterial eingelagert haben, und wollte die dazugehörige Baugenehmigung sehen. Dummerweise lässt diese auf sich warten. Wie es aussieht, ist in diesen Tagen der Amtsschimmel noch langsamer unterwegs als sonst.« Conradi lachte freudlos auf. »Wir werden die Bauarbeiten erst fortsetzen können, wenn das Schreiben da ist.«

Hanna überlegte. »Kann man die Behörden denn nicht dazu bringen, etwas schneller zu arbeiten?« Sie hatte keine Ahnung, wie es auf dem Amt zuging, doch sie wusste, dass es durchaus etwas brachte, wenn man bei einer Sache nicht lockerließ. »Wie wäre es denn, wenn Sie einmal bei der zuständigen Person vorsprechen?«

»Ich fürchte, man ist uns beim Bauamt nicht wohlgesinnt.«

Hanna runzelte die Stirn. »Warum denn nicht? Wir tun doch hier nichts Unrechtes.«

»Manchmal weckt die Tätigkeit des einen die Begehrlichkeiten des anderen«, antwortete Conradi etwas nebulös. »Und sobald man in den Augen dieser Leute von der Norm abweicht, finden sich auch Gründe.«

»Aber das geht doch nicht!«, empörte sie sich. »Was ist mit dem Baurat? Der ist doch für die Genehmigungen zuständig, oder?«

»In der Tat.«

»Und wenn Sie ihm nun sagen, dass es Probleme mit diesem Polizisten gibt und er sich gefälligst beeilen soll?«

Conradi schnaubte. »Das wird die Herren wohl kaum kümmern.«

»Aber das hier soll doch ein Krankenhaus werden!« Hanna streckte den Arm aus und zeigte auf das Gebäude. »Es dient dem Wohl der Allgemeinheit, oder etwa nicht?«

Hinter Conradis Stirn begann es zu arbeiten.

»Außerdem sind Sie Arzt und damit ein angesehener Mann«, fuhr Hanna fort. »Auch in Friedensau haben die Amtmänner große Achtung vor Ärzten gehabt.«

Hinter ihnen ertönte das Läuten der Mittagsglocke.

»Machen Sie sich keine Sorgen, Schwester Hanna, ich bin schon mit anderen Schwierigkeiten fertig geworden.« Conradi zwang sich sichtlich zu einem Lächeln und strebte davon.

Hanna sah ihm nach und beeilte sich dann, den Eimer auszugießen, um rechtzeitig zum Mittagessen zu kommen.

8. Kapitel

Im Bauamt herrschte träger Nachmittagsbetrieb. Der Duft von Bohnerwachs stand in der Luft, doch die Flure waren nahezu leer. Hin und wieder klappte eine Tür, aber die heraustretende Person schenkte ihm keine Beachtung.

Louis nahm sich einen Moment, um zu verschnaufen. Der Weg vom Waldfriede in die Innenstadt von Zehlendorf hatte ihn ermüdet.

Laufen, laufen, laufen, sagte er sich. Wie viel bin ich in den vergangenen Wochen schon gelaufen? Eigentlich war er daran gewöhnt, doch es war etwas anderes, wenn man zwischen Patienten hin und her eilte.

Das Büro von Baurat Fischer lag im ersten Stockwerk des massiven Gebäudes. Seine Sekretärin hämmerte auf die Schreibmaschine ein, bis Louis an die halb verglaste Tür klopfte.

Das Tippen verstummte augenblicklich. Die Sekretärin hob den Kopf und rief: »Herein!« Sie trug einen kurzen Haarschnitt, wie er seit Neuestem Mode war, auch das Kleid wirkte sehr modern. Es war blau und weiß, hatte einen Matrosenkragen, eine tief angesetzte Taille, und der Rock endete auf Höhe des Knies.

»Sie wünschen?«, fragte sie, als er das Vorzimmer betreten hatte.

Conradi nahm seinen Hut vom Kopf und deutete eine kleine Verbeugung an. »Mein Name ist Dr. Louis Conradi. Ich würde gern mit dem Herrn Baurat sprechen. Wäre das möglich?«

»Die Sprechstunde ist am Vormittag«, gab die Frau etwas barsch zurück.

»Bitte«, entgegnete er. »Es ist dringend. Es geht um das Krankenhaus Waldfriede.«

Die junge Frau blickte ihn an, als hörte sie zum ersten Mal davon, doch dann sagte sie: »Einen Moment«, stand auf und klopfte an Fischers Tür hinter ihrem Schreibtisch, um ihren Vorgesetzten über seinen Besuch zu informieren.

Conradi sah ihr nach, wie sie in dessen Büro verschwand, und drehte nervös seinen Hut in den Händen. Hoffentlich machte er es mit seinem Besuch nicht noch schlimmer. Was, wenn Wiedemann Fischer angewiesen hatte, ihm die Genehmigung zu versagen? Er hatte keine Ahnung, welche Verbindungen zwischen den Amtsleuten bestanden.

Die Tür von Fischers Büro öffnete sich. »Dr. Conradi?«, riss ihn die Sekretärin aus seinen Gedanken.

»Ja?«

»Der Herr Baurat lässt bitten.«

Das überraschte ihn, doch er ließ sich nichts anmerken. »Danke«, sagte er nur und ging an der jungen Frau vorbei.

Der Geruch nach Zigarrenrauch empfing ihn. Baurat Fischer war ein hochgewachsener, kräftiger Mann, eher das Abbild eines preußischen Offiziers als eines Beamten. Er schloss das Fenster, vor dem er stand, und kam auf Conradi zu.

»Dr. Conradi! Ich grüße Sie!«, sagte er und reichte ihm die Hand.

Louis ergriff sie und erwiderte den kräftigen Händedruck. Gleichzeitig versuchte er, sich seine Nervosität nicht anmerken zu lassen. Wenn er mit seinen Brüdern tagte und finanzielle Dinge besprechen musste, war es von Vorteil, keine Furcht zu zeigen. Wie bei den Löwen in Afrika, ging es ihm durch den Sinn.

»Freut mich, Ihre Bekanntschaft zu machen, Herr Baurat.«

»Ich habe schon viel von Ihnen gehört«, erwiderte dieser und deutete auf den Stuhl vor dem Schreibtisch. »Nehmen Sie doch Platz.«

Mit einem unguten Gefühl setzte sich Louis auf den lederbezogenen Stuhl.

»Mit Ihrem Krankenhaus geht es gut voran?«, erkundigte sich der Baurat wie beiläufig. »Mein Neffe hat mir erzählt, dass der Ruf des Waldfriede bis weit in seinen Studienort reicht.«

Das überraschte Conradi. »Darf ich fragen, wo Ihr Neffe studiert?«

»In Friedensau«, antwortete Fischer. »Er will Missionar werden und absolviert dort das entsprechende Seminar.«

Louis war so erstaunt, dass er kein Wort herausbrachte.

»Lothar ist wirklich ein begabter junger Mann«, fuhr der Baurat fort. »Seine Eltern waren zwar ein wenig überrascht, aber mittlerweile haben sie sich daran gewöhnt, dass ihr Junge bald nach Afrika aufbrechen wird.«

»Ich kenne das Seminar in Friedensau«, hakte Conradi ein. »Auch ich wollte einst Missionar werden, doch das blieb mir leider versagt.«

»Ein Jammer, aber die Arbeit, die Sie in Ihrem Krankenhaus leisten werden, wird sehr wertvoll für unsere Stadt und unser Land sein.«

Daran hatte Louis keinen Zweifel. Vorausgesetzt, man enteignete ihn nicht.

»Aber genug der Plauderei, was führt Sie zu mir?«, fragte Fischer und lehnte sich zurück.

»Heute Morgen kam ein Polizeibeamter ins Waldfriede und beschlagnahmte unser Baumaterial mit dem Hinweis auf die fehlende Baugenehmigung«, begann Louis. »Wir haben den Antrag schon Ende des vergangenen Jahres gestellt, aber bisher ist noch kein Bescheid erfolgt.«

Fischer lauschte mir ernster Miene, dann lehnte er sich vor und faltete die Hände auf der Tischplatte. »Nun, was den Bauantrag angeht, werde ich wahrscheinlich nichts tun können. Die Mühlen der Bürokratie mahlen langsam.«

Die Worte versetzten Louis einen Stich. Er konnte sich denken, wer in der Lage war, die Mühlen noch weiter zu verlangsamen.

»Aber wir benötigen das Material doch auch zum Umbau!«, rief er beinahe flehend. »Wir wissen natürlich, dass wir nichts Neues beginnen dürfen, solange die Genehmigung nicht da ist, aber die vorhandenen Räume sind marode, und eine Beschlagnahme würde unsere Arbeit weit zurückwerfen.«

Fischer überlegte. »Wie ist der Name des Polizeibeamten?«

»Baumann. Einen Vornamen hat er mir nicht genannt.«

»Pah!«, rief der Baurat aus und klatschte mit der Hand auf die Schreibtischplatte. »Baumann! Das war ja klar! Er kommt sich ein bisschen zu groß vor, der Bursche.«

»Haben Sie denn schon … Erfahrungen mit ihm gemacht?«

»Und ob wir das haben! Er patrouilliert durch die Stadt, immer auf der Suche nach etwas, womit er die Leute anschwärzen kann. Sie ahnen nicht, wie unbeliebt er bei den Villenbesitzern der Stadt ist!«

Das klang alles andere als gut. Wahrscheinlich würde Baumann ihnen weiterhin das Leben schwer machen.

»Nun«, Fischer griff nach einem Füllfederhalter, »da Sie dargelegt haben, dass Sie nicht gegen geltendes Recht verstoßen, kann ich eine Beschlagnahme wohl für nichtig erklären. Sie dürfen die Renovierungsarbeiten fortsetzen.«

»Und was ist mit dem Wachtmeister?«, fragte Louis, erfreut über den teilweisen Erfolg.

»Ich werde die Wache anläuten und mit ihm sprechen, damit er Sie nicht mehr behelligt.«

Das war beinahe zu schön, um wahr zu sein, dennoch hatte Louis das Gefühl, dass es nicht reichen würde. Er kannte Amtsträger gut genug, um zu wissen, dass manche sich durch Anweisungen übergeordneter Stellen auf den Schlips getreten fühlten. Er würde wohl nicht umhinkommen, sicherzustellen, dass Baumann ihnen keine Schwierigkeiten mehr machte.

***

Am Abend erstrahlten beide Arzneischränke in neuem Glanz. Das Holz leuchtete in einem warmen Rotton, die Beschläge glänzten im vergehenden Licht des Tages.

Hanna bog den Rücken durch. Während Maria losgelaufen war, um Carl Rohleder Bescheid zu geben, dass er sich die Schränke nun anschauen könne, gönnte sie sich einen Moment der Freude über die gelungene Arbeit.

»Die Schränke sind wirklich gut geraten.«

Hanna wirbelte erschrocken herum. Sie hatte mit Schwester Maria gerechnet, stattdessen sah sie Dr. Conradi.

Er trat zu ihr und strich mit der Hand über das Holz, dann richtete er den Blick auf sie. »Ein richtiger Schatz.«

Hanna zog ihre Kittelschürze zurecht.

»Sie haben übrigens goldrichtig gelegen, was Ihren Vorschlag mit dem Baurat betrifft«, sagte er dann.

»Sie waren beim Bauamt?«, fragte Hanna.

Conradi nickte. »Der Neffe des Baurats absolviert ein Missionsseminar in Friedensau. Jedenfalls wurde die Beschlagnahme aufgehoben, und die Instandsetzungen dürfen fortgeführt werden.«

»Das ist ja wunderbar!«

Der Doktor nickte, dann sagte er: »Ich habe eine Überraschung für Sie und die anderen. Vielleicht sagen Sie den Mädchen Bescheid, dass sie sich unten einfinden sollen? Ziehen Sie Ihre Mäntel an!«

»Gern«, antwortete Hanna, dann eilte sie mit vor Aufregung geröteten Wangen davon. Was für eine Überraschung würde das sein?

Sie fand Else im ersten Geschoss und Helene im zweiten. Anschließend lief sie in ihr Zimmer, um ihren Mantel zu holen, wo sie auf Schwester Ida und Schwester Maria stieß.

»Was kann er nur wollen?«, fragte Ida und schlang hastig ihren Schal um den Hals.

»Das werden wir gleich sehen«, sagte Maria, die ebenfalls keine Ahnung zu haben schien.

Als sie das Haus verließen, sahen sie, dass eine Feuerstelle auf dem Hof errichtet worden war. Irgendwer hatte ein paar Backsteine aufgeschichtet, sodass ein Ring entstanden war, in dem sich die Flammen gierig lodernd über Holz und etwas Kohle hermachten. Darüber stand ein Gerüst, an dem ein Kessel befestigt war. Das Wasser darin begann bereits zu dampfen.

»Meine lieben Brüder und Schwestern«, begann Dr. Conradi, der darauf verzichtet hatte, sich einen Mantel überzuwerfen. »Ich weiß, dass die zurückliegende Zeit hart für euch war. Um euch die Arbeit ein wenig zu erleichtern, wird ab sofort auf dieser Feuerstelle Wasser bereitgehalten, das ihr zur Reinigung eurer Körper und eurer Kleider nutzen könnt. Ich erwarte, dass ihr euch anständig und maßvoll bedient und dass jene, die dies tun, das Feuer am Laufen halten und auch den Kessel nachfüllen.«

Zustimmendes Raunen erklang.

»Bruder Rohleder wird nach dem Feuer schauen, aber ich hoffe, wir gehen alle achtsam damit um.«

Mit diesen Worten schaute er lächelnd zu Hanna und nickte ihr beinahe unmerklich zu.

9. Kapitel

Zehlendorf, 13. Februar 1920

Nach drei Tagen voller harter Arbeit war Hanna froh, dass der Freitagabend ihren ersten Sabbat im Waldfriede bringen würde, den Ruhetag, der sie von ihren Pflichten befreite und ihr endlich die Gelegenheit gab, ein wenig durchzuatmen. Von Freitag nach Sonnenuntergang bis Samstagabend war es Adventisten verboten, Arbeit zu verrichten. Die Zeit sollte zum Bibelstudium genutzt werden, doch auch andere Aktivitäten wie Lesen, Reisen oder Spaziergänge waren erlaubt.

Hanna dachte an die Zeitung, die sie unter ihrer Matratze versteckt hatte. Vielleicht fand sie einen Ort, an dem sie das Blatt in Ruhe studieren konnte. Auch in Friedensau hatte sie sich am Sabbat manchmal zurückgezogen, in die Natur oder die Werkstatt, um zu lesen oder Zeitschriften zu studieren.

Sie hatte gerade ihre Kittelschürze übergeworfen, als Frau Conradi hinter ihr auftauchte.

»Hanna, komm doch bitte mit, ich brauche dich in der Küche.« Ohne eine weitere Erklärung wandte sie sich um.

Hanna folgte ihr.

In der Küche waren bereits die beiden anderen Schwestern versammelt. Maria und Ida zogen ernste Mienen.

»Wir stehen vor einem Problem«, erklärte Frau Conradi, als Hanna eingetreten war. »Mein Mann hat den Wachtmeister, der uns vor

Kurzem Schwierigkeiten gemacht hat, zu einem Frühstück am Sonntagmorgen eingeladen, doch wir haben kaum etwas, was wir ihm anbieten können.« Sie warf einen sorgenvollen Blick auf die Gläser, die sich in den Regalen stapelten. »Mehl ist zur Genüge da, daraus kann ich frisches Brot backen. Aber Graupenbrei will ich ihm besser nicht anbieten.« Sie blickte einer nach der anderen in die Augen. »Ich möchte euch bitten, in die Innenstadt von Zehlendorf zu gehen und zu versuchen, irgendwelche Dinge zu bekommen, die wir nutzen können. Fragt dort auch bei unseren Glaubensgeschwistern nach.«

»Aber wir können doch nicht betteln«, wandte Schwester Maria ein.

»Natürlich nicht, aber um Hilfe zu bitten ist nichts Ehrenrühriges«, gab Frau Conradi zurück. »Dieser Besuch ist sehr wichtig für unser Haus!«

Schwester Maria verstummte.

Frau Conradi holte die Lebensmittelmarken aus einer kleinen Blechdose und verteilte sie unter den Schwestern. Auch wenn der Krieg schon seit mehr als einem Jahr vorbei war, gab es die meisten Waren immer noch auf Zuteilung.

»Schaut, was ihr bekommen könnt«, fuhr die Arztgattin fort. »Ich kann aus allem etwas machen.« Obwohl das Bargeld beinahe täglich an Wert verlor, legte Frau Conradi noch ein paar Geldscheine dazu. »Vielleicht richtet das noch etwas aus«, sagte sie. »Hier und da stehen Leute in den Hauseingängen, die etwas anbieten, was der Laden nicht hat.«

»Sie meinen den Schwarzmarkt?«, fragte Maria entsetzt.

»In diesen Zeiten dürfen wir nicht empfindlich sein«, gab Frau Conradi zurück und fügte mahnend hinzu: »Lasst euch aber nicht zu sehr mit diesen Leuten ein!«

Hanna steckte die Marken und die Geldscheine ein und folgte den anderen nach draußen.

»So weit ist es schon gekommen!«, beschwerte sich Maria. »Wir gehen auf den Schwarzmarkt.«

»Was bleibt uns denn anderes übrig?«, fragte Ida. Ihr Atem bildete weiße Wölkchen in der kalten Luft.

»Die Händler werden uns schon nicht fressen«, sprang Hanna ihr bei und zog ihren Schal enger um den Hals.

Maria blickte sie finster an. »Vergiss nicht deine Moral, Hanna! Du bist eine Friedensauer Schwester und kein leichtes Mädchen!«

Hanna verkniff es sich, die Augen zu verdrehen, und nickte. Ida kicherte.

»Das ist nicht lustig!«, fuhr Maria auch sie an. Dann stapfte sie voran.

***

Mit einem zufriedenen Lächeln betrat Louis die Küche.

»Möchtest du eine Tasse Tee?«, fragte Catherine und griff zum Wasserkessel. Wie immer trug sie ihr schwarzes Wollkleid und hatte die blonden Haare zu einem Dutt geschlungen.

»Ja, sehr gern«, antwortete er.

Catherine legte ein Tee-Ei in eine Tasse und goss heißes Wasser darauf.

»Wie geht es mit den Planungen für das Frühstück voran?«, fragte Louis und pustete den Dampf über den Tassenrand.

»Ich habe Maria, Ida und Hanna losgeschickt. Sie sollen sehen, was sie in der Stadt auftreiben können.«

»Rindersalami wäre wunderbar …« Ein schelmisches Lächeln huschte über sein Gesicht.

»Du scherzt wohl!«, gab Catherine erschrocken zurück. »Das können wir uns nie und nimmer leisten.«

»Beruhige dich, ich weiß das«, beschwichtige Louis sie. Er konnte es ihr nicht verübeln, dass die Härten, denen sie ausgesetzt waren, ihren Sinn für Humor trübten, aber er wünschte sich manchmal, sie würde etwas von ihrer jugendlichen Fröhlichkeit zurückbekommen.

»Ich habe Bescheid erhalten, dass Elisabeth in Kürze eintreffen wird«, sagte er, um das Thema zu wechseln. »Sie hat endlich ihre Stellung kündigen können.«

»Die Klinik wollte sie nicht weglassen?«, fragte Catherine scheinbar unbeteiligt, doch Louis wusste, wie es in ihrem Herzen aussah. Innerlich jubelte sie wahrscheinlich.

Bei einem Besuch im Sanatorium von Skodsborg, wo Elisabeth Bruhn ein Praktikum absolviert hatte, hatten sich die beiden Frauen kennengelernt und blendend verstanden. Louis hoffte, seiner Gattin das Leben ein wenig erträglicher zu machen, indem er sie nach Zehlendorf rief.

»Elisabeth ist trotz ihrer Jugend eine sehr geschätzte Schwester«, sagte er. »Ich habe mir sagen lassen, dass sie das Zeug zur Oberin hat.«

»Nun, wenn du sie als solche einsetzen möchtest, wäre sie sicher eine sehr gute Wahl.« Catherine wirkte zufrieden.

»Und noch eine Neuigkeit gibt es: Vater hat mir telegrafiert, dass der Lastwagen kommende Woche bereitsteht. Ich werde also wieder nach Hamburg reisen.«

Catherine nickte. Louis konnte ihr ansehen, dass sie gern mitgefahren wäre. Damals, als sie gerade in Hamburg angekommen waren, hatte sie es genossen, an der Alster spazieren zu gehen. Als Assistenzarzt besaß er bei Weitem noch nicht das Renommee eines Chefarztes, doch die Frauen der Kollegen hatten sich ihrer angenommen, und sie war aufgeblüht.

Mittlerweile war er sich nicht mehr sicher, ob er ihr mit dem eigenen Krankenhaus einen Gefallen tat. Die Arbeit war hart, auch für sie.

Gleichzeitig sagte er sich, dass es Wichtigeres gab als Spaziergänge an der Alster oder festliche Abendbankette. Hier ging es um das Wohl der Gemeinschaft, und wenn erst einmal alles fertig war, würde Catherine die Möglichkeit haben, sich mit anderen Arztgattinnen anzufreunden. Und dann würde sie nicht nur die Gattin eines Assistenzarztes sein, dann wäre sie die Ehefrau eines Klinikgründers.

***

Auf der Hauptstraße, der großen Geschäftsstraße in Zehlendorfs Mitte, herrschte rege Betriebsamkeit, obwohl die Menschen wenig Geld hatten und die Läden nur wenige erwerbenswerte Waren anboten. Bei dem Sonnenwetter, das die Pfützen auf dem Pflaster glitzern ließ und der Luft ein wenig von der eisigen Schärfe nahm, schien es die Leute regelrecht nach draußen zu ziehen.

Hanna genoss die Sonnenstrahlen, die ihr Gesicht wärmten. An der Kreuzung hatten sie sich getrennt, und jede von ihnen war in eine andere Richtung unterwegs. Hanna erkannte die Straße, durch die sie gegangen war, als sie vom Bahnhof kam, zwar wieder, doch sie hatte keine Ahnung, wo sie etwas finden sollte, das für ein Frühstück infrage kam. Sicher, es gab hier eine Schlachterei, der Duft der Würste strömte ihr schon von Weitem entgegen. Doch abgesehen davon, dass ihre Gemeinschaft Schweinefleisch ablehnte und viele Mitglieder eine möglichst vegetarische Ernährung anstrebten, hätte das Geld, das ihr zur Verfügung stand, nicht gereicht.

Sie kam an einem Gemüseladen vorbei, aus dem ihr der Geruch von Sellerie entgegenschlug. Wenn es ihr gelang, eine Steckrübe und etwas Suppengrün zu bekommen … Doch diesen Gedanken verwarf sie gleich wieder. Zum Frühstück war eine Suppe nicht geeignet.

Beinahe sehnsüchtig dachte Hanna an die Kochkünste der Friedensauer Köchinnen zurück. Auch auf dem Land hatte der Krieg seine Lücken und Nöte hinterlassen, aber es hatte ringsherum reichlich fruchtbares Ackerland gegeben.

Auf den Metzger folgte ein Krämerladen, dessen Auslagen so überschaubar waren, dass es nicht lohnte, hineinzugehen.

Der Feinkostladen daneben war geöffnet. Hanna blieb vor der Scheibe stehen. Hier gab es Kuchen, eingelegtes Obst, Marmelade und Dosen mit Fleisch und sogar Ölsardinen! Ihr lief das Wasser im Munde zusammen. Die Preise für diese Köstlichkeiten überstiegen ihre Mittel bei Weitem, und mit den Marken konnte sie ohnehin nichts ausrichten.

Hanna stieß ein Seufzen aus und wollte schon weitergehen, als sie eine Stimme fragen hörte: »Haben Sie Kummer, Schwesterlein?«

Hanna blickte auf. Sie hatte nicht mitbekommen, dass sie von einem jungen Mann beobachtet worden war, der im Hauseingang neben dem

Laden stand. Sein dunkelblondes Haar war verwegen zur Seite gekämmt, seine blauen Augen funkelten. Unter dem linken Auge, direkt auf dem Wangenknochen, sah sie eine Narbe. Hatte er diese Verletzung im Krieg erlitten? Der Narbenwulst war weiß, sie war also nicht mehr ganz frisch.

Er trug einen Anzug aus beigefarbenem Tweed, in dem er inmitten der dunklen und verschlissen wirkenden Kleider der Passanten irgendwie fehlplatziert wirkte. Wahrscheinlich war das einer der Schwarzhändler, von denen Frau Conradi gesprochen hatte.

»Nein, ich habe keinen Kummer«, gab Hanna kühl zurück. »Und ich wüsste auch nicht, was Sie das interessiert.«

»Nun, ich sehe Sie hier stehen, mit sehnsüchtigem Blick. Möchten Sie etwas von den Leckereien haben?«

Hanna wusste, dass sie sich besser verabschieden sollte. Sie dachte an Frau Conradis mahnende Worte, dennoch blieb sie wie angewurzelt stehen. Vielleicht hatte er ja etwas, das sie gebrauchen konnte.

»Vielleicht eine Pastete oder ein Stück Kuchen?«

Hanna schüttelte den Kopf. »Wir benötigen etwas für ein Frühstück.« Sie sah den Fremden hoffnungsvoll an. »Haben Sie vielleicht Eier? Oder Marmelade?« Ihr Blick wanderte zu den Ölsardinen.

»Wir?«, fragte der junge Mann.

»Mein Krankenhaus.«

Ohne den Blick von ihr zu wenden, stemmte der Mann die Hände in die Seiten und sagte: »Sie halten mich für einen Schwarzhändler, nicht wahr?«

Hanna zog die Augenbrauen hoch. »Sind Sie denn keiner?«

»Nun, es wäre gefährlich, wenn ich das zugeben würde, oder?«

»Sicher, aber nicht gegenüber der Kundschaft.« Sie zog die Geldscheine hervor. Sie mochten nicht für das Feinkostgeschäft reichen, aber vielleicht gab er sich damit zufrieden. »Was kann ich dafür bekommen?«

Der junge Mann legte den Kopf schräg.

»Eine Dose Ölsardinen vielleicht.«

Ölsardinen! Als sie ein Kind war, hatte ihr Vater mal welche mit nach Hause gebracht. Damals hatte sie sich vor den kalten, kleinen Fischen geekelt, doch als sie auf dunklem Brot lagen, hatten sie ihr geschmeckt.

»Nur Ölsardinen?«, fragte Hanna erschrocken und schaute auf die mickrige Dose.

Der junge Mann lachte. »Schwesterlein, was denken Sie denn? Wir leben in schwierigen Zeiten!«

Hanna spürte, dass sie der Fremde auf den Arm nahm. Möglicherweise war er nicht mal ein Schwarzhändler, sondern nur ein Hallodri, der sich einen Spaß mit jungen Frauen machte. »Ich muss gehen«, sagte sie schroff.

»Warten Sie!«, sagte der Mann und hielt sie am Ärmel fest.

»Hören Sie, Schwesterlein. Wenn ich einen Kuss von Ihnen bekomme, gehe ich da rein und hole Ihnen, was Sie wollen. Na, was meinen Sie?«

»Das ist nicht Ihr Ernst!« Hanna riss sich los. Sie war es gewohnt, dass manche männliche Patienten, vor allem jene, die sich auf dem Weg der Besserung befanden, ihre Hände nicht bei sich lassen konnten. Einer Kollegin war es passiert, dass ein Mann, der versehrt aus dem Krieg heimgekehrt war, einen Kuss von ihr verlangt hatte.

»Einen Kuss, liebes Schwesterlein«, wiederholte er. »Ist das nicht ein gutes Angebot? Ich nehme auch nichts von Ihrem Geld.«

»Ganz bestimmt nicht!«, gab sie entrüstet zurück.

»Ach, kommen Sie! Ihnen wird schon kein Zacken aus der Krone brechen. Außerdem war ich an der Front!«

»Das können Sie einer anderen weismachen.« Sie setzte sich in Bewegung.

Der Fremde lachte. »Der Krieg ist vorüber, liebes Schwesterlein. Wir alle haben unsere Uniformen abgelegt.«

Hanna blieb stehen und blickte dem jungen Mann erneut ins Gesicht. In seinen Augen blitzte der Schalk auf. Sie wusste, dass sie auf dem Absatz hätte kehrtmachen sollen, doch etwas hielt sie zurück.

Was, wenn sie ihn herausforderte? Wenn er wirklich Mittel besaß, ihr etwas aus dem Laden zu holen?

Immerhin stand das Wohl des Krankenhauses auf dem Spiel. Von dem Frühstück mit dem Polizisten hing ab, ob sie weiterbauen konnten oder nicht. Maria würde sie wahrscheinlich für ein leichtes Mädchen halten, wie sie es ausdrückte, aber sie brauchte ja nichts von diesem Arrangement zu wissen.

Sie blickte wieder auf die ausgestellten Waren. Dem Wachtmeister schmeckten sie bestimmt. Sicher ließe er sie anschließend in Ruhe, und dann würde Dr. Conradi nicht mehr so bedrückt dreinschauen.

Auf einmal hörte sie sich sagen: »Nur einen auf die Wange. Für eine Dose Ölsardinen.«

»Mehr nicht?«

Hanna zögerte.

»Für einen auf die andere Wange hole ich Ihnen Kuchen.«

»Marmelade«, sagte Hanna und blickte sich um. Maria und Ida zogen ebenfalls durch die Stadt. Was, wenn sie sie hier sahen?

Der junge Mann lachte auf. »Das soll mir recht sein.« Damit erklomm er die Stufen vor dem Eingang und verschwand, begleitet vom Bimmeln der Türglocke, im Geschäft.

Hanna rang mit sich. Noch hatte sie die Möglichkeit, einfach zu verschwinden. Der Mann hatte sie nicht nach ihrem Namen gefragt, würde also nicht herausfinden können, in welchem Krankenhaus sie arbeitete. Sie blickte sich um, doch zwischen den Passantenströmen konnte sie Ida und Maria nicht ausmachen.

Als die Türglocke zum zweiten Mal bimmelte, zuckte sie zusammen. Der junge Mann kam ihr mit einer Papiertüte entgegen.

»Hier«, sagte er und hielt die Tüte stolz in die Höhe. Sie enthielt eindeutig mehr als eine Dose Ölsardinen. »Sie müssen mir versprechen, dass Sie nicht alles an Ihre Patienten abgeben und selbst davon kosten.«

»Aber …«

Hanna schlug das Herz bis zum Hals.

»Und, wo ist meine Belohnung?«, fragte der Fremde und reckte ihr das Gesicht entgegen.

Schnell beugte sie sich vor und gab ihm einen flüchtigen Kuss auf rechte, dann auf die linke Wange. Dabei stieg ihr sein Rasierwasser in die Nase. Echtes Eau de Cologne! So etwas hatte sie schon lange nicht mehr gerochen. Dieser Mann war keinesfalls ein Schwarzhändler.

Rasch zog sie sich wieder zurück.

Der junge Mann grinste. »Nun, das war schon mal nicht schlecht für den Anfang.«

»Nicht schlecht?«, gab Hanna empört zurück.

»Beim nächsten Mal hätte ich gern ein bisschen mehr Inbrunst.«

Es wird kein nächstes Mal geben, lag es Hanna auf der Zunge, doch sie schwieg.

Der Mann reichte ihr die Tüte. Als Hanna danach greifen wollte, zog er sie lachend zurück. Dass er mit ihr spielte, machte sie wütend. Energisch griff sie danach und hielt sie fest. Mochte man sie auch zur Demut erzogen haben, betrügen ließ sie sich nicht!

Der Fremde ließ sie gewähren. »Vielleicht sehen wir uns mal wieder, hübsches Schwesterlein!«, sagte er in scherzhaftem Ton. Damit ließ er sie stehen und verschwand im Hauseingang.

Hanna presste die Tüte gegen die Brust. Ihr Herz raste. Eine ganze Weile war sie nicht imstande, sich vom Fleck zu rühren.

Sie kam sich benutzt vor, beinahe so, als hätte sie Martin betrogen. Und das alles für …

Ihr Atem stockte, als sie die Tüte öffnete. Neben der Sardinenbüchse lagen tatsächlich ein Glas Aprikosenmarmelade und eingemachte Kirschen darin!

Ihre Knie fingen an zu zittern. Endlich gelang es ihr, sich in Bewegung zu setzen. Sie begann zu laufen, voller Angst, dass der Mann noch einmal auftauchen und sie verfolgen könnte. Erst als sie sich der Kreuzung näherte, wurde sie wieder etwas ruhiger.

Die anderen Schwestern warteten vor der kleinen Kirche, neben der eine mächtige Eiche in die Höhe ragte.

»Hanna, wo warst du denn?«, fragte Maria. In ihrem Korb lagen einige Dinge, Hanna erkannte eine Kohlrübe, die sich unter einem

Tuch wölbte. Ida hatte Mehlspuren am Rock. »Hast du auch etwas bekommen?«

Hanna nickte und hielt ihre Tüte hoch.

»Gut, dann lasst uns zurückkehren.«

Froh darüber, dass sie nicht weiter nach der Herkunft ihrer Mitbringsel fragten, schloss sich Hanna ihren Mitschwestern an.

In der Küche des Waldfriede legten die beiden älteren Schwestern das, was sie aufgetrieben hatten, auf den Tisch, und Hanna stellte ihre Tüte dazu. Ida packte Mehl, Gewürze und ein Päckchen Kakao aus, Maria hatte Rüben, Kohl und tatsächlich etwas Zucker ergattert.

»Ich war bei einer Familie, die unserem Glauben angehört«, berichtete Maria. »Sie kommt aus dem Badischen und hat sich vor Kurzem hier niedergelassen. Die Frau ist eine Bekannte einer Freundin aus Darmstadt. Der Mann ist Kaufmann, deshalb hoffte ich, er würde Vorräte haben. Als ich ihm unsere Not schilderte, hat er mir diese Dinge mitgegeben.«

»Gut gemacht!«, lobte Frau Conradi und wandte sich Ida zu.

»Mehl und Gewürze habe ich aus dem Lebensmittelladen in der Kronprinzenallee«, erklärte diese. »Dafür habe ich zwar das ganze Geld gebraucht, konnte dann aber den Kakao bei einem Schwarzhändler für einen Teil der Gewürze eintauschen.«

Zuletzt blickte Catherine zu Hanna.

Als sie auspackte, schnappten die anderen Frauen überrascht nach Luft.

»Du meine Güte!«, flüsterte Frau Conradi staunend, nahm das Marmeladenglas in die Hand und betrachtete es, als wäre es ein Edelstein. »Wo hast du das denn her?«

Hannas Herz stolperte. Sie konnte der Frau Doktor wohl kaum erzählen, welchen Preis die Sachen gehabt hatten. In diesem Augenblick wünschte sie sich, dass sie nicht auf das Angebot des Fremden eingegangen wäre.

»Das wurde mir geschenkt«, sagte sie zögernd.

Catherine Conradi runzelte die Stirn. »Geschenkt? Wer war denn der Wohltäter?«

»Jemand, den ich auf der Hauptstraße getroffen habe.«

»Du hast doch wohl niemanden angebettelt, oder?«, fragte Maria streng.

»Nein, natürlich nicht!« Hannas Kopf glühte. Sie war sich sicher, dass alle anderen ihre Verlegenheit sahen. Lügen wollte sie nicht, doch die Wahrheit konnte sie auch nicht sagen.

»Ein Mann hat mich vor den Auslagen des Feinkostladens stehen sehen und gefragt, ob ich etwas davon haben möchte. Ich habe ihn zuerst für einen Schwarzhändler gehalten. Als ich ihm von dem Krankenhaus erzählte und der Not, die wir haben, hat er angeboten, mir diese Dinge zu kaufen. Er sagte, es sei eine wohltätige Spende.«

»Du kannst dich doch nicht so einfach von einem Mann ansprechen lassen!«, schalt Schwester Maria sie.

Hanna hätte am liebsten erwidert, dass sie selbst Geschenke von einem Mann erhalten hatte, doch sie biss sich auf die Zunge. Ohnehin hatte sie bereits bemerkt, dass Maria sie stets strenger als alle anderen ansprach und ansah.

»Ich hoffe, du hast ihm ausreichend gedankt«, sprang Frau Conradi ihr bei. »Er hat unserem Haus einen großen Dienst erwiesen. Und jetzt sollten wir uns daranmachen, den Sabbat vorzubereiten. Ich danke euch allen für euren Einsatz.«

Froh, dass sie den Raum verlassen konnte, gab Hanna das Geld und die Marken zurück. Doch als sie an Maria vorbeiging, spürte sie deren argwöhnischen Blick.

Mit dem Sonnenuntergang, der um diese Jahreszeit immer noch recht früh einsetzte, wurden die Arbeiten im Haus beendet. Da die meisten Handwerker nicht zu ihrem Glauben gehörten und nach Hause gingen, fand sich nur eine kleine Gruppe in der Wohnstube der Conradis zusammen.

Die Einrichtungsgegenstände, die das Ehepaar aus Hamburg mitgebracht hatte, bildeten einen starken Kontrast zu den vergilbten Tapeten und dem abgetretenen Fußboden, dennoch verliehen sie dem Raum einen heimeligen Eindruck.

Zusammen mit den anderen nahm Hanna auf den herbeigeschafften Sitzgelegenheiten Platz.

»Wie gern würde ich auf dem Sofa sitzen«, flüsterte Else ihr zu. »Der Stoff, mit dem es bezogen ist, ist bestimmt echter Samt.«

Da kein Geistlicher anwesend war, hielt Dr. Conradi die abendliche Andacht. Der Doktor dankte Gott für seinen Beistand, besonders hinsichtlich der Prüfung, vor der sie in dieser Woche gestanden hatten.

Kurz schweiften seine Augen zu Hanna. Sie meinte, ihn lächeln zu sehen, und senkte schnell den Kopf. Scham stieg in ihr auf. Wenn er wüsste, was sie getan hatte, um diesem Wachtmeister ein anständiges Frühstück zu besorgen … Obwohl sie in ihren Schoß blickte, spürte sie, dass Schwester Maria sie die ganze Zeit über beobachtete.

Nach dem Gottesdienst, als sie sich auf den Weg in ihre Unterkünfte machten, hielt die ältere Schwester Hanna auf und zog sie in eines der unteren Krankenzimmer.

»Überlege dir gut, welchen Eindruck du hier machen willst«, begann sie und blickte ihr fest in die Augen. »Unkeuschheit passt nicht zu einer Friedensauer Schwester!«

Hanna erschrak. Wie kam Maria darauf, dass sie unkeusch gewesen war? Hatte sie sie vielleicht doch mit dem Fremden gesehen?

Auf einmal wurde ihr gleichzeitig heiß und kalt.

»Ich habe nichts Unkeusches getan!«, verteidigte sie sich. »Der Mann war einfach nur freundlich, nichts weiter.«

»Dann hat er also keine Gegenleistung gewollt?«

Hannas Kopf glühte. »Nein!«, schleuderte sie der Älteren entgegen. Zorn stieg in ihr auf. Sie schüttelte Marias Hände ab und trat einen Schritt zur Seite.

Marias Blick bohrte sich förmlich in ihr Gesicht, doch Hanna erwiderte ihn unerschrocken. Im nächsten Moment wurde es so still, dass man eine Stecknadel hätte fallen hören.

Doch Maria war noch nicht fertig. »Ich rate dir, pass gut auf, was du tust! Die Oberin in Friedensau hat mir gesagt, was los war! Und welches Glück du hattest, dass Dr. Conradi dich übernommen hat.«

Hanna schossen die Tränen in die Augen. Wie kam die Oberin dazu, mit anderen Schwestern über sie zu tratschen? Und was hatte sie Maria erzählt? Dass sie arbeitsscheu war? Nicht mehr ganz richtig im Kopf?

»Wenn du es hier genauso halten willst und obendrein leichtfertig bist, wirst du das Waldfriede schneller verlassen, als es dir lieb ist!«

Hanna zuckte zusammen. Am liebsten hätte sie entgegnet, dass Dr. Conradi darüber zu bestimmen hatte und nicht Maria, doch aus dem Schwesternheim wusste sie, wie schnell sich üble Nachrede verbreiten und welche Folge sie haben konnte. Maria brauchte sie beim Doktor nur anzuschwärzen.

»Ich werde deinen Rat beherzigen!«, sagte sie daher mit unterdrücktem Zorn und stürmte zur Tür hinaus.

Erst als sie im Gang verschwunden war, ließ sie ihren Tränen freien Lauf.

***

Eigentlich war es ihnen verboten, nach Sabbatbeginn zu arbeiten, dennoch wollte er das Gelände nicht unbeobachtet lassen. Wachsam ließ Louis den Blick über den Zaun gleiten. Das Grundstück war groß, und das Gebüsch bot zahlreiche Möglichkeiten, sich darin zu verstecken.

Er warf einen Blick auf den Hund neben sich. Prinz wirkte angespannt. Dass es hin und wieder raschelte, war nichts Ungewöhnliches. Eichhörnchen turnten durchs Geäst, Tauben und Drosseln, die trotz des Winters bereits mit dem Nestbau begonnen hatten, landeten in den Zweigen. Es gab hier auch Mäuse und Ratten, das blieb nicht aus.

»Ist gut, Prinz«, sagte Conradi und strich dem Schäferhund über den Kopf. Der entspannte sich kurz und stieß ein Winseln aus. »Hörst du da etwas?«

Er schaute noch einmal genauer hin, konnte aber nichts entdecken, also setzte er seinen Weg fort. Er war sicher, dass Prinz sich losreißen würde, sollte tatsächlich Gefahr drohen.

Nachdem er festgestellt hatte, dass es an den Grundstücksgrenzen ruhig war, ließ er den Hund von der Leine und kehrte ins Haus zurück. Es war noch nicht müde und überlegte, ob er sich für eine Weile in die Wohnstube zurückziehen und lesen sollte.

Kaum hatte er die Haustür hinter sich zugezogen, trat ihm eine Gestalt im dunklen Kleid entgegen.

»Dr. Conradi, ich würde Sie gern sprechen«, sagte sie steif.

»Was gibt es denn, Schwester Maria?«

»Es gefällt mir nicht, welche Entwicklung Hanna nimmt.«

Conradi zog die Augenbrauen hoch. »So? Arbeitet sie denn nicht fleißig? Bei meinen Rundgängen wirkte sie sehr engagiert.«

»Es ist nicht die Arbeit. Es ist ihre moralische Haltung.«

»Inwiefern?« Er kannte Hanna zwar noch nicht lange, aber sie erschien ihm nicht leichtfertig.

»Sie … sie scheint mir den Männern nicht abgeneigt.«

Ein Lachen platzte aus Conradi heraus. »Sie ist eine junge Frau! Glauben Sie nicht, dass sie nach Ablauf ihres Trauerjahres das Recht hat, den Männern wieder zugeneigt zu sein?«

»Sie ist eine Schwester!«

»Auch Schwestern heiraten.« Er blickte sie prüfend an. Der Verdacht, dass es um etwas ganz anderes ging, stieg in ihm auf. Er wusste nur zu gut, dass manche Menschen nicht immer aussprachen, was sie wirklich dachten.

»Haben Sie sie bei einem Vergehen ertappt?«, fragte er deshalb.

Maria schüttelte den Kopf. »Nein, bisher noch nicht. Aber Sie sollten ein Auge auf sie haben, Herr Doktor.«

Conradi nickte. »Gut, das werde ich.« Er spürte, dass er etwas hinzufügen sollte, was Schwester Maria die Sorge nahm. »Hanna ist noch jung. Natürlich bedarf sie guter Führung, doch die bekommt sie hier, nicht wahr?«

Maria nickte, auch wenn Conradi das Gefühl hatte, sie hätte sich mehr erwartet. »Danke, Herr Doktor«, sagte sie steif und wandte sich zum Gehen.

»Gute Nacht!«, wünschte Louis und blickte ihr nach. Einen Reim auf ihre Worte konnte er sich nicht so recht machen. Gab es ein Problem zwischen den beiden Schwestern? War etwas vorgefallen?

10. Kapitel

Zehlendorf, 15. Februar 1920

»Es ist ein Jammer, dass wir all das schöne Essen diesem Menschen vorsetzen müssen«, sagte Catherine und ließ ihren Blick über die Anrichte in der Wohnstube schweifen. »Wir hätten es für die kommenden Wochen gut gebrauchen können.«

»Es dient einer guten Sache«, erklärte Louis, während er seinen Kragen richtete. Den volkstümlichen Namen »Vatermörder« trug dieser zu Recht. Aber an diesem Sonntag wollte er einen guten Eindruck machen. Der Wachtmeister sollte sehen, dass er kein dahergelaufener Strolch war, mit dem er umspringen konnte, wie es ihm beliebte. »Du weißt doch, dass mir dieser Wiedemann im Nacken sitzt. Ein gutes Verhältnis zur Obrigkeit, und sei es auch nur zu einem Polizisten, wird für uns nicht von Schaden sein. Ganz im Gegenteil.«

Louis betrachtete die verschiedenen Köstlichkeiten auf der Anrichte.

»Wer hat eigentlich die Ölsardinen aufgetrieben? Und die Marmelade? So etwas habe ich seit Jahren nicht mehr gesehen.«

»Hanna«, antwortete Catherine. »Ein Mann hat ihr die Sachen geschenkt, als Spende für unser Krankenhaus.«

»Ach, deshalb kam Schwester Maria zu mir.«

»Was wollte sie?«

»Sie meinte, sie sei sich nicht sicher, ob Hanna die nötige moralische Standfestigkeit für dieses Haus habe.«

»Und was hast du ihr geantwortet?«

»Ich habe zu bedenken gegeben, dass Hanna jung ist und guter Führung bedarf, die sie hier ja bekommt. Maria muss sich keine Sorgen machen, auch wenn ich nun verstehe, worauf sie hinauswollte.«

»Denkst du, sie ist neidisch auf Hanna?«, fragte Catherine. Ebenso wie er wusste sie, dass es nicht gut war, wenn Zwist unter dem Personal ausbrach.

»Angesichts dieses Fangs?« Louis leckte sich die Lippen. »Da wäre ich auch neidisch. Offenbar hat Hanna gutes Verhandlungsgeschick. So was brauchen wir hier.«

Bevor seine Frau etwas erwidern konnte, erschien Else.

»Der Wachtmeister ist im Anmarsch!«, rief sie mit roten Wangen.

»Danke, Else«, sagte der Doktor und straffte die Schultern. Dann ging er dem Gast entgegen.

Da er außer Dienst war, erschien Wachtmeister Baumann in Zivil. Ohne seine Uniform wirkte er weit weniger imposant, doch der Schnurrbart war weiterhin korrekt gezwirbelt.

»Herr Wachtmeister, ich grüße Sie!«, nahm Louis ihn in Empfang. »Ich freue mich, dass Sie meiner Einladung nachkommen. Ich hätte allerdings erwartet, dass Sie Ihre Frau Gemahlin mitbringen.«

»Die gibt es nicht«, antwortete Baumann, und fast sah es so aus, als wäre er peinlich berührt. »Ich habe mein Leben dem Dienst gewidmet.«

»Sehr löblich«, entgegnete Louis. »Das gilt für die meisten von uns, dennoch sollte man das Eheglück nicht geringschätzen.« Er machte eine Kunstpause und stellte befriedigt fest, dass Baumann kaum merklich den Kopf einzog. Geschieden, vermutete er. Wahrscheinlich ist ihm die Frau weggelaufen, weil sie es mit einem Erbsenzähler wie ihm nicht ausgehalten hat.

»Kommen Sie, kommen Sie, Herr Wachtmeister, meine Frau möchte Sie gern kennenlernen.« Damit ging Louis Baumann voran in die Wohnstube, wo Catherine die beiden Männer erwartete.

***

Hanna war froh, dass sie am Sonntagvormittag allein auf dem Dachboden arbeiten konnte. Maria hatte ihr aufgetragen, einen der kleineren Schränke zu putzen, der gut für Medikamente eingesetzt werden konnte. Sie selbst ging Frau Conradi bei den Vorbereitungen des Frühstücks zur Hand, was Hanna ein wenig mit Unruhe erfüllte.

Der Zusammenstoß mit der älteren Schwester lag Hanna noch schwer im Magen. Sie hatte Maria doch nie einen Anlass gegeben, auf sie wütend zu sein! Eigentlich hätte sie sich angesichts der Delikatessen freuen sollen …

Ein lautstarkes blechernes Hupen vor dem Fenster unterbrach ihre Gedanken und auch ihre Arbeit. Sie erhob sich und spähte aus der Fensterluke. Ein klobiger Lastwagen kam auf dem Hof zum Stehen. Sogleich hatte sie wieder die Nacht vor sich, in der Martin nach Friedensau gebracht wurde. Ein eisiger Schauer kroch über ihren Nacken, bis sie sah, dass es sich bei dem jungen Mann, der aus der Kabine sprang, nicht um einen Soldaten handelte.

Im nächsten Augenblick polterte jemand die Treppe hinauf.

»Hanna!«, hörte sie gleich darauf Elses Stimme. »Komm schnell runter, die Sachen aus Hamburg sind da!«

Das mussten die Dinge sein, von denen Dr. Conradi erzählt hatte. Sie hatte nicht erwartet, dass sie so schnell aus Hamburg eintreffen würden.

Hannas Herz pochte vor Aufregung. Endlich weg von Sand und Wasser!

»Wie ist das Frühstück gelaufen?«, fragte sie, während sie Else die Treppe hinab folgte.

»Sehr gut, wie es scheint. Der Polizist war beeindruckt von dem, was aufgetischt wurde. Besonders die Ölsardinen hatten es ihm angetan. Wie er sie runtergeschlungen hat!«

»Hat irgendwer eine Bemerkung über die Ölsardinen oder die Marmelade gemacht?«, fragte Hanna, um einen gleichgültigen Ton bemüht.

Else zog erstaunt die Augenbrauen hoch. »Nein, warum? Denkst du, dass sie nicht in Ordnung waren? Dem Polizisten hat beides geschmeckt.«

Hanna stieß ein erleichtertes Lachen aus. »Na, dann ist es ja gut.«

Unten angekommen, sahen sie, wie Dr. Conradi auf die Ladefläche des Lastwagens kletterte und die störrische graue Plane von den Kisten zog. Der Fahrer half ihm dabei.

Die Schwestern stellten sich in einer Reihe auf und ließen sich nach und nach Dinge vom Wagen herunterreichen. Innerhalb weniger Augenblicke war der Hof erfüllt von Wortfetzen und aufgeregtem Gelächter.

Die Männer luden zusammengerollte Matratzen und schwere Kisten ab, dann reichten sie den Frauen die leichtere Fracht an.

Aus einem der Päckchen ragte ein Stoffzipfel heraus. »Stoff für Vorhänge!«, jubelte Ida. »Ich hoffe, wir haben hier ein paar Näherinnen unter uns!«

»Ich kann nähen!«, meldete sich Hanna, die sich danach sehnte, etwas anderes zu tun als zu putzen.

»Ich auch!«, rief Else und stieß Hanna mit dem Ellbogen an. »Das wäre doch was, oder?«, flüsterte sie ihr zu. »In der Nähstube sitzen? Da müssten sie dafür sorgen, dass unsere Finger warm bleiben, nicht wahr?«

Hanna rieb sich die eiskalten Hände und nickte.

»Schwester Hanna«, sagte Dr. Conradi, als sie an der Reihe war, und legte ihr einen verhältnismäßig kleinen Kasten in die ausgestreckten Arme. »Vorsicht, Sie sollten den Kasten nicht unterschätzen, er ist schwerer, als er aussieht. Darin sind kostbare Instrumente.«

Hannas Arme verkrampften sich. Tatsächlich wog der Kasten einiges.

»Bringen Sie ihn gleich in mein Sprechzimmer.« Er lächelte freundlich, dann fügte er mit einem Augenzwinkern hinzu: »Sie sollte man ebenfalls nicht unterschätzen. Sie sind stärker, als Sie auf den ersten Blick aussehen.« Hanna nickte und spürte, wie sich ihre Lippen zu einem breiten Lächeln verzogen.

Aus dem Augenwinkel bemerkte sie, dass Maria ihr einen giftigen Blick zuwarf. Plötzlich wurde ihr heiß unter ihrem Kleid. Der Doktor hatte ihr zugezwinkert! Wer weiß, was Maria sich jetzt wieder dachte.

Sie umklammerte den Instrumentenkasten fester, senkte den Blick und beeilte sich, ins Haus zu kommen.

Am Abend holte Hanna ihr Schreibzeug hervor. Fünf Tage war sie bereits hier, ohne ein Wort von sich hören zu lassen. Leni machte sich gewiss schon Sorgen.

Da sie in ihrem eigenen Zimmer keine Ruhe haben würde, sobald Maria und Ida auftauchten, und sie auch Maria nicht länger als nötig unter die Augen treten wollte, holte sie die Petroleumlampe und ging nach unten zu der Nische vor den Sprechzimmern.

Sie setzte sich an den kleinen Tisch vor den Wartebänken und wickelte das Schreibzeug aus, das in einem groben Leinentuch steckte. Es war ihr wertvollster persönlicher Besitz. Der Federhalter hatte einen Griff aus dunklem Holz, die Spitze funkelte golden im Lampenschein. Sie hatte ihn von ihrem Vater zur Volljährigkeit erhalten. Nun tauchte sie ihn in die dunkle Tinte und fing an zu schreiben:

Liebe Leni,

in der Hoffnung, dass es dir gut geht, will ich dir schnell ein paar Zeilen senden. Jetzt bin ich schon fast eine Woche im Waldfriede, und ich muss zugeben, dass ich es mir anders vorgestellt hatte. Von einem Röntgenkurs kann hier nicht die Rede sein, jedenfalls noch nicht, denn das Haus ist stark verwohnt, was nicht verwundert, nachdem es längere Zeit als Kriegslazarett gedient hat. Die Brüder und Schwestern sind freundlich, fast kommt man sich wie in einer Familie vor: Dr. Conradi und seine Gattin sind, obwohl nicht wesentlich älter als der Rest von uns, wie Vater und Mutter. Noch ist diese Familie recht klein, außer zwei anderen Schwestern und zwei Brüdern – darunter Bruder Rohleder, an den du dich sicher aus Friedensau erinnerst – gibt es eine Handvoll Hausmädchen und einige Handwerker, die jedoch nicht aus unserer Gemeinschaft kommen. Ich freue mich auf den Tag, an dem es mehr werden und wir endlich die ersten Patienten begrüßen dürfen.

Ein Räuspern ertönte. Hanna schreckte zusammen und blickte auf. An der Wand neben dem Rundbogen am Eingang zur Nische lehnte Dr. Conradi, die Arme vor der Brust verschränkt, ein Lächeln auf dem Gesicht.

Hanna drehte sich zur Seite und streifte dabei mit dem Arm das Tintenfässchen, das daraufhin bedenklich kippte.

»Oh!« Instinktiv griff sie danach. Ein paar blaue Sprenkel landeten auf ihrer Hand und dem Papier, doch sie konnte das Schlimmste verhindern.

»Verzeihen Sie, ich wollte Sie nicht erschrecken.« Dr. Conradi deutete auf das Fässchen in ihrer Hand. »Sie haben hervorragende Reflexe.«

»Ich wollte nur nicht, dass das Holz beschmutzt wird.«

»Und Ihr Brief verdorben wird. Schreiben Sie Ihrer Familie?«

»Meiner Schwester«, gab Hanna zurück und stellte das Fässchen wieder ab. »Sie ist auch in Friedensau.«

»So?«, fragte Conradi. »Wie ist denn ihr Name?«

»Leni«, antwortete Hanna. »Sie wird zur Hauswirtschafterin ausgebildet.« Sie schwieg für einen Moment, den Blick auf den Bogen Papier vor ihr auf dem Tisch gesenkt, dann fügte sie hinzu: »Ich möchte mich noch einmal bei Ihnen dafür bedanken, dass Sie mich hier aufgenommen haben. Ich weiß, dass Oberin Sickesz mich nicht mehr in Friedensau haben wollte wegen der Soldaten und der Anfälle, die ich ihretwegen bekomme.«

»Sie halten sich doch sehr wacker«, gab Conradi zurück.

»Bislang sind hier ja auch noch keine Soldaten eingetroffen.« Hanna stieß ein freudloses Schnauben aus. Wie immer, wenn sie an Martin dachte, erwachte ein leiser Schmerz in ihrer Brust.

»Es tut mir sehr leid, dass Sie Ihren Verlobten verloren haben«, sagte Conradi nach einer kurzen Gedankenpause leise. »Der Krieg ist ein furchtbares Monstrum, das wir hoffentlich eines Tages aus unserer Welt verbannen können.«

Hanna wischte sich verstohlen über die Augen. Sie wollte vor Dr. Conradi nicht weinen, doch die Tränen ließen sich nicht zurückdrängen. »Ich habe es wirklich versucht, aber es ging nicht. Mein Körper entwickelt angesichts dieser Verstümmelungen ein Eigenleben. Immer wieder sehe ich ihn vor mir liegen …« Sie stockte. Das war zu privat. Und den Doktor interessierte es sicher auch nicht.

Conradi legte ihr sanft die Hand auf die Schulter und drückte sie mitfühlend. »Ich weiß, wie Ihnen zumute ist. Der Verlust meiner Tochter liegt keine zwei Jahre zurück. Für meine Frau und mich war das auch alles andere als leicht.«

Hanna blickte ihn an. »Das ist … furchtbar!«

»Sie kam tot zur Welt. Ich hatte nicht einmal die Möglichkeit, sie kennenzulernen. Doch Sie haben Ihren Verlobten gekannt. Das macht es noch schlimmer.«

Seine Worte trösteten Hanna. Sie wunderte sich über seine Offenheit. Ihr war aufgefallen, dass der Doktor und seine Frau keine Kinder hatten, doch ein solches Schicksal hätte sie nicht dahinter vermutet.

»Ich glaube, der Verlust eines jeden Menschen ist gleich schlimm, egal, ob man ihn gekannt hat oder nicht«, gab sie zurück. Conradi schaute sie lange an.

»Grüßen Sie Ihre Schwester von mir«, sagte er schließlich und setzte sein warmherziges Lächeln auf. »Sollte sie Interesse bekunden, hier zu arbeiten, werde ich sie herholen.«

»Danke, Dr. Conradi!« Hanna wischte sich über die Wangen und erwiderte sein Lächeln.

»Gute Nacht, Schwester Hanna! Wir sehen uns morgen früh.« Er stemmte sich von der Wand ab und verschwand in der Dunkelheit.

»Gute Nacht, Herr Doktor!«, rief Hanna ihm nach.

Hanna konnte nicht anders, als auf den Platz zu schauen, an dem er gestanden hatte. Eine bisher nicht gekannte Wärme durchflutete sie. Dr. Conradi hatte sie ins Vertrauen gezogen! Er interessierte sich für ihre Probleme, ihre Gedanken. Er bot ihr sogar seine Hilfe an. So etwas hatte sie schon lange nicht mehr erlebt.

Sie überlegte, ob sie Leni davon berichten sollte, doch dann entschied sie sich dagegen. Dieser Moment gehörte nur ihr allein.

11. Kapitel

Zehlendorf, 28. Februar 1920

»Auf Adlers Flügeln getragen übers brausende Meer der Zeit«, klang es durch den Speisesaal. Morgendlicher Sonnenschein strömte durch die Fenster, in der Luft hing der Duft nach frisch gebackenem Kuchen.

Mit Tränen in den Augen saß Catherine Conradi neben ihrem Mann am Kopf des Tisches, ein gerührtes Lächeln auf den Lippen. Dr. Conradi griff nach ihrer Hand und drückte sie.

Was für ein Glück sie hat, dachte Hanna. Einen Ehemann wie ihn und bald schon ein Krankenhaus, in dem sie zusammen mit ihm wirken kann.

Als das Lied beendet war, erhob sich Frau Conradi und richtete ein paar Dankesworte an die Sängerinnen. Danach begann der Tischdienst, das Frühstück aufzutragen. Hanna kehrte mit den anderen Mädchen an ihren Platz an der Tafel zurück.

»Ich glaube, das haben wir gut hinbekommen«, flüsterte sie Else zu.

»Stimmt, so schön haben wir noch nie gesungen«, pflichtete diese ihr bei, allerdings klang sie nicht so enthusiastisch, wie Hanna es erwartet hätte.

»Ist alles in Ordnung bei dir?«, erkundigte sie sich deshalb.

»Ja, doch«, antwortete Else zögernd. Hanna musterte sie. Was war geschehen? Gestern hatte sie sich doch noch so auf diesen Tag gefreut …

Sie wollte gerade nachhaken, doch da erschien der Tischdienst mit den Tabletts voller Blechkuchen. Dazu gab es Malzkaffee. Wie gern hätte sie auch mal wieder echten Kaffee getrunken, aber daran war in diesen Zeiten nicht zu denken.

Hanna lief das Wasser im Mund zusammen. Wann hatte sie das letzte Mal Kuchen bekommen?

Nach dem Tischgebet konnte sie endlich einen Happen nehmen. Süß und noch ein bisschen warm zerging er ihr förmlich auf der Zunge. Hanna schloss schwelgend die Augen und versuchte, dem Geschmack möglichst lange nachzuspüren. Wer konnte schon wissen, wann es wieder eine derartige Köstlichkeit gab!

Ein Läuten an der Tür unterbrach die muntere Runde. Pfleger Carl stand auf und verschwand im Flur. Seltsam, dachte Hanna, Besuch hatte sich eigentlich erst für den Nachmittag angekündigt, zur privaten Geburtstagsfeier, zu der die Mitarbeiter nicht geladen waren.

Wenig später kehrte der Pfleger mit einer jungen Frau zurück. Sie hatte ein rundes Gesicht und eine recht lange, gerade Nase. Unter ihren Augen lagen dunkle Schatten, Zeichen von Schlaflosigkeit oder langen Wachstunden an Krankenbetten. Sie trug ihr schwarzes Haar gescheitelt, und obwohl sie ihr irgendwie bekannt vorkam, hätte Hanna nicht sagen können, woher.

Dr. Conradi erhob sich und ging ihr entgegen.

»Schwester Elisabeth«, hörte Hanna ihn sagen. »Wie schön, dass Sie da sind!«

Was der Neuankömmling erwiderte, verstand Hanna nicht. Dr. Conradi wandte sich nun an sie alle.

»Darf ich vorstellen? Das ist Elisabeth Bruhn. Sie wird ab sofort unsere Anstaltsfamilie verstärken.«

Elisabeth Bruhn. Jetzt erinnerte sich Hanna. In dem Jahr, als sie nach Friedensau gekommen war, hatte Schwester Elisabeth auf der Frauenstation gearbeitet. Kurze Zeit später war sie nach Hamburg gegangen.

Dr. Conradi führte die Schwester zu dem leeren Platz neben seiner Frau und nahm ihr den Mantel ab, unter dem sie ein blaues Ausgehkleid trug. Elisabeth warf einen etwas unsicheren Blick in die Runde und nahm dann Platz. Hanna sah, dass Frau Conradi sich mit einem breiten Lächeln zu ihr lehnte und ihr etwas zuflüsterte.

»Es heißt, dass sie eine Bekannte von Frau Conradi ist«, bemerkte Ida, die Hanna gegenüber am Tisch saß.

»Woher weißt du das?«, fragte Hanna.

»Maria hat es mir erzählt«, gab Ida zurück und nahm einen Schluck aus ihrer Tasse.

Natürlich, dachte Hanna, wenn ich im Schlafraum bin, redet sie nie über solche Dinge.

»Aber keine Sorge, auch ihr wird das Matratzenklopfen nicht erspart bleiben«, setzte Ida lachend hinzu und schob sich ein Stück Kuchen in den Mund.

***

Louis war angespannt. In den vergangenen Tagen hatte sich die Laune seiner Frau auf merkwürdige Weise verschlechtert. Zuletzt war sie so nach dem Tod ihres Kindes gewesen. Lag es daran, dass sie glaubte, ihr würde die Zeit weglaufen? Sechsunddreißig war sie nun, beinahe zu alt, um ein Kind zu bekommen. Aber es war nicht unmöglich.

Die Ankunft von Schwester Elisabeth hatte sie ein wenig aufgemuntert. Danach hatten sie sich zusammengesetzt und miteinander geplaudert, bis am Nachmittag die Geburtstagsgäste kamen. Heinrich Schubert, der für den Ostdeutschen Verband in Berlin zuständig war und hin und wieder auch als Pastor in Friedensau wirkte, gratulierte mit dem hübsch gewachsenen Ableger einer Palme, die ihm ein Missionar aus Südamerika mitgebracht hatte. Rudolf und Lotte Busch waren alte Bekannte aus Friedensau.

Doch Catherines gute Laune war rasch verflogen, als sie deren Präsent entgegennahm: drei kleine Ziegen.

Catherine hatte sich artig bedankt und gelächelt, doch Louis hatte ihr angesehen, dass sie es für eine Frechheit hielt. Ziegen!

»Sieh es mal so, durch diese Ziegen werden wir Milch haben«, hätte er ihr gern erklärt, doch er hatte es vorgezogen, zu schweigen. Ihr Besuch sollte nicht den Eindruck haben, dass es zwischen ihnen kriselte.

An der Kaffeetafel war die Stimmung noch immer nicht besser, auch wenn er sah, dass seine Frau versuchte, sich sichtlich zu beherrschen.

»Du hast wirklich Großes geleistet«, sagte Pastor Schubert, dessen Wangen von dem warmen Malzkaffee ganz rosig waren, jetzt zu ihm. »Nach allem, was ich sehe, könnt ihr den Betrieb bald aufnehmen. Darauf kannst du stolz sein.«

»Danke, Heinrich. Es ist allerdings nicht im Entferntesten das, was ich mir vorgestellt habe«, gab Conradi bescheiden zurück. »In den kommenden Wochen und Monaten müssen wir noch vieles verbessern. Und wenn wir erst einmal den neuen Operationssaal haben, werden wir den anderen Häusern in nichts nachstehen.« Er machte eine Pause. »Nein, wenn man es genau nimmt, werden wir besser sein als andere Häuser.«

»So Gott will!« Heinrich Schubert hob die Kaffeetasse erneut an den Mund. Nach einer Pause fügte er hinzu: »Schade, dass Richard nicht hier sein kann.«

»In Battle Creek hat er sicher besseres Wetter als wir hier«, gab Louis zurück.

Schweigen folgte seinen Worten. Louis unterdrückte den Wunsch, seinen Kragen zu lockern. Eigentlich plauderte Catherine immer lebhaft mit, doch heute schwieg sie beharrlich. Ob das wirklich nur an den Ziegen lag?

»Sag, Catherine, wie sieht es bei dir aus?«, erkundigte sich Heinrich. »Bist du zufrieden mit der Arbeit hier im Haus?«

»Das bin ich«, antwortete sie und blickte ihn beinahe herausfordernd an.

»Auch wenn dir bisher Kindersegen verwehrt geblieben ist?«, erkundigte sich Lotte Busch mit mitleidigem Unterton.

»Ich habe hier eine Familie«, wich Catherine aus. »Eine beständig wachsende Familie übrigens.«

»Und mit den Zicklein hast du jetzt auch etwas, um das du dich kümmern kannst.«

Louis schloss kurz die Augen. Es war ein Fehler gewesen, die Buschs einzuladen. Lotte prahlte vor anderen Frauen nur allzu gern damit, dass sie sechs Kinder bekommen hatte.

Catherines Lächeln wirkte wächsern.

»Ja, da hast du wohl recht«, erwiderte sie mühsam beherrscht und trank einen Schluck Kaffee. »Die Ziegen werden jedenfalls ihren Beitrag leisten, unsere Versorgung zu sichern.« Sie stellte die Tasse ab und erhob sich. »Wenn ihr mich kurz entschuldigen würdet?«

***

Hanna faltete sorgsam die Zeitung zusammen, verstaute sie unter ihrem Mantel und stand auf. Endlich hatte sie Zeit gefunden, sie zu lesen.

Die Nachrichten vom elften Februar waren mittlerweile veraltet, doch es hatte auch einen Beitrag über die geplante Weltausstellung in Brasilien gegeben. Diese fand zwar erst in zwei Jahren statt, doch die Vorbereitungen dazu begannen schon jetzt. Martin hatte alles über die Weltausstellung im Jahr 1915 gesammelt und davon gesprochen, dass er sie zur nächsten mitnehmen würde. Dazu war es nicht mehr gekommen.

Als sie aus dem kleinen Wäldchen zurückkehrte, in das sie sich zurückgezogen hatte, waren die meisten von ihnen wieder im Haus. Die Conradis saßen noch immer mit ihren Bekannten zusammen, doch man hatte es den Schwestern erlaubt, sich noch ein Stück Kuchen aus der Küche zu holen.

Hanna hatte ihren Mantel gerade ausgezogen, als Ida zu ihr kam.

»Du glaubst nicht, was Frau Conradi zum Geburtstag bekommen hat!«

Hanna zog fragend die Augenbrauen hoch.

»Ziegen!«, platzte es aus Ida heraus.

»Ziegen?« Hanna schüttelte den Kopf. »Du nimmst mich auf den Arm.«

»Nein«, beharrte ihre Kollegin. »Sie hat tatsächlich drei Ziegen bekommen. Geh raus, dann siehst du sie! Carl hat ein Gatter für sie gebaut.«

Hanna warf den Mantel wieder über, lief nach draußen – und tatsächlich: Ein kleines Stück seitlich vom Haus entfernt entdeckte sie eine Art Gehege mit drei kleinen Ziegen darin. Sie meckerten mit hellen Stimmen und schienen sich alles andere als wohl zu fühlen.

Hanna hockte sich vor das Gatter und versuchte, die Zicklein anzulocken. In Friedensau hatten sie eine Ziege wegen der Milch gehabt, ein stämmiges Tier mit großen Hörnern, das den Kindern Angst einjagte. Aber diese Kleinen wirkten zart und ganz harmlos.

»Ich habe gehört, dass Kaffeesatz ein gutes Mittel zur Aufzucht von Ziegen sein soll«, sagte Frau Conradi hinter ihr.

Hanna sprang eilig auf und drehte sich um.

»Oh, ich habe Sie gar nicht kommen gehört.«

»Tiere zu beobachten ist gut für die Seele. Besonders, wenn sie so jung sind. Sieh nur, wie ausgelassen und unbeschwert sie umhertollen!«

»Wie kleine Kinder«, gab Hanna zurück.

»Ja«, antwortete Frau Conradi nachdenklich. »Hast du eigentlich vor, jemals Kinder zu bekommen?«

»Darüber habe ich noch gar nicht nachgedacht«, antwortete Hanna leicht beklommen, da sie wusste, dass die Conradis ihr eigenes Kind verloren hatten. »Das … das mit Ihrer Tochter tut mir leid.«

Frau Conradi erstarrte. Hanna wurde unsicher. Hatte sie etwas Falsches gesagt?

»Woher weißt du das?«, fragte Frau Conradi mit harter Miene. Ihre Augen wirkten, als hätte sich eine Wolke vor die Sonne geschoben.

»Ihr Mann …« Hanna stockte. Hätte sie es nicht erwähnen dürfen? »Bitte verzeihen Sie, ich wollte nicht …«

Catherine Conradi presste die Lippen zusammen und schob die Hände in die Manteltaschen, dann ließ sie Hanna wortlos stehen.

Hanna wollte ihr etwas nachrufen, doch die Worte drangen nicht über ihre Lippen. Jetzt hatte sie auch noch die Gattin des Doktors gegen sich aufgebracht …

***

Nachdem er den Besuch verabschiedet hatte, kehrte Louis ins Haus zurück. Erleichterung überkam ihn. Der Nachmittag war ganz und gar nicht gut verlaufen. Er würde es sich zweimal überlegen, ob er die Buschs noch einmal zu Catherines Geburtstag einladen würde.

»Es ist vorbei«, sagte er, als sie nach einem kurzen Besuch bei den Ziegen ins Haus zurückkehrte, und umfing sie. »Jetzt sind wir endlich wieder unter uns.«

Catherine entzog sich seiner Umarmung und stieß ihn zurück. Ihre Augen loderten vor Wut.

»Warum hast du es ihr erzählt?«

Louis schüttelte verwundert den Kopf. »Was? Wem?«

Seine Frau presste die Lippen zusammen. Er ging davon aus, dass sie Lotte Busch meinte, und sagte beschwichtigend: »Lotte kann manchmal furchtbar sein. Ich bin sicher, sie hat es nicht böse gemeint.«

»Ich meine nicht Lotte!« Catherines Ton wurde schrill. »Ich meine Hanna! Warum hast du ihr von unserem toten Kind erzählt?«

Louis stockte der Atem. Für einen Moment konnte er nichts erwidern. Der Verlust ihres Kindes war eigentlich kein Geheimnis, aber natürlich wussten die Schwestern hier nichts davon.

»Wieso redest du mit ihr über unsere Ehe?«

»Das habe ich doch gar nicht getan!«, verteidigte er sich, doch seine Worte klangen selbst in seinen Ohren unaufrichtig. »Sie hat mir von ihrem gefallenen Verlobten erzählt, und ich habe ihr versichert, dass ich sie wegen unseres Verlustes verstehen kann.«

»Du wirst nie wieder mit ihr über solche Dinge reden, hörst du?« Über Catherines Wangen liefen Tränen. »Sie ist eine Schwester, nicht deine Vertraute!«

»Es tut mir leid.« Louis senkte den Kopf.

»Das sollte es auch!« Catherine begann, unruhig auf und ab zu gehen. »Und Lotte? Du hättest mich verteidigen sollen! Aber du hörst dir alles fein an und lässt sie gewähren. Du hättest ihr sagen können, dass ich hier weitaus mehr zu tun habe, als Däumchen zu drehen! Dass ich eine Aufgabe habe. Eine andere Aufgabe, als nach Ziegen zu sehen und damit zu hadern, dass ich offenbar keine Mutter sein kann. Aber du redest ja lieber mit Hanna!«

Louis fasste sie am Handgelenk. »Das geht zu weit, Catherine!«, knurrte er. »Es tut mir leid, dass es so gelaufen ist mit Lotte, aber dafür sollte nicht Hanna als Sündenbock dienen.«

Die Augen seiner Frau blitzten. »Ich brauche keinen Sündenbock«, zischte sie. »Aber du solltest dich vorsehen, mit wem du dich einlässt. Es wäre nicht das erste Mal, dass du einer Schwester schöne Augen machst!«

Damit riss sie sich los, warf den Kopf in den Nacken und verließ das Zimmer.

Louis atmete zitternd durch. Er hätte sich niemals träumen lassen, dass der Tag so enden würde. Warum nur hatte Hanna das Kind erwähnt? Er hatte ihr Taktgefühl zugetraut, aber was wusste er schon? Er kannte die junge Frau doch kaum.

***

Froh darüber, dass der Abend vorbei war, kehrte Hanna zu ihrem Zimmer zurück. Sie hatte während des Essens versucht, sich bei Frau Conradi zu entschuldigen, doch keine Gelegenheit dazu gefunden. Wie gern hätte sie ihre Worte rückgängig gemacht. Wäre sie doch bloß nicht zu den Ziegen rausgelaufen!

Kurz vor ihrer Zimmertür trat eine Gestalt aus einer dämmrigen Nische. Hanna zuckte zusammen, doch dann erkannte sie Else, die sie seit dem Frühstück nicht mehr gesehen hatte.

Überrascht zog sie die Augenbrauen hoch. »Du warst gar nicht beim Essen … Wo hast du die ganze Zeit über gesteckt?«

»Ich wollte dir etwas sagen«, flüsterte Else beklommen.

Ein ungutes Gefühl beschlich Hanna. »Ist etwas passiert?«

»Nein, es ist eigentlich nichts Schlimmes, aber … ich werde von hier fortgehen.«

»Fortgehen?« Hanna schüttelte den Kopf. »Du willst doch Schwester werden?«

»Das ist es ja.« Sie zog eine Fahrkarte aus der Tasche. »Ich werde nach Friedensau gehen und mich zur Krankenschwester ausbilden lassen. Dr. Conradi hatte mich empfohlen, als er in Friedensau war, und vorhin kam die Antwort per Telegramm.«

Hanna konnte sich gar nicht entsinnen, den Postboten gesehen zu haben.

»Man hat mich im Frühjahrskurs aufgenommen und mir angeboten, die beiden Monate bis dahin schon zu arbeiten«, erklärte Else weiter.

Hanna brauchte einen Moment, um diese Nachricht zu verarbeiten. Jetzt, da sie Frau Conradi verärgert hatte und Maria immer noch nicht gut auf sie zu sprechen war, würde sie sich ohne Else schrecklich einsam im Waldfriede fühlen.

»Das ist ja wunderbar!«, presste sie dennoch tapfer hervor und kämpfte mit den Tränen. Sie durfte jetzt nicht weinen, sie sollte sich freuen, dass Else es geschafft hatte.

»Ja, ich werde eine richtige Schwester, wie ich es mir immer gewünscht habe!« Elses Augen leuchteten. »Allerdings …« Sie stockte, und eine Falte erschien zwischen ihren Augenbrauen. »Ich weiß nicht, ob ich nach der Ausbildung wieder ans Waldfriede komme. Es heißt, einige Schwestern würden anschließend zur Privatpflege nach Süddeutschland geschickt werden.«

Hanna hörte die Unsicherheit in ihrer Stimme. Sie schluckte ihre Trauer herunter und strich Else ein paar Haarsträhnen aus dem Gesicht. »Egal, wo du hinkommst, du wirst dort großartige Arbeit leisten. Und vielleicht sehen wir uns ja doch einmal wieder.« Sie zog die Jüngere in ihre Arme. »Die Zeiten sind unruhig und gefährlich. Pass gut auf dich auf.«

12. Kapitel

Zehlendorf, 12. März 1920

Anfang März verschlimmerten sich die Zustände in Deutschland. Immer wieder fiel der Strom aus, und nach einer Weile beteiligten sich selbst Arbeiter von ihrer Baustelle an den Streiks. Die Zeitungen waren voller Schreckensmeldungen über Schießereien und Überfälle.

Dr. Conradi gab schließlich die Weisung aus, dass die Schwestern nicht mehr ohne Begleitung unterwegs sein sollten.

So überraschte es Hanna, dass Frau Conradi sie am Morgen des zwölften März zu sich rief und sagte: »Ich möchte, dass du zum Bahnhof am Potsdamer Platz fährst und dort ein neues Mädchen abholst.«

»Wird mich jemand begleiten?«

»Du wirst doch wohl den Weg zum Bahnhof finden, oder?«, gab Frau Conradi wenig barsch zurück und reichte ihr die Fahrkarten.

»Aber der Doktor …«

»Ich kann hier niemanden entbehren!«, wischte die Arztgattin Hannas Bedenken beiseite.

Hanna nickte beklommen und ließ die Fahrkarten in ihrer Schürze verschwinden. »Und woran erkenne ich sie?«

»Sie ist blond, sechzehn Jahre alt und wohl ein bisschen größer als du. Ihr Name ist Rosa Pahlke. Um zehn soll sie auf dem Potsdamer Bahnhof ankommen. Passt auf euch auf!«

»Ja, Frau Conradi.« Hanna nickte. Ein mulmiges Gefühl überkam sie.

Seit ihrer Ankunft hier war sie nicht mehr allein unterwegs gewesen. Erst recht nicht in diesen Zeiten …

Da ihr allerdings nichts anderes übrig blieb, holte Hanna ihren Mantel und verließ wenig später das Haus.

Auf dem Potsdamer Platz liefen die Leute quer durcheinander, sodass Hanna aufpassen musste, nicht über den Haufen gerannt zu werden.

Vor einem großen Reklameplakat machte sie halt. Ein dämonisch wirkender Mann mit dunkel umrandeten Augen war darauf zu sehen, der mit zu Krallen geformten Händen eine junge Frau bedrohte. *Das Cabinet des Dr. Caligari,* lautete der Titel eines Films, der in den Lichtspieltheatern offenbar frisch angelaufen war.

Hanna war noch nie in einem dieser Häuser gewesen. In der Gegend, in der sie aufgewachsen war, gab es so etwas nicht, und hier in Berlin hatte sie weder Geld noch Zeit, um an ein derartiges Vergnügen zu denken.

Sie wandte sich ab und ging weiter, die Augen wachsam auf die Personen gerichtet. Mädchen, die auf Frau Conradis Beschreibung passten, gab es etliche, doch die meisten wirkten nicht so, als würden sie auf jemanden warten, der sie abholte oder ihnen den Weg zeigte.

Dann fiel Hanna eine Person ins Auge.

Das Mädchen trug eine dunkelblaue Jacke und hatte ihr blondes Haar zu einem Zopf geflochten, der sich wie ein Kranz um ihren Kopf wand. Etwas verloren blickte es sich um.

»Rosa Pahlke?«, fragte Hanna und trat zu ihr.

Das Mädchen wirbelte herum. Ein erleichtertes Lächeln erschien auf ihrem Gesicht. »Ja, das bin ich. Kommen Sie vom Waldfriede?«

»Ja«, antwortete Hanna und sah, wie Rosas Blick zu ihrem Mantel schweifte, der nicht lang genug war, um das Schwesternkleid und die Schürze zu verdecken. Außerdem trug sie den Anstecker der Friedensauer Schwesternschaft am Revers. »Ich soll dich abholen. Ich bin Schwester Hanna Richter.«

Rosa lächelte breit und reichte ihr die Hand. »Freut mich, Sie kennenzulernen. Ich dachte schon, ich bin am falschen Bahnsteig angekommen.«

»Nein, du bist genau richtig«, entgegnete Hanna und ergriff die dargebotene Hand. »Komm, wir müssen noch ein ganzes Stück zurücklegen.«

Sie mischten sich unter die Leute und strebten dem Gleis zu, von dem der Zug aus Zehlendorf abfahren sollte. Hanna fiel die große Zahl uniformierter Männer auf. So viele hatte sie seit dem Krieg nicht mehr auf einmal gesehen. Unwillkürlich wurden ihre Handflächen feucht, und sie war froh, als sie den Bahnsteig erreicht hatten.

Bei einem Schaffner erkundigte sich Hanna, wann der nächste Zug nach Zehlendorf fahren würde.

Zu ihrem Entsetzen teilte er ihr eine Uhrzeit am Nachmittag mit. Wie sollten sie jetzt zum Waldfriede kommen?

»Und nun?«, fragte Rosa.

»Wir suchen uns einen Bus«, entschied Hanna und zog sie mit sich.

Vor dem Bahnhof schaute sie sich um. Irgendwo in der Nähe musste doch eine Haltestelle sein!

Sie erkundigte sich bei einem Passanten, der in eine Richtung zeigte, die sie nicht ganz bestimmen konnte. Viel zu spät erkannte sie, dass die Straße immer einsamer wurde. Das dröhnende Motorengeräusch eines sich rasch nähernden Lastwagens ließ sie herumwirbeln.

Dann krachte es plötzlich hinter ihr.

Hannas Herz begann zu rasen. Schüsse! Auf der Ladefläche des Lastwagens hockten mehrere Uniformierte. Hastig zerrte sie Rosa in den nächsten Hauseingang.

»Leg dich hin!«, wies sie das junge Mädchen an und drückte sich gegen die Tür. Der Eingang des Mietshauses war recht tief, wenn sie Glück hatten, würde sie niemand bemerken.

Rosa fing neben ihr an zu zittern. Hanna bekam keine Luft mehr. In ihren Ohren begann es zu summen.

Atme!, befahl sie sich, während die Panik in ihr explodierte. Atme!

Sie schloss die Augen und versuchte, sich auf das Luftholen zu konzentrieren.

Weitere Schüsse peitschten durch die Straße. Das Feuer der Uniformierten auf der Ladefläche des Lastwagens wurde offenbar aus einem der Häuser heraus erwidert.

Hannas Atmen wurde zu einem Stöhnen. Die Angst jagte wie Stromschläge durch ihren Körper. Wie sollte sie das hier nur überstehen?

Dann spürte sie Rosa neben sich. Sie durfte nicht zulassen, dass das Mädchen verletzt wurde. Hanna ließ sich neben die zitternde Rosa auf den Boden gleiten und schlang die Arme um sie. Einen Fluchtweg hatten sie nicht, die Haustür vor ihnen war fest verschlossen. Hannas Blick wanderte zu der Klingelanlage, möglicherweise würde sie jemand einlassen, wenn sie läutete. Aber sie wagte nicht, sich zu erheben.

Bitte, lieber Gott, beschütze uns, flehte sie im Stillen, als sie versuchte, sich noch kleiner zu machen.

Scheiben splitterten, Querschläger pfiffen. Noch einige Minuten dauerte der Spuk, dann raste das Fahrzeug weiter.

Gespenstische Stille folgte dem Echo der Schüsse. Hannas Herz hämmerte noch immer, doch mit der Stille zog sich die Panik langsam zurück.

»Ist es vorbei?«, wisperte Rosa neben ihr.

»Ich weiß nicht«, gab sie zurück.

Als weitere Schüsse ausblieben, rappelte sie sich auf. Ihre Knie waren immer noch weich, und sie fühlte sich so erschöpft wie nach einem endlos langen Arbeitstag. »Bleib hier«, befahl sie Rosa leise und schlich zur Straße.

Als sie um den Rand des Hauseingangs spähte, erkannte sie, dass noch andere Passanten Schutz gesucht hatten. Allmählich trauten sie sich wieder heraus. Man hörte Schreie und lautes Weinen. Scherben glitzerten auf dem Pflaster.

Hanna erstarrte. Wie knapp waren sie dem Tod entronnen!

»Ist die Luft rein?«, fragte Rosa und kam ebenfalls auf die Beine.

»Sieht so aus«, gab Hanna zurück. »Wir sollten zum Bahnhof zurückgehen, hier fährt kein Bus.«

Als sie den Hauseingang verließen, kam aus einem der Nachbarhäuser ein Mann auf sie zugestürmt.

»Hallo, Sie!«, rief er aufgeregt. Er war vielleicht Anfang zwanzig, trug graue Arbeiterkleidung und eine Schiebermütze. »Sie schickt der Himmel! Sie sind doch Schwester, oder?«

Hannas Mund war auf einmal so trocken, dass sie kein Wort hervorbrachte.

»Ja, das ist sie«, entgegnete Rosa, die ebenfalls noch ganz weiß um die Nase war.

»Was wollen Sie?«, fragte Hanna, während sie versuchte, sich zu beruhigen.

»Wir haben zwei Verletzte oben in der Wohnung. Bitte kommen Sie mit.«

Hanna erstarrte, doch der Mann packte sie am Arm und zog sie mit sich ins Haus und die Treppe hinauf.

Sie wollte sich wehren, aber sie stockte, als sie das Stöhnen eines Mannes hörte, der offenbar große Schmerzen litt. Wenig später schob sie der junge Arbeiter durch die Tür. Die Wohnung machte einen heruntergekommenen Eindruck. Die spärliche Möblierung war alt und abgenutzt, Motten waren über die Gardinen hergefallen. Es sah nicht so aus, als hätten hier Menschen gelebt, eher schien es sich um einen Treffpunkt zu handeln. Einige Scheiben waren bei der Schießerei zu Bruch gegangen, ob sich die Männer aktiv daran beteiligt hatten, war nicht ersichtlich.

»Ich hab draußen eine Krankenschwester gefunden!«, rief der junge Mann den anderen zu. »Sie wird Ferdy helfen können.«

Der Geruch nach Eisen strömte Hanna in die Nase. Unweit von ihr wand sich ein Mann auf dem Boden. Seine Jacke war blutgetränkt, unter ihm auf dem verschlissenen Teppich breitete sich eine rote Lache aus.

Und das war noch nicht alles. Etwas entfernt lag ein zweiter Mann auf dem Boden. Aus dem Loch in der Schläfe sickerte Blut. An der Blässe seiner Haut erkannte Hanna, dass ihm nicht mehr zu helfen war.

Sie taumelte zurück. In ihren Ohren begann es erneut zu rauschen, und ihre Kehle zog sich zusammen. Hanna zwang sich, Luft zu holen, und kämpfte gegen den Schwindel an, der unbarmherzig nach ihr griff. Wieder hatte sie die Worte der Oberin aus Friedensau in den Ohren: *Stell dich nicht so an!*

Wie sollte sie diesem Mann helfen, wenn sie zusammenbrach?

»Schwester Hanna?«, hörte sie Rosas Stimme hinter sich.

»Na los, Schwester, so tun Se doch watt!«, fuhr einer der Männer Hanna an.

Sie schluckte gegen die Trockenheit in ihrer Kehle an, aber sie fühlte sich weiterhin an wie Sandpapier. Die Stimmen der Männer, die sie anfeuerten, rückten in weite Ferne. Gleich würde sie in Ohnmacht fallen.

»Schwester Hanna!« Rosa griff nach ihrer Hand und riss sie damit aus dem Strudel der Panik heraus.

Sie nickte wie betäubt. Es ist nicht Martin, sagte sie sich. Er ist es nicht, und es ist auch kein Soldat. Der Mann braucht meine Hilfe.

»Gut«, sagte sie atemlos. »Decken Sie ihn zu!« Sie deutete auf den Leichnam. Dann hockte sie sich neben den Verletzten, der die Hände auf seinen Arm presste. Wenn er eine Frau wäre, dachte sie, würdest du es dann können?

»Helfen Sie mir«, stöhnte er mit schmerzverzerrter Miene.

Eine Frau, redete sie sich ein. Es ist eine Frau. Eine Frau mit Bart und tiefer Stimme. Wie die alte Schwester Senta.

»Ich werde es versuchen«, hörte sie sich sagen, dann richtete sie ihren Blick auf die Männer, die sie ihrerseits anstarrten. »Ich brauche Verbandszeug. Wenn Sie haben, Mull oder Gaze, Bettlaken tun es auch, aber möglichst saubere. Und eine Schere oder ein Messer.«

»Können Sie die Kugel entfernen?«, erkundigte sich einer der Umstehenden.

»Nein, ich bin kein Arzt«, antwortete sie und entledigte sich ihres Mantels, damit sie sich besser bewegen konnte. »Ich kann ihm nur einen Verband anlegen, damit er nicht zu viel Blut verliert. Sie sollten ihn in ein Krankenhaus bringen.«

»Wo ist das Krankenhaus, in dem Sie arbeiten, Schwester?«, fragte der junge Mann in der grauen Arbeiterkleidung.

»Es liegt in Zehlendorf, ist aber noch nicht fertig. Welche Kliniken gibt es hier in der Nähe?«

»Die Charité«, antwortete ein anderer und reichte ihr ein paar Stoffstreifen.

»Ich hoffe, die gehen, etwas anderes haben wir hier nicht.«

»Danke«, sagte Hanna, nahm die Streifen und legte sie in ihren Schoß. »Sind Sie in der Lage, die Jacke auszuziehen?«, fragte sie den Verletzten. »Ich würde Ihnen ungern den Ärmel aufschneiden müssen.«

»Es wird gehen«, sagte der Mann, doch als er es versuchte, schoss ihr plötzlich ein Schwall Blut entgegen. Der Stoff hatte die Blutung bisher offenbar abgefangen. Jetzt spritzte das Blut ungebremst auf ihre Schürze.

»Ich brauche einen dünnen Stock oder einen Kochlöffel – irgendwas, womit ich eine Aderpresse machen kann!«, rief Hanna und presste die Hand auf die Wunde. Offenbar hatte die Kugel eine große Arterie getroffen.

Einer der Männer verschwand und kam wenig später mit dem Gewünschten zurück.

Hanna machte sich an die Arbeit. Ihre Hände bewegten sich mechanisch, während sie sich weiter einredete: *eine Frau. Es ist eine Frau.* Sie legte eines der Tücher an, schob den Kochlöffel hinein und drehte ihn herum. Die Blutung kam zum Stillstand. Dann legte sie einen Verband an.

»Bringen Sie Ihren Freund so schnell wie möglich ins Krankenhaus. Die Kugel muss auf jeden Fall raus, sonst bekommt er Wundbrand und der Arm muss ab.«

»Sie sind ein Goldstück, Schwester«, sagte einer der Männer und klopfte ihr anerkennend auf die Schulter.

Hanna ging nicht darauf ein. Sie wollte nur weg von hier, bevor sie doch noch die Fassung verlor.

»Komm, Rosa«, sagte sie, verließ die Wohnung und rannte die Treppe hinunter.

Draußen musste sie sich erst einmal an die Hauswand lehnen. Sie blickte gen Himmel, und nach einer Weile löste sich die Klammer, die sie um ihre Brust gespürt hatte, und ihr Herzschlag beruhigte sich.

»Das … das war sehr beeindruckend«, hörte sie Rosa neben sich sagen.

Hanna atmete zitternd durch. Der Schweiß unter ihrem Kleid bildete einen kalten Film auf ihrem Körper.

»Was?«, fragte sie ein wenig abwesend.

»Wie Sie den Mann verbunden haben …«

Hanna schüttelte den Kopf. »Das ist meine Arbeit. Weiter nichts.« Es war nun wirklich keine Heldentat gewesen. Aber plötzlich wurde ihr eines bewusst: Sie hatte angesichts des Verletzten nicht das Bewusstsein verloren. Ja, sie hatte sich sogar um ihn gekümmert!

Das wäre noch vor einem Vierteljahr undenkbar gewesen.

»Komm, wir gehen zurück zum Bahnhof«, sagte sie und schaute Rosa an, der der Schreck noch immer ins Gesicht geschrieben stand. Danke, dass du meine Hand gedrückt und mich abgelenkt hast, dachte sie, griff nach Rosas Arm und zog sie mit sich.

Bei ihrer Rückkehr ins Waldfriede war es bereits später Nachmittag. Hanna war froh, diesen schrecklichen Vormittag überstanden zu haben. Während der gesamten Fahrt hatte sie nichts weiter tun können, als leer aus dem Zugfenster zu starren. Rosa hatte sie kaum Beachtung geschenkt.

Als sie nun die Küche betraten, bog Frau Conradi um die Ecke.

»Du meine Güte!«, rief sie aus, als sie die beiden Mädchen erblickte. »Wo wart ihr denn? Hier sind alle in Sorge wegen euch!«

Hanna knöpfte langsam ihren Mantel auf.

»Wir sind in einen Tumult hineingeraten. Ein Mann wurde angeschossen. Ich musste ihm helfen.«

Die Arztgattin sah das Blut auf Hannas Tracht und wurde blass.

Im nächsten Augenblick trat auch Dr. Conradi ein.

»Catherine, ich …« Als er Hanna und Rosa bemerkte, stockte er. »Um Himmels willen, was ist passiert?«

»Es hat eine Schießerei in der Nähe des Bahnhofs gegeben«, erklärte Hanna. »Wir haben uns in einen Hauseingang zurückgezogen. Als keine Schüsse mehr fielen und wir weitergehen wollten, kam ein Mann auf uns zugelaufen. So war es doch, Rosa?«

Das Mädchen nickte hastig.

»Der Mann bat mich, nach einem Verletzten zu sehen. Dieser war am Arm getroffen worden, ich habe eine Aderpresse angelegt und die Männer angewiesen, ihn in die Charité zu bringen. Einem anderen konnte ich nicht mehr helfen, den hatte eine Kugel in die Schläfe getroffen.«

Hanna bemerkte den sorgenvollen Blick des Doktors. Seine Kiefermuskeln mahlten, als würde er auf hartem Brot herumkauen.

»Sie beide sind aber unverletzt?«, fragte er.

Hanna blickte zu Rosa und nickte. »Ja, das sind wir.« Dann sah sie an sich hinab. »Das Blut ist nicht von mir.«

»Gib mir die Schürze am besten gleich, ich muss sie einweichen«, sagte Frau Conradi geschäftig. Hanna zog den Mantel aus und band die Schürze ab. Dabei sah sie, dass auch ihr Kleid ein paar Flecke abbekommen hatte.

Dr. Conradis Miene wirkte angespannt. »Gott sei Dank ist Ihnen nichts geschehen!« Er blickte kurz zu seiner Frau, dann wandte er sich wieder an Hanna. »Zeigen Sie Rosa bitte ihr Zimmer im Dachgeschoss.«

»Ja, gern«, antwortete Hanna, worauf er hinzufügte: »Erholen Sie sich erst einmal von den Strapazen.«

»Danke, Herr Doktor«, sagte sie, dann nickte sie Frau Conradi zu und zog Rosa mit sich fort.

***

»Du hast das Mädchen in die Stadt geschickt«, sagte Louis, als Hanna und Rosa außer Hörweite waren. Es war weniger eine Frage denn eine Feststellung. »Unbegleitet.«

Er warf seiner Frau einen scharfen Blick zu. »Ich dachte, wir hätten ausgemacht, keine der Schwestern allein gehen zu lassen.«

Der Ärger brodelte in ihm. Nicht nur, dass sie ihn seit zwei Wochen schnitt, jetzt hatte sie eine eindeutige Weisung von ihm missachtet.

Weil er Hanna von dem toten Kind erzählt hatte?

»Hanna ist klug, wie du siehst, hat sie die Sache gut gemeistert«, gab Catherine schroff zurück.

»Sie hätte getötet werden können!«, brach es aus ihm heraus. Catherine schreckte zurück, doch das machte ihn nur noch wütender.

»Es hätte sie bloß ein Querschläger treffen müssen. Du hättest Carl schicken sollen.«

»Bei ihm wäre es dir egal gewesen, wenn er getroffen wird?«, gab sie mit schneidender Stimme zurück.

»Er ist ein Mann!« Louis schlug mit der Faust auf den Tisch. »Er hat andere Sinne und weiß der Gefahr zu begegnen, denn er war ja selbst im Schützengraben. Aber zwei Mädchen allein durch Berlin zu schicken …« Er presste die Lippen zusammen und unterdrückte den Impuls, seine Frau zu schütteln. »Ist es wegen des Kindes? Weil ich ihr davon erzählt habe? Glaubst du denn wirklich, sie hat die Bemerkung aus Böswilligkeit gemacht?«

Catherine wurde blass. Das war ihm Antwort genug.

»Du wirst nie wieder eine der Schwestern oder eines der Hausmädchen allein nach Berlin schicken, hast du verstanden?« Er packte sie jetzt doch bei den Armen und zwang sie, ihn anzusehen.

Catherine nickte, aber in ihren Augen glomm der Trotz. Das war der Ausdruck, den Louis neuerdings häufiger bei ihr sah und der ihn rasend machte.

»Wenn du jemanden strafen willst, dann strafe mich!«, schrie er sie an. »Obwohl, das tust du ja schon eine Weile durch deine Kälte, nicht wahr?«

Einen Moment noch schauten sie sich in die Augen, dann ließ er sie los und stürmte aus der Küche.

13. Kapitel

Zehlendorf, 13. März 1920

Am nächsten Morgen, kurz nach der morgendlichen Körperertüchtigung, traf Hanna im Flur auf Rosa.

»Wie geht es dir?«, fragte sie. »Hattest du eine gute Nacht?«

»Es ging«, antwortete Rosa. »Das neue Bett ist etwas ungewohnt, aber ich hatte keine Albträume.«

Hanna nickte, erleichtert darüber, dass es dem Hausmädchen besser ergangen war als ihr selbst. Als im Schlafraum die Lichter gelöscht worden waren, hatte sie erneut das Blut vor sich gehabt, das Stöhnen des Mannes und die Leiche im Raum. Schüsse hallten durch ihren Traum, in dem sie voller Angst eine Straße entlangrannte. Schließlich war sie mit einem kleinen Schrei hochgeschreckt, als der Tote mit dem Kopfschuss auf sie zugetaumelt kam und sie in ihm Martin erkannt hatte.

Ida hatte wissen wollen, was passiert war, doch Hanna hatte ihr keine Antwort gegeben. Zitternd hatte sie sich in ihre Bettdecke gehüllt und war irgendwann wieder eingeschlafen.

»Wenn du magst, kannst du dich bei Tisch neben mich setzen«, sagte Hanna und bedeutete Rosa, mitzukommen. Schon gestern Abend hatte sie ihr das Du angeboten, als sie ihr das Essen auf ihr Zimmer hinaufbrachte. »Das Mädchen, das früher auf dem Platz gesessen hat, ist zur Ausbildung nach Friedensau gegangen.«

»Aber Sie … du sitzt doch sicher am Schwesterntisch«, gab Rosa zurück.

Hanna schüttelte den Kopf. »Wir machen da keine Unterschiede.«

Hanna zeigte Rosa ihren Platz, dann ging sie in die Küche. Zusammen mit Rosas Zimmergenossin Luise war sie heute zum Tischdienst eingeteilt.

In der Küche traf sie auf Frau Conradi, die mit gerunzelter Stirn vor dem Küchentisch stand und den Inhalt eines Jutesacks begutachtete.

»Bohnenmehl«, seufzte sie.

Ohne etwas darauf zu erwidern, machte sich Hanna daran, die gefüllten Schälchen mit Haferbrei auf den Servierwagen zu laden.

»Unsere Geschwister in Friedensau meinen es gut mit uns, aber mir wäre ein Sack Kartoffeln lieber gewesen.« Frau Conradi nahm eine Handvoll des gräulichen Mehls und beäugte es kritisch. »Ich werde versuchen, eine Mehlsuppe damit zu kochen. Zu mehr taugt es wohl nicht. Etwas Zwiebeln hinzu und ein Brühwürfel. Ach, wie wünschte ich mir, jetzt schon frische Kräuter zu haben! Oder etwas Käse …«

Hanna spürte, dass sie ein Gespräch beginnen wollte, doch sie hatte keine Lust zu reden.

Frau Conradi seufzte. »Hör mal, Hanna, es tut mir wirklich leid, dass du gestern in diese Schießerei geraten bist. Wenn ich gewusst hätte, dass das passiert …«

»Das konnten Sie nicht wissen«, sagte sie leise. Und sie hatte auch nicht wissen können, dass der Zug nicht fahren und sie deshalb versuchen würde, den Bus zu nehmen. »Ich möchte mich bei Ihnen entschuldigen«, fügte sie hinzu. »Ich hätte Sie nicht auf … Ihren Verlust ansprechen sollen.«

Frau Conradi presste die Lippen zusammen. In ihren Augen glitzerte es verräterisch.

»Ich wollte nur sagen, dass ich verstehe, was es bedeutet, einen Menschen zu verlieren.« Hanna blickte auf ihre Hände.

Schweigen folgte ihren Worten. Würde Frau Conradi die Entschuldigung annehmen? Oder gab es letztlich gar nichts zu entschuldigen?

»Da ist ein Brief für dich angekommen.« Frau Conradi zog den Umschlag aus der Schürzentasche. »Ich … wollte dich gestern nicht damit behelligen.«

»Danke«, sagte Hanna, nahm ihn an sich und warf einen Blick auf den Absender. Leni hatte ihr geschrieben!

»Also, was machen wir mit dem Bohnenmehl?«, fragte sie und setzte ein Lächeln auf.

»Ich denke, wir werden es erst einmal im Schrank verstauen. Für den Notfall.«

Nach dem Sabbatgottesdienst zog sich Hanna in das kleine Wäldchen zurück. Die frische Luft linderte den Druck in ihrer Schläfe. Die Luft im Gesellschaftszimmer war zum Schneiden dick gewesen und erfüllt vom Geruch des Feuerbeckens. Außerdem machte es sich bemerkbar, dass sie schlecht geschlafen hatte.

Hier im Wald konnte sie endlich durchatmen. Außer ihr war niemand da, nur in den Ästen knackte es leicht. Hin und wieder ertönte der Ruf einer Nebelkrähe. Eine dünne Schneeschicht lag auf dem Boden und überzuckerte die kahlen Äste. Obwohl sich der Winter noch einmal gezeigt hatte, war Hanna hoffnungsvoll, dass der Frühling bald das Regiment übernehmen würde.

Sie ließ sich auf einem Baumstumpf nieder und holte den Umschlag hervor.

Liebe Hanna,

hab von ganzem Herzen Dank für deinen Brief. Ich freue mich, dass du gut angekommen bist. Auch wenn du das Krankenhaus nicht so vorgefunden hast, wie du es dir vorgestellt hast, ist es doch schön zu hören, dass du dich fühlst, als wärst du in einer Familie. So kann ich sicher sein, dass du in guten Händen bist.

Im Sanatorium verändert sich nur wenig. Der Schulbetrieb wurde wieder aufgenommen, und die Zahl der zivilen Patienten steigt. Dennoch kommen auch immer wieder Soldaten. Wenn ich sie durch die Gänge humpeln oder fahren sehe, bin ich froh, dass dir dieser Anblick erspart bleibt. Viele der anderen Schwestern sind neidisch auf dich, weil du in diesem neuen Krankenhaus sein darfst.

Unseren Eltern geht es gut, und sie lassen dich grüßen. Seit deiner Abreise verhalten sie sich jedoch etwas merkwürdig. Ich habe allerdings noch nicht herausgefunden, warum.

Hanna ließ den Brief sinken. Ihre Eltern verhielten sich seltsam? Passte es ihnen nicht, dass sie in Berlin war? Noch stand der Brief an ihre Eltern aus, vielleicht sollte sie fragen, ob alles in Ordnung war?

Hanna las weiter.

Ich freue mich jedenfalls darauf, zu dir in die Sommerfrische zu kommen und weg zu sein von zu Hause. Du hast so ein großes Glück!

Nach dem Grab von Martin habe ich gestern gesehen und ihm ein paar Schneeglöckchen gebracht. Die wuchern bei uns schon wie wild auf den Wiesen! Ich denke, er würde sich freuen. Ich habe ihm auch Grüße von dir ausgerichtet. Vielleicht erreichen sie ihn ja doch … irgendwie.

Jetzt muss ich Schluss machen, die Oberin hat schon zum zweiten Mal in unser Zimmer geschaut und verlangt, dass wir das Licht löschen. Bleib gesund, mein liebes Hannchen, und gib auf dich acht!

Es umarmt und küsst dich dein Schwesterlein Leni

Als sie den Brief zusammenfaltete, hörte sie Schritte und Stimmen. Kurz darauf erblickte sie Georg Bridde, Carl Rohleder und zwei der Handwerker ihrer Gemeinschaft, die jedoch keine Notiz von ihr zu nehmen schienen. Plaudernd marschierten sie durchs Unterholz, angeführt von Dr. Conradi. Er hatte die Hände in seine Manteltaschen geschoben, auf dem Kopf trug er seinen braunen Hut.

Anscheinend berieten sie sich darüber, was mit dem Waldstück geschehen sollte. Hanna hatte mitbekommen, dass der Doktor plante, einen Park anzulegen.

»Wir könnten Schutzhütten errichten«, schlug Dr. Conradi vor. »Im Sommer könnten die Schwestern, die nicht im Haus wohnen, ihre Ruhezeit hier verbringen, wenn sie zwei Dienste hintereinander absolvieren müssen.«

»Aber ist das nicht zu gefährlich?«, wandte der Buchhalter ein. »Wenn sich nun irgendwelche Strolche hier herumtreiben und den Schwestern auf unlautere Weise nähern …«

»Sie haben recht«, pflichtete Dr. Conradi ihm bei, »um einen Zaun werden wir wohl nicht herumkommen.«

Als Hanna aufstand, knackte unter ihr lautstark ein Ast. Die Köpfe der Männer wirbelten herum, alle Augen lagen jetzt auf ihr.

»Schwester Hanna, was machen Sie denn so allein im Wald?«, fragte Dr. Conradi erstaunt. »Wollen Sie sich uns anschließen?«

Hanna schüttelte den Kopf. »Vielen Dank, Dr. Conradi, aber nein, ich habe nur meinen Brief gelesen.«

»Hat Ihre Schwester Ihnen geantwortet?«

Hanna nickte.

»Nun, wenn das nicht erfreulich ist.«

Conradi sah ihr direkt in die Augen. Hannas Wangen begannen zu glühen. Sie wusste, dass die anderen Männer jedes Wort mitverfolgten.

»Möchten Sie uns nicht doch begleiten? Wir diskutieren gerade darüber, was wir mit dem Gelände hier hinten anfangen sollen.«

»Ich wollte gerade wieder ins Haus gehen«, antwortete sie und senkte den Blick. Wenn Schwester Maria sie mit all den Männern sah, würde sie sich in ihrer schlechten Meinung von ihr nur bestärkt sehen.

»Wie schade«, sagte der Doktor bedauernd. »Nun, begleiten Sie uns wenigstens ein Stück über das Gelände – schließlich sollten die Schwestern ein Mitspracherecht haben, was mit dem Wäldchen passiert. Für die meisten ist das Waldfriede nicht nur ein Arbeitsplatz, sondern auch ein Zuhause!«

Noch immer etwas widerstrebend, schloss sich Hanna den Männern an.

Sie schritten das ganze Gelände ab, machten hier und da halt und versuchten zu bestimmen, in welcher Richtung das Krankenhaus lag. Die Art, wie sich die Männer unterhielten, gefiel Hanna. Es waren ganz andere Themen als die unter den Schwestern und Dienstmädchen. Niemand hier sprach über Kinder und Ehe, es ging um Pläne und Bauten, Materialien und Termine. Ein wenig fühlte sich Hanna an Martin erinnert. Ihm hatte sie stundenlang zuhören können, wenn er über seine Erfindungen sprach.

Hin und wieder fragte Dr. Conradi nach ihrer Meinung, und Hanna versuchte, sie so gut wie möglich zu äußern. Damit erntete sie zuweilen skeptische Blicke, doch hin und wieder auch Zustimmung.

»Was soll eigentlich mit den alten Anlagen da passieren?«, fragte sie schließlich und deutete auf einen verfallenen Bretterzaun und einige Hütten dahinter. Ida hatte ihr erzählt, welchen Zweck sie hatten. »Wollen Sie das Luftbaden wieder einführen?«

»Das ist mittlerweile ein veraltetes Verfahren«, erklärte Carl Rohleder. »Die Zukunft gehört den diathermischen Anwendungen! Es hat sich mittlerweile herausgestellt, dass warme, natürliche Luft nicht so gut in die Haut eindringt, wie es durch Rotlichtlampen erschaffene Wärme tut.«

»Aber die Leute brauchen doch frische Luft!«, gab Hanna zu bedenken.

»Wir planen, dafür die Terrassen über den alten Bädern zu nutzen«, sagte Dr. Conradi. »Wenn die Materialknappheit erst einmal überwunden ist, werden wir sogar einen Wintergarten auf dem Dach errichten können. Nicht wahr, Bruder Bridde?«

»Bevor wir so etwas in Angriff nehmen, sollten wir auf eine stabile Bilanz setzen«, wandte der Buchhalter ein. »Sie wissen doch, was auf dem Spiel steht.«

Hanna zog die Augenbrauen hoch. Was stand auf dem Spiel?

Der Doktor blickte schweigend an den Bäumen hinauf. Auch Carl Rohleder sagte nichts dazu. Das weckte Hannas Neugierde, doch sie wagte nicht zu fragen.

»Wir sollten weitergehen«, sagte der Arzt nach einer Weile. »Das Gelände ist weitläufig, und wir wollen vor Einbruch der Dunkelheit zurück sein, nicht wahr?«

Hanna bemerkte nicht, wie die Zeit verging, so sehr war sie mit den Worten des Buchhalters beschäftigt. Als es zu dämmern begann und aus der Ferne ein Kirchturm sechs Uhr läutete, fiel ihr ein, dass sie immer noch Tischdienst hatte.

»Ich muss los!«, rief sie den Männern zu und fügte im Laufen hinzu: »Danke, dass ich mitgehen durfte!«

Völlig außer Atem erreichte sie das Haus, riss sich den Mantel vom Leib und wollte gerade an der Küche vorbei zur Treppe stürmen, als sie darin eine Menschentraube sah, die sich offenbar um eine Person in ihrer Mitte scharte.

»Etwas Furchtbares ist geschehen!«, klagte eine Männerstimme. »Meine Tochter kam zu uns, ganz aufgelöst. Sie arbeitet als Dienstmädchen bei einem Regierungsrat und erzählte, dass das Militär den Reichstag gestürmt hat. Ihr Dienstherr musste zusammen mit Reichspräsident Ebert fliehen.«

Als Hanna sich ein Stück weit vorschob, erkannte sie einen älteren Mann aus der Nachbarschaft. Er zog ein eilig zusammengeknülltes Blatt Papier aus seiner Tasche und reichte es Frau Conradi.

An das deutsche Volk!, stand dort in dicken Lettern geschrieben.

»›Durch einen wahnwitzigen Handstreich sind die Regierungsgebäude Berlins in die Hände der Aufrührer gelangt‹«, las Frau Conradi laut vor.

Hanna entdeckte Rosa in der Menge und nickte ihr zu. Hatten die Angreifer von gestern etwas damit zu tun gehabt?

Frau Conradi las weiter, doch nur einzelne Sätze drangen zu Hanna durch. »›Die Regierung hat ihren Sitz nach Dresden verlegt‹« und: »›Nur eine auf die Verfassung gegründete Regierung vermag Deutschland davor zu bewahren, in Nacht und Blut zu versinken.‹«

»Was hat das zu bedeuten?«, fragte Hanna.

»Es hat einen Putsch gegeben, der Reichstag ist an irgendwelche Aufrührer gefallen, und die Regierung wurde vertrieben«, erklärte Frau Conradi. »Reichspräsident Ebert fordert die Arbeiter auf, zu der rechtmäßig gewählten Regierung zu stehen.«

»Das ist alles so furchtbar!«, jammerte der Mann aus der Nachbarschaft. »Schlimmstenfalls bekommen wir wieder einen Krieg.« Er wandte sich zum Gehen. Noch auf den Stufen vor dem Eingang hörte Hanna ihn klagen: »Das wird ein ganz, ganz böses Ende nehmen, dessen bin ich mir sicher.«

Bald darauf betrat Dr. Conradi die Küche. Die anderen hatten sich inzwischen zurückgezogen, nur Hanna und Luise halfen seiner Frau schweigend.

Aufgeregt berichtete diese ihrem Mann, was geschehen war.

Hanna sah, dass zwischen Dr. Conradis Augenbrauen eine tiefe Falte erschien.

»Auf ein Wort, Schwester Hanna!« Er bedeutete ihr, mitzukommen.

Draußen im Gang fragte er: »Wo genau sind Sie gestern Zeugin der Schießerei geworden?«

»In der Nähe des Potsdamer Bahnhofs. Ich kenne mich in Berlin nicht aus, aber es war eine Seitenstraße links vom Bahnhofsausgang.«

Conradi legte die Hände auf ihre Arme. »Wissen Sie eigentlich, wie viel Glück Sie hatten?«

Hanna nickte stumm. Als sie zur Seite blickte, sah sie Frau Conradi.

Dr. Conradi nahm die Hände von Hannas Armen. »Hanna hat mir gesagt, wo die Schießerei gestern genau stattgefunden hat.«

»Meinst du, das könnte etwas mit dem Putsch zu tun gehabt haben?«

»Möglicherweise. Ich sollte besser nachsehen gehen.«

»Das wirst du nicht tun!«, platzte es aus Frau Conradi heraus. »Wenn dich nun eine Kugel trifft! Das kannst du uns nicht antun.«

Der Doktor wirkte hin- und hergerissen. Natürlich wäre es besser, wenn sie Einzelheiten erfuhren, doch auch Hanna bekam es nun mit der Angst zu tun.

»Ihre Frau hat recht«, sprang sie Catherine bei. »Es ist zu gefährlich. Bitte, Dr. Conradi, wir brauchen Sie zu sehr, als dass Sie ein Risiko eingehen dürfen!«

Der Doktor schien unschlüssig, doch dann nickte er bedächtig.

»Hast du das Pamphlet noch?«, fragte er, worauf seine Frau den Zettel aus der Tasche zog.

Wortlos nahm er ihn an sich und verschwand damit in Richtung Sprechzimmer.

14. Kapitel

Zehlendorf, 15. März 1920

Die nächsten beiden Vormittage verbrachte das gesamte Personal damit, den Garten hinter dem Krankenhaus umzugraben.

»Anstelle der Morgengymnastik werden wir den Grundstein für unsere Mahlzeiten setzen«, hatte der Doktor beim sonntäglichen Frühstück verkündet. »Mit einem Garten können wir uns gut selbst behelfen.«

Damit war Hanna klar, dass er mit neuerlichen Notzeiten rechnete.

Die Stimmung bei der Gartenarbeit war gedrückt. Mittlerweile hatte sich herumgesprochen, was genau passiert war und dass auf dem Friedrich-Wilhelm-Platz Soldaten standen, die Passanten mit Erschießung drohten, wenn sie sich dem Regierungsviertel näherten. Erneut war Hanna froh, dass Dr. Conradi am Putschabend nicht in die Stadt gefahren war.

»Wer weiß, wer die Männer in der Wohnung waren«, bemerkte Rosa, die neben ihr den Spaten in die noch leicht gefrorene Erde stach. »Vielleicht waren es Aufständische.«

»Danach sahen sie mir eigentlich nicht aus«, gab Hanna zurück, wendete die Krume auf ihrem Spaten und ließ sie wieder herabrieseln.

»Der junge Mann, der uns gerufen hat, war jedenfalls sehr nett«, setzte Rosa hinzu.

Kurz darauf erfuhren sie vom Generalstreik. Nachdem einige Arbeiter nicht auf der Baustelle erschienen waren, ging Carl Rohleder los, um in Erfahrung zu bringen, wo sie blieben.

»Wie es aussieht, ruht alles: die Post, die Wasserwerke … Auch die Bahn fährt nicht«, erklärte er bei seiner Rückkehr. »Damit sollen die Putschisten zum Aufgeben gezwungen werden.«

Am Abend fanden sie sich im Gesellschaftszimmer zusammen. Sie baten Gott um Schutz und Hilfe für ihr Haus, aber auch für ihr Vaterland.

»Was für ein Jammer, dass Dr. Conradi seinen Geburtstag unter diesen Umständen feiern muss«, bemerkte Maria, als sie später mit dem üblichen Backstein in ihr Zimmer gingen.

»Wann hat er denn Geburtstag?«, fragte Hanna.

Der Geburtstag Frau Conradis war von langer Hand vorbereitet worden, doch für den Doktor fand sich niemand zu Chorproben zusammen. Wussten es die Leute nicht, oder war er kein Freund von solchen Bekundungen?

»Am siebzehnten, also kommenden Mittwoch. Wollen wir hoffen, dass wir dann wenigstens Strom haben.«

»Wird für ihn denn kein Ständchen vorbereitet?«

»Der Doktor hat es nicht so mit Ständchen zu seinem Geburtstag«, gab Maria zurück, dann warf sie Hanna einen müden Blick zu. »Außerdem, schau dir die Zeiten doch mal an! Da ist keinem zum Feiern zumute!«

Dass der Doktor ohne Gesang seinen Geburtstag beginnen sollte, ließ Hanna keine Ruhe. Am folgenden Morgen suchte sie die Hausmädchen auf. Sie erkundigte sich, welche Lieder sie kannten, und musste nach einer Weile einsehen, dass es ihnen schwerfallen würde, auf einen gemeinsamen Nenner zu kommen. »Auf Adlers Flügeln« kannten die meisten nicht, doch es wäre auch seltsam gewesen, wenn sie dem Doktor dasselbe Lied singen würden wie seiner Frau. Außerdem zeigten sich einige Mädchen unwillig und gaben zu bedenken, ihre Stimmen seien nicht gut genug. Hilfesuchend blickte Hanna zu Rosa. Wenn sie wenigstens vier zusammenbekämen …

»Mit dem Singen habe ich es nicht so, aber ich könnte ein Gedicht aufsagen«, erklärte Rosa, die offenbar ihren Gedanken erahnt hatte.

»Und welches Gedicht?«, fragte Hanna.

»›Bist du gewachsen, Kind‹.«

Hanna überlegte.

»Kannst du denn alle Strophen davon?«

»Natürlich«, gab Rosa zurück. »Unser Lehrer hat Stockschläge verteilt, wenn wir uns verhaspelt haben. Was meinst du, wie gut alle das Gedicht konnten!« Sie lachte. »Ich werde es wahrscheinlich mein Lebtag nicht mehr vergessen.«

Hanna nickte. »Gut. Dann trag das Gedicht vor. Aber wir brauchen dennoch ein Lied.« Sie überlegte kurz, dann fiel ihr eins ein, das kurz genug war, um es auf die Schnelle zu lernen.

»Kennt ihr ›Bis hierher hat mich Gott gebracht‹?«, fragte sie hoffnungsvoll.

»Ich kenne es«, gab ein Mädchen schließlich zu. Sie hatte eine helle, etwas dünne Stimme, aber zum Singen würde es vielleicht reichen.

»Es ist ein sehr leichtes Lied, das sollten wir schaffen. Wie wäre es, wenn wir uns heute Abend treffen und ich bringe es euch bei?«

Die Mädchen wirkten wenig begeistert. Hanna seufzte. »Es ist für Dr. Conradi! Ohne ihn würde es das Krankenhaus nicht geben! Und gerade in Zeiten wie diesen können wir alle ein wenig Musik gebrauchen, oder?«

Schließlich gaben die Mädchen nach, und sie fand die vier Sängerinnen, die sie brauchte.

»Heute Abend im Werksschuppen?«, fragte sie, worauf die Mädchen nickten.

»Du kommst auch?«, wandte sie sich an Rosa.

»Natürlich!«, gab diese mit einem breiten Lächeln zurück. »Ich lasse mir doch nicht entgehen, wie ihr das Lied probt!«

Am Morgen des siebzehnten März stand Hanna schon in aller Frühe auf, um ihre Sängerinnen zu wecken. Sie wollte mit ihnen noch einmal den Text durchgehen, damit es nachher im Speisesaal keine Blamage gab.

Die Mädchen murrten, als sie an die Tür klopfte, doch nicht mal eine halbe Stunde später standen die Sängerinnen im Werksschuppen, und das Lied schallte hell in den Morgen.

Guter Dinge ging Hanna anschließend in den Speisesaal. Sie hoffte nur, dass dem Doktor ihr eilig geprobtes Ständchen gefiel.

Rosa saß bereits auf ihrem Platz und ging flüsternd und mit geschlossenen Augen ihre Verse durch.

Hanna beschloss, sie in Ruhe zu lassen, und postierte ihren kleinen Chor vor Dr. Conradis Tisch. »Seid ihr bereit?«

Die Sängerinnen nickten. Jetzt mussten sie nur noch auf das Erscheinen des Doktors warten.

Der Speisesaal füllte sich, und der Tischdienst erschien.

Frau Conradi folgte, neben sich Schwester Elisabeth. Der Doktor war nicht zu sehen. Die Minuten verstrichen, doch er ließ sich immer noch nicht blicken.

Hanna wurde heiß. Wo war er nur?

Sie spürte, dass die Mädchen unruhig wurden. Von allen Seiten trafen sie fragende Blicke.

Die Situation wurde Hanna allmählich peinlich. Obendrein überkam sie die Sorge. Da sie nicht wagte, sich direkt an Frau Conradi zu wenden, sah sie Schwester Elisabeth an.

»Darf ich dich kurz sprechen?«, fragte sie.

Elisabeth warf ihr einen verwunderten Blick zu, stand dann aber auf.

»Weißt du, warum der Doktor nicht kommt?«, fragte Hanna, nachdem sie sie außer Hörweite gezogen hatte.

»Oh«, sagte Elisabeth. »Er ist heute Morgen schon früh aus dem Haus gegangen, um Neuigkeiten einzuholen.«

»An seinem Geburtstag?«

»Das hat mir die Frau Doktor so erzählt.«

Enttäuschung überfiel Hanna. Warum machte er sich an seinem Geburtstag auf den Weg in die Stadt?

»Was ist denn los?«, wollte Elisabeth wissen und blickte zu den Mädchen hinüber, die immer noch dastanden und an ihren Schürzen zupften.

»Nichts«, antwortete Hanna. »Die Mädchen haben ein Lied für ihn eingeübt, aber das kann warten.« Sie informierte die Sängerinnen und schickte sie an ihre Plätze, bevor sie sich selbst an den Tisch setzte. Brennende Scham stieg in ihr auf, wie damals, an ihrem ersten Tag, als sie nach dem Röntgenkurs gefragt hatte.

Zum Glück erschien im nächsten Augenblick der Tischdienst mit der Hafersuppe.

Erst am Abend kehrte der Doktor zurück. Große Neuigkeiten brachte er nicht mit. Überall in der Stadt herrschte Unsicherheit, überall standen die Räder still. Sogar die Post streikte. Es schien, als hielten Berlin und Zehlendorf den Atem an.

Später fand sich die Anstaltsfamilie in der Wohnstube der Conradis zusammen. Frau Conradi hatte aus den mageren Beständen in ihrer Speisekammer doch noch etwas Gebäck gezaubert, der Malzkaffee dampfte in den Tassen. Angesichts der äußeren Umstände herrschte allerdings eine gedrückte Stimmung. Wie lange sollte es noch so weitergehen mit der Unruhe und all dem Leid, das sie nach sich zog?

Plötzlich erhob sich Rosa und räusperte sich.

»Eigentlich hatte Schwester Hanna mit einigen von uns ein Ständchen für Sie eingeübt. Und ich habe ein Gedicht vorbereitet.«

Hanna verschluckte sich beinahe an ihrem Kaffee. Erschrocken blickte sie Rosa an und hätte sie am liebsten zurück auf ihren Platz gezogen, doch dazu war es zu spät.

»Dürfen wir?«

Für einen Moment wurde es still. Hannas Wangen glühten, und sie bemerkte die verdutzten Blicke, die die anderen Schwestern Rosa zuwarfen. Doch diese schien das nicht zu kümmern. Aufmunternd blickte sie Hanna an.

»Soso«, sagte der Doktor lächelnd. »Na, dann lassen Sie mal hören, Rosa. Und Schwester Hanna, versammeln Sie ruhig Ihren Chor!«

Für einen Moment konnte sich Hanna nicht rühren. Doch dann hob Rosa auch schon mit ihrem Gedicht an:

»In meines Vaters Werkstatt, da weiß ich eine Tür,
die hab ich oft bewundert, mit stummer Andacht schier.
Da waren stufenweise von meines Vaters Hand
Viel Strich und Namenszeichen, kein Fremder sie verstand.«

Während Rosa fortfuhr, schlich Hanna zu den Sängerinnen. »Seid ihr bereit?«

Am Vormittag hatten sie noch den Eindruck gemacht, erleichtert über den Ausfall ihres Ständchens zu sein, doch nun nickten sie.

»Gut. Geht noch mal schnell den Text durch. Wenn Rosa fertig ist, beginnen wir.«

Glücklicherweise hatte das Gedicht viele Strophen, sodass ihnen genug Zeit blieb, um Anlauf zu nehmen.

Hanna verfolgte beeindruckt, wie Rosa Strophe um Strophe fehlerfrei darbrachte. Offenbar steckte in ihr mehr, als man von einem Hausmädchen erwartete.

»Lass mich am innern Menschen, erstarken mehr und mehr,
lass gute Frucht mich bringen, zu Deines Namens Ehr!
Und wenn ich einst die Mutter bei Dir, Herr, wieder find,
dann mög sie mir bezeugen: ›Du bist gewachsen, Kind!‹«

Stille folgte Rosas Vortrag. Hanna sah, dass in Frau Conradis Augen Tränen glitzerten. Auch der Doktor wirkte gerührt.

Applaus brandete auf. Rosa machte einen Knicks und kehrte zu ihrem Platz zurück. Das war das Zeichen für die Sängerinnen.

Die Mädchen folgten Hanna ein wenig zögerlich in den Kreis der Geburtstagsgäste.

Hanna gab ein Handzeichen, dann begannen sie. Zunächst etwas leise und zurückhaltend, doch schließlich wurde der Gesang kräftiger.

Zufrieden stellte Hanna fest, dass die einzelnen Stimmen wie gewünscht einsetzten. Die Mädchen machten ihre Sache wirklich gut.

Als sie fertig waren, applaudierten die Anwesenden erneut.

Der Doktor lächelte. »Vielen Dank, dass Sie sich die Mühe gemacht haben, das Lied einzustudieren. Es ist eine Weile her, dass ich es gehört habe.« An Hanna gewandt, fragte er: »Von wem haben Sie es?«

»Von meiner Großmutter«, antwortete sie und stellte verlegen fest, dass sich die Blicke der anderen auf sie richteten. »Sie sang es uns immer zum Geburtstag vor.«

Frau Conradi stand auf und schickte sich an, ein paar Worte zu sagen, als Schritte im Flur ertönten. Carl Rohleder erschien völlig außer Atem in der Tür.

»Kapp ist geflohen!«, rief er aufgeregt. »Ich habe es eben in der Stadt gehört. Er ist geflohen und der Reichstag wieder frei. Die Regierung ist dabei, zurückzukehren!«

Die Anwesenden schauten sich überrascht an, dann brachen sie in Jubel aus.

Was für ein Geburtstagsgeschenk, dachte Hanna und klatschte freudig in die Hände.

15. Kapitel

Zehlendorf, 24. März 1920

Eine Woche später saß die Regierung wieder fest auf ihrem Platz im Reichstag. Während Kapp nach Schweden geflohen war, konnten einige der Verschwörer dingfest gemacht werden. Ihnen stand das Kriegsgericht bevor.

Die Zahnräder des täglichen Lebens setzten sich wieder in Bewegung. Die Stromversorgung normalisierte sich, die sehnlichst erwarteten Teile für die Heizung wurden geliefert.

An diesem Morgen quoll der Briefkasten regelrecht über, sodass das Hausmädchen beide Arme brauchte, um die Post hereinzubringen. Medizinische Zeitschriften und Rechnungen, auch ein Brief von seinem Vater, den er aus Amerika geschickt hatte, stapelten sich auf Conradis Schreibtisch.

Das Schreiben, das die Anschrift des Zehlendorfer Bauamtes trug, hätte er in der Masse beinahe übersehen.

Louis' Herz machte einen Satz, als er es in der Hand hielt. Rasch riss er den Umschlag auf, holte das Papier heraus und ließ die Augen über die Zeilen gleiten. Dann stieß er einen Jubelschrei aus.

»Was ist?«, fragte Catherine. Er zeigte ihr das Schreiben. Sie überflog es, und sogleich hellte sich ihre Miene auf. »Die Baugenehmigung?«

Er nickte. »Offenbar wurde sie einen Tag vor dem Putsch auf den Weg gebracht, nur hat man die Post wegen des Streiks nicht bearbeitet!«

»Das ist ja wunderbar!« Catherine strahlte. »Dann können die Arbeiten am Operationssaal fortgesetzt werden.«

Louis nickte. Ein breites Lächeln trat auf sein Gesicht. Der Rohbau war schon lange fertig, und der Zeitpunkt der Eröffnung rückte immer näher. Nun ging es endlich voran.

Er legte den Brief auf seinen Schreibtisch, dann fiel sein Blick auf ein weiteres Schreiben. Als er dessen Absender las, wurde ihm kalt, und sein Lächeln verschwand augenblicklich.

»Was ist?«, fragte seine Frau, die den Stimmungsumschwung bemerkte.

»Das Innenministerium schreibt mir.« Louis' Mund wurde trocken.

»Aber es sind doch erst ein paar Monate vergangen, seit du mit dem Ministerialbeamten gesprochen hast!«, rief Catherine empört. »Was will dieser Wiedemann denn jetzt schon wieder von dir?«

Einen Moment lang betrachtete Louis das Schreiben, als wäre es eine Giftschlange, dann griff er nach dem Brieföffner und schlitzte den Umschlag auf.

»Du meine Güte!«, brach es aus ihm hervor, als er die Ankündigung las. Er spürte deutlich, wie ihm der Schweiß aus allen Poren brach. »Die schicken uns Inspektoren!«

»Wann?«, fragte Catherine.

»Heute Nachmittag.«

Panik ergriff ihn. Natürlich war der Brief durch den Streik aufgehalten worden, doch auch wenn er ihn rechtzeitig erhalten hätte, wäre die Zeit viel zu knapp gewesen.

Was sollte er tun? Die meisten Krankenzimmer waren so weit fertig und konnten sich sehen lassen, aber der Operationssaal …

»Das kann dieser Wiedemann doch nicht machen!« Catherine trat neben ihn und nahm ihm das Papier aus der Hand.

»Der Brief ist datiert auf den elften! Heute ist der vierundzwanzigste!«

Louis begann, hektisch im Raum auf und ab zu gehen. Innerhalb dieser kurzen Zeitspanne war der Operationssaal natürlich nicht fertigzustellen.

»Für eine Gebrauchsabnahme ist es doch noch viel zu früh«, hörte er seine Frau sagen.

»Das ist es, aber glaubst du, den Wiedemann kümmert das?«

An der Tür klopfte es. »Ja!«, rief er schroffer als beabsichtigt, worauf Rosa erschien.

»Ein Telegramm ist soeben für Sie eingetroffen, Herr Doktor«, sagte sie und reichte dem Arzt den Umschlag.

Auch das noch!, dachte Louis und bedankte sich. Rosa knickste und verschwand.

Louis öffnete das Kuvert und zog das Schreiben heraus, das er eilig überflog. Als er zu Ende gelesen hatte, wischte er sich mit seinem Stofftaschentuch die feuchte Stirn ab. Er hätte mit allem gerechnet, aber nicht mit einer Anfrage wie dieser.

»Was ist?«, hörte er seine Frau fragen. »Weitere schlechte Nachrichten?«

»Eine Anfrage von unserer Gemeinschaft aus der Schweiz«, gab er ein wenig abwesend zurück. »Sie bitten uns um eine Schwester für ihr Sanatorium in Gland.«

»Oh, was für eine Ehre!«, sagte Catherine. »Vielleicht solltest du Schwester Hanna schicken. Sie ist jung, und die Luft könnte ihr guttun bei ihrem Problem.«

Conradi starrte auf das Blatt, ohne eine Antwort zu geben. »Ich werde mich später darum kümmern«, sagte er schließlich und schob es in seine Hosentasche. »Erst einmal muss ich mich um diese Inspektoren kümmern, die mir Wiedemann auf den Hals gehetzt hat.«

***

Der Stoff war der störrischste, den sie je unter ihre Nadel bekommen hatte. Beinahe bereute Hanna, dass sie sich freiwillig zum Nähen gemeldet hatte. Es war nicht etwa weicher Vorhangstoff, den sie aus Hamburg erhalten hatten, vielmehr handelte es sich um eine Art Segeltuch, das eher für Schiffe gedacht war. Maria war der Ansicht, man könne trotzdem passable Vorhänge daraus machen.

Mittlerweile hatte Hanna bereits Hornhaut auf den Fingern, und sie war sich sicher, dass es den anderen Frauen in der Nähstube ebenso ging. Der einzige Vorteil war, dass der Raum recht klein und gut gegen die Kälte draußen gedämmt war. Und die Glühbirne über dem Tisch war nagelneu.

Sie fragte sich, ob die Vorhänge noch eingefärbt werden sollten. Das bläuliche Weiß passte nicht wirklich gut zu den Wänden in den Krankenzimmern.

Ein lautes Krachen ließ Hanna zusammenfahren. Vor Schreck stach sie sich in den Finger und ließ daraufhin die Näharbeit fallen. Ein großer Blutstropfen erschien auf ihrer Fingerkuppe.

»Das klingt, als wäre etwas zusammengebrochen«, bemerkte Ida, die sich ebenfalls mit den Vorhängen abquälte.

Hanna sprang auf, lutschte das Blut von ihrem Finger und rannte los. Um diese Uhrzeit waren viele Männer auf dem Bau und Dr. Conradi wie immer auf dem Rundgang. Die anderen Frauen aus der Nähstube schlossen sich ihr an. Gemeinsam hasteten sie zum Hintereingang.

»Der Operationssaal!«, schallte es im nächsten Augenblick über den Hof. »Die Decke ist zusammengebrochen.«

Hanna rannte noch schneller.

Innerhalb weniger Augenblicke erreichte sie den Anbau, in dem der OP-Saal untergebracht werden sollte. Staub verschleierte ihr die Sicht. Sie hörte, wie die Frauen hinter ihr husteten.

Als sich der Staub ein wenig lichtete, sah sie nicht viel mehr als einen riesigen Steinhaufen.

»Hans und Wilhelm sind darunter!«, hörte sie einen der Arbeiter rufen. »Schnell, wir müssen sie hervorholen!«

Sogleich kniete Hanna sich hin und griff nach den Steinen. Die anderen Frauen packten mit an, während die Männer Schaufeln herbeischafften.

»Was ist geschehen?«, rief Dr. Conradi, der ebenfalls herbeigeeilt kam.

Innerhalb weniger Augenblicke lagen die beiden Verschütteten frei und konnten hervorgeholt werden. Sie waren benommen, und einer von ihnen hatte eine dicke Platzwunde an der Stirn, aus der ihm das Blut ins Gesicht und auf die Kleider lief. Dr. Conradi beugte sich über ihn, ungeachtet der Tatsache, dass er seinen Anzug befleckte.

Hanna starrte auf das Rinnsal. Es war keine Schusswunde und der Verletzte kein Soldat. Sie spürte in ihrem Innern nach, suchte nach Anzeichen der Panik, doch sie spürte nichts. Ihr Herz raste, aber das kam wohl von der Aufregung und Anstrengung.

»Holt eine Trage und bringt Hans in mein Sprechzimmer«, wies er die Männer an, dann wandte er sich an den zweiten Bauarbeiter, der nur ein paar Kratzer davongetragen hatte: »Wilhelm, können Sie laufen?«

Der Mann nickte.

»Gut, gehen Sie schon mal voraus. Hans, Sie bleiben liegen, ich muss prüfen, ob Ihr Genick und Ihre Wirbelsäule etwas abgekriegt haben.«

In Windeseile organisierten die Männer eine Trage. Vorsichtig hoben sie Hans hoch und legten ihn darauf ab.

»Hanna, gehen Sie mir zur Hand!«, wies der Doktor sie an.

Hanna blickte ihn verwundert an. »Ich?«

»Nun machen Sie schon!«, rief der Arzt und folgte den Trägern ins Sprechzimmer.

Hanna klopfte sich den Staub von der Schürze und eilte ihm nach.

Im Sprechzimmer angekommen, zog der Doktor die Plane von der Behandlungsliege und ordnete an, den Verletzten daraufzulegen.

Hanna wusste zunächst nicht, was sie tun sollte, doch dann entsann sie sich der Zeit ihrer Ausbildung, als sie Dr. Meyer in Friedensau zur Hand gegangen war.

»Ich brauche Nadel, Faden, Klemmen und Tupfer«, sagte Conradi. »Außerdem Jod und Verbände.«

Begleitet wurde die Anweisung von einem dumpfen Rauschen in ihren Ohren.

Nein, dachte Hanna. Nicht jetzt. Du schaffst das. Du hast es doch auch bei dem Angeschossenen geschafft.

Sie eilte zu den Medikamentenschränken. Arzneien hatten sie dort noch nicht, doch mehrere Flaschen Desinfektionsmittel, Schüsseln und vor allem Instrumente und einige Rollen Catgut. Die Verbandstücher, die in eines der Fächer gestapelt waren, hatte sie erst vor ein paar Tagen gesäumt.

Hanna legte alles bereit für das Nähen der Kopfwunde, füllte Desinfektionsmittel in eine Schüssel und tauchte die Instrumente hinein. Soweit sie wusste, war ein Sterilisationsgerät geordert worden, doch bisher hatten sie es noch nicht erhalten.

Während sich der Geruch des Desinfektionsmittels im Sprechzimmer ausbreitete, warf sie einen Seitenblick auf den Verletzten. Dr. Conradi begutachtete zunächst das Genick des Mannes, dann den Schädel und die Gesichtsknochen. Anschließend tastete er seinen Oberkörper ab bis hinunter zum Bauch.

»Es ist ein Jammer, dass wir noch keine Röntgenanlage haben«, bemerkte er beiläufig.

»Ich würde sie ohnehin nicht bedienen können«, gab Hanna zu bedenken.

»Ich könnte es Ihnen zeigen«, schlug Conradi vor. »Für die offizielle Befähigung werden Sie aber am Röntgeninstitut in der Virchow-Klinik lernen.«

Es war das erste Mal, dass der Doktor auf den Röntgenkurs zu sprechen kam. Bei all der Arbeit in den vergangenen Wochen hatte Hanna fast schon geglaubt, er habe seinen Vorschlag vergessen. »Ich muss das Waldfriede verlassen?«, fragte sie etwas überrascht.

»Nein. Sobald das Röntgengerät geliefert ist, fahren Sie einmal in der Woche zum Unterricht dorthin.«

Er tastete noch einmal vorsichtig die Bauchdecke des Mannes ab und widmete sich anschließend dessen Gliedmaßen. Hin und wieder stöhnte der Mann auf, und Dr. Conradi fragte nach, wie stark seine Schmerzen seien. Zum Abschluss untersuchte er noch einmal gründlich das Genick des Verletzten.

»Wie es aussieht, haben Sie eine Gehirnerschütterung, mein Freund«, sagte er zu dem Mann. »Aber Brüche kann ich nicht feststellen. Ich werde die Wunde nähen, und Sie legen sich für eine Woche hin. Gegen den Brummschädel gebe ich Ihnen Tabletten mit.«

»Eine Woche?«, protestierte der Mann, der bereits wieder viel munterer wirkte.

»Eine Woche«, beharrte Dr. Conradi. »Machen Sie sich keine Sorgen, ich zahle Ihnen einen Ausgleich. Hanna, würden Sie bitte …«

Conradi stockte, als er sah, dass alles bereits aufgebaut war.

»Ich dachte mir, Sie wollen nähen, deshalb …« Hanna biss sich auf die Lippe.

»Das war sehr vorausschauend von Ihnen!« Der Arzt nickte ihr anerkennend zu und wandte sich an seinen Patienten. »Dann wollen wir mal, nicht wahr?«

Eine Viertelstunde später konnte der Mann die Sprechstunde verlassen.

Der zweite Verletzte kam herein, doch außer ein paar Schrammen und blaue Flecke hatte er nichts weiter abbekommen. Auch ihm verordnete Dr. Conradi eine Woche Ruhe.

»Danke, Hanna«, sagte er, als sie die Instrumente zusammenräumte und die benutzten Tupfer in eines der Tücher wickelte. »Vielleicht sollten Sie Operationsschwester werden.«

»O nein«, wiegelte Hanna ab. »So kleine Eingriffe machen mir nichts aus, aber ich bin mir nicht sicher, ob ich für richtige Operationen geeignet bin.«

Conradi lächelte, und es schien, als würde ihm plötzlich ein Gedanke kommen.

»Sie haben sich übrigens erstaunlich gut gehalten.«

Hanna stieß ein erleichtertes Seufzen aus. »Ich staune über mich selbst.«

»Sie sind eine ganz besondere Frau, Hanna«, sagte Dr. Conradi voller Anerkennung. »Gott hat Sie mit Willensstärke gesegnet. Daran sollten Sie immer denken. Sie dürfen sich niemals unterkriegen lassen.«

»Danke, Herr Doktor«, erwiderte Hanna leise und wischte sich verstohlen eine Träne aus dem Augenwinkel. Ob sie vor Trauer um ihren verstorbenen Verlobten oder vor Erleichterung weinen musste, konnte sie nicht sagen.

»Oh!«, rief der Doktor auf einmal erschrocken und warf einen Blick auf seine Taschenuhr. »Ich muss mich beeilen, die Inspektoren sollten gleich eintreffen. Seien Sie doch bitte so gut und sorgen hier für Ordnung. Ich möchte den Herrschaften auch das Sprechzimmer zeigen.«

Inspektoren? War es das, was »auf dem Spiel« stand?

»Selbstverständlich«, versprach sie und sah dem Doktor nach, der bereits den Raum verließ. Als er weg war, lehnte sie sich gegen den Medizinschrank. Ein unsicheres Lächeln huschte über ihr Gesicht. Sie hatte es über sich gebracht, Dr. Conradi zu assistieren! Es war eine Lappalie gewesen, kein abgerissenes Bein, aber sie war nicht umgekippt. Sie hatte keine Panik bekommen!

Ob Dr. Conradi recht hatte? Trug sie mehr Stärke in sich, als sie vermutete?

Als sie das Sprechzimmer mit den gebrauchten Instrumenten und dem Verbandszeug verließ, traf sie auf Rosa, die offenbar auf dem Weg zur Küche war. Das Hausmädchen griff nach Hannas Arm und zog sie in eine Nische. »Ich muss dir etwas erzählen«, flüsterte sie ihr geheimnisvoll zu.

Hanna zog fragend die Augenbrauen hoch. »Was gibt es denn? Sind die Herren Inspektoren gekommen?«

»Nein. Ich meine, ja, sind sie, aber es geht um etwas anderes.« Sie schaute sich um, und als sie sicher war, dass außer ihnen niemand in der Nähe war, fuhr sie fort: »Da ist ein Schreiben aus der Schweiz gekommen. Eine Klinik dort möchte eine Schwester zur Aushilfe haben.«

Hanna zog die Augenbrauen hoch. »Hast du die Conradis etwa belauscht?«, fragte sie, ohne die Bedeutung der Worte zu erfassen.

»Ich habe … na ja, ein wenig länger gebraucht, um mich von der Tür zu entfernen«, gab Rosa zu.

»Rosa!«, tadelte Hanna vorwurfsvoll. »Das gehört sich nicht!«

»Ich weiß«, gab Rosa zurück. »Trotzdem dachte ich, ich gebe dir besser Bescheid, damit du nicht aus allen Wolken fällst.«

Hanna schüttelte verwirrt den Kopf. »Warum sollte ich?«

»Weil Frau Conradi vorgeschlagen hat, dich in die Schweiz zu schicken«, entgegnete Rosa.

Die Worte trafen Hanna wie eine Ohrfeige. Wie kam sie nur dazu? Gerade eben hatte ihr Mann das Röntgeninstitut erwähnt, und jetzt wollte seine Frau sie loswerden? Auf einmal schien die Erde unter ihren Füßen zu schwanken. Beinahe wäre ihr die Schüssel aus den Fingern gerutscht.

»Und was hat der Doktor dazu gesagt?«, fragte sie benommen, während sie nach einem Halt suchte. Schließlich lehnte sie sich an die Wand.

»Gar nichts. Er wollte sich später Gedanken darüber machen.«

Hanna schwieg. Die Schweiz erschien ihr so fern. Warum ausgerechnet sie? Sie hatten doch gerade eben noch so gut zusammengearbeitet. Er hätte jede andere Schwester bitten können, ihm zur Hand zu gehen, aber er hatte sich für sie entschieden.

»Es wäre sicher eine große Ehre, aber ich weiß nicht«, riss Rosa sie aus ihren Gedanken. »Wenn ich dich jetzt so ansehe … Du scheinst dich nicht zu freuen.« Das junge Hausmädchen zog ein bekümmertes Gesicht.

»Ist schon gut«, wehrte Hanna ab, bemüht, die Fassung wiederzuerlangen. »Wenn der Doktor das so entscheidet, werde ich natürlich gehen.«

Wollte er es mir vorhin schon sagen?, fragte sie sich. Ist er nur wegen der Inspektoren davon abgekommen?

»Ich … ich muss weitermachen«, sagte Hanna rasch, da sie fühlte, wie ihr die Tränen kamen. »Danke, dass du mir Bescheid gegeben hast.« Damit ließ sie das Hausmädchen stehen. Zunächst ging sie noch aufrecht und gefasst, aber als sie sicher war, dass Rosa sie nicht mehr sah, begann sie zu rennen. Sie stellte die Schüssel mit den blutigen Tüchern auf eines der Fensterbretter, dann eilte sie durch den Hintereingang nach draußen. Männerstimmen drangen an ihr Ohr, doch sie nahm keine Notiz davon. Sie presste die Hand auf den Mund, gerade rechtzeitig, bevor das Schluchzen in ihrer Kehle explodierte und Tränen aus ihren Augen schossen.

***

Louis fühlte sich angespannt wie eine Uhrfeder, als er den Herren Inspektoren entgegentrat. Eilig hatte er sein Hemd und die blutbefleckte Weste ausgetauscht. Von jetzt an würde er für alle Fälle einen Arztkittel ins Sprechzimmer hängen.

Ein unguter Gedanke kam ihm. Was, wenn das Zusammenbrechen der Saaldecke kein Zufall war? Wenn es Wiedemann gelungen war, einen der Bauarbeiter zu bestechen? Dass gerade heute, kurz vor dem Besuch der Inspektoren, so etwas geschah, war mehr als verdächtig. Er würde sich seine Leute noch einmal gut anschauen müssen.

Jetzt galt es erst einmal, so zu tun, als wäre nichts geschehen. Er atmete tief durch und sagte: »Verzeihen Sie die Verspätung, auf der Baustelle hat es ein kleines Problem gegeben.«

»Freud und Leid des Bauherrn«, sagte einer der Männer, der sich als Berthold Fink vorstellte.

»Aber rein äußerlich kann sich Ihr Haus wirklich schon sehen lassen«, fügte sein Begleiter, Joachim Glaser, hinzu.

Warten Sie, bis Sie vor dem OP-Saal stehen, ging es Louis grimmig durch den Kopf.

»Wie geht es dem Herrn Ministerialbeamten Wiedemann?«, fragte er, um eine freundliche Miene bemüht. Die Inspektoren sollten sich darüber im Klaren sein, dass er Bescheid wusste. »Sie kommen doch in seinem Auftrag, nicht wahr?«

»Ja, das tun wir«, gab Fink zu. »Und soweit wir die Lage einschätzen können, hat er sich recht gut von dem Wirbel erholt.«

»Eine Schande«, murmelte Louis und blickte auf. »Ich meine den Putsch. Eine Schande für Deutschland, dass es solchen Kräften gelingt, eine rechtmäßig eingesetzte Regierung zu vertreiben.«

Die Inspektoren sahen einander an. Ihren Blick konnte er nicht deuten. Hatten sie vielleicht mit den Putschisten sympathisiert? Was würde ihr Chef davon halten?

Zunächst zeigte er ihnen die Aufnahme und die Sprechzimmer inklusive der Wartebereiche. Hanna hatte gute Arbeit geleistet. Bis auf den leichten Geruch nach Desinfektionsmitteln verriet nichts, dass hier eben noch zwei Männer behandelt worden waren.

»Kaum zu glauben, dass dies früher einmal das Sanatorium von Frau Ziegelroth war«, bemerkte Glaser staunend.

»Sie kennen das Haus von früher?«, fragte Conradi. So, wie er Glaser einschätzte, würde der ihm mehr zugeneigt sein als sein Kollege.

»Ja, mein Vater hatte das Glück, hier mal eine Erholungskur machen zu dürfen«, antwortete der Inspektor. »Er schwärmte von dem guten Essen und der Musik und wollte uns danach alle zum Luftbaden motivieren.« Glaser kicherte in sich hinein. »Sie können sich vorstellen, wie entsetzt meine Mutter von dem Vorschlag war, splitterfasernackt durch den Wald zu laufen.«

Die Männer lachten.

»Nun, ein Luftbad galt damals als sehr gesundheitsfördernd«, räumte Conradi ein. »Auch wir haben vor, Badebehandlungen vorzunehmen und den Patienten zu ermöglichen, so viel Licht und frische Luft wie möglich zu bekommen. Aber wir werden modernere Methoden anwenden.« Er machte eine kurze Pause und setzte hinzu: »Selbstverständlich in einem angemessenen Rahmen. Die alten Anlagen von Frau Ziegelroth werden wir nicht übernehmen.«

Schon bei der ersten Besichtigung des Grundstücks waren Louis die hohen »Gatter« aufgefallen, die wirkten, als wollte man Zootiere dahinter halten. In Wirklichkeit waren es die Anlagen zum Luftbaden, streng nach Geschlechtern getrennt. Nach den gut zu erkennenden Astlöchern in den Zaunlatten zu urteilen, hatten die Herren wohl des Öfteren zu den Damen hinübergeschaut. Oder umgekehrt.

Mittlerweile war klar, dass sie die Zäune abreißen würden. Die Schutzhütten würden sich dort viel besser machen.

Sie gingen weiter zu den Krankenzimmern, in denen einige der Hausmädchen damit beschäftigt waren, Vorhänge anzubringen.

»Sollte Ihr Haus nicht auch über einen Operationssaal verfügen?«, fragte Fink.

Louis erstarrte. Wiedemann hatte ein wirklich gutes Gespür dafür, ihm Schwierigkeiten zu machen.

»Das wird es«, gab er so unbeteiligt wie möglich zurück. »Allerdings ist er noch nicht fertiggestellt.«

Auch wenn die Decke nicht eingebrochen wäre, hätte er ihnen nicht viel mehr als einen Rohbau zeigen können. Doch nun war anstelle des so wichtigen Raumes nicht viel mehr als ein Schutthaufen zu sehen.

»Sie wissen, dass wir Ihrem Haus die Freigabe nur erteilen können, wenn der Operationssaal fertig ist«, gab Fink zu bedenken. »Immerhin soll das hier ja ein Krankenhaus werden und kein Sanatorium.«

Louis brach der Schweiß aus. Der Kragen seines Anzughemds erschien ihm auf einmal viel zu eng.

»Wir werden einen Operationssaal bekommen. Angesichts der momentanen Lage, der Materialknappheit und auch des Mangels an Arbeitskräften sind Verzögerungen natürlich nicht zu vermeiden. Leider hat mich, bedingt durch die politischen Wirren der vergangenen Wochen, die Baugenehmigung erst heute erreicht, sodass wir nun mit den eigentlichen Arbeiten beginnen.«

Fink machte sich eine Notiz.

»Wir könnten allerdings schon vorher Patienten mit inneren Krankheiten aufnehmen«, fuhr Louis eilig fort.

»Ich wüsste nicht, was dagegenspricht, solange Sie die inneren Patienten an ein anderes Hospital überweisen, sobald eine Operation notwendig ist«, gab Fink zurück, ohne von seinem Klemmbrett aufzusehen. »Schließlich kann man die Patienten ja wohl kaum in einer Besenkammer operieren, nicht wahr?«

Louis zwang sich zu einem munteren Lachen, auch wenn er innerlich kochte. Die Bemerkung von Herrn Fink machte ihn misstrauisch.

Was, wenn Wiedemann tatsächlich die Finger im Spiel gehabt hatte und die Decke des OP-Saals bewusst manipuliert worden war?

Sobald er die beiden Herren verabschiedet hatte, ging er noch einmal zur Baustelle, wo die Arbeiter gerade dabei waren, den Schutt zu beseitigen. »Lasst das so!«, rief er ihnen ungehalten zu. »Ich will, dass der Architekt es sieht!«

Die Männer starrten ihn erschrocken an. Offenbar hatte er wütender geklungen als beabsichtigt.

In der Wohnstube traf er auf Catherine, die sich aufgeregt erkundigte, was passiert war. »Um Himmels willen, Louis! Maria hat erzählt, dass die Decke des Operationssaals eingebrochen ist.«

Louis nickte. »Eine Katastrophe! Ich habe die Inspektoren erst einmal vertröstet, denn sie wollten sich natürlich den Saal anschauen. Jetzt muss ich erst einmal diesem Stümper von Architekten die Leviten lesen!«

»Bleib ruhig, Louis«, sagte seine Frau. »Du weißt, dass Architekten in diesen Zeiten schwer zu finden sind.«

»Was nützt mir einer, der keine Ahnung von Statik hat!«

Louis presste die Lippen zusammen. Catherine hatte recht, zu wüten würde ihm nichts nützen. Doch was sollte er tun? Und dann war da noch dieser unerhörte Verdacht, dass Wiedemann … Doch erst einmal wollte er den Fachmann beurteilen lassen, ob es sich um Sabotage oder um einen unglücklichen Zufall handelte.

»Läute den Architekten in Dresden an und teil ihm mit, was geschehen ist«, fuhr Catherine beschwichtigend fort. »Bitte ihn, vorbeizukommen. Möglicherweise hat er eine Lösung.«

Einen Moment lang wollte er widersprechen, dann ließ er resigniert die Schultern sinken.

»Du hast ja recht.« Er wischte sich übers Gesicht und starrte aus dem Fenster. Sollte er Catherine in seinen Verdacht einweihen? »Es ist nur wegen Wiedemann … Die Inspektoren wollen uns den Vollbetrieb nicht erlauben, solange der Operationssaal nicht fertig ist. Aber was bringt es uns, nur innere Kranke zu behandeln?« Er senkte den Kopf. »Sie werden uns das Haus wegnehmen.«

Catherine trat hinter ihn und legte ihm eine Hand auf die Schulter. »Wir fangen doch gerade erst an, Louis. Glaubst du nicht, dass wir stark genug sind, diesen Schwierigkeiten zu trotzen?«

Louis sah sie an. Da war sie wieder, die alte Catherine. Die Frau, die ihn bei seinem Vorhaben unterstützt und die niemals daran gezweifelt hatte, dass er es schaffen würde.

»Du hast recht«, sagte er, griff nach ihrer Hand und küsste sie. Gleichzeitig entschied er sich, seinen Verdacht erst einmal für sich zu behalten. »Wir werden den Schwierigkeiten trotzen.« Damit ging er zu dem Fernsprechapparat, der an der Wand der Wohnstube angebracht war.

16. Kapitel

Zehlendorf, 2. April 1920

»Da hat mein Vorgänger ja ein ziemliches Schlamassel angerichtet.« Felix Dresslers Blick schweifte über das Loch, das in der Decke des Operationssaals klaffte. »Er hätte wissen müssen, dass das Bauen bei dieser Witterung besondere Maßnahmen erfordert.«

Louis betrachtete den Architekten skeptisch. Nachdem sich sein Dresdner Kollege tagelang nicht gemeldet hatte, war er dem telefonischen Ratschlag seines Vaters gefolgt und hatte ein Büro in Zehlendorf kontaktiert.

Er fürchtete, dass dadurch die Preise in die Höhe schnellen würden, aber das war immer noch besser, als am Eröffnungstag ohne Operationssaal dazustehen.

»Wäre es möglich, dass jemand nachgeholfen hat?«, sprach er den Verdacht, den er noch immer nicht losgeworden war, laut aus.

Der Architekt sah ihn erstaunt an. »Sie meinen, ob jemand sabotiert hat? Gibt es denn Hinweise darauf?«

In den vergangenen Tagen hatte Louis den Arbeitern auf den Zahn gefühlt, aber niemand hatte etwas Verdächtiges bemerkt. Also hatte er sich darauf verlegt, die Expertenmeinung abzuwarten.

»Nein, aber es ist schon ein erstaunlicher Zufall, wenn die Decke kurz vor dem Besuch zweier Inspektoren zusammenbricht.«

»Nun, wenn dem so war, wird es sich nicht mehr nachweisen lassen.

Ich kann nur sagen, dass die Statik falsch berechnet war. Und das minderwertige Baumaterial hat sein Übriges getan. Wenn Sie allerdings einen Verdacht haben, sollten Sie zur Polizei gehen.«

Louis rang mit sich. Was sollte die Polizei ausrichten können, wenn der Architekt der Ansicht war, es seien Fehler bei den Berechnungen zur Statik gemacht worden? Sicher wäre es besser, die Sache auf sich beruhen zu lassen und ein wachsames Auge auf die Bauarbeiter zu haben. Den Architekten musste er ja ohnehin wechseln.

»Glauben Sie denn, dass Sie die Arbeiten bis Mitte April beenden können?«, fragte er schließlich.

Dressler überlegte. Kurz traf das Sonnenlicht die goldene Kette seiner Taschenuhr, die wohl den beruflichen Erfolg seines Büros zeigen sollte. »Nun, ich mag zwar einer der besten Architekten in Zehlendorf sein, aber auch ich kann keine Wunder vollbringen. Bestenfalls kann es im Juni etwas werden, doch realistischer wäre Anfang August.«

Louis stand wie versteinert da. August. Bis dahin waren drei Viertel des ersten Jahres verstrichen. Und das Haus musste erst einmal bekannt gemacht werden, bevor die Patienten zu ihnen kamen …

Der Architekt schien sein Entsetzen zu spüren, weshalb er beschwichtigend hinzufügte: »Wie ich schon sagte, ich kann Ihnen nichts versprechen, was den Termin angeht. Aber ich kann Ihnen versichern, dass die Decke Ihres Operationssaales noch in hundert Jahren halten wird. Dafür lohnt es sich doch, eine kleine Verzögerung in Kauf zu nehmen, oder?«

Louis zögerte. Sollte er vielleicht noch ein weiteres Büro anfragen?

Doch auch in Berlin konnten sich die Architekten keine Arbeiter aus dem Ärmel schütteln. Und Dressler war hier und konnte im Gegensatz zu Kollegen von anderswo jederzeit vorbeikommen und nach dem Rechten sehen.

»Einverstanden«, sagte er deshalb und reichte ihm die Hand. Notfalls würden sie das Krankenhaus eben ohne OP-Saal eröffnen!

***

Die Angst, in die Schweiz geschickt zu werden, raubte Hanna den Schlaf und die Konzentration. Wann immer sie mit den anderen zusammensaß, suchte sie nach Hinweisen, dass etwas an dem, was Rosa aufgeschnappt hatte, dran war, doch weder der Doktor noch Frau Conradi ließen etwas verlauten. Auch die anderen Schwestern schienen nichts zu wissen. Vielleicht hatte sich Rosa nur verhört?

Zu gern hätte sie nachgefragt, aber sie wollte das Hausmädchen nicht verraten. Dass sie gelauscht hatte, würden die Conradis nicht tolerieren.

Sie ging dem Doktor aus dem Weg, da sie von ihm enttäuscht war und sich insbesondere mehr Offenheit erhofft hatte. Dem abendlichen Beisammensein blieb sie unter verschiedenen Ausreden fern. Einmal musste sie einen Brief an die Schwester schreiben, dann fühlte sie sich müde, ein andermal schob sie vor, Andacht zu halten, doch in Wirklichkeit starrte sie die ganze Zeit aus dem Fenster.

Am Freitagmorgen saß sie wieder in der Nähstube. Die letzten Vorhänge mussten vollendet werden. Hanna hätte froh sein können, dass der freie Tag nahte, doch etwas sagte ihr, dass vielleicht heute schon eine Entscheidung getroffen wurde. Der Sabbat war die beste Zeit für eine Ankündigung dieser Art.

Sie war derart in Gedanken, dass sie kaum auf die Arbeit vor sich achtete. Ihre Hände bewegten sich mechanisch über die Saumkante, spürten kaum noch den Widerstand des Stoffes an der Nadel.

Als eines der Mädchen etwas zu Boden fallen ließ, schreckte sie hoch und riss dabei die Nähschere mit sich. Reflexartig griff sie danach und bekam sie zu fassen, worauf ein scharfer Schmerz ihre Hand durchzuckte. Sie schaute zur Seite und sah, dass eine der Branchen einen tiefen Schnitt in ihrer Handfläche hinterlassen hatte.

»Du meine Güte!«, schimpfte Schwester Maria. »Was machst du denn?«

»Ich … ich habe nur nach der Schere gegriffen«, antwortete Hanna.

Maria zog sie von dem Stoff weg, doch es war zu spät. Blutflecke breiteten sich darauf aus wie herabgefallene Rosenblätter.

Die ältere Schwester nahm Hannas Hand und zerrte sie zu dem neuen Verbandskasten, der an der Wand befestigt war.

»Was ist nur mit dir los in letzter Zeit?«, schalt sie sie. »Du wirkst, als wärst du mit dem Kopf gar nicht richtig da.«

»Es ist nichts«, erwiderte Hanna. »Der Stoff ist nur störrisch.«

Maria blickte sie prüfend an, dann wischte sie mit einem sauberen Tuch das Blut ab und betrachtete die Wunde.

»Das muss genäht werden. Melde dich bei Dr. Conradi.«

Hanna wagte kaum, selbst nachzuschauen. Der Schmerz wurde immer heftiger. Maria drückte ihr ein Stück Mull in die Hand, das sich rasch mit Blut vollsaugte.

Die Zähne zusammenbeißend, verließ Hanna das Nähzimmer. Der Doktor würde um diese Zeit sicher nicht im Sprechzimmer sein, also lief sie gleich nach draußen.

Sie fand den Doktor draußen auf der Baustelle. Inzwischen tropfte das Blut vor ihr auf den Boden. Schon als sie sie kommen sahen, deuteten einige Arbeiter auf sie. Dr. Conradi, der sich mit einem beleibten grauhaarigen Mann unterhielt, bemerkte sie zunächst nicht.

»Herr Doktor«, sagte Hanna mit schmerzverzerrter Stimme.

Erst drehte sich der Grauhaarige zu ihr um, dann der Arzt.

»Du meine Güte, Hanna, was haben Sie denn gemacht?«, fragte Dr. Conradi.

»Ich wollte eine Schere fangen«, antwortete sie, und als er die Augenbrauen hochzog, fügte sie schnell hinzu: »Sie ist mir vom Stoff gerutscht, und ich habe instinktiv danach gegriffen.«

Dr. Conradi blickte zu dem Mann neben ihm. »Herr Dressler, ich denke, wir haben alles besprochen, oder?«

»Selbstverständlich! Ich schicke Ihnen die nötigen Unterlagen.«

»Danke!« Conradi schüttelte ihm die Hand und wandte sich dann Hanna zu. »Dann lassen Sie uns doch mal sehen.«

Hanna zuckte zusammen, als er im Sprechzimmer den Verband abnahm und den Schnitt begutachtete. Noch immer floss Blut, und die

Ränder klafften wie ein roter Mund. Als Dr. Conradi die Wunde desinfizierte, schossen ihr die Tränen in die Augen, und sie stöhnte auf.

»Ich werde zwei oder drei Stiche machen, dann verbinden wir die Hand. Was um Himmels willen war das denn für eine Schere?«

»Eine zum Verbände schneiden«, antwortete Hanna. »Sie war frisch geschliffen.«

Conradi nahm diese Information mit einem Nicken hin, dann holte er Nadel und Faden.

Als er mit dem Nähen begann, versuchte Hanna, tapfer zu sein, doch es gelang ihr nicht wirklich. Immer wieder zuckte sie zusammen, Schmerzen jagten ihren Arm hinauf, und die Tränen liefen weiter. Immerhin versuchte sie, nicht zu klagen.

Der Doktor arbeitete zügig, und innerhalb weniger Minuten war die Wunde fein säuberlich geschlossen.

»Fertig«, sagte er und begann dann, vorsichtig den Verband anzulegen. »Sie sind wirklich tapfer, Hanna.«

Sie wischte sich über die Augen. »Ich habe es zumindest versucht.«

Für einen Moment beobachtete sie den Doktor. Obwohl der Schmerz noch immer da war, wurde er nun ein wenig erträglicher. Dafür kehrte die Angst vor der Schweiz zurück.

Wann, wenn nicht jetzt, hatte sie die Gelegenheit, den Doktor allein zu sprechen?

»Haben … haben Sie schon eine Entscheidung getroffen?«, begann sie zögerlich.

Conradi knotete den Verband zusammen. »Meinen Sie, was den Architekten betrifft?«, fragte er beiläufig.

Hanna biss sich auf die Lippe. Sie wollte Rosa auf keinen Fall verraten, aber wie sollte sie sich nun herausreden?

»Nein, ich …«

Hanna stockte. Conradi sah sie fragend an.

»Nun, raus mit der Sprache, welche Entscheidung meinen Sie dann?«

»Ich … mir ist zu Ohren gekommen, dass es eine Anfrage aus der Schweiz gegeben hat. Wegen einer Schwester …«

Conradi lehnte sich zurück. »Woher haben Sie das?«, wollte er wissen.

In Hannas Hand begann es noch heftiger zu pochen. Dachte er etwa, sie hätte gelauscht? Das Blut schoss ihr in die Wangen.

»Ich habe es aufgeschnappt …« Sie senkte beschämt den Blick. »Tut mir leid, ich …« Die Worte blieben in ihrer Kehle stecken.

Conradi schwieg eine ganze Weile. »Nun, was das angeht, habe ich noch keine Entscheidung getroffen. Würden Sie denn gern in die Schweiz wechseln?«

»Nein.« Hanna schaute auf. »Ich …«

»Die Schweiz ist ein schönes Land«, sinnierte Conradi. »Manche Berge haben sogar im Sommer weiße Schneekuppen. Der Ausblick ist herrlich.«

»Aber es ist zu weit weg. Meine Schwester ist noch immer in Friedensau und meine Eltern …« Sie räusperte sich, dann fuhr sie mit festerer Stimme fort: »Außerdem haben Sie mich als Röntgenschwester für das Haus berufen. Das ist es, was ich tun möchte.«

Conradi musterte sie lange. Dann deutete er auf ihre Hand. »Meinen Sie, Sie können so weiternähen?«

Hanna betrachtete den Verband und versuchte, die Finger zu bewegen. Es ging nicht besonders gut, aber wegen dieser Lappalie wollte sie sich keinen freien Tag erbitten. »Wenn nicht, mache ich eben etwas anderes.«

»Gut. Dann schauen Sie, ob es geht, wenn nicht, befreie ich Sie für heute von der Arbeit.«

»Nicht nötig«, gab Hanna zurück. »Ich finde schon etwas, womit ich mich nützlich machen kann. Danke für den Verband.«

Damit stand sie auf und verließ das Sprechzimmer.

Als sie den Gang entlangeilte, konnte sie die Tränen kaum zurückhalten. Sie hätte Dr. Conradi niemals nach der Schweiz fragen dürfen.

***

Als Hanna zur Tür hinaus war, lehnte sich Louis zurück. Wer mochte wohl die Bosheit besessen haben, ihr von dem Telegramm zu erzählen? Oder hatte sie es aufgeschnappt, als sie an der Tür der Wohnstube vorbeigekommen war?

Zorn stieg in ihm auf. Warum nur hatte seine Frau diesen Vorschlag laut ausgesprochen? Was hatten hier alle nur mit Hanna? Soweit er es beurteilen konnte, war sie freundlich und bescheiden und scheute die Arbeit nicht. Gab es irgendwen, der hinter seinem Rücken Zweifel an ihr säte?

Da die Bauarbeiter draußen auf Anweisungen warteten, verließ er das Sprechzimmer und eilte zur Hintertür.

Der Einsturz der Decke des Operationssaals war ein herber Rückschlag gewesen, doch dank des neuen Architekten hatte er wieder Hoffnung.

Auf halbem Weg kam ihm seine Frau entgegen.

»Dein Vater ist am Telefon«, verkündete sie. »Er möchte wissen, ob du schon mit dem neuen Architekten gesprochen hast.« Sie hielt inne, als sie seinen Blick bemerkte.

»Was ist geschehen?«

»Hanna hat sich verletzt«, gab er zurück.

»Oh«, sagte sie. »Schlimm?«

»Sie hat sich mit der Schere geschnitten, als sie sie im Fall auffangen wollte.«

»Nun, sie sollte besser aufpassen.«

Louis presste die Lippen zusammen, dann stemmte er die Hände in die Seiten. Es war nicht gerade der beste Ort für einen Streit, aber die Sache brannte ihm unter den Nägeln.

»Sie weiß von dem Brief aus der Schweiz«, sagte er. »Hast du versucht, ihr einzureden, dass es eine gute Idee wäre, dort hinzugehen?«

Catherine riss überrascht die Augen auf. »Nein, natürlich nicht!«

»Aber irgendwer muss ihr davon erzählt haben! Sie hat Angst, dass ich sie wegschicke.«

»Wovor hat sie denn keine Angst?«, fragte seine Frau schnippisch.

»Hör zu«, zischte Louis, »wenn du etwas Stichhaltiges gegen sie vorzubringen hast, dann sag es mir gleich. Ansonsten hör auf, ihr das Leben schwer zu machen.«

Catherines Augen blitzten. »Ich mache niemandem das Leben schwer. Hat sie sich etwa bei dir beklagt?«

»Nein, das hat sie nicht, und das würde sie auch nicht tun. Aber du warst ziemlich schnell, sie vorzuschlagen, als ich die Schweiz erwähnt habe, nicht wahr? Und die Sache mit der Schießerei in Berlin ist auch noch nicht vergessen.«

Zornig fauchte Catherine: »Ich habe ihr nichts erzählt. Aber du solltest jetzt besser zum Telefon gehen und mit deinem Vater reden!«

Damit machte sie auf dem Absatz kehrt und rauschte den Gang entlang.

Louis atmete tief durch und eilte in die Wohnstube, doch als er den Hörer ans Ohr hob, hatte sein Vater schon aufgelegt.

17. Kapitel

Am Abend, kurz vor Sabbatbeginn, ließ Dr. Conradi Hanna in sein Sprechzimmer bitten. Als sie eintrat, saß der Arzt am Schreibtisch, die Hände auf der Tischplatte gefaltet.

Hanna schloss beklommen die Tür. Den ganzen Tag schon hatte eine seltsame Stimmung im Haus geherrscht. Frau Conradi hatte kaum ein Wort mit ihr gewechselt, und dann waren da auch noch der Unfall mit der Schere und das dumme Gespräch wegen der Schweiz …

»Was macht Ihre Hand?«, erkundigte sich Dr. Conradi jetzt, doch sie spürte, dass dies nicht der Grund war, weshalb er sie hergebeten hatte.

»Ist alles in Ordnung mit Ihnen?«, fragte der Arzt, nachdem er sie einen Moment lang betrachtet hatte. Natürlich musste ihm auffallen, dass sie nicht in fröhlicher Stimmung war.

»Ja, natürlich, Herr Doktor«, gab sie steif zurück. »Und der Hand geht es auch schon besser.«

Das stimmte nicht ganz, denn die Wunde pochte und brannte immer noch.

Conradi ließ sich Zeit, bevor er fortfuhr.

»Hanna, ich habe Ihnen eigentlich den Posten der Röntgenschwester angetragen, aber wie Sie wissen, haben wir noch immer kein Gerät dafür.«

Hanna nickte und erstarrte innerlich. Er wird mich ganz sicher in die Schweiz schicken, dachte sie. Erst recht, nachdem ich ihn gefragt und den Eindruck gemacht habe, ich hätte ihn und seine Frau belauscht.

»Könnten Sie sich vorstellen, als meine Sprechstundenhilfe zu arbeiten, bis wir den Röntgenapparat haben, und vielleicht auch danach?«

Hannas Kopf schnellte in die Höhe. »Wie bitte?«, platzte es aus ihr heraus.

»Ich fragte, ob Sie als meine Sprechstundenhilfe arbeiten wollen.« Er machte eine kurze Pause, dann fügte er hinzu: »Immerhin wird sich das Röntgengerät in einem der benachbarten Räume befinden. Ich kann Sie doch bei einem Notfall nicht von der Station holen, wenn ich eine Aufnahme brauche.«

»Dann wollen Sie mich also nicht in die Schweiz schicken?«, fragte Hanna.

Der Doktor lehnte sich zurück. »Raus mit der Sprache«, sagte er dann, »woher haben Sie das? Soweit ich weiß, war nur meine Frau zugegen, als ich das Telegramm geöffnet habe.«

»Ihre Frau hat nicht mit mir gesprochen«, erwiderte sie zögernd. »Eines der Hausmädchen hat zufällig etwas aufgeschnappt.«

»Welches Hausmädchen?«

»Das möchte ich nicht sagen. Es war ein Zufall, dass sie an Ihrer Tür vorbeikam.«

Conradi schnaubte. »Und da hatte sie nichts Besseres zu tun, als Sie verrückt zu machen?«

»Sie glaubte, ich würde mich freuen.«

»Was ganz offensichtlich nicht der Fall war.« Er wirkte verärgert, doch er fing sich rasch. »Glauben Sie wirklich, ich würde mit Ihnen über das Röntgeninstitut sprechen, wenn ich vorhätte, Sie wegzuschicken, Hanna?«

Hanna senkte beschämt den Kopf. »Eigentlich nicht.«

»Sehen Sie! Ich stehe zu meinem Wort«, gab er zurück. »Ich werde keine von Ihnen in die Schweiz schicken, kann ich hier doch selbst jede Hand gut gebrauchen.«

Hanna nickte.

»So, dann wäre das ja geklärt. Kommen wir nun zu Ihrem Posten als Sprechstundenhilfe …«

»Ich will!«, platzte es aus Hanna heraus, dann wurde sie rot. »Ich meine, ich möchte sehr gern!« Sie klatschte in die Hände und zuckte erschrocken zusammen, als das Pochen wieder einsetzte.

»Immer langsam, oder wollen Sie, dass die Naht platzt?«, ermahnte der Doktor sie.

»Nein, natürlich nicht.«

Sein Blick schweifte zum Fenster. »Ach, Hanna, noch etwas. Als meine Sprechstundenhilfe sind Sie ja quasi auch dafür verantwortlich, dass es hier nett und freundlich aussieht. Meinen Sie, Sie können aus der Nähstube ein paar Vorhänge für uns abzweigen?«

Innerlich jubelnd verließ Hanna den Raum. Sie würde bleiben. Bei ihm. Als seine Sprechstundenhilfe.

***

Der Duft von Bratkartoffeln stieg ihm in die Nase und lockte ihn aus dem Sprechzimmer. In der Küche waren die Mädchen schon fleißig dabei, aufzufüllen und die Schalen in den Speisesaal zu tragen.

Louis hatte seine Entscheidung, Hanna zu seiner Sprechstundenhilfe zu machen, recht spontan getroffen. Nach der Unterhaltung mit seiner Frau war ihm klar geworden, dass er Hanna vor ihr in Schutz nehmen musste. Und auch vor Schwester Maria und wer weiß noch wem, der ihr gegenüber voreingenommen war.

Ein wenig fürchtete er sich vor der Unterhaltung mit seiner Frau. Er wusste, dass sie Schwester Elisabeth favorisierte, doch das kam für ihn nicht infrage. Elisabeth stand seiner Frau zu nahe, und er wollte sich bei seiner Arbeit nicht beobachtet fühlen. Eine Vertraute von seiner Seite war da wesentlich geeigneter, und er hoffte, dass er diese in Hanna finden würde.

In der Küche angekommen, bedeutete er seiner Frau, ihm zu folgen.

»Muss das jetzt sein?«, fragte sie und hielt die fettverschmierten Hände in die Luft.

»Bitte.« Louis ging ihr voran in die Wohnstube.

»Was gibt es denn?«, fragte Catherine, als sie zur Tür hereinkam.

»Ich möchte mich für das Gespräch vorhin entschuldigen«, begann er. »Ich hätte dich nicht verdächtigen sollen.«

Catherine verschränkte nur die Arme vor der Brust und nickte.

»Ich habe Schwester Hanna gebeten, meine Sprechstundenhilfe zu werden«, fuhr Louis fort.

Catherine schnaubte. »Elisabeth wäre besser dafür geeignet …«

»Das will ich nicht abstreiten, aber Schwester Hanna hat sich nach dem Unfall auf der Baustelle glänzend bewährt. Und da sie das Röntgengerät bedienen soll, wäre es besser, sie arbeitet gleich bei mir. So könnten wir Wege einsparen.«

Catherine presste missbilligend die Lippen zusammen. »Und um mir das zu sagen, holst du mich extra aus der Küche?«

»Es erschien mir wichtig«, gab er zurück.

»Und wen willst du jetzt in die Schweiz schicken?«

»Niemanden. Vorerst können wir uns das nicht erlauben.«

Er ging zu seiner Frau und legte ihr die Hände auf die Arme. Catherine versteifte sich spürbar.

»Hanna ist eine gute Schwester. Loyal, freundlich, umsichtig, alles, was ich in meiner Sprechstunde brauche. Aber sie wird nie mehr sein als das.«

»Was meinst du?«, fragte sie.

Louis legte den Kopf schräg. Er war sich sicher, dass sie sich noch immer an den Vorfall in der Schweiz erinnerte. Damals hatte es sich eine Schwester im Hospital in den Kopf gesetzt, ihn zu erobern. Es war zu einer kompromittierenden Situation gekommen, an die er sich nicht mehr erinnern wollte.

»Das war etwas anderes«, sagte er. »Diese Frau wollte einen Keil zwischen uns treiben.«

»Sie hat dir schöne Augen gemacht!«

»Das stimmt, und zu meiner Schande muss ich gestehen, dass ich davon angetan war.«

Seine Frau zuckte zusammen, doch in diesem Augenblick konnte er sie nicht schonen. »Aber mehr ist nicht geschehen!« Er machte eine Pause, dann fügte er hinzu: »Wir beide haben unsere Ehe vor Gott geschlossen, und diesen Schwur werde ich nicht brechen, das musst du mir glauben.« Er zog sie in seine Arme. Catherine wirkte immer noch widerwillig, doch sie ließ es zu. »Wenn ich mit einer unserer Schwestern freundlich rede und sie mit mir, dann bedeutet das nur, dass wir gut zusammenarbeiten. Hanna braucht ein wenig Zuwendung nach allem, was sie durchgemacht hat und was sie immer noch durchmacht. Du hast bei ihr nichts zu befürchten.«

Catherine sah ihn zweifelnd an, dann nickte sie.

Louis entließ sie aus der Umarmung und lächelte sie an. Gleichzeitig fragte er sich, ob es wirklich eine gute Idee war, die Ehefrau inmitten des Betriebes in der Klinik dabeizuhaben. Platz genug hatten sie auf dem Gelände, ein Wohnhaus würden sie hier mühelos errichten können – wenn die Materialknappheit endlich aufhörte und Wiedemann sie in Ruhe ließ.

»Danke.« Er küsste sie auf die Stirn. »Auch dafür, dass es heute mal keine Graupen gibt.«

***

Nach dem Abendessen, bevor sie mit der abendlichen Runde begannen, wandte sich Louis an Schwester Elisabeth. Er wollte verhindern, dass Catherine ihr von Hannas Beförderung erzählte, bevor er es tun konnte.

»Hätten Sie vielleicht einen Moment?«, fragte er.

»Natürlich.« Elisabeth, die im Gesellschaftszimmer gelesen hatte, stand auf.

Er ging mit ihr in Richtung Sprechzimmer, wo sie weit genug von den anderen entfernt waren.

»Was gibt es denn?«, fragte sie mit leichter Besorgnis. »Ist etwas mit Catherine?«

»Schwester Elisabeth, ich weiß, dass meine Frau Sie sehr schätzt. Ich halte Sie für eine fähige Schwester und sehe Sie aufgrund Ihrer Zeugnisse und bisherigen Erfahrungen durchaus in der Lage, eine Station zu leiten.«

»Vielen Dank, Herr Doktor.«

»Nur muss ich Ihnen eine Frage stellen.« Louis sah sie prüfend an. »Wem gehört Ihre Loyalität?«

Elisabeth blickte ihn verwirrt an. »Ich verstehe nicht ganz.«

»Ihre Freundschaft zu meiner Frau ist Ihre Privatangelegenheit«, gab Louis zurück. »Im Klinikbetrieb tut sie nichts zur Sache. Verstehen wir uns in dieser Hinsicht?«

»Natürlich. Aber ich weiß nicht …«

»Ich habe Hanna Richter als meine Sprechstundenhilfe bestimmt.« Er hielt kurz inne, dann fügte er hinzu: »Gibt es da von Ihrer Seite irgendwelche Bedenken?«

Eine Spur von Enttäuschung schlich sich in ihren Blick, doch sie versuchte, sich nichts anmerken zu lassen. »Nein, natürlich nicht. Ich kenne Hanna aus Friedensau, sie war zu meiner Zeit immer folgsam und freundlich.«

»Hat meine Frau Ihnen etwas über sie erzählt?«

»Dass sie ihren Verlobten verloren hat und …« Elisabeth verstummte.

»Was hat sie Ihnen gesagt?«

»Dass ihr der Umgang mit männlichen Patienten Probleme bereitet.«

»Sie hat tatsächlich Probleme mit männlichen Patienten, die im Krieg waren. Sie können sich denken, warum?«

»Wegen ihres Verlobten.« Elisabeth fuhr unbehaglich mit den Händen über ihren Rock.

Conradi nickte. »Ich möchte Sie bitten, sich Ihre eigene Meinung über Hanna Richter zu bilden.«

»Natürlich«, gab Elisabeth zurück.

Conradi nickte, dann atmete er tief durch und zwang sich zu einem Lächeln. »Ich gehe davon aus, dass Sie dieses Gespräch als vertraulich behandeln«, fügte er noch hinzu, dann wünschte er ihr einen schönen Abend.

Als sie weg war, ließ er sich nachdenklich auf seinen Schreibtischstuhl sinken. Ob sie seiner Frau von diesem Gespräch erzählte? Wenn ja, würde er es wahrscheinlich nicht erfahren, denn die beiden hielten zusammen wie Pech und Schwefel.

Dennoch hoffte er, dass seine Worte Elisabeth davon abhalten würden, Hanna ungerechtfertigt anzugreifen, wie es Schwester Maria versucht hatte. Sie hatte auch so schon ein schweres Kreuz zu tragen.

Louis' Gedanken gerieten ins Stocken, als ihm etwas klar wurde. Natürlich war es seine Aufgabe als Klinikleiter, für ein gutes Betriebsklima zu sorgen. Doch nun musste er sich eingestehen, dass er den Drang verspürte, Hanna zu beschützen. Und das weitaus mehr, als es einem Chefarzt zustand.

18. Kapitel

Zehlendorf, 9. April 1920

Sie hatte geglaubt, dass ihr die Entscheidung des Doktors Erleichterung bringen würde, doch Hanna schwankte in den folgenden Tagen ständig zwischen Freude und Angst. Zum ersten Mal seit Martins Tod geschah wieder etwas Schönes in ihrem Leben, doch die Furcht vor der Reaktion der anderen Schwestern trübte diese sogleich wieder. So kam es, dass sie nicht einmal Rosa davon erzählte.

Dr. Conradi ließ sich noch etwas Zeit, dann verkündete er eines Morgens beim Frühstück die Besetzung der einzelnen Posten.

»Da wir kurz vor der Eröffnung stehen, habe ich die leitenden Posten im Haus festgelegt«, sagte er und blickte in die Runde.

»Schwester Elisabeth Bruhn wird die Leitung der ersten Frauenstation übernehmen. Schwester Maria Kuch die Leitung der ersten Männerstation.« Gemurmel erhob sich. Hanna blickte zu den beiden Schwestern. Während Elisabeth kaum überrascht wirkte, stand Maria das Erstaunen ins Gesicht geschrieben. Hatte sie nicht damit gerechnet oder sich einen anderen Posten erhofft?

»Das Amt des Bademeisters wird Pfleger Carl übernehmen, als meine Sprechstundenhilfe und zukünftige Röntgenschwester habe ich Schwester Hanna Richter bestimmt.«

Ein leises Raunen ging durch die Reihen. Rosa strahlte Hanna an und griff nach ihrem Arm. »Glückwunsch!«, wisperte sie.

»Da Schwester Ida auch eine Ausbildung als Hebamme hat, wird sie die Wöchnerinnen und Gebärenden übernehmen. Meine Ehefrau Catherine setze ich vorerst als Oberin ein.«

Seinen Worten folgte weiteres Raunen, und hier und da sah Hanna, dass gratuliert wurde. Nur Schwester Maria blickte ein wenig sauertöpfisch drein und bedachte sie mit einem eisigen Blick.

Hanna wurde unwohl zumute. Hatte sich Maria Hoffnungen auf den Posten der Sprechstundenhilfe gemacht?

Von der Anfrage aus der Schweiz ließ der Doktor nichts verlauten, offenbar blieb er dabei, dass keine Kraft entbehrlich war.

Vor lauter Sorge, dass Maria ihr irgendwie feindselig begegnen könnte, brachte Hanna kaum einen Bissen herunter.

»Was hast du?«, wunderte sich Rosa, die fleißig den Haferbrei in sich hineinschaufelte.

»Nichts«, gab Hanna zurück, denn angesichts von Ida, die ihr gegenübersaß, konnte sie ihre Befürchtung wegen Maria nicht laut äußern. »Ich habe nur ein wenig Kopfweh.«

»Oh«, sagte Rosa und schielte auf ihre Schüssel. »Magst du deine Portion nicht mehr?«

Hanna schob ihr das halb volle Schälchen zu.

***

Louis hatte sich gerade von seinem Platz erhoben, als Schwester Maria zu ihm trat.

»Dürfte ich Sie vielleicht einen Moment sprechen?«, fragte sie.

Er blickte kurz zu seiner Frau, dann nickte er und bedeutete ihr, mit in sein Sprechzimmer zu kommen, wo er hinter dem Schreibtisch Platz nahm.

»Setzen Sie sich doch«, bot er ihr an, doch Maria schüttelte den Kopf. »Das wird nicht notwendig sein.«

Louis zog die Augenbrauen hoch. Um ihm zu danken, wirkte sie zu ernst, ja beinahe aufgebracht.

»Dr. Conradi, ich würde gern ein Wort an Sie richten wegen der Posten«, begann sie vorsichtig.

Louis hob die Augenbrauen. »Ist etwas nicht in Ordnung?«

»Nun, ich war die Erste, die Sie und Ihre Gattin nach Berlin begleitet hat. Ich verstehe ja, dass Ihre Frau den Posten der Oberin bekleidet, doch was die Sprechstundenhilfe betrifft …«

Sie stockte, als Louis sich vorbeugte und die Hände auf dem Tisch faltete.

»Sind Sie der Meinung, dass Schwester Hanna nicht die Richtige für diese Stelle ist?«

»Nun, sie hat wohl kaum Erfahrung darin, einem Arzt zuzureichen.«

»Aber ich habe sie für die Stelle der Röntgenschwester vorgesehen. Warum sollte sie mir nicht assistieren, sofern im Röntgenraum nichts zu tun ist?« Er warf ihr einen ernsten Blick zu.

Maria presste die Lippen zusammen. Louis erkannte in ihrem Gesicht dieselbe Regung wie schon damals, als sie Hanna eine geringe moralische Festigung bescheinigen wollte.

»Machen Sie sich keine Sorgen, Schwester Maria, jede Tätigkeit lässt sich erlernen. Bei dem Zwischenfall vor einigen Tagen hat sie sich gut bewährt.«

»Aber was, wenn sie wieder ohnmächtig wird? Wenn sie bei der Behandlung eines Patienten versagt, wie sie es auch schon in Friedensau getan hat?«

»Aus diesem Grund habe ich Ihnen die Leitung der Männerstation übertragen, Schwester Maria«, gab er zurück. Das Letzte, was er brauchte, war Unfrieden innerhalb des Personals. Also fuhr er so diplomatisch wie möglich fort: »Angesichts ihrer Vorgeschichte kann ich Hanna nicht mit der Aufsicht über die Männerstation betrauen. Doch wenn Sie es angenehmer finden, die Frauenstation zu übernehmen, werde ich noch einmal mit Schwester Elisabeth reden. Sie hat bereits eine Frauenstation geleitet, wäre aber sicher auch erfreut, vor eine neue Herausforderung gestellt zu werden. Außerdem möchte ich in Erfahrung bringen, ob Sie sich für den Posten der Oberin eignen. Meine Frau nimmt dieses Amt nur vorübergehend ein, denn wenn der Betrieb hier richtig beginnt, werden noch viele andere Aufgaben auf sie zukommen. Betrachten Sie es als Wettbewerb mit Schwester Elisabeth: Wer von Ihnen beiden die bessere Stationsführung an den Tag legt, den werde ich als Oberin einsetzen.«

Der überraschte Ausdruck auf Marias Gesicht zeigte ihm, dass sie daran noch gar nicht gedacht hatte.

»Oh, das wäre …« Sie hielt inne. »Es wäre mir eine große Ehre, als Oberin zu fungieren.«

»Und ich glaube, Sie würden diesen Posten hervorragend ausfüllen.«

Louis lehnte sich zurück. Er war sich nicht sicher, ob sich Maria wirklich zur Oberin eignete, zumal ihre unterschwellige Rivalität mit Hanna kein besonders gutes Licht auf sie warf.

»Gibt es sonst noch etwas, das Sie mit mir bereden möchten?«

Maria schüttelte den Kopf. Sie wirkte jetzt ein wenig gelöster.

»Dann überlegen Sie sich mal, wie wir unseren zukünftigen Patienten den Aufenthalt auf Ihrer Station so angenehm wie möglich machen können.«

***

Beklommen und mit pochendem Herzen fand sich Hanna im Schwesternzimmer ein. Bis Frau Conradi zum Zeitpunkt der Eröffnung den Posten der Oberin einnahm, war Maria für die Verteilung der Arbeit zuständig. Sie spürte die Blicke der Frauen und war nicht sicher, ob sie sie richtig deutete. Rosa freute sich ehrlich für sie, genau wie die anderen Hausmädchen, aber die Schwestern?

Ida mochte es vielleicht noch egal sein, aber was war mit Elisabeth? Hatte sie sich um den Posten der Stationsschwester beworben? Eine Freundin von Frau Conradi würde sich doch sicher aussuchen können, wo sie eingesetzt wurde …

Maria betrat das Schwesternzimmer, und Hanna spürte, wie ihr Magen zu grummeln begann.

Vor den anderen würde sie sich ihr gegenüber nicht offen feindselig verhalten, aber sie fürchtete, dass sie ihr von nun an bis zur Eröffnung des Krankenhauses nicht gerade die angenehmsten Aufgaben übertragen würde.

Schwester Maria ließ ihren Blick über die Frauen schweifen, dann sagte sie: »Elisabeth, Ida, Hanna … Ich gratuliere euch zu euren Posten.«

»Wir dir auch, Schwester Maria«, erwiderte Elisabeth im Namen aller.

»Bis zur Eröffnung Mitte April bleibt uns nicht mehr viel Zeit. Wir sollten also noch einige dringliche Aufgaben erledigen.« Sie machte eine Kunstpause, dann fuhr sie fort: »Ida und Elisabeth, ihr geht in die Nähstube. Hanna, du wirst die alten Bettgestelle im Speicher reinigen und auf ihre Tauglichkeit überprüfen. Wenn es daran Schäden gibt, wirst du es Pfleger Carl melden.«

Hanna presste die Lippen zusammen. Genau das hatte sie erwartet. Die Betten aus dem Sanatorium waren veraltet und die meisten kaum noch zu gebrauchen. Sie zu reinigen und instand zu setzen war vergebliche Liebesmüh.

»Ja, Schwester Maria«, antwortete sie, bemüht, sich ihren Unmut nicht anmerken zu lassen.

»Die Mädchen werden sich noch einmal die Stationsflure vornehmen. Die Fußleisten bedürfen einer gründlichen Reinigung.«

Die Mädchen nickten. Damit war die Besprechung beendet. Darüber, was sie zu tun gedachte, verlor Maria kein Wort, doch es stand wohl außer Frage, dass sie sich in der warmen Nähstube einfinden würde.

Hanna wollte gerade das Schwesternzimmer verlassen, als Maria sie zurückhielt.

»Auf ein Wort, Schwester Hanna!«

Maria wartete, bis alle anderen den Raum verlassen hatten, dann sagte sie: »Du wirst Dr. Conradi keine Schande machen, hast du mich verstanden? Und du wirst auch nichts tun, was die Moral unseres Hauses verletzt.«

»Natürlich nicht, Maria«, gab Hanna zurück. »Wie kommst du nur darauf?«

»Ich habe gesehen, wie dich der Doktor anstarrt. Und du ihn. Vergiss nie, was dein Stand hier ist!«

Hanna zuckte zurück und schüttelte den Kopf. Wie sollte sie den Doktor denn angesehen haben? Sie mochte ihn, aber das bedeutete nichts. Und wie sah er sie an? Er war freundlich, doch sicher würde nur jemand voller Missgunst darauf kommen, dass hier etwas Unerhörtes vor sich ging.

Gleichzeitig wurde ihr klar, wie gefährlich eine Behauptung wie diese sein konnte.

Doch musste sie sich rechtfertigen? Bedeutete eine Rechtfertigung nicht, dass sie einräumte, der Vorwurf entspräche der Wahrheit?

»Natürlich weiß ich, wo mein Platz ist«, gab sie zurück, und es fiel ihr schwer, den Zorn in ihrer Stimme zu unterdrücken. »Und ich werde meine Arbeit stets nach bestem Gewissen erledigen.« Damit verließ sie das Schwesternzimmer.

»Was fällt ihr nur ein!«, schimpfte Hanna leise vor sich hin, während sie, einen Wassereimer in der Hand, zum Speicher eilte. Dieser war fürs Erste in einem der Nebengebäude eingerichtet worden, und man lagerte dort alles, was zunächst nicht im Haus gebraucht wurde. Dazu gehörten neben einigen neuen Betten auch sämtliche alte Gestelle, die sie vom ehemaligen Sanatorium übernommen hatten. Natürlich musste sich jemand darum kümmern, aber war das nicht eher eine Arbeit für mehrere Leute?

Doch in diesem Augenblick war Hanna ganz froh darüber, dass sie allein war. So konnte sie immerhin ihrem Zorn freien Lauf lassen.

Natürlich war dies ganz offensichtlich ein Versuch, sie abzusondern. Wer wusste schon, was Maria den anderen über sie erzählen würde! Sie konnte es förmlich hören: »Sie hat den Posten nur bekommen, weil sie dem Doktor schöne Augen macht!«

»Dann hättest du dich eben um die Stelle als Röntgenschwester bewerben sollen, Maria!«, sagte Hanna laut, wohlwissend, dass ihr ja niemand zuhörte.

Ihr Zorn schlug in Verzweiflung um, als sie die Betten sah. Einige davon waren dermaßen marode, dass sie erst einmal repariert werden mussten, bevor man überhaupt einen Putzlappen in die Hand nehmen konnte.

Seufzend stellte Hanna den Eimer ab. Vermutlich wäre ihre Arbeit völlig umsonst, denn wenn die Handwerker die Betten erst einmal in die Finger bekamen, würde sie sie hinterher erneut putzen müssen.

Hanna betrachtete die Betten genauer. An einigen fehlten Schrauben, an anderen die Rollen. Einige Federn an den Bettrosten waren verbogen, doch mit einer Zange könnte man sie wieder richten. Was allerdings die Rollen anging … Würde man Ersatz dafür bekommen?

Ihr Blick blieb an einem Bett hängen, das sich in einem so schlechten Zustand befand, dass man es kaum würde entrosten können. Dafür hatte es vier intakte Rollen.

Eine Erinnerung flammte vor ihrem geistigen Auge auf. Es war der Tag, an dem sie Martin zum ersten Mal begegnet war. Er hatte den Auftrag erhalten, einige Nachtschränke zu reparieren. Mit dem Schraubenschlüssel in der Hand hatte er vor ihr gestanden und sie angestrahlt.

»Bleiben Sie doch ein wenig, Schwester, und leisten Sie einem einsamen Burschen Gesellschaft.«

»Ich bin noch keine Schwester«, hatte Hanna geantwortet. »Ich bin Schülerin.«

»Für eine Schülerin sehen Sie aber schon sehr erwachsen aus.«

Plötzlich kam ihr eine Idee.

Die Handwerker machten große Augen, als sie bei ihnen im Schuppen auftauchte und um einige Werkzeuge bat.

»Was willst du denn damit machen, Mädchen?«, fragte ein älterer Tischler.

»Betten reparieren«, gab sie zurück. Dann fiel ihr ein, dass die Gestelle recht schwer waren und sie wohl kaum in der Lage sein würde, sie allein anzuheben. »Und wenn Sie einen Wagenheber hätten, wäre ich Ihnen sehr dankbar.«

Ein paar der Männer lachten auf. »Wofür brauchst du dann einen Wagenheber, Schwesterchen?«, fragte einer von ihnen.

»Zum Anheben der Betten. Ihr glaubt doch wohl nicht, dass ein Kraftprotz an mir verloren gegangen ist.«

Wieder erntete sie Gelächter, aber es war nicht böse gemeint. Einige Handwerker schauten sie fast schon bewundernd an.

»Hier«, sagte der Tischler schließlich und reichte ihr eine schwere Vorrichtung. »Damit heben wir Schränke an. Ich glaube, das wird reichen.« Er betrachtete sie skeptisch. »Wenn du damit nicht zurechtkommst, meldest du dich wieder hier. Nicht dass du etwas abbrichst.«

»Keine Sorge, ich bin vorsichtig.«

Der Mann brummte etwas, das sie nicht verstand. Sein Nebenmann hielt ihr einen kleinen Tiegel hin.

»Dann nimm mal noch die Schmiere mit, damit du die Schrauben notfalls auch wieder herausbekommst.«

Hanna bedankte sich und trug alles in einem Eimer zum Speicher. Dort machte sie sich an die Arbeit. Es kostete sie ein wenig Mühe, das verrostete Gestell in die Höhe zu hieven, damit sie die Rollen abschrauben konnte, aber mit der Hebevorrichtung gelang es ihr recht gut.

Als die Mittagsglocke läutete, konnte sie auf immerhin vier reparierte Betten schauen, bei denen sich das Putzen lohnte. Das eine Bett, das als Ersatzteillager gedient hatte, würde zwar wegfallen, dafür sahen die anderen gut genug aus, um auf den Stationen verwendet zu werden.

Darüber hinaus hatte sie bereits ein weiteres »Ersatzteillager« ausgemacht, das sie sich am Nachmittag vornehmen wollte.

Ölverschmiert, aber lächelnd kehrte sie ins Haus zurück, um sich die Hände zu waschen.

Am Waschraum für das Personal traf sie auf den Doktor. »Hanna, Sie sehen ja wie ein Stellmacher aus!«, rief er und deutete auf die fleckige Schürze.

»Gewissermaßen bin ich das heute auch«, gab sie zurück. »Ich habe den Auftrag bekommen, die alten Betten im Speicher zu putzen, doch die meisten davon sind dermaßen kaputt, dass ich mir etwas einfallen lassen musste. Also habe ich beschlossen, eines der Betten als Ersatzteillager zu benutzen, um andere zu reparieren.«

Conradi blickte sie ungläubig an. »Aber dafür sind doch die Handwerker zuständig! Wer hat Ihnen denn so eine Aufgabe übertragen?« Bevor Hanna antworten konnte, huschte ein wissender Ausdruck über sein Gesicht.

Der Doktor stemmte die Hände in die Seiten. »Ich werde einige Männer in den Speicher schicken.«

»Nein, das ist nicht nötig«, wehrte Hanna ab. »Das Reparieren der Betten ist eine interessante Abwechslung. Und es bereitet mich auf das Röntgengerät vor.«

Conradi lachte auf. »Humor haben Sie immerhin. Na gut, aber ich werde Ihnen dennoch ein wenig Unterstützung zukommen lassen – ich kann es mir schließlich nicht leisten, dass sich meine Sprechstundenhilfe wieder verletzt.«

19. Kapitel

Nach dem Mittagessen wollte sie sich gerade wieder auf den Weg zum Speicher machen, als Luise zu ihr gelaufen kam.

»Schwester Hanna!«, rief sie aufgeregt. »Da ist jemand, der Sie sprechen möchte.«

Hanna folgte dem Mädchen. Eine Ahnung, wer sie sehen wollte, hatte sie nicht. Als sie aus der Tür trat, erschrak sie angesichts der schmalen Gestalt im grünen Wollmantel.

»Leni!«, rief Hanna aus. »Was machst du denn hier?«

Ihre Schwester stürzte sich in ihre Arme. Hanna spürte, dass sie am ganzen Leib zitterte.

Sorge überfiel sie. War etwas mit ihren Eltern? War Leni etwas geschehen? Und wie war sie hergekommen?

»Hanna, ich bin so froh, dich zu sehen.«

»Ich auch«, gab Hanna verwirrt zurück. »Aber was suchst du hier? Es ist Freitag, müsstest du nicht noch bis zum Abend arbeiten?«

»Die Oberin hat mir einen halben Tag freigegeben, ich habe behauptet, dass du krank bist.«

»Leni!«, tadelte Hanna die Jüngere empört. »Das kannst du doch nicht machen!«

»Mutter möchte, dass ich heirate!«, platzte es aus ihrer Schwester heraus.

»Was?« Hanna schaute sie erschrocken an. Sie erinnerte sich, dass ihre Schwester in ihrem Brief geschrieben hatte, ihre Eltern würden sich merkwürdig verhalten, doch auf die Idee, dass diese einen Mann für Leni suchten, war Hanna nicht gekommen.

»Es ist Georg Pauli«, unterbrach Leni ihre Gedanken. »Ein Absolvent der Missionsschule. Mutter meint, er wäre eine große Chance für mich. Aber ich will ihn nicht, und ich will auch nicht nach Afrika!« Sie brach in Tränen aus.

Hanna schloss sie in die Arme. Was konnte sie tun? Mit den Eltern reden? Plötzlich kam es ihr vor, als läge ein Stein auf ihrer Brust.

Als sie ihrer Schwester über die Schulter blickte, sah sie den Doktor über das Gelände eilen. Rasch löste sie sich von ihr, doch bevor sie Leni wegziehen konnte, hatte er sie auch schon bemerkt.

»Wer ist denn diese junge Dame?«, fragte er.

»Meine Schwester Leni. Ich hatte Ihnen von ihr erzählt.«

»Die angehende Hauswirtschafterin.«

»Ich möchte für Sie arbeiten!«, meldete sich Leni zu Wort.

Hanna warf ihr einen tadelnden Blick zu.

»Oh, das höre ich gern!«, gab der Doktor amüsiert zurück. »Aber sind Sie nicht in Friedensau in Ausbildung?«

»Ich bin beinahe fertig. Genau genommen Ende August.«

Dr. Conradi legte den Kopf schräg, dann sagte er: »Na, dann kommen Sie mal mit.«

Während sie dem Doktor zum Sprechzimmer folgten, fühlte sich Hanna, als würde sie über wankende Schiffsplanken schreiten. Was wollte der Arzt von ihnen? Er würde Leni wohl kaum eine Stelle anbieten. Oder doch?

Am Sprechzimmer angekommen, bat der Doktor zunächst Hanna zu sich. Sie drückte Leni auf eine der Bänke im Wartebereich, dann trat sie ein.

Dr. Conradi lehnte sich gegen die Schreibtischkante und verschränkte die Arme vor der Brust. »Wenn das keine Überraschung ist«, sagte er und musterte Hanna durchdringend.

»Sie können mir glauben, dass dieser Besuch für mich genauso unerwartet kommt wie für Sie«, erklärte Hanna mit fester Stimme.

»Meine Eltern haben vor, Leni mit einem angehenden Missionar zu verloben.«

»Ein Grund zur Freude, könnte man meinen.«

»Ja, aber in diesem Fall ist es so, dass sie den Mann nicht will. Und sie will auch nicht nach Afrika.«

Conradi zog die Augenbrauen hoch. »Ich hätte einiges darum gegeben, nach Afrika gehen zu können.«

Hanna schüttelte den Kopf. »Leni ist da ganz anders. Sehen Sie denn eine Möglichkeit, sie hier anzustellen?« Sie fragte sich, ob er sich an das Gespräch an einem ihrer ersten Tage im Waldfriede erinnerte.

»Warum nicht?«, antwortete Dr. Conradi. »Meine Frau könnte Unterstützung in der Küche gebrauchen. Allerdings weiß ich nicht, ob ich Ihre Eltern davon abhalten kann, sie zu verheiraten.«

»Möglicherweise reicht es schon, wenn Leni vorerst außer Reichweite ist.«

»Ist sie denn schon mündig?«

»Sie wird es im September kommenden Jahres.«

»Nun, ich denke, dann sollten Sie mit Ihren Eltern sprechen.«

Hanna ließ resigniert den Kopf sinken. »Sie werden nicht auf mich hören. Gleich nach Ende des Trauerjahres haben sie angefangen, einen Mann für mich zu suchen, aber ich habe ihnen erklärt, dass ich mich ganz meinem Beruf verschreiben will. Leni ist noch jung …«

»Und offenbar aus demselben Holz geschnitzt wie Sie.«

Hanna wurde rot. Der Doktor hatte recht.

Dr. Conradi schwieg einen Moment und blickte ins Leere. Fast schien es, als würden seine Gedanken abschweifen. Dann fasste er sich wieder.

»Ich nehme an, Ihre Schwester ist weggelaufen, ohne irgendwem Bescheid zu sagen.«

»Sie hat sich freigenommen bei der Oberin mit der Begründung, dass sie einen Krankenbesuch bei mir machen will«, gestand Hanna und strich sich mit der linken Hand über die Stirn. »Ich wäre Ihnen sehr verbunden, wenn Sie nichts darüber verlauten ließen.«

Conradi nickte. »Keine Sorge, von mir erfährt sie nichts. Aber das löst natürlich nicht das Problem mit Ihren Eltern.«

»Gibt es denn keine Möglichkeit, meine Schwester herzuberufen?«, fragte Hanna. »Wenn Leni in Friedensau bleibt, werden meine Eltern sie früher oder später überreden. Das hier mag ein Anflug von Rebellion sein, aber Leni ist ein liebes Mädchen.«

Conradi grübelte eine Weile.

»Wenn sie volljährig wäre oder das Einverständnis Ihrer Eltern hätte …«

»Ich könnte versuchen, es einzuholen …«, erwiderte Hanna zögernd. »Darf Leni denn wenigstens über den Sabbat bleiben? Ich kann sie doch unmöglich in der Nacht nach Hause schicken.«

Dr. Conradi nickte. »Natürlich. Die Zugfahrt ist schon bei Tag ein Abenteuer.« Er hielt kurz inne, dann sagte er: »Schicken Sie sie rein, ich würde mich gern mit ihr unterhalten.«

»Danke«, sagte Hanna und öffnete die Tür, um Leni hereinzubitten.

Als sie im Speicher auftauchte, begrüßten die Handwerker Hanna mit leichtem Spott. »Na, Schwesterchen, hat es nicht geklappt mit den Schrauben?«

»Oh doch, das hat es!«, gab sie energisch zurück und deutete auf die reparierten Gestelle. »Allerdings muss ich die Betten noch putzen, von daher wäre es sehr freundlich, wenn Sie mir zur Hand gehen würden.«

Sie erteilte den Männern knappe Anweisungen, schnappte sich den Eimer und holte Wasser von der kleinen Pumpe, die vor einigen Tagen installiert worden war.

Während die Handwerker damit begannen, die restlichen Betten zu reparieren, versuchte sie, den Schmutz von den Bettgestellen zu wischen. Mittlerweile hatten sie ein wenig Kernseife bekommen, mit der sich die Flecken nun wesentlich besser entfernen ließen.

Auch wenn sie sich konzentrierte, wanderten ihre Gedanken immer wieder zu ihrer Schwester. Was würde der Doktor mit ihr bereden?

Leni war noch immer in Anstellung und noch nicht mündig. Oberin Sickesz müsste überzeugt werden und …

Hanna graute es davor, ihren Eltern gegenüberzutreten und ihnen klarzumachen, dass eine Hochzeit zum jetzigen Zeitpunkt nicht angebracht wäre.

Nach einer Weile hörte sie einen der Handwerker rufen: »Schwesterchen, hier ist eine Doppelgängerin von dir!«

Leni stand vor dem Tor und knetete unsicher die Hände. Hanna legte den Lappen beiseite und ging zu ihr.

»Was hat der Doktor gesagt?«

»Er meinte, er würde es mit mir versuchen. Allerdings muss ich meine Ausbildung in Friedensau abschließen. Und ich brauche das Einverständnis unserer Eltern.«

Letzteres, so fürchtete Hanna, konnte ein echtes Problem werden.

»Das Einverständnis vorausgesetzt, könnte ich am ersten September anfangen.« Leni blickte Hanna flehend an. »Kannst du nicht mitkommen und mit ihnen reden?«

»Dazu müsste ich mir freinehmen«, überlegte Hanna, und bevor sie noch etwas hinzufügen konnte, fiel Leni ihr um den Hals. »Danke, du bist meine Lieblingsschwester!«

Die einzige, die du noch hast, dachte Hanna traurig. »Ich kann dir nicht versprechen, dass ich tatsächlich freibekomme.«

»Dr. Conradi wird es bestimmt erlauben. Du fragst ihn doch, oder?«

Hanna seufzte. »Ich frage ihn.«

Nachdem sie die Gelegenheit, mit Dr. Conradi zu sprechen, beim Freitagsgottesdienst verpasst hatte, nahm sich Hanna vor, am Samstag nach dem Frühstück zu fragen.

In der Dunkelheit blickte sie zum Bett ihrer Schwester.

Maria hatte es gar nicht gefallen, dass ein weiteres Bett in den Raum gestellt wurde. Aber die Verteilung der Personalzimmer stand noch aus, und überhaupt war es bei vielen Räumen offen, wie sie eigentlich genutzt werden sollten.

»Wir müssen mit dem Doktor sprechen, dass er uns endlich Zimmer zuteilt«, befand sie mit finsterem Blick. »So geht es nicht weiter.«

»Es ist doch nur für eine Nacht«, sagte Hanna bittend. Marias immer wieder aufflammenden Klagen strapazierten ihre Nerven. Allerdings musste sie ihr in einem Punkt zustimmen: Ein eigenes Zimmer wäre in der Tat um einiges besser. »Es tut mir leid, dass ich uns solche Umstände mache, aber meine Schwester kann sonst nirgendwohin. Und wir wollen doch nicht, dass sie an irgendwelche Ganoven gerät.«

Dagegen konnte Maria nichts einwenden.

Leni selbst war wie ein Geist. Still, wie es ihrer Art entsprach, verrichtete sie ihre Abendtoilette, wünschte allen eine gute Nacht und legte sich schweigend ins Bett.

Hanna überlegte, ob Leni sich am Morgen vielleicht ein wenig nützlich machen sollte. Sie selbst hatte wieder Tischdienst, und Frau Conradi wäre sicher erfreut über eine weitere helfende Hand.

Am nächsten Morgen erschienen sie beide in der Küche, sehr zur Verwunderung von Frau Conradi.

»Wer ist denn das?«, fragte sie.

»Meine Schwester Leni«, antwortete Hanna. »Ihr Mann hat gestern wegen einer Anstellung mit ihr gesprochen.« Das entsprach den Tatsachen, von der geplanten Hochzeit musste sie ja erst einmal nichts wissen.

»Davon hat er mir gar nichts erzählt«, gab die Arztgattin verwundert zurück. »Na gut, dann mach dich mal nützlich!«

Sie deutete auf die Schälchen, die mit Haferbrei gefüllt werden mussten. Leni griff beherzt nach der Kelle. Als Rosa die Küche betrat, staunte auch sie.

»Meine Schwester Leni«, stellte Hanna vor.

Leni nickte Rosa lächelnd zu. So arbeiteten sie eine Weile schweigend, bis sie plötzlich lautes Gebell vernahmen. »Die Ziegen!«, schrie Rosa erschrocken.

Hanna warf einen Blick aus dem Fenster und sah, dass die kleinen Geißen quer über den Hof jagten. Irgendwie mussten sie es geschafft haben, aus ihrem Gatter zu entwischen. Angestachelt von ihrer Flucht, jagte der Hund wild kläffend hinter ihnen her.

»Der wird sie beißen!« Bevor Hanna reagieren konnte, schoss ihre Schwester schon an ihr vorbei in Richtung Haustür.

»Leni, warte!« Hanna folgte ihr.

Sie sah, dass ihre Schwester die Haustür aufriss. Auch die Ziegen bemerkten die Bewegung und rannten schnurstracks auf sie zu. Eine von ihnen war allerdings nicht schnell genug. Der Hund schnappte nach ihrem Bein und riss sie zu Boden.

»Prinz, aus!«, schrie Hanna und lief zu den beiden. Der Hund ließ das meckernde Zicklein los. Rasch hob Hanna das zitternde Tier auf und trug es ins Haus.

Die anderen Ziegen waren die Stufen hinaufgesprungen und an Leni vorbei in den Flur geflüchtet. Leni stürmte ihnen hinterher, doch für so kleine Tiere legten sie eine erstaunliche Geschwindigkeit an den Tag. Sekunden später hatten Hanna und Leni sie aus den Augen verloren.

Ihrem Meckern entnahm Hanna, dass die Geißen der Hintertreppe zustrebten. »Sie dürfen nicht hochlaufen«, rief sie ihrer Schwester zu. »Wenn sie stolpern und abstürzen, brechen sie sich das Genick. Du musst sie fangen! Immer geradeaus und dann um die Ecke!«

Leni rannte los, dicht gefolgt von Hanna, die immer noch das verletzte Zicklein in den Armen hielt. Als sie die Ausreißer eingeholt hatten, warf sich Leni auf die Tiere, bekam aber nur eines zu fassen – direkt vor den Füßen von Dr. Conradi, der gerade aus seiner Wohnzimmertür kam.

»Was ist denn hier los?«, rief er erstaunt. Hanna fackelte nicht lange und drückte ihm die verletzte Ziege in die Arme.

»Die Ziegen sind ausgebüxt!«, stieß sie keuchend hervor und rannte los, um das zweite noch freilaufende Tier daran zu hindern, die Treppenstufen hinaufzuspringen, was ihr in letzter Sekunde gelang.

»Entschuldigen Sie bitte, Herr Doktor«, sagte Hanna, als sie völlig außer Atem zurückkehrte. »Die Ziegen sind irgendwie aus dem Gatter entwischt. Prinz hat eine erwischt.«

»Bäh!«, machte das Zicklein auf Hannas Arm wie zur Bestätigung.

Dr. Conradi nickte und blickte auf das zitternde Bündel auf seinem Arm. Die Beinchen waren blutverschmiert, aber sonst wirkte das Kleine gesund.

»Dann werde ich mal nach unserem Patienten schauen«, sagte er und verschwand mit der Ziege in Richtung Sprechzimmer.

»Komm, Leni«, sagte Hanna. »Sorgen wir dafür, dass die Übeltäter wieder hinter Schloss und Riegel sitzen.«

Später beim Frühstück redete der gesamte Saal über die entflohenen Ziegen und Hannas und Lenis Versuch, sie wieder einzufangen.

Hanna war das beinahe ein bisschen unangenehm, denn sie mochte es nicht, im Mittelpunkt zu stehen. Aufmerksamkeit hatte sie am Vortag schon genug bekommen, als Dr. Conradi ihre Ernennung zur Sprechstundenhilfe verkündet hatte.

Am Nachmittag gingen Hanna und Leni noch einmal hinaus zu dem Gatter. Carl Rohleder hatte mittlerweile die Schwachstelle gefunden und mit einem Stück Blech abgedichtet. Das verletzte Zicklein lag mit einem Verband am Bein im Gras, die anderen beiden sprangen schon wieder munter umher.

»Wie war es denn in letzter Zeit mit unseren Eltern?«, fragte Hanna, während sie gedankenverloren zu den Krokussen schauten, die hier und da zwischen dem Gras ihre Blütenköpfe zeigten.

»Abgesehen davon, dass sie sich in den Kopf gesetzt haben, mich zu verheiraten?«, fragte Leni zurück und seufzte. »Du weißt ja, wie sie sind.«

»Nehmen sie es mir immer noch übel, dass ich nach Berlin gegangen bin?«

»Du meinst, ob sie dich für unmoralisch halten?« Leni kicherte. »Auf jeden Fall!«

Hanna lächelte, aber wirklich zumute war ihr nicht danach.

Die Beziehung zu ihren Eltern war nach dem Tod ihrer älteren Schwester Ruth nicht mehr besonders gut gewesen. Indirekt hatte sie ihrer Mutter die Schuld an Ruths Tod gegeben, denn sie hatte darauf gedrängt, dass sie den Prediger heiratete. Bei der Geburt ihres ersten Kindes war es zu Komplikationen gekommen, mit denen die herbeigeeilte Hebamme nicht fertig wurde. Viel zu spät war ein Arzt hinzugezogen worden. Bei dem Versuch, das Kind per Kaiserschnitt auf die Welt zu holen, hatte Ruths Herz versagt.

Für Hanna, die damals gerade fünfzehn war, war die Nachricht, dass Ruth gestorben war, einem Weltuntergang gleichgekommen. Natürlich hatte sie versucht, sich mit Worten aus der Bibel zu trösten. Aber ihr Herz schmerzte dennoch, und bis heute hatte sie der Zorn über das, was geschehen war, nicht ganz verlassen.

Auch Leni hatte Ruths Tod getroffen, doch mit ihren damals zehn Jahren hatte sie ihn anders wahrgenommen als Hanna, die bis zu Ruths Hochzeit sehr eng mit ihrer vier Jahre älteren Schwester verbunden gewesen war.

Hanna sah sich in ihrer Meinung bestätigt, dass Ruth viel zu früh verheiratet worden war – an einen Mann, den sie nicht geliebt hatte. Doch im Gegensatz zu ihr begehrte Leni dagegen auf.

Liebevoll strich Hanna ihrer Schwester eine Haarsträhne aus dem Gesicht. Sie sollte nicht dasselbe Schicksal wie Ruth erleiden.

»Ich bin übrigens zu Dr. Conradis Sprechstundenhilfe ernannt worden«, erzählte sie.

»Wirklich?«, fragte Leni freudig. »Gratuliere!«

»Danke. Ich freue mich sehr darüber, auch wenn Schwester Maria es mich hat büßen lassen. Du hast den Speicher mit den alten Betten gesehen.«

»Ja, und du hattest eine Menge Männer bei dir.« Leni knuffte sie in die Seite. »Ist denn keiner für dich dabei?«

»Die sind alle zu alt«, verneinte Hanna, und beide lachten.

»Mag Schwester Maria dich nicht?«

»Ich weiß nicht, was mit ihr los ist«, sagte Hanna. »Ich habe sie einmal ausgestochen, als wir Lebensmittel besorgen sollten. Seitdem hat sie mich auf dem Kieker. Sie glaubt wahrscheinlich, ich hätte meinen Körper für eine Dose Ölsardinen verkauft.«

»Nun, wenn es um deinen Körper geht, solltest du dich nicht mit so einem schmalen Lohn abspeisen lassen.«

»Leni!«, rief Hanna empört, stimmte aber in das Gelächter ihrer Schwester mit ein.

Aus dem Augenwinkel sah Hanna, dass Dr. Conradi auf sie zukam, die Hände in den Taschen vergraben, den Kopf nachdenklich gesenkt.

»Was machen denn unsere kleinen Ausreißer?«, fragte er, als er die beiden Mädchen vor dem Gatter entdeckte, und blieb neben Hanna stehen, so dicht, dass ihr der Duft seines Rasierwassers in die Nase strömte. So nahe war er ihr bisher noch nie gekommen. Verwirrt machte sie einen kleinen Schritt zur Seite.

»Ich nehme an, es geht ihnen gut«, antwortete sie.

Eines der Zicklein sprang meckernd auf sie zu.

Conradi lachte. »Es scheint so. Da haben Sie beide wirklich geistesgegenwärtig reagiert. Prinz hätte nur ein bisschen höher zuschnappen müssen, dann wäre es um das Tierchen geschehen gewesen.«

Hanna blickte lächelnd zu Leni. »Meine Schwester war immer schon schnell. In der Schule hat sie mich regelmäßig beim Wettrennen überholt.« Sie überlegte kurz, dann war sie sicher, dass der Moment gekommen war, zu fragen.

»Herr Doktor, ich würde Leni gern begleiten, um mit meinen Eltern wegen der Anstellung zu sprechen. Dürfte ich Sie um einen freien Tag bitten?«

»Nachdem Sie unsere zukünftige Milchquelle gerettet haben? Sicher!«, gab Conradi zurück. »Ich hoffe, Sie können Ihre Eltern überzeugen. Jemanden, der so flink Ziegen einfangen kann, können wir hier gebrauchen. Besonders, weil ich plane, Hühner anzuschaffen, damit wir Eier haben.«

»Danke, Herr Doktor«, sagte Hanna und lächelte erleichtert.

»Keine Ursache«, erwiderte Conradi, dann machte er kehrt und ging in Richtung Wald.

Als er fort war, bemerkte Hanna den Blick ihrer Schwester.

»Was ist?«, fragte sie.

»Nichts«, behauptete Leni. Ein feines Lächeln lag auf ihrem Gesicht. »Es ist nur … der Doktor scheint dich zu mögen.«

»Er ist zu jeder von uns freundlich.«

»So?« Leni verkniff sich sichtlich ein Lachen. »Martin hat dich manchmal auch so angeschaut. Besonders in der ersten Zeit, als du noch nicht mitbekommen hast, dass er Gefühle für dich hat.«

»Du redest Unsinn!«, wiegelte Hanna ab, doch tief in ihrem Innern erwachte etwas, das sie beunruhigte. Fühlte sie sich geehrt? Freute sie sich? Auf jeden Fall war es verboten, mehr für den Doktor zu empfinden als Anerkennung und Respekt.

»Er ist ein verheirateter Mann«, erklärte sie daher mit Nachdruck. »Du weißt, dass bei uns die Ehe für immer geschlossen wird. Bis dass der Tod uns scheidet.«

Leni seufzte. »Siehst du? Deshalb ist es mir auch so wichtig, Georg Pauli nicht zu heiraten.«

20. Kapitel

Magdeburg, 11. April 1920

Der Sonntagmorgen erwachte mit dichtem Nebel, der auch den Zug nach Magdeburg begleitete.

»Du bist so still«, bemerkte Leni und griff nach Hannas Hand. »Machst du dir Sorgen wegen nachher?«

Hanna nickte. Sie überlegte schon die ganze Zeit, wie sie es angehen sollte. Respektlos gegenüber ihren Eltern wollte sie nicht sein, doch zu allem Ja und Amen sagen war nicht ihre Art. Sie war vierundzwanzig und mündig, kein kleines Kind mehr, das sich dem Willen der Eltern beugen musste.

Aber das war es nicht allein. Nach all den Monaten in Zehlendorf hatte sie ihre Gedanken und Ängste gut im Griff gehabt. Hin und wieder waren Erinnerungen in ihr aufgestiegen, doch nicht so stark wie in Friedensau.

Sie fürchtete, dass sich das ändern würde, wenn sie erst einmal die Schwelle zu ihrem Elternhaus überschritten hatte.

Ruths Geist würde sie wieder heimsuchen, genau wie Martins Tod. Ihre Eltern hatten ihn gemocht und sich große Hoffnungen auf ihn als Schwiegersohn gemacht. Martin war es sogar gelungen, das angespannte Verhältnis zwischen Hanna und ihren Eltern ein wenig zu bessern. Nach seinem Tod waren die Kälte und die Dunkelheit umso größer geworden.

In Magdeburg angekommen, machten sie sich auf den Weg zum Stadtrand, wo die Eltern ein kleines Häuschen besaßen. Der Glockenschlag des Doms begleitete sie eine Weile, vorbei an noch immer kahlen Hecken, die schon die ersten grünen Blätter ausbildeten, und aufblühenden Wiesen voller Krokusse und Schneeglöckchen.

Ihr Vater war Schuster, seine Werkstatt befand sich im Erdgeschoss des Hauses. Während die restliche Nachbarschaft Sonntagsruhe hielt, wurde in der Werkstatt gehämmert. Noch immer hatte ihr Vater viel mit Reparaturen zu tun, weil sich kaum jemand neue Schuhe leisten konnte.

Als Hanna die Haustür öffnete und die Ladenglocke bimmelte, verstummte das Hämmern. Der altbekannte Geruch von gekochten Kartoffeln und Schuhcreme strömte Hanna in die Nase. Ihr Blick schweifte über das volle Auftragsregal, dann kam ihr Vater auch schon hinter dem Vorhang hervor, der den Laden von der eigentlichen Werkstatt trennte.

»Hanna, Leni«, sagte Friedrich Richter verwundert. »Was für eine Überraschung! Müsst ihr nicht arbeiten?«

»Hallo, Vater«, grüßte Hanna. »Wir haben freibekommen. Und wir sind aus einem ganz bestimmten Grund hier.« Sie blickte zu Leni, die blass um die Nase geworden war. »Wir möchten uns mit Mutter und dir unterhalten.«

Kaum hatte sie die Worte ausgesprochen, kam Charlotte Richter schon aus der Küche.

»Kinder, was macht ihr denn hier?«

»Sie wollen mit uns reden«, erklärte Friedrich und wischte sich die Hände an einem Lappen ab. Hanna bemerkte, wie seine Gesichtszüge hart wurden. Ob er einen Verdacht hatte?

»Na dann kommt mal in die Küche. Ich habe das Mittagessen fast fertig.«

Sie folgten ihrer Mutter in den hinteren Teil des Hauses. Das Schlaf- und das Wohnzimmer befanden sich in der oberen Etage, die Küche direkt neben der Werkstatt. So hatte es der Vater in der Mittagspause nicht weit.

Im Gegensatz zum Mittagsmahl, das am Sabbat aufgetischt wurde, fiel das Sonntagsmahl recht einfach aus. Wie in vielen adventistischen Familien gab es hier vegetarische Kost: Kartoffeln, Mehlschwitze, Gemüse, wenn es welches gab, oder Bratlinge aus Linsen oder Bohnenmehl.

»Setzt euch«, sagte die Mutter und holte zwei weitere Teller aus dem Schrank. »Hätte ich gewusst, dass ihr kommt, hätte ich etwas mehr gekocht«, fügte sie in entschuldigendem Ton hinzu.

»Mach dir nicht so große Mühe, Mama, Leni wird nachher nach Friedensau zurückkehren und ich nach Zehlendorf. Wir wollen nur etwas besprechen.«

Besorgt stellte die Mutter die Teller ab und nahm Platz. Wenig später gesellte sich der Vater zu ihnen.

Hanna versuchte, ihre Nervosität zu unterdrücken. Die Worte, die sie sich zurechtgelegt hatte, klangen gut, nur kannte sie ihre Eltern und wusste, wie sie schlimmstenfalls reagieren würden. Sie blickte kurz zu Leni, dann begann sie: »Wie ihr wisst, bin ich jetzt seit einigen Monaten im Krankenhaus Waldfriede in Zehlendorf.«

»Das wissen wir«, gab die Mutter kühl zurück.

»Nun ist es so, dass wir in der Anstalt fähige Köchinnen benötigen. Ich habe Dr. Conradi vorgeschlagen, Leni dort einzustellen, nachdem sie ihre Ausbildung abgeschlossen hat.«

Dass Leni sie angebettelt hatte, sie vor der unliebsamen Ehe zu bewahren, erwähnte sie nicht.

Die Miene des Vaters verfinsterte sich augenblicklich, die Mutter presste die Lippen zusammen.

»Hat sie dir nichts erzählt?«, fragte der Vater schließlich.

»Was denn?«, fragte Hanna unschuldig, obwohl sie genau wusste, was er meinte.

»Georg Pauli hat um ihre Hand angehalten. Er ist Missionar und möchte sich verheiraten, bevor er nach Afrika aufbricht.«

Leni senkte den Kopf.

»Tatsächlich?«, entgegnete Hanna mit gespielter Überraschung zurück. »Haltet ihr es denn für gut, dass sie so weit weg geht? Nach Afrika?«

»Es ist eine große Ehre«, sagte ihre Mutter, den Blick auf Leni gerichtet.

»Nun, das ist das Angebot von Dr. Conradi auch«, entgegnete Hanna. »Außerdem sollte Leni zumindest volljährig sein, bevor sie einen Mann heiratet, der sie einmal quer durch die Welt schleppt.«

»Willst du damit etwa sagen, dass sie das Angebot ausschlagen soll?«, fragte der Vater unwirsch.

Hanna zwang sich zur Ruhe. »Ich will, dass sie glücklich wird. Und wie soll das gehen, wenn sie einen Mann heiratet, den sie kaum kennt? Herrn Pauli in allen Ehren, aber er ist acht Jahre älter als sie. Sollte ihm auf der langen Reise etwas zustoßen, würde Leni nicht einmal die Geschäfte für ihn übernehmen können, weil sie noch unmündig ist.«

Bei ihren Worten wurde Friedrich Richter zuerst blass, dann lief sein Gesicht puterrot an.

»Du wagst es, unsere Entscheidung infrage zu stellen?« Sein Blick schweifte von Hanna zu seiner jüngeren Tochter. »Und was sagst du dazu?«

Leni blickte auf. Ihre Augen sprühten förmlich Funken, als sie rief: »Ich will Georg Pauli nicht heiraten! Ich liebe ihn nicht!«

»Liebe!«, platzte es aus ihrem Vater heraus. »In der Ehe geht es nicht um Liebe.«

»Dann liebst du Mutter also nicht?«, fragte Hanna aufmüpfig. Sie spürte den Streit heraufziehen, aber nicht vor jedem Gewitter konnte man sich verstecken.

»Hanna!«, fuhr ihre Mutter sie an. »Was sagst du da? Bist du von Sinnen?«

»Nein, ich bin nicht von Sinnen, denn ich bin nicht diejenige, die vorhat, Leni nach Afrika zu verschiffen, nur weil ein Missionar nicht ohne Frau gehen will!«

Ihre Stimme klang lauter, als sie beabsichtigt hatte. Sie wusste, dass ihr Vater keine Respektlosigkeit duldete. Doch wie sollte sie das Unheil abwenden, wenn sie folgsam blieb?

»Du erhebst die Stimme gegen deinen Vater!«, brüllte Friedrich Richter und sprang auf. »Ist es das, was wir dich gelehrt haben? Oder was man euch in Zehlendorf beibringt?«

Auch Hanna sprang auf. Als Kind waren des Öfteren Vorwürfe auf sie herabgeregnet, aber das war längst vorbei.

»Ihr habt mich gelehrt, für mich einzustehen und meiner Bestimmung zu folgen«, gab sie so ruhig zurück, wie ihre Beherrschung es zuließ.

»Deine Bestimmung wäre es gewesen, Martin zu heiraten«, meldete sich ihre Mutter zu Wort, während ihr Vater sie drohend anstarrte.

»Martin ist im Krieg gefallen!« Hanna spürte einen Druck auf ihrer Brust. »Es war nicht meine Entscheidung, ihn nicht zu heiraten. Ich habe ihn geliebt!«

Sie spürte Lenis Hand an ihrem Arm. Tränen stiegen in ihr auf, aber hier ging es nicht um sie. Hier ging es um ihre Schwester.

»Ihr verhaltet euch wie damals bei Ruth«, fügte sie daher leise hinzu. »Sie habt ihr auch in die Ehe gezwungen. Mit neunzehn!«

»Sie hat sich frei entschieden!«, beharrte ihre Mutter, doch Hanna schüttelte den Kopf.

»Nein, ihr habt auf sie eingeredet. Und weil sie euch eine Freude machen wollte, ist sie mit diesem Prediger gegangen. Und seht, was geschehen ist!«

»Es war Gottes Wille!«

Hanna schüttelte den Kopf. »Sie hätte nicht heiraten dürfen. Und schon gar nicht in dieses entlegene Nest gehen, wo es nirgendwo einen Arzt gab!« Sie atmete tief durch. Sie hatte versucht, sich gegen den Schmerz zu wappnen, aber nichts konnte ihn verhindern. »Wollt ihr Leni auch wegen einer Geburt verlieren? Dazu noch in Afrika, wo es kaum Ärzte gibt und so viele andere Krankheiten lauern?«

»Es ist Gottes Gesetz, dass sich ein Mann eine Frau wählt.« Ihr Vater ließ sich schwer auf seinen Stuhl fallen.

»Ich bin sicher, dass Georg Pauli eine andere Frau finden wird.« Hanna machte eine Pause und fügte dann hinzu: »Wir werden am

Waldfriede Gottes Werk am Menschen tun. Das war es, was mich dazu bewogen hat, den Beruf einer Krankenschwester zu erlernen. Lasst Leni zu uns kommen! Später kann sie immer noch einen Mann wählen. Einen Mann, den sie liebt.«

»Bitte«, meldete sich Leni zu Wort. »Bitte, lasst mich zu Hanna gehen!«

Ihre Eltern sahen sich an. Beide wirkten auf einmal erschöpft. Draußen hob ein Vogel mit seinem Gesang an. Die Glocke des Magdeburger Doms schlug eins.

»Mama«, sagte Hanna, um einen versöhnlichen Tonfall bemüht, während sie sich ebenfalls wieder setzte. »Leni würde es gut bei uns haben. Und wer weiß – vielleicht findet sie dort einen Mann, der ihr gefällt. Ich werde auf sie achtgeben.«

Enttäuschung stand in den Augen der Mutter. Der Vater wirkte immer noch wütend. Die zwei waren es nicht gewohnt, dass sich ihre Kinder gegen sie auflehnten. Aber Hanna war überzeugt, das Richtige zu tun.

»Geht hinaus, beide«, sagte ihre Mutter müde. »Ich muss mich mit eurem Vater besprechen.«

Hanna nickte. Die Schwestern standen auf und verließen die Küche. Da sie gleich mit der Tür ins Haus gefallen waren, trugen sie sogar noch ihre Mäntel. Sie traten hinaus in den Garten, wo die Weidenkätzchen an den Bäumen sprossen und Osterglocken ihre Köpfe gen Himmel reckten.

»Was meinst du, werden sie mich gehen lassen?«

Hanna zuckte mit den Schultern. »Wenn nicht, kommst du zu uns, sobald du volljährig bist.«

»Aber wenn sie mich weiterhin verheiraten wollen?«

»Ehen werden nicht unter Zwang geschlossen, sondern aus freien Stücken und aus Liebe. Das wissen sie.« Hanna sah Leni prüfend an. »Du hast ihnen vorher nicht gesagt, dass du ihn nicht willst, oder?«

»Nein … Es ging alles so schnell. Sie haben ihn eingeladen, wir haben gemeinsam zu Mittag gegessen, und einige Tage später hat er bei Vater um meine Hand angehalten. Ohne mich zu fragen! Als wäre ich eine

Ware, die er auf dem Markt erwerben kann. Anschließend bin ich gleich zu dir gefahren.«

Hanna legte den Arm um Leni. »Vielleicht hättest du erst mit Mutter und Vater sprechen sollen. Jetzt habe ich böses Blut hervorgerufen und werde mich zu Hause wahrscheinlich nicht mehr blicken lassen können.«

»Das stimmt nicht«, widersprach Leni. »Dieses Haus wird immer dein Zuhause sein.«

Ein trauriges Lächeln huschte über Hannas Gesicht. Ein Zuhause voller Erinnerungen und Erwartungen, ging es ihr durch den Kopf, doch sie sagte nichts.

Nach einer Weile öffnete sich die Tür, und die Mutter bat sie wieder hinein. Der Vater hatte noch immer einen roten Kopf, anscheinend hatten die beiden heftig gestritten.

»Leni, du kannst zu Hanna gehen, allerdings erst, wenn du deine Ausbildung beendet hast«, sagte der Vater und blickte seine jüngere Tochter an. Dann wandte er sich an Hanna: »Die Worte, die du uns heute entgegengeschleudert hast, seien dir verziehen. Ich weiß, dass du dir Sorgen um deine Schwester machst und dass du von Liebe zu ihr getrieben wirst. Dennoch lasse ich mir nicht unterstellen, nicht ausschließlich das Beste für euch zu wollen.«

»Das tue ich nicht«, widersprach Hanna. »Ich habe nur gesagt, es wäre ein Fehler …«

Der Vater hob die Hand und brachte sie zum Schweigen.

»Herr Pauli wird nicht begeistert sein, wenn ich ihm mitteile, dass Leni das Angebot ausgeschlagen hat. Ich selbst hatte Bedenkzeit ausgebeten und gehofft, sie würde ihn heiraten, aber dazu scheint sie nicht gewillt zu sein.«

»Danke, Papa!«, rief Leni erleichtert aus.

»Dennoch sähen wir es gern, dass ihr euch irgendwann verlobt. Alle beide.«

Hanna öffnete den Mund, beschloss dann aber, dass es besser war, zu schweigen. Einen Mann wie Martin würde sie nicht wieder bekommen. Und was ihre Sympathie für Dr. Conradi anging, so wusste sie nur zu gut, dass er unerreichbar für sie war.

»Wenn die Zeit gekommen ist, werden wir einen Gatten wählen«, sagte Hanna. »Und sollte es nicht Gottes Wille sein, so verbleiben wir im Dienste der Menschen, so, wie es viele Krankenschwestern tun.«

Erschöpft vom vielen Reden und dem Widerstand gegen den Willen der Eltern verließen die Schwestern das Haus. Inzwischen war es Nachmittag, und der Himmel hatte etwas aufgeklart.

Schweigend kehrten Hanna und Leni zum Bahnhof zurück.

Mit dem Ergebnis konnten sie eigentlich zufrieden sein, aber Hanna fürchtete, dass das letzte Wort noch nicht gesprochen war. Mochten die Eltern auch erlauben, dass Leni zu ihr nach Zehlendorf kam, die Hoffnung auf eine Hochzeit hatten sie nicht aufgegeben. Aber vorerst hatten sie Zeit gewonnen.

Der Bahnhof war recht voll, viele Leute, die auswärts arbeiteten, ver ließen Magdeburg schon am Nachmittag. Leni begleitete Hanna zum Gleis in Richtung Berlin. Sie selbst würde in den Zug steigen, der sie nach Möckern brachte, von wo aus sie nur noch ein paar Minuten Fußweg bis Friedensau hatte.

Hanna barg Lenis Gesicht in ihren Händen. »Du hältst noch durch bis September, ja?«

Sie nickte.

»Und lass dich nicht zu etwas überreden, was du nicht willst. Es ist deine Entscheidung und nicht die unserer Eltern, hörst du?«

»Meinst du, sie werden wieder mit Heirat ankommen?«

»Das kann gut sein. Zwar konnte ich sie davon überzeugen, dass Zehlendorf kein schlechter Ort ist, aber wer weiß, ob sie ihre Meinung nicht doch noch ändern.« Sie machte eine kurze Pause, dann fügte sie hinzu: »Lass dich für Dienste am Wochenende einteilen und bleib unseren Eltern wenn möglich fern. Am Gottesdienst kannst du auch in Friedensau teilnehmen.«

Das Pfeifen der herannahenden Lokomotive verkündete ihren nahenden Abschied. »Mach es gut, Leni! Wir sehen uns im Sommer.«

»Und vorher schreiben wir uns!«

»Natürlich!« Hanna gab ihrer Schwester einen Kuss auf die Stirn und umarmte sie, bis sie vom Dampf des haltenden Zuges eingehüllt wurden. Dann löste sie sich von Leni und stieg in den Waggon.

21. Kapitel

Zehlendorf, 15. April 1920

Obwohl sie am Vortag erst gegen ein Uhr nachts ins Bett gekommen war, stand Hanna kurz nach Sonnenaufgang auf. Schlafen konnte sie ohnehin nicht mehr vor lauter Aufregung.

Heute wurde das Krankenhaus Waldfriede endlich eröffnet! Bei der offiziellen Einweihungsfeier würden auch Vertreter ihrer Gemeinschaft aus Skodsborg und Amerika zugegen sein.

In der Nacht zuvor waren sie alle mit der Generalreinigung beschäftigt gewesen. Sogar die Handwerker hatten tatkräftig mitgeholfen. Um besser voranzukommen, hatten sie gesungen, und es hatte sich beinahe wie eine kleine Feier angefühlt.

Hanna trat an die Waschschüssel und goss sich aus einer Kanne Wasser ein. Sie genoss es, ihr eigenes Zimmer zu haben. Um als Sprechstundenhilfe stets greifbar zu sein, war sie vor drei Tagen ins Erdgeschoss gezogen, nicht weit von der Unterkunft der Conradis entfernt.

Soweit sie wusste, wurden die leitenden Schwestern ebenfalls allein untergebracht, doch nicht unten, wo sie jederzeit in den Garten hätten hinauslaufen können.

Sie wusste, dass sie damit weiteren Neid auf sich zog, aber sie dachte nicht im Traum daran, auf dieses Privileg zu verzichten.

Als Hanna ihre Morgentoilette beendet hatte, ging sie zu dem Stuhl, auf dem ihre Festtagsuniform bereitlag. Das dunkelblaue Kleid war sorgfältig gebügelt, die weiße Schürze ebenso gestärkt wie das Häubchen.

Hanna warf sich das Kleid über und strich es glatt. Wie lange hatte sie es nicht mehr getragen! Mittlerweile war es ihr beinahe etwas zu groß geworden. Sie litten zwar keinen Hunger, aber die Mahlzeiten blieben eintönig. Oft gab es nichts als Graupen, dann wieder tagelang Kartoffeln.

Nun allerdings zeigte sich im Garten allmählich das erste Grün und versprach, dass wieder mehr Abwechslung auf den Tisch kommen würde.

Doch heute würde nicht gespart werden! Für die Gäste boten sie alles auf, was ihre karge Speisekammer zu bieten hatte. Und das Schönste war, dass auch sie selbst in diesen Genuss kommen würden.

Der Speisesaal war um diese Uhrzeit noch verlassen, was gut war, denn so konnte sie sich schon mal an die Arbeit machen. Die Tische waren bereits aufgestellt worden. In der Mitte befand sich die große Tafel für Dr. Conradi und seine Ehrengäste, ringsherum standen die Tische für die Angestellten.

Draußen sangen die Vögel im Morgenlicht. Hanna ging zu einem der Fenster und öffnete es.

In den vergangenen Tagen hatte es in den Bäumen ringsherum nur so gezwitschert, gesungen und geraschelt. Die Vögel gingen auf Brautschau, und durch den hellen Sonnenschein wirkte das Leben wesentlich leichter als zuvor in den dunklen Monaten.

Das Einzige, was Hanna ein wenig vermisste, war die Magnolie, die sie in Friedensau von ihrem Zimmerfenster aus hatte sehen können. Dafür standen die Kirschbäume in der Nähe in voller Blüte.

Dr. Conradi hatte angeordnet, die Tische jeweils mit einer kleinen Blumenvase zu schmücken. In den vergangenen Tagen hatten sie versucht, von überallher Vasen aufzutreiben, was nicht ganz einfach gewesen war. Aber nun standen sie aufgereiht auf den Tischen, die für das Buffet gedacht waren.

»Oh, du bist ja schon da!«, sagte Rosa, als sie den Raum betrat und sich dabei die Schürze hinter dem Rücken zusammenband. »Konntest du vor Aufregung auch nicht schlafen?«

Hanna schüttelte lächelnd den Kopf.

»Es ist unglaublich, dass es heute so weit ist, nicht?«, fuhr Rosa fort. »Kaum zu glauben, wie die Zeit vergeht.« Sie wischte sich mit dem Handrücken über die Augen, in denen plötzlich Tränen standen.

Hanna betrachtete sie. Rosa hatte sich sehr gut eingefügt, und auch wenn ihre Art anders war als die von Else, verstanden sie sich gut. Nur manchmal wusste sie ihre Regungen nicht so recht zu deuten. Was hatte sie plötzlich?

»Was hältst du davon, wenn wir draußen schon mal ein paar Zweige schneiden?«, fragte Hanna.

Rosa nickte.

Gemeinsam verließen sie das Haus durch die Hintertür. Im Werksschuppen fanden sie eine Rosenschere, die sich zum Schneiden dünner Äste eignete. Anschließend gingen sie zu den Kirschbäumen, deren weiße und rosa Blüten hell im Morgenlicht leuchteten. Ein süßer Duft lag in der Luft, Tautropfen glitzerten in der Morgensonne.

Sie schnitten ein paar schöne Äste und legten sie ins feuchte Gras, damit die Blüten nicht gleich schlaff wurden.

»Vorhin«, begann Hanna, ohne recht zu wissen, wie sie es anfangen sollte. »Woran hast du da gedacht?« Sie blickte Rosa an. »Es sah aus, als würde dich etwas sehr mitnehmen.«

Rosa senkte den Blick. »Es ist nur … Ich staune jeden Tag darüber, wie freundlich hier alle zu mir sind.«

»Wir begreifen uns als Familie«, erwiderte Hanna und dachte an ihre Eltern zurück. Auch in Familien waren sich manchmal nicht alle wohlgesinnt. Aber man fand einen Weg, um miteinander auszukommen.

Rosa wischte sich eine Träne von der Wange. Sie blickte einen Moment lang zu den Kirschbäumen auf, dann sagte sie leise: »Ich bin ein Waisenkind. Meine Eltern habe ich nie richtig kennengelernt. Meine Mutter starb bei meiner Geburt, und mein Vater folgte ihr nur wenig später. Er war Knecht bei einem Bauern in Pommern. Meine Großmutter nahm mich auf, da war ich vier, doch auch sie starb. Es schien, als würde ich immer alles verlieren, was ich liebe. Man brachte mich in ein Waisenheim, und dort blieb ich, bis ich vierzehn war. Eines Tages tauchten Missionarinnen bei uns auf. Sie fragten mich, ob ich Lust hätte, bei einer adventistischen Familie als Haushaltshilfe zu arbeiten. Da ich das Heim ohnehin bald verlassen musste, ging ich mit ihnen.«

Sie hielt inne. Es fiel ihr sichtlich schwer, weiterzusprechen.

Hanna legte ihr die Hand auf den Arm. »Du musst mir nicht alles erzählen, wenn du nicht willst.«

»Doch, das will ich«, sagte Rosa. »Die Leute, bei denen ich arbeitete, waren sehr freundlich. Aber dann starb auch dort der Ehemann, und die Frau konnte mich nicht mehr bezahlen. Sie erzählte mir, dass es in Berlin ein Krankenhaus gäbe, in dem Hausmädchen gesucht werden. Sie hat sogar ein Empfehlungsschreiben an den Doktor geschickt.«

»Das war sehr freundlich von ihr.« Hanna spürte ein dumpfes Ziehen in der Brust. Niemanden zu haben, an den man sich mit Freude oder Leid wenden konnte, musste furchtbar sein. »Und hier hast du eine Familie gefunden. Ich kann nicht versprechen, dass immer eitel Sonnenschein herrschen wird, aber im Waldfriede wird für dich gesorgt sein.«

Als sie mit den Zweigen ins Haus zurückkehrten, hatten die anderen Schwestern und Hausmädchen die Tischtücher bereits aufgelegt.

Frau Conradi war bei ihnen.

»Wir haben uns schon gefragt, wo ihr bleibt«, sagte sie anstelle einer Begrüßung.

»Taufrisch sind die Zweige am besten«, gab Hanna zurück, ohne auf den Vorwurf einzugehen.

Frau Conradi betrachtete die Ausbeute. »Ihr habt hoffentlich noch genug drangelassen. Ich brauche die Kirschen zum Einwecken.«

»Wir haben von jedem Baum nur ein paar kleine Zweige genommen, das fällt kaum auf«, beruhigte Hanna sie.

»Gut, dann verteilt sie auf die Vasen.«

Hanna nickte und wandte sich den Gefäßen zu, die auf einem der Tische aufgereiht waren.

Seit ihrer Ernennung zur Sprechstundenhilfe war Frau Conradi nicht unbedingt freundlicher zu ihr geworden, doch Hanna versuchte, sich nichts daraus zu machen, wenn sie mal schroff zu ihr war.

»Nun, wir hätten die Zweige wohl kaum wieder ankleben können, wenn es zu viele geworden wären, oder?«, hörte sie Rosa wispern.

Hanna unterdrückte ein Prusten und zog das Hausmädchen mit sich.

***

Nachdem Louis den Krawattenknoten gebunden hatte, betrachtete er sich eingehend im Spiegel.

Die vergangenen Monate hatten seiner Erscheinung zugesetzt. Er war magerer geworden, seine Haut wirkte fahler als sonst, aber nach der Rasur konnte er sich einigermaßen sehen lassen. Besonders in dem Anzug. Zuletzt hatte er ihn auf seiner Hochzeit getragen. Wenn ihre kargen Vorräte einen Vorteil mit sich brachten, dann den, dass er immer noch hineinpasste.

Zufrieden strich er über den Stoff und legte seine Manschettenknöpfe an. Golden schimmerten sie im Sonnenlicht. Sah ihre Zukunft genauso aus?

Er war froh, die erste Etappe geschafft zu haben. Doch mit der Eröffnung des Hauses fing die Arbeit erst an. Dass sie ohne einen Operationssaal eröffnen mussten, war ein kleiner Wermutstropfen, aber immerhin hatten sie die Erlaubnis erhalten, innere Kranke zu behandeln und Schwangere zu entbinden.

Damit war er bei diesem Wiedemann natürlich noch nicht vom Haken. Die Abschlussbilanz des Jahres 1921 würde zeigen, ob sie die Bedrohung abschütteln konnten oder nicht.

Aber daran wollte er jetzt nicht denken. Felix Dressler, der neue Architekt, war sich inzwischen sicher, dass der Operationssaal im Juni fertiggestellt werden würde. Obwohl zwei Monate eine lange Zeit waren, war die Zeitspanne dennoch kürzer ausgefallen als befürchtet.

»Du solltest dich fertig machen«, ermahnte er seine Frau, die gerade zur Tür hereinkam, das Gesicht gerötet und noch immer in Kittelschürze.

»Das hatte ich gerade vor«, antwortete sie geschäftig und streifte eilig ihre Arbeitskleidung ab. »Einer muss ja nachschauen, ob die Mädchen alles richtig machen.«

»Ich bin sicher, das werden sie.«

»Aber es ist das erste Mal, dass wir Gäste haben«, wandte sie ein. »Bei einem Anlass wie diesem sollte besser alles perfekt sein.«

Schon einige Tage zuvor waren die ersten Besucher eingetroffen. Mr Daniels, der Vorsteher der Weltarbeitsgemeinschaft der Adventisten aus Amerika, und seine Ehefrau waren ebenso zugegen wie zahlreiche Abgeordnete der Europäischen Glaubensdivisionen.

Außerdem waren Ärzte und Schwestern aus Skodsborg eingeladen, teilweise alte Bekannte seit Jahren, sowie Vertreter der Zehlendorfer Behörden samt ihrer Gattinnen. Der Baurat war ebenso darunter wie auch der Polizist, der ihnen in der ersten Zeit Schwierigkeiten bereitet hatte. Einer der wenigen, die die Einladung nicht angenommen hatten, war Wiedemann. Auch seine Inspektoren und der Bürgermeister würden durch Abwesenheit glänzen. Aber das war Louis ganz recht so.

Sollte sich ein Vertreter der Tageszeitung zeigen und über den Anlass berichten, würden sie alle davon erfahren.

»Du machst dir zu viele Sorgen. Unsere Schwestern wissen, worum es geht, immerhin sind sie ja von Anfang an dabei.«

Louis sah, dass seine Frau ein blaues Kleid mit Spitzenborte herausgelegt hatte, eines der feinsten, das sie besaß. Mittlerweile wirkte es ein wenig altmodisch, aber in den vergangenen Jahren hatten sie nicht viel Geld für neue Garderobe übrig gehabt. Zu ihren blonden Haaren würde es dennoch wunderbar aussehen. Und es passte zu seiner Krawatte, wodurch sie eine gewisse Einigkeit demonstrierten.

Auch an Catherine hatten die zurückliegenden Monate gezehrt. Sie war mittlerweile wieder so schlank wie vor der mittlerweile zwei Jahre zurückliegenden Schwangerschaft.

Ein Funke der Begierde flammte in Louis auf.

Auch wenn ihre Ehe arrangiert gewesen war, hatten Catherine und er die körperlichen Freuden genossen. Die Zeugung von Nachwuchs war natürlich das vornehmliche Ziel gewesen, doch er konnte nicht behaupten, dass es ihm kein Vergnügen bereitet hatte.

War es möglich, dass sie an diesen Punkt zurückkehren konnten, wenn es hier wieder ruhiger war?

Als Catherine seinen Blick bemerkte, errötete sie wie damals, als sie ihm das erste Mal nackt gegenübergestanden hatte.

Doch jetzt war nicht der passende Augenblick, das wurde Louis klar, als er die Dringlichkeit in ihren Augen sah. Viel Arbeit lag vor ihnen, sie konnten nicht einfach wieder im Bett verschwinden.

Als Catherine in ihr Kleid geschlüpft war, schloss er unaufgefordert den kleinen Reißverschluss an ihrem Kragen und gab ihr einen Kuss auf den Nacken.

»Du siehst sehr hübsch aus«, sagte er und schaute über ihre Schulter in den Spiegel.

Catherine sah ihn erstaunt an, die Wangen immer noch gerötet. »Danke.«

Louis schmiegte sein Gesicht in ihr Haar, dem der leichte Duft von Birkenwasser entströmte. »Wenn das Krankenhaus erst einmal läuft, lassen wir eine Schneiderin kommen, und du stellst dir eine neue Garderobe zusammen. Immerhin bist du jetzt die Frau eines Chefarztes.«

»Du weißt, dass ich nicht viel brauche«, wehrte sie bescheiden ab. Doch ihrem Blick konnte er entnehmen, dass sie sich nach kleinen Annehmlichkeiten sehnte. Und auch danach, schön zu sein. Für ihn.

Er gab ihr einen Kuss ins Haar, dann löste er sich von ihr.

22. Kapitel

Innerhalb einer Stunde füllte sich das Gelände des Waldfriede mit Menschen. Automobile und Droschken fuhren vor, sodass es auf der Alsenstraße ein kurzzeitiges Gedränge gab. So viele elegant gekleidete Leute hatte Hanna noch nie auf einmal gesehen.

Die Feier begann mit einem Gottesdienst im Speisesaal, anschließend hielt Dr. Conradi seine Eröffnungsrede. Alle verstummten erwartungsvoll.

In seinem dunklen Anzug mit blauer Krawatte war er kaum wiederzuerkennen. In den zurückliegenden Wochen hatte Hanna ihn nur in abgewetzten Jacketts und ausgebeulten Hosen gesehen.

Die jetzige Verwandlung brachte sie dazu, ihn etwas länger als angebracht zu mustern. Als ihr das klar wurde, richtete sie rasch ihren Blick auf das Notenblatt in ihrer Hand.

Angesichts der Feierlichkeiten hatten sich die Schwestern zu einem Chor zusammengefunden. Zu ihrer Unterstützung war ein Bruder aus Friedensau angereist, der recht passabel Klavier spielen konnte. Das Instrument zu stimmen hatte eine ganze Weile gedauert, doch jetzt gab es durchaus angenehme Töne von sich.

Hanna fing kurz Dr. Conradis Blick auf, als sie neben den anderen Frauen Aufstellung nahm und zu singen begann.

»Herr, hast du ein Werk für mich, will ich's tun gar freudiglich …«

Als sie geendet hatten, bemerkte sie, dass sein Blick immer noch auf ihr lag. Ihre Wangen begannen zu glühen, und sie wandte sich schnell ab, ehe Maria es bemerkte und sich in ihrer abschätzigen Meinung über sie bestätigt sah.

Nach Ende des offiziellen Teils und des anschließenden Mittagsmahls verstreuten sich die Gäste über das Gelände. Während die Hausmädchen den Abwasch erledigten und den Nachmittagskaffee vorbereiteten, mischten sich die Schwestern unter die Gäste.

Nachdem sie kurz mit einer dänischen Schwester gesprochen hatte, bemerkte Hanna, dass der Blick eines älteren, spitzbärtigen Mannes auf ihr lag.

Sein Name war jedem hier ein Begriff: Richard Conradi war der Begründer der adventistischen Gemeinden in Deutschland und der Vater des Doktors.

Sie hatte ihn schon einige Male persönlich in Friedensau erlebt und konnte bestätigen, was viele von ihm sagten. Er besaß Charisma, konnte aber zugleich furchterregend wirken.

Zu den Kindern war er allerdings wie ein freundlicher Großvater. Immer hatte er Bonbons in der Tasche, die er an sie verteilte. Das tat er auch, wenn diese Bonbons zu einem Klumpen zusammengeschmolzen waren und keinen sonderlich appetitlichen Eindruck mehr machten.

Hanna setzte sich in Bewegung.

»Guten Tag, Herr Conradi«, sagte sie und reichte dem Mann die Hand. »Ich bin Hanna Richter.«

»Ah, Schwester Hanna! Mein Sohn hat mir von Ihnen erzählt! Sie sind seine neue Sprechstundenhilfe.«

»Ganz richtig.« Hanna nickte und versuchte, nicht allzu stolz zu klingen. »Ich freue mich, Sie wiederzusehen.«

»Ich mich auch, Schwester Hanna. Das letzte Mal, als wir uns begegnet sind, waren Sie noch ein Kind. Wie geht es Ihrer Familie?«

»Gut, danke der Nachfrage«, antwortete Hanna. Ihre Familie war lediglich zu Richard Conradis Predigten gegangen, aber enger war der Kontakt nie gewesen. »Meine Schwester wird in Friedensau zur Wirtschafterin ausgebildet.« Aus dem Augenwinkel sah sie einen Mann und eine Frau vor dem Tor stehen. Obwohl dieses einladend offen stand, wirkten die beiden unschlüssig. Erst einen Moment später erkannte sie, dass der Mann ein Kind auf den Armen trug. »Entschuldigen Sie mich bitte!«, sagte sie und eilte davon.

Das Paar unterbrach sein Gespräch, als es Hanna kommen sah.

»Kann ich Ihnen helfen?«, fragte sie und warf einen Blick auf das Mädchen. Es war vielleicht sechs oder sieben Jahre alt und hatte einen hochroten Kopf. Der Körper war so zart wie der eines Vogels.

»Unsere Nachbarin hat uns erzählt, dass es hier ein Krankenhaus gibt. Ein Dr. Conradi soll es leiten. Können Sie uns sagen, ob das stimmt?«, fragte die Frau verunsichert.

Hanna nickte.

»Unser Lieschen klagt über Kopfschmerzen«, fuhr die Frau fort. »Es wird immer schwächer.«

Hanna blickte in die glasigen Augen des Kindes. Es musste ziemlich hohes Fieber haben. »Kommen Sie, ich werde Dr. Conradi Bescheid geben.«

Sie führte das Paar durch den Vordereingang, froh darüber, dass sich die Feiernden im hinteren Teil des Geländes aufhielten.

»Haben Sie gerade eine Festivität?«, fragte die Frau, als sie durch den menschenleeren Gang eilten. »Wir haben die Leute im Garten gesehen.«

»Heute ist die Eröffnung«, erklärte Hanna. »Aber machen Sie sich keine Sorgen, wir sind alle schon eine ganze Weile im Dienst, und Dr. Conradi hat viel Erfahrung bei der Behandlung von Patienten. Er wird Ihrer Tochter helfen können.«

Hanna brachte das Paar zur Wartenische. »Nehmen Sie bitte einen Moment Platz, ich werde den Doktor holen.«

Sie fand Dr. Conradi zwischen Mr Daniels und dem Pastor, der den Gottesdienst gehalten hatte. Die drei unterbrachen ihr Gespräch, als sie Hanna sahen.

»Dürfte ich Sie kurz sprechen, Herr Doktor?«, fragte sie. Weder wollte sie hinzufügen, dass es ein Problem gab, noch offenbaren, dass sie Patienten hatten. Sie hoffte einfach, dass er ihr die Dringlichkeit anhörte.

Tatsächlich entschuldigte er sich eilig und kam zu ihr.

»Was gibt es denn?«

»Da war ein Ehepaar vor dem Tor«, begann Hanna leise. »Sie haben ein Kind dabei, das schwer fiebert und Kopfschmerzen hat. Ich habe sie ins Haus gebeten …«

Der Doktor blickte sie überrascht an.

»Aber wir haben doch gerade erst eröffnet.«

»Die Nachbarin hat sie hergeschickt. Vielleicht hat sie aus der Zeitung von der Eröffnung erfahren.«

Conradi nickte. »Begleiten Sie sie schon mal ins Sprechzimmer«, sagte er und setzte sich in Bewegung. »Ich hole mir nur schnell einen Kittel aus der Wäschekammer.«

Hanna lief ebenfalls los. Als sie an Frau Conradi vorbeikam, bemerkte sie deren fragenden Blick, weshalb sie kurz anhielt und ihr zuflüsterte, dass ihr Mann eine Patientin hatte.

Zurück im Haus, zog sie einen Schlüsselbund aus der Tasche und wandte sich an das wartende Paar mit dem Kind. »Der Doktor ist gleich bei Ihnen«, versicherte sie und steckte den Schlüssel ins Schloss. »Bringen Sie die Kleine doch schon herein.«

Hanna schloss das Sprechzimmer auf und trat ein. Die Eltern folgten. Aus dem bislang noch unbenutzten Karteischrank zog sie ein Formular hervor, das der Buchhalter entworfen hatte. Eine eigens dafür angestellte Sekretärin hatte die ersten Exemplare auf der Schreibmaschine getippt. So brauchte sie Namen und Adresse sowie Krankenversicherung nur in die Spalten einzutragen.

Die Eltern legten das Kind auf die Liege. Hanna fiel auf, wie apathisch es war. Während die Mutter die Hand des Mädchens hielt, beantwortete der Vater Hannas Fragen.

Die Tochter von Alfred und Marga Fischer hieß Lisa, aber die Mutter nannte sie nur Lieschen.

»Wir haben nicht viel Geld«, sagte der Mann betrübt.

»Ihrer Tochter muss geholfen werden«, gab Hanna zurück. »Das ist erst einmal das Wichtigste.«

Schritte ertönten, und wenig später trat Dr. Conradi durch die Tür, nun in einem weißen Kittel, den er sich über Hemd und Weste geworfen hatte.

Er begrüßte die Eltern und beugte sich dann über das Kind.

»Na, was macht denn das Lieschen?«, fragte er, nachdem Hanna ihm den Namen mitgeteilt hatte.

»Sie hat Kopfschmerzen«, erklärte die Mutter. »Und Fieber.«

»Hanna, das Thermometer, bitte!«

Hanna holte das Gewünschte und schob es dem Mädchen vorsichtig unter die Zunge. Währenddessen betastete Dr. Conradi die Lymphknoten des Mädchens. Plötzlich stockte er, als er etwas am Ohr des Kindes bemerkte.

»Hat Ihre Tochter über Ohrenschmerzen geklagt?«

»Sie sagte, ihr würde die Seite wehtun«, antwortete der Vater. »Und sie schien seit einiger Zeit schlechter zu hören.«

Dr. Conradi holte ein Otoskop aus seinem Instrumentenschrank.

»Zünden Sie bitte den Bunsenbrenner an, Hanna.«

Diese Worte ließen den Vater hochschrecken. »Was haben Sie vor?«

»Keine Sorge, ich wärme das Instrument nur ein wenig an. Ich möchte damit den Gehörgang inspizieren. Vermutlich liegt bei Ihrer Tochter eine Entzündung des Mittelohres vor.«

Er hielt das Otoskop kurz über die Flamme, dann schob er es vorsichtig in das Ohr des Kindes. Es zuckte bei der Berührung leicht zusammen. Der Doktor schaute durch den kleinen Trichter, dann richtete er sich auf.

»Was ist mit Lieschen?«, fragte die Mutter ängstlich.

»Ich fürchte, sie hat diese Mittelohrentzündung schon länger. Es kann sein, dass sie weiter um sich gegriffen hat. Schwester Hanna, bereiten Sie die Röntgenanlage bitte vor, ich werde ein Röntgenbild vom Kopf machen.«

Hanna nickte, verließ das Sprechzimmer und eilte zum Röntgenzimmer. Erst vorgestern war die Anlage geliefert und aufgebaut worden. Sie durfte sie noch nicht selbst bedienen, doch der Doktor hatte ihr schon mal die Funktionsweise erklärt. Beim Aufbau hatte Hanna genau zugeschaut. Der Gedanke, das Röntgengerät notfalls reparieren zu müssen, machte sie ein wenig nervös, aber sie wusste, dass sie es schaffen konnte. Oft genug hatte sie dabei zugesehen, wie Martin irgendwelche technischen Dinge repariert hatte.

Hanna schaltete die Anlage an und bereitete die Dunkelkammer vor, in der die Röntgenfilme entwickelt werden sollten. Wie dies vonstattenging, hatte ihr der Doktor ebenfalls erklärt. Jetzt musste sie nur noch erfolgreich den Lehrgang absolvieren.

Als Conradi mit dem Mädchen auf dem Arm erschien, erfüllte bereits ein monotones Summen den Raum. Hanna erinnerte sich mit Schrecken, dass bei der allerersten Inbetriebnahme ein paar Funken gestoben waren, doch das passierte jetzt glücklicherweise nicht.

Dr. Conradi legte das Kind auf den Tisch, drehte seinen Kopf etwas zur Seite und platzierte routiniert die Röntgenröhre über dem Kopf.

»Ich hatte ganz vergessen zu erwähnen, dass ich gestern im Röntgeninstitut wegen Ihres Kurses angefragt habe«, sagte er zu Hanna, als sie ein paar Schritte zurücktraten. »Wenn Sie wollen, können Sie kommende Woche beginnen.«

Hanna zog verdutzt die Augenbrauen hoch. »So bald schon?«

»Nun, wie Sie sehen, brauchen wir Ihre Kenntnisse doch schneller als gedacht.«

Ein Lächeln huschte über Hannas Gesicht. »Und Ihre Sprechstunde?«

»Die Kurse finden nachmittags statt. Auch wenn es so aussieht, als könnten die Leute nicht schnell genug herkommen, wird der Andrang anfangs nicht groß sein. Außerdem werde ich am Nachmittag meist operieren, sobald wir unseren OP-Saal eröffnet haben.«

Ein Signalton erklang, dann war die Aufnahme fertig. Conradi zog die Röntgenfilmkassette aus dem dafür am Tisch angebrachten Fach und reichte sie ihr.

»Dann machen Sie sich mal an die Entwicklung.« Damit hob er das Kind auf seine Arme und trug es aus dem Raum.

Hanna nickte und verschwand in der Dunkelkammer. Ihre Hände zitterten ein wenig, als sie mit den Flüssigkeiten hantierte. Beißende Dämpfe stiegen ihr in die Augen. Als sich im Schein der Rotlichtlampe schließlich die Aufnahme auf dem Film zeigte, atmete sie erleichtert auf.

Obwohl das Röntgenbild noch ein bisschen feucht war, brachte Hanna es ins Sprechzimmer. Der Doktor studierte es eine Weile, dann wandte er sich an die Fischers.

»Das hatte ich mir gedacht. Ihre Tochter leidet unter einer Vereiterung des Warzenfortsatzes.«

»Werden Sie ihr helfen können?«

»Ja, aber wir müssen einen kleinen Eingriff vornehmen. Der Eiter muss unbedingt abgelassen werden, ehe die Schmerzen noch schlimmer werden.« Er blickte die erschrockenen Eltern mitfühlend an.

»Kommen Sie doch bitte mal mit«, forderte er Hanna dann auf. Sie gingen in den Nebenraum, der eine Schreibstube werden sollte, aber bislang noch nicht eingerichtet war.

»Lassen Sie den Raum hier vorbereiten«, sagte Dr. Conradi mit gedämpfter Stimme, nachdem er die Tür hinter sich geschlossen hatte.

»Geht es denn gar nicht anders?«, fragte Hanna. »Das hier ist kein Operationssaal.«

»Ich weiß.« Conradi blickte sie ernst an. »Wir machen es einfach wie die Feldärzte. Die haben auch keinen Saal.« Er hielt kurz inne und fügte hinzu: »Wir haben keine andere Wahl. Der Zustand der Kleinen verschlechtert sich zusehends. Sagen Sie Carl und der neuen OP-Schwester Bescheid. Wir werden eine Bahre als OP-Tisch nehmen. Und Sie werden zureichen.«

»Ich bin mir nicht sicher, ob ich mich da genügend auskenne …«

»Es geht nur ums Instrumentieren. Assistieren wird mir Schwester Grete.« Er griff nach ihrer Hand. »Ich verlasse mich auf Sie, Hanna. Und zu niemandem sonst ein Wort!«

Hanna nickte, dann lief sie los. Ihr Herz raste.

Carl Rohleder war gerade ins Gespräch mit einem der Herren der dänischen Delegation vertieft, als Hanna bei ihm eintraf.

»Ich muss dich dringend sprechen«, sagte Hanna und zog ihn mit sich fort.

»Was gibt es denn?«, fragte der Pfleger verwundert.

»Dr. Conradi möchte operieren.«

»Wie bitte?«

Hanna legte den Kopf schräg. »Eben ist ein Mädchen mit einem vereiterten Warzenfortsatz gebracht worden.«

»Aber der Operationssaal ist doch noch gar nicht fertig!«, flüsterte Rohleder.

»Wir machen es im Raum neben dem Sprechzimmer. Du sollst eine Bahre als OP-Tisch herrichten. Und, Carl? Kein Wort zu niemandem!«

Rohleder nickte und verschwand im Haus. Nach einer Weile entdeckte Hanna Schwester Grete Kraatz, die vor einigen Tagen im Waldfriede eingetroffen war. Auch sie war von der bevorstehenden Operation überrascht, doch sie diskutierte nicht lange, sondern folgte Hanna zum Sprechzimmer.

»Der Doktor meint, ich soll zureichen«, teilte Hanna ihr im Laufen mit. »Ich habe das noch nie gemacht.«

»Du bekommst das hin. Hör nur gut zu, was er sagt.«

Der Doktor sprach noch immer mit den Eltern, die inzwischen wieder im Gang auf den Wartebänken saßen. Die Mutter drückte sich ein Taschentuch an die Augen, der Mann hatte seinen Arm um sie gelegt.

Hanna und Grete verschwanden im OP-Zimmer, wenig später erschien Carl Rohleder mit der Bahre. In Windeseile war alles abgedeckt. Hanna war froh, dass sie die Metalltabletts mit den Instrumenten bereits vor der Eröffnung sterilisiert hatten.

Kurz darauf sah Hanna durch die offene Tür, wie der Doktor das Sprechzimmer betrat.

»Alles bereit?«, fragte er.

»Wir sind so weit.«

»Gut. Dann holen Sie das Mädchen herein und bereiten es vor. Hanna, Sie helfen mir, mich steril zu machen.«

Hanna holte eine kleine Schüssel und Desinfektionsmittel.

Dr. Conradi zog Kittel, Weste und Hemd aus, dann stellte er sich ans Waschbecken und begann, sich die Hände abzuschrubben.

»Unsere erste OP!«, sagte er und warf Hanna ein Lächeln zu. »Nicht gerade das, was man sich unter einer Eröffnungsfeier vorstellt, oder?«

»Von nun an wird es wohl öfter so gehen«, gab sie zurück und goss etwas Desinfektionsmittel über seine Hände. Nachdem der Doktor es verrieben hatte, half sie ihm in einen frischen Operationskittel und schloss die Knöpfe am Rücken. Zum Schluss setzte sie ihm eine Stoffhaube auf, und er streifte die Handschuhe über.

»Also dann, an die Arbeit!« Mit diesen Worten betrat er den Operationsraum. Nachdem sich auch Hanna umgezogen und die Hände desinfiziert hatte, folgte sie dem Doktor, Grete und Carl. Der Pfleger stand am Kopf des provisorischen Tisches, auf dem das Mädchen lag.

Der Körper der Kleinen war teilweise mit weißen OP-Tüchern bedeckt, und auf dem Gesicht hatte es eine Äthermaske. Carl wartete auf das Zeichen des Arztes.

Für einen Moment war es, als würde sich die Zeit plötzlich verlangsamen. Hanna hörte ihren Pulsschlag, ihren Atem, und für einen Moment fürchtete sie, dass ihr schwindelig werden würde.

Dr. Conradi blickte zu Carl Rohleder, der die kleine Ätherflasche in der Hand hielt. Tropfen für Tropfen fiel auf die Maske. Als der Pfleger nickte, griff er nach dem Skalpell.

***

Konzentriert legte Louis den Warzenfortsatz frei. Beständig flossen ihm Exsudat und Eiter entgegen, aber das war bei dem Grad der Entzündung kein Wunder.

»Tupfen«, sagte er ruhig, und Grete kam seiner Aufforderung mit der freien Hand nach. Die andere umschloss den Wundhaken, mit dem die kleine Wunde hinter dem Ohr offengehalten wurde.

»Ist der Bohrer fertig?«, fragte er Hanna.

»Ja«, antwortete sie und reichte ihm das Gerät an.

Wenig später begann er, das entzündete Gewebe damit zu entfernen, ganz vorsichtig, damit er keinen umliegenden Nerv verletzte.

Einen Eingriff wie diesen hatte er in der Schweiz nur sehr selten durchgeführt, in Hamburg dafür des Öfteren. Der chirurgische Chefarzt hatte scherzhaft behauptet, das käme vom scharfen Nordseewind, der die Alster hinauffegen würde.

Wieder tupfte Grete.

Er versuchte, nicht daran zu denken, was ihm blühte, sollte Wiedemann von der Operation ohne OP-Saal erfahren. Im Grunde war es egal, so oder so hätte er den Leuten helfen müssen. Was wusste man im Innenministerium schon vom hippokratischen Eid?

Als er sicher war, dass sich kein entzündliches Material mehr am Knochen befand, legte er eine Tamponade. Wenn alles gut ging, würde das Mädchen in ein paar Wochen völlig beschwerdefrei sein.

Draußen schob sich die Nachmittagssonne durch die Bäume. Es gab hier keine Uhr, doch er war sicher, dass es bereits nach vier war.

»Ich fürchte, den Nachmittagskaffee haben wir verpasst«, bemerkte er scherzhaft und blickte ins Gesicht des Mädchens. Carl hatte ihm die Äthermaske wieder abgenommen. Es hatte noch immer Fieber, wirkte jetzt aber nicht mehr ganz so rot.

»Bringen Sie die Kleine in unser Kinderzimmer auf der Frauenstation«, wies er Carl Rohleder an, dann wandte er sich an Hanna. »Und Sie geben Schwester Elisabeth Bescheid. Ihre Station hat einen ersten Patienten. Ich stelle die Medikation zusammen, die können Sie nachher hochbringen.«

»Ja, Herr Doktor«, sagte Hanna und verließ den Raum. Carl hob das noch schlafende Mädchen vorsichtig auf seine Arme.

Louis folgte den beiden und ging zu den Eltern, die von der Bank aufsprangen, als sie sie sahen.

»Was ist mit unserem Lieschen?«, fragte der Vater, der leichenblass um die Nase war.

»Die Operation ist gut verlaufen«, berichtete Louis. »Ich habe das entzündete Gewebe und den Eiter entfernt. Der Körper kann sich nun darauf konzentrieren, zu heilen. Allerdings würde ich Lisa gern ein paar Tage hierbehalten, wegen des Fiebers. Solange es nicht gesunken ist, ist sie bei uns sicherer.«

»Aber mein Lieschen war noch nie allein!« Die Frau sprang auf und drückte sich ein Taschentuch an den Mund.

Der Mann legte ihr die Hand auf den Arm. »Hör, was der Doktor sagt, Marga. Er hat unser Kind gerettet.«

»Ihrer Tochter wird es an nichts fehlen«, versicherte Dr. Conradi lächelnd. »Wir bringen sie in unser Kinderzimmer, Sie können gleich zu ihr.«

Damit verabschiedete er sich von dem Paar und kehrte ins Sprechzimmer zurück. Dort stand er eine Weile vor dem Fenster und schaute hinaus. Er hatte sich den ersten Eingriff im Waldfriede anders vorgestellt, war aber dennoch zufrieden und fühlte sich beinahe elektrisiert.

Nach ein paar Minuten riss er sich vom Fenster los, holte aus seinem Medizinschrank ein Fiebermittel und etwas gegen die Schmerzen und legte beides für Hanna bereit.

Anschließend entledigte er sich des blutbefleckten Kittels, schlüpfte wieder in Hemd und Weste und ging hinaus, um an den Eröffnungsfeierlichkeiten teilzunehmen.

23. Kapitel

Hanna fand Schwester Elisabeth im Speisesaal, wo sie und die Hausmädchen dabei waren, die Ordnung der Tische wiederherzustellen.

»Um Himmels willen, Hanna!«, rief sie, als sie aufblickte. »Ich habe mich schon gefragt, wo ihr seid, der Doktor, Carl und du!«

»Wir haben eine Patientin. Ein kleines Mädchen. Carl hat es gerade ins Kinderzimmer gebracht.« Hanna zog Elisabeth ein Stück zur Seite erzählte ihr dann, was sich abgespielt hatte.

»Die Eltern sind noch da, vielleicht redest du mit ihnen. Und kein Wort zu den Gästen.«

Elisabeth nickte und eilte nach oben.

Hanna schaute bedauernd auf das geplünderte Kuchenbuffet. Da sie Rosa nirgends sah, schnappte sie sich einen Stapel Tischdecken und brachte ihn in die Küche.

»Hanna?«, fragte Frau Conradi, kaum dass sie den Stapel abgelegt hatte, und bedeutete ihr, mitzukommen. Sie gingen in die Wäschekammer neben dem Nähzimmer.

»Was war los?«, wollte die Arztgattin wissen.

Hanna berichtete knapp. Frau Conradi wich das Blut aus dem Gesicht. »Er hat operiert? Ohne Operationssaal?«

»Die Mittelohrentzündung des Mädchens war bis zum Warzenfortsatz fortgeschritten. Er hatte keine Wahl.«

Catherine Conradis Miene verschloss sich.

»Gott sei Dank ist alles gut gegangen. Die Kleine ist jetzt im Kinderzimmer.«

Ihre Worte schienen die Arztgattin nicht zu beruhigen. Zum Glück erschien der Doktor im Flur, als sie gerade aus der Wäschekammer traten.

»Ah, da bist du!«, rief er aus, als er seine Frau erblickte. »Tut mir leid, dass ich so lange weg war.«

»Die Leute haben sich gefragt, wo du bist«, gab sie zurück.

»Hanna hat es dir sicher schon erzählt.«

»Das hat sie. Angesichts der Situation halte ich es für ziemlich leichtsinnig, dass du dich darauf eingelassen hast.«

»Ich werde dann mal nach den Medikamenten sehen«, sagte Hanna, die die Spannung spürte. Sie wollte nicht Zeugin eines Streitgesprächs zwischen den Eheleuten werden.

»Es steht alles auf dem Tisch!«, rief Dr. Conradi ihr hinterher.

Nachdenklich kehrte Hanna ins Sprechzimmer zurück. Welche »Situation« hatte Frau Conradi gemeint? Warum war sie so ungehalten?

Sie fand das Tablett mit den Medikamenten und brachte es nach oben ins Kinderzimmer. Schwester Elisabeth hatte Lisa bereits in eines der Betten gelegt. Sie schlief noch immer, aber das war nach der Operation normal. Hanna übergab Elisabeth das Tablett und die vom Doktor verordnete Medikation und lächelte den Eltern kurz zu, bevor sie das Zimmer verließ.

***

Spät am Abend, als sich auch die letzten Feiernden verabschiedet hatten, machte sich Louis noch einmal auf den Weg, um nach dem kleinen Mädchen zu sehen.

Das Gespräch mit seiner Frau hatte seiner Euphorie ein wenig den Schwung aus den Segeln genommen. Sie hatte recht, es war riskant gewesen, zu operieren. Aber was hätte er tun sollen? Die Leute wieder wegschicken? Die Behandlung verweigern? Das brachte er nicht über sich.

Als er das Krankenzimmer betrat, sah er Schwester Elisabeth neben dem Bett des Kindes sitzen. Die Kleine schlief, ihre Wangen waren immer noch ziemlich rot, doch ihr Atem ging nicht mehr ganz so schnell. Ihre Eltern waren mittlerweile wieder zu Hause, sie wollten am nächsten Tag wiederkommen.

»Wie geht es unserem Lieschen?«, erkundigte er sich und zog sein Stethoskop aus der Tasche.

»Sie war vorhin kurz wach. Ich habe ihr ein wenig Holundersaft eingeflößt. Essen wollte sie noch nichts.«

»Wie steht es mit dem Fieber?«

»Achtunddreißig zwei«, antwortete Elisabeth. »Kaum hatte ich gemessen, ist sie wieder eingeschlafen.«

»Das kann man ihr nicht verdenken«, antwortete Dr. Conradi mit Blick auf die Fieberkurve. »Immerhin ist es deutlich unter neununddreißig. Mal sehen, was die Nacht bringt.«

Schwester Elisabeth warf einen Blick auf das schlafende Mädchen und strich ihm sanft eine Locke aus der Stirn. »Sie schlägt sich großartig«, sagte sie. »So eine tapfere Kleine.«

Conradi nickte. »Schwester Elisabeth«, sagte er mit einem leichten Zögern. »Niemand darf erfahren, dass ich operiert habe, bevor unser Operationssaal fertig war.«

»Von mir erfährt keiner etwas. Aber die Eltern …«

»Die werden hoffentlich schweigen. Wenn nicht, so fürchte ich, kommen wir in Teufels Küche!«

Conradi betrachtete das Mädchen noch einen Moment lang. Der Eingriff war vergleichsweise klein gewesen und der Raum alles andere als ein richtiger Saal, aber sie hatten das Kind vor Schlimmerem bewahrt. Allein darum ging es.

»Unsere erste Patientin«, sagte er dann und fühlte, wie sich Freude mit Besorgnis mischte. Als er die Station wieder verließ, sah er Hanna am Fuße der Treppe vorbeilaufen. Die ganze Zeit über hatte sich Louis schon gefragt, ob es gut wäre, sie ins Vertrauen zu ziehen. Angesichts der Vorgänge vom Nachmittag hielt er den Moment für gekommen.

»Schwester Hanna, dürfte ich Sie kurz sprechen?«, rief er ihr zu und lief die Treppe hinunter.

Hanna, die gerade dabei war, ihr Häubchen zu lösen, erstarrte in ihrer Bewegung. »Natürlich, Herr Doktor.« Sie blickte ihn fragend an.

»Ich würde Ihnen gern etwas anvertrauen, das außer mir und meiner Frau nur wenige Mitglieder unserer Anstaltsfamilie wissen. Doch Sie sind meine Sprechstundenhilfe und sollten es erfahren.« Er blickte ihr eindringlich in die Augen. »Am Nachmittag des Tages, an dem ich Sie in Friedensau besuchte, hatte ich einen Termin beim Innenministerium.«

Er berichtete ihr von dem Gespräch mit Wiedemann und offenbarte ihr auch die Enteignungspläne des Zehlendorfer Bürgermeisters.

Hanna schlug erschrocken die Hand vor den Mund. »Aber Sie haben das Haus doch ganz rechtmäßig erworben!«

»Das stimmt, doch leider hat Frau Dr. Ziegelroth der Stadt kein Vorkaufsrecht eingeräumt. Man gibt uns eine Frist von zwei Jahren, um uns zu bewähren. Wir dürfen uns nichts zuschulden kommen lassen. Eine Operation ohne OP-Saal wäre für diesen Wiedemann durchaus ein Grund …«

Louis seufzte tief und blickte sie dann wieder an. Aus ihrem Blick konnte er herauslesen, dass Sie verstand.

»Ich werde natürlich versuchen, das Unheil abzuwenden, aber ich brauche Ihre Hilfe.«

Hanna nickte. »Danke, dass Sie mich ins Vertrauen gezogen haben.« Sie drückte ihm kurz die Hand. »Sie können sich auf mich verlassen.«

Zweiter Teil

»Dass bei der Weiterentwicklung der Anstalt nicht immer alles glattlief, zumal in der allgemein so ungünstigen wirtschaftlichen Lage, mag menschlich verständlich sein …«

»Ein Haustelefon war nicht vorhanden. Wie oft kam es vor, dass Dr. C., dem ja als alleinigem Arzt und Leiter der Anstalt von früh bis spät alle entsprechende Arbeit oblag, wenn er vielleicht gerade bei einer Runde auf der obersten Station sich befand, wiederholt von dort geholt wurde, um zwei Treppen tiefer ans Telefon zu kommen. Auch nachts war der Nebenanschluss des Telefons in seine Wohnung gestellt, und es geschah nicht selten, dass Dr. Conradi oder seine Frau mehrmals in einer Nacht aufstehen mussten, um Anmeldungen weiterzugeben …«

»Unsre größte Schwierigkeit blieb nach wie vor der Platzmangel. Nicht selten geschah es, dass Dr. Conradi sowohl sein Wohn- als auch sein Esszimmer für Patienten zur Verfügung stellte und sich mit seiner Frau an Schlafzimmer und Küche genügen ließ …«

(Chronik des Krankenhauses Waldfriede, 1921)

24. Kapitel

Zehlendorf, 13. Juli 1921

Die Sommerluft flirrte über den Wegen des Parks. Kinder und Sommerfrischler, die sich in der Krummen Lanke Abkühlung verschaffen wollten, eilten am Krankenhaus vorbei.

Auch Hanna war nach einem Bad zumute. Stattdessen war sie damit beschäftigt, die Verbandsrollen, die frisch aus der Wäschekammer eingetroffen waren, im Arztschrank zu verstauen. Lediglich ein leises Lüftchen bewegte die Gardinen des Sprechzimmers. Es war so heiß, dass ihr das Schwesternkleid am Körper klebte. Sie freute sich auf die Mittagspause, besonders nach diesem Vormittag. Obwohl das schöne Wetter zum Flanieren einlud, fanden sich so viele Patienten wie noch nie bei ihnen ein. Viele hatten Probleme mit dem Kreislauf, einige einen Hitzestich, dazu kamen ein paar Stürze. Besonders für hochschwangere Frauen war die Wärme eine Herausforderung.

Da mittlerweile auch der Operationssaal eröffnet worden war, verbrachte der Doktor einen Großteil seiner Zeit dort. Hanna hatte meist zeitgleich im an den OP grenzenden Röntgenzimmer oder in der Dunkelkammer zu tun. Ihr eigenes kleines Reich.

Sie erinnerte sich noch gut an ihren ersten Nachmittag im Röntgeninstitut des Rudolf-Virchow-Krankenhauses in Wedding. Der Leiter, Max Levy-Dorn, hatte sie persönlich begrüßt und einen Vortrag über die Gefahren der Röntgenstrahlung gehalten. Er führte sich selbst als

Beispiel an. In Unkenntnis der Gefährlichkeit der Strahlung hatte er Versuche an seinem eigenen Körper vorgenommen und diese mit schweren Entstellungen an den Händen bezahlt.

Sein Anblick hatte Hanna zutiefst erschüttert, und sie hatte Dr. Conradi davon erzählt, der daraufhin erklärte, dass er alles tun würde, damit ihr und ihren Patienten ein solches Schicksal erspart blieb.

Während der Kurs voranschritt, lernte sie alles über die Funktionsweise der Geräte und die Behandlungen, die man neben Aufnahmen des menschlichen Körpers durchführen konnte. So waren auch Bestrahlungstherapien bei Geschwülsten möglich.

Hanna liebte es, ihren Kopf mit Wissen zu füttern, und wusste jetzt schon, dass ihr die wöchentliche Fahrt nach Wedding fehlen würde, wenn sie ihren Abschluss hatte.

Ein Klopfen riss sie aus ihren Gedanken.

»Ja, bitte!«, rief sie, worauf Leni eintrat. Seit vergangenem Herbst war sie als Köchin im Haus beschäftigt.

»Ich hab was für dich«, sagte sie und legte eine Handvoll Pfefferminzbonbons auf den Tisch.

»Wo hast du die her?«, fragte Hanna erstaunt.

»Der neue Buchhalter hat sie in der Küche verteilt. Ein Bekannter, der in einer Süßwarenfabrik arbeitet, hat sie ihm geschickt.«

Thomas Gruber hatte vor einem Monat Georg Bridde ersetzt, der eine Stelle in der Schweiz angenommen hatte. Auch sonst hatte sich die Anstaltsfamilie verändert. Viele neue Schwestern waren dazugekommen, Hausmädchen waren ausgeschieden. Die meisten, weil sie einen Ehemann gefunden hatten. Wenigstens war Rosa noch da, worüber Hanna sehr froh war.

Was Buchhalter Gruber anging, wusste sie nicht, wie sie ihn einschätzen sollte. Er war still und unauffällig. Die runde Brille vergrößerte seine blaugrauen Augen, das rötlich blonde Haar wurde an den Seiten schon etwas schütter. Auf Anfrage von Dr. Conradi war er ihnen von der Zentralleitung ihrer Gemeinschaft in der Schweiz zugewiesen worden, obwohl er nur wenig Erfahrung in der Buchhaltung hatte.

Bisher hatte sie nicht viel mit ihm gesprochen, doch ihre Schwester berichtete, dass er sich des Öfteren in der Küche blicken ließ.

»Sieh dich bitte vor, Leni«, sagte Hanna besorgt. »Du weißt, was Männern nachgesagt wird, die Frauen Geschenke bringen …«

»Ach, der Gruber tut niemandem etwas«, winkte Leni ab. »Der will nur plaudern.«

»Das ist es nicht allein. Wenn Frau Conradi mitbekommt, dass er sich andauernd bei euch aufhält, werdet ihr Ärger bekommen!«

Bevor Hanna fortfahren konnte, öffnete sich die Sprechzimmertür. Dr. Conradi blickte erstaunt auf Leni.

»Leni hat uns einen Gruß von Herrn Gruber gebracht.« Hanna deutete auf die Bonbons.

Der Doktor trat ein und runzelte die Stirn. »Wo hat er die denn her?«

»Von einem Bekannten«, antwortete Leni.

»Ist er Schwarzhändler?«

»Nein, er arbeitet in einer Schweizer Bonbonfabrik.«

»Zu viele Bonbons machen die Zähne kaputt, sagen Sie das Herrn Gruber!«

»Ja, Herr Doktor.« Leni knickste und verließ das Sprechzimmer.

»Offenbar will er sich in der Küche beliebt machen«, bemerkte Hanna und schob dem Doktor eines der Bonbons zu. »Pfefferminze erfrischt den Geist.«

Er nahm es und steckte es in die Brusttasche seines Kittels. »Nachher. Ich möchte mir nicht den Appetit aufs Mittagessen verderben.«

Hanna unterdrückte ein Schmunzeln, dann widmete sie sich wieder den Verbänden.

»Wie sieht es aus, Hanna, sind Sie aufgeregt?«, fragte er und schob die Patientenakten auf seinem Schreibtisch zurecht.

»Sie meinen wegen der Prüfungen morgen?« Hanna schüttelte den Kopf. »Ich bin sicher, dass ich es hinbekomme.«

»Sie hatten in letzter Zeit auch ziemlich viel Gelegenheit, an unserem Gerät zu üben.«

Schon frühzeitig hatte Dr. Conradi sie selbstständig Aufnahmen machen lassen, weshalb sie den meisten Kursteilnehmerinnen immer ein Stück voraus gewesen war.

»Das habe ich. Es macht sich wirklich bemerkbar, dass wir das einzige Haus im Berliner Süden mit einer Röntgenanlage sind.«

»Ich hoffe, Sie lassen sich nicht abwerben, Hanna.«

»Ich habe keinen Grund, Sie zu verlassen, Herr Doktor.«

»Und ich möchte Sie nicht verlieren.«

Ihre Blicke trafen sich. Seit sie miteinander arbeiteten, kam ihr Verhältnis dem einer Freundschaft gleich. Sie teilten Sorgen und Nöte, aber auch freudige Ereignisse.

Hanna ertappte sich hin und wieder bei der Vorstellung, wie es wäre, ihn zum Ehemann zu haben. Doch dann rief sie sich zur Ordnung. Er würde und durfte sich nicht von seiner Frau trennen.

Ein Klopfen ertönte. Wenig später schaute Florian Steiner zur Tür herein. Der Assistenzarzt unterstützte Dr. Conradi seit einem halben Jahr. Da der Ansturm der Patienten stetig wuchs, überließ der Doktor ihm hin und wieder auch eigene Fälle.

»Entschuldigen Sie bitte die Störung, Herr Doktor. Ich habe einen Knochenbruch, der geröntgt werden müsste.«

»Oh, das tut doch gewiss weh«, scherzte Hanna und wandte sich dann an Dr. Conradi. »Brauchen Sie mich im Moment?«

»Nein, nein, mit Herrn Wachner werde ich allein fertig. Er ziert sich ohnehin ein wenig, wenn eine Schwester anwesend ist. Allerdings sollten Sie mir bei Frau Feldmann behilflich sein.«

»Bis dahin bin ich zurück.«

Noch immer schmunzelnd folgte Hanna dem Assistenzarzt auf den Gang. Dr. Steiner war hochgewachsen und breitschultrig. Sein Schnurrbart war an den Enden gestutzt, was ihm einen leicht verwegenen Ausdruck gab. Sein trotz jugendlichem Alter leicht gebeugter Nacken und die hochgezogenen Schultern deuteten darauf hin, dass er es gewohnt war, einen Großteil des Tages am Operationstisch zu verbringen.

Sie folgten dem langen Gang, den man mittlerweile kaum wiedererkannte. Dr. Conradi hatte einen Maler angestellt, der die Wartenische vor dem Diathermie- und Röntgenraum ausgestaltet und auch die Türen mit Verzierungen versehen hatte. Die Motive reichten von geschwungenen, farbenfrohen Blütenborten bis hin zu Rankenspalieren, in denen sich exotische Vögel tummelten.

Einer von ihnen sei ein Rosella-Papagei, hatte Dr. Conradi behauptet.

»Rosellas sind sich ein Leben lang treu«, hatte er erklärt. »Stirbt ein Vogel, geht auch der Partner meist ein.«

»Wie bei den Schwänen«, hatte Hanna leise erwidert und mit dem Finger fasziniert die Form des Papageis nachgezeichnet.

Auch jetzt war sie versucht, vor dem Bild stehen zu bleiben und den Vogel mit dem Finger zu berühren, aber der Patient – ein älterer Mann in grober Hose und grau kariertem Hemd, der in einem Rollstuhl saß – wartete bereits auf sie.

»Herr Möhrke, Schwester Hanna wird jetzt eine Aufnahme von Ihrem Bein machen«, erklärte Dr. Steiner.

»Det kleene Mädel da?«, brummte der Mann, während Hanna die Tür aufschloss.

»Sie ist unsere Röntgenschwester. Folgen Sie ihren Anweisungen, dann sind Sie schnell fertig.«

Der Assistenzarzt fuhr seinen Patienten zum Röntgentisch und half ihm, sich hinzulegen. Hanna schob den Film in den Kasten unter dem Tisch und stellte dann den Röntgenstrahler ein. Herr Möhrke murrte noch eine Weile vor sich hin, doch Hanna achtete nicht darauf. Manche Menschen waren von Natur aus unleidlich, andere wurden so, wenn sie Schmerzen hatten. Doch sie war nicht hier, um die Wesensart des Patienten zu beurteilen.

»Liegen Sie bitte ganz still«, sagte Hanna und schlüpfte in eine der neuen Bleischürzen, die Dr. Conradi von einem befreundeten Arzt aus Amerika bekommen hatte. Sie wusste, dass viele ihrer Kolleginnen die Aufnahmen ohne Schutz machten, und fand das Gewicht der Schürze ziemlich belastend, doch Dr. Conradi hatte darauf bestanden, dass sie sie trug.

»Sie wollen doch bestimmt irgendwann Kinder bekommen, oder?«, hatte er gesagt, und auch wenn Hanna dachte: Dazu bräuchte ich erst einmal einen Mann, hatte sie genickt und war brav in die Bleischürze geschlüpft.

»Sie haben jut reden, Schwester!«, beklagte sich der Patient.

»Wenn Sie wackeln, müssen wir es noch mal machen«, gab Hanna zu bedenken und tätschelte aufmunternd die Schulter des Mannes. »Sie schaffen das schon, Herr Möhrke.«

Mit einem Nicken bedeutete sie Dr. Steiner, den Raum zu verlassen. Dann betätigte sie den Auslöser.

Hanna hatte das Röntgenbild gerade zum Trocknen aufgehängt, als plötzlich ein Schrei durch den Gang gellte. Sofort stürmte sie aus der Dunkelkammer und erblickte wenig später Rosa, die sich über einen jungen Mann beugte.

»Er kam eben durch den Gang getorkelt«, erklärte sie, während sie ihm die Wangen tätschelte.

Dass das nicht viel nützen würde, erkannte Hanna sofort. Das Gesicht des Mannes war leichenblass, auf seiner Jacke hatte sich ein Blutfleck ausgebreitet.

Irgendwie kam er ihr bekannt vor, doch ihr wollte gerade nicht einfallen, wo sie ihn zuerst getroffen hatte.

»Hol Dr. Conradi!«, wies sie Rosa an und kniete sich neben den Mann.

»Hallo, können Sie mich hören?«, fragte Hanna, bemüht, nicht auf das Blut zu starren.

»Schwester«, flüsterte er.

»Was ist passiert?«, fragte sie, während sie seine Jacke aufknöpfte.

»Hab 'n bisschen Ärger gehabt.« Seine Worte gingen über in einen Hustenanfall. Hellrotes Blut spritzte aus seinem Mund und traf ihr Kinn und ihre Schürze.

Panik überfiel Hanna. Was sollte sie tun? Während sie gegen das Summen in ihren Ohren ankämpfte, drückte sie ihm einfach den Schoß der Jacke auf die vermeintliche Einschussstelle. Beherrsch dich, hämmerte sie sich ein. Du darfst jetzt nicht umkippen! Der Mann braucht deine Hilfe! Und er ist nicht Martin!

Doch ihr Körper wollte nicht gehorchen. Kalter Schweiß brach ihr aus, und ihre Hände begannen zu zittern. Speichel schoss ihr in den Mund, und sie hatte das Gefühl, sie müsse sich jeden Moment übergeben.

Glücklicherweise erschien nur einen Moment später Dr. Conradi, gefolgt von Pfleger Carl und Schwester Maria von der Männerstation, die eine Trage brachten.

»Wohin sollen wir ihn bringen?«, fragten sie, nachdem sie die Trage abgestellt hatten.

»Lassen Sie ihn erst einmal liegen!«, bestimmte der Doktor, hockte sich neben Hanna, schlug den Jackenschoß zurück und öffnete das Hemd des Verletzten. Die Kugel war auf Höhe des linken unteren Rippenbogens eingedrungen. Allzu viel Blut verlor er nicht, dafür wirkte seine Bauchdecke geschwollen.

Wieder hustete er, und wieder kam Blut.

»Soll ich eine Aufnahme von der Lage der Kugel machen?«, fragte Hanna. Ihre Stimme zitterte, doch Dr. Conradis Nähe gab ihr Halt.

»Ich fürchte, dafür bleibt keine Zeit«, antwortete er und richtete sich auf. »Sieht ganz so aus, als wäre die Milz getroffen. Bringen Sie ihn in den Operationssaal!«

Hanna trat zurück, damit Carl und Maria den Mann vorsichtig auf die Bahre heben konnten. Vor ihren Augen flimmerte es, als Dr. Conradis Stimme wie aus weiter Ferne zu ihr drang. »Hanna, Sie übernehmen im Operationssaal die unsterile Seite. Schwester Maria, ich brauche Sie am Tisch.«

Hanna, die darum kämpfte, auf den Beinen zu bleiben, blickte auf.

»Haben Sie mich gehört, Hanna?«

Sie nickte. Natürlich hatte sie gehört, aber ihr Körper weigerte sich, zu gehorchen. Die Dunkelheit zerrte an ihr und drohte jeden Augenblick zu gewinnen.

»Ist alles in Ordnung mit Ihnen?«

»Ja!«, stieß Hanna zitternd hervor und ballte die Fäuste. Das Gefühl ihrer Fingernägel, die sich in ihre Handflächen bohrten, brachte sie etwas zur Besinnung.

»Gehen Sie schon mal voran und bereiten Sie die Blutabnahme vor. Ich fürchte, wir werden ihm eine Transfusion verabreichen müssen.« Hanna nickte und lief mit butterweichen Knien in den Vorbereitungsraum.

Die flehende Art, wie der Verletzte sie »Schwester« genannt hatte … Plötzlich wusste sie wieder, woher sie den Mann kannte: Er war der junge Arbeiter, der sie nach der Schießerei in diese dubiose Wohnung gebeten hatte!

Wenig später fand sich Schwester Grete im Operationssaal ein. Routiniert traf sie zusammen mit Schwester Maria alle Vorkehrungen für den Eingriff, während Hanna und Carl den Patienten im Vorraum auskleideten.

Mit zitternden Fingern nahm Hanna eine Blutprobe fürs Labor.

Es war schon eine Weile her, dass sie angesichts einer Verletzung derart panisch geworden war. Doch diese Schusswunde und das viele Blut erinnerten sie zu sehr an den Krieg. Zu sehr an die Soldaten, und damit kehrte auch Martin zu ihr zurück. Martin, der verstümmelt vor ihr im Bett lag.

Erneut brach ihr der Schweiß aus. Nein!, sagte sie sich. Du darfst Dr. Conradi nicht enttäuschen!

»Ist dir nicht gut?«, fragte Carl, der kurz aufsah. »Du bist so blass.«

»Es geht gleich wieder«, sagte Hanna und versuchte, sich auf die Blutabnahme zu konzentrieren. Ihr Herz hämmerte, und sie kämpfte gegen den Drang an, aus dem Saal zu laufen und sich in der Dunkelkammer des Röntgenraumes zu verstecken.

Als sie fertig war, konnte sie dem Patienten endlich den Rücken zukehren. Mit der Blutprobe in der Hand lief sie ins Labor.

Käthe, die diensthabende Schwester, nahm ihr die Probe ab. Auch ihr fiel auf, wie blass Hanna war.

Die Schwestern, die später im Waldfriede eingetroffen waren, wussten nichts von ihrem Problem. Eines musste man Schwester Maria zugutehalten: Sie tratschte Hannas Problem nicht weiter, zumindest nicht bei den Neulingen.

»Der Patient ist angeschossen worden und hat vermutlich einen Milzriss erlitten«, teilte Hanna ihr mit.

»Du meine Güte, und das am helllichten Tag? Wo hat er sich denn rumgetrieben?«

Um im Berlin dieser Tage angeschossen zu werden, brauchte man sich nicht mal in verrufene Ecken zu begeben, das wusste Hanna nur zu gut. Doch sie fragte sich, was der Bursche in Zehlendorf zu suchen hatte.

»Ich schick euch wen hoch, der die passende Blutgruppe hat«, erklärte Käthe. Hanna bedankte sich.

Bei ihrer Rückkehr hatte Pfleger Carl den Patienten bereits abgedeckt. Wenig später war nur noch der mit Jod eingestrichene Operationsbereich zu sehen.

Hanna atmete auf. Die Tücher schienen Wunder zu wirken. Ihr Kopf wusste, dass der Körper darunter war, doch ihr Herzschlag normalisierte sich wieder.

»Schaffst du das?«, fragte Pfleger Carl skeptisch.

Hanna bemerkte, dass Maria aufhorchte.

»Ja, es ist alles in Ordnung«, antwortete sie. »Ein Blutspender ist auf dem Weg.«

»Gut«, sagte Pfleger Carl, doch sein Blick verriet Beunruhigung.

Wenig später traten Dr. Conradi, Schwester Grete und Schwester Maria ein. Die große Operationslampe wurde eingeschaltet, dann blickte der Doktor zu Carl, der dem Verletzten bereits die Äthermaske aufgesetzt hatte.

Die einsetzende Routine beruhigte Hanna, jetzt wurden auch ihre Hände wieder warm.

Der Doktor schien ihre Blässe nicht zu bemerken, worüber sie froh war. Nachdem sie ein Weilchen abgewartet und beobachtet hatten, wie sich die Muskulatur des Patienten entspannte, setzte Dr. Conradi das Skalpell an.

Die Operation nahm die gesamte Mittagszeit und einen Teil des frühen Nachmittags ein. Der Doktor entfernte zunächst die verletzte Milz, dann das Geschoss.

Der junge Mann verlor wie erwartet sehr viel Blut, sodass kurz nach dem Eingriff der Blutspender hereingerufen werden musste. Es war ein junger Handwerker, groß und kräftig gebaut. Er legte sich auf eine Bahre, die neben den Operierten geschoben wurde, und der Doktor begann mit der Transfusion.

Anschließend wurde der Verletzte der Obhut von Schwester Maria und ihrer Männerstation übergeben.

Hanna fühlte sich erschöpft, doch sie war froh, dass bislang alles gut verlaufen war. Stolz erfüllte sie. Es mochte ihr besonders zu Anfang schlecht ergangen sein, aber sie hatte durchgehalten.

Bei ihrer Rückkehr ins Sprechzimmer saßen nur noch zwei Patienten in der Nische. Hanna grüßte sie und schloss den Raum auf. Wenig später erschien Dr. Steiner.

»Ist alles gut gegangen im OP?«, fragte er.

»Ja, soweit wir es abschätzen können. Danke, dass Sie eingesprungen sind.«

»Dafür bin ich ja da«, gab er lächelnd zurück. »Allerdings werde ich Dr. Conradi empfehlen, einen weiteren Assistenzarzt einzustellen. Jemand muss ihm bei der Arbeit im Operationssaal behilflich sein.«

»Eine gute Idee«, fand Hanna. Sie war ebenfalls der Ansicht, dass sich Dr. Conradi zu viel Arbeit auflud. Natürlich musste den Leuten geholfen werden, und Dr. Steiner arbeitete selbstständig und beherzt. Doch es kamen täglich Unfälle herein, und sie hatten auch mit Situationen wie der vorhin zu rechnen. Berlin war ein unruhiges Pflaster und nicht jede Gegend so behütet wie Zehlendorf.

Als Dr. Conradi erschien, erstattete ihm Dr. Steiner kurz Bericht. Seinen Vorschlag brachte er aber noch nicht vor.

Der Doktor schickte ihn in die Pause und erkundigte sich anschließend nach Hannas Befinden. »Wie geht es Ihnen?«

»Gut, warum fragen Sie, Herr Doktor?«

»Weil ich im Flur kurz das Gefühl hatte, dass Sie bestimmte Probleme haben«, antwortete er. »Und auch während der Operation waren Sie sehr blass.«

»Nachdem der Patient abgedeckt war, ging es.«.

Dr. Conradi nickte, betrachtete sie aber weiterhin prüfend. »Ich weiß um die Dämonen, die Sie plagen. Wenn Sie Hilfe brauchen …«

»Ich werde die Sache in den Griff bekommen«, versicherte Hanna mit fester Stimme. »Noch vor einem Jahr wäre ich in Ohnmacht gefallen!«

Dr. Conradi ließ sich nicht täuschen. Er griff nach ihrer Hand. »Sagen Sie mir bitte immer ehrlich, wie es Ihnen geht, ja?« Er sah ihr eindringlich in die Augen. »Nur dann kann ich Ihnen helfen. Sie sind sehr tapfer, Hanna. Aber Ihre Tapferkeit darf nicht so weit gehen, dass Sie mir krank werden. Ich brauche Sie, Hanna.«

»Ich verstehe.« Ein warmer Schauer durchlief Hanna. Es rührte sie zutiefst, dass er sich derart um sie sorgte. Zu gern hätte sie seine Hand noch länger festgehalten, doch das ging nicht. »Danke, Herr Doktor«, sagte sie und löste ihre Hand vorsichtig aus seiner.

***

Am Abend saß Louis in der Wohnstube vor der Akte des Patienten und versuchte, den Operationsbericht nachzuvollziehen. Meist schrieb Hanna die Berichte in Schönschrift in das Operationsbuch, hin und wieder tat er es selbst. Wie jetzt, als er den Federhalter über die Seiten führte.

Seine ausladende, weich geschwungene Handschrift entsprach nicht der landläufigen Vorstellung einer Arztschrift. Die meisten Kollegen krakelten, weil sie sich während des Studiums mit der Niederschrift beeilen mussten. Später dann behielten sie die Schrift bei.

Als er fertig war, erhob sich Louis vom Schreibtisch. Seine Augen brannten vom schlechten Licht und vor Müdigkeit. Das Einzige, was ihnen jetzt noch fehlte, war die Identität ihres Patienten.

In seiner Kleidung hatten sie weder einen Ausweis noch einen anderen Hinweis auf seine Personalien gefunden. Auch wenn er gegen achtzehn Uhr wieder zu sich gekommen war, hatte es sein Zustand verboten, ihn danach zu fragen.

Eigentlich mussten Schussverletzungen der Polizei gemeldet werden, doch bislang hatte sich Louis nicht dazu durchringen können. Allerdings blieb ihm nicht viel Zeit. Wenn es sich um ein Verbrechen handelte, und davon war auszugehen, denn niemand, der sich selbst umbringen wollte, schoss sich in den Bauch, musste die Mordkommission die Ermittlungen aufnehmen. Das bedeutete allerdings auch, dass die öffentliche Aufmerksamkeit auf sie gelenkt würde. Reporter würden auftauchen und wissen wollen, was los war. Wenn er eines nicht wollte, dann einen Ministerialbeamten Wiedemann, der in der Zeitung von ihnen las.

Er verließ die Wohnstube, doch nicht in Richtung Schlafzimmer. Stattdessen nahm er sich vor, noch eine Runde durchs Haus zu drehen.

Vor Hannas Zimmer hielt er kurz inne. Er spürte, dass sie noch wach war. Sie wohnte mittlerweile mit ihrer Schwester zusammen, die zwei Richter-Mädchen bildeten ein ausgesprochen lebhaftes Gespann. Seine Frau war ganz begeistert von Lenis Fleiß, und es schien sogar, dass sie dadurch auch Hanna gegenüber milder gestimmt war. Was sich indirekt auch auf ihn auswirkte.

Sorgen bereitete ihm allerdings, dass Hanna während der Operation ganz und gar nicht gut ausgesehen hatte. Die anfängliche Befürchtung, sie würde sich vor den männlichen Patienten scheuen, hatte sich nicht bewahrheitet. Sie ging sehr gut mit ihnen um, und er hatte insgeheim gehofft, sie habe ihr Trauma überwunden. Doch heute, durch den Angeschossenen, hatte sie ganz eindeutig einen Rückfall erlitten.

Am liebsten hätte er an ihre Zimmertür geklopft und sie getröstet, doch er wusste, dass das nicht ging.

Er durfte seinen und auch ihren Ruf nicht aufs Spiel setzen.

***

Im Lampenschein saß Hanna über ihren Heften voller Notizen zum Thema Röntgen und zur Elektrizität im Allgemeinen. Die Erinnerung an den angeschossenen Patienten hatte sie zurückgedrängt, doch jetzt musste sie an die Begegnung mit Rosa denken.

»Wird er wieder gesund?«, hatte sie besorgt gefragt, als sie sich im Speisesaal trafen. »Der Mann mit der Schusswunde, meine ich.«

»Wir werden sehen«, entgegnete Hanna. »Die Operation ist recht gut verlaufen, aber der schlimme Teil kommt erst noch.«

Rosa knüllte das Geschirrtuch zusammen. »Nicht auszudenken, wenn ihn niemand gesehen hätte.«

»Irgendwer sieht hier immer alles.« Hanna legte ihr die Hand auf die Schulter. Sie wunderte sich ein wenig über Rosas Interesse an dem jungen Mann. Ja, sie waren ihm schon einmal begegnet, doch in der Arbeiterwohnung, als Hanna die Aderpresse angelegt hatte, hatten sie nicht die Gelegenheit gehabt, miteinander zu sprechen.

»Ich hoffe sehr, dass er überlebt«, sagte Rosa. »Wäre es vielleicht möglich, dass ich ihn besuchen darf, wenn er wieder auf den Beinen ist?«

»Besuchen?«, fragte Hanna, und ein Lächeln huschte über ihr Gesicht. »Du bringst den Patienten doch morgens ihr Frühstück! Da wirst du ihn auf jeden Fall besuchen.«

Rosa nickte, aber Hanna konnte ihr ansehen, dass das Küchenmädchen etwas anderes meinte.

»Ich bin sicher, dass du ihn zwischendurch besuchen kannst«, lenkte sie ein. »Allerdings wird er noch eine ganze Weile Ruhe brauchen. Und du solltest unbedingt eine Schwester von der Station fragen, ob das erlaubt ist.«

Ein Geräusch vor ihrer Tür riss Hanna aus ihren Gedanken. Wollte da jemand zu ihr? Eilig stand sie auf und öffnete, doch als sie hinausschaute, blickte sie in einen leeren Gang.

25. Kapitel

Berlin, 14. Juli 1921

Schon früh am Morgen brannte die Sonne.

Wie soll es erst werden, wenn sie richtig über den Horizont getreten ist?, dachte Hanna, die soeben den Bahnhof verließ und den Weg zum Rudolf-Virchow-Krankenhaus einschlug. Vor Aufregung grummelte ihr der Magen. Beinahe die ganze Nacht lang hatte sie über ihren Unterlagen gebrütet, hinter einem Paravent, damit Leni schlafen konnte.

Das Röntgen war ihr mittlerweile in Fleisch und Blut übergegangen, sodass man sie mitten in der Nacht wecken konnte, um sie mit einer Aufnahme zu betrauen. Die Sicherheit, die sie gegenüber Dr. Conradi an den Tag gelegt hatte, war nun allerdings verflogen. Was, wenn sie etwas verwechselte? Wenn alles, was sie wusste, während der Prüfung aus ihrem Kopf herauspurzelte?

Auf dem Hof des Krankenhauses herrschte reger Betrieb. Patienten wurden zu ihren Untersuchungen geschoben, Ärzte eilten mit Klemmbrettern und wehenden Kitteln über den Hof.

Rasch machte Hanna das Grüppchen ihrer Mitschülerinnen aus. Sie waren insgesamt sieben. Drei von ihnen kamen aus Berlin, eine aus Potsdam, die anderen stammten aus dem Brandenburgischen und arbeiteten dort an kleineren Kliniken. Dieser Kurs bestand ausschließlich aus Schwestern, doch es war schon vorgekommen, dass sich in manchen Jahrgängen auch Ärzte im Röntgenfach hatten ausbilden lassen.

Eine Berlinerin und die Potsdamerin trugen die Haare kurz geschnitten, was Hanna zunächst verwundert hatte. Doch dann musste sie zugeben, dass die sogenannten »Bobs« den Mädchen sehr gut standen.

»Hanna!«, rief eine der jungen Frauen im Schwesternkleid und kam auf sie zu. »Na, bist du auch schon so aufgeregt?«

Mit Larissa, die an der Charité arbeitete, hatte sie sich ein wenig angefreundet. Sie war in ihrem Alter und hatte ebenfalls in einem Sanatorium gearbeitet, bevor sie nach Berlin gekommen war. Ihre lebhafte Art hatte Hanna gefallen, auch wenn sie spürte, dass sie sich in manchen Dingen wie der Tag von der Nacht unterschieden. Aber sie konnte sich gut vorstellen, Larissa auch nach dem Kurs hin und wieder zu einem Spaziergang zu treffen.

»Eigentlich nicht«, gab sie zurück. »Ich habe gestern so lange am Röntgengerät gestanden, dass ich die Einzelteile in- und auswendig kenne.«

Larissa lachte auf. »Du hast es gut! Mein Doktor macht immer alles selbst, keine Ahnung, warum er mich hierhergeschickt hat.«

»Wahrscheinlich will er abwarten, bis du mit der Ausbildung fertig bist. Du wirst noch früh genug zu tun bekommen!«

»Trotzdem, ich beneide dich. Du bist da draußen in Zehlendorf, wo all die feinen Leute wohnen.«

Hanna hörte das öfter, fragte sich allerdings, warum ihre Kurskameradinnen glaubten, dass sie dadurch ein besseres Leben hätte.

Das Krankenhaus hatte sich gemacht, und sie selbst litten weder Hunger noch Kälte. Dennoch fehlte es auch bei ihnen an allen Ecken und Kanten. Ihre Schwesternkleider waren bereits an vielen Stellen geflickt, dasselbe galt für ihre Unterwäsche. Von der privaten Kleidung ganz zu schweigen.

Die Prüfungen bestanden aus einem schriftlichen Teil und einem praktischen. Letzterer war für die Zeit nach dem Mittagessen angesetzt.

»Ich glaube, heute Nachmittag werden wir im Röntgenraum umkommen«, stöhnte Larissa.

»Hoffentlich wird Gisela nicht wieder ohnmächtig«, flüsterte Hanna und blickte zu ihrer Mitschülerin, die sich lebhaft mit der Potsdamerin unterhielt. Erst vor Kurzem hatten ihr die Dämpfe der Entwicklerflüssigkeiten buchstäblich den Atem geraubt.

»Oh, ich glaube, wir müssen rein!«, sagte Larissa, nachdem sie einen Blick auf ihre Schwesternuhr geworfen hatte. Mit einem schrillen Pfiff zog sie die Aufmerksamkeit der anderen auf sich.

»Die Herren Doktoren warten, wir sollten gehen!«

Das im Jahr 1906 eingerichtete Röntgeninstitut befand sich in einem weitläufigen Gebäude mit hohen Fenstern. Im Foyer blickte die Büste Wilhelm Conrad Röntgens den Hereinkommenden streng entgegen. Weiter hinten befanden sich die einzelnen Röntgensäle. Diese waren nach international modernsten Standards eingerichtet. Einige der Apparate waren riesig und lediglich zur Forschung bestimmt, andere kleiner und für praktische Untersuchungen gedacht.

Sie hatten alle einmal kennengelernt und an einigen von ihnen gearbeitet.

An der Tür des kleinen Hörsaals angekommen, pochte Hanna das Herz bis zum Hals. Das Grummeln in ihrem Magen wurde noch stärker. Es war wie damals, als sie die Abschlussprüfung zur Krankenschwester absolviert hatte.

Die Luft im Raum war furchtbar schlecht. Wie würde es da erst im Entwicklungslabor sein, wo kein Lichtstrahl und noch weniger Luft hineinströmten!

Die jungen Frauen nahmen ihre Plätze ein, die heute so präpariert waren, dass sie unwillkürlich Abstand voneinander halten mussten.

Als sich die Prüfungskommission einfand, wurde es still im Raum. Herr Levy-Dorn warf einen strengen Blick über die Prüflinge.

»Meine Damen, ich freue mich, Sie zu sehen«, sagte er dann und hob zu einer kleinen Rede an, die die Bedeutung dieses Tages betonte und von den Teilnehmerinnen das Beste an Können und Wissen verlangte.

Als er fertig war, wurden die Aufgaben verteilt. Ein Teil handelte von der Theorie der Röntgenstrahlen und dem technischen Aufbau der Geräte, im zweiten wurden Fragen nach Behandlungsmethoden und

Möglichkeiten der Diagnostik gestellt, und der dritte befasste sich mit dem Strahlenschutz.

Hanna warf Larissa ein aufmunterndes Lächeln zu, dann griff sie nach ihrem Federhalter und begann.

***

»Wie fühlen Sie sich, Herr Schulze?«, erkundigte sich Louis, als er vor dem frisch operierten Patienten haltmachte. Die Schwester, die ihn bei der Visite begleitete, schob rasch das Paravent zwischen sein Bett und das des Nachbarn.

Der junge Mann schluckte, bevor er mit kratziger Stimme antwortete: »Wesentlich besser als mit einer Kugel im Leib.«

Conradi lachte auf. »Wenn Sie mir eine solche Antwort geben können, scheinen Sie auf dem Wege der Besserung zu sein.« Er warf einen Blick auf die Fieberkurve, dann fragte er bei den Schwestern die Parameter Puls, Blutdruck und Ausscheidungen ab.

»Wir hatten gestern nicht mehr die Möglichkeit, miteinander zu sprechen«, sagte Conradi, »doch wie ich sehe, haben Sie der Schwester mittlerweile Ihre Personalien mitgeteilt.«

»Tut mir leid, dass ich keinen Ausweis dabeihatte«, entschuldigte sich der junge Mann. »Ich reiche Ihnen alles nach, sobald ich wieder auf den Beinen bin.«

Louis tastete vorsichtig den Bauch des Patienten ab.

»Haben Sie das Gefühl, dass sich etwas ungewöhnlich anfühlt?«

»Alles schmerzt«, krächzte der junge Mann. »Aber das ist nicht ungewöhnlich, oder?«

»In Ihrem jetzigen Zustand nicht.«

Conradi erteilte seiner Begleiterin einige Anweisungen. Die Frage, wie es zu der Schussverletzung gekommen war, lag ihm auf der Zunge, doch er konnte sie nicht stellen, solange andere Patienten zuhörten.

Kaum hatte er das Krankenzimmer verlassen, wandte er sich an Schwester Maria, die ihn auf der Visite begleitet hatte.

»Hat er Ihnen gegenüber geäußert, was für ein Vorfall zu seiner Verletzung geführt hat?«

Maria schüttelte den Kopf. »Nein. Aber ist es denn ein Wunder? Von allen Seiten hört man, dass sich verfeindete Mitglieder unterschiedlicher politischer Parteien Straßenkämpfe liefern.«

»Für Zehlendorf ist das allerdings ein wenig untypisch, oder?«

»Zehlendorf ist mehr als das Gelände unseres Krankenhauses, Herr Doktor. Seit wir an Berlin angeschlossen wurden, halte ich alles für möglich, auch, dass sich diese Anarchisten jetzt bei uns austoben.«

Conradi nickte. »Gut, Schwester Maria, Sie werden mich auf dem Laufenden halten. Und bitte keine Ressentiments gegenüber dem Patienten. Egal, welcher politischen Anschauung er ist, wir tun Gottes Werk an ihm.«

»Natürlich, Herr Doktor«, gab Maria zurück.

Auf dem Weg zurück ins Sprechzimmer kam ihm eines der Hausmädchen entgegen.

»Da ist ein Anruf für Sie aus Friedensau, Herr Doktor.«

Louis runzelte die Stirn. Was konnten die Kollegen von ihm wollen?

Er legte die Akten, die er unter dem Arm trug, auf seinem Schreibtisch ab und folgte dem Mädchen zu seinen Privaträumen. Mittlerweile hatte die Pforte zwar einen eigenen Anschluss und der in der Wohnstube diente als Nebenanlage, dennoch musste er unbedingt einen Telefonapparat im Sprechzimmer installieren lassen. Leider fehlten ihm dafür die finanziellen Mittel.

In der Wohnstube eingetroffen, meldete er sich und vernahm die Stimme von Pastor Heinrich Schubert.

»Wie geht es dir, Bruder Conradi?«, fragte er mit warmer Stimme. »Ich bin zurück in Berlin und wollte fragen, ob es etwas gibt, was ich für euch tun kann?«

»Das ist zu freundlich von dir! Du könntest tatsächlich etwas für uns tun: Würdest du vielleicht Fühlung zum Innenministerium aufnehmen? Du weißt ja von unseren Plänen, eine Krankenpflegeschule zu eröffnen. Es wird Zeit, dass wir dieses Projekt in Angriff nehmen.«

Verdutztes Schweigen am anderen Ende der Leitung. Louis hörte nur die Atemzüge des Pastors.

»Das kann ich sehr gern tun«, sagte Schubert schließlich ein wenig überrumpelt. »Aber hältst du es nicht für besser, wenn wir vorher den Vorstand unserer Gemeinschaft informieren?«

»Die Herrschaften sind doch schon seit Langem unterrichtet!«, gab Louis zurück. »Es geht lediglich darum, einmal vorzutasten, nichts weiter. Wie sehen die Bedingungen für die Errichtung einer solchen Schule aus? Welche Unterlagen sind einzureichen? Ich komme leider nicht von hier weg, deshalb wäre ich dir für deine Hilfe sehr dankbar!«

Louis war außerdem nicht erpicht darauf, diesem Wiedemann wiederzubegegnen. Heinrich Schubert war der Vorsteher ihrer Gemeinschaft. Er würde dem Ministerialbeamten auf dessen Nachfragen hin noch besser Auskünfte über die Natur des Adventismus geben können.

»Also gut, ich werde Kontakt mit dem Innenministerium aufnehmen«, versprach Schubert schließlich.

»Besten Dank, das weiß ich sehr zu schätzen.«

Damit legte er auf.

***

Bei ihrer Rückkehr ins Waldfriede ließ sich Hanna auf einer der Parkbänke nieder und genoss die kühle Brise, die ihr durchs Haar strich. Ihr Blick schweifte durch den Park. Die hohen Taxuskegel, die den Weg säumten, konnten mal wieder einen Schnitt vertragen, doch das erlaubte der Doktor erst im Herbst, wenn sichergestellt war, dass keine Vögel mehr in ihren Zweigen nisteten.

Sie schloss die Augen, atmete die Düfte des Sommers ein und ging in Gedanken den Tag noch mal durch. Die Ergebnisse der Prüfung hatten sie heute nicht erfahren, man würde sie ihnen per Post zukommen lassen.

Hannas Gefühle waren gemischt. In der Praxis hatte sie glänzend dagestanden, aber die Theorie … Hin und wieder hatte sie das Gefühl gehabt, etwas bei den Antworten vergessen zu haben, aber ihr wollte nicht einfallen, was.

Larissa hatte gefragt, ob sie sich an diesem Abend nicht mit den anderen in einem Café treffen wollten, doch Hanna hatte abgelehnt. Abgesehen davon, dass Frau Conradi nichts davon halten würde, wenn sie sich nachts herumtrieb, hatte sie kein Geld, um es in einem Lokal auszugeben.

Schritte rissen sie aus ihren Gedanken. Als sie die Augen öffnete, sah sie Dr. Conradi des Weges kommen. Er trug noch seinen Kittel, hatte die Arme hinter dem Rücken verschränkt und blickte gedankenverloren durch den Park. Als er Hanna entdeckte, steuerte er auf sie zu.

»Haben Sie etwas dagegen, wenn ich mich zu Ihnen setze?«, fragte er freundlich.

»Nicht im Geringsten, Herr Doktor.« Hanna lächelte ihn an und rückte ein Stück zur Seite. Jetzt, wo er nur wenige Zentimeter von ihr entfernt war, roch sie das Desinfektionsmittel an ihm, aber auch Spuren seines Rasierwassers.

»Und, wie ist es gelaufen?«, fragte er.

»Die Ergebnisse der schriftlichen Prüfung bekommen wir nächste Woche mitgeteilt«, berichtete Hanna. »Aber beim praktischen Teil habe ich ein gutes Gefühl.«

»Das freut mich für Sie.« Conradis Blick ruhte eine Weile auf ihrem Profil, dann fragte er: »Werden Sie die Nachmittage am Virchow vermissen?«

»Das Waldfriede ist mein Krankenhaus, nicht das Virchow«, antwortete sie.

»Dennoch habe ich das Gefühl, dass es Ihnen dort gefallen hat.«

»Das Röntgeninstitut ist sehr interessant«, räumte sie ein. »Allein die großen Hallen und die Apparate in den Sälen … Aber ich bin lieber hier.«

Sie blickte ihn an und sah ein Lächeln über sein Gesicht huschen.

»Ich würde Sie auch schmerzlich vermissen«, merkte er an. »Übrigens, Bruder Schubert hat heute angerufen und gefragt, ob er etwas für uns tun kann. Ich habe ihm von der Krankenpflegeschule erzählt. Er wird mit dem Ministerium Fühlung aufnehmen, was die Bedingungen angeht.«

»Das ist wunderbar. Doch ob man uns dort inzwischen wohler gesinnt ist?«

Hanna hatte nicht vergessen, dass das Innenministerium ihnen ein Ultimatum gesetzt hatte. In der ersten Zeit nach der Eröffnung hatte ihnen die Angst, das Ministerium würde von ihrer Operation ohne OP-Saal erfahren, beständig im Nacken gesessen.

Als die Inspektoren letztendlich zur Abnahme des Saals erschienen, hatten sie allerdings zugeben müssen, dass er gut gelungen war. Mehr hatten sie nicht verlauten lassen. Das Innenministerium hatte seine Genehmigung zum Vollbetrieb geben müssen. Seitdem war es ruhig geblieben.

»Wohl kaum«, antwortete Conradi. »Bislang hat mich dieser Wiedemann nicht zum Rapport gebeten, aber ich fürchte, das ist nur die Ruhe vor dem Sturm.«

»Wäre es denkbar, dass das Innenministerium wieder auf uns aufmerksam wird, wenn wir eine Anfrage stellen?«

»Das ist leider nicht ausgeschlossen.« Dr. Conradi zog die Stirn kraus. »Aber um unseren Stand in Berlin zu festigen, brauchen wir eine Ausbildungsstätte. Außerdem wären wir dann nicht länger auf Personal von außerhalb angewiesen. Wir könnten unsere eigenen Schwestern und Pfleger heranziehen, ausgebildet von unseren eigenen Ärzten.«

»Da haben Sie vollkommen recht, Herr Doktor.« Hanna dachte an Else, die fortgehen musste, um den Beruf der Krankenschwester zu erlernen. »Wir werden das Wagnis wohl auf uns nehmen müssen.«

»Das werden wir!«, bekräftigte Dr. Conradi. »Immerhin haben wir das erste Jahr doch recht gut hinter uns gebracht. Wenn es so weitergeht mit den Patientenzahlen, wird uns dieser Wiedemann nichts mehr anhaben können.«

Sie sahen einander an, dann fügte der Doktor hinzu: »Sie haben mir heute Vormittag wirklich gefehlt.«

»Ach, Sie schaffen die Sprechstunde doch notfalls auch ohne mich. Wenn ich beim Röntgen bin zum Beispiel.«

»Aber dann weiß ich Sie im Haus.« Er betrachtete sie einen Moment lang versonnen, dann fügte er hinzu: »Dr. Steiner hat übrigens mit mir gesprochen. Er ist der Ansicht, wir könnten einen weiteren Assistenzarzt gebrauchen. Was meinen Sie dazu?«

Hanna spürte, dass er nicht wieder ins Haus gehen wollte. Auch sie wäre gern noch eine Weile mit ihm hier sitzen geblieben.

»Ich halte das für ausgesprochen sinnvoll. Der Notfall gestern hat gezeigt, dass es gut wäre, einen weiteren Arzt zu haben, der Ihnen bei Operationen zur Hand gehen kann, während Dr. Steiner Ihre ambulanten Patienten betreut.«

Conradi nickte. »Ja, der Ansicht bin ich auch. Vielleicht hätte ich schon eher einen weiteren Arzt anstellen sollen. Aber momentan sieht es so aus, dass kaum Ärzte unseres Glaubens verfügbar sind. Die meisten bleiben lieber im süddeutschen Raum oder arbeiten in der Schweiz, wo die Inflation sie nicht so hart trifft.«

»Muss es denn ein Arzt aus unserer Gemeinschaft sein?«, fragte Hanna. »Sie wissen doch, wie lange es gedauert hat, bis Dr. Steiner zu uns kam. Wie wäre es, wenn Sie ein öffentliches Gesuch schalten, in einer Tageszeitung vielleicht?«

Conradi blickte skeptisch drein.

»Aber wird sich derjenige dann in unsere Sitten hineinfinden? Wenn er beispielsweise Katholik ist, wird er auf einen freien Tag am Sonntag bestehen.«

»Dann wäre er aber frei für den Dienst am Samstag. Da müssen die Patienten doch auch versorgt werden, nicht wahr?«

Sie wusste, dass der Doktor ihr zustimmen musste. Seit die Krankenhausbetten belegt waren, kamen sie kaum dazu, den Sabbat einzuhalten. Die Dienste der Schwestern wurden so gelegt, dass sie wenigstens einen halben Tag Ruhe halten konnten, aber das reichte oftmals nicht. Personal von außen, dem der Samstag nicht heilig war, hatten sie kaum.

»Da ist durchaus etwas dran«, räumte Conradi ein. »Ich könnte ihm die Visite in die Hände legen und müsste nur dann in Erscheinung treten, wenn es einen Notfall oder ein chirurgisches Problem gibt.«

»So ist es!« Hanna strahlte den Doktor an. Wie schön wäre es, wenn er ein wenig mehr Ruhe bekäme! Seit der Eröffnung hatte er kaum einen ganzen Samstag für sich gehabt, von Urlauben ganz zu schweigen.

»Gut, Hanna, dann schalte ich ein Gesuch. Das Bewerbungsgespräch wird sicher ergeben, was er von unserem Glauben hält.«

Hanna nickte. Aus dem Augenwinkel bemerkte sie eine Bewegung hinter einem der Fenster. Sie konnte nicht erkennen, wer da nach ihnen Ausschau hielt, aber sie hielt es für besser, wenn sie jetzt ging.

»Sie entschuldigen mich, Herr Doktor. Ich möchte mich ein wenig frisch machen. Wir sehen uns beim Abendessen.«

Conradi nickte, und sie spürte seine Augen in ihrem Rücken, bis sie im Hintereingang verschwunden war.

26. Kapitel

Zehlendorf, 22. Juli 1921

Eine Woche später war Paul Schulze immerhin so weit, dass er im Rollstuhl zum Sprechzimmer geschoben werden konnte.

Louis schickte eine Schwester los, um ihn zu holen, dann wandte er sich an Hanna.

»Was soll ich Ihrer Meinung nach machen?«

»Was meinen Sie?«

»Dass die Kugel nicht durch einen Zufall in den Körper des Mannes gekommen ist, liegt wohl auf der Hand.«

Hanna überlegte. »Möglicherweise ist er in etwas hineingeraten, für das er nichts konnte. Das war bei Rosa und mir in der Nähe des Potsdamer Bahnhofs auch der Fall.«

»Andererseits könnte es auch ein Anschlag auf sein Leben gewesen sein. Oder ein Duell.«

»Wer duelliert sich denn heutzutage noch?«, fragte Hanna.

Louis wusste, dass dies hin und wieder vorkam, besonders wenn Mitglieder schlagender Burschenschaften aufeinandertrafen.

»Solange wir keine gesicherten Erkenntnisse über seine Identität haben, dürfte es uns schwerfallen zu überprüfen, was wirklich passiert ist.«

Ein Klopfen an die Tür unterbrach ihn. Wenig später schob Schwester Hilde von der Männerstation den Patienten herein.

Louis bedankte sich und bat die Schwester, die Tür hinter sich zu schließen. »Ah, Herr Schulze!«, begrüßte er den Mann, als sie weg war. »Wie schön, Sie zu sehen.«

»Ich habe Sie bei der Visite schon vermisst, Herr Doktor«, entgegnete der junge Mann.

Louis faltete die Hände auf der Tischplatte.

»Wie geht es Ihnen denn heute?«

»Hier und da schmerzt es noch, aber ich fühle mich schon wesentlich besser.«

»Sie können sich vielleicht denken, weshalb ich Sie sprechen möchte. Ohne Zeugen.« Louis richtete den Blick eindringlich auf das Gesicht des Mannes. »Sie verstehen sicher, dass wir es der Polizei melden müssen, wenn jemand mit einer Schussverletzung bei uns eingeliefert wird. Oder, in Ihrem Fall, zu uns kommt.«

»Sie wollen nun wissen, wie das passiert ist, nicht wahr?«

»Ja«, gab Louis zu. »Ich wüsste gern, was ich der Polizei sagen soll.«

»Sie unterliegen doch der ärztlichen Schweigepflicht, oder?«, erkundigte sich Schulze.

»Das tue ich, und es liegt mir fern, einen Namen zu nennen. Doch ich wüsste gern, wie die Kugel in Ihren Körper gekommen ist.«

»Ich bin in einen Hinterhalt geraten«, erklärte Schulze.

»Die Kugel ist aber in die Vorderseite Ihres Torsos eingeschlagen. Am Rücken gibt es kein Austrittsloch, und das, was Ihnen immer noch Schmerzen bereitet, ist die gebrochene Rippe, in der die Kugel stecken geblieben ist.« Louis machte eine kurze Pause. »Ich bin kein Pathologe und auch kein Forensiker, aber ich würde behaupten, der Schütze hat Ihnen gegenübergestanden.«

Die Miene des Mannes verfinsterte sich. »*Ich* bin das Opfer«, beharrte er mit Nachdruck. »Ich war auf dem Weg nach Berlin, als plötzlich ein Schuss fiel. Ich ging zu Boden, und vermutlich glaubte der Attentäter, das war's. Ich vernahm Schritte, dann habe ich mich zu Ihnen geschleppt, denn wegen Ihrer netten Schwester da wusste ich, dass es hier ein Krankenhaus gibt.«

Er blickte zu Hanna, machte eine Pause und fügte hinzu: »Sie wissen doch, wie es derzeit auf den Straßen aussieht. Wenn man nicht aufpasst, knipst einem irgendwer das Licht aus.« Er schnippte mit den Fingern. »Einfach so! Auch Ihre Schwester kann davon ein Lied singen.«

Hanna stand wie erstarrt vor dem Medikamentenschrank. Es machte ihr sichtlich zu schaffen, an den Vorfall vom Vorjahr erinnert zu werden.

»Und Sie haben nicht die Absicht, die Männer zur Rechenschaft ziehen zu lassen, die Sie die Milz und beinahe das Leben gekostet haben?«

»Das bringt ohnehin nichts, das sage ich Ihnen. Besser, wir vergessen, was geschehen ist.«

Louis schnaufte frustriert. Es lag ihm fern, etwas zu vergessen. Die Schussverletzung melden musste er, so oder so.

Als Schulze zurück in sein Krankenzimmer gebracht worden war, sah der Doktor Hanna fragend an. »Was sagen Sie dazu?«

»Er scheint vor etwas Angst zu haben. Allerdings kann ich Ihnen nicht sagen, wovor.«

»Für mich sieht es so aus, als würde er die Polizei fürchten. Wie jemand, dessen Weste nicht ganz rein ist.«

»Sie meinen, er ist ein Verbrecher?« Hanna schüttelte den Kopf. »Ich habe ihn in der Wohnung nahe dem Potsdamer Bahnhof gesehen. Er hat Hilfe für seinen Freund geholt.«

»Das würden Leute aus dem halbseidenen Milieu auch tun, nicht wahr?«, gab Louis zu bedenken.

Hanna runzelte die Stirn. »Da haben Sie natürlich recht, Herr Doktor.« Sie überlegte kurz. »Möglicherweise kann ich noch einmal mit ihm reden. In ein paar Tagen vielleicht.«

»Meinen Sie, er wird Ihnen gegenüber mit der Sprache herausrücken?« Conradi schnaubte. »Wir bräuchten zunächst einmal die genauen Personalien des Mannes. Seine Krankenkassennummer, seine Adresse. Ich glaube kaum, dass er uns die richtigen gegeben hat.«

»Wenn er uns um die Behandlungskosten prellt, können Sie ihn von der Polizei suchen lassen«, gab Hanna zu bedenken.

Conradi atmete tief durch und faltete seine Hände auf dem Schreibtisch.

»Und wenn Sie die Schussverletzung als Unfall melden?«, schlug Hanna vor. »Schulze hatte keine Waffe bei sich, aber die kann er ja irgendwo liegen gelassen haben.«

Der Doktor rang sichtlich mit sich. »Das wäre gefährlich. Wenn er in eine andere Sache verwickelt wird …«

»Dann können wir immer noch behaupten, er hätte falsche Angaben gemacht.«

»Wäre er ein Verbrecher, würden wir ihn damit schützen.«

»Hier ist er doch in erster Linie ein Mensch und ein Patient. Das, was da draußen vorgeht, ist eigentlich nicht unsere Sache, oder?«

Louis atmete tief durch. »Sie haben recht, Hanna«, sagte er schließlich. »Ich werde die Sache als Schussverletzung melden, allerdings als Unfall. Wenn Herr Schulze gegen den Täter keine Schritte unternehmen will …«

»Gegen die Männer, die auf ihn und seine Bekannten in der Wohnung geschossen haben, gab es auch kein Verfahren«, sagte Hanna nachdenklich. »Ich habe keine Ahnung, ob sie das Feuer erwidert haben, doch eines weiß ich ganz sicher: Die ersten Schüsse kamen von den Uniformierten auf der Ladefläche des Lastwagens.«

»Waren das Leute vom Freikorps?«, fragte der Doktor.

»Das weiß ich nicht. Sie sahen nach Militär aus, aber ich kenne mich mit Uniformen nicht so gut aus. Ich habe Rosa in den Hauseingang gezogen und mich dann nur noch darauf konzentriert zu atmen, denn die Soldaten und die Schüsse …« Hanna senkte den Kopf.

»Man könnte beinahe denken, dass Sie selbst im Krieg waren.« Er sah sie prüfend an. »Sie zeigen ähnliche Symptome wie traumatisierte Soldaten.«

»Ganz so schlimm ist es wohl nicht«, wehrte Hanna ab. »Außerdem habe ich das Gefühl, dass es nachlässt. Wirklich.«

»Ich glaube Ihnen«, versicherte ihr Louis. »Aber wenn es wieder schlimmer wird …«

»Dann sind Sie für mich da«, beendete Hanna seinen Satz. »Und das weiß ich sehr zu schätzen.«

Kurz nach dem Mittagessen fand Hanna einen Brief, der in ihrem Türspalt steckte. Als sie ihn zur Hand nahm, entdeckte sie die Adresse des Röntgeninstituts.

Mit klopfendem Herzen riss sie ihn auf und überflog die Zeilen, dann rannte sie los.

Als sie um die Ecke bog, sah sie Rosa, die untergehakt mit Herrn Schulze durch den Gang spazierte.

Eigentlich war es die Aufgabe einer Schwester, mit dem Patienten einen kleinen Spaziergang zu machen. Wenn er hinfiel oder ihm unwohl wurde, musste eine qualifizierte Kraft vor Ort sein. Wer hatte ihr diese Aufgabe übertragen?

Sie wollte schon zu ihnen gehen, als sie sah, dass die beiden stehen blieben und sich einander zuwandten. Offenbar hatten sie ihre Anwesenheit noch nicht mitbekommen.

Sie konnte nicht sehen, welcher Ausdruck auf dem Gesicht des jungen Mannes lag, doch Rosas Augen leuchteten, als sie mit ihm sprach, und ihre gesamte Körperhaltung verriet, dass sie von ihrem Begleiter überaus angetan war.

Hanna dachte zurück an die Spaziergänge, die sie mit Martin gemacht hatte. Mehr als drei Jahre war er mittlerweile tot, und auch wenn der Schmerz an Schärfe verloren hatte, kam er hin und wieder zu ihr zurück.

Allerdings dachte sie immer seltener an ihn. Besonders, wenn Dr. Conradi in der Nähe war, war sie so abgelenkt, dass die Erinnerung an ihn mehr und mehr in den Hintergrund trat. Leni behauptete, man merke ihr deutlich an, wie sehr sie den Doktor mochte. Stimmte das?

Hanna verdrängte den Gedanken an Dr. Conradi und ging mit großen Schritten auf die beiden zu.

»Herr Schulze, was machen Sie denn hier?«, fragte sie energisch.

Rosa schreckte zurück. Augenblicklich wurde ihr Kopf rot wie eine Erdbeere.

»Der Doktor hatte nichts gegen einen kleinen Spaziergang einzuwenden«, gab Schulze zurück.

»Das ist richtig, aber das Treppensteigen ist anstrengend genug. Und auf dem Rückweg wird es nicht besser. Sie dürfen sich auf keinen Fall überanstrengen.« Ihr Blick wanderte zu Rosa. »Hat dich eine Schwester gebeten, mit dem Patienten so weit zu gehen?«

»Ich …« Rosa stockte und knetete zerknirscht ihren Schürzenzipfel. Natürlich nicht, dachte Hanna. Sie musste unbedingt verhindern, dass die beiden sich näherkamen, schließlich war Rosa noch nicht einmal achtzehn, und wer dieser Schulze wirklich war, wussten sie auch nicht.

»Gut, dann bringe ich Sie jetzt auf Ihr Zimmer zurück, Herr Schulze. Wir wollen doch nicht, dass sich irgendwelche Nähte öffnen.«

Sie bot ihm ihren Arm an. Schulze blickte ein wenig unglücklich zu Rosa hinüber, dann hakte er sich bei ihr ein. Schweigend gingen sie durch den Flur. Plötzlich sagte der junge Mann: »Ich bin Mitglied der Kommunistischen Partei. Ich weiß nicht, wie gut Sie über die Vorgänge in diesem Land informiert sind, doch es gibt seit dem Mord an Karl Liebknecht und Rosa Luxemburg so einige Leute, die uns gern tot sähen.«

Hanna schaute ihn mit großen Augen an. Sie hatte vom Tod der beiden Arbeiterführer gelesen. Allerdings waren sie in der Zeitung wie Verbrecher dargestellt worden, die ihre gerechte Strafe bekommen hatten.

Schulze blickte sie eindringlich an.

»Ich kann Ihnen wirklich nicht sagen, wer auf mich gefeuert hat«, fuhr er fort. »Der Schütze hatte sich hinter einem Gebüsch versteckt. Die Polizei wird sicher kein Interesse daran haben, die Sache aufzuklären. Und mir genügt es, dass ich am Leben bin.«

»Was, wenn diese Männer Sie wieder angreifen?«, fragte Hanna besorgt. »Außerdem wirft es kein gutes Licht auf Sie, wenn Sie keine Ermittlungen wünschen.«

Schulze hielt inne und zwang sie, ebenfalls stehen zu bleiben.

»Schwester Hanna, bitte! Es macht keinen Unterschied, ob ich diese Leute melde oder nicht. Sie werden keine Strafe bekommen. Ich kann nur die Augen aufhalten und versuchen, beim nächsten Mal schlauer zu sein. Haben Sie keine Angst, ich sage Ihnen die Wahrheit! Mein Name ist mein Name, und ich bin kein Verbrecher. Nur jemand, der das Leben für die Arbeiter hier besser machen will.«

»Sie machen es nicht besser, indem Sie sich abschießen lassen.«

»Ich werde mich nicht abschießen lassen.« Er senkte den Kopf, dann fügte er leise hinzu: »Sie haben es wirklich schön hier. So idyllisch. Aber die Welt da draußen sieht anders aus. Damit Sie sicher hier arbeiten und sich um die Menschen kümmern können, braucht es Männer wie mich, die diese Leute, die den Freikorps und den Nationalisten anhängen, im Auge behalten. Wir können uns keinen weiteren Krieg leisten, aber einige der alten Generäle wollen genau das! Sie wollen ihren Stolz und ihr verletztes Ehrgefühl aufwerten, und wir wollen verhindern, dass der nächste Krieg wieder auf dem Rücken der Arbeiterklasse ausgefochten wird.«

Ein eisiger Schauer überlief Hanna. Würden diese Leute, von denen Schulze berichtet hatte, wirklich so weit gehen, einen neuen Krieg vom Zaun zu brechen? Der letzte war erst seit drei Jahren vorbei ...

Sie dachte an den Kapp-Putsch, der mittlerweile etwas mehr als ein Jahr zurücklag, nickte und blickte ihn lange an. »Versprechen Sie mir, vorsichtig zu sein?«

»Das verspreche ich Ihnen. Und keine Sorge, meine Rechnung wird beglichen werden.«

»Wenn wir das Leben eines Menschen retten müssen, ist das Geld erst einmal egal«, gab Hanna zurück. »Aber gut zu wissen.«

Das Treppensteigen bereitete Paul Schulze sichtlich Mühe. Auf halbem Weg mussten sie anhalten. Hanna spürte, dass er sich stärker auf sie stützte.

»Geht es?«, fragte sie besorgt.

»Ja, geben Sie mir nur einen Moment.«

Er atmete eine Weile tief durch.

Vor Rosa hatte er den Helden spielen wollen, schoss es Hanna durch den Sinn, doch in Wirklichkeit ging es ihm schlechter, als er ihr vorgemacht hatte.

»Was ist denn das?«, rief Schwester Maria, als sie sie kommen sah. »Wieso hast du Herrn Schulze aus seinem Zimmer geholt?«

»Schwester Hanna trifft keine Schuld«, sagte Schulze mit schmerzverzerrtem Gesicht. Schweißtropfen glitzerten auf seiner Stirn. »Ich dachte, ich dreh mal eine Runde. Sie hat mich aufgegabelt.«

»Wann Sie so weit sind, ›eine Runde zu drehen‹, entscheidet immer noch Dr. Conradi!« Maria warf Hanna einen bösen Blick zu. »Kommen Sie, ich bringe Sie wieder ins Bett.«

Schulze blickte ebenfalls zu Hanna und zwinkerte ihr zu. Dann ließ er sich von Maria ins Krankenzimmer begleiten.

Auch Stunden später gingen Hanna die Worte von Paul Schulze nicht aus dem Kopf. Die Kommunistische Partei war für viele Leute ein Schreckgespenst, doch was, wenn diese Männer und Frauen wirklich die dünne Trennlinie zwischen Krieg und Frieden bildeten?

Vor lauter Nachdenken vergaß sie beinahe den Brief mit der Prüfungsnote in ihrer Tasche. Erst kurz vor Ende der Sprechstunde fiel er ihr wieder ein, und sie zog ihn hervor, um ihn dem Doktor vorzulegen.

»Der ist heute gekommen«, sagte sie mit einem breiten Lächeln.

»Die Prüfungsergebnisse!«, erriet Conradi. »Wie sind sie ausgefallen?«

»Mit ›Sehr gut‹ bestanden!« Hanna lächelte glücklich. »Das hätte ich ohne Sie nicht geschafft.«

»Na, ich habe Ihnen das Wissen nicht in den Kopf gestopft. Das waren Sie allein.«

»Aber Sie haben Vertrauen in mich gehabt. Und mich im Röntgenraum arbeiten lassen, ohne mir ständig auf die Finger zu schauen. Das ist bei vielen meiner Mitschülerinnen aus anderen Häusern anders gewesen.«

Beim Abendessen traf sie wieder auf Rosa. Diese setzte sich ein wenig zerknirscht neben sie und flüsterte: »Die Sache von heute Nachmittag tut mir leid. Ich habe gehört, wie schlecht es ihm danach gegangen ist.«

Hanna sah sich um. Maria war nicht in der Nähe, und auch Ida ließ sich noch nicht blicken.

»Er hatte eine schwere Operation, da bleibt es nicht aus, dass er Schmerzen bekommt, wenn er sich zu viel bewegt.« Hanna neigte sich ihr zu. »Wenn du ihn das nächste Mal sehen willst, bleib besser im Gang oder geh mit ihm in den Gesellschaftsraum der Station. Aber pass auf, dass Schwester Maria nichts mitbekommt. Sie achtet sehr streng auf die Moral, und wird es sicher nicht gern sehen, wenn du einem Patienten nahekommst. Solange die Menschen bei uns sind, haben wir die Verantwortung für sie. Liebeleien sind absolut tabu.«

»Aber wenn ich ihn nun mag?«, fragte Rosa bedrückt. »Er ist so lieb, und er ist Waise, wie ich. Er versteht mich.«

»Das mag sein, dennoch ist er unser Patient. Außerdem …« Hanna hielt inne. Sollte sie ihr wirklich sagen, dass Schulze, weil er zu den Kommunisten gehörte, möglicherweise auch sie in Gefahr bringen konnte? »Außerdem ist er einige Jahre älter als du.«

»Aber das macht mir nichts aus! Und so viele Jahre sind es nicht. Er ist dreiundzwanzig.«

»Das sind immerhin fünf Jahre mehr«, gab Hanna zurück und griff nach ihrer Hand. »Ich will nur sagen, dass du vorsichtig sein sollst. Lass dich nicht zu sehr auf ihn ein. Irgendwann wird er das Krankenhaus verlassen, und dann bricht dir das Herz.«

27. Kapitel

Zehlendorf, 28. Juli 1921

Das Inserat, das er kurz nach dem Gespräch mit Hanna auf der Parkbank aufgegeben hatte, zeigte Wirkung. Als Louis das Sprechzimmer betrat, lagen drei große Briefe auf seinem Schreibtisch.

Es handelte sich um die Bewerbungen dreier junger Ärzte, einer stammte aus Berlin, zwei aus Potsdam. Da er noch etwas Zeit hatte, bevor er in den Operationssaal musste, öffnete er sie und ging kurz die Unterlagen durch.

Alle drei waren noch recht jung, einer von ihnen hatte gerade das Studium abgeschlossen. Die beiden anderen hatten immerhin schon eine Stelle als Medizinalpraktikant hinter sich. Doch würden sie imstande sein, notfalls eine Sprechstunde zu führen? Oder bei einer Operation zu assistieren?

Ein Klopfen holte ihn aus seinen Gedanken. »Ja, bitte«, sagte er, worauf ein junger Mann eintrat. Er trug einen dunklen Anzug mit korrekt gebundener Krawatte, hatte ein schmales Gesicht und dunkelblondes Haar. Seine Rasur war makellos, und ein leichter Hauch Eau de Cologne umwehte ihn.

»Dr. Conradi?«, fragte er.

Louis zog die Augenbrauen hoch. »Der bin ich. Und Sie?«

»Alexander Kirchfeld«, gab er zurück und streckte ihm die Hand entgegen, die Louis überrumpelt ergriff.

»Nun, Herr Kirchfeld, wenn Sie zur Behandlung wollen, muss ich Sie leider einen Moment vertrösten. Ich werde gleich im OP gebraucht.«

»Dann habe ich ja Glück, Sie noch erwischt zu haben.« Er öffnete seine Tasche und zog einen Umschlag hervor. »Ich wollte mich bei Ihnen um die Stelle des Assistenzarztes bewerben.«

Louis zog die Augenbrauen hoch und schob die anderen Bewerbungen beiseite. »Die hätten Sie auch per Post einreichen können.«

»Ich hielt es für besser, mich gleich persönlich bei Ihnen vorzustellen.« Er setzte ein gewinnendes Lächeln auf und reichte ihm seine Bewerbung. »Das sind meine Unterlagen. Ich habe an der hiesigen Universität studiert und mit cum laude abgeschlossen. Anschließend folgte ein Medizinalpraktikum an der Charité, das in eine befristete Assistenzarztstelle überging. Derzeit arbeite ich an meiner Dissertation.«

»Und warum bewerben Sie sich hier?«, fragte Louis und nahm den Umschlag entgegen. »Sie haben doch sicher Ihren Doktorvater an der Charité.«

»Das ist richtig, aber mein Engagement an der Charité geht bald zu Ende. Außerdem hoffe ich, mich bei Ihnen mehr in die gynäkologische Chirurgie vertiefen zu können.«

Louis legte den Kopf schräg. Die selbstsichere Art dieses Burschen gefiel ihm. Und es würde auch hilfreich sein, wenn er bei den Operationen an Frauen qualifizierte Hilfe erhalten würde. Steiner konnte mittlerweile schon recht gut bei Gallenblasen und entzündeten Wurmfortsätzen helfen, aber er sah ihn eher als klassischen Chirurgen.

»Der Bewerbung sind einige Empfehlungsschreiben meiner Professoren und Dozenten beigelegt.«

»Gut, ich werde sie prüfen«, sagte Louis und legte Kirchfelds Umschlag auf den Haufen der bisherigen Unterlagen. »Außerdem muss ich Ihre Bewerbung mit unserem Hausausschuss besprechen.«

»Und wann werde ich Bescheid erhalten?«

»Nun, da ich einen Assistenten möglichst zeitnah benötige, schon bald.«

Louis reichte ihm die Hand.

»Auf Wiedersehen, Herr Kirchfeld.«

»Auf Wiedersehen, Dr. Conradi.« Der junge Mann deutete eine Verbeugung an und verließ das Sprechzimmer.

***

»Bleiben Sie bitte nach Möglichkeit ganz still liegen!«, sagte Hanna, während sie zum Auslöser des Röntgengerätes ging.

Ob die Patientin, eine ältere Frau mit unklaren Brustbeschwerden, ihrer Anweisung wirklich nachkam, würde sie allerdings erst sehen, wenn sie die Aufnahme entwickelte.

Den ganzen Vormittag schon war sie nicht aus dem Röntgenzimmer herausgekommen. Dass sie eine moderne Röntgenanlage besaßen, sprach sich immer weiter herum. Einige der Patienten wurden ihnen mittlerweile schon von niedergelassenen Ärzten überwiesen.

Bislang hatte Hanna die Arbeit hier immer gut bewältigen können, aber nach den vergangenen zwei Tagen, in denen sie kaum in der Sprechstunde sein konnte, weil immer wieder Anfragen zum Röntgen hereinkamen, wünschte sie sich beinahe schon eine Assistenz.

»So, fertig!«, rief sie und kehrte zur Liege zurück. Sie half der Frau auf, wartete, bis sie sich wieder angezogen hatte, und begleitete sie nach draußen.

Dort warteten bereits zwei weitere Patienten: ein älterer Mann mit einem Gipsbein und ein kleiner Junge in Begleitung seiner Mutter, der sich offensichtlich vor dem Krankenhaus fürchtete, denn er wimmerte leise vor sich hin.

»Einen Moment noch, es geht gleich los«, sagte sie zu der Mutter, dann verschwand sie wieder hinter der Tür und zog sich die Bleischürze von den Schultern.

Erleichtert stöhnte sie auf. Sie war Dr. Conradi überaus dankbar, dass er den Röntgenschutz trotz schlechter Versorgungslage so konsequent umsetzte, doch sie hatte das Gefühl, dass sie unter dem Gewicht der Schürze beständig kleiner wurde.

Eilig verschwand sie in der Dunkelkammer, wo sie den Röntgenfilm aus dem Kasten hob und ihn in die Entwicklerflüssigkeit tauchte. Dies war immer ein sehr heikler Moment, denn er entschied darüber, ob das Bild gelang oder nicht.

Als sie fertig war, ging sie zum Fenster der Dunkelkammer und öffnete es, denn die Luft war stickig und erfüllt vom Geruch der Entwicklerflüssigkeiten. Sie atmete tief die nach Rosen duftende Luft ein und blickte hinaus zu den Hecken, die unweit von hier für Sichtschutz sorgen sollten. Zunächst sah sie nur das graue Kleid eines Hausmädchens, doch wenig später trat ein Mann im Anzug zu ihr.

Paul Schulze! Sie hatte mitbekommen, dass er entlassen werden sollte.

Doch wie es aussah, hatte er hier noch etwas zu erledigen. Er zog das Mädchen, das eindeutig Rosa war, in seine Arme und küsste es. Empörung stieg in Hanna auf.

Sie hatte Rosa doch gesagt, dass sie vorsichtig sein sollte! Jetzt küsste sie den Patienten am helllichten Tag und lief Gefahr, dass eine der Schwestern oder sogar Frau Conradi sie dabei beobachtete.

»Das gibt's doch nicht.« Hanna wollte schon aus dem Raum stürzen, um Rosa zurechtzuweisen, doch dann dachte sie an die wartenden Patienten. Wieder blickte sie zu Rosa. Noch einmal gab Schulze ihr einen langen Kuss, dann löste er sich von ihr und wandte sich zum Gehen. Er kam direkt auf Hanna zu. Hanna zuckte zurück. Einen Moment lang glaubte sie, dass er sie gesehen hatte, doch ohne sie eines Blickes zu würdigen, ging er am Fenster vorbei.

Hin- und hergerissen betrat sie nach Beendigung der Aufnahmen das Sprechzimmer von Dr. Conradi. Sie fand ihn hinter seinem Schreibtisch, in die Lektüre eines Briefes vertieft.

Was sollte sie in Sachen Rosa tun? Sie konnte ihre Freundin nicht verraten, doch gleichzeitig machte sie sich Sorgen, dass Schulze sie irgendwie ausnutzen würde.

»Ha, Schwester Hanna, Sie kommen gerade recht«, sagte der Doktor, als sie eintrat. »Wir haben vier Bewerbungen erhalten.«

»Auf die Assistenzarztstelle?«

»Einer der Bewerber hat mich abgefangen, bevor ich in den OP-Saal musste. Er wirkte sehr energisch und kann sehr gute Zeugnisse vorweisen. Außerdem will er sich auf gynäkologische Chirurgie spezialisieren.«

Er reichte Hanna ein Blatt, auf dem die Empfehlung von einem gewissen Professor Bier geschrieben stand.

»August Bier ist einer der besten Chirurgen Deutschlands«, erklärte Dr. Conradi. »Er singt förmlich eine Lobeshymne auf den Burschen.«

»Das kann man wohl sagen.« Hanna gab ihm das Schreiben zurück. »Woher kommt denn dieser Herr Kirchfeld?«

»Er stammt aus Berlin, wohnt sogar hier in Zehlendorf, womit seine Unterbringung entfiele.«

»Dann sollten Sie ihn nehmen«, sagte Hanna. »Oder gibt es etwas, was dagegenspricht?«

Conradi schob leicht die Unterlippe vor und zuckte mit den Schultern. »Eigentlich nichts, abgesehen davon, dass er kein Adventist ist. Ich würde diesen Punkt mit dem Hausausschuss besprechen müssen.«

»Der aus Ihnen, Ihrer Frau, Herrn Gruber, den Stationsschwestern und Carl besteht. Aber letztlich sind Sie der Ärztliche Direktor und müssen mit ihm arbeiten.« Sie blickte ihn an und erkannte, dass die Entscheidung längst gefallen war.

»Also gut, Hanna, dann werde ich Kirchfeld benachrichtigen. Wir können ihn ja erst einmal befristet auf ein Jahr anstellen, dann sehen wir weiter.«

»Das scheint mir eine gute Idee zu sein.« Hanna machte sich am Medikamentenschrank zu schaffen, dann fragte sie: »Was ist eigentlich mit Herrn Schulze? Ist der schon entlassen worden?«

»Ja, heute Vormittag. Er müsste bereits aus dem Haus sein. Wieso fragen Sie?«

»Nichts, es interessiert mich nur.« Hanna rang mit sich. Sollte sie dem Doktor von dem Kuss erzählen? Eigentlich wäre sie dazu verpflichtet, doch dann dachte sie wieder an Schwester Maria und ihre rigiden Moralvorstellungen.

Sie wollte nicht wie Maria sein. Außerdem war Rosa für sie wie eine Schwester, und in jeder Familie kam es vor, dass Schwestern Geheimnisse miteinander teilten.

»Hanna«, sagte Conradi. »Ich sehe Ihnen doch an, dass Sie etwas beschäftigt. Was ist es?«

Hanna schüttelte den Kopf und schloss die Tür des Medikamentenschranks, ohne etwas herausgenommen zu haben. »Ich muss nur wieder an meinen Verlobten denken. Ich bin froh, dass Herr Schulze ohne weitere Komplikationen gesundet ist.«

»Das bin ich auch.« Conradi blickte sie weiterhin fragend an. Er schien zu spüren, dass da noch etwas anderes war, aber Hanna war nicht gewillt, ihm davon zu erzählen.

»Soll ich den nächsten Patienten hereinholen?«, fragte sie daher.

Er nickte. »Tun Sie das, Schwester Hanna.«

Hanna nahm sich vor, nicht mehr an ihre Beobachtung zu denken, und im Speisesaal schaffte sie es auch, Rosa einigermaßen unbefangen entgegenzutreten. Dennoch musste sie unablässig an den Kuss denken. Was, wenn Schulze Rosas Schwärmerei ausnutzte?

Den Rest des Tages ertappte sie sich dabei, dass sie vermehrt Ausschau nach Rosa hielt. Obwohl es absurd war, fürchtete sie, dass Paul Schulze zu jeder sich bietenden Gelegenheit aus dem Busch springen und sie küssen könnte.

Doch nichts dergleichen geschah.

Um sich ein wenig abzulenken, holte sie am Abend das Notizbüchlein von Martin aus der Schublade und betrachtete die akkuraten Zeichnungen. Noch immer fühlte sie einen leichten Schmerz in ihrer Brust, doch hin und wieder ertappte sie sich dabei, dass sie lächelte, wenn sie an ihn dachte.

Nun aber merkte sie, dass die Gedanken an ihn nicht ausreichten, um ihre Besorgnis um Rosa zu vertreiben. Was, wenn sie mit Paul in Kontakt blieb und ihn heimlich traf?

Als es dunkelte, kam Leni von ihrem Dienst aus der Küche.

»Puh, was für ein Tag!«, sagte sie und warf ihre Schürze aufs Bett. Dann blickte sie Hanna ins Gesicht und bemerkte sogleich deren Anspannung. »Was ist los?«

Hanna kämpfte mit sich. »Wie es aussieht, hat Rosa Gefallen an einem Patienten gefunden«, sagte sie schließlich. Leni war ihre Schwester, auf sie konnte sie sich verlassen.

»Den mit der Kugel in den Rippen?«, fragte Leni. »Von dem schwärmt sie jetzt schon seit Tagen.«

Hanna zog die Augenbrauen hoch. »Du wusstest davon?«

»Ja, und warum sollte sie das auch nicht tun? Sie ist jung, und er sieht recht gut aus, finde ich.« Leni setzte sich neben sie. »Was ist denn das Problem?«

»Ich habe heute Vormittag gesehen, wie sie ihn geküsst hat.«

»Öffentlich?« Ein breites Grinsen trat auf Lenis Gesicht. »Nun, man muss ihm lassen, dass er keine Zeit verliert.«

»Sie ist noch nicht mal achtzehn!«, entgegnete Hanna ein wenig unglücklich.

»Na und?«, gab Leni zurück. »Du bist nicht ihre Mutter, du kannst es ihr nicht verbieten.«

»Und wenn Maria sie so sieht? Oder Frau Conradi?«

»Dann sollen sie es übernehmen, sie zu rügen. Du willst doch keine Petze sein, oder? Rosa würde kein Wort mehr mit dir wechseln.«

»Aber sie ist doch noch ein Kind!«

»Ich glaube nicht, dass sie das so sieht!«, widersprach Leni. »Außerdem ist er doch jetzt weg. Ich hatte jedenfalls keinen Speisezettel mehr von ihm in der Küche.«

Das stimmte, weg war er, was Hannas Sorge jedoch nicht minderte. »Und was sagt uns, dass er nicht wiederkommt?«

»Hanna, beruhige dich. Wahrscheinlich wird sie diesen Burschen nie wiedersehen.« Leni legte den Arm um sie. »Und wenn doch, kannst du nichts machen. Soweit ich weiß, ist es lediglich verboten, dass eine Oberschwester heiratet. Die Schwestern dürfen und die Hausmädchen erst recht.«

Hanna hätte noch einige Argumente vorbringen können: Paul Schulze war kein Adventist, er verkehrte mit den Kommunisten und brachte sich regelmäßig in Gefahr, doch dann wurde ihr klar, dass das alles nichts nützen würde. In ihre Beziehung mit Martin hätte ihr auch niemand reinreden dürfen. Schon gar nicht eine der höhergestellten Schwestern. Sie beschloss also, nachzugeben und die Sache auf sich beruhen zu lassen.

»Schon gut«, sagte sie zu Leni. »Ich werde nichts sagen. Und du solltest besser auch den Mund halten.«

»Ich werde doch nicht meine Kollegin verraten und meine Schwester erst recht nicht!«

Sie gab Hanna einen Kuss, stand auf und ließ sich dann auf ihr eigenes Bett fallen.

28. Kapitel

Zehlendorf, 1. August 1921

Der Montagmorgen begann mit einem plätschernden Schauer, der den Staub aus der Luft wusch und die Regenrinnen zum Überlaufen brachte. Hanna genoss den frischen, würzigen Duft der Luft, für den es kein richtiges Wort zu geben schien. Nach den Tagen der Hitze war ihr die Abkühlung sehr willkommen.

Frohen Mutes machte sie sich auf den Weg in den Speisesaal. Die Geschichte mit Rosa war in den Hintergrund getreten, obwohl Hanna immer noch hoffte, dass sie sich ihr anvertrauen würde. Bestand das Verhältnis zwischen ihr und Schulze nach wie vor? Hanna versuchte, Rosa im Auge zu behalten, doch sie entdeckte nichts Verdächtiges.

Beim Essen verkündete Dr. Conradi, dass die Anstaltsfamilie ein neues Mitglied bekommen würde. Wie es Hanna nicht anders erwartet hatte, hatte er sich für Alexander Kirchfeld entschieden. Schon an diesem Nachmittag würde er seinen Dienst antreten.

Hanna freute sich auf den neuen Arzt. Ihr war aufgefallen, dass Dr. Steiner die Belastung, die auf Dr. Conradi lag, schon länger nicht mehr abfangen konnte. Sie hoffte so sehr, dass der Doktor durch den neuen Assistenten wieder mehr Zeit haben würde, um sich dem Ausbau des Krankenhauses widmen zu können.

Als sie nach der Mittagspause das Sprechzimmer betrat, war der neue Arzt schon da. Er saß mit dem Rücken zu ihr, alles, was sie zunächst von ihm sah, war der ungewöhnlich gepflegte blaue Anzug. Sein blondes Haar war pomadisiert, und ein leichter Duft nach Rasierschaum ging von ihm aus.

»Ah, da kommt ja meine geschätzte Sprechstundenhilfe!«, rief Dr. Conradi und stand auf. »Darf ich vorstellen? Unsere Schwester Hanna, die gleichzeitig auch für unsere Röntgenanlage zuständig ist.«

Der junge Mann erhob sich, knöpfte sein Jackett zu und drehte sich zu Hanna um.

»Schwester Hanna, das ist Alexander Kirchfeld, unser neuer Assistenzarzt.«

Hanna blieb die Luft weg, und sie hatte plötzlich das Gefühl, dass ihr der Boden unter den Füßen weggezogen wurde. Vor ihr stand der junge Mann, der ihr im vergangenen Jahr neben dem Feinkostladen zwei Küsse abgerungen hatte!

Hanna brauchte eine Weile, um sich zu fassen. Das war doch nicht möglich! Die blauen Augen, das schelmische Lächeln, die Narbe auf der Wange … Kein Zweifel, er war es!

Kirchfeld wirkte für einen Moment überrascht, dann lächelte er breit, als er ihr die Hand reichte. »Freut mich, Sie kennenzulernen, Schwester Hanna.«

Das Herz klopfte ihr bis zum Hals, und schlagartig wurden ihre Hände eiskalt. Was hatte er hier zu suchen? Warum war er überhaupt Arzt? Sie hatte ihn für einen Schwarzhändler gehalten …

»Ganz meinerseits«, gab Hanna ein wenig verwirrt zurück, nachdem sie sich geräuspert hatte. Ihr Mund fühlte sich trocken wie Sandpapier an.

»Schwester Hanna gehört seit der ersten Stunde dieses Hauses zu uns«, erklärte Conradi, doch Hanna vernahm seine Stimme wie durch Watte. Das Blut pulsierte in ihren Ohren, Scham rötete ihre Wangen. »Sie können sich jederzeit an sie wenden, wenn Sie Fragen haben.«

»Sicher«, pflichtete Hanna ihm bei und rang mühsam um Fassung.

Kirchfeld schmunzelte. Würde er dem Doktor erzählen, was sie getan hatte?

»Nun, dann werde ich Ihnen mal das Haus zeigen«, sagte Dr. Conradi. »Schwester Hanna, begleiten Sie uns?«

»Ich … ich habe noch zu tun, gehen Sie ruhig, Herr Doktor.«

Conradi zog eine Augenbraue hoch. »Wirklich?«

»Ich muss die Apothekenschränke überprüfen.«

Der Doktor wirkte verwundert, doch er hielt nicht an seiner Bitte fest. »Wie Sie wollen«, sagte er und führte den neuen Assistenten aus dem Raum.

Hanna lehnte sich gegen den Schreibtisch. Auf einmal war ihr schwindelig. Tausend Fragen wirbelten wie die Schirmchen einer Pusteblume durch ihren Kopf. Was suchte er hier? War es Zufall, oder hatte er die Klinik bewusst gewählt?

Nach einer Weile ließ sie sich auf einen Stuhl sinken.

In den vergangenen Monaten war sie hin und wieder in Zehlendorf gewesen, natürlich in Begleitung anderer Schwestern. Sie hatte nicht bewusst Ausschau nach ihm gehalten, aber sie hatte sich wieder an ihn erinnert. Unter den Passanten hätte sie ihn wahrscheinlich sofort erkannt, aber entdeckt hatte sie ihn nie. Und jetzt war er hier, als Assistent von Dr. Conradi!

Erst nach einer Weile war sie dazu fähig, sich wieder von ihrem Stuhl zu erheben. Nur wenig später klopfte es, und Dr. Steiner steckte seinen Kopf zur Tür herein.

»Ist der Doktor nicht da?«, fragte er überflüssigerweise.

»Er führt den neuen Assistenten durchs Haus«, antwortete Hanna, noch immer wie betäubt.

»Gut, hätten Sie dann Zeit für eine Bestrahlung?«

»Ja. Natürlich.« Hanna strich ihre Schwesterntracht glatt und bewegte sich mechanisch auf die Tür zu.

Dr. Conradi kehrte allein von dem Rundgang mit dem neuen Assistenten zurück, wofür Hanna ihm sehr dankbar war. Richtig erholt hatte sie sich von dem Schrecken noch immer nicht, aber dank der Bestrahlung von Dr. Steiners Patientin hatte sie ein wenig Ablenkung gehabt.

Glücklicherweise war auch das Wartezimmer recht voll, sodass Conradi und sie nicht dazu kamen, sich in irgendeiner Weise auszutauschen.

Erst als am Nachmittag eine Blinddarm-Operation anstand, fragte der Doktor: »Sie sind heute so still, Hanna, ist alles in Ordnung?«

Hanna versteifte sich. »Ja, es ist alles gut.«

Er bedachte sie mit einem skeptischen Blick, dann hakte er nach: »Gibt es ein Problem mit dem neuen Assistenzarzt?«

Alarmiert sah Hanna auf. »Hat er irgendetwas gesagt?«

»Nein, aber mir fällt auf, dass Sie sich nicht mehr zu ihm geäußert haben. Und auf den Rundgang wollten Sie ebenfalls nicht mit.«

»Es war gut, dass ich nicht mitgegangen bin, Dr. Steiner brauchte für eine Patientin eine Bestrahlung«, versuchte sie sich rauszureden, aber das schien ihr der Doktor nicht so recht abzukaufen. Immerhin arbeiteten sie seit mehr als einem Jahr jeden Tag miteinander. So wie sie seine Stimmungsumschwünge genau registrierte, bekam auch er mit, wenn ihr eine Laus über die Leber gelaufen war.

»Wie Sie meinen, Hanna. Dann werde ich mich jetzt mal ans Operieren machen.«

Hanna spürte seine Enttäuschung. Sollte sie ihm von der Begegnung erzählen? Wenn Kirchfeld etwas herausrutschte, würde er es ohnehin erfahren. Nach kurzem Überlegen entschied sie sich, zu schweigen.

»Brauchen Sie mich im Operationssaal?«, fragte sie stattdessen.

»Dr. Kirchfeld wird mir probehalber assistieren«, verneinte er. »Bei einer Appendizitis brauchen wir nicht die große Besetzung.«

»In Ordnung.« Hanna war sich nicht sicher, ob sie Dr. Conradi verärgert hatte. Doch sie war froh, dass sie während der nächsten Stunden durch die Gänge laufen konnte, ohne Angst haben zu müssen, Kirchfeld zu begegnen.

Kurz nach Feierabend spazierte Hanna noch ein wenig über den Hof. Sie musste den Kopf frei bekommen. Inzwischen hatte der Sonnenschein die meisten Pfützen weggetrocknet, vom frischen Duft des Morgens war nichts mehr übrig geblieben.

Sie fühlte sich müde und ermattet. Für die viele Arbeit war sie heute dankbar gewesen, aber noch immer gingen ihr die Begegnung mit Kirchfeld und die Enttäuschung des Doktors nicht aus dem Sinn. Was sollte sie tun?

»Schwester Hanna!«, rief eine Stimme hinter ihr. Hanna drehte sich um, doch als sie erkannte, wer da nach ihr rief, wandte sie sich sofort wieder ab.

Alexander Kirchfeld hatte seinen Kittel gegen das Jackett ausgetauscht, das sie heute Morgen an ihm gesehen hatte. Mit der Hand in der Tasche kam er zu ihr gelaufen.

»Schwester Hanna, warten Sie bitte!«

Hanna blieb stehen, den Rücken ihm zugewandt. Hitze breitete sich in ihrem Nacken aus und brachte sie zum Schwitzen. Ihr Herz raste.

Wenig später trat Kirchfeld vor sie.

»Ja?« Hanna zog fragend die Augenbrauen hoch.

»Offenbar erinnern Sie sich noch an unser damaliges Zusammentreffen.«

»Ja, das tue ich, aber es ist nichts, was an die große Glocke gehängt werden müsste«, entgegnete sie kühl.

»Nun ja …« Kirchfeld kratzte sich am Kopf. »Ich hoffe, die Küsschen belasten nicht unser Verhältnis hier an der Klinik. Ich wusste nicht, dass Sie im Waldfriede arbeiten.«

»Wenn Sie es gewusst hätten, hätten Sie dann Ihre Bewerbung zurückgezogen?«, fragte Hanna.

Ein Lächeln huschte über sein Gesicht. »Nein, natürlich nicht.« Er richtete den Blick kurz auf seine Schuhspitzen, dann sagte er: »Ich möchte nicht, dass Sie sich jedes Mal verstecken, wenn Sie mich im Gang sehen.«

Hanna stemmte die Hände in die Seiten. »Ich verstecke mich vor niemandem!«

»Und warum haben Sie uns nicht bei dem Rundgang begleitet?«

»Weil ich zu tun hatte.«

»Dr. Conradi hat es Ihnen offiziell erlaubt. Und ich glaube, Sie wären eine Bereicherung gewesen.«

Hannas Gesicht glühte und ihre Ohren gleich mit. »Dr. Conradi hat dieses Haus aufgebaut. Wenn jemand es in allen Facetten kennt, dann er. Und jetzt entschuldigen Sie mich bitte!«

Kirchfeld ergriff ihren Arm. »Warten Sie. Ich möchte mich bei Ihnen entschuldigen.«

»Wofür?«

»Dafür, dass ich Sie damals genötigt habe. Das war nicht richtig von mir.«

»Es war meine freie Entscheidung«, sagte Hanna. »Und ohne diese Bedingung hätte ich wohl kaum die Dinge, die Sie mir besorgt haben, bekommen, oder?«

Jetzt wirkte er ehrlich zerknirscht. »Bitte verzeihen Sie mir. Ich wollte mir damals nur einen kleinen Spaß erlauben. Sie haben so ernsthaft gewirkt, und ich hatte bis dahin nur selten eine so hübsche Krankenschwester gesehen. Die Schwestern in der Charité können nicht mit Ihnen mithalten, ehrlich.«

Hanna atmete tief durch. Machte er sich auch jetzt noch über sie lustig?

»Gut, ich verzeihe Ihnen«, sagte sie schließlich. »Aber sparen Sie sich das Süßholzraspeln, dafür bin ich nicht empfänglich. Guten Abend, Herr Kirchfeld.«

Mit diesen Worten machte sie kehrt und eilte zum Haus zurück.

29. Kapitel

Zehlendorf, 7. September 1921

In der folgenden Zeit gelang es Hanna, Alexander Kirchfeld zumeist aus dem Weg zu gehen. An den morgendlichen Visiten nahm sie nicht teil, und wenn ihre Anwesenheit im Operationssaal erforderlich war, arbeitete Dr. Conradi überwiegend mit Dr. Steiner zusammen, während Kirchfeld die Patienten in der Sprechstunde übernahm oder auf den Stationen nach dem Rechten sah.

Da er außerhalb des Krankenhauses wohnte, lief sie nicht Gefahr, ihm während der Morgengymnastik, beim Frühstück oder Abendessen zu begegnen.

Lediglich die Zeit über Mittag war gefährlich. Beim Mittagessen saßen alle gemeinsam im Saal. Unglücklicherweise suchte sich Kirchfeld stets einen Platz aus, von dem aus er einen guten Blick auf sie hatte – und sie auf ihn.

Ihre Versuche, ihn zu meiden, blieben nicht unbemerkt. Leni war natürlich die Erste, die etwas mitbekam.

»Was ist das zwischen dir und diesem neuen Arzt?«, fragte sie eines Abends nach dem Essen. Die Treffen im Gesellschaftszimmer waren mit der Zeit immer weniger geworden, meist saßen alle in ihren eigenen Zimmern. Nur hin und wieder traf man sich, um zu musizieren oder Brettspiele zu spielen.

»Was soll denn sein?«

»Du behandelst ihn, als wäre er Luft.«

Hanna kniff die Lippen zusammen. »Das stimmt doch gar nicht.«

»Und ob!«, hielt ihre Schwester dagegen. »Du gehst ihm aus dem Weg, und wenn er dich im Speisesaal anschaut, schaust du demonstrativ woandershin.«

»Ich merke nicht, dass er mich ansieht«, behauptete Hanna. »Wenn ich bei Tisch sitze, kümmere ich mich um meine Mahlzeit.«

Leni schnaufte. »Ach, Hannchen … Dabei ist er so nett!«

»Nett?«, fragte Hanna entrüstet. »Seit wann denn das?«

»Er redet immer freundlich mit den Küchenfrauen und auch mit mir. Paula steckt ihm stets etwas zu, damit er kräftiger wird.«

So, tat Paula das? Aus irgendeinem Grund versetzte das Hanna einen Stich.

»Sie sollte besser mal Buchhalter Gruber etwas zustecken, damit er nicht so oft bei euch rumlungert.«

»Ich glaube, der mag dich.«

»Der Gruber? Gott bewahre!«

Leni knuffte sie in die Seite. »Siehst du, du ignorierst den Kirchfeld auch jetzt. Nicht mal seinen Namen in den Mund nehmen kannst du. Also, was ist vorgefallen? Hat er dich beleidigt?«

Hanna wusste, dass ihre Schwester nachbohren würde, bis sie mit der Sprache herausrückte. Aber konnte sie dies tun, ohne dass es in der Küche herumging?

»Du darfst es keinem sagen«, beharrte sie.

Lenis Augen wurden groß. »Natürlich nicht! Was ist passiert?«

»Ich habe ihn schon einmal getroffen, vor mehr als einem Jahr, kurz nachdem ich hier angekommen war. Wir wurden losgeschickt, um Dinge für ein großes Frühstück einzuholen, das zu Ehren eines Polizisten gegeben werden sollte.«

Hanna erzählte ihr von dem Zusammentreffen, das sich bis ins kleinste Detail in ihr Gedächtnis eingebrannt hatte.

»Du hast ihn für Ölsardinen und Marmelade geküsst?«, platzte Leni heraus und prustete los.

»Was gibt es da zu lachen?«, fragte Hanna erbost.

»Ich stelle es mir gerade vor, wie du mit spitzen Lippen seine Wange berührst – wie ein Vogel, der nach einem Körnchen pickt!«

»Das habe ich nicht getan!«, empörte sich Hanna, was Leni dazu brachte, noch heftiger zu lachen.

Seufzend sank sie in sich zusammen, bis Leni merkte, dass es jetzt reichte.

»Ach, Hanna! Sei doch nicht so verbissen«, sagte sie und lehnte sich gegen ihre Schwester. »Selbst wenn Dr. Conradi davon erführe, was macht das für einen Unterschied? Du bist eine erwachsene Frau und kannst küssen, wen du willst. Außerdem war es zum Wohl des Hauses!« Sie drückte Hanna einen Kuss auf die Wange und prustete erneut los.

***

»Wenn ihr eine Krankenpflegeschule eröffnen wollt, müsst ihr die Zahl der Betten auf mindestens einhundert erhöhen«, sagte Heinrich Schubert eindringlich. »Die Herren vom Innenministerium waren da sehr deutlich. Mindestens hundert Betten werden gefordert.«

Louis mahlte mit den Kiefern. Er konnte sich denken, was im Innenministerium vor sich gegangen war, als man hörte, dass sie eine eigene Ausbildungsstätte errichten wollten. Wahrscheinlich hatte sich Wiedemann diese Zahlen ausgedacht, um ihnen in die Parade zu fahren.

»Die Schule ist wichtig«, beharrte er. »Das zweite Jahr seit unserer Eröffnung ist im kommenden Frühjahr herum. Wenn wir bis dahin nicht irgendwas tun, um uns zu festigen, kann es passieren, dass wir alles verlieren.«

»Aber sie können uns doch nicht enteignen!«, wandte Catherine ein. »Das Haus ist aufgebaut und hat Patienten.«

»Leider nicht genug«, warf Buchhalter Gruber ein. »Unsere Bilanzen sehen nicht im Entferntesten so gut aus, wie sie sollten.«

»Mit anderen Worten: Euch fehlt Geld.«

Louis senkte den Blick. Mittlerweile kamen sie auf sechzig Betten, und es gab Zeiten, da brauchten sie diese auch. Doch dazwischen lagen immer wieder Monate, in denen sie Zimmer schließen mussten, weil sich keine Patienten einfanden.

Er hatte nach den ersten Monaten auf einen stärkeren Aufschwung gehofft, zumal die Anzahl der Frauen, die hier entbanden, gestiegen war. Aber es fehlte ihnen an Liegezeiten, die von den Krankenkassenverbänden besser vergütet wurden.

Ein Jammer, dass Zehlendorf nicht mehr eigenständig war und nun zu Groß-Berlin gehörte! Die Nähe zur Hauptstadt mit all ihren Verkehrsanbindungen war ihnen als großer Vorteil erschienen. Doch auch wenn vielen Zehlendorfern die Vereinigung überhaupt nicht schmeckte, ließen sie sich oftmals lieber in Berliner Krankenhäuser wie die Charité einliefern.

»Wir müssten also für vierzig weitere Betten anbauen«, stellte Carl Rohleder fest, der neben Catherine Platz genommen hatte. Er war direkt aus dem Bad gerufen worden. Von den Dämpfen klebte ihm noch das Haar feucht am Kopf. »Es sei denn, der zweite Stock würde Krankenzimmer bekommen. So bequem es mit den Unterkünften der Angestellten auch ist, wir bräuchten den Platz …«

»Unsere Leute müssen auf dem Gelände untergebracht sein«, sagte Louis. »Wie sonst sollen wir sie heranholen, wenn es nachts einen Notfall gibt? Ein Anbau, allein schon für die Schulräume, ist unerlässlich.«

Louis wollte gar nicht daran denken, in welche Höhen sich die Preise für Baumaterial schon morgen schrauben würden. Die Inflation war ein Tumor, der Tag für Tag wuchs und die ohnehin schon kargen Ersparnisse der Menschen aufzehrte. Wenn Wiedemanns Drohung ihm nicht im Nacken sitzen würde, wäre ihm leichter ums Herz, doch so …

»Wir könnten bei unseren Geschwistern in Amerika anfragen«, schlug Heinrich Schubert vor.

»Sie werden glauben, dass wir es allein nicht schaffen.« Louis grübelte eine Weile, dann schüttelte er den Kopf.

»Ich hätte vielleicht eine Idee«, ließ sich Catherine vernehmen. »Ein alter Freund aus England könnte helfen.«

Louis runzelte die Stirn.

»Dr. Harrow«, fuhr sie fort, während sie an ihrem Ärmel zupfte. »Du kennst ihn nicht.«

Louis versuchte, seine Überraschung zu verbergen. Eheleute waren eigentlich dazu angehalten, sich alles zu erzählen, auch was Freunde und Bekannte anging, doch Catherine hatte diesen Dr. Harrow nie erwähnt.

Seine Frau schien zu spüren, dass eine Erklärung vonnöten war. »Er ist ein Jugendfreund, wir sind eine Weile zusammen zur Schule gegangen. Sein Vater war ein englischer Diplomat, der gute Verbindungen zu unserer Gemeinschaft hatte. Auch später noch hat er Skodsborg besucht.«

Louis runzelte die Stirn. Wenn er so gute Verbindungen zu ihrer Gemeinschaft hatte, warum war er ihm dann nicht einmal begegnet?

»Mittlerweile ist er ein angesehener Arzt mit eigenem Sanatorium im Süden Englands. Ich bin sicher, dass er uns aushelfen würde.«

Reflexartig war Louis versucht, Nein zu sagen. Sie brauchten die Hilfe dieses »Jugendfreundes« nicht.

»Das wäre vielleicht eine Lösung«, kam ihm der Vorsteher ihrer Gemeinschaft zuvor.

»Ich wäre eher dafür, dass wir die Amerikaner anschreiben«, entgegnete Louis. »Möglicherweise bekommen wir auch Hilfe aus der Schweiz.«

»Ich werde es versuchen«, willigte Schubert ein. »Aber versprechen kann ich nichts.«

»Wir brauchen diese Pflegeschule«, sagte Louis und blickte ernst in die Gesichter der Anwesenden. »Nur so können wir endgültig unseren Anspruch auf das Haus untermauern. Lasst uns versuchen, die Forderung des Innenministeriums irgendwie zu erfüllen.«

***

Hanna schob die Hände in die Taschen ihres Schwesternkleides und eilte über den Hof. Die Nachmittagssonne warf immer längere Schatten, und es würde nicht mehr lange dauern, bis der Herbst über Zehlendorf hereinbrach.

Der Doktor war seit dem Mittag in der Sitzung des Hausausschusses. Soweit sie es mitbekommen hatte, war Heinrich Schubert mit Neuigkeiten aus dem Ministerium eingetroffen. Es schien um die Krankenpflegeschule zu gehen. Hoffentlich brachte der Vorsteher gute Nachrichten.

Da momentan keine Patienten vor dem Röntgenzimmer warteten, nutzte sie die Gelegenheit, sich ein wenig die Beine zu vertreten.

Auf ihrem Weg zurück ins Haus entdeckte sie am Küchenfenster ihre Schwester. Leni bemerkte sie und winkte ihr kurz zu.

Als sie um die Ecke in Richtung Haupteingang bog, erblickte sie eine Frau in einem grauen Mantel. Sie hatte ihr Haar im Nacken zusammengesteckt, der weiße Kragen ihres Kleides lag auf dem Mantelrevers. Die Füße steckten in guten Lederschuhen, was Hanna beinahe ein wenig neidisch machte.

Ihnen selbst fielen die Kleider beinahe vom Leib, die meisten Kleidungsstücke, die die Schwestern hier besaßen, waren so oft geflickt, dass sie fast nur noch aus Stopfgarn bestanden.

»Kann ich Ihnen helfen?«

Die Frau drehte sich um. Ein breites Lächeln lag auf ihrem Gesicht, die großen, ausdrucksvollen Augen strahlten.

»Else!«, rief Hanna aus. »Du bist wieder hier! Es ist so lange her, dass wir uns gesehen haben!«

Die beiden Frauen fielen einander in die Arme. Hin und wieder hatten sie sich geschrieben, aber die Arbeit, die für beide reichlich war, hatte eine ständige Korrespondenz nicht zugelassen.

»Was machst du hier?«, fragte Hanna, der das Herz vor Freude überquoll. Ihre Freundin aus den ersten Tagen war ins Waldfriede zurückgekehrt! Und wie hatte sie sich herausgemacht!

»Ich habe meine Ausbildung abgeschlossen und gefragt, ob ich hier wieder anfangen kann. Und ich habe eine Zusage erhalten.«

Hanna fragte sich, warum Dr. Conradi nichts erwähnt hatte. In den vergangenen zwei Jahren hatten sie über alle möglichen Dinge gesprochen, auch darüber, wann es an der Zeit war, die Reihen ihrer Anstaltsfamilie zu füllen.

Doch es war egal. Else war wieder hier!

»Hast du Lust auf einen kleinen Rundgang?«, fragte Hanna. »Oder musst du dich beim Doktor melden?«

»Ich sollte mich beim Doktor melden, wenn ich angekommen bin, ja. Aber ich bin ein bisschen zu früh.«

»Nun, dann hast du noch ein wenig Zeit, der Doktor tagt gerade mit dem Hausausschuss. Komm!«

***

Nachdem Heinrich Schubert mit Carl Rohleder und dem Buchhalter verschwunden war, blieb Louis noch einen Moment lang auf dem Sofa sitzen. Sein Gesicht glühte und sein Herz raste. Was sollte er tun?

»Dr. Harrow würde uns ganz sicher helfen«, begann Catherine. »Es würde mich wirklich nur ein Telegramm kosten.«

»Nein.«

»Louis«, sagte seine Frau und erhob sich. »Er ist nur ein Freund aus Jugendtagen.«

»Und warum hast du ihn dann nicht erwähnt?« Louis wusste, dass er der Letzte war, dem es zustand, Eifersucht an den Tag zu legen, aber sich von jemandem aus der Vergangenheit seiner Frau helfen zu lassen, widerstrebte ihm zutiefst.

»Es schien mir nicht wichtig«, gab sie zurück.

»Hattest du … romantische Gefühle für ihn?« Er blickte Catherine direkt ins Gesicht. Was er dort sah, gefiel ihm irgendwie nicht.

»Ja«, gab sie zu. »Die hatte ich. Damals war ich fünfzehn. Er ging nach England, bevor sich zwischen uns etwas anbahnen konnte. Wir waren beide noch sehr jung.«

»Und danach hast du ihn nicht wiedergesehen?«

»Nein. Wir haben uns hin und wieder geschrieben. Doch der Kontakt brach ab, als er sich verlobte.« Sie hockte sich neben ihn und legte ihre Hand auf seinen Arm. »Spring über deinen Schatten. Du verlierst dein Gesicht nicht, nur weil du Hilfe von ihm annimmst.«

Louis rang mit sich. Woher bloß rührte das Gefühl, dass er es mit einem Konkurrenten zu tun bekam? Er hatte diesen Mann noch nie in seinem Leben gesehen.

Und warum wollte er nicht wahrhaben, dass seine Frau vor ihm zärtliche Gefühle für einen anderen Mann gehegt hatte? Das war doch ganz normal!

»Na gut, frag deinen Bekannten«, willigte er seufzend ein. »Aber lass ihn wissen, dass ich den Kredit zurückzahlen werde.«

Catherine nickte. »Ich werde ihm noch heute ein Telegramm schicken.«

***

»Es ist so aufregend, wieder hier zu sein!«, sagte Else, als sie sich bei Hanna einhakte. In der Zwischenzeit hatte sie ihren Mantel abgelegt und ihre Schwesternhaube auf dem Kopf befestigt.

Hanna zeigte ihr den Zugang zum neuen Operationssaal, das Labor, die Bäderabteilung und den Speisesaal. Else betrachtete alles mit großen Augen.

»Ihr habt wirklich Großartiges geleistet!«, sagte sie.

»Du solltest mal die Röntgenanlage sehen! Und das neue Diathermie-Gerät! Man kommt sich vor wie in einer anderen Zeit!«

»Dann hast du also deinen Röntgenkurs absolvieren können?«

»Ja, am Virchow-Krankenhaus! Es war unglaublich! Ich habe keine Ahnung, wieso ich früher Angst vor diesen Geräten hatte! Mittlerweile habe ich sogar eine Assistentin, die mir beim Aufstellen des Patienten hilft!« Hanna konnte nicht verhindern, dass Stolz in ihrer Stimme mitschwang.

Im nächsten Augenblick trat ihnen Dr. Conradi entgegen.

»Else!«, rief er aus, als er Hannas Begleiterin sah. »Sie sind schon da?«

»Ja, Herr Doktor.« Das ehemalige Hausmädchen nickte eifrig. »Und ich freue mich so sehr, dass ich hier arbeiten darf.«

»Dann herzlich willkommen zurück! Melden Sie sich am besten bei Schwester Elisabeth auf der Frauenstation. Hanna, wir haben zu tun!«

Hanna blickte noch einmal lächelnd zu Else, dann ließ sie sie ziehen und folgte dem Doktor.

Am Sprechzimmer angekommen, trafen sie die Blicke der Wartenden. Eine junge Frau mit Topfhut und blauem Kostüm, das sich sichtlich über ihren runden Babybauch spannte, ein älterer Mann in braunem Anzug, der sich auf seinen Stock stützte und etwas bleich aussah, sowie ein sehr gesetzt wirkendes Ehepaar, von dem sie nicht erkennen konnte, wer Patient und wer Begleitung war, sahen ihnen erwartungsvoll entgegen.

Sie grüßten die Leute freundlich und verschwanden hinter der Sprechzimmertür.

Kaum hatte sich die Tür hinter ihnen geschlossen, warf sich der Doktor den Arztkittel über und fragte: »Was würden Sie davon halten, wenn Ihr Ehemann eine Jugendfreundin hätte, mit der ihn einst romantische Gefühle verbunden haben und die er nun um Hilfe für Sie bitten will?«

Hanna zog die Augenbrauen hoch. »Ich habe keinen Ehemann.«

»Stellen Sie es sich einfach nur vor.« Conradi schloss die Knöpfe seines Arztkittels. Seine Bewegungen wirkten fahrig.

Hanna dachte an Martin. Seine Vergangenheit war wie ein offenes Buch für sie gewesen. Er hatte ihr alles erzählt – auch von den Frauen, mit denen ihn kurzzeitige Liebeleien verbunden hatten. Sie hatte vorgegeben, nicht eifersüchtig zu sein, aber in Wirklichkeit hatte sie diese Verflossenen inbrünstig verabscheut.

»Nun, ich würde das ziemlich seltsam finden«, sagte sie. »Aber es kommt ganz darauf an, wobei mir geholfen werden muss.«

»Sagen wir, es geht um Geld.«

Hanna lachte auf. »Ich glaube kaum, dass Martin eine andere Frau um Geld gebeten hätte, um mir eine Aufmerksamkeit zu machen.«

»Ihr Verlobter scheint wirklich ein guter Mensch gewesen zu sein.«

»Das war er.« Hanna nickte und schaute den Doktor an. Wie gern würde sie ihm sagen, dass auch er ein guter Mensch war. Und dass es seiner Anwesenheit in ihrem Leben zu verdanken war, dass sie an Martin denken konnte, ohne einen tiefgreifenden Schmerz zu spüren. »Worum geht es wirklich?«, erkundigte sie sich stattdessen. »Sie haben mir diese Frage doch nicht umsonst gestellt, oder?«

Conradi ließ sich einen Moment Zeit, dann antwortete er: »Sie wissen ja von unseren Bestrebungen, eine Krankenpflegeschule zu errichten.«

»Hat Bruder Schubert etwas vom Ministerium in Erfahrung gebracht?«

»Ja. Wir müssen vierzig zusätzliche Betten schaffen. Ich fürchte, die schönen Tage für unser Personal werden bald vorbei sein.«

Hanna schaute ihn erschrocken an. Mit ihrer Schwester hatte sie sich gut eingerichtet, und es herrschte Frieden, weil sie sich verstanden. Doch wenn es wieder notwendig wurde, dass drei oder gar vier Schwestern in einem Zimmer schliefen …

»Selbst wenn wir die Zimmer zusammenlegen, werden wir um einen Anbau nicht herumkommen. Dazu fehlt uns aber das Geld.«

»Und Ihre Frau möchte nun einen alten Freund darum bitten.«

»Ja, und wie es aussieht, ist es ein Freund, von dem ich bislang nichts wissen sollte.«

»Eine Jugendliebe etwa?«

Dr. Conradi zuckte die Achseln.

»Möglicherweise hängt das Wohl der Klinik davon ab«, fuhr Hanna fort. »Wir dürfen unser Ziel nicht aus den Augen verlieren, erst recht nicht, wenn der Hinderungsgrund in der Vergangenheit liegt. Und uns ist jede Hilfe willkommen.«

»Wahrscheinlich haben Sie recht, Hanna.« Dr. Conradi nickte bedächtig. »Also gut, dann springe ich über meinen Schatten. Möglicherweise soll es so sein.«

30. Kapitel

Zehlendorf, 14. September 1921

Langsam wechselte der Herbst mit leuchtend bunten Blättern an den Bäumen und blauroten Dahlien im Park mit dem Sommer ab.

Catherine hatte ihrem Jugendfreund telegrafiert, doch bislang war keine Antwort eingetroffen.

Wahrscheinlich hat er sich über die Bitte amüsiert und sie beiseitegelegt, dachte Louis. Ein guter Christ sollte stets helfen, wenn er konnte, aber was wusste er schon über diesen Dr. Harrow? Außerdem war es möglich, dass er selbst in finanziellen Schwierigkeiten steckte.

Eigentlich war er recht froh darüber, dass er diesem Mann nicht verpflichtet sein musste.

Die Tür wurde aufgerissen, und Hanna stürmte herein. »Da ist eine junge Schwangere mit Wehen. Sie hat so starke Schmerzen, dass sie sich kaum vorwärtsbewegen kann.«

»Ich komme«, sagte Louis und sprang auf. Er folgte Hanna durch den gewundenen Gang zur Aufnahme und wurde dort mit einem lauten Schrei begrüßt.

Er hockte sich vor die Patientin. Ihr Gesicht wirkte aufgedunsen, der Bauch erstaunlich klein für eine Frau, die kurz vor der Niederkunft stehen sollte. Ihre Knöchel waren stark geschwollen.

Da sie keine seiner Patientinnen war, fragte er: »In welchem Monat sind Sie?«

»Im neunten«, keuchte sie.

»Hanna, holen Sie einen Rollstuhl.«

»Ist gut, Herr Doktor.« Hanna rannte los.

»Ich werde Sie jetzt in den Kreißsaal bringen, dann schauen wir uns an, wie eilig es Ihr Kind hat.«

»Herr Doktor, ich habe solche Kopfschmerzen«, klagte die Frau plötzlich. Das war sonderbar, denn momentan hatte sie eigentlich andere Sorgen.

Im nächsten Augenblick kam Hanna mit dem Rollstuhl angelaufen.

»Gehen Sie in die Küche und schauen Sie, ob wir noch etwas Eis haben«, wies Conradi Hanna an, dann half er der Frau in den Rollstuhl und schob sie persönlich den Gang hinunter.

Im Kreißsaal warteten Schwester Ida und Schwester Else. Sie übernahmen die Frau, fragten sie nach ihrem Namen und halfen ihr beim Auskleiden. Anschließend setzten sie sie auf den Geburtsstuhl. Nachdem sie ihr ein Tuch über den Schoß gelegt hatten, nahm Dr. Conradi vor ihr Platz.

Wieder fiel sein Blick auf die geschwollenen Beine der Frau. Wieder klagte sie über Kopfschmerzen.

Eklampsie!, schoss es ihm in den Sinn, während er die Öffnung ihres Muttermundes bestimmte. Er erinnerte sich an einen Fall, den er in Hamburg betreut hatte. Dabei war die Frau kurz nach der Geburt aufgrund eines schweren Krampfanfalls gestorben. Auch jene Frau hatte einen verhältnismäßig kleinen Bauch und ähnlich geschwollene Beine gehabt.

»Schwester Else, wir benötigen Urin von der Patientin«, sagte er, stand auf und trat zur Seite. »Helfen Sie ihr doch bitte beim Wasserlassen und bringen den Becher ins Labor.«

Schwester Ida runzelte die Stirn. Conradi winkte sie zu sich.

»Ich fürchte, Frau Kunze leidet unter einer Präeklampsie. Offenbar war sie vorher bei keinem Arzt, der das feststellen konnte.«

»Sie meinen …« Ida stockte.

»Die Kopfschmerzen deuten darauf hin, dass sie während der Geburt einen Anfall erleiden könnte. Wir haben noch ein wenig Zeit, uns zu entscheiden, ob wir einen Kaiserschnitt machen.«

Aus dem Augenwinkel heraus sah er, wie Schwester Else mit einem Becher voller Urin den Raum verließ.

»Geben Sie Schwester Grete Bescheid, dass sie den Operationssaal vorbereiten soll.«

Ida nickte und wandte sich wieder ihrer Patientin zu.

»Herr Doktor, was ist mit mir?«, fragte die Frau wimmernd. »Mir ist so komisch zumute. Ich kann nicht richtig sehen.«

»Es wird alles gut«, versicherte ihr Louis und legte ihr beruhigend die Hand auf die Schulter. »Ich muss Sie allerdings fragen, ob Sie damit einverstanden sind, dass ich Ihr Kind per Kaiserschnitt auf die Welt hole.«

»Sie wollen mich aufschneiden?«

»Sie leiden wahrscheinlich an einer Eklampsie. Ich warte noch das Ergebnis aus dem Labor ab, aber ich bin mir recht sicher.«

Die Frau zitterte, dann kniff sie wieder die Augen zusammen.

»Die Kopfschmerzen und die Sehstörungen sind zwei der Symptome. Um zu vermeiden, dass Sie einen Krampfanfall erleiden, würde ich die Geburt gern per Kaiserschnitt und unter Narkose vornehmen.«

Die Frau blickte ihn ängstlich an, doch dann nickte sie.

***

Hanna eilte in die Küche. Sie hoffte, dass das Eis im Kühlkeller noch brauchbar war. Im vergangenen Winter hatte man ihnen große Brocken aus der Krummen Lanke gebracht. Der Eismann hatte versichert, dass sie es weit bis in den Sommer gebrauchen könnten. Während der Sommerhitze hatten sie es weitestgehend vermieden, den Keller zu öffnen.

In der Küche traf sie zu ihrer großen Überraschung auf den Buchhalter.

Thomas Gruber unterhielt sich lebhaft mit den anwesenden Küchenmädchen Luise und Greta.

»Herr Gruber! Was machen Sie denn hier?« Die Mädchen stoben auseinander wie aufgescheuchte Hühner.

»Nun, ähm … ich wollte mich nur erkundigen, was es heute zum Mittagessen gibt.«

Hanna musterte den Mann. Er war recht dünn für jemanden, der eine regelmäßige Verpflegung genoss. Möglicherweise hatte er wirklich Hunger, trotzdem wurde sie misstrauisch.

»Nun, da sollten Sie Frau Conradi fragen. Oder besser noch die diensthabende Köchin.« Hanna blickte zu ihrer Schwester und bemerkte deren skeptischen Blick.

»Kartoffeln, Wurzelgemüse und gebratene Eier«, sagte Leni.

»So, nun wissen Sie Bescheid. Und jetzt muss ich Sie bitten, die Mädchen nicht länger von der Arbeit abzuhalten. Frau Conradi kann sehr ungehalten werden.«

Thomas Gruber verschwand mit einem schiefen Lächeln aus der Küche, während die Mädchen sich wieder an die Arbeit machten.

»Haben wir im Kühlkeller noch ein wenig Eis? Wir haben eine Gebärende im Kreißsaal«, fragte Hanna ihre Schwester.

»Ich glaube schon«, sagte Leni und setzte sich in Bewegung. Wenig später kam sie mit einem Becher Eis in die Küche zurück. »Hier, aber beeil dich. Bei der Wärme wird es nicht lange halten.«

»Danke«, sagte Hanna und rannte los.

Das Wimmern der Gebärenden hörte Hanna schon von Weitem.

Als sie den Kreißsaal betrat, bäumte sich Frau Kunze auf dem Behandlungsstuhl auf und stieß ein ersticktes Gurgeln aus. Schaum trat vor ihren Mund, und sie warf den Kopf weit in den Nacken.

Hanna erstarrte. Ida und Else versuchten, die Frau festzuhalten, doch ihre Muskeln waren allesamt verkrampft.

»Hanna, ich brauche Metamizol!«, rief Dr. Conradi.

Hanna stellte den Becher mit Eis ab, wirbelte herum und rannte zum Sprechzimmer zurück. Das Bild der krampfenden Frau hatte sich in ihre Sinne eingebrannt. Sie riss die Tür auf, stürmte zum Medikamentenschrank und durchsuchte mit fahrigen Händen die Schachteln. Schließlich fand sie das Gewünschte. Das Medikament war noch recht neu, und sie hatten es bisher nur selten verwendet.

Mit zitternden Händen schob sie das Fläschchen in die Schürzentasche und kehrte in den Kreißsaal zurück.

Die Schwangere lag schlaff auf dem Rücken. Dr. Conradi zog ihre Arme nach hinten und vollzog gerade eine Wiederbelebung nach Silvester, bei der die Arme über Kreuz nach vorn auf die Brust gedrückt wurden.

»Soll ich das Metamizol aufziehen?«, fragte sie, doch Dr. Conradi gab keine Antwort. Überhaupt schien er nichts mehr um sich herum wahrzunehmen.

Hanna blickte zu Else, die wie erstarrt auf die Frau schaute.

Sie zog sie beiseite.

»Sie hat plötzlich zu krampfen begonnen. Ich kam gerade aus dem Labor … Der Doktor meint, sie hat eine Eklampsie.«

Ein eisiger Schauer zog über Hannas Rücken. Sie hatten nicht genau erfahren, was bei Ruths Niederkunft geschehen war. Es hieß lediglich, dass etwas schiefgegangen sei.

Wenn sie jetzt auf die Frau schaute, die reglos auf dem Rücken lag, der Bauch geschwollen, die Beine und Arme schlaff, meinte sie beinahe, ihre Schwester zu sehen. Ihre geliebte Ruth … war sie so gestorben?

»Hanna, bringen Sie mir den Instrumentenkasten«, riss sie der Doktor plötzlich aus ihren Gedanken und ließ die Arme der Frau los. »Ich will versuchen, wenigstens das Kind zu retten.«

Die Frage, ob Frau Kunze tot sei, blieb Hanna im Hals stecken. Sie holte dem Doktor das Gewünschte. Conradi zog der Schwangeren das Tuch vom Bauch und setzte ohne Umschweife den ersten Schnitt. Die Frau, die starr und leblos zur Decke blickte, regte sich nicht. Schaum stand vor ihrem Mund, und ihr Gesicht nahm eine leicht bläuliche Farbe an.

Hanna sah, wie Dr. Conradi das Kind aus dem geöffneten Uterus zog. Es war recht klein und ebenfalls bläulich. Conradi ließ sich einen kleinen Schlauch reichen und saugte die Flüssigkeiten aus dem Mund des Kindes. Dann drehte er es vorsichtig um und begann, seinen Rücken zu massieren.

Nur einen Moment später hörte sie einen leisen Schrei.

Hanna presste die Hand vor den Mund. Ida hinter ihr stieß einen Laut aus, von dem sie nicht sagen konnte, ob es ein Schluchzen oder ein Lachen war.

Der kleine Junge bewegte schwach Arme und Beine, doch allem Anschein nach holte er selbstständig Luft.

Dr. Conradi legte das Neugeborene auf die Brust der toten Mutter, dann nabelte er es ab. Anschließend reichte er es Schwester Ida. »Baden Sie den Kleinen und bringen Sie ihn anschließend ins Säuglingszimmer. Schwester Anni soll sich seiner annehmen. Ich werde ihn gleich noch einmal untersuchen.«

Schwester Ida tat wie geheißen.

»Hanna, reichen Sie mir Nadel und Faden, damit ich die Wunde schließen kann.«

Hanna bemerkte, dass ein Zittern durch den Körper des Doktors lief, als er die Tote betrachtete. Trauer lag in seinen Augen, gleichzeitig wirkte seine Miene beherrscht. Nachdem der Schnitt verschlossen war, deckte er ein Tuch über die Tote.

»Wir müssen eine Obduktion durchführen«, sagte er. »Ich muss die genaue Todesursache bestimmen.«

»Ist das bei Eklampsie nötig?«

»Es ging alles so schnell. Das ist selbst bei Eklampsie ungewöhnlich.« Er schaute auf den bedeckten Leichnam. Als die Tür ging, sah er auf. »Schwester Else, holen Sie doch bitte eine Bahre und sorgen Sie dafür, dass die Tote in den Keller kommt. Ich werde sie nachher obduzieren.«

»Ja, Herr Doktor«, antwortete Else und zog sich zurück.

Hilflos blickte Hanna zum Doktor. Hin und wieder starben Patienten in einem Krankenhaus und manchmal auch in einem Sanatorium. Seit Eröffnung des Hauses hatten sie schon den einen oder anderen

Todesfall gehabt, aber nichts schmerzte so sehr, wie ein junges Leben zu verlieren, einen Menschen, der gerade dabei war, ein anderes Leben hervorzubringen.

»Was wird aus dem Kind?«, fragte Hanna.

»Ich hoffe sehr, dass Frau Kunze einen Ehemann hat«, antwortete Dr. Conradi bedrückt. »Wenn nicht, müssen wir erst mal für den Kleinen sorgen. Ohnehin könnte ich ihn nicht ruhigen Gewissens aus dem Haus lassen. Erst einmal muss festgestellt werden, ob er durch den Sauerstoffmangel seiner Mutter in Mitleidenschaft gezogen ist.«

Hanna nickte und griff in ihre Schürzentasche. Darin steckte noch immer das Medikament, das der Doktor der Frau nicht mehr hatte geben können.

»Meinen Sie, das hätte wirklich etwas geholfen?«

»Ich weiß es nicht«, sagte Dr. Conradi. »Das Mittel ist krampflösend, aber ob es gegen einen so starken Krampf angekommen wäre …« Er überlegte kurz, dann fügte er hinzu: »Aber eines ist mir soeben klar geworden: Wir brauchen eine eigene Apotheke in der Nähe.«

Hanna nickte.

Im nächsten Augenblick erschienen Schwester Else und Schwester Imogen mit einer fahrbaren Trage, um die Tote abzuholen.

»Ich werde mal schauen, was die Patienten draußen machen«, sagte Hanna und verließ auf wackligen Beinen den Kreißsaal.

Draußen bemerkte sie einen Mann, der heftig mit der Schwester am Empfang diskutierte.

»Ich will zu meiner Frau!«, rief er. »Ihr Name ist Marlene Kunze! Sie muss hier sein!«

»Herr Kunze?«, sprach Hanna ihn an.

Der Mann sah sie aufgeregt an. Er hatte hochstehende Wangenknochen und wirkte ein wenig ausgezehrt.

»Was ist mit meiner Frau? Sie ist hier, nicht wahr? Sie hat nur einen Zettel auf dem Tisch hinterlassen.«

Hanna schnürte sich die Kehle zu. »Ihre Frau ist tatsächlich hier.«

»Ich muss zu ihr!«, rief er aus.

»Das geht leider nicht. Ich kann Ihnen nur sagen, dass Ihr kleiner Sohn zur Welt gekommen ist und lebt.«

Der Mann blickte sie verwirrt an. »Und was ist mit meiner Frau?«

»Der Doktor wird gleich mit Ihnen sprechen. Nehmen Sie doch bitte einen Moment Platz, er ist in wenigen Augenblicken bei Ihnen.«

Hanna deutete auf die Wartebänke an der Wand. Der Mann starrte sie an, außer sich vor Sorge, doch dann befolgte er ihre Anweisung.

Kurz darauf tauchte Dr. Conradi auf. Er hatte den blutbefleckten Kittel gegen einen sauberen ausgetauscht.

»Herr Doktor, das ist der Mann von Frau Kunze«, flüsterte Hanna ihm zu. »Er hat einen Zettel auf dem Küchentisch gefunden und will nun wissen, was mit seiner Frau ist.«

Conradi atmete tief durch, dann straffte er die Schultern. »Ich rede mit ihm. Bereiten Sie derweil alles für den nächsten Patienten vor.«

Hanna nickte und beobachtete, wie der Arzt zu dem Mann ging, der gleichzeitig frisch gebackener Vater und Witwer geworden war.

Im nächsten Augenblick stieß der Mann einen gellenden Schrei aus. Nur einen Moment später stürzte er sich auf Dr. Conradi und packte ihn am Revers seines Kittels. Der Arzt war zu perplex, um sich zur Wehr zu setzen.

»Aufhören!«, rief Hanna. »Lassen Sie den Doktor los oder ich hole die Polizei!«

Pfleger Carl und Dr. Steiner eilten herbei.

Herr Kunze ließ nicht los, stattdessen begann er, Dr. Conradi wüst zu beschimpfen. Es kostete die beiden Männer einige Kraft, den Tobenden von dem Doktor wegzuzerren.

»Ich werde Sie verklagen!«, schrie der Mann, noch während er von Pfleger Carl und Dr. Steiner durch die Tür hinaus verfrachtet wurde. »Jawohl! Sie und das ganze Haus!«

»Ist alles in Ordnung?«, fragte Hanna den Doktor.

»Alles gut. Ich bin nur erschrocken.« Dr. Conradi richtete ein wenig verlegen seinen Kittel, der an der Schulter eingerissen war. Sie blickten nach draußen, wo Pfleger Carl sich vor dem Mann aufbaute, um ihn daran zu hindern, erneut durch die Tür zu stürmen.

»Gehen Sie schon mal ins Sprechzimmer, ich hole Ihnen einen neuen Kittel«, schlug Hanna vor, dann atmete sie tief durch und begab sich zur Wäschekammer.

Auf halbem Weg kam ihr Alexander Kirchfeld entgegen. Diesmal war sie zu müde, um noch die Anspannung zu fühlen, die sie sonst überkam, wenn sie ihm begegnete.

Normalerweise gingen sie aneinander vorbei, doch diesmal blieb der Assistenzarzt stehen.

»Schwester Hanna! Was ist passiert? Ich habe Geschrei gehört.«

Zum ersten Mal, seit er hier eingetroffen war, blickte Hanna ihm geradewegs ins Gesicht.

»Wir haben soeben eine Patientin verloren«, antwortete sie. »Eklampsie. Der Ehemann hat sehr ungehalten auf die Nachricht reagiert.«

Kirchfeld runzelte die Stirn. »Der Doktor hat nicht erwähnt, dass wir eine Patientin …«

»Ein Notfall«, fiel Hanna ihm gereizt ins Wort. Glaubte er etwa, dass er den Verlauf hätte ändern können? Sie zwang sich zur Ruhe und fügte hinzu: »Dr. Conradi wird Ihnen mehr dazu sagen können. Ich nehme an, er benötigt Ihre Hilfe bei der Obduktion.«

Kirchfeld nickte und schob ein wenig verlegen die Hände in die Kitteltaschen. »Es tut mir sehr leid, dass Sie das mit ansehen mussten.«

Hanna senkte den Blick. »Ja, mir tut es auch leid. Aber ich als Schwester sollte das aushalten können, nicht wahr? Im Gegensatz zu dem Vater.«

»Ich würde auch den Glauben an die Menschheit verlieren, wenn meine Frau bei der Geburt meines Kindes sterben würde.« Kirchfeld sah sie an. »Ist wirklich alles in Ordnung mit Ihnen? Kann ich etwas für Sie tun?«

Hanna schüttelte den Kopf. »Danke für das Angebot. Aber es ist alles in Ordnung. Ich muss dem Doktor einen neuen Kittel holen. Gab es etwas Ungewöhnliches?«

»Ich habe mir zwei Frauen angeschaut. Es waren leichte Fälle, nichts Besonderes. Die Akten liegen bereits auf Dr. Conradis Tisch.«

»Danke«, sagte Hanna und schaffte es, ein schiefes Lächeln zustande zu bringen.

***

Der Abend kam um diese Jahreszeit schon früher, und Louis war dankbar dafür. Das sommerliche Strahlen der Abendsonne oder ein schöner Sonnenuntergang hätte seine Traurigkeit nur noch verstärkt.

Dass Patienten starben, war für ihn als Arzt nichts Ungewöhnliches. Doch er empfand es als persönliche Niederlage, wenn ein Mensch unter seinen Händen das Leben verlor. Selbst dann, wenn ihm nichts anzulasten war.

Der Urin der Frau hatte die typischen Eiweißspuren enthalten, die auf eine Präeklampsie hindeuteten. Wäre die Frau früher zum Arzt gegangen, hätte sie ihre Beschwerden rechtzeitig untersuchen lassen, hätte ihr Tod vielleicht verhindert werden können. Aber sie hatte offenbar keinen Arzt aufgesucht. Nicht mal eine Hebamme hatte sie konsultiert.

Louis sah wieder die Verzweiflung des Mannes vor sich, spürte den Griff seiner Hände an seinem Kittel. Er konnte seinen Zorn verstehen. Aber kein Schrei, keine Drohung würde die Frau wieder lebendig machen.

Es klopfte. Eigentlich war ihm nicht danach, mit jemandem zu reden. Auch seiner Frau hatte er noch nichts gesagt. Aber möglicherweise sorgte sie sich, weil er sich noch nicht bei ihr hatte blicken lassen.

»Herein!«, rief er, und als Hanna das Sprechzimmer betrat, fügte er hinzu: »Sie müssen doch nicht klopfen.«

»Ich war mir nicht sicher, ob Sie jemanden sehen wollen.«

Conradi blickte sie an. Sie wirkte müde, und wie so oft nach langen Tagen war ihre Haube verrutscht.

Er rang sich ein Lächeln ab, war aber sicher, dass sie ihn durchschaute.

»Wie geht es Ihnen?«, fragte sie sanft, als sie näher trat. Er starrte eine Weile auf seine Hände, dann blickte er auf.

»Nicht besonders gut.«

»Sie trifft keine Schuld«, sagte Hanna. »Herr Kirchfeld und Dr. Steiner waren bei der Obduktion anwesend, die werden Sie entlasten können. Außerdem haben Sie durch Ihr schnelles Handeln das Kind gerettet.«

Louis nickte. Das hatte er angesichts des tobenden Vaters beinahe vergessen.

»Ich hätte auch sie retten müssen«, sagte er tonlos.

»Sie litt unter einer Eklampsie«, sagte Hanna. »Der Krampfanfall war nicht zu vermeiden. Dazu hätte die Frau schon vor dem Einsetzen der Wehen entbunden werden müssen.«

Louis blickte auf. Seine Augen brannten, doch gegenüber Hanna wollte er sich tapfer geben. »Ich dachte, mit dem Kaiserschnitt kann ich den Krampf umgehen. Aber dann hat er eingesetzt, bevor ich sie in den OP bringen lassen konnte …«

Hanna ließ sich auf den Stuhl sinken, der für die Patienten gedacht war.

»Meine ältere Schwester Ruth starb bei der Geburt ihres ersten Kindes«, begann sie. »Wir haben nicht erfahren, was genau die Ursache war.«

»Es gibt so viele Dinge, die bei einer Geburt missglücken können«, sagte Louis leise. »Deshalb ist heutzutage bei den Geburten oft ein Arzt dabei. Und doch garantiert dies nicht das Leben der Mutter.«

Hanna nickte beklommen.

»Aber das ist es, was wir machen, nicht wahr?«, fragte Louis, mehr an sich selbst gewandt als an Hanna. »Wir trauern und wir machen weiter, denn es ist unsere Bestimmung.«

»Wir trauern und wir machen weiter«, echote Hanna traurig. Gern hätte sie den Doktor umarmt, aber das wagte sie nicht. Stattdessen legte sie ihre Hand auf seine. »Ruhen Sie sich aus. Morgen ist ein neuer Tag.« Damit zog sie ihre Hand zurück und stand auf.

Louis sah ihr noch nach, als sich die Tür schon längst hinter ihr geschlossen hatte.

***

Hanna hatte das Sprechzimmer gerade verlassen, als sie aus dem Augenwinkel heraus eine Bewegung wahrnahm. Mit einem unguten Gefühl blickte sie zur Seite. Den Mann, der sich von der Wand löste, erkannte sie sofort.

»Herr Kunze«, sagte sie und spürte, wie sich ihre Muskeln anspannten. Was hatte er hier zu suchen? Wollte er dem Doktor etwas antun? Und wie war er jetzt, nach Ende der Besuchszeit, ins Gebäude gekommen?

»Schwester«, sagte er leise und trat auf sie zu. »Ich möchte mich für meinen Auftritt entschuldigen. Kann ich bitte zum Herrn Doktor?«

»Der Doktor ist momentan nicht zu sprechen«, verneinte Hanna. »Sie können morgen mit ihm reden.«

Der Mann nickte und senkte den Kopf. »Es tut mir sehr leid, aber die Nachricht, dass meine Frau gestorben ist …« Ein Wimmern kam aus seinem Mund, Schluchzer schüttelten seinen Körper. Hanna war für einen Moment unschlüssig, ob sie ihn trösten sollte. Sie hatte vor einigen Jahren von einer Schwester gehört, die dies getan hatte und wenig später mit einem Messer bedroht wurde.

Doch dann gab sie sich einen Ruck und legte ihm die Hände auf die Schultern. Der Mann weinte bitterlich und lehnte sich haltsuchend gegen sie. Hanna hoffte inständig, der Doktor würde aus dem Sprechzimmer kommen.

Als sie spürte, dass seine Schluchzer abebbten, fragte sie: »Wollen Sie sich vielleicht Ihren Sohn ansehen?«

Der Mann schaute sie aus glasigen Augen an und nickte.

»Gut, dann kommen Sie mit. Er ist in unserem Säuglingszimmer, eine Schwester kümmert sich um ihn.«

Hanna führte Kunze den Gang entlang. Im Säuglingszimmer lagen derzeit vier Neugeborene. Überwacht wurden sie von Schwester Friedel, einer rundlichen Frau mit streng zurückgekämmtem schwarzem Haar, die gerade damit beschäftigt war, dem kleinen Jungen das Fläschchen zu geben.

»Warten Sie bitte hier«, bat Hanna und platzierte den Vater vor der Scheibe, dann ging sie hinein.

Friedel schaute sie verwundert an. »Nanu, die Besuchszeit ist doch vorbei«, sagte sie, denn natürlich hatte sie den Mann vor der Scheibe bemerkt.

»Eine kleine Ausnahme«, sagte Hanna. »Seine Frau ist gestorben, und er war ganz außer sich.«

»Ah, dann ist er der, der auf den Doktor losgegangen ist«, sagte Friedel, ohne den Blick von ihrem kleinen Schützling zu lassen. »Wenn er bei seinem Sohn genauso unbeherrscht ist …«

»Das wird sicher nicht der Fall sein«, gab Hanna zurück. »Er war in einer Ausnahmesituation. Manchmal tun wir dabei Dinge, die uns anschließend peinlich sind und zu denen wir bei klarem Verstand nicht in der Lage wären.«

Friedel sah sie skeptisch an, dann nickte sie.

»In Ordnung, ich bringe ihn gleich. Aber erst mal muss er fertig essen. Kohldampf hat er immerhin.«

»Danke.«

Hanna verließ das Säuglingszimmer.

»Welches von den Kleinen ist er?«, fragte der Mann und reckte den Hals.

»Schwester Friedel füttert ihn gerade«, sagte Hanna. »Sie bringt ihn gleich raus, damit Sie ihn anschauen können.«

Der Mann fixierte das Kind auf dem Schoß der Schwester. Viel mehr als der Wickel und das kleine Köpfchen war nicht zu sehen.

»Ist mit ihm alles in Ordnung?«, fragte er.

»Er ist so gesund, wie er es unter den Umständen sein kann«, beruhigte ihn Hanna. »Durch die Präeklampsie ist er ein wenig kleiner als andere Kinder, aber er ist trotzdem in einem guten Zustand.«

Dass Dr. Conradi sich Sorgen machte wegen des Sauerstoffmangels, verschwieg sie ihm. Das sollte Herr Kunze besser aus dem Mund eines Arztes hören – wenn er sich denn wirklich traute, Conradi noch einmal gegenüberzutreten.

Schließlich erhob sich Schwester Friedel, ließ den Kleinen ein Bäuerchen machen und kam dann mit ihm nach draußen.

Sie musterte den Vater argwöhnisch, während sie fragte: »Haben Sie schon einen Namen für den Kleinen?«

»Peter«, stammelte er und versuchte sichtlich, ein Schluchzen zurückzuhalten. »Meine Frau wollte ihn Peter nennen.«

»Ein schöner Name«, sagte Hanna und bedeutete Friedel, nicht so ein Gesicht zu ziehen. Dass der Mann seine Frau verloren hatte, war schlimm genug.

In dem Augenblick, als sie ihm das Kind in die Arme legte, brachen bei Herrn Kunze alle Dämme, und er begann abermals zu weinen. »Er ist so wunderschön und hat Marlenes Nase«, murmelte er und wiegte ihn ein wenig ungelenk. Schwester Friedel zeigte ihm, wie er ihn richtig hielt.

Als Hanna zur Seite blickte, sah sie Dr. Conradi im Gang stehen. Er musste die Szene schon seit einer Weile beobachtet haben. Hanna lächelte ihm aufmunternd zu. Vielleicht war jetzt die Gelegenheit günstig, mit dem Vater ein vernünftiges Gespräch zu führen. Doch Conradi, der ihren Gedanken zu erraten schien, schüttelte nur leicht den Kopf und zog sich zurück.

31. Kapitel

Zehlendorf, 28. September 1921

»Ah, Herr Kunze, sind Sie hier, um Ihren Sohn abzuholen?« Hanna, die gerade auf dem Weg aus dem Röntgenraum ins Sprechzimmer war, lächelte den Mann an, der immer noch bedrückt wirkte. Trotzdem hatte sie in der letzten Zeit bemerkt, dass in seinen Augen ein wenig Hoffnung aufflackerte.

»Ja, man hat mir Bescheid gegeben, dass es so weit ist.« Er blickte auf das Körbchen in seiner Hand. Der kleine Junge lag schlafend darin, bedeckt mit einer Decke, sodass man nur sein Gesicht und das kleine Mützchen auf dem Kopf sehen konnte. »Meine Mutter wird mich unterstützen und sich um den Kleinen kümmern.«

Hanna nickte. In den vergangenen Wochen hatte sie Herrn Kunze des Öfteren im Haus gesehen. Meist war er schnurstracks zum Säuglingszimmer gegangen, aber hin und wieder hatte er haltgemacht und mit ihr gesprochen. Seine Mutter hatte sich große Vorwürfe gemacht, weil sie ihre Schwiegertochter nicht zum Arzt geschickt hatte. Einige Tage nach der Beerdigung von Marlene hatte er sie mitgebracht, damit sie einen Blick auf das Kind werfen konnte. Hanna hatte beobachtet, wie er sie stützen musste, als sie das Waldfriede wieder verließen.

»Ich bin mir sicher, dass Sie beide sich ganz großartig um den kleinen Peter kümmern werden«, sagte Hanna. »Sollten wir uns nicht mehr sehen, wünsche ich Ihnen alles Gute.«

»Danke, dass Sie für mich da waren.« Kunze reichte ihr die Hand. »Und danken Sie dem Doktor noch einmal von mir. Dass er wenigstens unseren Sohn retten konnte, rechne ich ihm hoch an.«

Hanna versprach, das zu tun, und kehrte ins Sprechzimmer zurück.

Dr. Conradi war gerade aus dem Operationssaal gekommen und hatte seinen Chirurgenkittel bereits wieder gegen den Arztkittel eingetauscht.

»Herr Kunze lässt grüßen«, sagte sie. »Er hat vorhin seinen Sohn abgeholt.«

»Ah. Gut.« Conradi ließ sich nicht anmerken, ob er in diesem Augenblick an die Attacke des Mannes dachte.

»Frau Schreier habe ich geröntgt, die Bilder müssten bald fertig sein. Der kleine Johann war ein wenig unwillig, sodass ich ihn fixieren musste. Aber als es losging, wurde er ganz still. Ich denke, die Aufnahme ist gelungen.«

Dr. Conradi nickte. »Dann können wir wohl mit dem normalen Programm fortfahren.«

Ein Hupen unterbrach ihr Gespräch.

Hanna schaute aus dem Fenster und fragte: »Sind das die Friedensauer?«

Der Arzt folgte ihrem Blick. Auf der Rotunde stand ein Fahrzeug. Ein Krankenwagen war es nicht, und es sah auch nicht wie die Kraftwagen aus, die durch Berlin fuhren.

Ein Mann im dunklen Mantel stieg aus. Er war etwa in Louis' Alter, hatte dunkles Haar und einen Schnurr- und Kinnbart.

»Er erinnert mich ein bisschen an Dr. Meyer«, sagte Hanna, doch es war nicht der Arzt aus Friedensau, der nun zur Eingangstür marschierte.

»Wir werden gleich sehen, wer das ist!«, sagte Dr. Conradi und verließ das Sprechzimmer. Durch die offene Tür sah Hanna, dass er anfing zu laufen, sobald er sich unbeobachtet wähnte.

Bevor er in der Aufnahme ankam, hörte er die Stimme des Mannes. Er sprach Deutsch mit einem ihm nur allzu bekannten Akzent.

War es möglich …?

Louis versuchte, sich zu beruhigen, strich den Kittel über seiner Brust glatt und betrat die Anmeldung.

»Ah, da ist ja der Doktor!«, sagte die Schwester an der Rezeption.

Der Fremde folgte ihrem Blick. Mit seinem runden, rosigen Gesicht hätte er Reklame für Rasierwasser machen können. Sein dunkler Bart war auffallend gepflegt, und die goldbraunen Augen leuchteten, als sie Conradi sahen.

»Dr. Conradi! Es ist mir eine Freude, Sie kennenzulernen! Mein Name ist John Harrow.« Er reichte Louis die Hand, der den kräftigen Händedruck erwiderte.

»Dr. Harrow, was für eine Überraschung! Die Freude ist ganz meinerseits.« Tatsächlich hatte er schon beim Anblick des Wagens draußen einen Verdacht gehabt.

»Catherines Telegramm hat mich sehr bewegt, deshalb dachte ich mir, ich komme persönlich vorbei, um Sie zu unterstützen.«

Er wollte sie *unterstützen*? Hatte Catherine etwa noch mehr angefordert als Geld? Und warum hatte er einen Lastwagen dabei?

Im nächsten Augenblick stürmte Catherine in den Empfangsbereich.

»Du meine Güte, John!«, rief sie mit leuchtenden Augen aus.

Louis fragte sich, wann seine Frau ihn zuletzt so angestrahlt hatte. Es war schon eine Weile her.

Ungestüm wie Kinder umarmten sie sich, dann hielten sie sich bei den Händen wie Freunde, die nie den Kontakt zueinander verloren hatten. So hatte Louis sie seit der Hochzeit nicht mehr erlebt.

Gab es vielleicht einen Grund, warum sie John nie erwähnt hatte?

Die Stimme seiner Frau riss ihn aus seinen Gedanken: »Hast du ein wenig Zeit, Louis, oder warten deine Patienten? Ich würde uns allen einen Tee machen.«

Natürlich hatte er Patienten, aber er hatte auch Dr. Steiner, der sie übernehmen konnte. Und er wollte seine Frau auf keinen Fall mit diesem Mann allein lassen.

»Ich lege nur meinen Kittel ab, dann komme ich«, antwortete er. Glücklich hakte sich seine Frau bei John Harrow unter und zog ihn mit sich.

***

Hanna stand am Fenster und machte einen langen Hals. Sie hatte es nicht gewagt, dem Doktor zu folgen. Stattdessen betrachtete sie den Lastwagen. Was mochte er wohl bringen? War das der geheimnisvolle Freund von Dr. Conradis Frau?

»Schwester Hanna?«, hörte sie die Stimme des Arztes hinter sich. Sie zuckte zusammen und wirbelte herum.

»Würden Sie bitte Dr. Steiner oder Herrn Kirchfeld sagen, dass sie mich kurz bei der Visite vertreten sollen?«

»Ist das dieser Dr. Harrow aus England?«

»Ja, das ist er, und die Freude bei meiner Frau ist riesengroß. Da ich annehme, dass er uns Hilfe bringt, komme ich nicht umhin, eine Tasse Tee mit ihm zu trinken.« Conradi seufzte. Er wirkte, als wäre er lieber auf Visite gegangen.

»Wir werden das schon hinbekommen«, versicherte ihm Hanna und lud sich die Patientenakten auf die Arme. »Und es ist doch schön, wenn er uns helfen möchte. Je eher wir damit beginnen, die Erweiterung des Hauses in Gang zu setzen, desto besser.«

»Da haben Sie wohl recht, Hanna. Seltsam kommt es mir trotzdem vor, seine Hilfe anzunehmen.«

»Sehen Sie ihn doch einfach nur als Kollegen«, schlug Hanna vor. »Und wenn es unserem Haus besser geht, können Sie sich ja vielleicht mal bei ihm revanchieren.«

Conradi nickte, dann tauschte er seinen Arztkittel gegen das Jackett, das am Kleiderständer neben der Tür hing.

»Wenn es etwas gibt, womit die Kollegen nicht zurechtkommen, melden Sie sich ruhig bei mir.«

»Das mache ich«, versprach Hanna. »Und jetzt genießen Sie Ihren Tee!«

Als Conradi fort war, trug sie die Patientenakten zuerst zu Dr. Steiner, doch der war voll und ganz darin vertieft, das gebrochene Bein eines jungen Mannes einzugipsen. Von Kirchfeld, der normalerweise bei ihm saß, war nichts zu sehen.

»Ist Herr Kirchfeld auf Station?«, fragte Hanna.

»Ich denke schon. Er wollte auf die Frauenstation.«

Hanna bedankte sich und ging mit dem Aktenstapel zur Treppe. Dort kam ihr Pfleger Carl entgegen, der zusammen mit dem Jungpfleger Christoph einen Patienten in Richtung Bäder trug. Der Mann hatte die Arme um die Schultern der beiden Männer geschlungen und wirkte ein wenig ängstlich.

»Lassen Sie mich bloß nicht vor dem Mädel fallen!«, mahnte er.

Hanna lachte. »Keine Sorge, unsere Pfleger könnten mit bloßen Händen Bäume ausreißen!«

Tatsächlich fand sie Herrn Kirchfeld auf der Frauenstation. Er versorgte gerade die Operationswunde einer Frau, die sie vor einigen Tagen per Kaiserschnitt entbunden hatten.

Als er fertig war und das Zimmer verließ, trat Hanna auf ihn zu. »Hätten Sie vielleicht Zeit, die Visite bei den Patientinnen von Dr. Conradi zu übernehmen?«

Kirchfeld machte einen Schritt rückwärts und setzte eine gespielt entsetzte Miene auf. »Schwester Hanna, Sie bitten mich um etwas!«

Hanna verdrehte die Augen. »Dr. Conradi hat Besuch bekommen, und Dr. Steiner gipst gerade.«

Kirchfeld grinste. »Es ist dennoch einen Eintrag im Kalender wert, dass Sie von sich aus zu mir kommen. Sie hätten ja auch Schwester Sarah schicken können. Oder eines der Hausmädchen.«

»Warum sollte ich nicht zu Ihnen kommen? Ich gehe davon aus, dass Sie nicht beißen«, entgegnete Hanna ein wenig schnippisch. Sie musste zugeben, dass ihr Kirchfelds Anwesenheit nicht mehr ganz so zu schaffen machte wie unmittelbar nach seiner Einstellung. Von allen Seiten hörte sie Gutes über ihn, Leni schwärmte, einige Schwestern warfen ihm interessierte Blicke zu, und auch die Stationsschwestern beklagten sich nicht. Sie war wohl die Einzige, die nicht hellauf von ihm begeistert war.

»Nein, ich beiße nicht. Aber Sie verstecken sich schon ein wenig vor mir, oder?«

Hanna seufzte und streckte ihm die Akten entgegen. »Übernehmen Sie die Visite, oder soll ich Dr. Conradi sagen, dass Sie keine Zeit haben?«

»Natürlich übernehme ich die Visite«, willigte er ein. »Aber nur, wenn Sie mitkommen.«

»Für die Visite ist Schwester Elisabeth zuständig.«

»Sie kann sicher etwas Hilfe gebrauchen.« Er wandte sich zum Fenster. »Wer ist da eigentlich mit diesem Lastwagen angekommen? Das Kennzeichen sieht englisch aus.«

»Ein gewisser Dr. Harrow. Er ist ein alter Freund von Frau Conradi aus England, der uns bei der Errichtung einer eigenen Krankenpflegeschule behilflich sein möchte. Dr. Conradi kann Ihnen sicher Näheres dazu sagen.«

Kirchfeld zog verwundert die Augenbrauen hoch, dann nickte er. »Also kommen Sie mit?«, fragte er mit einem entwaffnenden Lächeln. »Ich verspreche auch, dass ich keine Forderungen an Sie stelle.«

»Ich komme mit«, gab sich Hanna geschlagen.

Schwester Elisabeth wunderte sich ein wenig über ihre Anwesenheit, denn wenn Dr. Conradi auf Visite war, blieb sie meist im Sprechzimmer oder fertigte Röntgenaufnahmen an. Hanna beschloss, es ihr beim Mittagessen zu erklären.

Sie gingen von Bett zu Bett, und Hanna wurde zum ersten Mal Zeugin von Kirchfelds Umgang mit den Patientinnen. Er war freundlich und gewinnend, hörte sich die Nöte der Frauen an und versuchte zu trösten, wenn es angebracht war.

Hanna gewann einen völlig anderen Eindruck von ihm und musste zugeben, dass die Schwärmerei der Schwestern für ihn angebracht war.

***

»Es freut mich sehr, dass Sie unserer Bitte gefolgt sind«, sagte Louis, während Catherine ihnen den Tee eingoss. Es war schon eine Weile her, dass er seine zweite Muttersprache Englisch gesprochen hatte. Dass er heute üben konnte, war immerhin ein Vorteil dieses Zusammentreffens. »Es ist ein weiter Weg aus England, und seit dem letzten Krieg sind die Ressentiments gegen die Deutschen in der Welt gewachsen.«

»Das hier ist keine Sache zwischen Ländern«, gab Harrow zurück. »Als Engländer verurteile ich natürlich, in welches Chaos und welche Feindschaft die deutsche Politik uns gestürzt hat, doch das hier ist ein Austausch unter Wissenschaftlern.« Er blickte zu Catherine. »Und unter Freunden.«

Eine Pause entstand. Unter anderen Umständen hätte Louis Harrows Worte zu schätzen gewusst, aber da war der Stachel der Ungewissheit über die Art des Verhältnisses seiner Frau zu dem Engländer. Freunde? Es war schon ein großer Freundschaftsdienst, mit einem Lastwagen voller Güter nach Deutschland zu reisen, das nach dem Versailler Frieden alles andere als gut zu sprechen war auf die Alliierten – und umgekehrt.

Louis blickte zu seiner Frau. Catherines Wangen waren gerötet, sie schien nicht zu bemerken, dass er alles andere als glücklich war.

»Catherine und ich haben uns schon als Kinder gekannt«, sagte Harrow, als hätte er Louis' Gedanken erraten. Er nahm einen Schluck Tee und zuckte kaum merklich zusammen, doch selbst wenn ihm der Tee nicht schmeckte, würde er zu höflich sein, um sich etwas anmerken zu lassen. »Mein Vater war damals als Buchhalter in Skodsborg beschäftigt und kannte Dr. Möller, Catherines Vater.«

Louis versuchte, sich an einen Buchhalter Harrow zu erinnern, doch es gelang ihm nicht, obwohl er seinen eigenen Vater hin und wieder nach Skodsborg begleitet hatte. Auch Catherine war ihm früher nicht aufgefallen. Erst nachdem er das Studium aufgenommen hatte, war sie in sein Blickfeld gerückt. Allerdings nicht als mögliche Braut, sondern als Tochter des älteren Kollegen, unter dem er ein paar Monate ein Praktikum ableistete.

Erst als er sie in Hamburg wiedergesehen hatte – damals war sie bereits Schwester –, waren sie sich nähergekommen.

Harrow dagegen schien die gesamte Jugend mit ihr verbracht zu haben.

»Wir haben uns zunächst mehr gestritten als miteinander gespielt, aber als wir älter wurden, entwickelte sich eine Freundschaft zwischen uns.« Harrow blickte beinahe liebevoll zu Catherine hinüber. Sie senkte den Blick.

Louis versuchte, sich seine Frau als junges Mädchen vorzustellen. Er kannte ein paar Bilder aus der Zeit, aber er hatte nie gesehen, wie sie sich damals bewegt und gesprochen hatte. Darüber, welche Spiele sie mochte, hatten sie sich nie unterhalten.

»Dann, als ich fünfzehn war, ein Jahr nach dem Tod meiner Mutter, wurde mein Vater nach England versetzt. Ich musste Catherine zurücklassen. Eine Zeit lang schrieben wir einander, doch der Kontakt riss schließlich ab. Ich nahm ein Medizinstudium auf, sie wurde Krankenschwester. Und dann entschied sie sich für Sie.« Er blickte zu Louis. Nein, seine Augen bohrten sich förmlich in seine.

Louis versuchte, sich zu beherrschen. Wie mochte er ihn sehen? Als armen Doktor, der Hilfe brauchte? Harrow selbst schien keine Not zu leiden …

»Umso erfreuter war ich, als ich Catherines Telegramm erhielt – auch wenn der Inhalt natürlich keinen Grund zur Freude darstellte. Dennoch: endlich wieder ein Lebenszeichen! Es hat eine Weile gedauert, bis ich die Mittel zusammen hatte, außerdem wollte ich sie überraschen, also antwortete ich nicht. Und jetzt bin ich hier.«

»Mit einem Lastwagen«, setzte Catherine noch immer ein wenig fassungslos hinzu. Um ihre Mundwinkel spielte ein Lächeln.

»Ich dachte mir, dass Sie auch noch andere Dinge benötigen. Nach so einer verheerenden Niederlage und so großen Reparationszahlungen kann es einem Volk nicht gut gehen. Ich habe also ein paar Dinge aus unserem Speicher geholt und darüber hinaus einige gute Seelen gefunden, die bereit waren, etwas zu spenden. Und da bin ich.«

Ja, da war er. Wie ein rettender Engel, über den sich Louis trotzdem nicht so recht freuen konnte.

***

Beim Abendessen redeten alle Schwestern von nichts anderem als von den Stoffen, die sie bekommen hatten: blau-weiß gestreiften Kattun sowie ein Päckchen blauen Wollstoff, aus denen sie sich neue Schwesternkleider nähen konnten. Außerdem hatte Dr. Harrow ganze Pakete von Schuhen gebracht. Sie waren getragen, aber aufgearbeitet worden. Hanna erkannte sofort, welch gute Arbeit die Schuhmacher geleistet hatten. In den folgenden Tagen würden sie sich lediglich darüber einigen müssen, wer welches Paar bekommen sollte, denn die Größen fielen sehr unterschiedlich aus.

Hanna konnte ihr Glück nicht fassen. Wann hatte sie das letzte Mal ein Kleid getragen, das nicht Flickwerk war? Und Schuhe, die nicht krummgetreten waren? Wie oft hatte ihr Vater ihr vorgehalten, dass es eine Schande war, wenn die Tochter eines Schusters mit schiefgelaufenen Absätzen durch die Welt ging!

Es fiel ihr allerdings auf, dass Dr. Conradi wenig glücklich wirkte. Harrow hatte ihm fünftausend Dollar zugesagt, ein Vermögen in einem Land, das von der Inflation geschwächt wurde. Hanna kannte den Doktor mittlerweile gut genug, um zu wissen, dass dies seinen Stolz verletzte. Hilfe hatten sie schon immer bekommen, aber nicht von einem Jugendfreund seiner Ehefrau, den mit ihrem Haus nicht mehr verband als seine Zugehörigkeit zur adventistischen Gemeinschaft und die Freundschaft mit Catherine.

Gern hätte sie ihm gesagt, dass es in Ordnung sei, dass der Zweck die Mittel heilige und dass Harrow geschickt worden war, um ihnen zu helfen. Aber an diesem Abend war er unerreichbar für sie.

Nach dem Abendessen wollte sich Hanna eigentlich in ihr Zimmer zurückziehen, als sie plötzlich eine Berührung am Arm spürte. Dr. Conradi war unbemerkt neben sie getreten und sah sie an.

»Bleiben Sie doch noch ein wenig bei uns, Schwester Hanna. Immerhin gehören Sie zu den leitenden Schwestern.«

Das war nicht ganz richtig, aber im Blick des Doktors erkannte sie eine Dringlichkeit, die keinen Widerspruch duldete.

Sie nickte und fand sich im Gesellschaftsraum ein. Dort waren auch Maria, Ida, Elisabeth und Carl sowie Assistenzarzt Kirchfeld versammelt. Sie wirkten ein wenig überrascht, genauso wie Hanna selbst.

»Das ist meine Sprechstundenhilfe und Röntgenschwester Hanna Richter«, stellte Conradi sie dem Gast vor. »Hanna, das ist Dr. Harrow aus Sussex.«

»Ich freue mich, Sie kennenzulernen!«, gab dieser herzlich zurück. »Als Röntgenschwester müssen Sie ziemliche Courage besitzen. Immerhin hantieren Sie mit Starkstrom.«

»Ach, der ist ziemlich gut zu beherrschen, wenn man weiß, was man damit machen soll«, wehrte sie bescheiden ab.

»Gefährlich ist es trotzdem. Vor einigen Monaten hat es in meiner Klinik einen Unfall gegeben. Die Schwester konnte von Glück reden, dass sie nicht gestorben ist.«

Hannas Nackenhaare richteten sich auf, als würde sie neben der summenden Maschine stehen. Ja, das Überschlagen von Energie war eine der Gefahren, die auch sie hin und wieder beobachtete, doch wenn sie arbeitete, verdrängte sie dieses Wissen.

»Wir versuchen, Vorkommnisse dieser Art zu vermeiden. Aber wir haben auch eine der modernsten Anlagen hier in Berlin. Übertroffen werden wir lediglich vom Röntgeninstitut des Virchow-Krankenhauses.«

Aus dem Augenwinkel heraus bemerkte sie, dass Dr. Conradi zufrieden lächelte.

Harrow ließ den Blick nicht von ihr. »Wenn Sie eines Tages genug von Berlin haben, können Sie gern nach England kommen«, bot er ihr an. »In meiner Klinik habe ich immer Platz für couragierte Kräfte.«

»Ich fürchte, dazu sind meine Englischkenntnisse zu mangelhaft«, gab Hanna zu bedenken.

»Nun, unsere Sprache ist gar nicht so schwer zu erlernen.« Harrow war offenbar nicht gewillt, von ihr abzulassen.

»Andersherum ist es schon schwieriger, nicht wahr?«, sprang ihr Kirchfeld plötzlich bei. »Ich habe mir sagen lassen, dass unsere Schreibweisen und die Aussprache gewisser Buchstabengruppen recht anspruchsvoll für den angelsächsischen Kehlkopf sind.«

Hanna beobachtete, wie sich Harrows Augen zu schmalen Schlitzen verengten. Kirchfeld hatte die Worte freundlich hervorgebracht, aber ihr war klar, dass man sie genauso gut als Stichelei verstehen konnte. Harrows deutsche Aussprache war keineswegs perfekt.

»Da mögen Sie recht haben«, räumte Harrow schließlich ein und setzte ein Lächeln auf, das nicht so recht zu deuten war. »Aber es ist alles Übungssache, nicht wahr? Wie viele Sprachen sprechen Sie, Herr Kirchfeld?«

»Vier«, antwortete er. »Englisch, Französisch, Latein und Griechisch. Und natürlich meine Muttersprache. Also genau genommen fünf.«

Kirchfeld sah Harrow direkt in die Augen. Die beiden Männer wirkten auf einmal, als wären sie zwei Hähne, bereit, aufeinander loszugehen.

Hanna unterdrückte ein Lächeln. Kirchfeld schien sie tatsächlich zu verteidigen. Nicht dass es etwas zu verteidigen gab. Hanna wusste, dass ihr Englisch nicht gut war. In ihrem Leben hatte sie Fremdsprachen bisher kaum gebraucht, im Gegensatz zu den Ärzten, die das Latinum vorweisen mussten. An manchen Universitäten konnten sie nur studieren, wenn sie zudem Kenntnisse im Griechischen vorwiesen.

Frau Conradi meldete sich zu Wort und lenkte das Gespräch auf den langen Weg, den Dr. Harrow auf sich genommen hatte, um zu ihnen zu kommen. Hanna war froh darüber, denn sie stand nicht gern im Mittelpunkt. Sie blickte zu Kirchfeld und nickte ihm dankbar zu, was ihm ein breites Lächeln entlockte.

Als Kirchfeld sich von der abendlichen Runde verabschiedete, folgte Hanna ihm unauffällig. Sie erwischte ihn bei der Tür.

»Danke, dass Sie Harrow von mir abgelenkt haben«, sagte sie.

Kirchfeld nickte. »Es war mir ein Vergnügen.« Er machte eine kurze Pause, dann fügte er hinzu: »Finden Sie ihn nicht auch furchtbar aufgeblasen? Es ist lobenswert, dass er auftaucht und uns helfen will, aber Ihnen vorzuhalten, dass Sie kein Englisch können ...«

»Ich kann Englisch. Ein bisschen. Aber er hat recht, es könnte besser sein. Mich hat eher gestört, dass er darauf hinweisen musste, dass Starkstrom gefährlich ist. Das weiß ich, immerhin habe ich eine Ausbildung.«

Kirchfeld lächelte sie an. »Na ja, er ist bald wieder weg. Ihre Kenntnisse im Röntgen kann Ihnen niemand streitig machen. Und sollten Sie die Notwendigkeit sehen, Ihr Englisch doch ein wenig aufzupolieren, können Sie gern zu mir kommen.«

»Danke, aber ich glaube, das ist nicht nötig«, lehnte Hanna schnell ab. »Doch wenn ich einen Dolmetscher brauche, werde ich Sie rufen.«

»Das können Sie jederzeit tun.«

Schweigen folgte seinen Worten. Eine ganze Weile sah er sie stumm an, als läge ihm etwas auf der Zunge, dann sagte er schlicht: »Gute Nacht und bis morgen, Hanna.«

»Gute Nacht«, erwiderte sie und sah ihm nach, als er das Haus verließ.

32. Kapitel

Zehlendorf, 30. September 1921

Der Besuch des Engländers war für das Waldfriede wie ein Frühlingswind im Herbst. Sogar das Wetter schien bessere Laune zu bekommen. Die Sonne strahlte hell auf die gelben Blätter der Ahornbäume, die an der Ecke zur Alsenstraße standen, und auch die Temperaturen wurden milder.

Nach dem Mittagessen nutzte Hanna das schöne Wetter für eine kleine Runde über das Gelände. Die Patienten hatten sich am Vormittag förmlich gestapelt, dazu kam, dass der Doktor wegen der Anwesenheit des englischen Kollegen angespannt wirkte. Harrow hatte angekündigt, morgen in der Frühe den Rückweg anzutreten, was bedeutete, dass ein weiterer Gesellschaftsabend mit ihm vor ihnen lag.

Als sie um die Ecke bog, sah sie Catherine Conradi und Dr. Harrow neben der ersten Schutzhütte stehen, von Buschwerk verborgen, aber dennoch für sie selbst einsehbar. Harrow hatte seine Arme um die Schultern von Frau Conradi geschlungen. Abrupt blieb Hanna stehen.

Es war eine Umarmung zwischen Freunden, und eigentlich war nichts dabei, aber sie wollte Frau Conradi auch nicht in eine peinliche Situation bringen. Also zog sie sich eilig hinter einen dicken Baumstamm zurück und hörte, wie Harrow sagte: »Wenn ich das nächste Mal komme, bringe ich mehr mit. Ich nehme an, eure Schwestern freuen sich über ein paar neue Möbel.«

»Das ist beinahe zu viel des Guten«, lehnte Frau Conradi ab. »Das Wichtigste ist Kleidung, Unterwäsche und Seife. Damit hast du uns ja schon so gut bedacht.«

»Das wird mich nicht davon abhalten, mehr zu schicken.«

Hanna hörte ein Rascheln im Gebüsch. Als sie die Augen über das Blattwerk schweifen ließ, meinte sie, eine Bewegung wahrzunehmen. Lauschte da etwa jemand?

Gut, was sie hier tat, war auch so etwas wie Lauschen, doch wenn sie sich jetzt rührte, würde Frau Conradi sie sehen und denken, sie habe sich mit Vorsatz angeschlichen. Angestrengt überlegte sie, wie sie den Rückzug antreten konnte, ohne dass Frau Conradi oder Dr. Harrow auf sie aufmerksam wurden.

Sie hörte Harrow sagen: »Manchmal frage ich mich, was aus uns beiden geworden wäre, wenn Vater mich nicht nach England mitgenommen hätte.«

»Diese Frage stelle ich mir auch hin und wieder. Aber das werden wir wohl nie erfahren.«

»Es sei denn, wir werden durch eine Fügung frei und könnten versuchen, es herauszufinden.«

Hanna hielt den Atem an. Das war nun wirklich nicht das, was sie hatte hören wollen!

»Du weißt, dass eine Scheidung nicht infrage kommt. Weder für mich noch für dich.«

»Man weiß nie, was die Zukunft bringt. Wenn Louis nun stirbt, würdest du zu mir kommen?«

»Daran darfst du nicht mal denken!«, wies Frau Conradi ihn erschrocken in die Schranken. »Dieses Gespräch geht mir entschieden zu weit.«

Hanna konnte nicht sehen, was jetzt geschah, doch für eine Weile sagte keiner mehr etwas. Lautlos trat sie den Rückzug an.

Ihr Gesicht brannte. Dass es mit Dr. Conradis Ehe nicht immer zum Besten stand, hatte sie gespürt, und es war Frau Conradi hoch anzurechnen, dass sie den Vorschlag des Engländers abwehrte. Dennoch fühlte sich Hanna, als wäre sie ungewollt Zeugin eines Ehebruchs geworden.

Nachdem sie sich wieder beruhigt hatte, machte sie kehrt und schlug einen kleinen Bogen. Das Rascheln im Gebüsch fiel ihr wieder ein. Es konnte ein Vogel gewesen sein, doch Hanna fürchtete, dass es einen weiteren Zeugen gab.

Das Herz schlug ihr bis zum Hals. Es war nicht ihre Angelegenheit, dennoch beschlich sie ein äußerst ungutes Gefühl. Aufgewühlt kehrte sie ins Haus zurück und hoffte, dass der Lauscher im Gebüsch dem Doktor den Vorfall verschweigen würde, genau wie sie.

An diesem Nachmittag wurde es den abkömmlichen Schwestern erlaubt, mit dem Nähen neuer Kleider zu beginnen.

Hanna, die nicht in die Nähstube gehen konnte, weil Dr. Conradi sie im Sprechzimmer benötigte, war ein bisschen neidisch. Wie sehnte sie sich danach, den neuen Stoff auf ihrer Haut zu spüren! Endlich wieder ein Kleid zu besitzen, dessen Flickstellen sie nicht kratzten!

Sie beschloss, Leni Bescheid zu sagen. Ihre Schwester gehörte immerhin zu den Glücklichen, die mit den Näharbeiten beginnen durften, denn das Abendessen für die Patienten war vorbereitet, und sie musste erst gegen fünf wieder an den Herd, um die warmen Speisen zuzubereiten.

Hanna fand ihre Schwester in der Vorratskammer, wo sie ein Inventar der Lebensmittel, die Harrow ebenfalls mitgebracht hatte, aufstellte.

»Kaum zu glauben, die haben sogar Milchpulver in England!«, murmelte sie begeistert und zuckte zusammen, als Hanna zu ihr trat. »Ah, Hanna, gut, dass du kommst.«

»Leni, ich wollte dich gerade bitten …«

»Ich muss unbedingt mit dir sprechen«, fiel ihre Schwester ihr ins Wort und schaute aus der Speisekammer in die Küche, um sich zu vergewissern, dass niemand dort war. »Es geht um Gruber.«

»Was ist mit ihm?«, fragte Hanna verwundert.

Leni drückte die Tür der Speisekammer zu.

»Ich glaube, irgendwas ist mit ihm faul«, sagte sie leise.

»Wie meinst du das? Hat er einer von euch ein unsittliches Angebot gemacht?«

»Nein, aber ich habe ihn dabei erwischt, wie er versucht hat, Greta über die Conradis auszuhorchen.«

»Aber was sollte sie ihm denn erzählen?«

»Es geht wohl um den Jugendfreund von Frau Conradi. Er hat sich eingehend nach ihm erkundigt.«

Ein eisiger Schauer rann über Hannas Schultern. War es möglich, dass Thomas Gruber der Lauscher im Gebüsch gewesen war?

»Und wieso sollte Greta etwas wissen?«, fragte Hanna verwirrt.

»Nun, sie hat ihn und Frau Conradi beim Frühstück bedient, als der Doktor schon auf Visite war.«

Ein ungutes Gefühl überkam Hanna. Der neue Buchhalter war ihr von Anfang an nicht sonderlich sympathisch gewesen, doch sie hatte nicht genau sagen können, warum. Dass er ihrer Schwester und den anderen Mädchen Bonbons schenkte, war merkwürdig, aber nicht verwerflich. Dass er bei den Hausmädchen herumlungerte und sie von der Arbeit abhielt, war ein lässliches Vergehen. Nur was ging ihn der Jugendfreund der Frau Doktor an?

»Und was hat sie geantwortet?«, fragte sie.

»Dass sie nichts über ihn weiß. Daraufhin hat er sie wohl gebeten, ein wenig die Ohren aufzuhalten. Anscheinend will er auch wissen, wie das Privatleben der Conradis aussieht.«

»Das Privatleben?« Hanna schüttelte den Kopf. Was ging Gruber das an?

»Und was sagt Greta dazu?«

»Dass er sich seine Bonbons an den Hut stecken kann – ihre Loyalität gilt den Conradis, da kann der Kerl machen, was er will!«

»Das hast du gut gemacht.« Hanna zog ihre Schwester in die Arme. Unruhe wühlte in ihrer Brust. Was führte dieser Gruber im Schilde?

Am Abend wurde Dr. Harrow von der gesamten Belegschaft verabschiedet. Hanna beobachtete, wie die Jungschwestern schwärmerisch über ihn tuschelten. Dr. Conradi wirkte erleichtert, seine Frau ein wenig betrübt.

Hanna hegte gemischte Gefühle. Dr. Harrow mit Frau Conradi zu sehen, hatte sie peinlich berührt. Sie hätte sich nie vorstellen können, dass die Frau des Chefs Gefühle für einen anderen Mann als ihren Gatten hegen könnte.

Ihre eigenen Gefühle für den Doktor waren schon verwirrend genug.

»Und weg ist er!«, hörte sie Gruber hinter sich sagen, nachdem der Lastwagen mit einem Hupen auf die Alsenstraße eingebogen war. Hanna erstarrte.

Gruber war hemdsärmelig, trotz des kühlen Abendwindes. Mit den Hosenträgern über dem Hemd wirkte er, als wollte er gerade in die Sommerfrische aufbrechen. Das war eigentlich kein Aufzug, in dem der Buchhalter des Hauses einen Gast verabschieden sollte.

»Ja, leider«, gab sie schmallippig zurück. »Sein Auftauchen hier hat frischen Wind ins Haus gebracht. Von den Stoffen mal ganz abgesehen. Haben die Herren eigentlich auch Stoffpakete bekommen?«

Gruber sah sie ein wenig verwirrt an. »Ja, das haben sie.« Er lächelte unsicher. »Allerdings fürchte ich, dass ich damit nicht viel anfangen kann. Meine Nähkünste sind eher bescheiden.«

»Dann sollten Sie vielleicht die Hausmädchen bitten, Ihnen etwas zu nähen.« Kaum hatte sie diese Worte über die Lippen gebracht, bereute sie sie schon wieder. Was, wenn er diesen Vorschlag nutzte, um die Mädchen weiter auszuhorchen?

Gruber überlegte einen Moment, dann sagte er: »Dr. Conradi schien nicht besonders begeistert zu sein von dem Besuch.«

Hanna zog die Augenbrauen hoch. Gleichzeitig schrillten alle Alarmglocken in ihr los. »Wie kommen Sie darauf?«, fragte sie unschuldig.

»Es ist nur so ein Gefühl«, antwortete er nebulös. »Ich habe bemerkt, wie angespannt er in der Nähe des Engländers war. Seine Frau hingegen wirkte sehr angetan.«

»Ich glaube, hier ist jede Frau angetan von einem Wohltäter, der Stoffe und andere Dinge fürs Krankenhaus mitbringt. Das dürfen Sie nicht verwechseln.«

»Wirklich nicht?« Er zog die Augenbrauen hoch und lächelte auf eine Weise, die Hanna plötzlich sehr unangenehm war. Konnte es tatsächlich sein, dass er sich im Gebüsch verborgen hatte? Immerhin nahm er sich ja des Öfteren Zeit, die Schreibstube zu verlassen …

Hanna presste die Lippen zusammen. »Ich muss wieder an die Arbeit«, sagte sie, doch Gruber hielt sie am Ärmel zurück.

»Haben Sie irgendwann mal Zeit, mit mir einen Spaziergang zu machen?«

Hanna erwartete fast, dass er in die Tasche greifen und seine Pfefferminzbonbons hervorziehen würde, doch nichts dergleichen geschah. Stattdessen ließ er ihren Arm los.

»Herr Gruber, wie Sie wissen, habe ich zahlreiche Pflichten im Haus und muss mich zudem um meine Schwester kümmern. Ich fürchte, mir fehlt die Zeit, mit Ihnen spazieren zu gehen.«

Was fiel dem Kerl ein? Die Alarmglocken in ihrem Innern schrillten nun noch lauter. Was wollte er von den Conradis, und was sollten all die Fragen, die er Leni und den anderen Mädchen stellte?

Hanna nahm sich vor, wachsam zu bleiben. Was auch immer ihn dazu trieb, zu schnüffeln und sich für Dinge zu interessieren, die ihn nichts angingen, er durfte das Haus auf keinen Fall in Gefahr bringen.

33. Kapitel

Zehlendorf, 16. November 1921

In den folgenden Tagen und Wochen hielt Hanna so gut es ging ein Auge auf den Buchhalter. Gruber saß meist in seiner Schreibstube, aber durch Leni wusste sie, wann er sich in der Küche zeigte. Hanna versuchte meist, unauffällig dazuzukommen, unter dem Vorwand, dem Doktor einen Tee zu holen oder ein Glas Wasser für einen Patienten.

Auch gegenüber Greta war sie wachsam. Doch ihr war nichts anzulasten, und Leni war bereit, ihre Hand für das Mädchen ins Feuer zu legen.

Mit Beginn des Novembers zog die Grippe ins Haus ein. Die Patientenmenge verdoppelte sich, und schon bald reichten die Zimmer nicht mehr aus. Die Unterkünfte der Schwestern wurden zusammengelegt, das Schlafzimmer der Conradis zu einem Krankenzimmer umfunktioniert, sodass ihnen nur noch die Wohnstube blieb. Beinahe alle alten Betten, die noch im Speicher lagerten, kamen zum Einsatz.

Rosa und Else zogen zu Hanna und Leni. Natürlich war es dadurch ziemlich beengt, doch die Abende wurden durch die beiden auch sehr lebhaft und fröhlich.

Mitte November machte sich die Grippewelle auch beim Personal bemerkbar. Nach und nach wurden Schwestern krank. Kaum war eine wieder erholt zur Arbeit zurückgekehrt, lag eine andere mit Fieber darnieder. Weder Morgengymnastik noch eine doppelte Portion Apfel zum Frühstück änderte etwas daran.

An diesem Morgen kam Schwester Maria zu Hanna an den Tisch im Speisesaal. In den vergangenen Wochen hatten sie kaum miteinander gesprochen, und Hanna fragte sich nun, was sie von ihr wollte.

»Schwester Elisabeth fühlt sich nicht wohl«, begann sie. »Wärst du bereit, den Nachtdienst für sie zu übernehmen?«

»Natürlich«, stimmte Hanna zu. »Sie wird sich doch wohl nicht die Grippe eingefangen haben?«

»Sie hat kein hohes Fieber, also ist es wohl nur eine Erkältung«, sagte Maria. »Sieh zu, dass du einen Mundschutz trägst, wir können nicht noch mehr Kranke gebrauchen.«

»In Ordnung«, entgegnete Hanna, worauf Maria wieder abzog.

Wenig später erschien Dr. Conradi. »Das Telefon macht mich heute wahnsinnig!«, schimpfte er. »Ständig muss ich ins Schlafzimmer laufen, weil irgendwer etwas will. Ich brauche dringend ein Telefon im Sprechzimmer.«

»Ist der Antrag denn noch immer nicht genehmigt?«, fragte Hanna.

»Sie kennen doch unseren Amtsschimmel«, wetterte Conradi weiter und atmete tief durch.

»Schwester Maria hat mich gebeten, heute Abend den Nachtdienst für Schwester Elisabeth zu übernehmen«, verkündete sie. »Es geht ihr wohl nicht gut.«

»Noch eine krank«, seufzte der Doktor. »Wenigstens unsere Ärzte halten sich wacker.«

Dr. Steiner und Kirchfeld waren wie Felsen in der Brandung, obwohl in ihren Sprechzimmern ein regelrechter Durchlauf herrschte.

»Allerdings glaube ich, dass es Zeit wird, eine eigene Innere Abteilung zu gründen. Ich komme vor lauter Grippekranken kaum noch dazu, mich um die chirurgischen Fälle zu kümmern.«

»Eine Innere Abteilung würde die Betten bringen, die uns zur Gründung der Krankenpflegeschule fehlen«, sagte Hanna. »Nur dazu bräuchten Sie auch einen leitenden Arzt.«

Conradi nickte. Er hatte schon lange darüber nachgedacht, wer der passende Leiter der Inneren Station sein könnte. Ihm war nur ein Name eingefallen.

»Meinen Sie, dass ich Dr. Meyer fragen sollte?«

»*Unseren* Dr. Meyer?«, fragte Hanna. Sie verspürte einen Stich in der Brust. Auf einmal sah sie wieder vor sich, wie Dr. Meyer ihr zögerlich die Todesnachricht überbracht hatte. Immer, wenn sie ihm über den Weg gelaufen war, hatte sie Martin vor sich gehabt, stumm, die starren, blicklosen Augen auf die Zimmerdecke gerichtet.

»Ja«, antwortete Conradi. »Er erscheint mir passend. Allerdings weiß ich nicht, ob er gewillt ist, Friedensau zu verlassen.«

Das konnte Hanna ihm auch nicht sagen, aber im Stillen wünschte sie, er hätte den Namen nicht aufgebracht.

Es klopfte. »Ja!«, rief Conradi, worauf eines der Hausmädchen den Kopf hereinsteckte.

»Da ist ein Herr Rieger am Telefon.«

Der Doktor stieß einen Unmutslaut aus und erhob sich.

»Hanna, holen Sie doch schon mal Frau Fromm ins Sprechzimmer.«

»Jawohl, Herr Doktor«, sagte sie und stand ebenfalls auf.

Nach dem Abendessen begann der Nachtdienst im Haus. Es war für Hanna schon ein wenig seltsam, wieder auf einer Station zu arbeiten, und sie war froh, dass sie bei den Frauen eingesetzt wurde.

Sie hatte mitbekommen, dass Dr. Conradi einem Mann ein brandiges Bein amputieren musste. Da er um ihren Zustand wusste, hatte er sie gar nicht erst in den OP-Saal mitgenommen.

Wann würde das endlich aufhören?

Ihre Trauer um Martin war nicht fort, aber sie war blasser geworden. Die Panik kehrte allerdings immer wieder zurück, in unregelmäßigen, unberechenbaren Schüben, und es schien nichts zu geben, was sie dagegen tun konnte.

Auf der Station war es am Abend ruhiger, auch wenn sie jetzt verstärkt nach den Frauen schauen mussten, die akut fieberten. Hanna kam gerade vom Fiebermessen aus einem der Zimmer, als Berta, eine der jüngeren Schwestern, zu ihr gelaufen kam.

»Frau Hensler in Zimmer 23 hat über vierzig Grad Fieber! Ich wollte Herrn Kirchfeld informieren, aber er ist nirgendwo zu finden.«

Hanna seufzte. »Ich kümmere mich um die Frau. Such du derweil weiter nach Herrn Kirchfeld.«

Sie lief zur Nummer 23, einem der wenigen Einzelzimmer, die sie hatten. Elfriede Hensler war sechzig Jahre alt und hatte schon bei der Einlieferung Anzeichen einer grippebedingten Lungenentzündung gezeigt.

Mit hochrotem Kopf lag sie da und schaute mit glasigen Augen an die Decke. Ihre Lunge rasselte beunruhigend.

»Frau Hensler?«, sprach Hanna sie mit sanfter Stimme an. Die Frau reagierte nicht. Ihre trockenen, aufgesprungenen Lippen bewegten sich, doch sie brachte keinen Ton hervor.

»Frau Hensler, können Sie mich hören?«, fragte Hanna, einen Blick auf die stetig steigende Fieberkurve gerichtet, und griff nach der Hand der Frau. Die Haut glühte, als würde sie brennen.

Im nächsten Augenblick kam Herr Kirchfeld durch die Tür.

Hanna atmete erleichtert auf. Seit dem Gespräch nach dem Abend mit Dr. Harrow hatte sich ihr Verhältnis gebessert, mittlerweile kam sie gut mit ihm aus. »Herr Kirchfeld, Frau Hensler hat sehr hohes Fieber. Ich fürchte, wir müssen etwas unternehmen.«

Der Arzt versuchte, die Patientin anzusprechen, doch sie reagierte nicht, schien voll und ganz damit beschäftigt zu sein, Luft in ihre Lungen zu ziehen.

»Zuallererst müssen wir das Fieber herunterbekommen«, sagte er und griff nach dem Stethoskop. »Wadenwickel, und wenn es nicht anders geht, den gesamten Körper in kalte Tücher einschlagen.«

»Frau Hensler?«, versuchte er es noch einmal. »Ich würde Sie gern abhorchen. Können Sie sich aufsetzen?«

Die Frau entgegnete etwas Unverständliches, doch sie machte Anstalten, hochzukommen. Hanna unterstützte sie dabei und merkte, dass ihr Nachthemd pitschnass war. Ein säuerlicher Geruch ging von ihrem Körper aus. Die Schwestern hatten die Anweisung, die Nachtwäsche ständig zu wechseln, wenn eine Patientin viel schwitzte.

»Wie ich es mir gedacht habe. Die Lungenentzündung ist schlimmer geworden. Wir müssen dafür sorgen, dass sie Luft bekommt und das Fieber nicht noch weiter steigt. Haben wir noch Heroin-Saft da?«

Hanna nickte. »Das schon, aber Dr. Conradi hat kürzlich in einer amerikanischen Medizinzeitschrift gelesen, dass viele Wissenschaftler das Mittel als gefährlich einstufen. Er hat mich angewiesen, die wenigen alten Bestände wenn möglich nicht mehr zu verwenden.«

Kirchfeld überlegte.

»Dr. Conradi hat in seinem Sprechzimmer noch eine Probe von dem neuen Fiebermittel, das uns der Pharmavertreter letzte Woche vorbeigebracht hat«, schlug Hanna vor.

»Das von den Hoechst-Werken?«, fragte Kirchfeld.

Hanna nickte.

»Gut, dann sollten wir ihm Bescheid sagen.«

»Nicht nötig, ihn aus dem Schlaf zu reißen«, sagte Hanna. »Ich habe den Schlüssel zum Apothekenschrank und weiß, wo es liegt.« Damit verließ sie das Krankenzimmer. Ihr Herz pochte bis zum Hals. Der Zustand der Frau war es nicht allein. Sie musste an die Angehörigen denken, denen vielleicht schon am kommenden Morgen die Nachricht vom Ableben ihrer Mutter und Großmutter überbracht werden musste.

Als Hanna in den Gang zum Sprechzimmer einbog, sah sie Herrn Gruber, der vor der Tür hockte und an der Klinke zu rütteln schien. Oder wollte er durchs Schlüsselloch spähen?

Jeder, der auf dem Gelände des Krankenhauses wohnte, hatte Zugang zu beinahe allen Räumlichkeiten. Die Türen, hinter denen sich Medikamente befanden, waren allerdings verschlossen. Was wollte Gruber hier?

Hanna straffte die Schultern und ging auf ihn zu.

»Kann ich Ihnen helfen, Herr Gruber?«, fragte Hanna, worauf er in die Höhe schoss und etwas hinter seinem Rücken verbarg.

»Schwester Hanna!«, rief er überrascht aus.

Mit schräg gelegtem Kopf wartete Hanna auf eine Antwort.

Der Buchhalter kratzte sich verlegen am Kopf. »Ich habe Kopfweh und wollte mal schauen, ob Sie ein Schmerzmittel dahaben. Jetzt, wo Sie schon mal hier sind …«

Diese Erklärung überzeugte Hanna nicht. Um Schmerzmittel zu bekommen, hätte er nur an Dr. Conradis oder Dr. Steiners Tür klopfen müssen.

»Vielleicht versuchen Sie es mit einem kalten Guss«, schlug Hanna vor. »Oder Sie kommen mit mir zu Herrn Kirchfeld. Kopfschmerzen könnten ein erster Hinweis auf eine Grippe sein. Wenn er es Ihnen verschreibt, bringe ich Ihnen das Schmerzmittel.«

Die Augen des Buchhalters weiteten sich. »Ich glaube, das wird nicht nötig sein«, sagte er schnell. »Ich werde es erst einmal mit dem kalten Wasser versuchen. Herr Kirchfeld ist ja noch eine Weile im Nachtdienst, nicht wahr?«

Hanna nickte. »Wenden Sie sich auf jeden Fall an ihn, wenn Sie merken, dass Sie Fieber bekommen.«

Der Buchhalter nickte, setzte sich in Bewegung und war im nächsten Augenblick verschwunden.

Hanna schüttelte den Kopf und schloss das Sprechzimmer auf. Dann ging sie zum Medikamentenschrank und holte das Fiebermittel für Frau Hensler. Zurück im Krankenzimmer sah sie, dass Kirchfeld die Patientin hochgelagert hatte, damit sie Luft bekam. Jungschwester Berta war bereits dabei, die Wadenwickel anzulegen.

»Hier«, sagte Hanna und gab Kirchfeld das Mittel. Er las sich kurz den Beipackzettel durch, nickte und ließ sich dann von Hanna einen Becher Wasser reichen.

Während der restlichen Nacht prüften Hanna und ihre Kolleginnen immer wieder die Temperatur von Frau Hensler. Die Wadenwickel mussten einige Male wiederholt werden, doch gegen Morgen wurde ihr Schlaf etwas ruhiger.

»Ich glaube, die Krisis ist vorüber«, sagte Kirchfeld, als er den Brustkorb der Patientin abhorchte. »Die Entzündung ist immer noch da, aber es klingt etwas gelöster. Was macht das Fieber?«

»Bleibt bei achtunddreißig«, antwortete Hanna, die halbstündlich die Temperatur gemessen hatte.

»Das ist ungewöhnlich und möglicherweise auf das Medikament zurückzuführen, aber wenn wir Glück haben, befindet sie sich auf dem Weg der Besserung.«

Kirchfeld schaute die Frau an. »Hören Sie, Frau Hensler? Es scheint, als hätten wir noch eine ganze Weile die Freude, Ihre Anwesenheit auf Erden genießen zu können.«

»Ach, Herr Doktor«, murmelte sie matt, dann fielen ihr wieder die Augen zu.

Kirchfeld schaute Hanna lächelnd an. »Das haben wir gut hinbekommen, finden Sie nicht?«

»*Sie* haben das hinbekommen«, gab Hanna bescheiden zurück.

»Aber, aber, was hätte ich nur ohne Sie und Ihr Wissen um den Inhalt von Dr. Conradis Medikamentenschrank gemacht!«

Er lächelte strahlend, und Hanna merkte, dass sie sich aufrichtig über sein Lob freute.

Am nächsten Morgen hätte sie sich nach der Ablösung ein wenig schlafen legen sollen, doch die Unruhe angesichts der nächtlichen Ereignisse nagte dermaßen an Hanna, dass sie nach dem Frühstück dem Doktor ins Sprechzimmer folgte. Was, wenn Gruber tatsächlich versucht hatte, das Schloss zu öffnen?

»Nanu, Hanna, hatten Sie nicht Nachtdienst?«, fragte Dr. Conradi verwundert, nahm den Arztkittel vom Garderobenständer und warf ihn sich über. »Sie sollten sich ein wenig hinlegen, ich mache jetzt ohnehin erst Visite.«

Hanna wusste nicht recht, wie sie anfangen sollte. Es lag ihr fern, jemanden anzuschwärzen, doch sie konnte auch nicht über das hinwegsehen, was sie beobachtet hatte.

»Heute Nacht hat Frau Hensler in Zimmer 23 sehr hohes Fieber bekommen. Herr Kirchfeld wollte ihr Heroin-Saft verabreichen, worauf ich mich an Ihre Worte erinnert und ihm das neue fiebersenkende Medikament vorgeschlagen habe.«

»Gut gemacht!«, lobte der Doktor. »Bei all dem Trubel habe ich völlig vergessen, Dr. Steiner und Herrn Kirchfeld zu informieren, dass wir Heroin nicht länger verschreiben sollten.«

Hanna fragte sich, ob jetzt der richtige Moment war, um von ihrer Beobachtung zu berichten. Aber wenn die Patienten erst einmal hereinkamen, würde ihnen kaum Zeit bleiben, darüber zu sprechen.

»Hat sich Herr Gruber eigentlich noch bei Ihnen gemeldet?«, fragte sie.

»Nein, warum sollte er?«, fragte Dr. Conradi verwundert.

»Weil ich ihn gestern vor dem Sprechzimmer angetroffen habe. Als ich ihn ansprach, sagte er, dass er Kopfschmerzen habe und sich Schmerzmittel holen wollte.«

»Er kann sich doch nicht einfach ein Medikament aus meinem Sprechzimmer holen!«, brauste Dr. Conradi auf. »Wo kommen wir denn da hin, er ist doch kein Arzt!«

Hanna nickte zustimmend. »Deshalb empfahl ich ihm kalte Güsse und riet ihm, sich an einen der Ärzte zu wenden. Bei uns auf Station ist er nicht aufgetaucht, also dachte ich, er ist vielleicht zu Ihnen gekommen.«

»Nein, bei mir war er nicht.« Dr. Conradi schüttelte verständnislos den Kopf. »Was ist bloß in ihn gefahren?«

Hanna zuckte mit den Schultern. »Ich weiß es nicht. Aber ich dachte mir, dass Sie davon wissen sollten.«

Am liebsten hätte sie ihm von Grubers Interesse für sein Privatleben erzählt, aber sie hielt es für besser, es jetzt noch nicht zu tun. Möglicherweise dachte sich der Doktor seinen Teil.

Dr. Conradi sah sie lange an, dann sagte er: »Das war richtig von Ihnen, Hanna. Danke. Und sollten Sie Herrn Gruber noch einmal dabei beobachten, wie er versucht, nach Feierabend ins Sprechzimmer zu gelangen, geben Sie mir sofort Bescheid.«

»Das mache ich.« Ihre Blicke trafen sich für einen Moment. Hanna bemerkte, dass es hinter seiner Stirn arbeitete. Würde er etwas gegen Gruber unternehmen? Nicht ohne Beweis einer schwereren Schuld. Nur, woher sollte sie diesen nehmen? War es vielleicht doch nur ein dummer Zufall und Gruber einfach ein unangenehmer Zeitgenosse?

34. Kapitel

Zehlendorf, 17. November 1921

Der Gedanke an den Buchhalter begleitete Hanna den ganzen Vormittag über. Beim Mittagessen konnte sie kaum etwas zu sich nehmen, was sogar ihrer Schwester und Rosa auffiel.

»Was ist mit dir?«, fragte Leni. »Hast du dir den Magen verdorben? Heute früh hast du schon nicht viel gegessen, und jetzt stocherst du in deinen Kartoffeln herum.«

»Es ist nichts«, wehrte Hanna ab, »ich mache mir nur Gedanken.«

»Worüber?«, wollte Rosa wissen und schaute begehrlich auf ihren Teller. »Vielleicht darüber, dass du deine Portion nicht aufessen möchtest?«

Hanna lächelte. Man merkte Rosa ihre Jugend auch daran an, dass sie ständig Hunger hatte, aber kaum ein Gramm mehr auf die Rippen bekam. Als sie ihr ihren Teller hinschob, bemerkte sie, dass Herr Kirchfeld sich gerade von seinem Platz erhob.

Wenn Dr. Conradi glaubte, ihm seien die Hände gebunden, konnte vielleicht jemand anderes helfen.

Sie erwischte den Assistenzarzt, bevor er wieder auf der Station verschwinden konnte. »Herr Kirchfeld, ich muss etwas mit Ihnen besprechen.«

»Soll ich wieder eine Visite übernehmen?«, fragte er mit einem Lächeln.

Hanna schüttelte den Kopf und zog ihn in eine ruhige Nische. »Es geht um unseren Buchhalter.«

»Gruber!«, rief er aus, worauf Hanna ihm die Hand auf den Mund legte.

»Also wenn jetzt Schwester Maria vorbeikommt, könnte sie glatt denken, wir haben ein Rendezvous«, bemerkte er schelmisch grinsend.

»Schluss mit dem Unsinn, Herr Kirchfeld!«, sagte Hanna streng, doch auch sie konnte sich ein Grinsen nicht verkneifen. Allerdings wurde sie rasch ernst, als ihr wieder der Grund für dieses Gespräch einfiel. »Ich fürchte, mit Herrn Gruber stimmt etwas nicht. Gestern, als ich das Fiebermittel für Frau Hensler holen sollte, habe ich ihn an der Tür des Sprechzimmers erwischt. Er machte den Eindruck, als wollte er sich gewaltsam Zutritt verschaffen.«

»Das ist eine schwerwiegende Anschuldigung«, sagte Kirchfeld nachdenklich. »Haben Sie schon mit Dr. Conradi darüber gesprochen?«

»Ich habe ihm meine Beobachtung mitgeteilt. Aber darum geht es nicht allein.«

Sie machte eine Pause und sah sich verstohlen um. Als sie sich vergewissert hatte, dass niemand in der Nähe war, fuhr sie fort: »Er interessiert sich für das Privatleben der Conradis und fragt die Küchenmädchen aus. Bei mir hat er es auch schon versucht.«

»Aber da hat er auf Granit gebissen, oder?«, fragte Kirchfeld augenzwinkernd.

»Ja, und ich frage mich, ob er etwas im Schilde führt. Sie müssen doch zugeben, dass das nicht normal ist.«

»Allerdings.« Kirchfeld schob die Hände in die Kitteltaschen. »Aber wie kann ich Ihnen weiterhelfen?«

Hanna schaute ihm in die Augen. »Wenn es Ihnen nichts ausmacht, würde ich Sie bitten, ihn zu beobachten, wenn es irgendwie möglich ist.«

»Ich soll spionieren?« Kirchfeld betrachtete Hanna ein wenig ungläubig.

»Nein, nur … vielleicht bemerken Sie etwas, das mir entgeht. Womöglich könnten seine Handlungen das Waldfriede in Misskredit bringen. So weit darf es nicht kommen.«

»Verstehe«, sagte Kirchfeld und überlegte einen Moment lang, dann fügte er hinzu: »In Ordnung, ich halte Augen und Ohren offen.«

»Wirklich?« Hannas Augen strahlten. »Danke, Sie wissen gar nicht, wie froh ich darüber bin!«

Kirchfeld nickte, und ein hintergründiges Lächeln erschien auf seinem Gesicht. »Wenn ich Erfolg habe und wir herausfinden, was hinter Grubers Verhalten steckt, sind Sie mir aber etwas schuldig.«

»Wie bitte?« Hanna zog die Augenbrauen hoch. Ich hätte wissen müssen, dass er eine Gegenleistung fordert, ging es ihr durch den Sinn. Vielleicht war es doch ein Fehler gewesen, ihn anzusprechen …

»Ich würde gern mit Ihnen spazieren gehen. Um die Krumme Lanke. Oder besser noch, um den Schlachtensee. Der ist ein Stück größer.«

»Aber was hätten Sie davon?«, fragte Hanna. »Außerdem haben Sie meist am Samstag Dienst, genau dann, wenn ich freihabe, deshalb …«

»Irgendwann am Tag haben Sie aber Feierabend.« Er lächelte sie gewinnend an. »Es muss nicht jetzt und gleich sein. Wir können uns einen Abend im Frühling aussuchen, wenn die Sonne wieder höher steht.«

Hanna legte den Kopf schräg und schaute ihn an. »Und ich habe gedacht, Sie hätten sich seit damals verändert.«

»Ich verlange keinen Kuss, sondern einen Spaziergang. Wir könnten uns unterhalten oder einfach nur die Natur genießen. Außerdem ist es nicht gesagt, dass ich Erfolg haben werde. Möglicherweise ist unser lieber Gruber einfach nur ein unangenehmer, neugieriger Mensch.«

Hanna seufzte. »In Ordnung. Wenn Sie etwas herausfinden, dann werde ich mit Ihnen spazieren gehen.«

»Versprochen?« Kirchfeld trat einen Schritt zurück und spielte den Überraschten. »Dann muss ich mir den heutigen Tag im Kalender anstreichen. Der Tag, an dem Sie mich geküsst haben, steht schon darin.«

»Ach, kommen Sie, als ob Sie wüssten, welcher Tag das war!«, rief Hanna lachend und spürte, wie sie rot wurde. Wenn Maria ihr Gespräch mitbekäme, wäre sie geliefert.

»Freitag, der dreizehnte Februar«, gab er zurück. »Freitag der Dreizehnte war immer schon mein Glückstag.«

***

»Hier sehen Sie den vorderen Anbau. Damit bekommt das Haus nicht nur eine neue Fassade, sondern auch viele große Fenster.« Felix Dressler deutete auf die Zeichnung vor sich. Sie zeigte die Erweiterung des Haupthauses zur Straßenseite hin, einen Fachwerkbau mit großen Fenstern, der sich perfekt in das Ensemble einfügte und das Haus um neue Räume erweiterte.

Conradi schwieg eine Weile fasziniert. Das Gesicht des Krankenhauses würde sich zwar nicht vollkommen ändern, aber es würde an Frische und Modernität gewinnen. Ganz so, wie er es sich wünschte.

»Das ist der Plan für die Gebäude auf dem Hof«, fuhr der Architekt fort. »Die Leichenhalle, die neue Wäscherei und den Koksbunker. Außerdem ein Raum im Anbau des Hauptgebäudes, den Sie zur freien Verwendung hätten.«

Heinrich Schubert, der sich bereit erklärt hatte, ihn zu begleiten, rief begeistert: »Das sieht hervorragend aus, Herr Dressler! Aber wird der Bau bei diesem Umfang nicht die uns zur Verfügung stehende Summe überschreiten?«

Der Architekt stemmte die Hände in die Seite. »Ich habe versucht, den finanziellen Rahmen weitgehend einzuhalten. Hier und da könnten natürlich unvorhergesehene Ausgaben auf uns zukommen, doch im Großen und Ganzen werden wir bei der genannten Summe bleiben können.«

»Wunderbar!«, meldete sich Louis zu Wort. »Wann, meinen Sie, können wir anfangen?«

»Wenn alles gut geht, gleich nach Ende des Frostwetters. Wenn wir ein straffes Tempo vorlegen, könnten wir vielleicht schon im Sommer kommenden Jahres fertig sein.«

»Haben Sie denn schon darüber nachgedacht, wo sich der Schulraum befinden soll?«, wollte der Vorsteher ihrer hiesigen Gemeinschaft wissen.

»Bisher nicht«, gab Conradi zurück. Die vergangenen Tage hatten ihm keine Zeit zum Nachdenken gelassen. Dazu kam, dass er sich nach dem Gespräch mit Hanna sehr auf den Buchhalter konzentrierte. Thomas Gruber verhielt sich ihm gegenüber nicht anders, doch hier und da bemerkte er, dass er ihn neugierig musterte oder auf seinen Schreibtisch schielte, wenn er ihm etwas im Sprechzimmer zeigte.

Seine Frau hatte er in das, was Hanna erzählt hatte, nicht eingeweiht. Sie würde sich nur Sorgen wegen ihrer Privatsphäre machen, die ohnehin stark eingeschränkt war, seit sie im Nebenraum Patienten versorgten.

»Da könnte doch die Schule einziehen!«, schlug Heinrich Schubert vor und tippte auf das neue Hofgebäude.

»Über der Wäscherei?« Louis schüttelte den Kopf. »Nein, das können wir unseren angehenden Pflegekräften nicht zumuten.«

»Sie können sich ja eingehend darüber beraten«, sagte Dressler. »Wenn die neuen Gebäude und der Anbau erst einmal fertiggestellt sind, wissen Sie sicher, welcher Raum sich wofür am besten eignet.«

Mit in Falten gelegter Stirn betrachtete Louis die Zeichnung des Anbaus. Was, wenn die Schulräume ins zweite Obergeschoss kämen? Von dort aus hatte man einen schönen Blick auf die Umgebung. Sicher, die Schüler sollten lernen, aber er wusste aus seiner Studienzeit, dass es sehr erfrischend sein konnte, wenn der Blick durchs Fenster auf die Natur fiel. Die meisten Schulen und Universitäten hatten in dieser Hinsicht nur wenig zu bieten.

»Sie haben recht, wir werden uns später entscheiden«, sagte er und zog die Linien der Zeichnung mit den Fingerspitzen nach.

Eine Weile dauerte ihre Unterhaltung noch an, dann verabschiedete sich Heinrich Schubert, weil er noch eine andere Verpflichtung hatte.

Als er weg war, fragte Louis: »Wäre es Ihnen möglich, mir den Entwurf für ein zweistöckiges Haus zu machen?« Der Architekt zog überrascht die Augenbrauen hoch.

»Möglich wäre es. Aber ich glaube kaum, dass Ihr Mitstreiter damit einverstanden wäre, wo er doch so auf die Finanzen hingewiesen hat.«

»Es soll kein Klinikbau werden, sondern ein Wohnhaus für mich und meine Ehefrau. Vielleicht auch noch für eine weitere Familie.« Eine Vision tauchte vor Louis' Augen auf. Als Kind hatte er einmal mit seinen Eltern seinen Geburtsort besucht. Die Villa ihrer Religionsgründerin Ellen White in Battle Creek hatte ihn tief beeindruckt. Das weiße Gebäude mit den hohen Säulen wirkte wie ein Tempel und war ihm nie aus dem Sinn gegangen. Warum sollte er etwas Ähnliches nicht hier in Deutschland errichten? Wenn er ehrlich war, wünschte er sich genau so ein Haus, auch wenn seine Mitbrüder ihm deswegen womöglich mangelnde Bescheidenheit vorwerfen würden.

»Nun, der Entwurf sollte kein Problem sein. Mich würde nur interessieren, ob Sie planen, ihn irgendwann umzusetzen?«

»Natürlich. Ich kann nicht sagen, wann, aber es wäre das nächste Projekt nach der Fertigstellung der neuen Gebäude.«

»Also sprechen wir von einem Zeitraum zwischen 1923 und 25?«

»Genau. Derzeit leben wir noch in den Klinikräumen, aber abgesehen davon, dass wir jedes verfügbare Zimmer brauchen, um den Mindestanforderungen des Innenministeriums zu entsprechen, ist es auch nicht zu unserem persönlichen Wohl.«

»Das kann ich mir vorstellen.« Dressler betrachtete Louis mit einer Mischung aus Mitleid und Bewunderung. »Ich weiß gar nicht, wie Sie das aushalten. Meine Frau hätte mich längst gezwungen, auszuziehen.«

»Das Waldfriede ist unser Werk, da zieht man nicht einfach aus. Für meine Frau und mich steht das Wohl der Patienten an allererster Stelle.«

Bei seiner Rückkehr ins Waldfriede dachte Louis immer noch über das Haus nach. Er wusste sogar schon den richtigen Platz dafür! Momentan fehlten ihm die Mittel, doch wenn die Patienten weiterhin zu ihnen strömten und die Pflegeschule genehmigt worden war, würde sich die Kirchenleitung vielleicht dazu bewegen lassen, ein Ärztewohnhaus einzurichten.

»Dr. Conradi, hätten Sie vielleicht einen Moment?«

Gedankenversunken wie er war, hatte er nicht mitbekommen, dass Herr Kirchfeld im Gang auf ihn wartete.

»Ah, Kirchfeld, kommen Sie!«

Er ging ihm voran in sein Sprechzimmer. »Was führt Sie zu mir?«, fragte er, als er sein Jackett gegen den Arztkittel tauschte.

»Ich habe eine Bitte«, sagte Kirchfeld leicht zögernd.

»Na dann, schießen Sie los!«

»Sie wissen ja, dass derzeit die Belastung auf den Stationen sehr hoch ist. Deshalb möchte ich Sie fragen, ob Sie mir gestatten, für die nächste Zeit mein Quartier im Krankenhaus aufzuschlagen. Ich wäre damit wesentlich besser erreichbar und müsste bei Notfällen nicht extra herkommen.«

Louis zog verwundert die Augenbrauen hoch. »Sie wollen Ihre Wohnung in Zehlendorf tatsächlich aufgeben?«

»Ich weiß, dass Sie mich nur befristet angestellt haben, deshalb werde ich meine Wohnung natürlich behalten. Aber es wäre wirklich besser, wenn ich in den kommenden Wochen hier einen Schlafplatz hätte. Ich habe mich gefragt, ob ich wohl zu Herrn Gruber ziehen könnte. Immerhin genießt er, soweit ich weiß, als Einziger den Luxus eines Einzelzimmers.«

Louis blickte den jungen Arzt fragend an. Wieso wollte Kirchfeld unbedingt mit Gruber zusammenwohnen? Hannas Beobachtung fiel ihm wieder ein. Gab es da einen Zusammenhang?

»Sind Sie sicher?«, fragte er noch einmal nach.

»Absolut!«, bekräftigte Kirchfeld. »Vorausgesetzt, er hat nichts dagegen.«

Conradi betrachtete ihn prüfend. Die Anfrage kam überraschend. Natürlich hatten sie momentan viel zu tun, und er genoss die Zeit, in der er sich ausruhen oder dringende Korrespondenz erledigen konnte. Kirchfeld war, obwohl er in der Stadt wohnte, nie auch nur eine Minute unpünktlich gewesen und blieb stets länger, als es sein Dienstplan vorsah, wenn Not am Mann war. Was steckte wirklich dahinter?

»Ich werde ihn fragen«, schlug Louis nachdenklich vor. »Wären Sie denn auch mit einer kleinen Kammer auf dem Dachboden zufrieden, sollte er nicht einverstanden sein?«

»Ich bin mit allem zufrieden, was Sie mir zukommen lassen«, sagte Kirchfeld. »Vielen Dank, Dr. Conradi.«

***

Noch bevor ihr Dienst auf der Frauenstation begann, begab sich Hanna zum Zimmer von Schwester Elisabeth, ein Tablett mit Brot, warmer Milch und etwas Graupenbrei mit Möhren und Sellerie in den Händen. Obwohl mittlerweile feststand, dass sie die Grippe hatte, weigerte sich Elisabeth beharrlich, ein Bett auf der Station zu belegen, weshalb sich die Schwestern mit ihrer Pflege abwechselten.

Als Hanna eintrat, fand sie Elisabeth im Bett sitzend vor. Sie wirkte noch immer entkräftet, doch offenbar hatte sie mit der Lektüre eines Buches begonnen.

»Ah, Hanna«, sagte sie. »Schön, dass du da bist. Ich langweile mich so.«

»Also dann bist du eindeutig auf dem Weg der Besserung«, stellte Hanna erfreut fest. »Aber ein paar Tage solltest du dir noch gönnen. Die Arbeit kommt schnell genug zu dir zurück.«

Elisabeth lächelte schwach. Ohne ihre Haube und mit den offenen dunklen Haaren wirkte sie beinahe wie ein junges Mädchen und nicht wie eine Schwester von sechsundzwanzig Jahren.

»Du solltest ebenfalls dafür sorgen, dass du mehr Ruhe bekommst«, sagte sie. »Deine Augenringe gefallen mir gar nicht.«

»Ich habe viel um die Ohren und schlafe im Moment nicht besonders gut«, gab Hanna zu, während sie die Beinchen, die an dem Tablett angebracht waren, herunterklappte und es ihr dann auf den Schoß stellte. »Aber das wird besser, sobald du wieder auf dem Damm bist.«

Elisabeth nickte und nahm einen Schluck von der warmen Milch. Ihre Augen weiteten sich überrascht. »Da ist ja Honig drin!«

»Leni hat heute ein Glas bekommen. Eine Patientin hat sich damit bei ihr für das gute Essen bedankt.«

»Wie lieb von Leni, mir etwas davon abzugeben.« Elisabeth schloss schwelgend die Augen.

»Ja, so ist sie eben. Den Honig hat sie gleich für die Patienten bestimmt, die sich auf dem Weg der Besserung befinden. Etwas Süßes hilft sehr, wieder auf die Beine zu kommen.«

»Deine Schwester ist eine liebe Seele, sag ihr Danke von mir.« Elisabeth nahm einen weiteren Schluck und fragte dann: »Was gibt es Neues?«

»Nun, Frau Hensler ist mittlerweile wohl außer Gefahr«, sagte Hanna. »Das Fieber sinkt immer weiter, und sie bekommt viel besser Luft. Ansonsten haben wir eher mittelschwere Fälle. Aber ich habe das Gefühl, dass die Patienten etwas weniger werden.«

»Das ist gut. Irgendwann muss die Grippe doch mal nachlassen.«

»Ich fürchte, das ist erst mal nur eine kleine Pause. Aber immerhin scheint die Grippe nicht so schlimm zu sein wie die vor zwei Jahren. Nach ein paar Tagen Fieber geht es den meisten wieder besser.«

»Und was macht die Nähstube?«

»Da läuft alles bestens. Die ersten neuen Schwesternkleider sind fertig. Außerdem ein paar neue Schürzen. Allerdings haben wir auch dort Ausfälle wegen der Grippe. Es ist ein Wunder, dass es mich noch nicht erwischt hat.«

»Sorge auf alle Fälle dafür, dass es so bleibt.«

Ein Klopfen an der Tür unterbrach sie.

»Herein«, sagte Elisabeth, worauf Frau Conradi ins Zimmer schaute.

»Hanna!«, rief sie überrascht aus.

»Ich habe Elisabeth das Abendessen gebracht«, erklärte Hanna. »Und etwas Honigmilch.«

Sie spürte, dass Frau Conradi mit ihrer Freundin allein sein wollte.

»Ich wünsche dir weiterhin gute Genesung«, sagte Hanna, nickte Frau Conradi zu und verließ das Zimmer. Unten an der Treppe, neben der sich die Tür der Frauenstation befand, trat ihr Alexander Kirchfeld entgegen.

»Wie geht es denn meiner geschätzten Stationsschwester?«, fragte er. »Ich nehme an, Sie waren oben bei ihr?«

»Elisabeth geht es zunehmend besser.« Hanna spürte, dass es ihm nicht um die Gesundheit von Schwester Elisabeth ging. Hatte er schon etwas über Gruber herausgefunden?

»Herr Kirchfeld?«, hörten sie die Stimme des Doktors. Mit wehendem Kittel kam er auf sie zu und warf Hanna einen verwunderten Blick zu.

»Ja, Dr. Conradi?«, fragte der Arzt.

»Ich habe eben mit Herrn Gruber gesprochen. Er hat nichts dagegen, Sie für ein paar Tage bei sich einzuquartieren. So lange, bis die Grippeepidemie endlich abflaut.«

»Das ist sehr liebenswürdig von ihm, vielen Dank.«

»Ist es Ihnen recht, dass das Arrangement ab morgen gilt? Wir müssen erst noch ein Bett in den Raum bringen, und Herr Gruber möchte etwas Zeit zum Umräumen haben.«

»Das ist mir sehr recht. Vielen Dank, Herr Doktor.«

Als Dr. Conradi sich abwandte, warf der Assistenzarzt Hanna einen verschwörerischen Blick zu.

»Sie haben darum gebeten, bei Gruber einquartiert zu werden?«, fragte sie ungläubig, als der Doktor außer Hörweite war.

»Dr. Conradi wirkte ein wenig verdutzt, aber er versprach mir, Gruber zu fragen, ob er mich bei sich aufnimmt.« Kirchfeld grinste. »Das wird ein Spaß, einen Zimmergenossen hatte ich seit Studentenzeiten nicht mehr.«

Hanna schüttelte ungläubig den Kopf, dann lachte sie kurz auf. Sie wusste, dass Kirchfeld dreist sein konnte, aber das hier überraschte selbst sie.

»Das haben Sie gut gemacht!«, lobte sie ihn.

»Ach, das war doch gar nichts!«, winkte er ab. »Außerdem würde ich für einen Spaziergang mit Ihnen jede Unannehmlichkeit in Kauf nehmen.« Kirchfeld zwinkerte ihr zu und verschwand hinter der Stationstür.

35. Kapitel

Zehlendorf, 24. November 1921

Die Tage vergingen, und das Wetter wurde immer ungemütlicher. Die Zahl der Grippekranken nahm nicht ab, aber nach und nach genasen die betroffenen Schwestern und kehrten in den Dienst zurück, sodass Hanna wieder ausschließlich für die Sprechstunde und das Röntgenzimmer zuständig war.

Hanna musste zugeben, dass es ihr Freude bereitete, mit Herrn Kirchfeld zusammenzuarbeiten. Hin und wieder erzählte er ihr Dinge aus seinem Studium und fragte auch sie nach ihrer Ausbildung.

»Wäre es denn nichts für Sie, Ärztin zu werden?«, wollte er eines Tages wissen, als sie eine Nachblutung bei einer Kaiserschnittpatientin behandeln mussten.

»Ich bin mit meinem Stand recht zufrieden«, sagte Hanna. »Ich glaube nicht, dass ich das könnte, was Sie tun.«

»Wieso nicht?«, fragte Kirchfeld. »Soweit ich es mitbekommen habe, können Sie so manchem Mediziner das Wasser reichen. Und Sie haben Erfahrungen mit dem Umgang mit Patienten. Was meinen Sie, wie lange es gedauert hat, bis ich mich getraut habe, einen lebenden Menschen zu untersuchen!«

»Untersuchen Sie während des Studiums nicht auch Leichname?«, fragte Hanna.

»Das schon, aber das ist der Punkt. Leichname schauen einen nicht anklagend an, wenn man an ihnen herumdrückt. Echte Menschen schon. Außerdem sind die Toten, die man auf den Seziertisch bekommt, anonym. Hier kennt man die Namen, meist auch ein wenig Hintergrund der Patienten. Man hört sie klagen, schimpfen, manchmal weinen, manchmal aber auch lachen. Ich habe eine Weile gebraucht, um die körperliche Hemmschwelle zu überwinden.«

»Aber wie haben Sie das geschafft?«, wunderte sich Hanna.

»Indem ich nicht nachgedacht, sondern die Patienten einfach untersucht habe. Irgendwann hat es mir nichts mehr ausgemacht.«

Hanna fühlte sich an ihre eigene Panik angesichts Verwundeter erinnert. Nur dass sie den Kampf gegen ihre Gefühle meist verlor. Glücklicherweise waren weitere Patienten mit Schussverletzung bisher ausgeblieben.

Vielleicht war es gar nicht so schlecht, wenn sie mit Kirchfeld einen Spaziergang um einen der Seen machte, denn ganz offensichtlich konnte sie so einiges von ihm lernen.

Was seine Aufgabe betraf, Gruber im Auge zu behalten, um herauszufinden, was dieser wirklich im Sinn hatte, machten sie allerdings keinerlei Fortschritte. Der Buchhalter verhielt sich völlig unauffällig, und die sah ihn auch nicht mehr in der Nähe des Sprechzimmers.

Am Freitagnachmittag vor dem ersten Advent traf ein Schreiben des Ministeriums ein. Hanna entdeckte den Brief im Poststapel und legte ihn in dem Glauben, dass er die Krankenpflegeschule betraf, auf der ledernen Schreibtischunterlage ganz nach vorn, damit Dr. Conradi ihn bei seiner Rückkehr auch sofort entdeckte.

Ob sie endlich die Zusage erhielten? Sie hatte mitbekommen, dass der Doktor beim Architekten gewesen war. Bei seiner Rückkehr hatte er sehr zufrieden gewirkt.

Als Dr. Conradi eintrat und einige Mappen auf den Schreibtisch legte, hätte sie ihn am liebsten gleich auf den Brief hingewiesen, doch sie wollte die Überraschung nicht verderben.

»Ah, die Post ist ja schon da«, sagte er und griff, wie Hanna es gehofft hatte, gleich nach dem ersten Brief. Er öffnete ihn, und einen Augenblick später sah sie, wie er auf seinen Stuhl sackte. In seinem Gesicht stand unverhohlenes Entsetzen.

»Was ist, Herr Doktor?«, fragte sie.

Dr. Conradi antwortete nicht. Seine Augen wanderten ein weiteres Mal über das Blatt Papier, dann ließ er die Hand mit einem tiefen Seufzen sinken und blickte zu Hanna auf. »Die zwei Jahre sind vorbei.«

***

Nach Ende der Sprechstunde ging Louis ins Schlafzimmer, wo er in einem kleinen Schränkchen die Bauunterlagen aufbewahrte.

»Was suchst du?«, wollte seine Frau wissen.

»Ich brauche endlich ein Büro«, sagte er und griff nach der Mappe, in der sich die Baupläne und bezahlten Rechnungen befanden.

»Ich hoffe nicht, dass du es in der Kommodenschublade einrichten möchtest.«

Louis richtete sich auf und lachte. »Nein, dafür bin ich wohl etwas zu groß geraten. Ich benötige die Bauunterlagen.«

»Wofür?«, fragte Catherine neugierig.

Louis' Miene verfinsterte sich. »Wiedemann hat geschrieben. Er will mich am Montag in seinem Büro sehen.«

»Wegen der Schule?«

Louis schüttelte den Kopf. »Ich bezweifle, dass es um die Schule geht. Nein, wahrscheinlich verlangt er Rechenschaft von mir wegen der abgelaufenen Zweijahresfrist.«

Nun verhärteten sich auch Catherines Züge. »Er kann uns nichts anhaben«, sagte sie, doch ihren Worten haftete eine leichte Spur des Zweifels an. »Die Bilanzen sind in Ordnung, und die Patientenzahlen wachsen stetig.«

»Da hast du recht, dennoch hoffe ich, das wird reichen, um ihn zu überzeugen. Leute wie dieser Wiedemann sind immer auf der Suche nach dem Haar in der Suppe. Manche von ihnen schrecken nicht einmal davor zurück, das Haar selbst hineinzuwerfen, um eine Beschwerde vorbringen zu können.«

»Aber Fakten sind Fakten«, hielt Catherine dagegen.

Louis nickte. »Apropos Fakten, die Rechnungsbücher sollte ich wohl besser auch holen. Wiedemann hatte damals unbedingt eine ausgeglichene Bilanz gefordert.«

Er legte die Mappe neben sich auf die Bettdecke, gab Catherine im Vorbeigehen einen Kuss und verließ das Schlafzimmer.

An der Tür der Schreibstube angekommen, zog er seinen Schlüsselbund aus der Hosentasche und schloss auf. Gruber hatte bereits Feierabend, und er wollte ihn nicht behelligen. Das Rechnungsbuch würde er auch so finden. Ein leichter Hauch von Pfefferminz hing in der Luft, als er eintrat.

Er hatte Hanna nicht mehr danach gefragt, aber es war anzunehmen, dass Gruber immer noch versuchte, den jungen Frauen im Waldfriede Bonbons zuzustecken.

Er ging zu dem Schrank, in dem er die Bücher vermutete, doch als er die Tür aufzog, stieß er statt auf ordentlich geführte Geschäftsbücher auf einen Wust von Papieren.

Die Unordnung überraschte ihn. In den Anfangstagen des Hauses hatte er sich darauf verlassen können, dass Georg Bridde alles in bester Ordnung hielt.

Durch den jüngsten Zustrom an Patienten war er nicht dazu gekommen, ein Auge auf die Schreibstube zu haben. Jetzt sah er ein, dass das ein Fehler gewesen war.

Nach und nach begann er, sich durch das Durcheinander zu wühlen. Er räumte Blätterstapel beiseite und hoffte, sich den Büchern zu nähern, doch dort, wo das Bilanzbuch stehen sollte, klaffte eine Lücke.

Louis machte einen Schritt zurück und strich sich über die Stirn. Sein Herz pumpte heftig, Hitzewellen rasten durch seinen Körper. Er konnte unmöglich ohne Bilanzbuch bei Wiedemann aufkreuzen!

Nachdem der Versuch, sich zu beruhigen, gescheitert war, setzte er seine Suche fort. Jetzt legte er die Papierstapel nicht beiseite, er riss sie heraus und warf sie auf den Boden. Seine Augen glühten, und seine Bewegungen waren fahrig. Er wusste, dass Zorn ihm nichts nützen würde. In diesem Augenblick allerdings, mit Wiedemann im Nacken, konnte er sich nicht beherrschen.

Da er weder im benachbarten Schrank noch im Schreibtisch fündig wurde, beschloss er, sich Gruber vorzuknöpfen.

Das Herz schlug ihm noch immer bis zum Hals. Wo war das Bilanzbuch geblieben? Gruber würde es doch nicht verlegt haben?

Louis war sich darüber im Klaren gewesen, dass der neue Buchhalter nicht sonderlich viel Erfahrung hatte. Darauf hatte er auch die Kirchenleitung hingewiesen, aber diese war bei ihrem Entschluss geblieben. Also hatte er ihm eine Chance gegeben.

Aber das hier? Allein das Chaos im Schrank sprach Bände! Man musste keine Erfahrung als Buchhalter haben, um die Unterlagen in Ordnung zu halten. Wieso gelang Gruber das nicht? Hatte er zu viel damit zu tun, den Mädchen schöne Augen zu machen?

Wutschnaubend verließ er die Schreibstube. Diesem Gruber würde er etwas erzählen! Er stürmte die Treppe hinunter und rannte beinahe zwei Hausmädchen über den Haufen. Nachdem er sich entschuldigt hatte, setzte er seinen Weg fort.

An Grubers Zimmertür blieb er stehen und klopfte. Erneut versuchte er, sich zur Ruhe zu zwingen. Immerhin war er hier der Chef, und würdeloses Verhalten stand ihm nicht zu.

Nach einer Weile erschien Gruber an der Tür. Er wirkte ein wenig derangiert, und es sah aus, als hätte er ein Schläfchen gehalten. Er verstellte Louis den Blick ins Zimmer und strich sich nervös eine verirrte Haarsträhne aus dem Gesicht. »Was kann ich für Sie tun, Dr. Conradi?«

»Ich suche nach dem Bilanzbuch für das zurückliegende Jahr. Haben Sie es vielleicht gesehen?« Louis versuchte, sich seine innerliche Panik nicht anmerken zu lassen, was ihm alles andere als leichtfiel.

»Wozu brauchen Sie das?«, fragte Gruber verwundert.

»Ich muss es zu einem wichtigen Termin mitnehmen.«

Der Buchhalter zog die Augenbrauen hoch. »Ist es denn nicht an seinem Platz?«

»Ich habe eben in der Schreibstube nachgesehen, und ich muss sagen, dass mich das Chaos dort zutiefst erschreckt. Als Buchhalter sollten Sie Ordnung in die Unterlagen bringen.« Unwillkürlich wurde Louis laut.

»Ich … ich wollte die Bilanz vorbereiten. Dabei geht es manchmal hoch her …«, stammelte Gruber.

Louis schnaubte verächtlich. Wenn er sich erlauben würde, nachlässig zu werden, wenn es hoch herging, konnten sie die Klinik gleich schließen!

»Ich brauche das Rechnungsbuch!«, sagte er und versuchte, seinen Zorn zu zügeln.

»Lassen Sie mich nachschauen. Sobald ich es gefunden habe, bringe ich es Ihnen«, schlug der Buchhalter kleinlaut vor.

Louis bezweifelte, dass Gruber bessere Augen hatte als er selbst. Aber möglicherweise hatte das Chaos System.

»Tun Sie das. Und schaffen Sie endlich Ordnung in der Schreibstube. Es kann nicht angehen, dass es dort aussieht, als hätte der Blitz eingeschlagen! Sollte das Buch auftauchen – Sie finden mich im Sprechzimmer.« Louis drehte sich um und kehrte innerlich brodelnd ins Schlafzimmer zurück, um die Bauunterlagen zu holen, die er anschließend mit ins Sprechzimmer nahm.

Hanna war bereits fort. Von ihren Aufräumarbeiten war lediglich der Geruch des Desinfektionsmittels geblieben.

Vielleicht sollte ich Hanna bitten, Gruber zu zeigen, wie man seinen Arbeitsplatz in Schuss hält, grollte er innerlich. Nur wenige Augenblicke später klopfte es.

Gruber trat ein, im Jackett, die Haare geglättet, das Rechnungsbuch in der Hand.

»Wo war es?«, wollte Louis wissen.

»Im Schreibzimmer«, behauptete Gruber. »Ich fürchte, Sie haben es bei Ihrer Suchaktion übersehen.«

Schwang in seinen Worten ein leichter Spott mit?

Louis verspürte immer noch den Wunsch, dem Buchhalter die Ohren langzuziehen, doch dass sich das Buch angefunden hatte, stimmte ihn etwas milder.

Er streckte die Hand aus, worauf ihm der Buchhalter das schmale, aber recht hohe Buch reichte.

»Sie müssen wirklich an Ihrer Ordnung arbeiten, Herr Gruber. Im Notfall muss auch ich die Bücher meines Hauses finden können.«

»Ja, Herr Doktor.« Der Buchhalter nickte zerknirscht.

Louis lag noch einiges mehr auf der Seele, was er dem Mann gern an den Kopf geworfen hätte, doch er beschloss, es fürs Erste dabei zu belassen. »Gut. Sie können gehen.«

»Einen schönen Abend, Herr Doktor«, wünschte Gruber mit einer unterwürfigen Verbeugung und zog sich zurück.

Als er die Tür geschlossen hatte, schlug Louis das Rechnungsbuch auf. Seine Befürchtung, das gleiche Chaos vorzufinden wie in der Schreibstube, schien sich nicht zu bewahrheiten. Grubers Handschrift wirkte fahriger als die von Georg Bridde, aber die Einträge schienen korrekt zu sein. Dennoch bereute es Louis, nicht genauer hingeschaut, sich nicht mehr um die Belange des Hauses gekümmert zu haben.

Am Montag würde er vor Wiedemann bestehen müssen. Wie konnte er das tun, wenn er auf Leute zählte, die vielleicht nicht verlässlich genug waren?

36. Kapitel

Zehlendorf, 28. November 1921

Beinahe die ganze Nacht lag Hanna wach und fragte sich, was Dr. Conradi am Vormittag bevorstehen würde.

Er hatte am Sonntagmorgen lange mit ihr darüber geredet, was ihnen blühte, wenn das Waldfriede die Prüfung durch Wiedemann nicht bestand.

»Aber das geht doch nicht!«, hatte Hanna protestiert. »Die ganze Arbeit, die wir in dieses Haus gesteckt haben …«

Eine Welle der Hilflosigkeit schwappte über sie hinweg. Sie hatte nicht vergessen, wie sehr sich jeder Einzelne ins Zeug gelegt hatte. Wie sehr sie alle unter den schlechten Bedingungen gelitten hatten und dennoch jeden Tag aufs Neue angetreten waren.

Conradi hatte versichert, dass er sein Bestes tun würde, um das zu verhindern. Doch würde das, was sie erreicht hatten, diesem Ministerialbeamten genügen?

Noch vor dem ersten Morgengrauen verließ sie lautlos das Bett. Ihr Blick schweifte über ihre drei Mitbewohnerinnen, deren Atemzüge sich zu einem leisen Rauschen vermengten.

Sie ging zum Waschtisch, verrichtete ihre Toilette und zog sich an.

Draußen war es dunkel und kalt, nicht der richtige Zeitpunkt für einen Spaziergang. Aber vielleicht konnte sie sich irgendwo nützlich machen.

Sie begab sich auf die Frauenstation, wo weitestgehend Stille herrschte. Die diensthabenden Schwestern waren alle in den Zimmern, also beschäftigte sich Hanna damit, die Vorräte an Verbänden und Medikamenten zu prüfen, wie sie es auch in Friedensau stets gemacht hatte.

Nachdem sie die fehlenden Dinge notiert hatte, suchte sie die Wäschekammer auf.

Als der Betrieb im Haus richtig erwachte, fühlte Hanna eine bleierne Schwere in ihren Knochen. Ich hätte lieber liegen bleiben sollen, als in der Wäschekammer zu bügeln, ging es ihr durch den Sinn. Aber sie wusste genau, dass sie keine weitere Stunde an die Decke hätte starren wollen, den Kopf voller Ängste und Fragen.

Weder bei der Morgengymnastik noch beim Frühstück sah sie den Doktor. War er schon unterwegs?

Frau Conradi ließ beim Morgengebet nichts darüber verlauten.

Die Sprechstunde übernahm Dr. Steiner, der sie gleich zu Beginn ins Röntgenlabor schickte, um die Aufnahmen eines Patienten vom Vortag zu holen. Auf dem Gang begegnete sie Herrn Kirchfeld.

»Hanna, ich muss Ihnen etwas sagen«, flüsterte er nervös.

Hanna blickte sich zu den Schwestern um, die mit den Frühstückstabletts der Patienten von Zimmer zu Zimmer eilten. Kurz entschlossen fasste sie Kirchfeld beim Arm und zog ihn mit sich ins Labor.

»Was ist?«, fragte sie, als sie sicher war, dass sie allein waren.

»Wie es aussieht, hat sich unser netter Buchhalter mit jemandem getroffen«, berichtete Kirchfeld. »Gestern Nacht, ich hatte mich gerade hingelegt, bekam ich mit, wie er das Zimmer verließ. Er dachte wohl, ich würde schon schlafen. Ich habe rasch meinen Mantel geholt und bin ihm gefolgt.«

Ein Schauer rann über Hannas Nacken. »Das war sehr leichtsinnig von Ihnen!« Sie schlug die Hand vor den Mund.

»Ich weiß. Aber in diesem Augenblick konnte ich nicht anders.«

»Wohin ist Gruber denn gegangen?«, wollte Hanna wissen.

»Ein Stück weit die Straße hoch, bis zum Wald. Beim Zugang zur Krummen Lanke stand ein Automobil. Ein Mann stieg aus. Gruber gab ihm ein schmales Heft und erhielt dafür einen Umschlag. Wer der Mann war, konnte ich nicht genau erkennen.«

»Ein Heft?« Hanna zog die Stirn kraus.

»Na ja, vielleicht nicht gerade ein Heft, sondern ein Bilanzbuch. Eins von diesen schmalen, hohen Dingern, wie sie auch Kaufmänner benutzen. Was, wenn es eins der Bilanzbücher aus dem Krankenhaus war? Und in dem Umschlag war vielleicht Geld …«

Hanna wollte gerade dagegenhalten, warum der Buchhalter ausgerechnet ein Bilanzbuch verkaufen sollte, doch dann fiel es ihr wie Schuppen von den Augen. Sofort wurden ihre Knie weich, und ihr Magen krampfte sich zusammen.

»Das Ministerium«, stieß sie atemlos hervor.

Jetzt war es an Kirchfeld, verwirrt dreinzuschauen.

»Was meinen Sie damit?«

»Dr. Conradi hat heute einen Termin dort. Im Innenministerium.«

»Warum?«

»Wegen des Hauses.« Hanna rang mit sich. Dr. Conradi hatte ihr im Vertrauen von Wiedemanns Drohung erzählt. Wenn sie sich damit an Kirchfeld wandte, brach sie dieses Vertrauen eindeutig. »Ich kann Ihnen nicht viel mehr dazu sagen, aber das Bestehen des Waldfriede hängt davon ab, wie dieser Termin im Ministerium verläuft.«

»Dann sollten wir schleunigst zum Doktor gehen und ihm mitteilen, was Gruber getan hat.«

Hanna schüttelte verzweifelt den Kopf. »Das können wir nicht.«

»Und wieso nicht?«, fragte Kirchfeld verständnislos.

»Weil er bereits unterwegs ist.« Sie zog die Schwesternuhr aus ihrer Tasche. »Sein Termin beginnt in zehn Minuten.«

***

Das Sonnenlicht blendete Louis, als er auf das Ministeriumsgebäude zuging. Er kniff die Augen reflexartig zu, öffnete sie aber gleich wieder und sah einen grünen Punkt vor seinem Sichtfeld tanzen.

Sein Körper fühlte sich schwer an, als er die Treppen hinaufstieg. Wenn er in den Fluren des Waldfriede unterwegs war, merkte er nicht, wie sehr die vergangenen zwei Jahre an ihm gezehrt hatten, aber nun kam er sich vor wie ein alter Mann. Älter als sein Vater, der mittlerweile weit über sechzig war.

Was Wiedemann von ihm wollte, war klar. Die Zeit war gekommen, Rechenschaft über die vergangenen zwei Jahre abzulegen. Wie hatten die Monate nur so dahinfliegen können?

Obwohl er sich vorgenommen hatte, sicher und würdevoll aufzutreten und keine Unruhe zu zeigen, konnte er nur schwerlich ein Zittern in seinen eiskalten Händen unterdrücken. Als er vor der Tür von Wiedemanns Büro angekommen war, verstand er, was Hanna meinte, wenn sie die Panik beschrieb, die sie beim Anblick versehrter Soldaten überkam.

Er warf einen Blick auf die Mappe in seiner linken Hand, dann hob er die rechte und klopfte.

»Herein!«, rief Wiedemann. Louis erkannte die Stimme des Ministerialbeamten sofort, obwohl er sie nun schon zwei Jahre lang nicht mehr gehört hatte.

»Dr. Conradi!«, sagte Wiedemann und erhob sich mit einem breiten, siegesgewissen Lächeln. »Kommen Sie herein!«

Louis schloss die Tür hinter sich. Neben Wiedemann war auch wieder der Anwalt zugegen. Der Vertreter des Zehlendorfer Bürgermeisters fehlte allerdings. Er warf einen kurzen Blick auf die Uhr. Es war genau neun. Ob Johann Veit sich verspätete? Oder hatte Zehlendorf kein Interesse, was hier gesprochen wurde?

»Setzen Sie sich doch«, sagte Wiedemann und deutete auf den Platz vor dem Schreibtisch. Anstalten, ihm die Hand zu reichen, machte er nicht. Auch Feldten nickte nur, stand allerdings nicht auf, wie es die Höflichkeit geboten hätte.

Louis blickte ihn verwundert an. Waren sie sich ihrer Sache so sicher, dass sie es nicht einmal für nötig hielten, Anstand zu zeigen?

»Wie Sie sich vielleicht erinnern, haben wir vor zwei Jahren schon einmal an dieser Stelle zusammengesessen«, begann Wiedemann ohne

Umschweife. »Damals gab ich Ihnen zwei Jahre Zeit, Ihr Haus zum Laufen zu bringen.«

»Und das habe ich.« Louis legte die Unterlagen auf den Tisch. Es handelte sich um das Bilanzbuch und Bauunterlagen, die er in einem grauen Ordner gesammelt hatte. Außerdem hatte er ein Heft mit der Aufstellung sämtlicher Eingriffe dabei, die im Krankenhaus seit der Eröffnung durchgeführt wurden. Diese waren nach Art der Krankheit sortiert, die Daten hatte er wegen des Eingriffs im April 1920 vorsorglich weggelassen. »Aber wollen wir nicht erst noch auf den Vertreter des Stadtteils Zehlendorf warten?«, erkundigte er sich.

Die Blicke der Männer trafen sich. Louis erkannte, wie angespannt Wiedemann wirklich war. Hatte er etwa nicht damit gerechnet, dass er etwas vorzuweisen hatte?

»Aus diesen Unterlagen geht hervor, dass wir bereits im ersten Jahr eine sehr gute Belegungszahl erreicht haben. Und die Zahlen steigen beständig. Wir haben …«, Louis breitete die Bauunterlagen aus, »… wir haben das bestehende Gebäude erweitert und planen jetzt, eine Pflegeschule einzurichten. Eine Schule, die Pflegekräfte für die gesamte Stadt heranziehen könnte.«

»Pflegekräfte, die im Sinne Ihrer Religion herangezogen werden.«

Louis erstarrte. Das war also das Problem? Sein Glaube?

»Die jungen Schülerinnen und Schüler werden nach Gesichtspunkten christlicher Nächstenliebe geschult. Darin unterscheiden wir uns nicht von den Schulen der katholischen Caritas und anderen evangelischen Pflegeschulen.«

»Aber Sie werden Ihre Schüler doch sicher dazu anhalten, den Sabbat zu befolgen.«

»Ich halte unsere Schüler dazu an, das menschliche Leben an die erste Stelle zu setzen. Der Dienst am Menschen ist der Dienst an Gott, das wird das Motto unseres Hauses sein. Und ich sehe nichts Verwerfliches daran.«

Die Männer musterten einander. Louis spürte, dass Wiedemann keine wirklichen Argumente vorzuweisen hatte. Die Bücher waren in

Ordnung, die Bauunterlagen zeigten deutlich, was sie aus dem Ort gemacht hatten. Die Bedenken, die Wiedemann vor zwei Jahren geäußert hatte, hatten sich nicht bewahrheitet.

Doch war da ein Widerstand. Und er begriff nun, woran es lag.

Ein Klopfen ertönte. Wenig später trat das noch fehlende Gremiumsmitglied ein. Herr Veit hatte sich äußerlich nicht verändert. Auch der weiße Bart hatte immer noch dieselbe Länge wie vor zwei Jahren.

»Ich glaube, wir können diese Sitzung beenden«, meldete er sich sogleich zu Wort. Beim ersten Termin hatte er die ganze Zeit über geschwiegen.

»Wieso sollten wir?«, fragte Wiedemann kühl.

Veit atmete tief durch. »Weil die Schwester des Bürgermeisters ohne diese Anstalt gestorben wäre«, sagte er dann.

»Wie bitte?«, fragte Wiedemann aufgebracht, dem nun eine erboste Röte ins Gesicht schoss.

Veit blickte zu Conradi, der seine Überraschung nicht verbergen konnte.

»In Ihrem Haus wurde eine Frau Elfriede Hensler behandelt, nicht wahr?«

Conradi hob abwehrend die Hände. »Ich unterliege der ärztlichen Schweigepflicht und kann Ihnen dazu leider keine Auskunft geben.«

»Nun, die Schwester des Bürgermeisters wurde während der grassierenden Grippeepidemie mit einer Lungenentzündung ins Krankenhaus Waldfriede eingeliefert. Es ist allein dem jungen behandelnden Arzt und einer Schwester namens Hanna zu verdanken, dass sie noch lebt.«

Hanna. Ihren Namen in diesem Zusammenhang zu hören, erstaunte und erschreckte Louis gleichermaßen. Sie hatte hier nichts zu suchen. Sie gehörte zum Waldfriede, zu ihm. In sein Sprechzimmer, korrigierte er sich gedanklich, denn eine andere Vorstellung durfte er sich nicht erlauben.

»Ich verstehe nicht …«, setzte Wiedemann an, doch Veit unterbrach ihn.

»Der Bürgermeister hat mich beauftragt, Ihnen mitzuteilen, dass er auf eine Enteignung verzichtet. Das Waldfriede hat sich in den vergangenen zwei Jahren zu einer immer beliebter werdenden Institution entwickelt. Dies zu zerstören, würde der Gemeinde großen Schaden zufügen.«

Wiedemanns Augen funkelten wie schwarze Scherben im Sonnenlicht.

Veit ließ sich davon nicht beeindrucken. Er zog ein Schreiben aus der Tasche und reichte es dem verdutzten Beamten. Wiedemann riss es auf, überflog die Zeilen und schleuderte es auf den Tisch.

»Warum haben Sie sich dann überhaupt an mich gewandt?«, schrie er Veit an. Der Anwalt legte ihm beschwichtigend die Hand auf den Arm, doch Wiedemann schüttelte sie ab wie eine lästige Fliege.

Louis lehnte sich zurück. Damit hatte er nicht gerechnet.

»Damit Sie es ebenfalls schriftlich haben, hier«, sagte Herr Veit und holte einen zweiten Umschlag hervor. »Gehen Sie mit Gott, Dr. Conradi, und setzen Sie die Arbeit fort, die Sie angefangen haben. Es ist das Beste für Zehlendorf.«

***

Mit vor Nervosität schmerzendem Bauch wartete Hanna auf die Rückkehr des Doktors. Die Minuten zogen sich unerträglich in die Länge. Das, was Kirchfeld ihr erzählt hatte, beunruhigte sie zutiefst. Was, wenn Gruber tatsächlich Informationen über das Krankenhaus weitergegeben hatte? Sie mochte sich gar nicht vorstellen, welche Hölle Dr. Conradi bei seinem Termin durchleben musste. Warum hatte Kirchfeld nicht schon eher etwas bemerkt?

Die Tür wurde aufgerissen, sie glaubte schon, der Doktor sei zurück, doch es war Dr. Steiner, der eintrat.

»Schwester Hanna, ich brauche Sie im Röntgenraum. Schulterfraktur. Der Patient Heinrich Stüwe ist beim Schneiden von Zweigen von einem Apfelbaum gefallen.«

»Du meine Güte!«, sagte Hanna und setzte sich in Bewegung.

Im Röntgenraum angekommen, sah sie einen alten Mann auf der Bahre liegen, das Gesicht schmerzvoll verzerrt.

»Ich sterbe«, jammerte er. »Doktor, lassen Sie mich bitte nicht sterben. Was soll denn aus meiner Herta werden?«

»Sie werden nicht sterben«, versicherte ihm Dr. Steiner. »Sie haben sich lediglich die Schulter verletzt. Schwester Hanna wird ein Röntgenbild davon machen, und dann entscheide ich, was wir tun.«

»Ist Dr. Conradi nicht da?«, wollte der Mann wissen.

»Nein, derzeit nicht«, gab Steiner zurück. Auf seiner Stirn erschien eine tiefe Falte.

Wie oft musste er sich von Patienten wohl anhören, dass diese lieber den Chef als Behandler hätten?, fragte sich Hanna. »Herr Stüwe«, sagte sie sanft. »Dr. Steiner ist ein hervorragender Chirurg. Sie werden sehen, im Nu sind Sie wieder bei Ihrer Herta.«

Der Mann schaute sie aus tränenfeuchten Augen an. »Wenn Sie das sagen, Schwester.«

Hanna nickte, dann begann sie mit den Einstellungen am Röntgengerät. Da der Patient unter Schmerzen litt, die ihn dazu brachten, ganz still zu liegen, brauchte sie ihn nicht zu fixieren. Sie schob einen Röntgenfilm in das dafür vorgesehene Fach am Tisch, stellte die Spannung ein und schickte Dr. Steiner nach draußen.

Bekleidet mit der Bleischürze, trat sie ein paar Schritte zurück und drückte den Auslöser. Das Summen hielt eine Weile an, dann rief sie: »Sehen Sie, Herr Stüwe, das war es auch schon.«

Während Dr. Steiner den Patienten mithilfe von Schwester Lisa, die hinzugekommen war, in einen Rollstuhl verfrachtete, verschwand Hanna mit dem Bild in der Dunkelkammer.

Einige der vorherigen Aufnahmen waren schon trocken, die konnte sie Dr. Steiner gleich mitbringen. Als sie die Aufnahme des alten Mannes in der Entwicklerlösung schwenkte, fiel ihr auf, dass sie für einen Moment nicht an die Besprechung gedacht hatte. Wie spät war es jetzt eigentlich?

Sie hörte, wie die Tür des Röntgenraumes aufschwang, und rief: »Einen Moment bitte, ich komme gleich!«

Bei der Entwicklung musste sie eine bestimmte Zeit einhalten, sonst verdarb die Aufnahme und musste noch einmal gemacht werden. Das wollte sie Herrn Stüwe nicht zumuten.

Als sie die Abbildung der Schulterknochen auf dem Bild auftauchen sah, seufzte sie erleichtert auf und gab den Film in die Fixierlösung. Anschließend hängte sie ihn auf und verließ die Dunkelkammer.

Zu ihrer großen Überraschung stand Dr. Conradi vor der Tür, in Mantel und Hut, so, wie er von der Straße gekommen war. Er wirkte derart angespannt, dass Hanna fürchtete, er würde im nächsten Augenblick explodieren.

»Hanna!«, rief er aus und stürmte auf sie zu.

»Doktor! Was ist geschehen?«, fragte sie, und ehe sie sichs versah, griff er nach ihren Armen, zog sie an sich und drückte ihr einen Kuss auf die Wange.

Erschrocken starrte sie ihn an.

»Wir haben es geschafft!« Conradi strahlte. »Die Gemeinde Zehlendorf ist von ihrem Eigenbedarfsanspruch zurückgetreten! Wir können weitermachen!«

Lachend zog er einen Umschlag aus seiner Tasche. »Hier, lesen Sie! Das haben wir alles Ihnen und Herrn Kirchfeld zu verdanken.«

Hanna schüttelte verwirrt den Kopf. »Ich verstehe nicht …« Sie überflog den Brief. Darin wurde Dr. Conradi versichert, dass die Gemeinde Zehlendorf keinen Anspruch auf das Ziegelrothsche Sanatorium und das dazugehörige Grundstück erhob.

»Sie und Herr Kirchfeld haben sich doch um Elfriede Hensler gekümmert.«

»Die Frau mit der schweren Lungenentzündung«, erinnerte sich Hanna.

»Wir kümmern uns nicht um die Herkunft der Personen und ihre Familienbande, doch in diesem Fall waren diese wichtig. Frau Hensler ist die Schwester des Bürgermeisters. Indem wir die Frau vor dem Tod bewahrt haben, haben wir unser Haus vor der Enteignung bewahrt.«

Hanna nickte, und erst jetzt spürte sie dem Kuss nach, den ihr der Doktor im Überschwang gegeben hatte.

»Das ist wunderbar!«, sagte sie. »Wirklich!«

Conradi runzelte die Stirn. Hanna wusste selbst, dass ihre Antwort nicht so begeistert ausfiel, wie sie dem Anlass angemessen wäre.

»Ist alles in Ordnung?«

Hanna atmete tief durch. Sollte sie wirklich diesen Moment des Triumphs durch Kirchfelds Beobachtung schmälern?

»Ja, das ist es. Nur fürchte ich, dass wir ein Problem haben. Wir konnten es Ihnen nicht mehr sagen, weil Sie schon unterwegs waren, aber …«

»Wir?«, wunderte sich Conradi.

»Herr Kirchfeld hat Herrn Gruber gestern Nacht dabei beobachtet, wie er sich mit einem Mann getroffen hat. Am Eingang zur Krummen Lanke.« Hanna sah, wie sich die Miene des Doktors verfinsterte. Sie bekam ein schlechtes Gewissen. Vielleicht hätte sie doch warten sollen? »Gruber hat dem Mann ein Buch gegeben. Herr Kirchfeld vermutet, dass es ein Bilanzbuch gewesen sein könnte. Und dafür erhielt unser Buchhalter einen Umschlag.«

Conradi schüttelte ungläubig den Kopf. »Das darf doch nicht wahr sein! Warum sollte Gruber so etwas tun?«

»Möglicherweise hatte das etwas mit dem heutigen Termin zu tun«, gab Hanna zurück.

Der Doktor schien eine Weile darüber nachzudenken, dann sagte er: »Nichtsdestotrotz haben wir diesen Sieg errungen, nicht wahr?« Er lächelte Hanna an. »Na, kommen Sie schon, freuen Sie sich. Wir können weitermachen!«

»Und was werden Sie wegen Herrn Gruber unternehmen?«

»Ich werde mit Kirchfeld sprechen, und dann sehen wir weiter. Machen Sie sich keine Sorgen, wir werden die Sache in den Griff bekommen.«

Hanna rang sich ein Lächeln ab und spürte, dass es allmählich breiter wurde. »Es freut mich wirklich sehr, dass uns der Bürgermeister zu Hilfe gekommen ist.«

»Ja, mich auch. Aber selbst wenn das nicht der Fall gewesen wäre, hätte Wiedemann uns nichts anhaben können. Unsere Bilanz ist in Ordnung, nicht besonders rosig, aber auch nicht schlecht. Und abgesehen von der OP ohne OP-Saal haben wir uns nichts zuschulden kommen lassen. Aber das können wir jetzt getrost vergessen. Sehen wir uns gleich im Sprechzimmer?«

Hanna nickte und sah ihm nach, als er mit großen Schritten den Gang entlangeilte. An der Stelle, an der sie seine Lippen getroffen hatten, spürte sie noch immer ein angenehmes Kribbeln auf der Haut, und sie gestattete sich einen weiteren Moment, es zu genießen, bevor sie wieder an die Arbeit ging.

***

Während Louis seinem Schlafzimmer zustrebte, spürte er, wie sich die Freude über den errungenen Sieg langsam in Rauch auflöste. Das, was Hanna ihm erzählt hatte, klang zutiefst beunruhigend. Und er kam nicht umhin, es in Verbindung zu setzen mit dem Abschied, den er von Wiedemann genommen hatte.

»Conradi!«, war Wiedemanns Stimme nach der Sitzung hinter ihm durch den Flur gepeitscht.

Louis hatte sich umgedreht und in die wutverzerrte Miene des Mannes geblickt.

»Eines sage ich Ihnen!« Der Ministerialbeamte hob drohend den Finger. »Ich werde Sie im Auge behalten, Sie und Ihre Sekte! Und wenn Sie sich nur einen einzigen Fehler erlauben, werde ich Sie zur Rechenschaft ziehen!«

War es ein Fehler gewesen, Gruber zu vertrauen? Hatte er das Buch einem Handlanger von Wiedemann zugespielt? Vielleicht sogar ihm selbst?

»Louis!«, rief seine Frau, die gerade aus der Küche kam. »Wie ist es gelaufen?«

»Sehr gut!«, antwortete er und erzählte ihr von Veits plötzlichem Auftauchen.

»Das ist ja wunderbar!« Catherine fiel ihm um den Hals und gab ihm einen Kuss. Dann allerdings bemerkte sie, dass etwas nicht stimmte. »Was ist los? Gibt es bei der Sache noch einen Haken?«

»Ich hoffe nicht«, gab er zurück, doch er wusste, dass er ihr nichts vormachen konnte. »Allerdings fürchte ich, wir haben ein personelles Problem.«

»Wen meinst du?«, fragte Catherine überrascht.

»Gruber. Aber bevor wir etwas unternehmen können, brauche ich Beweise.«

»Hat er sich an einem der Hausmädchen vergriffen? Ich habe schon mitbekommen, dass er sich manchmal bei ihnen herumtreibt, aber ich hatte gehofft, das Ganze sei harmlos.«

»Das allein ist schon schlimm genug, doch darum geht es nicht.« Mehrere Schwestern kamen mit Medikamententabletts durch den Gang auf sie zu. »Ich erzähle dir später mehr«, unterbrach er seinen Bericht und nickte in Richtung der jungen Frauen. »Jetzt muss ich nach den Patienten sehen. Am besten, du bewahrst erst einmal Stillschweigen.«

»Warte, Louis!«, rief sie und fasste ihn am Ärmel. »Sollten wir dieses schöne Ereignis nicht mit der Belegschaft feiern?«

Louis nickte. »Das werden wir.« Er beugte sich vor und gab ihr einen Kuss auf die Wange. Als er bemerkte, dass sie, offenbar besorgt wegen Gruber, die Stirn runzelte, versicherte er ihr: »Mach dir keine Gedanken, wir bekommen das hin.«

Erst im Nachhinein fiel ihm auf, dass er Hanna etwas Ähnliches gesagt hatte.

Nachdem er sich umgezogen hatte, begab er sich nicht gleich ins Sprechzimmer, sondern ging auf die Frauenstation, auf der Kirchfeld Dienst hatte.

Er fand ihn im Behandlungsraum, wo er gerade dabei war, Notizen in Patientenakten zu machen. Als er eintrat, sprang der Assistenzarzt auf.

»Dr. Conradi, Sie sind wieder zurück! Wie ist es gelaufen?«

»Bestens«, erwiderte Louis und bedeutete Kirchfeld, dass er sich wieder setzen sollte. »Wir können so weitermachen wie bisher. Allerdings hat mir Schwester Hanna von Ihrer Beobachtung erzählt.«

Kirchfeld nickte und wurde jetzt ein bisschen blass. »Ja, es hat mich ziemlich überrascht, Herrn Gruber im Gespräch mit dem anderen Mann zu sehen.«

»Wie sind Sie eigentlich auf die Idee gekommen, ihm zu folgen?«

Kirchfeld zögerte. »Ich hatte so ein Gefühl ... Ich weiß auch nicht. Grubers Verhalten an dem Abend war etwas seltsam.«

»Inwiefern?«

»Er saß immer noch sehr lange am Schreibtisch und achtete penibel darauf, dass ich keinen Blick auf das werfen konnte, was er tat. Manchmal packte er irgendwas hastig weg, wenn ich ins Zimmer kam. Und dann, am Sonntagabend ... Ich hatte mich gerade schlafen gelegt, als ich bemerkte, dass er noch einmal aufstand und das Zimmer verließ. Ich konnte mir keinen Reim darauf machen und war neugierig. Also bin ich ihm gefolgt.«

Conradi runzelte die Stirn. Ganz überzeugend klang die Geschichte nicht.

»Hatte Herr Gruber den Umschlag bei sich, als er ins Zimmer zurückgekehrt ist?«

»Ich weiß nicht, ich hielt es für besser, mich schlafend zu stellen.«

Louis nickte, unsicher, was er mit dieser Information anfangen sollte.

»Haben Sie vielen Dank, Herr Kirchfeld«, sagte er schließlich. »Und geben Sie mir bitte Bescheid, sollte Herr Gruber wieder einen nächtlichen Ausflug wagen.«

»Das werde ich.« Kirchfeld nickte ihm zu und widmete sich wieder seinen Notizen.

Louis machte sich auf den Weg zu seinem Sprechzimmer. Die Gedanken wirbelten wild durch seinen Kopf. Konnte es wirklich sein, dass Gruber Informationen weitergegeben hatte? Vielleicht sogar an Wiedemann?

So konnte es auf keinen Fall weitergehen. Die Zeiten wurden nicht einfacher, und gerade jetzt, wo die Inflation zunahm und das Geld immer mehr an Wert verlor, brauchte er jemanden, der ihm gegenüber loyal war. Er brauchte jemanden, der ihm zur Seite stand, sollte man erneut versuchen, ihn zu enteignen.

Plötzlich kam ihm ein Gedanke. Von neuerlicher Energie getrieben, beschleunigte er seine Schritte, doch er ging nicht weiter in Richtung Sprechzimmer, sondern suchte stattdessen das Schreibzimmer auf. Vor der Tür blieb er stehen. Er zögerte einen Moment lang, dann hob er die Hand und klopfte.

»Herein!«, tönte die Stimme des Buchhalters.

Louis trat ein. Gruber, der über einem der Rechnungsbücher saß, blickte auf. Die Unordnung war verschwunden, nichts deutete darauf hin, dass er einen Verrat begangen hatte.

»Oh, Dr. Conradi«, sagte er. »Ich habe Sie heute noch gar nicht im Haus gesehen.«

»Ich hatte einen Termin in der Stadt«, antwortete Louis. »Herr Gruber, was halten Sie davon, wenn ich Sie für zwei Tage nach Friedensau schicke? Ich möchte, dass Sie sich ein wenig erholen und sich dann von dem dortigen Buchhalter eine kleine Unterweisung geben lassen, was die Bilanzen angeht.«

Grubers Mund klappte auf. »Aber ich …«

»Sie haben noch nie eine Revision vorgenommen. Ich denke, wir sollten zum Jahresende eine durchführen. Es wäre mir wichtig.«

Gruber schaute verwirrt drein, dann nickte er. »In Ordnung. Wie Sie wünschen.«

Louis nickte. »Gut. Ich werde gleich alles veranlassen. Ihr Zug geht morgen früh.«

37. Kapitel

Zehlendorf, 30. November 1921

In den folgenden zwei Tagen, während Gruber in Friedensau weilte, wurden nach und nach alle Angestellten ins Sprechzimmer von Dr. Conradi bestellt. Sie sollten Zeugnis über Gruber ablegen. Heinrich Schubert und Pfleger Carl hatten zugestimmt, als Beisitzer zu fungieren.

Hanna trat als Erste vor die Kommission und berichtete von ihren Beobachtungen. Anschließend folgten die Stationsschwestern, die Krankenschwestern, die Pfleger, das Küchenpersonal.

Obwohl man den Leuten nicht mitteilte, worum es konkret ging, und alle, die den Raum wieder verließen, mit der Weisung bedacht wurden, niemandem etwas zu erzählen, machte sich schon bald eine bedrückte Stimmung im Haus breit.

Das Bild, das sich aus den Berichten über Thomas Gruber ergab, war nicht unbedingt das eines Menschen, dem man seine Finanzen anvertrauen sollte. Zu den Beobachtungen von Kirchfeld und Hanna gesellten sich die Aussagen der Hausmädchen, der Handwerker und natürlich vieler Schwestern. Sie zeigten, dass Gruber nicht die Person war, als die er sich Louis beim Bewerbungsgespräch präsentiert hatte.

Eine Aussage schockierte den Doktor ganz besonders. Sie kam von Greta, der Gruber mehr als allen anderen nachstellte.

»Er sagte, er wüsste einen Platz, an dem ich ihn treffen könnte. An dem wir ungestört sein würden«, brachte das Küchenmädchen hervor, während es verlegen an seiner Schürze zupfte. »Es sei der Ort, an dem …« Sie stockte.

»An dem was?«, hakte Dr. Conradi nach.

Greta wurde rot. »Wäre es möglich, mit Ihnen allein zu sprechen?« Sie blickte ängstlich auf Carl und Heinrich Schubert. »Es … es ist mir peinlich, das zu wiederholen.«

Conradi nickte, führte Greta in den Nebenraum und schloss die Tür.

Sie wirkte furchtbar verlegen.

»Nun, Greta, raus mit der Sprache«, ermutigte Louis das Mädchen freundlich. »Sie können sich sicher sein, dass ich alles, was Sie sagen, diskret behandele.«

Greta schaute ihn ein wenig gequält an. Ihr war die Überwindung deutlich anzumerken.

»Er … er sagte …« Sie presste die Lippen zusammen. Ein ungutes Gefühl überkam Louis. Hatte sich Gruber an Greta vergangen? Hatte er sie zu sexuellen Gefälligkeiten gezwungen? Er konnte die Scham des Mädchens verstehen, doch er musste es wissen.

»Greta«, drängte er sanft. »Nun reden Sie schon!«

»Er sagte, dass er … bei der Schutzhütte … Ihre Frau gesehen hätte«, kam es zögerlich aus ihrem Mund. »Sie und Dr. Harrow hätten dort ein … Stelldichein gehabt.«

Die Worte trafen ihn mit der Wucht eines Ziegelsteins. Sprachlos stand er vor Greta und hatte das Gefühl, in ein tiefes Loch zu fallen.

Diese Beschuldigung war absurd!

»Bitte verzeihen Sie, Herr Doktor.« Greta wand sich verlegen. »Ich gebe nur weiter, was er mir gesagt hat.«

Louis brauchte einen Moment, um sich wieder zu fangen. Zorn stieg in ihm auf, Unglaube und auch ein wenig Argwohn. Was, wenn tatsächlich etwas daran war?

»Ich habe ihn natürlich abgewiesen und ihm gesagt, dass er sich da etwas zusammenfantasiert«, fuhr Greta fort, jetzt wieder etwas selbstbewusster. »Ich meine, die Frau Doktor …«

Louis hob die Hand. Greta verstummte. »Ich danke Ihnen für Ihre Offenheit, Greta. Gleichzeitig muss ich Sie bitten, über diese infame Lüge Stillschweigen zu bewahren. Der Ruf meiner Frau und unseres gesamten Hauses steht auf dem Spiel.«

»Ich will Ihrer Frau auf keinen Fall schaden!«, rief das Küchenmädchen mit großen Augen.

»Dann sind wir uns ja einig«, sagte er und versuchte, sich nicht anmerken zu lassen, wie sehr ihn ihre Worte aus der Bahn geworfen hatten. »Danke, Greta, Sie können jetzt gehen.«

Als er ins Sprechzimmer zurückkehrte, schauten ihn Carl und Schubert erwartungsvoll an. »Was hat sie gesagt? Hat er sich an der Kleinen vergriffen?«, fragte Letzterer.

»Er wollte sie zur Schutzhütte locken«, antwortete Louis. »Wir haben uns geeinigt, Stillschweigen über die weiteren Vorfälle zu bewahren.«

»Stillschweigen?«, fragte Schubert, dem anzusehen war, dass er vor Neugier förmlich brannte.

»Es gibt Dinge, über die man besser nicht redet. Und jetzt sollten wir mit den Aussagen fortfahren.«

Als alle anwesenden Angestellten befragt worden waren, kehrte Louis in sein Schlafzimmer zurück. Er fühlte sich müde und erschöpft. Viel lieber hätte er sich um seine Patienten gekümmert, als sich darauf zu konzentrieren, Beweise für die Illoyalität eines Mitglieds der Anstaltsfamilie zu sammeln.

Dennoch war es ein aufschlussreicher Tag gewesen. Der endgültige Beweis dafür, dass Gruber Informationen an Wiedemann weitergegeben hatte, stand allerdings noch aus. Aber wen sonst sollten ihre Bilanzbücher interessieren?

Louis rang mit sich. Konnte er einfach in Grubers Zimmer gehen und nach dem Umschlag suchen? Er durfte auf keinen Fall riskieren, dass Gruber seine Beobachtung, wenn sie denn stimmte, in die Welt hinausposaunte, und genau das würde passieren, wenn er ihn ohne geeignetes Druckmittel entließ.

Nachdem er eine Weile hin und her überlegt hatte, machte er sich auf den Weg zur Frauenstation. Hanna war so freundlich gewesen, für eine Schwester einzuspringen, die einen Tag Urlaub beantragt hatte, um zu ihrer kranken Mutter zu fahren.

Er fand sie im Schlafsaal, wo sie gerade über den Fieberkurven saß.

Sie blickte auf, sah, dass er ihr mit einem Handzeichen bedeutete, dass er sie sprechen wollte, und trat geräuschlos in den Gang hinaus.

Vor der Stationstür begann Louis mit leiser Stimme zu sprechen: »Ich stecke in einem Dilemma, und ich würde gern Ihren Rat einholen.«

»Was ist geschehen?«, fragte Hanna besorgt.

»Bei der Befragung hat Greta mir anvertraut, Gruber hätte ihr von einem Stelldichein meiner Frau mit Dr. Harrow erzählt.«

Hannas Augen weiteten sich erschrocken. »Das … das ist doch nicht möglich«, gab sie zurück.

»Das dachte ich mir auch. Allerdings habe ich sehr wohl bemerkt, wie vertraut meine Frau mit Harrow umgegangen ist.«

Hanna wirkte erschüttert. »Aber Sie glauben doch nicht wirklich, dass sie …«

Conradi seufzte. »Eigentlich sträubt sich alles in mir, das zu glauben. Es könnte der Versuch Grubers sein, uns zu diskreditieren. Aber wenn es stimmt …«

»Es stimmt nicht.« Hanna legte ihm die Hand auf den Arm. »Sie dürfen das nicht glauben. Ihre Frau würde so etwas nie tun!«

Conradi brauchte eine Weile, bis er ihr zustimmen konnte. Catherine hatte sich nie für einen anderen Mann interessiert, aber Harrow …

»Sie sollten Gruber von seinen Pflichten entbinden«, sagte Hanna entschlossen.

»Damit tut sich allerdings ein weiteres Problem auf. Was würde Gruber davon abhalten, mit seiner Verleumdung an die Presse zu gehen? Oder zu Wiedemann? Wenn er nicht schon längst mit ihm in Kontakt steht.« Louis wollte sich nicht ausmalen, mit welcher Gehässigkeit Wiedemann auf diesen Vorwurf reagieren würde. Erst recht nachdem dieser Veit ihn derart vorgeführt hatte.

»Wissen Sie denn mittlerweile, wer der ominöse Mann ist, bei dem Gruber das Bilanzbuch gegen den Umschlag eingetauscht hat?«

Louis schüttelte den Kopf. »Leider nein. Und noch etwas ist merkwürdig: Ich habe im Büro nachgeschaut, die Bilanzbücher scheinen vollständig zu sein. Allerdings könnte Gruber Abschriften davon angefertigt haben.« Louis seufzte. »Ohne den Umschlag haben wir ohnehin keine Handhabe, und ich kann ja wohl kaum in sein Zimmer eindringen und es durchsuchen ...« Er kratzte sich nachdenklich die Stirn.

»Und wie wäre es, wenn Sie die Kirchenleitung entscheiden ließen?«, fragte Hanna.

»Was soll die Kirchenleitung tun? Auch dort sind die Vorwürfe gegen Herrn Gruber ohne konkrete Beweise nicht viel mehr als windige Verleumdungen.«

»Er soll ja auch gar nicht entlassen werden. Vielleicht könnte ihn die Kirchenleitung an eine andere Stelle berufen, in der Schweiz beispielsweise. Oder zu einer Mission. Das wäre doch eine große Ehre, nicht wahr?«

Louis ließ die Worte auf sich wirken. Hanna hatte recht, es war in der Tat eine große Ehre. Er konnte sich vorstellen, was Heinrich Schubert als Vorsteher ihrer Gemeinschaft dazu sagen würde, wenn er ihm diesen Vorschlag unterbreitete. Ein Verbrecher wie Gruber sollte für seine üblen Taten auch noch belohnt werden?

Aber hier stand mehr auf dem Spiel. Eine Strafe für den Buchhalter würde nur bedeuten, dass sie sich einen zusätzlichen Feind schufen. Nachdenklich sah er seine Sprechstundenhilfe an, die inzwischen zu seiner engsten Vertrauten geworden war. Sie wirkte besorgt, dunkle Schatten lagen unter ihren Augen. Am liebsten hätte er sie schlafen geschickt, aber die Station brauchte sie.

»Ich werde mir Ihre Idee durch den Kopf gehen lassen. Danke, Hanna«, sagte er sanft und wünschte ihr eine gute Nacht.

***

Zurück auf der Station, kämpfte Hanna gegen den Drang, unruhig auf und ab zu gehen. Also hatte sie mit ihrem Verdacht recht gehabt. Gruber war der Beobachter im Gebüsch gewesen. Doch was er sagte, entsprach nicht den Tatsachen. Ein Stelldichein war die Begegnung von Catherine Conradi und Dr. Harrow ganz sicher nicht gewesen und auch nicht mehr. Sie hatten ein intimes Gespräch geführt, aber gewiss keinen Ehebruch begangen.

Hätte sie dem Doktor erzählen sollen, dass sie ebenfalls dabei gewesen war? Sie konnte entkräften, was Gruber behauptet hatte, das Treffen dagegen konnte sie nicht leugnen. Vielleicht war es besser, wenn sie schwieg und Dr. Conradi in dem Glauben ließ, Gruber hätte sich das Ganze nur ausgedacht.

Sie fühlte sich hin- und hergerissen, fürchtete, seiner Ehe mit ihrem Bericht einen schweren Schlag zu versetzen. Wollte sie das?

Nein, das wollte sie nicht. Das verbot allein die Zuneigung, die sie Dr. Conradi gegenüber empfand. Sie wollte ihn nicht unglücklich sehen.

Entschlossen kehrte sie zu ihrem Platz zurück. Nein. Wenn es sein musste, würde sie dieses Geheimnis sogar mit ins Grab nehmen.

***

Auf der Treppe kam ihm Kirchfeld entgegen. Offenbar hatte er die Zeit genutzt, um sich etwas auszuruhen.

»Ah, Herr Doktor, gut, dass ich Sie treffe«, sagte er und zog etwas aus der Tasche. Es war ein Briefumschlag, fein säuberlich verklebt, mit dem Aufdruck eines Reichsadlers. Eine Adresse stand nicht darauf und auch kein Absender. Aber der Umschlag war recht dick.

»Was ist das?«, fragte Louis.

»Das, was Sie selbst nicht zu suchen gewagt hätten«, antwortete der Assistenzarzt.

»Sie haben doch nicht etwa …«

»Sagen wir mal, es ist mir zufällig in die Hände gefallen.« Kirchfeld setzte ein schiefes Grinsen auf. »Gruber schien sich seiner Sache sehr sicher zu sein«, fuhr er fort. »Er hat sich keine große Mühe gegeben, den Umschlag zu verstecken. Vielleicht sollte ich Detektiv werden.«

Louis zögerte, den Umschlag entgegenzunehmen.

»Ist es der … den Sie gesehen haben?«, fragte er stattdessen.

Kirchfeld nickte. »Ja, und nach meinem Dafürhalten sind einige Geldscheine darin. Fragt sich nur, mit welcher Währung hier bezahlt wurde. Sicher nicht mit unseren wertlosen Markscheinen. Ich tippe da eher auf Schweizer Franken oder sogar US-Dollar.«

Louis überlegte. Standen Wiedemann diese Devisen zur Verfügung? Und warum um alles in der Welt hatte er ein derart großes Interesse daran, sie aus dem Waldfriede zu vertreiben? Wer steckte wirklich dahinter?

»Legen Sie den Umschlag wieder dorthin, wo Sie ihn gefunden haben, Herr Kirchfeld«, sagte er ruhig.

»Sie wollen nicht reinschauen?«, fragte Kirchfeld.

»Nein. Was auch immer darin ist, Herr Gruber wird sich dafür verantworten müssen. Vor Gott und vor unserer Gemeinschaft.«

»Dann werden Sie ihn also entlassen?«, fragte Kirchfeld und schob den Umschlag wieder in seine Kitteltasche.

»Wir werden tun, was nötig ist. Haben Sie nochmals Dank für Ihr wachsames Auge.«

Kirchfeld wirkte ein wenig enttäuscht, doch er nickte und wünschte Conradi eine gute Nacht.

Mehr schlafend als wach schleppte sich Louis zurück in sein Schlafzimmer. Catherine saß im Bett, in die Lektüre eines Buches vertieft. Die Nachttischlampe neben ihr flackerte hin und wieder. Es war wohl nur eine Frage der Zeit, bis die Glühbirne durchbrannte. Louis ließ sich auf die Bettkante sinken und streifte seine Weste ab. Dann entledigte er sich seiner Schuhe. Dieser Tag hatte ihm wirklich den Rest gegeben.

»Wie ist es gelaufen?«, fragte Catherine hinter ihm.

»So, wie ich es erwartet habe.« Louis gähnte. »Alles in allem war es ein langer und anstrengender Tag. Lieber hätte ich elf Stunden am OP-Tisch gestanden.«

»Mir will nicht in den Sinn, warum du Gruber unbedingt loswerden musst.«

»Das habe ich dir doch schon erklärt, Catherine«, gab er müde zurück. Das Letzte, was er jetzt wollte, war eine Diskussion darüber, ob es richtig war, Untersuchungen gegen den Buchhalter anzustellen. »Ich vermute, dass er mit jemandem, der unserem Haus schaden wollte, gemeinsame Sache gemacht hat.«

»Aber dafür hast du doch keinerlei Beweise. Nur die Aussage deines Assistenzarztes. Der nicht einmal unserer Gemeinschaft angehört.«

Louis schnaubte. »Es ist nicht nur Kirchfelds Beobachtung. Gruber ist auch schon in anderer Hinsicht unangenehm aufgefallen. So sehr, dass sich mein Assistenzarzt genötigt sah, ein Auge auf ihn zu haben.« Letzteres konnte er nur vermuten, aber schlussendlich kam es auf dasselbe hinaus.

»Und dass Kirchfeld einfach nur Grubers Zimmer haben möchte? Hast du daran schon einmal gedacht?«

»So ist Kirchfeld nicht. Er ist ein guter Arzt, stets freundlich und anständig. Ich traue ihm so einen niederen Grund nicht zu. Außerdem hat er eine Wohnung in der Stadt.«

Louis blickte zu der Kommode, auf der ein Foto von ihnen zusammen mit seinem Vater stand. Catherine wusste nichts von dem, was er heute Nachmittag erfahren hatte. Sollte er es ihr offenbaren? Immerhin war sie seine Frau, und er hatte am Altar geschworen, keine Geheimnisse vor ihr zu haben.

Aber hatte sie Geheimnisse vor ihm?

Louis gab sich einen Ruck »Gruber hat unserer Greta erzählt, dass er dich bei einem Stelldichein mit Dr. Harrow gesehen hat.«

Schweigen folgte seinen Worten. Er sah, wie Catherine kreidebleich wurde.

»Das … hat er doch nicht wirklich …«

»Hat er damit recht?«, fragte Louis weiter.

»Nein, natürlich nicht!« Catherine klappte das Buch zusammen und wollte es auf den Nachttisch legen, doch es fiel ihr aus der Hand. »Ich … ich würde niemals …« Sie stockte und rang sichtlich nach Worten.

»Harrow liegt dir am Herzen, nicht wahr? Wenn du damals die Wahl gehabt hättest zwischen ihm und mir – für wen hättest du dich entschieden?«

»Diese Wahl hatte ich aber nicht«, erwiderte Catherine ausweichend.

»Aber wenn … Du hättest ihn genommen, nicht wahr?«

Wieder schwieg sie für eine Weile. Ihr Gesicht blieb bleich, und ihre Augen funkelten unstet. Eine Falte erschien zwischen ihren Augenbrauen. »Ich weiß es nicht, Louis. Bitte glaube mir: Ich habe nichts getan, was gegen unser Ehegelübde verstoßen hätte.«

Louis schwieg. Traurigkeit senkte sich über ihn herab wie ein schweres Tuch.

»Ich habe dir die Treue geschworen, und diesen Schwur werde ich nie brechen. Aber …« Sie stockte.

»Aber?«

»John ist mein Freund aus Jugendzeiten. Und ja, er war meine erste Liebe. Eine Liebe, die nie Erfüllung gefunden hat. Vor dem Altar habe ich mich für dich entschieden.«

»Dann hat sich Gruber das alles nur ausgedacht?«

Catherine atmete tief durch und faltete die Hände vor sich auf dem Schoß.

»Ich habe mit John gesprochen. Vor der Schutzhütte. Ich habe nicht bemerkt, dass wir belauscht wurden. Das ist alles.« Sie blickte ihm direkt in die Augen. »Du weißt, dass ich die Wahrheit sage.«

Louis nickte. Er hatte keine Beweise, dass es anders gewesen wäre. Wohl oder übel musste er seiner Frau vertrauen.

»Dennoch muss ich Gruber aus dem Haus haben«, sagte er. »Ich werde Vater anrufen, ob wir eine Lösung finden können, die keinen von uns gefährdet. Was würde Gruber davon abhalten, diese Geschichte in ausgeschmückter Version durch die Gegend zu tratschen?«

Catherines Blick wurde finster. »Wenn er das beabsichtigt, kann er mich auch anderswo schlechtmachen und als Ehebrecherin darstellen.«

»Nicht, wenn wir ihm etwas geben, was für ihn von Vorteil ist.« Louis überlegte kurz, dann fügte er hinzu: »Und ich weiß auch schon, was das sein könnte.«

38. Kapitel

Zehlendorf, 8. Dezember 1921

Die folgenden Tage verbrachte Hanna in der Schwebe. Gruber kehrte ins Haus zurück, und beinahe jeder erwartete, dass der Chef ihn zu sich zitieren und entlassen würde. Doch nichts dergleichen geschah.

Hanna traute sich genauso wenig wie die anderen, das Thema anzusprechen.

Sie bekam mit, dass der Doktor zwei Buchprüfer einlud, um die Bilanz des Krankenhauses zu kontrollieren.

»Ich will sichergehen, dass alles in Ordnung ist, ehe dieser Wiedemann noch auf die Idee kommt, uns einen weiteren Strick zu drehen«, sagte Dr. Conradi zu ihr.

Am Donnerstag vor dem dritten Advent rief Dr. Conradi Herrn Gruber schließlich zu sich. Hanna wollte sich schon zum Gehen wenden, doch er bat sie, als Zeugin zu bleiben.

Gruber wirkte ein wenig verwirrt, als er durch die Tür des Sprechzimmers trat.

»Darf ich fragen, warum Sie mich rufen?«, erkundigte er sich und schaute zu Hanna. Diese hielt seinem Blick stand und zwang sich, die Aufregung, die sie unwillkürlich überfiel, zu unterdrücken. Würde der Doktor jetzt die Kündigung aussprechen?

»Bitte setzen Sie sich doch, Herr Gruber«, bot der Doktor dem Buchhalter einen Platz an und deutete auf die Stühle vor dem Schreibtisch.

Etwas widerwillig folgte Gruber der Aufforderung. Hanna entging nicht, dass Schweißperlen auf seine Stirn traten.

»Vor einem halben Jahr sind Sie zu uns gekommen, um die Buchhaltung des Hauses zu übernehmen.«

»Das stimmt, Herr Doktor.« Grubers Nervosität schien weiter zu wachsen. Unruhig zupfte er an seinen Manschetten.

»Nun, mir ist gestern ein Schreiben von unserer Kirchenleitung in der Schweiz zugegangen«, fuhr Dr. Conradi fort und nahm einen Brief in die Hand, der vor ihm auf der Schreibtischplatte gelegen hatte. »Man wünscht, Sie nach Bern zu versetzen, in die Hauptverwaltung.«

Grubers Augen weiteten sich überrascht. »Man fordert mich in Bern an?«

»Ja, und zwar schon übermorgen. Man braucht dort dringend einen Buchhalter, und so ungern ich Sie gehen lasse, möchte ich Ihnen diese Gelegenheit nicht vorenthalten.«

Auf Grubers Gesicht begann es zu arbeiten. Hanna fragte sich, ob er die Absicht des Doktors durchschaute oder ob er sich geehrt fühlte.

»Aber kann ich Sie denn einfach so im Stich lassen?«, fragte er schließlich. »Wer soll sich um die Finanzen kümmern, wenn ich weg bin?«

»Ich habe während der Aufbauarbeit mit Bruder Bridde viel gelernt. Außerdem hat die Gemeinschaft so viel für mich getan, da wird es Zeit, dass wir etwas zurückgeben.« Conradi lehnte sich über den Tisch und faltete die Hände. »Natürlich überlasse ich Ihnen die Entscheidung, aber die Gemeinschaft braucht Sie in Bern. Wir schaffen das hier schon, doch dort herrscht echte Not.«

Gruber senkte den Blick auf seine Hände, überlegte und sagte nach einer ganzen Weile: »Also gut. Ich nehme den Ruf an.«

»Wunderbar!«

Hanna fand, dass der Ausruf des Doktors ein wenig zu enthusiastisch klang, aber Gruber schien das nicht zu merken.

»Ich werde gleich mit Bern telefonieren und Ihre Anreise avisieren. Machen Sie mir Ehre drüben in Bern, Herr Gruber.« Damit stand Dr. Conradi auf und reichte ihm die Hand.

Als der Buchhalter gegangen war, ließ er sich wieder auf seinen Schreibtischstuhl fallen. Hanna merkte ihm seine Erleichterung deutlich an.

Natürlich hatte man Gruber nicht angefordert, weil man von seinem Können überzeugt war. Der Doktor hatte ihr erzählt, dass es seinen Vater einiges an Überredungskunst gekostet hatte, die Herrschaften davon zu überzeugen, dass der Buchhalter für die Arbeit im Krankenhaus nicht geeignet war.

Nach einigem Hin und Her war es Richard Conradi schließlich gelungen, Grubers baldige Versetzung nach Bern zu erreichen.

»Hanna, haben wir draußen Patienten?«, riss Dr. Conradi sie aus ihren Gedanken, worauf sie zur Tür ging und hinausschaute.

»Nein, Herr Doktor, da sitzt niemand«, antwortete sie, als sie wieder hereinkam. Sie strahlte übers ganze Gesicht. »Das haben Sie richtig gemacht. Sehr elegant.«

»Nun, wir wollen uns doch keine Kriegsfront einhandeln, wenn es nicht nötig ist.« Er straffte die Schultern und stand auf. »Dann werde ich jetzt mal meinen Vater anrufen. Immerhin ist die Berufung sein Verdienst.«

Beschwingt sprang Hanna zur Tür und hielt sie ihm mit einem fröhlichen Augenzwinkern auf.

In der Mittagspause holte Hanna ihren Mantel und setzte sich für einen Moment in den Park. Ab und an brach die Sonne durch die dicken Wolkenschichten und tauchte die Bäume und Wiesen in goldenes Licht. Die eisige Luft ließ den Atem vor ihrem Mund zu kleinen Wölkchen gefrieren. Bei diesem Wetter brachte man die Patienten nur dann ins Freie, wenn ihnen frische Luft vom Doktor verordnet wurde, doch im Moment war niemand draußen. Bis auf den Wind, der durch den angrenzenden Wald und ums Haus strich, und vereinzeltes Tellerklappern aus der Küche war kein Geräusch zu vernehmen.

Das Knirschen von Schritten auf Schotter durchbrach die Stille. Hanna blickte zur Seite und sah Herrn Kirchfeld auf sie zukommen.

Auch er hatte seinen Mantel über den Kittel geworfen. Und wie es aussah, wollte er geradewegs zu ihr.

»Schnappen Sie ebenfalls ein wenig frische Luft?«, fragte Hanna.

»Nein, eigentlich möchte ich mit Ihnen reden. Darf ich?« Er deutete auf die freie Bankseite. »Der Doktor hat uns Ärzten soeben mitgeteilt, dass wir Herrn Gruber nach Bern verabschieden werden. Was für eine Entwicklung!«

»Ja, überraschend, nicht?« Sie blickte zur Seite. »Sie wissen gar nicht, wie erleichtert ich bin. Dr. Conradi hat wirklich eine gute Lösung für das Problem gefunden.«

»Nun, wie es aussieht, werden wir beide kommendes Frühjahr einen Spaziergang um den Schlachtensee machen.« Kirchfeld schmunzelte. »Ich bin mir nur nicht ganz sicher, ob Gruber von seiner Berufung angetan ist. Ich war kurz im Zimmer, um meine Zigaretten zu holen, und habe mitbekommen, dass er beim Packen ziemlich unwirsch vor sich hin gemurmelt hat.« Er zog die Schachtel aus der Tasche.

»Sie sollten damit aufhören«, sagte Hanna streng und deutete mit dem Kinn auf die Zigaretten, doch sie lächelte dabei. »Haben Sie verstehen können, was er sagte?«

»Nein. Dafür habe ich mitbekommen, wie er den Umschlag schnell in seiner Tasche verschwinden ließ.«

Hanna seufzte. »Es ist nicht gerecht, dass Menschen wie er mit ihren Taten auch noch durchkommen.«

»Warum hat der Doktor ihn nicht einfach auf die Straße gesetzt?«, fragte Kirchfeld.

Hanna kannte die Antwort, aber das war etwas, das sie ihm unter keinen Umständen mitteilen konnte.

»Weil er ein guter Mensch ist«, erwiderte sie daher nur.

»Dann muss er ein sehr guter Mensch sein, denn ein solcher Verrat würde bei mir dazu führen, dass ich den Schuldigen nie wieder sehen wollte.«

Hanna betrachtete Kirchfelds Gesichtszüge, seine Augen. Er war ein äußerst attraktiver Mann, und er war bereit, Risiken auf sich zu nehmen. Wer wusste schon, was geschehen wäre, wenn Gruber oder der geheimnisvolle Fremde ihn bemerkt hätten?

Ihr war nicht entgangen, dass sie Gefühle für Dr. Conradi entwickelte, doch genauso wenig war ihr entgangen, dass dieser für sie unerreichbar war. Warum sollte sie sich nicht auf Kirchfeld einlassen? Es war keine Liebe, die sie für ihn empfand, aber sie mochte ihn. Trotz der Frechheit, die er im vergangenen Jahr an den Tag gelegt hatte.

»Wir brauchen nicht bis zum kommenden Frühjahr zu warten«, sagte sie unvermittelt. Als Kirchfeld sie verdutzt ansah, fügte sie eilig hinzu: »Ich meine, mit dem Spaziergang. Ich weiß, dass der Doktor Ihnen über Weihnachten freigibt. Der Vierundzwanzigste fällt in diesem Jahr auf einen Sabbat, damit habe auch ich frei. Wenn Sie möchten, können wir dann gern unseren Spaziergang machen.«

»Feiern Sie denn gar nicht Weihnachten?«

»Nicht so, wie Sie es vielleicht tun«, antwortete Hanna. »Natürlich werden wir den Sabbat an dem Tag besonders gestalten. Aber auch über Weihnachten sind Patienten hier, also werden wir am Sonntag wieder an die Arbeit gehen.«

Hanna bemerkte Kirchfelds Verwirrung. »Nun schauen Sie doch nicht so drein. Zum Jahreswechsel wird es eine Jahresendfeier geben, zu der alle eingeladen werden. Sogar die Patienten, die ihre Betten verlassen können.«

»Ich hatte schon befürchtet, dass Sie sich gar kein Vergnügen gönnen.«

»Das ist nicht der Fall, das versichere ich Ihnen.« Hanna blickte ihn an. Seine Augen funkelten. »Also, haben wir eine Verabredung für den Nachmittag des Vierundzwanzigsten? Ich meine, wenn Sie lieber an Heilig…«

»Ja!«, platzte er heraus. »Ja, ich würde liebend gern am Heiligen Nachmittag mit Ihnen spazieren gehen!«

Gruber reiste tatsächlich am kommenden Morgen ab. Viel mitzunehmen hatte er nicht. Mit einem Koffer war er ins Waldfriede gekommen, mit etwas mehr als einem Koffer ging er.

Das Wissen, dass in seinem Gepäck der Umschlag mit dem Geld steckte, nagte an Hanna. Was könnten sie mit dem Betrag hier im Waldfriede bewirken! Aber es war besser, dass er ging. Und sie war froh, dass diese Gefahr von ihrem Haus abgewendet worden war.

»Und wen werden Sie jetzt als Buchhalter einsetzen?«, fragte Hanna den Doktor, als sie ins Sprechzimmer zurückkehrten. Die Verabschiedung hatte nicht lange gedauert, und in den meisten Gesichtern, besonders in denen der Küchenmädchen, hatte Hanna Erleichterung gesehen.

»Ich weiß nicht. Vielleicht sollte ich einen der Buchprüfer ansprechen, wenn sie hier ankommen. Den beiden eilt ein guter Ruf voraus. Ich hoffe nur, sie finden keine gravierenden Missstände, die mich bereuen lassen, dass ich Gruber einen unbehelligten Abgang ermöglicht habe.«

39. Kapitel

Zehlendorf, 24. Dezember 1921

Die Buchprüfer arbeiteten konzentriert und waren so unauffällig, dass man sie im täglichen Betrieb kaum wahrnahm. Hanna bekam sie lediglich zu Gesicht, wenn Dr. Conradi sie in sein Sprechzimmer bat. Als das Weihnachtsfest nahte, entspannte sich die Situation im Krankenhaus etwas. Viele Patienten wurden vor den Feiertagen nach Hause geholt oder entlassen. Die Stimmung in den Gängen hellte sich auf.

Am Morgen des vierundzwanzigsten Dezembers hielt es Hanna vor Aufregung kaum noch aus. Immer wieder betrachtete sie sich im Spiegel, drückte an ihrer Frisur herum, zupfte an ihrem Kleid. Sie hatte ihre Haare heute zu einem lockeren Dutt geschlungen und die losen Haarsträhnen an der Seite mit den Fingern zu kleinen Ringeln geformt. Um keinen Verdacht zu erregen, wenn sie sich nachher verabschiedete, trug sie das Kleid für den Spaziergang bereits jetzt. Aus ein paar Stoffresten, die sie später eingefärbt hatten, hatte Leni ihr ein schmales dunkelblaues Kleid gezaubert, mit einem überknielangen Rock, einem weißen Kragen und leicht gebauschten Ärmeln. Eigentlich hatte sie es zur Jahresendfeier tragen wollen, aber jetzt erschien es ihr passend.

»Warum bist du so unruhig?«, fragte Leni.

Sie hatte bislang noch niemandem von dem Treffen mit Herrn Kirchfeld erzählt. Einerseits weil sie nicht wollte, dass es irgendwer mitbekam, andererseits weil sie nicht wusste, wohin das führen würde.

»Ich bin doch gar nicht unruhig«, widersprach sie, doch ihrer Schwester konnte sie nichts vormachen.

»Es sieht fast so aus, als würdest du dich auf ein Rendezvous vorbereiten. Mit dem neuen Kleid … Du machst dich doch nicht etwa für Dr. Conradi so zurecht?«

Glücklicherweise war Rosa in der Küche, und Else hatte die Erlaubnis erhalten, übers Wochenende zu ihren Eltern zu fahren.

»So etwas solltest du auf keinen Fall laut aussprechen!«, rief Hanna aufgebracht. »Was sollen denn die anderen denken?«

»Den anderen wird auch aufgefallen sein, wie du den Chef anhimmelst.«

»Ich himmele niemanden an!«, verteidigte sich Hanna und fragte sich, ob sie tatsächlich so auf die anderen wirkte. Gleichzeitig wusste sie, dass ihre Antwort nicht ganz der Wahrheit entsprach.

»Dann geht es also nicht um ihn?«

»Ich treffe mich nach dem Gottesdienst und der Bibelstunde mit Herrn Kirchfeld«, gab Hanna zu, denn sie wusste, dass Leni keine Ruhe geben würde.

Ihre Schwester riss erstaunt Augen und Mund auf, dann begann sie zu lachen.

»Was ist denn so lustig?«, fragte Hanna ein wenig ärgerlich.

»Du und Kirchfeld!« Leni klatschte in die Hände. »Ich dachte, ihr könnt euch nicht leiden!«

»Das habe ich nie behauptet.« Hanna presste die Lippen zusammen. Vielleicht hätte sie doch nicht so dick auftragen sollen mit dem Kleid und der veränderten Frisur.

Es dauerte eine ganze Weile, bis sich ihre Schwester wieder beruhigt hatte. »Unsere Eltern werden sich freuen. Ein Arzt in der Familie …«

»Ich gehe nur mit ihm spazieren, nichts weiter.« Hanna wollte in diesem Augenblick noch nicht an Heirat denken. Jetzt ging es ihr nur darum, einen möglichst guten Eindruck auf den jungen Assistenzarzt zu machen.

»Aus solchen Spaziergängen kann schnell mehr werden«, frotzelte Leni, aber Hanna spürte, dass sie sie nur necken wollte.

»Das werden wir ja sehen«, gab sie zurück und überprüfte erneut ihr Aussehen im Spiegel.

Leni schwieg eine Weile, dann sagte sie: »Nun, vielleicht ist es gut, wenn du hier im Haus jemanden hast, an den du dein Herz hängen kannst.«

Hanna wollte gerade zu einer Erwiderung ansetzen, als sie den ernsten Blick ihrer Schwester bemerkte.

»Du, Hanna, ich glaube, ich muss dir etwas sagen …«

Aus Erfahrung wusste Hanna, dass dies meist nichts Gutes bedeutete. Ihr Pulsschlag beschleunigte sich.

»Was gibt es denn?«, fragte sie.

»Nun … Bruder Schubert ist an mich herangetreten. Er fragte mich, ob ich Interesse habe, als Köchin für das Gemeindebüro in der Uhlandstraße zu arbeiten.«

Hanna ließ sich auf die Bettkante sinken. »Du willst das Waldfriede verlassen?«

»Ich bin mir noch nicht sicher«, antwortete Leni zögernd. »Aber es hörte sich schon gut an.«

»Inwiefern?«, fragte Hanna, darum bemüht, sich ihre Enttäuschung nicht anmerken zu lassen. Sie hatte sich ausgemalt, dass sie und Leni viele Jahre gemeinsam im Waldfriede verbringen würden. Und nun wollte sie von hier fort?

»Ich hätte eine kürzere Arbeitszeit und müsste wesentlich weniger Menschen versorgen. Außerdem würde ich einen zusätzlichen halben Tag freibekommen und einen angemessenen Lohn erhalten.«

Angemessenen Lohn? Hanna wusste nicht, was sie dazu sagen sollte. Sie erhielten hier keinen wirklichen Lohn, eher ein Taschengeld. Dafür hatten sie Kost und Logis frei.

»Gesetzt den Fall, dass ich annehme, will mich Bruder Schubert in der Dachgeschosswohnung über dem Büro einquartieren. Stell dir vor, eine eigene Wohnung, nur für mich!« Daran, wie ihre Augen leuchteten, erkannte Hanna, wie sehr ihrer Schwester die Aussicht gefiel, eigene Räumlichkeiten zu bewohnen, dennoch war sie nicht ganz begeistert. Im Krankenhaus war Leni behütet und versorgt. Wie würde es mitten in Berlin sein?

»Es gefällt dir nicht, oder?«

»Ich …« Hanna stockte. Wie würde sie sich fühlen, wenn Leni versuchte, sie von einer Entscheidung abzubringen?

Leni zog fragend die Augenbrauen hoch.

»Ich freue mich für dich«, sagte sie dann.

»Wirklich?«

»Wirklich«, bestätigte sie. »Es ist ein gutes Angebot, und wenn du es unbedingt annehmen möchtest, solltest du das tun.«

Leni klatschte in die Hände. »Ach, Hanna, das ist wunderbar! Ich werde dich auch regelmäßig besuchen, und wer weiß, vielleicht fällt in der Küche etwas ab, das ich dir mitbringen darf. Außerdem höre ich dann vielleicht Neuigkeiten, die dich hier nicht erreichen.«

Sie fiel Hanna um den Hals.

Hanna hielt sie fest und versuchte, ihre Bedenken zu verdrängen. Womöglich war es an der Zeit, dass Leni ihre Flügel ausbreitete und eigene Erfahrungen sammelte.

Als Hanna den Speisesaal betrat, hatte sie das Gefühl, dass die Augen sämtlicher Männer auf sie gerichtet waren. Auch die anderen Frauen hatten sich an diesem Sabbatmorgen besser gekleidet, dennoch kam sie sich vor, als würde sie nackt durch die Tür treten.

Ihr entging nicht, dass die Schwestern sie mit großen Augen ansahen. Marias Miene verzog sich ein wenig, doch davor fürchtete sich Hanna nicht mehr.

Froh darüber, an ihrem Platz angekommen zu sein, ließ sie sich auf den Stuhl sinken. War es wirklich eine gute Idee gewesen, sich schon so fein zu machen?

Auch Dr. Conradis Blick, der zusammen mit seiner Frau, Dr. Steiner und den beiden Buchprüfern eintraf, blieb an ihr hängen. Ein Lächeln huschte über sein Gesicht, dann fing er eine Unterhaltung mit seinen Begleitern an.

Hannas Wangen begannen zu glühen. Rasch senkte sie den Blick und versuchte, sich auf das Gesangbuch vor ihr zu konzentrieren.

Der Weihnachtsmorgen begann mit einem Gottesdienst und einer kleinen Rede, in der Dr. Conradi allen für die Arbeit des zurückliegenden Jahres dankte. Außerdem informierte er die Belegschaft darüber, wie dieser besondere Tag verlaufen sollte. Neben dem Zeitraum, der den Angestellten – außer jenen, die auf Station bleiben mussten – zur freien Verfügung stand, würde es am Abend ein festliches Abendessen geben, an dem alle Mitglieder ihrer kleinen Gemeinde teilnehmen wollten. Um den Schwestern, die auf den Stationen Dienst taten, die Teilnahme zu ermöglichen, würden jene, die in der ersten Schicht fei erten, die Arbeit der anderen während der zweiten Schicht der Feier übernehmen.

Das fand den allgemeinen Applaus der Zuhörer.

Als der Gottesdienst vorüber war, verabschiedete sich Hanna. Die Wolken am Himmel hatten sich zugezogen, leichter Nieselregen fiel. Das und Lenis Neuigkeiten vergällten ihr ein wenig die Vorfreude auf den Spaziergang mit Kirchfeld. Hanna wusste, dass sie ihrer Schwester nun nichts mehr vorschreiben konnte. Leni war volljährig, was bedeutete, dass auch ihre Eltern kein Mitspracherecht mehr hatten. Doch welche Vorhaltungen würden sie ihr machen, wenn sie ihnen erzählte, dass Leni das Waldfriede verlassen hatte und sie sie somit nicht mehr im Auge behalten konnte!

Als sie Alexander Kirchfeld am Eingang zur Krummen Lanke erblickte, schob sie die trüben Gedanken kurz entschlossen beiseite. Später am Abend, wenn sie Dienst auf den Stationen tat, würde ihr noch genug Zeit zum Grübeln bleiben.

Als er sie sah, löste sich Alexander von dem Holzzaun, an dem er gelehnt hatte, nahm die Hände aus den Taschen seines dunkelgrauen Wollmantels und kam auf sie zu. Unter seinem eleganten Hut blitzten seine blauen Augen, und ein breites Lächeln trat auf sein Gesicht.

»Sie sind tatsächlich gekommen«, sagte er und breitete die Arme aus.

»Natürlich, was dachten Sie denn?«, gab sie zurück und spielte einen Moment lang mit dem Gedanken, sich in seine Arme fallen zu lassen.

Stattdessen reichte sie ihm die Hand. Alexander ergriff sie, zog sie ein wenig an sich und legte ihr beschützend den Arm um die Schulter. »Kommen Sie, ich halte Sie. Die Treppen runter zum See sind ein wenig rutschig.«

Hanna wusste, dass dies nur ein Vorwand war. Natürlich hatte der Regen einen feuchten Film auf den Steinen hinterlassen, aber Frost lag nicht mehr in der Luft. Das Wetter hatte sich kurz vor Weihnachten komplett verändert und war zu einer diesigen Suppe geworden.

Dennoch ließ sie sich von ihm die Treppe hinabführen.

Trotz der grauen Wolken bot der See einen grandiosen Anblick. An einigen Bäumen hingen vereinzelt noch ein paar leuchtend gelbe Blätter, andere sammelten sich am Ufer zu einem Teppich aus verschiedenen Gelbnuancen. Auf dem See zogen einige Enten ruhig ihre Kreise.

»Wie hübsch muss es hier erst im Frühling sein«, überlegte sie laut und bedauerte es ein wenig, in den zurückliegenden Monaten nicht mehr Zeit gefunden zu haben, um hier spazieren zu gehen.

»Es ist geradezu himmlisch, wenn an den Bäumen grüne Knospen sprießen«, pflichtete Kirchfeld ihr bei, während sie über eine kleine Brücke schlenderten, die mit einem kunstvoll verzierten, gusseisernen Geländer versehen war. »Aber auch der Sommer hat seinen Reiz. Allerdings sollten Sie dann nur mit dem Uhrzeigersinn den See umrunden.«

»Wieso«, fragte Hanna. »Trägt der Wind sonst unangenehme Gerüche mit sich?«

»Nein, aber wenn Sie andersherum gehen, könnten Sie auf Nudisten treffen, die sich auf einem Wiesenstück sonnen, das nur von dort einsehbar ist. Ich weiß nicht, ob das etwas für Ihr zartes Gemüt wäre.«

Hanna lachte auf. »Da kennen Sie mich aber schlecht. Es wäre nicht das erste Mal, dass ich einen nackten Menschen zu Gesicht bekomme. Immerhin bin ich eine Krankenschwester.«

»Das sind Sie«, gab Kirchfeld zu. »Allerdings macht es einen Unterschied, ob jemand nackt auf dem Krankenbett liegt oder Freiübungen auf der Wiese macht.«

»Es ist derselbe Mensch«, gab Hanna zu bedenken. »Ich bin da nicht schamhaft. Sie?«

»Nein, nicht im Geringsten. Obwohl ich mir äußerst ungern einen nackten Mann anschauen würde, der einen Hampelmann macht.«

Hanna prustete los, und er stimmte in das Gelächter ein.

»Erzählen Sie mir doch, woher Sie kommen«, forderte Hanna ihn auf, nachdem sie sich ein wenig beruhigt hatten.

»Wie ich schon sagte: Mein Vater besitzt den Feinkostladen auf der Hauptstraße.«

Hanna blickte ihn überrascht an. »Dann haben Sie die Sachen damals also gar nicht gekauft?«, fragte sie mit gespielter Empörung.

Alexander wurde rot und kratzte sich verlegen am Kopf. »Nun ja, ich ... Ich habe meinen Vater immerhin gefragt.«

»Wollte er nicht wissen, wofür Sie die Marmelade und Sardinen brauchen?«

»Er ist immer sehr beschäftigt.«

»Sie haben ihm also verschwiegen, dass Sie die Sachen wollen, um einen Kuss von einer wildfremden Schwester zu ergaunern.« Hanna lachte auf und schlug ihm auf den Arm. »Sie sind mir einer!«

»Ich wollte Ihnen wirklich helfen. Und ich habe mich für mein übergriffiges Verhalten doch schon entschuldigt.«

»Das haben Sie.« Hanna betrachtete ihn schmunzelnd, dann fragte sie: »Wurden Sie denn hier in Berlin geboren?«

»Ja, ich bin ein waschechter Berliner. Auch wenn man mir das nicht anhört. Meine Mutter stammt aus Schlesien und hat immer streng darauf geachtet, dass ich nicht den Akzent der Berliner Kinder annehme.« Er blickte sie an. »Und was ist mit Ihnen? Woher stammen Sie? Eine Berlinerin sind Sie ganz sicher nicht, so viel steht schon einmal fest.«

»Ich komme aus Magdeburg.«

»Die Stadt hat einen wunderschönen Dom. Und eine bewegte Geschichte. Hat der Generalissimus Tilly nicht die Stadt bis auf das Gotteshaus niedergebrannt?«

Es war das erste Mal, dass sie jemand auf die Geschichte ihrer Stadt ansprach.

»Ja, jedenfalls erzählte man uns das im Geschichtsunterricht.« Hanna war beeindruckt. Alexander war wesentlich kultivierter als Martin, auch das Träumerische, das sie an Martin gesehen hatte, wenn er über seinen Erfindungen brütete, fehlte ihm. Dennoch wirkte er wie ein Mann, der es verstand, sie zu halten und ihr Wärme zu geben. Das war eine Eigenschaft, die auch Martin besessen hatte.

»Woher haben Sie Ihre Narbe?«, fragte Hanna. Das war es, was ihr damals als Erstes an ihm aufgefallen war und weshalb sie ihn für einen Mann gehalten hatte, der aus dem Krieg gekommen war.

»Die verdanke ich einem Kommilitonen«, antwortete er. »Meinem Vater zuliebe bin ich in eine schlagende Burschenschaft eingetreten.«

Hanna blieb stehen und streckte die Hand aus, um den hellen Wulst zu berühren. Kirchfeld zuckte zurück.

»Entschuldigen Sie bitte«, sagte Hanna verlegen. Wie kam sie nur dazu, ihn ohne seine Erlaubnis berühren zu wollen?

»Nein, es ist alles gut«, gab er ein wenig verwirrt zurück und streckte ihr dann die Wange hin. »Berühren Sie sie ruhig.«

Zögerlich hob Hanna die Hand, und wenig später zeichneten ihre Finger die Spur der Klinge nach, die seine Haut geritzt hatte. Sie wusste natürlich, was eine »schlagende Verbindung« war. Viele Ärzte und auch andere Studierte trugen ein solches Mal. Es war Brauch bei den Burschenschaften, das Mensurfechten zu praktizieren. Einen sogenannten »Schmiss« zu erhalten, war Teil der Rituale, die diese Männer auf Lebenszeit verbanden. Allerdings hatten Burschenschaftler nicht den besten Ruf, was Frauen anging.

»Sind Sie noch in dieser Bruderschaft?«, fragte Hanna skeptisch.

»Nein«, antwortete Kirchfeld sofort. »Es hat … Querelen gegeben. Ich konnte mich immer weniger mit den Werten dieser Verbindung identifizieren. Mein Vater wurde fuchsteufelswild, als er erfuhr, dass ich ausgetreten bin, denn er war der Meinung, ich könnte die Kontakte im späteren Leben gebrauchen. Aber ich war froh, nicht mehr an den Treffen teilnehmen zu müssen, bei denen es nur darum ging, den Kaiser aus dem Exil zurückzuholen. Ich bin froh, dass wir endlich den Schritt in die neue Zeit gewagt haben. Die Demokratie mag zwar noch auf wackligen Beinen stehen, aber eines Tages wird sie stark genug sein, um sich ihren Feinden zu stellen. Dann werden auch die Letzten einsehen, dass wir keinen Kaiser mehr brauchen.«

Eine Weile sahen sie sich an, dann fragte Kirchfeld: »Hätten Sie etwas dagegen, wenn ich Ihre Hand halte?«

»Keineswegs«, gab sie zurück und streckte ihm die Hand entgegen. Er umschloss sie mit seiner, dann verhakten sie ihre Finger und setzten den Spaziergang fort. Das Geräusch ihrer Schritte vermischte sich mit dem leisen Prasseln des Regens und einem vereinzelten Knacken im Geäst über ihnen.

Als Hanna zur Seite schaute, entdeckte sie zwischen den Ästen eines umgestürzten Baumes ein kleines Boot. Es wirkte, als sei es schon seit dem Sommer nicht mehr benutzt worden. Kirchfeld bemerkte ihren Blick und fragte: »Hätten Sie Lust auf eine kleine Bootsfahrt?«

»Bei dem Wetter?«, wehrte Hanna ab. Die Erinnerung an den Sommer 1916 stieg wieder in ihr auf. Die letzte Bootsfahrt mit Martin. Das Versprechen, sie zu heiraten, wenn er aus dem Krieg zurückkehrte. Seitdem schien eine Ewigkeit vergangen zu sein.

»Ein bisschen Nieselregen macht einer Frau wie Ihnen doch sicher nichts aus.« Der Assistenzarzt schmunzelte, und Hanna erkannte, dass sein Vorschlag nicht ernst gemeint war. Dennoch hatte er eine Saite in ihrem Inneren zum Klingen gebracht.

»Vielleicht sollten wir damit bis zum Sommer warten«, schlug sie vor. »Dann wird es angenehmer sein. Ich möchte den Kahn nicht ausschöpfen müssen, um ihn vor dem Sinken zu bewahren.«

»Sie sind wirklich eine sehr ungewöhnliche Frau«, sagte Kirchfeld leise. »Also gut, warten wir auf den Sommer.«

Sie spazierten weiter, und Hanna fragte sich, ob sie bei Kirchfeld je dasselbe empfinden würde wie bei Martin.

»Ich überlege gerade, ob ich Dr. Conradi um das Zimmer von Herrn Gruber bitten soll«, sagte Kirchfeld unvermittelt. »Ich weiß, dass er nur Mitglieder Ihrer Gemeinschaft in den Wohnräumen haben will, aber vielleicht macht er eine Ausnahme.« Er lächelte. »Dann könnten wir uns vielleicht mal bei mir zu einem Kaffee treffen.«

Hannas Wangen begannen zu glühen. Kirchfeld im Haus zu haben, erfreute und beunruhigte sie zugleich. Sie wünschte sich, allein mit ihm zu sein, doch wenn jemand sie erwischte … In diesem Augenblick wollte sie vor allem an einem warmen Ort mit ihm sein, denn die feuchtkalte Luft durchdrang ihren Mantel, ihre Nasenspitze fühlte sich schon wie ein Eiszapfen an.

»Das wäre schön«, pflichtete sie ihm bei.

»Wirklich?«, fragte Kirchfeld mit einem schelmischen Unterton. »Dann wollen Sie mich also in Ihrer Nähe haben?«

»Glauben Sie denn, ich würde mit Ihnen spazieren gehen, wenn das nicht der Fall wäre?«

»Eigentlich nicht«, sagte er und blieb stehen. Der Himmel zog sich immer mehr zu, über ihnen stießen Krähen ihre Schreie aus. »Ich mag Sie wirklich sehr, Hanna. Und das schon seit dem Moment, als ich Sie das erste Mal sah.«

»Sie meinen, vor dem Schaufenster des Feinkostladens?«

»Genau! Glauben Sie mir, ich hätte Sie nicht angesprochen, wenn ich nicht von Ihnen fasziniert gewesen wäre.« Er machte eine Pause und blitzte sie schelmisch an. »Außerdem habe ich als Assistenzarzt ein Faible für Krankenschwestern.«

»Waren Sie denn bereits mit einer liiert?«, wollte Hanna wissen.

»Ich war sogar schon einmal verlobt«, antwortete er, worauf sie erschrocken die Augen aufriss.

»Was ist passiert, dass Sie es nicht mehr sind?« Im nächsten Augenblick wurde ihr klar, wie intim diese Frage war. »Verzeihen Sie, das geht mich nichts an.«

Kirchfeld drückte ihre Hand. »Der Vater meiner Auserwählten war dagegen. Wer will schon einen Assistenzarzt zum Schwiegersohn, wenn er einen Oberarzt bekommen kann?« Er blickte auf seine Schuhspitzen.

»War sie eine Krankenschwester?«

»Nein, sie stammte aus einer Kaufmannsfamilie. Deshalb dachte ihr Vater wohl so. Seinem Einfluss auf seine Tochter hatte ich nichts entgegenzusetzen.«

»Nun, vielleicht hat sie Sie gar nicht wirklich geliebt«, gab Hanna zu bedenken und fragte sich, was ihre Eltern sagen würden, wenn sie einen Mann mitbrächte, der nicht ihrem Glauben angehörte.

»Das wäre möglich.« Kirchfeld sah ihr in die Augen. »Hätten Sie etwas dagegen, mich Alexander zu nennen?«

Hanna zog die Augenbrauen hoch. Er nannte sie ohnehin schon beim Vornamen, aber dasselbe bei ihm zu tun …

»Nein«, hörte sie sich sagen. »Dagegen habe ich nichts.«

»Also gut, Hanna.« Er lächelte und schien auf etwas zu warten.

»Also gut, Alexander«, echote sie.

Eine Weile blickten sie sich in die Augen, dann legte Alexander den Arm um sie.

Ihr Herz begann zu klopfen. Sie spürte, dass er sie küssen wollte, doch plötzlich hatte sie wieder Martin vor sich. Wie ein Blitz traf sie die Erinnerung an sein Gesicht in jener schicksalhaften Todesnacht. Die entstellten Lippen, die leeren Augen. Das Grauen, das sie damals gefühlt hatte, überfiel sie erneut.

Als Alexanders Lippen ihren Mund trafen, stemmte sie die Hände gegen seine Brust und stieß ihn zurück.

»Nicht!«, keuchte sie.

»Was ist?« Alexander blickte sie verwirrt an.

Für einen Moment war Hanna wie gelähmt. Ihr Herz raste, und kalter Schweiß überzog ihren Körper. Das Bild von Martin verschwand im nächsten Augenblick, doch das Unwohlsein blieb.

»Tut mir leid, wenn ich zu forsch war …«, sagte Alexander unsicher.

»Nein, Ihnen muss es nicht leidtun.« Hanna griff sich an die Stirn. Sie bekam kaum noch Luft. In ihren Ohren rauschte es. »Mir tut es leid. Ich kann nicht«, stieß sie hervor, dann eilte sie davon.

»Hanna, warten Sie!«, rief er ihr hinterher, aber sie drehte sich nicht um.

Ich ertrage seine Nähe nicht, ich ertrage seine Nähe nicht …, war das Einzige, was sie denken konnte. Plötzlich wollte sie nur noch allein sein. Allein in ihrem Zimmer im Waldfriede.

Mit Tränen in den Augen begann sie zu rennen.

40. Kapitel

Bei ihrer Rückkehr ins Krankenhaus erblickte sie einen schwarzen Wagen auf der Rotunde. Der Wirbelsturm in ihrem Inneren hatte sich etwas gelegt, aber die Traurigkeit nicht. Würde sie je über den Tod von Martin hinwegkommen?

Noch immer ein wenig durcheinander eilte sie zum Eingang.

Es kam vor, dass Patienten in privaten Fahrzeugen gebracht wurden, aber etwas an diesem Wagen kam ihr bekannt vor. Als sie näher trat, erkannte sie, dass er aus dem Sanatorium Friedensau kam. Gab es ein Problem? Vielleicht mit Gruber, der es sich mit Bern anders überlegt hatte?

Rasch eilte sie ins Haus. Sie wollte nicht, dass jemand sie so aufgelöst sah und fragte, was geschehen war.

Auf halbem Weg zu ihrem Zimmer kam ihr Rosa entgegen.

»Wir haben Besuch!«, rief das Hausmädchen. »Dr. Meyer aus Friedensau ist mit seiner Frau gekommen. Dr. Conradi sitzt mit ihm im Speisesaal beim Kaffee. Du sollst sofort zu ihnen kommen, wenn du wieder hier bist.«

Dr. Meyer? Auch das noch!, durchzuckte es Hanna. Zwar hatte sie es ihm zu verdanken, dass sie hier war, doch noch immer verband sie ihn mit dem Tod von Martin. Sie hatte ihm nie Vorwürfe gemacht, sich im Stillen aber hin und wieder gefragt, ob er wirklich alles für ihren Verlobten getan hatte.

»Was ist mit dir?«, fragte Rosa. »Geht es dir nicht gut? Hast du geweint?«

»Das liegt an der Kälte«, sagte Hanna schnell und senkte den Blick. »Ich lege nur rasch meinen Mantel ab und sage Dr. Meyer dann Guten Tag.«

Sie rannte an Rosa vorbei zu ihrem Zimmer und zog eilig die Tür hinter sich zu.

Ein Zittern rann durch ihren Körper, Tränen stiegen in ihre Augen. Tiefe Scham überkam sie. Ich hätte mich nicht auf diesen Spaziergang einlassen sollen, dachte sie. Ich bin noch nicht so weit. Vielleicht werde ich nie bereit für eine neue Liebe sein.

Für eine Weile starrte sie aus dem Fenster, dann riss sie sich zusammen. Man erwartete sie im Speisesaal! Nachdem sie ihre Augen mit kaltem Wasser bespritzt und ihr Kleid glatt gestrichen hatte, atmete sie noch einmal tief durch, straffte die Schultern und verließ das Zimmer.

Dr. Meyers Stimme war in dem Stimmengewirr, das aus dem Speisesaal drang, kaum auszumachen. An der Tür angekommen, stockte Hanna kurz, dann trat sie ein.

Der Arzt aus Friedensau und seine Ehefrau saßen neben den Conradis.

Warum hatte der Doktor ihr nicht gesagt, dass sie kommen würden? So wie Hanna Dr. Meyer kannte, war er keinesfalls ein Freund von spontanen Besuchen.

»Ah, Hanna!«, rief Dr. Conradi, als er sie erblickte. »Kommen Sie, begrüßen Sie Ihren alten Chef!«

Noch immer trug Dr. Meyer seinen Spitzbart, noch immer war sein Haar streng zurückgekämmt, sodass man einen Blick auf seine Geheimratsecken werfen konnte.

»Schwester Hanna, was für eine Freude!«, begrüßte er sie und erhob sich. Eine Umarmung wäre nicht passend gewesen, doch beide reichten sich herzlich die Hand. »Sie haben sich ja rausgemacht, seit Sie Friedensau verlassen haben.«

»Danke, Dr. Meyer«, gab sie zurück und versuchte, sich zu sammeln. »Nun, vielleicht finde ich bald heraus, woran das liegt.« Meyer schmunzelte und blickte zu Conradi. Beinahe hätte Hanna vergessen, Frau Meyer zu begrüßen. Rasch holte sie es nach und machte ihr noch ein Kompliment für das mauvefarbene Kleid, das hervorragend zu ihrem blonden Haar passte.

»Setzen Sie sich doch, Hanna«, sagte Dr. Conradi und zog einen Stuhl herbei. »Sie sollen hören, was wir hier gerade bereden.«

Ein Blick zu Frau Conradi sagte ihr, dass sie anderer Meinung war, aber sie widersprach ihrem Mann nicht.

Hanna ließ sich auf dem Stuhl nieder.

»Ich habe Dr. Meyer kurzfristig eingeladen, weil wir über die Stelle des Leiters der Inneren Abteilung sprechen wollten. Glücklicherweise hatte er Zeit«, erklärte Dr. Conradi. »Ich möchte die neue Abteilung so schnell wie möglich in Betrieb nehmen und eigens dafür neue Assistenzärzte einstellen. Außerdem benötigen wir auch einen Leiter für unsere Schule.« Er blickte zu seinem Kollegen. »Wie Sie wissen, hat Dr. Meyer in dieser Hinsicht bereits Erfahrung gesammelt.«

Hanna nickte. Schon lange, bevor der Krieg ausbrach, waren in Friedensau Schwestern ausgebildet worden. Dr. Meyer hatte die Leitung der dortigen Schule inne. Mit der Eröffnung einer Krankenpflegeschule am Waldfriede würde die Ausbildungsstätte in Friedensau überflüssig sein, weil man vorhatte, die Schwestern und Pfleger im moderneren Haus heranzuziehen.

»Ich freue mich sehr, dass Sie sich mit dem Gedanken tragen, zu uns zu kommen, Dr. Meyer«, sagte Hanna ein wenig steif.

»Oh, ich trage mich nicht nur mit dem Gedanken«, entgegnete dieser. »Ich glaube, die Sache ist beschlossen, nicht wahr, Louis?«

»Wenn deine Frau mitmacht, Erich«, gab Conradi zurück, worauf Frau Meyer auflachte.

»Mir bleibt doch gar nichts anderes übrig! Außerdem habt ihr es sehr schön in Zehlendorf, und ich würde mich freuen, wenn wir hier unser neues Domizil fänden.«

Conradi klatschte in die Hände. »Bestens! Dann werde ich Bruder Schubert kontaktieren, damit er alles in die Wege leitet. Zufälligerweise ist gerade ein Zimmer bei uns frei geworden, Herr Gruber ist in die Schweiz versetzt worden.«

»Und was ist mit …« Beinahe wäre Hanna Alexanders Vorname herausgerutscht. »… mit Herrn Kirchfeld?«, ergänzte sie schnell. »Er wohnt doch noch in dem Zimmer.«

»Da haben Sie recht, Hanna«, gab Conradi zurück und bedachte sie mit einem verwunderten Blick. »Allerdings galt das Arrangement nur für die Zeit, in der er Tag und Nacht hier sein musste. Die Grippesaison haben wir ja zum Glück überwunden.«

Hanna nickte. Zunächst war sie erschrocken, doch nun überkam sie ein Anflug von Erleichterung. Nach dem Vorfall von vorhin würde sie vor Scham im Boden versinken, wenn sie auf Alexander traf. Da war es besser, wenn er nicht mehr im Haus wohnte. So würde es ihr leichter fallen, ihn auf Abstand zu halten.

Als die Kaffeetafel aufgelöst wurde, dämmerte bereits der Abend. Die Schwestern bereiteten sich auf die Ablösung vor. Hanna beschloss, noch rasch die Entwicklerlösungen des Röntgengerätes zu tauschen. Eigentlich wäre das noch nicht nötig gewesen, aber wer konnte schon wissen, welchen Herausforderungen sie sich in den kommenden Tagen stellen mussten?

Auf halbem Weg zu den Röntgenräumen kam ihr Dr. Meyer entgegen. Er trug seinen Mantel über dem Arm und eine Tasche in der Hand. Wollte er wieder abreisen? Das bezweifelte Hanna. Alexander hatte sich abgemeldet, das Zimmer war frei. Es würde nur einiger Handgriffe bedürfen, um das Zimmer für die neuen Bewohner herzurichten. Zwei Betten waren vorhanden, genau wie Schränke und eine Waschgelegenheit.

Ihr wurde klar, dass Dr. Meyer über Weihnachten hier sein würde. Und vielleicht auch in den Tagen danach.

»Auf ein Wort, Schwester Hanna«, sagte der Doktor und trat zu ihr.

»Ja?«, fragte Hanna, um ein Lächeln bemüht.

Meyer erwiderte es, doch gleichzeitig erkannte sie einen besorgten Ausdruck in seinen Augen. »Wie geht es Ihnen?«

»Gut«, antwortete sie. »Indem Sie mich Dr. Conradi empfohlen haben, haben Sie mir einen großen Dienst erwiesen. Ich arbeite sehr gern im Waldfriede.«

»Das freut mich zu hören. Und was macht Ihr … Problem?«

Hanna spürte, wie ihre Mundwinkel herabsanken. Die Erinnerung an die Nacht, in der er ihr die Todesnachricht überbracht hatte, flammte erneut in ihr auf. Schnell vertrieb sie das Bild.

»Es ist immer noch da«, gab sie ehrlich zu. »Aber ich bemühe mich, dagegen anzukämpfen. Mittlerweile gelingt es mir ganz gut.«

Dr. Meyer nickte. »Hören Sie, wann immer Sie Hilfe benötigen, kommen Sie ruhig zu mir. Ich werde versuchen, Sie nach Möglichkeit zu unterstützen.«

Hanna presste den Mund zusammen und schluckte.

»Es vergeht kaum ein Tag, an dem ich nicht an Sie denke«, fuhr der Doktor fort. »Was Sie durchmachen mussten, war furchtbar, und ich bete dafür, dass Sie mir mein Versagen irgendwann vergeben können.«

»Ich habe Ihnen vergeben«, sagte Hanna. »Es war nicht Ihre Schuld, dass er gestorben ist.«

Gleichzeitig wusste sie, dass ihr Verstand sich manchmal dazu hinreißen ließ, ihm die Schuld zu geben.

»Möglicherweise. Aber vielleicht war es auch nur die Verquickung unglücklicher Umstände. Das lange Liegen, der Transport … die schweren Verletzungen …«

»Es gibt nichts, was zwischen uns steht, Dr. Meyer«, fuhr sie versöhnlich fort. »Es tut mir leid, wenn ich damals laut geworden bin. Die Zeit hier im Waldfriede ist so heilsam für mich. Auch wenn es Probleme gibt, und auch wenn ich bei manchen Patienten meine ganze Kraft aufbringen muss. Ich liebe das Waldfriede und ich freue mich, dass Sie ebenfalls hier sein werden.«

Dr. Meyer betrachtete sie einen Moment lang, dann nickte er. Ein Lächeln schlich sich auf sein Gesicht.

»Danke, Hanna. Mein Angebot steht. Kommen Sie jederzeit zu mir, wenn es etwas gibt, wobei ich Ihnen helfen kann.«

»Danke, Dr. Meyer.«

Als er fort war, kniff Hanna die Augen zusammen. Tränen quollen unter ihren Lidern hervor und rannen über ihre Wangen.

Doch es war nicht allein die Erinnerung an Martin, die sie zum Weinen brachte. Sie weinte auch über ihr Unvermögen, sich auf Alexander einzulassen. Hätten die zarten Gefühle, die zwischen ihnen entbrannt waren, eine Zukunft gehabt? Würde sie jemals wieder lieben können, wenn es ihr nicht gelang, Martin zu vergessen?

Dritter Teil

»Während die verschiedensten Krankenanstalten um uns herum schließen mussten, verstärkte sich der Zuspruch bei uns ständig. Bereits im Juli 1921 war die behördliche Anerkennung als gemeinnütziges Krankenhaus erfolgt, was den Vorteil hatte, dass die Anstalt praktisch steuerfrei war. Mit Rücksicht auf die jetzt im Bau befindliche Erweiterung unseres Hauses und die damit bedingte Erhöhung der Bettenzahl erhielt unsere Anstalt im Juli 1922 die staatliche Anerkennung als Krankenpflegeschule.«

»Brachte das Jahr 1923 unserer Anstalt manchen beachtlichen Fortschritt, so wies es andererseits aber auch die denkbar größten wirtschaftlichen Schwierigkeiten auf. Hatte man mit Mühe und Not etwas Geld hereinbekommen, so musste es auf schnellstem Wege in Ware umgesetzt werden! Ließ man es etwas anstehen, so hatte es seine Kaufkraft bereits eingebüßt.«

(Chronik des Krankenhauses Waldfriede, 1922 und 1923)

41. Kapitel

Zehlendorf, 9. Mai 1923

Mit einem Lächeln blickte Hanna den jungen Mädchen nach, die aus dem Schulraum strömten. Die erste Klasse der Pflegeschule bestand lediglich aus sechs Schwesternschülerinnen und einem Pfleger, aber Dr. Conradi war zuversichtlich, dass in den kommenden Jahren mehr junge Leute zur Ausbildung ins Waldfriede kommen würden.

Dr. Meyer erschien in der Tür. Kurz nach seinem Eintreffen im Waldfriede war er plötzlich schwer krank geworden, doch nach seiner Genesung hatte er nicht nur die Innere Abteilung übernommen, er leitete nun auch die Pflegeschule.

Sein Anblick verursachte Hanna an manchen Tagen noch immer zwiespältige Gefühle, aber meist schaffte sie es, diese beiseitezudrängen.

»Schwester Hanna, was kann ich für Sie tun?«, fragte Dr. Meyer und drückte seine Unterrichtsmappe wie einen Schutzschild gegen seine Brust.

Hanna reichte ihm einen Umschlag. »Ein Brief aus Friedensau ist für Sie gekommen. Er ist versehentlich auf dem Schreibtisch von Dr. Conradi gelandet.«

»Danke.« Der Arzt schob ihn in seine Kitteltasche. »Ist Dr. Conradi schon wieder im Haus?«

Zusammen mit seiner Frau war der Doktor zu einer Jubiläumsfeier ins Sanatorium von Skodsborg gereist. Obwohl es nur für eine Woche war, erschien es Hanna wie eine Ewigkeit. Umso mehr freute sie sich auf seine Rückkehr. »Der Zug sollte um elf Uhr am Lehrter Bahnhof eintreffen, ich nehme an, er wird jeden Moment hier sein.«

Hanna wollte gerade wieder gehen, als Dr. Meyer sagte: »Was ich Sie schon lange fragen wollte, Hanna, könnte ich Sie vielleicht dafür gewinnen, Unterricht zu geben?«

Hanna schaute ihn überrascht an. »Ich glaube, ich wäre nicht die Richtige dafür.«

»Und ob Sie das wären!«, widersprach er. »Ich kann mir keine Bessere vorstellen als Sie.«

Hanna kämpfte mit sich. Sie wusste, dass Dr. Meyer sich mit dem Gedanken trug, Schulschwestern zu benennen. Was Pflege und Patientenbetreuung betraf, so waren sie und ihre Kolleginnen um einiges versierter als die neu eingetroffenen Assistenzärzte. Was sprach also dagegen, dass eine Schwester das entsprechende Wissen vermittelte?

»Ich bin mir da nicht so sicher«, gab sie dennoch zurück. »Ich stehe nicht so gern im Mittelpunkt.«

»Kommen Sie, Hanna! Ich verlange doch nicht von Ihnen, dass Sie ein Theaterstück zum Besten geben. Sie sollen den angehenden Schwestern und Pflegern etwas beibringen.«

Hanna spürte, dass sie Dr. Meyer keine passenden Argumente entgegenbringen konnte. »Ich werde es mir überlegen«, wich sie daher aus.

»Danke, Schwester Hanna.« Er lächelte ihr zu und ließ sie endlich gehen.

Auf dem Weg nach unten kam ihr Herr Kirchfeld entgegen. Wie immer bei seinem Anblick versteifte sie sich ein wenig.

Seit ihrem Spaziergang und seinem Auszug aus Grubers Zimmer vermied sie es möglichst, länger mit ihm allein zu sein. Alexander hatte versucht, mit ihr darüber zu reden, doch Hanna hatte ihm erklärt, dass sie Zeit brauchte. Ganz abweisen wollte sie ihn nicht, doch sie fürchtete sich gleichzeitig davor, ihn näher an sich heranzulassen.

Manchmal kam sie sich furchtbar deswegen vor, doch sie wollte sich auf nichts einlassen, was sie vielleicht wieder verlieren musste.

Diesmal jedoch konnte sie nicht einfach mit einem Gruß an ihm vorbeigehen.

»Haben Sie einen Moment, Schwester Hanna?«, fragte er und baute sich vor ihr auf.

Hanna schüttelte den Kopf. »Ich muss wieder runter, Dr. Conradi könnte jeden Augenblick eintreffen.«

»Hanna, bitte. Nur einen kleinen Moment.«

Hanna rang mit sich. Sollte sie hart bleiben? Was wollte er von ihr?

Sie nickte und atmete tief durch. »In Ordnung. Was haben Sie auf dem Herzen?«

»Ich weiß nicht, was ich Ihnen getan habe«, sagte Alexander leise. »Der Spaziergang liegt mittlerweile mehr als ein Jahr zurück … Meinen Sie nicht, dass wir endlich Frieden schließen sollten?«

»Frieden?«

»Es tut mir leid, dass ich versucht habe, Sie zu küssen«, fuhr er fort. »Wenn ich könnte, würde ich es rückgängig machen, aber das kann ich nicht.« Er machte eine Pause, dann fuhr er fort: »Und ich kann Sie nicht vergessen.«

Etwas in ihr zog sich zusammen. Sie erinnerte sich an seinen Versuch, an ihre Angst, ihm näherzukommen. Sie mochte ihn sehr, und in den vergangenen Monaten hatten sie gut zusammengearbeitet. Doch sie hatte es vermieden, sich über Privates zu unterhalten.

»Wir haben beide viel zu tun«, sagte sie vage, doch er schüttelte den Kopf.

»Wir haben so viel zu tun wie immer. Und wir haben freie Stunden. Tage sogar. Wir könnten wieder um den See spazieren. Und diesmal lasse ich es langsamer angehen, versprochen.«

Hanna war nicht sicher, ob sie mittlerweile bereit war, sich auf ihn einzulassen. Doch so, wie er jetzt vor ihr stand, spürte sie eine Sehnsucht nach ihm, die sie bislang unterdrückt hatte.

»Es sei denn, Sie … haben kein Interesse an mir.«

»Ich … ich habe …« Hanna zögerte. In den vergangenen Monaten hatte sie manchmal daran gedacht, wie es gewesen wäre, wenn sie sich hätte küssen lassen. Wenn sie sich nähergekommen wären.

»Das bedeutet wohl, dass Sie kein Interesse haben«, gab Alexander enttäuscht zurück und schob die Hände in die Kitteltaschen. »Dann weiß ich immerhin, woran ich bin.«

»Warten Sie!«, rief sie, als er sich zum Gehen wandte. »Bitte!«

Alexander drehte sich um. Hanna fühlte sich hin- und hergerissen. Das Krankenhaus brauchte sie, Dr. Conradi brauchte sie. Die Gefühle, die sie für Conradi hatte, waren kompliziert und verworren.

Doch wenn sie Alexander anschaute, wusste sie, dass dort ein Mann stand, der sich um sie bemühte. Der nicht mal dann aufgab, wenn sie ihn mehr als ein Jahr von sich wegschob.

»Ich würde den Spaziergang sehr gern mit Ihnen wiederholen«, sagte sie. »Am Samstag, wenn Ihr Nachtdienst vorüber ist.«

»Direkt danach?«, fragte er verwundert. Dann flammte ein strahlendes Lächeln auf seinem Gesicht auf.

»Natürlich sollten Sie sich vorher ausruhen«, stellte Hanna klar. Sie war nicht sicher, ob sie das Richtige tat, aber in diesem Augenblick hatte ihr Herz ihren Verstand überrumpelt.

»Ich werde nicht schlafen können vor lauter Aufregung!«, gab Alexander zurück, und Hanna stellte beinahe erleichtert fest, dass endlich wieder etwas von der alten Flapsigkeit in seine Stimme zurückkehrte. »Vielleicht wird das etwas besser, wenn wir uns ab sofort duzen.«

Hanna versuchte, kühl zu bleiben, doch es gelang ihr nicht. Seine Dreistigkeit gefiel ihr immer besser. »Na gut, wenn du dadurch eine bessere Nacht hast …«

***

Es fühlte sich gut an, wieder zu Hause zu sein. Lächelnd erklomm Louis die Treppe, neben sich seine Frau, die ebenfalls erleichtert schien. Skodsborg war lange ihre Wirkungsstätte und auch ihre Heimat gewesen, doch mittlerweile war Catherines Vater verstorben, und in dem Ort selbst hatte sich so viel verändert, dass sie beide das Gefühl hatten, in der Fremde zu sein. Und noch eins war ihm klar geworden: Er hatte sich bereits so sehr an das Leben in Berlin gewöhnt, dass er um keinen Preis zurück in eine ländlichere Gegend wollte.

Doch die Jubiläumsfeier war sehr schön gewesen, und auch wenn sie nur auf wenige bekannte Gesichter getroffen waren, hatte ihm das Wiedersehen gefallen.

Auf dem Weg zu seinen Privaträumen kamen ihm einige Schwestern entgegen, die ihn freundlich grüßten. Ein wenig hoffte er, Hanna zu sehen, doch sie hielt wahrscheinlich im Sprechzimmer die Stellung.

Im Schlafzimmer stellte er die Taschen ab.

»Willst du dich nicht ein wenig ausruhen?«, fragte Catherine, als sie sah, dass er, kaum hatte er sein Jackett ausgezogen, auch schon nach seinem Arztkittel griff.

»Ich habe versprochen, mich gleich nach meiner Rückkehr an die Arbeit zu machen. In der vergangenen Woche ist sicher viel liegen geblieben.«

Catherine seufzte und nickte. »Na, dann geh ruhig. Ich werde mich ein wenig hinlegen.«

Louis gab ihr einen Kuss auf die Stirn und verließ das Zimmer. Wieder im Waldfriede zu sein verlieh ihm neue Energie. Mit langen Schritten eilte er ins Sprechzimmer. Hanna war nicht da, wahrscheinlich hatte sie im Röntgenraum zu tun. Er freute sich darauf, sie wiederzusehen.

Er sichtete gerade den Poststapel, als Hanna eintrat. Sie wirkte ein wenig aufgelöst und stockte, als sie ihn sah.

»Herr Doktor! Sie sind wieder da!«

Ihr Gesicht strahlte. Wenn er ehrlich war, war es das, was ihm am meisten gefehlt hatte.

»Wie schön, Sie zu sehen, Schwester Hanna! Ich hoffe, es ist Ihnen gut ergangen während meiner Abwesenheit.«

»Sie haben uns allen sehr gefehlt«, sagte sie. »Wir haben uns große Mühe gegeben, alles so gut wie möglich zu versehen.«

»Daran habe ich keinen Zweifel.« Er machte eine kurze Pause, dann fügte er hinzu: »Auch Sie haben mir gefehlt.« Als er merkte, wie missverständlich seine Worte klangen, setzte er eilig hinzu: »Ich meine … Sie alle natürlich.«

Gerade, als sie etwas erwidern wollte, schwang die Tür erneut auf. Schwester Grete kam herein.

»Hanna, du …« Sie erstarrte, als sie Conradi sah, dann rief sie überrascht: »Oh, Dr. Conradi!«

»Ja, Schwester Grete, wie Sie sehen, bin ich keine Fata Morgana!«, scherzte der Doktor.

Grete wurde rot und zupfte an Hannas Ärmel: »Dr. Steiner hat eine Bestrahlung für dich. Herrn Gregor.«

»Gut, ich komme. Sei doch bitte so lieb und führe ihn schon mal in den Raum.«

Grete nickte und verließ das Sprechzimmer.

Hanna blickte ihn an. »Brauchen Sie noch etwas, Herr Doktor?«

»Nein, gehen Sie nur, ich werde mir die Patientenakten anschauen.« Ja, dachte er lächelnd, als sie weg war, genau das hatte ihm gefehlt. Die Lebendigkeit des Hauses und Hanna …

Nur einen Moment später ertönte ein Klopfen. »Ja, bitte!«, rief er, ohne aufzublicken.

»Herr Doktor, würden Sie bitte mal auf den Hof kommen?«

Als er den Kopf hob, erblickte er den neuen Tischler Rainer Markward, der abgehetzt durch den Türspalt schaute.

Louis sah alarmiert auf. »Was ist passiert?«

»Es gibt da es etwas, das Sie sich anschauen sollten.«

Er folgte dem Tischler durch die Hintertür hinaus auf den Hof.

Ein paar Arbeiter standen im Kreis um etwas herum, was er von hier aus nicht ausmachen konnte. Als sie ihn kommen sahen, traten sie beiseite. Der Hund lag auf dem Boden, schlaff auf der Seite, eine Blutlache breitete sich unter ihm aus. Die Zunge hing ihm aus dem Maul, Fliegen umschwirrten seine starren, glanzlosen Augen.

Ein Stein schien sich auf Louis' Brust zu senken. Als er näher trat, wurde ihm klar, dass kein wildes Tier Prinz angegriffen hatte. Etwas Hartes hatte ihn mitten auf den Schädel getroffen und eine tiefe Wunde hinterlassen.

»Er muss irgendwem in die Quere gekommen sein«, sagte Markward. »Es fehlen Holzbretter und Steine.«

Louis hockte sich neben das tote Tier und strich erschüttert über das Fell. Es war noch immer weich, aber der Körper darunter fühlte sich steif und kalt an. Prinz war ihm ein guter Freund gewesen, sein Verlust traf ihn schmerzlich.

»Was sollen wir tun?«, fragte Markward. »Die Steine und die Bretter …«

»Begrabt ihn«, entgegnete Louis und richtete sich wieder auf. »Und dann schaut nach, was sonst noch alles fehlt.«

Die Männer starrten ihn an, als hätten sie ihn nicht richtig verstanden.

»Aber er ist …«

»Er ist nur ein Hund?«, vollendete Louis empört den Satz des Tischlers. »Er ist ein Geschöpf Gottes, dem man nicht einfach das Leben nehmen kann!«

Das Gesicht des Mannes rötete sich. Betroffen blickte er auf seine Schuhspitzen.

Louis war dankbar für den Zorn, der in ihm aufwallte. So konnte er die Tränen, die in ihm aufstiegen, zurückdrängen.

Da sich niemand rührte, bückte er sich kurzerhand und hob den Hund auf seine Arme. »Bringt mir eine Schaufel!«, befahl er den Männern und trug Prinz in den Park.

***

Als Hanna nach der Bestrahlung zum Sprechzimmer zurückkehrte, saß eine Frau auf einer der Wartebänke und vertrieb sich die Zeit mit Stricken. Der Doktor musste auf Station gerufen worden sein, sonst hätte er sie wahrscheinlich längst hereingebeten. Hanna versicherte ihr, dass er sich gleich um sie kümmern werde, dann verschwand sie hinter der Sprechzimmertür.

Sie war dankbar für seine momentane Abwesenheit. So hatte sie Zeit, sich ein wenig zu sammeln.

Fragen wirbelten ihr durch den Kopf. War es gut, wenn sie sich mit Alexander Kirchfeld traf? Würde die Vergangenheit sie wieder heimsuchen?

Als die Tür aufgerissen wurde, zuckte sie zusammen.

Dr. Conradi polterte selten zur Tür herein, doch in diesem Augenblick wirkte er sehr aufgebracht. Sein Kittel war mit Schmutz und Blut verschmiert, sein Gesicht gerötet.

»Was ist passiert?«, fragte sie besorgt.

»Prinz wurde erschlagen«, stieß er keuchend hervor.

Hanna schnappte erschrocken nach Luft. »Oh nein, das ist ja furchtbar!«

In den vergangenen Jahren hatte sie nicht gerade Freundschaft mit dem Wachhund geschlossen, sich aber doch an ihn gewöhnt.

»Markward kam zu mir. Sie haben den Hund vorhin entdeckt«, berichtete Conradi. Er zog den schmutzigen Kittel aus und ließ sich seufzend auf seinen Stuhl fallen. »Wer schlägt ein Tier tot für ein paar Bretter?«

»Sie meinen, das waren Diebe?«

»Ohne Zweifel. Was für eine Barbarei!« Conradi wischte sich übers Gesicht. »Könnten Sie mir bitte einen neuen Kittel besorgen, Schwester Hanna?«

»Natürlich.« Hanna verließ das Sprechzimmer.

Der Tod des Hundes erschütterte sie bis ins Mark. Sie wusste, wie viel Dr. Conradi das Tier bedeutete. Jeden Abend war er mit ihm spazieren gegangen, und er hatte dabei so zufrieden gewirkt wie selten. Sogar auf den Fotos, die sie von Zeit zu Zeit von der Anstaltsfamilie machen ließen, stand Prinz stets neben dem Doktor.

Als sie mit einem frischen Kittel zurückkehrte, starrte Dr. Conradi aus dem Fenster. Seine Wangen waren gerötet, seine Augen noch immer voller Schmerz.

»Danke für den Kittel, Hanna. Und danke auch für Ihre Anteilnahme. Mir ist bewusst, dass Sie dem Hund nicht ganz so unbefangen begegnen konnten wie ich.« Er wischte sich über die Augen. »Ich weiß, dass es lächerlich ist … aber der Hund … er war beinahe wie ein Kind für mich. Als ich jung war, ist mein Vater mit uns ständig durch die Welt gereist. Ich bin in Amerika geboren worden, wussten Sie das?«

Das hatte er bislang nicht erwähnt.

»Mein Vater war Missionar. Er baute Gemeinden in Osteuropa und in Südamerika auf. Er organisierte Missionsposten in Afrika. Und dann zog er hierher.«

»Das klingt sehr aufregend«, sagte Hanna, die sich insgeheim fragte, was diese Geschichte mit dem Hund zu tun hatte.

»Ich habe mir als Kind immer gewünscht, Tiere zu haben. Eine Katze, einen Hund vielleicht. Doch das war aufgrund der vielen Reisen nicht möglich, nicht einmal dann, als wir uns in Hamburg niederließen. Mein Vater war weiterhin unterwegs, und ich habe ihn begleitet. Wir waren damals oft in Friedensau.« Er blickte sie an. »Weit vor Ihrer Zeit dort. Damals erwachte in mir der Wunsch, Arzt zu werden, Menschen zu helfen. Ich wollte besonders jenen zur Seite stehen, die es am nötigsten hatten. Deshalb wollte ich nach Afrika gehen, aber es hat nicht sein sollen.« Er seufzte und machte eine kurze Pause, dann fügte er hinzu: »Als wir das Waldfriede kauften, stand für mich fest, dass wir einen Hund anschaffen würden. Wie es der Zufall wollte, musste ein Pfleger in dem Krankenhaus, in dem ich arbeitete, den Hund seines verstorbenen Vaters übernehmen. Er hatte keine Mittel, das Tier zu füttern, und seine Wohnung war viel zu klein. So kam Prinz zu mir. Es war merkwürdig, er fremdelte überhaupt nicht. Er trottete wie selbstverständlich an meine Seite, als wäre er schon immer bei mir gewesen. Und auch an das Waldfriede gewöhnte er sich schnell …«

Er seufzte erneut, drückte Daumen und Zeigefinger in die Augenwinkel und legte kurz den Kopf in den Nacken. Als er die Augen wieder aufschlug, sagte er: »Aber so ist das Leben, nicht wahr? Der Tod lauert an allen Ecken, manchmal in Form von Krankheit oder Krieg und manchmal in der Gestalt mitleidloser Menschen. Alles, was wir tun können, ist helfen, wenn es irgendwie möglich ist.«

Hanna stiegen die Tränen in die Augen. »Das tun wir, Herr Doktor. Und jetzt wartet draußen eine Patientin auf Sie.«

42. Kapitel

Zehlendorf, 12. Mai 1923

Am Samstagnachmittag trafen sich Hanna und Alexander wieder bei den Stufen zur Krummen Lanke. Abgesehen vom wesentlich besseren Wetter erinnerte sie die ganze Situation sehr an den Heiligen Abend vor anderthalb Jahren. Doch sie hoffte inständig, dass Martin sie diesmal nicht heimsuchen würde.

Besonders in der ersten Zeit hatte die Anwesenheit von Dr. Meyer im Waldfriede die Erinnerung an ihren verstorbenen Verlobten noch verstärkt. Ständig hatte sie an ihn denken müssen, wenn sie am Sabbatnachmittag allein durch den Wald oder die Alsenstraße entlang spaziert war. Alexanders Versuche, ihr wieder näherzukommen, hatte sie abgeblockt.

Warum sie jetzt ihre Meinung geändert hatte und bereit war, ihn privat zu treffen, war ihr nicht ganz klar. Aber sie freute sich darauf, den Geruch des Sees einzuatmen, die frische Luft zu spüren und sich vor allem wieder mit ihm zu unterhalten.

Diesmal wartete er nicht auf sie. Hanna blickte auf die Uhr, deren Zeiger genau zwei Uhr zeigten. Daran, dass sie zu spät und er bereits wieder gegangen war, konnte es nicht liegen.

Sie zupfte ihr Kleid zurecht, das alte Kattunkleid, das sie aus Friedensau mitgebracht hatte. Es war inzwischen nicht nur geflickt, sondern auch aus der Mode gekommen, aber ein Päckchen blaue Farbe ließ es nicht mehr so abgewetzt aussehen. Um sich ein neues Sommerkleid zu nähen, fehlten Hanna Stoff und Zeit, obwohl sie schon mit einem der Entwürfe, die sie in einer Zeitschrift gesehen hatte, liebäugelte.

Als es zehn nach zwei wurde, überkam sie die Unruhe. Verspätungen konnten vorkommen, aber was, wenn etwas passiert war? Oder hatte Alexander vielleicht einfach nur verschlafen?

Sie begann unruhig auf und ab zu gehen. Leute kamen an ihr vorbei, einige von ihnen waren Pärchen, die sich munter unterhielten. Die knielangen Kleider der Frauen gefielen Hanna, genau wie die Haarschnitte. Man würde es ihr im Waldfriede nicht erlauben, solch eine Frisur zu tragen – wie sollte sie auch die Haube daran befestigen? Aber allein davon zu träumen, erfüllte Hanna mit einem bescheidenen Glücksgefühl.

Eines der Pärchen machte besonderen Eindruck auf sie. Der Mann war groß, hatte markante Züge und trug einen Kreidestreifenanzug, die Frau war in ein rotes Kleid gehüllt, das beinahe etwas unpassend für einen Frühlingsnachmittag wirkte. Sie trug ihr glänzendes dunkles Haar kurz geschnitten und über dem Ohr zu eleganten Wellen onduliert. Beide sahen aus, als wären sie auf dem Weg zu einer Feier – was durchaus möglich war.

Sie waren schlank, wirkten aber dennoch viel besser genährt als die meisten anderen Leute hier. Sie mussten in einer der Villen wohnen, die sich an der Grunewaldallee aufreihten. Es war nicht schicklich, dennoch konnte Hanna nicht verhindern, dass Neid in ihr aufstieg.

In diesem Moment hörte sie schnelle Schritte hinter sich und riss sich vom Anblick des Paares los. Als sie sich umdrehte, sah sie Alexander die Treppe hinaufstürmen. In seinem weiß-blauen Pullover und der modischen Knickerbocker-Hose sah er aus wie ein Seemann auf Landgang.

»Entschuldige bitte die Verspätung!«, rief er nach Luft schnappend. »Ich musste noch ein Arrangement treffen.«

»Arrangement?«, fragte Hanna.

Alexander streckte ihr die Hand entgegen. »Du wirst gleich sehen.«

Er eilte mit ihr den Weg entlang, dem elegant gekleideten Pärchen hinterher.

Wieder zogen die beiden Hannas Blicke magisch an. Sie bewegten sich im Gleichklang, mit geschmeidigen Bewegungen, die Hanna an Katzen erinnerten. Der Mann, dessen Haarpomade ebenso wie das Duftwasser der Frau eine unsichtbare, wenngleich mit der Nase deutlich wahrnehmbare Spur hinterließ, hatte den Arm um die Schulter seiner Partnerin gelegt, seine Hand umschloss ihr Genick. Es war eine sehr besitzergreifende Geste, die Hanna auf merkwürdige Weise aufregend fand.

»Du bist ja heute so still«, hörte sie Alexander neben sich sagen. Tatsächlich hatte sie für einen Moment vergessen, dass er neben ihr ging. Glücklicherweise bog das seltsam schillernde Pärchen im nächsten Augenblick in einen Seitenweg ein und verschwand im Grunewald.

»Ich … ich war nur so fasziniert …«

»Von den Leuten vor uns?« Alexander schmunzelte. »Künstler. Jedenfalls er. Ich habe ihn schon einige Male hier gesehen.«

»Und was macht er so?«, fragte Hanna, die nie irgendwelche Künstler kennengelernt hatte. Sicher, in Friedensau malten einige Schwestern und Ärzte, und beinahe alle konnten ein Musikinstrument spielen, was sie bei den Gottesdiensten eindrucksvoll zur Schau stellten. Auch im Waldfriede verfügten einige Schwestern und Pfleger über musikalisches Talent. Wenn die Patienten mitbekamen, dass sie freitagabends singend durch die Gänge des Hauses zogen, freuten sie sich bereits auf das nächste Wochenende. Kunst im eigentlichen Sinne war das aber nicht.

»Er ist ein Bildhauer, soweit ich weiß. Lass dich nicht von seiner Erscheinung oder der seiner Begleiterin täuschen. Er ist genauso bettelarm wie jeder hier, jedenfalls die meiste Zeit. Wenn er dann mal wieder eine Skulptur verkauft, hat er natürlich Geld, und das gibt er mit vollen Händen aus.«

»Für Kleider?«, fragte Hanna.

»Oh, du meinst das rote Kleid? Das habe ich schon an mindestens zehn verschiedenen Mädchen gesehen. Er gibt es immer seiner jeweiligen Muse.«

»Muse?«

»Die Frau, die ihn inspiriert und die er in seinen Werken abbildet. Und mit der er wahrscheinlich auch schläft.«

Hanna wusste nicht, was sie mehr erschreckte: dass der Mann seine Geliebten immer ins gleiche Kleid steckte oder dass er so einen Verschleiß an Frauen hatte.

»Würdest du lieber mit einem Künstler zusammen sein?«, fragte Alexander plötzlich.

Hanna schüttelte den Kopf. »Nein. Das, was du erzählt hast, klingt nach einer völlig anderen Welt. Nach einer Welt, in die ich nicht hineingehöre.«

»Du wolltest also schon immer Krankenschwester werden?«

»Ja.« Tatsächlich hatte es lange so ausgesehen, dass sie sich nach der Schule darauf vorbereiten würde, eine gute Ehefrau zu werden, doch dann war ihr in der Stadt eine Gruppe von Friedensauer Schwestern begegnet. Diese waren gerade auf Mission und verteilten Flugblätter. Als sie eines der Blättchen nahm, kam sie mit den Schwestern ins Gespräch, und anschließend hatte sie ihre Entscheidung getroffen. Ob Alexander das verstand? »Martin meinte, ich hätte auch eine gute Hausmeisterfrau abgegeben«, fügte sie unvermittelt hinzu.

»Dein Bruder?«

Im nächsten Augenblick wurde Hanna klar, dass sie einen Fehler gemacht hatte. Sie konnte nicht bei einer Verabredung mit Alexander von ihrem verstorbenen Verlobten reden! Aber es war zu spät, um die Worte zurückzunehmen.

»Mein Verlobter.«

Alexander blieb abrupt stehen. »Du bist verlobt?«

Hanna schüttelte den Kopf. »Nicht mehr. Ich war es. Vor dem Krieg.« Sie dachte wieder daran, wie Martins Bild vor ihr aufgeflammt war, als Alexander sie küsste und sie daraufhin geflohen war.

»Was ist geschehen?«, fragte er.

Sie zögerte. Es war jetzt das zweite Mal, dass sie mit Alexander ausging. Nun, ausgehen konnte man es nicht einmal nennen. Es war ein Spaziergang, nichts weiter.

»Er … ist gefallen«, antwortete sie leise.

Ein mitfühlender Ausdruck trat in Alexanders Gesicht. »Das tut mir leid.«

Hanna schüttelte den Kopf. »Das muss es nicht. Was damals geschah, ist allein dem Krieg zuzuschreiben.« Sie blickte ihn an. »Warst du im Krieg?«

»Ja«, antwortete er. »Als Assistenzarzt. Ich hatte die Wahl: zur Waffe zu greifen oder das Sanitätsbataillon. Ich habe Letzteres vorgezogen, denn als Arzt habe ich geschworen, niemandem zu schaden.«

Ein Schauer rann über Hannas Nacken. Auf einmal schien sich die Temperatur mindestens um fünf Grad zu senken. »Und wo warst du stationiert?«, fragte sie. War es möglich, dass er Martin gekannt hatte?

»Ypern«, antwortete er. »Es war das Furchtbarste, was ich je gesehen habe. Nach all den Kämpfen war die Stadt dem Erdboden gleichgemacht. So viele Leben gingen verloren.«

Hanna erinnerte sich, dass sie über Ypern gelesen hatte. Doch das war vor Martins Einzug gewesen. Allerdings war Alexander, wenn sie richtig schätzte, ein paar Jahre älter als er.

»Und danach?«, fragte sie. »Wo warst du dann?«

»Zu Hause«, sagte er. »Ich wurde wehruntauglich geschrieben, weil ich … kurzzeitig den Verstand verloren hatte.«

Hanna starrte ihn an. »Tatsächlich?«

»Ich litt unter schweren Depressionen, habe nachts geschrien. Mein Stabsarzt hatte Mitleid mit mir und schickte mich zurück. Damit ist mir wohl noch größeres Leid erspart geblieben.«

Hanna nickte, war aber nicht imstande, etwas dazu zu sagen. Sie versuchte, sich vorzustellen, was Alexander durchgemacht hatte. Das hatte sie auch damals bei Martin getan. Offenbar hatte er es geschafft, sein Trauma zu überwinden. Martin hatte die Chance dazu nie erhalten. Aber wie hätten ihm auch ein neuer Arm und ein neues Bein wachsen sollen?

»Wir sind da!«, sagte Alexander plötzlich. Hanna blickte sich um. Außer dem See, Bäumen und dem Weg, der mit anderen Spaziergängern gefüllt war, konnte sie nichts entdecken.

»Da«, sagte Alexander, als er ihren suchenden Blick bemerkte, und deutete auf das Gebüsch. »Erinnerst du dich?«

Das Boot! Damals hatte es verloren gewirkt, vergessen. Jetzt sah es so aus, als würde es sich auf Rudergäste freuen.

»Komm«, sagte Alexander und zog sie mit sich.

Mit kräftigen Zügen ruderte er auf die Mitte des Sees zu. Hanna liebte Bootsfahrten eigentlich, aber diese hier ähnelte der letzten, die sie mit Martin gemacht hatte, so sehr, dass sich ihr gesamter Körper verkrampfte und ihre Brust zu schmerzen begann. Auf einmal wünschte sie sich weit weg.

»Keine Sorge, wenn das Boot kentert oder mit Wasser vollläuft, rette ich dich«, scherzte Alexander, der ihre Anspannung mitbekommen hatte.

»Ich kann schwimmen«, entgegnete sie und blickte auf die Wellen. Ihre Fingerspitzen kribbelten. Wie gern hätte sie die glatte Oberfläche des Wassers berührt! Doch eine Erinnerung schlich sich an. Martin. Der Ruf des Kuckucks. Sie fürchtete schon, ihn gleich wieder zu hören.

»Und warum schaust du dann so furchtsam drein?«

»Ich … ich schaue nicht furchtsam«, wehrte Hanna ab, aber ihre Stimme zitterte. »Es ist nur …«

Sie stockte, und Alexander zog fragend die Augenbrauen hoch. »Wirst du etwa seekrank? Soll ich zurückrudern?«

Hanna blickte über den See. Ihr Herz pochte bis zum Hals, sämtliche Glieder zitterten. Sie dachte an den letzten Tag, den sie mit ihrem Verlobten verbracht hatte. An den Traum, aus dem Schwester Christel sie gerissen hatte, bevor …

»Hanna.« Alexanders warme Hand legte sich auf ihren Arm. »Was ist mit dir?« Seine Stimme klang besorgt.

»Nichts, ich …« Sie blickte ihn an. Hier draußen wirkte das Blau seiner Augen noch intensiver, beinahe wie der Frühlingshimmel zwischen den weißen Wolkenbergen. »Es ist nur … Martin ist mit mir hinausgerudert, kurz bevor er zur Armee eingezogen wurde.«

»Oh«, sagte Alexander. »Es tut mir leid, das wusste ich nicht.«

»Natürlich nicht. Ich habe es dir ja nie erzählt.« Hanna blickte sich um. Von Weitem drang Kinderlachen an ihr Ohr. An einem kleinen, strandähnlichen Abschnitt sonnten sich die Menschen, Ausflügler wie sie. Damals, auf dem See mit Martin, war niemand in der Nähe gewesen.

»Ich dachte, ich könnte nie wieder glücklich werden«, sagte sie leise. »In der Nacht, als er zurückkehrte, träumte ich von jenem Tag mit ihm auf dem See. Und nur wenig später erfuhr ich, dass ich nie wieder Boot mit ihm fahren würde.«

»Möchtest du mir erzählen, was genau geschehen ist?«

»Es gab einen Granatenangriff auf seinen Sanitätstrupp. Auch er wollte nicht töten und glaubte, es würde schon nicht so schlimm werden. Doch der Angriff nahm ihm einen Arm und ein Bein.«

Sie presste die Lippen zusammen. Auf einmal hatte sie wieder alles vor sich: seinen Anblick im Krankenbett, seine Worte. Seinen Wunsch, sie auf der Stelle zu heiraten … Und dann die Panik, die sie immer wieder überkam, wenn sie einen schwer verletzten Mann sah.

»Das tut mir sehr leid«, sagte Alexander. »Auch wenn ich dich dann wahrscheinlich nie kennengelernt hätte, wünschte ich, es wäre anders gekommen.«

Hanna nickte. »Das ist lieb von dir. In der ersten Zeit habe ich mich oft gefragt, wie es gewesen wäre, hätten wir unsere Pläne in die Tat umsetzen können.«

Sie blickte ihn an. Alexander war in vielen Dingen wirklich anders als Martin. Er agierte forsch, wo Martin zurückhaltend gewesen war, er lachte und sprach freiheraus, wo Martin sich zurückgehalten hätte.

Aber das gefiel ihr sehr. Und jetzt, wo sie auf der Krummen Lanke waren, hatte Alexander nicht auch etwas von einem Prinzen? Seine Augen waren so blau wie der Himmel, seine Haare golden wie die Sonne …

Ein Juchzen am Ufer zu ihrer Linken riss Hanna aus ihren Gedanken.

»Mittlerweile sage ich mir, dass ich Glück gehabt habe. Ich arbeite an einem wunderbaren Krankenhaus.« Sie streckte die Hand nach seiner aus und berührte sie. »Und du hast mich gefunden.« Sie hielt kurz inne, dann fügte sie hinzu: »Ich bin nicht ganz einfach und schon gar nicht wie andere Frauen. Ich habe keine Ahnung, ob dir jemand etwas über mich erzählt hat, aber die Nacht, in der Martin starb, hat einen Riss in meiner Seele hinterlassen. Dahinter lauert etwas Dunkles, das mich in Panik stürzt, wenn es hervorbricht. In den vergangenen Jahren habe ich es gut in den Griff bekommen, aber ich weiß, dass es immer noch da ist … und immer da sein wird.«

»Glaubst du, du hast Depressionen?«

Hanna schüttelte den Kopf. »Nein. Ich bekomme Panik angesichts schwer verletzter Männer. Deshalb arbeite ich nicht auf den Stationen. Deshalb bin ich Röntgenschwester und Dr. Conradis Sprechstundenhilfe geworden. Ich weiß nicht, ob das Dunkle in mir jemals heilen kann, aber ich gebe die Hoffnung nicht auf.«

Alexander streckte die Hand aus und streichelte sanft ihre Wange. »Ich bin so froh, dass du mir damals vor Vaters Laden über den Weg gelaufen bist. Auch wenn ich mich immer noch ein wenig dafür schäme, dass ich einen Kuss von dir verlangt habe. Und es tut mir auch sehr leid, dass ich dich geküsst habe … damals, an Weihnachten.«

»Das muss es nicht, es … es hat nicht an dir gelegen. Es war nur so, dass ich das Gefühl hatte, ich würde ihn betrügen.«

»Und wie ist es jetzt?«, fragte er ein wenig skeptisch.

Hanna beugte sich vor. Das Boot unter ihnen schwankte ein wenig, als sie die Arme um seine Schultern legte.

»Vorsicht«, sagte er. »Nicht dass wir noch hinauskippen.«

»Ich sagte doch schon: Ich kann schwimmen«, murmelte Hanna, und ihre Lippen fanden sich zu einem Kuss. Diesmal tauchte Martin nicht auf. Es war ausschließlich Alexander, den sie spürte, warm und weich und auch ein bisschen fordernd. Hanna schmiegte sich an ihn und hatte zum ersten Mal seit Langem das Gefühl, sich endlich wieder fallen lassen zu dürfen.

Sie blieben eine Stunde auf dem Wasser und verspeisten ein kleines Picknick, das er aus dem Laden seines Vaters mitgebracht hatte, dann traten sie den Rückweg an. Nachdem Alexander das Boot wieder vertäut hatte, legte er den Arm um Hanna, nicht so besitzergreifend, wie es der Künstler mit seiner Muse getan hatte, aber seine Nähe gab Hanna Geborgenheit.

Das, was sie ihm erzählt hatte, hatte sie noch niemandem anvertraut. Ihre Schwester ahnte, was mit ihr los war, doch sonst wussten alle anderen nur, dass sie Panik bekam. Von dem Riss und der Dunkelheit dahinter hatte sie nicht einmal Dr. Conradi erzählt.

»Was hältst du davon, wenn wir unseren kleinen Ausflug in der kommenden Woche wiederholen?«, fragte Alexander, als sie die Stufen vom See hinaufstiegen.

»Meinetwegen gern«, erwiderte sie lächelnd. »Aber es muss nicht unbedingt hier sein.«

Alexander stockte und blickte sie mit gespieltem Entsetzen an. »Dann willst du dich also hinauswagen in die feindliche Umwelt, die sich Zehlendorf nennt?«

Hanna versetzte ihm einen Knuff. »Du tust so, als würde ich das Krankenhaus nie verlassen.«

»Das tust du in letzter Zeit doch auch kaum noch.«

»Was daran liegt, dass man sich die Fahrscheine nicht leisten kann.« In der ersten Zeit war sie hin und wieder zu Leni gefahren, doch Alexander hatte recht. Sie war eine Stubenhockerin geworden. Allerdings war auch Dr. Conradi ständig im Dienst, und wo er war, musste auch sie sein.

»Gut, dann machen wir das nächste Mal einen Spaziergang durch die Stadt. Oder um den Schlachtensee. Ich könnte auch Fahrräder organisieren, und wir fahren hinaus in Richtung Potsdam. Warst du schon mal in Sanssouci?«

Hanna schaute ihn verständnislos an. »Sanssouci?«

»Das ist ein Schloss in Potsdam. Das Schloss des Alten Fritz, des berühmten Preußenkönigs. Es ist wunderschön dort.«

»Können wir uns die Fahrkarten dorthin leisten? Wer weiß, wie die Preise morgen sind.«

»Oder nächste Woche«, fügte Alexander hinzu. »Ich frage einen Bekannten, ob er mir sein Automobil leiht. Ich kann fahren, weißt du? Das hat mir der Krieg immerhin gebracht.«

»Die Preise für Kraftstoff sind sicher astronomisch!«

»Stimmt, aber das ist es mir wert.«

»Lass uns lieber eine Fahrt über den Wannsee machen – mit einem der Ausflugsdampfer. Aber auch das ist ja kaum zu bezahlen …«

Alexander lächelte, dann nahm er ihr Gesicht in die Hände.

»Du bist eine der hübschesten Frauen, die ich kenne. Und anscheinend auch eine der vernünftigsten.«

Vernünftig war kein Attribut, über das sich die meisten Frauen freuten, aber für Hanna bedeutete es Sicherheit, wenn sie die Dinge ordnen konnte.

»Ich möchte nur nicht, dass du dich für mich in Unkosten stürzt«, sagte sie.

»Das ist lieb von dir, doch manchmal ist mir nach etwas Verrücktem. Das solltest du wissen, ehe du dein Herz an mich verlierst.«

»Das habe ich doch schon.«

Alexander beugte sich zu ihr und küsste sie.

Als sie weitergingen, ertönte plötzlich Hundegebell. Hanna entdeckte eine Schäferhündin in einem Zwinger, die mit zurückgelegten Ohren und gefletschten Zähnen versuchte, die Störenfriede zu vertreiben. Warum das Tier so wütend war, erkannte sie wenig später: Zwischen den Beinen der Hündin stolperten ein paar Welpen und versuchten, ihrer Mutter nachzueifern, allerdings sahen diese Versuche eher putzig als bedrohlich aus.

»Warte!«, rief Hanna, fasste Alexander bei der Hand und zog ihn mit sich. »Schau mal, diese Hündin. Sie hat Junge.«

»Und offenbar beschützt sie sie gut.«

»Ich frage mich …« Hanna stockte. Sie dachte wieder daran, wie bedrückt Dr. Conradi gewirkt hatte, als er ihr vom Tod des Hundes erzählte.

»Was fragst du dich?«

»Ob der Besitzer uns einen der Kleinen verkaufen würde.« Sie schaute auf die tapsigen Welpen. Einer von ihnen hatte dunkles Fell und kleine Flecken über den Augen. Engelsaugen, wie man bei ihr zu Hause sagte.

»Wir können fragen, wenn du willst. Aber wozu brauchst du einen Hund?«

»Dr. Conradi kann einen gebrauchen. Oder besser gesagt, das Waldfriede. Hast du mitbekommen, was mit Prinz passiert ist?«

Alexander nickte. »Wenn ich ehrlich bin, habe ich nie viel auf den Wachhund geachtet. Mein Augenmerk liegt im Waldfriede eher auf meinen Patienten – und auf dir.«

Hanna lächelte. »Würdest du fragen?«

»Wenn es dich glücklich macht …« Er zog sie mit sich zur Gartenpforte und läutete. Das Hundegebell wurde noch lauter. Ein zweiter Hund eilte zur Pforte, mit gefletschten Zähnen und angriffslustig gebeugtem Nacken.

»Arco, aus!«, schnarrte eine Stimme. Der Hund schien großen Respekt vor seinem Herrn zu haben, denn er gehorchte sofort.

Wenig später ließ sich der Besitzer blicken, ein schlanker Mann mit Halbglatze, dessen Körper in einem groben grauen Hemd und einer dunklen Hose mit Hosenträgern steckte.

»Was wollen Sie?«, rief er ihnen unfreundlich entgegen. Der Hund knurrte.

»Wir interessieren uns für Ihre Welpen«, antwortete Alexander und deutete in Richtung des Zwingers, durch den die Kleinen stolperten. »Bieten Sie vielleicht einen von ihnen zum Kauf an?«

Der Mann musterte ihn, ohne dass sich seine Miene veränderte. Glaubte er, Alexander wollte ihn auf den Arm nehmen?

»Wir brauchen einen guten Wachhund«, schaltete sich Hanna ein. »Er ist für das Krankenhaus in der Alsenstraße.«

»Welchen wollen Sie denn?«

Alexander blickte sich zu Hanna um.

»Den mit den Engelsaugen«, antwortete sie.

Der Mann runzelte die Stirn. »Mit den … was?«

»Engelsaugen«, wiederholte Hanna. »So nennt man die hellen Flecken über den Augen.« Da der Mann noch immer nicht zu verstehen schien, schritt Hanna forsch am Zaun entlang zum Zwinger. »Den da!«, sagte sie und zeigte auf den kleinen Hund, der neugierig auf sie zukam.

Der Mann öffnete den Zwinger, schnappte sich den Welpen mit grober Hand und hielt ihn hoch. »Acht Millionen«, sagte er.

»Acht Millionen?«, wiederholte Hanna erschrocken, doch dann fiel ihr ein, dass das Geld mit jedem Tag an Wert verlor. Dennoch erschien ihr der Preis viel zu hoch. »Sie können mir nicht erzählen, dass dies ein Rassehund ist!«

»Ist er nicht. Aber das ist mein Preis.«

Hanna blickte Alexander fragend an.

»Acht Millionen sind zu viel«, sagte er. »Ich glaube kaum, dass ihn einer für diesen Preis kaufen wird. Ich gebe Ihnen sechs.«

»Sieben fünf«, gab der Mann zurück, während er Alexander scharf musterte.

Dieser erwiderte seinen Blick unerschrocken. »Sieben, und Sie können das Geld heute noch ausgeben. Morgen wird es ohnehin nichts mehr wert sein.«

Der Mann knirschte mit den Zähnen, dann blickte er auf den Hund, der in seiner Hand unruhig zu strampeln begann.

»Also gut, nehmen Sie ihn!«, sagte er und drückte Hanna den Welpen in die Arme.

Während Alexander das Geld aus seiner Brieftasche zog, setzte Hanna ihren Schützling in den Picknickkorb.

»Woher hast du nur so viel Geld?«, fragte Hanna, als der Mann ins Haus zurückgekehrt war.

»Viel Geld?« Alexander nahm ihr den Korb ab und lachte trocken. »Das ist doch nicht viel Geld! Was sind schon ein paar Millionen?«

»Du weißt, was ich meine!« Hanna schüttelte den Kopf. »Auch wenn die Zahlen auf den Scheinen wahnwitzig sind, ist es nicht selbstverständlich, darüber zu verfügen.«

»Meinem Vater gehört der Feinkostladen, schon vergessen? Ich habe ihm und mir selbst einen Gefallen getan, indem ich diese Scheine losgeworden bin. Morgen bekämen wir vielleicht gar nichts mehr dafür. Das Krankenhaus hat jetzt immerhin einen neuen Wachhund, und ich habe eine gute Tat getan.«

»Das hast du!« Hanna gab ihm einen Kuss auf die Wange und hakte sich bei ihm ein.

So stolz, als hätten sie ein Kind in dem Korb, kehrten sie zum Waldfriede zurück und machten an der Pforte halt.

»Du solltest den Doktor überraschen«, schlug Alexander vor und reichte ihr den Korb.

»Willst du nicht mitkommen? Immerhin hast du ein Vermögen für den Kleinen ausgegeben.« In der Tat trieb die Inflation immer absurdere Blüten. Mittlerweile bezahlten sie Milliarden für Brot, Millionen für einen einfachen Fahrschein in die Berliner Innenstadt – oder für einen Hundewelpen.

»Nein, überreiche du ihn«, sagte Alexander mit Nachdruck. »Dr. Conradi wird sich freuen. Ich weiß, dass er viel von dir hält.«

Hanna wurde rot. »Ich werde ihm allerdings erzählen, dass du den Hund gekauft hast. Alles andere würde nicht der Wahrheit entsprechen.«

»Wie du willst.« Alexander zog sie an sich und küsste sie. »Aber das hier musst du ihm nicht unbedingt erzählen.«

»Auf keinen Fall«, entgegnete Hanna und schmiegte sich noch eine Weile an ihn. Dann löste sie sich von ihm und ging auf das Haus zu.

43. Kapitel

Der Geruch nach Graupensuppe strömte ihr entgegen, als sie zur Tür hereintrat. In einer halben Stunde würde es Abendessen geben, doch vorher wollte sie den Hund zu seinem neuen Herrn bringen.

Um diese Uhrzeit konnte der Doktor überall sein: im Garten, auf einer der Stationen, im Keller, in den Werkstätten oder sogar im Speicher. Möglicherweise war er bei seiner Frau in seinen Privaträumen.

Sie hatte die Küche gerade passiert, als sich eine Tür öffnete und der Doktor auf den Flur trat.

»Dr. Conradi!«, rief Hanna und beeilte sich, zu ihm zu kommen.

Der Arzt sah sie verwundert an. »Was ist denn, Hanna? Ist es nicht etwas früh für Pilze?«

Hanna lächelte. »In dem Korb ist etwas ganz anderes. Schauen Sie hinein, Herr Doktor.« Sie zog die Decke zur Seite. Der kleine Hund reckte den Kopf und blickte sich ein wenig furchtsam um.

»Das gibt es doch nicht!« Conradi wirkte einen Moment lang fassungslos, dann strahlte er übers ganze Gesicht. »Woher haben Sie diesen kleinen Burschen?«

»In der Nähe der Krummen Lanke hat jemand eine Hündin mit Welpen. Als wir sie sahen, dachten wir, dass dieser kleine Hund ein guter Nachfolger für unseren armen Prinz werden könnte.«

»Wir?« Conradi blickte sie verwundert an.

»Ich habe einen Spaziergang mit Herrn Kirchfeld gemacht«, gab Hanna zu.

Der Doktor kraulte das Fell des Welpen. »Haben Sie sich zufällig getroffen?«

»Wir hatten uns verabredet«, antwortete sie wahrheitsgemäß. »Herr Kirchfeld hatte ein Ruderboot besorgt, mit dem wir auf die Krumme Lanke gefahren sind.«

Dr. Conradi nickte. Sein Lächeln verschwand. Plötzlich wurde ihr heiß. Sie hatte gar nicht darüber nachgedacht, ob es dem Doktor recht sein würde, wenn sie einen seiner Assistenzärzte traf. Doch ging ihn das überhaupt etwas an?

»Nun, dann danken Sie Herrn Kirchfeld ebenfalls«, sagte er kühl und hob den Welpen vorsichtig aus dem Korb. »Ich hoffe, er hat nicht zu viel Geld ausgegeben.«

»Sieben Millionen.«

Conradi zog kurz die Augenbrauen hoch, als würde ihn diese Summe überraschen, dann sagte er, ohne sie anzublicken: »Ich werde ihm das Geld zurückzahlen. Der Hund muss in das Inventar des Krankenhauses übergehen.«

»Muss er das?«, fragte Hanna. »Können wir ihn nicht einfach als Geschenk annehmen? Immerhin waren die Ziegen auch ein Geschenk.«

»Sie waren ein Geschenk für meine Frau zum Geburtstag«, widersprach der Doktor und blickte auf. Hanna meinte, Zorn in seinen Augen zu erkennen. »Und sie kamen von einem Mitglied unserer Gemeinschaft. Herr Kirchfeld ist lediglich Arzt in meinem Krankenhaus. Ein Geschenk von ihm können wir unmöglich annehmen.«

Hannas Freude schwand. Sie verstand, was der Doktor sagen wollte. »Ich bin mir sicher, dass er eine Bezahlung für den Hund ablehnen wird, doch wenn Sie mit ihm reden, ändert er vielleicht seine Meinung«, sagte sie steif und verschwand in Richtung ihres Zimmers.

***

Louis blickte Hanna hinterher. Dass sie mit Kirchfeld unterwegs gewesen war, hatte ihn in einer Weise getroffen, die er nicht vorhergesehen hatte.

Nun arbeiteten sie schon so lange zusammen, und nie hatte sie auch nur eine Bemerkung über Kirchfeld fallen gelassen, die über das Berufliche hinausging. Und jetzt verabredete sie sich mit ihm zu einem Ruderausflug?

Der kleine Hund begann zu winseln. Er streichelte ihm beruhigend über den Kopf. »Schon gut, Kleiner, schon gut.«

Doch er wusste, dass gar nichts gut war. Wenn Hanna heiratete, würde er sie verlieren. Und welcher Mann würde sich schon mit einer Frau zu einer Bootstour im Frühling verabreden, wenn er nicht vorhatte, ihr den Hof zu machen?

Der Zorn, der bei Hannas Geständnis in ihm hochgekocht war, wollte nicht weichen, doch er wusste nicht so recht, gegen wen er ihn richten sollte. Gegen Hanna, weil sie sich auf Kirchfeld einließ? Gegen Kirchfeld, weil er sie umwarb?

Momentan wusste er nur, dass er diesem kleinen Bündel Leben in seinem Arm nicht böse sein konnte, weshalb er ihn ins Schlafzimmer zu seiner Frau trug.

»Was hast du denn da?«, fragte Catherine neugierig.

»Einen neuen Hund«, sagte Louis und versuchte, seine Empfindungen zu verdrängen. Seine Frau sollte ihm die finstere Stimmung nicht anmerken.

»Woher ist der denn?«

»Hanna hat ihn von einem Spaziergang mitgebracht.«

»Ist er ein Findling?« Catherine trat zu ihm und streckte die Hand nach dem Welpen aus. Dieser schloss die Augen, als sie seinen Kopf berührte. Ein entzückter Ausdruck erschien auf dem Gesicht seiner Frau.

»Nein, er stammt wohl von jemandem, der nahe der Krummen Lanke wohnt.«

»Ach, was für ein Süßer!«, juchzte Catherine. »Wir sollten ihm etwas zu fressen geben. Ob er wohl schon entwöhnt ist?«

»Sieht ganz so aus, aber vielleicht möchte er doch etwas Ziegenmilch.«

»Nicht dass er noch anfängt zu meckern«, scherzte sie und eilte eifrig in die Küche.

***

Hanna brauchte eine Weile, um sich wieder zu beruhigen. Warum hatte der Doktor so auf den Hund reagiert?

Sie war sich keiner Schuld bewusst. Ja, sie hatte einen Nachmittag mit Alexander verbracht. Es war einer der schönsten und gleichzeitig aufwühlendsten Tage der vergangenen Zeit gewesen, und sie hatte gehofft, etwas von ihrer Freude weitergeben zu können, doch diese Absicht war ganz offenbar nach hinten losgegangen.

Hanna verfluchte ihre lose Zunge und ihre Ehrlichkeit.

Und was noch schlimmer war: Sie musste sich schon bald zum Abendessen sehen lassen! Was, wenn Conradi allen von ihrer Bootsfahrt erzählt hatte?

Mit einem klammen Gefühl in der Magengrube ging sie in den Speisesaal, wo sie auf Elisabeth traf.

»Schwester Hanna, hattest du einen schönen Nachmittag?«, fragte sie. Neugierde schwang in ihren Worten mit.

Hanna versteifte sich. »Ja, es war ganz nett.«

»Der Doktor hat mir den neuen Hund gezeigt. Er ist ja so süß!«, schwärmte Elisabeth begeistert.

Hatte er ihr auch erzählt, woher der Kleine stammte?

»Wie schön, dass du ihn mitgebracht hast. Wir brauchen dringend einen neuen Bewacher für das Gelände.«

Hanna betrachtete Elisabeth. Bisher waren sie immer gut ausgekommen. Es war möglich, dass sie sich einfach nur über den Welpen freute – doch Hanna wurde das Gefühl nicht los, dass mehr dahintersteckte.

»Der Doktor ist jedenfalls ganz begeistert. Frau Conradi hat den Kleinen in einem Körbchen neben dem Bett …«

Ein lautes Klirren ließ sie abrupt verstummen.

Hanna wirbelte herum und sah, dass Rosa neben dem Servierwagen zusammensackte. Um sie herum lagen Scherben.

»Rosa!«, rief sie und stürmte zu ihr. Hanna kniete sich neben das Küchenmädchen, nahm seinen Kopf auf ihren Schoß und tätschelte seine Wangen. »Rosa? Kannst du mich hören? Rosa!«

Rosas Lider flatterten, und sie stöhnte leise.

»Wo ist Dr. Conradi?«, rief Hanna Elisabeth zu.

»Wahrscheinlich noch in seinen Privaträumen. Ich hole ihn!«, rief Elisabeth zurück.

Rosa öffnete benommen die Augen und richtete den Blick auf Hanna. »Was ist passiert?«, fragte sie mit schwacher Stimme.

»Du hast wohl einen Schwächeanfall erlitten. Schwester Elisabeth ist schon auf dem Weg zu Dr. Conradi.«

Wenig später erschienen zwei Pfleger mit einer Trage.

»Dr. Conradi hat uns angewiesen, sie ins Sprechzimmer zu bringen.« Hanna trat zurück und beobachtete, wie Rosa auf die Trage gehoben wurde. Dann folgte sie ihr ins Sprechzimmer.

Die Pfleger legten sie auf die Untersuchungsliege. Hanna tauschte mit dem Doktor einen kurzen Blick. »Sie ist aus heiterem Himmel zusammengebrochen«, beantwortete sie seine Frage, bevor er sie stellen konnte.

Dr. Conradi wandte sich an Rosa. »Haben Sie öfter mit Schwindel zu kämpfen?«

Rosa schüttelte den Kopf. »Ich … ich weiß gar nicht, woher das so plötzlich gekommen ist.«

Der Doktor fühlte ihren Puls und legte ihr die Blutdruckmanschette an. »Sieht alles recht gut aus«, sagte er dann. »Fühlen Sie sich erschöpft oder schwach?«

»Manchmal«, antwortete sie. »Aber das ist erst seit ein paar Wochen so. Auch, dass mir morgens schlecht ist.«

Dr. Conradi runzelte alarmiert die Stirn. »Ist Ihnen nur morgens übel oder den ganzen Tag lang? Und bemerken Sie vielleicht ein Spannen in den Brüsten?«

»Ab und zu«, antwortete Rosa. »Ich dachte, das ist wegen …« Sie stockte.

»Wann war denn Ihre letzte Periode?«

»Das kann ich nicht sagen …«

Hanna schloss kurz die Augen. Sie wusste nur zu gut, was das bedeutete. »Werde ich sterben?«, fragte Rosa mit Kleinmädchenstimme.

»Nein, das nehme ich nicht an. Aber ich muss Sie gründlich untersuchen. Schwester Hanna hilft Ihnen beim Auskleiden.«

Rosa warf ihr einen ängstlichen Blick zu.

»Keine Angst«, sagte Hanna und streichelte ihre Wange. »Wir bekommen das schon hin.«

Als die Untersuchung beendet war, schickte Dr. Conradi nach der Trage. Diesmal kamen zwei junge Pfleger, die er anwies, Rosa in eines der freien Krankenzimmer zu bringen.

Hanna griff nach Rosas Hand und drückte sie sanft. »Es wird alles gut, du wirst sehen.«

Rosa nickte schwach. Wenig später wurde sie auf die Trage gehoben, und die Männer brachten sie aus dem Sprechzimmer. Hanna wollte sich ihnen anschließen, doch Dr. Conradi bat sie zu bleiben.

Hanna schloss die Tür und sah ihn voller Sorge an.

Der Arzt wartete, bis er die Pfleger nicht mehr hörte, dann sagte er leise: »Sie ist aller Wahrscheinlichkeit nach schwanger.«

Hanna schlug erschrocken die Hand vor den Mund, als sie ihre Befürchtung bestätigt hörte.

»Ich wünschte, es gäbe ein laborchemisches Verfahren, um jeden Irrtum auszuschließen. Man hat zwar inzwischen herausgefunden, dass es ein Schwangerschaftshormon gibt, doch noch fehlen uns die Möglichkeiten, es nachzuweisen. Allerdings sagt mir meine Erfahrung, dass ich richtigliege.«

Rosa war schwanger! Eigentlich sollte das ein Grund zur Freude sein, doch Hanna wusste nur zu gut, was jetzt auf sie zukommen würde.

»Hat sie irgendeinen Mann erwähnt?«, fuhr Conradi ernst fort.

»Nein. Jedenfalls nicht mir gegenüber.« Ratlosigkeit stieg in Hanna auf. War dem Mädchen Gewalt angetan worden? Oder hatte es eine geheime Liaison mit einem der Handwerker?

Dann erinnerte sie sich wieder an den jungen Kommunisten mit der Schusswunde. Paul Schulze. Sie hatten sich geküsst … doch das war jetzt schon beinahe zwei Jahre her. Danach hatte sie ihn hier nicht mehr gesehen.

»Von dieser Schwangerschaft darf nichts nach außen dringen«, riss Dr. Conradi sie aus ihren Gedanken.

»Von mir erfährt niemand etwas«, versprach Hanna erschüttert.

»Gut.« Der Arzt seufzte. »Gerade zum jetzigen Zeitpunkt dürfen wir nicht zulassen, dass ein Schatten auf unser Haus fällt. Eine uneheliche Schwangerschaft beim Personal könnte unseren Ruf schwer beschädigen. Es gibt Kliniken, die wegen der Inflation vor der Schließung stehen. Wenn uns deswegen die Patienten wegbleiben …«

»Das wird nicht passieren«, entgegnete Hanna entschlossen. Der erste Schreck war verflogen, und wenn sie erst einmal mit Rosa geredet hatte, würde ihr vielleicht einfallen, was zu tun war.

Rosa wirkte blass und zerbrechlich in ihrem Krankenbett. Das Schwindelgefühl schien ein wenig besser geworden zu sein, doch nun bemerkte Hanna die dunklen Ringe unter ihren Augen und das stumpf gewordene Haar.

Der Doktor schilderte Rosa mit knappen Worten ihren Zustand. Sie starrte ihn schockiert an, doch gleichzeitig trat noch eine andere Regung auf ihr Gesicht.

Ertappt, ging es Hanna durch den Sinn, während sie sie beobachtete.

»Schwester Hanna wird Ihnen etwas gegen die Schwäche bringen. Anfälle wie dieser sollten sich bald legen.«

»Wie … wie weit bin ich?«, fragte Rosa zögerlich.

»Etwa Ende des zweiten Monats. Und Ihnen ist wirklich nichts aufgefallen?«

Rosa schüttelte den Kopf. »Nein, ich … ich hatte viel zu tun.«

Conradi wechselte einen Blick mit Hanna, doch er sagte nichts.

»Muss ich denn hierbleiben?«, fragte Rosa. »Ich meine, hier in diesem Krankenzimmer? Nicht dass ich einer Patientin den Platz wegnehme.«

»Sie sind eine Patientin!«, erklärte Dr. Conradi mit einer Stimme, die keinen Widerspruch duldete. »Sobald Sie sich etwas stärker fühlen, können Sie in Ihr eigenes Bett.« Er tätschelte ihre Schulter. »Aber erst einmal ruhen Sie sich aus.« Damit verließ er das Krankenzimmer und bedeutete Hanna, ihm zu folgen.

Auf dem Flur sagte Conradi leise: »Ich wäre Ihnen dankbar, wenn Sie herausfinden könnten, wer der Vater ist, Schwester Hanna. Vielleicht kann man diese Misere gütlich lösen.«

»Und wenn ihr jemand von außen Gewalt angetan hat? Oder wenn der Vater nicht interessiert ist an einer Hochzeit?«

»Dann werden wir einen Mann für sie finden müssen. Sie ist Teil unserer Gemeinschaft und muss heiraten, daran führt kein Weg vorbei.«

Hanna blickte Dr. Conradi erschrocken an. Rosa sollte jemanden heiraten, den sie nicht liebte? Das erinnerte sie doch sehr an das Vorhaben ihrer Eltern, Leni mit diesem Missionar zu verloben.

»Ich werde sie fragen«, versprach sie dennoch.

»Gut. Danke.« Der Doktor nickte ihr zu und eilte mit großen Schritten den Gang hinunter.

Hanna schaute ihm nach, dann betrat sie das Krankenzimmer. Rosa hatte die Decke bis zum Kinn hochgezogen und blickte furchtsam an die Wand.

»Rosa, du machst Sachen«, sagte Hanna und setzte sich auf die Bettkante. Sanft strich sie dem Küchenmädchen die Haare aus dem Gesicht. »Wie kommt es denn, dass du schwanger bist?«

Rosa legte den Kopf beschämt zur Seite. »Na, wie schon?«, gab sie mit schwacher Stimme zurück.

Hanna seufzte. »Nun, was das Wie angeht, haben wir wohl nicht viele Möglichkeiten. Aber … ist der Vater jemand aus dem Haus? Falls ja, sollten wir darauf drängen, dass er seiner Pflicht nachkommt und dich heiratet.«

Rosa schwieg eine ganze Weile, und Hanna sah ihr deutlich die Gedanken an, die hinter ihrer Stirn kreisten. Dann drehte sie den Kopf zu Hanna und sah ihr geradewegs in die Augen.

»Paul Schulze«, sagte sie. »Du weißt schon, der Mann, der vor gut zwei Jahren mit einer Schussverletzung hier eingeliefert wurde.«

Hanna, die ihren Verdacht bestätigt sah, schloss die Augen und atmete tief durch. Sie hatte Rosa ans Herz gelegt, sich nicht mit ihm einzulassen, doch anscheinend hatte diese ihren Rat in den Wind geschlagen.

»Du weißt, was das heißt«, fuhr sie sanft, aber bestimmt fort. »Du musst heiraten, bevor dein Zustand offenbar wird.«

»Er … er wird mich sicher nicht heiraten.«

»Warum nicht? Er konnte dich schwängern, dann muss er auch für sein Kind geradestehen.« Ein beängstigender Gedanke kam Hanna. »Er wird doch wohl nicht schon anderweitig gebunden sein?«

»Nein, nicht dass ich wüsste … Aber … ich weiß nicht, ob ich ihn heiraten möchte.«

Hanna seufzte schwer, dann griff sie nach Rosas Hand und drückte sie. Auf einmal kam sie sich vor, als würde sie von einem schweren Stein hinabgezogen. »Das wirst du wohl müssen, wenn du nicht in weitere Schwierigkeiten kommen willst. Die Alternative wäre die Heirat mit einem anderen Mann, der bereit ist, für dich zu sorgen.«

»Ich soll jemanden heiraten, den ich nicht liebe?«

»Du kennst die Regeln. Und es ist wichtig für dein späteres Leben. Als Mutter eines unehelichen Kindes wärst du auf ewig gebrandmarkt.«

Hanna hielt inne, als sie sah, dass Tränen in Rosas Augen stiegen.

»Es war doch nur einmal, und er sagte, er … er würde aufpassen«, schluchzte sie auf und krallte sich an Hannas Kleid fest. Hanna schlang die Arme um sie.

»Beruhige dich, Rosa«, redete sie leise auf die Schwangere ein und streichelte über ihren Rücken. »Wir werden es schon hinbekommen. Irgendwie.«

44. Kapitel

Zehlendorf, 13. Mai 1923

Am nächsten Morgen erschien Rosa wieder im Speisesaal. Mit Besorgnis nahm Hanna wahr, dass sich alle Augen auf sie richteten. Mittlerweise hatte wahrscheinlich die gesamte Belegschaft mitbekommen, dass Rosa ins Sprechzimmer und anschließend auf die Frauenstation gebracht worden war. Dass sie die Köpfe zusammensteckten und leise tuschelten, war sicher kein Zufall.

Als Hanna nach dem Frühstück das Sprechzimmer betrat, spürte sie sofort Dr. Conradis Anspannung.

»Hanna, schließen Sie doch bitte die Tür hinter sich«, sagte er mit ernster Miene.

In der Annahme, dass er mit ihr noch einmal über Rosa sprechen wollte, kam sie der Anweisung nach.

»Ich möchte Ihnen nur sagen, dass es mir leidtut, wie ich gestern reagiert habe«, begann er zu ihrer Überraschung. »Ich freue mich wirklich sehr über den neuen Hund, und meine Frau ist ganz vernarrt in ihn.«

»Ich war mir gleich sicher, dass er hier einen guten Platz finden wird.« Erleichterung schwang in Hannas Stimme mit, dennoch war da etwas in Conradis Gesicht, was sie irritierte. Seine Worte schienen nicht zu der frostigen Miene zu passen.

»Allerdings muss ich Ihnen wohl nicht sagen, dass Ihre Ehre auf dem

Spiel stehen könnte, wenn Sie sich … weiterhin mit Dr. Kirchfeld treffen.«

Die Erleichterung schwand, an ihre Stelle trat Widerstand. Was erlaubte er sich? War es nicht ihre Sache, mit wem sie ihre Freizeit verbrachte?

»Ist es wegen Rosa?«, sprach sie aus, was dem Doktor offenbar durch Kopf ging. »Glauben Sie wirklich, ich würde …«

Die Wangen des Doktors röteten sich.

»Ich sage nur, dass Sie vorsichtig und auf den Ruf des Hauses bedacht sein sollen«, ruderte er widerstrebend zurück, doch Hanna sah, wie ernst es ihm war.

Etwas, das sie zuvor nicht für möglich gehalten hatte, trat jetzt ein: Sie verspürte Zorn auf Dr. Conradi.

»Ich fürchte, Sie werden mir in dieser Sache vertrauen müssen«, gab sie kühl zurück. »Ich kenne die Regeln und habe nicht vor, dagegen zu verstoßen.«

Einen Moment lang starrten sie einander an.

»Ich werde jetzt den nächsten Patienten hereinholen«, sagte sie und öffnete die Tür des Sprechzimmers.

***

Den ganzen Vormittag über sprachen sie nicht mehr über Privates. Auf seine Anweisungen reagierte Hanna dienstbeflissen, aber reserviert. Fast tat es Louis leid, dass er sie auf Kirchfeld angesprochen hatte.

Als Hanna sich in die Mittagspause verabschiedete, schweifte sein Blick zum Fenster.

Warum ging ihm Hannas Verabredung mit Kirchfeld nicht aus dem Sinn? Und warum stieg eine derartige Wut in ihm auf?

Der Kauf des Hundes war eine wunderbare Geste, und er war Kirchfeld sehr dankbar dafür. Dennoch ertrug er es nicht, dass Hanna mit ihm spazieren gegangen war.

Er stand auf und begann, unruhig auf und ab zu gehen. Er konnte gut verstehen, was sein Assistenzarzt an ihr anziehend fand. Hanna war eine der hübschesten Schwestern im Haus, klug, eigenständig und energisch. Und es bestand kein Zweifel daran, dass sie eine gute Ehefrau abgeben würde.

Doch allein schon die Vorstellung machte ihn krank. Hanna verheiratet? Das würde bedeuten, dass sie den Dienst quittierte. Die Regeln ihrer Gemeinschaft waren eindeutig. Um sich ganz der Pflege der Kranken widmen zu können, mussten Schwestern unverheiratet bleiben.

Hanna mochte vielleicht keine Oberin sein, aber als Sprechstundenhilfe war sie ihnen gleichgestellt.

Was sollte er ohne sie tun?

Während er sich noch einzureden versuchte, dass sein Ärger rein berufliche Gründe hatte, kam ihm ein Gedanke. Was, wenn er unverheiratet geblieben wäre? Mit so einer hübschen jungen Ehefrau an seiner Seite würden ihn sicher sämtliche Kollegen beneiden.

Nur dass die Realität anders aussah …

Etwas berührte ihn am Bein. Ein warmer Körper drängte sich an ihn.

Der Hund! Ihn hätte er beinahe vergessen. Als Louis zur Seite blickte, schaute der Kleine erwartungsvoll zu ihm hoch und stieß ein leises Winseln aus.

»Wie bist du denn aus dem Körbchen gekommen?« Louis bückte sich und hob den Kleinen auf. Er zappelte und versuchte, ihm die Hände zu lecken. So eine treue Seele, dachte Louis, und für einen Moment vertrieb die Wärme die Angst aus seiner Brust.

***

In der Mittagspause lief Hanna zu der Anhöhe, hinter der sich ein kleiner Teich befand. Hierher kam sie manchmal, wenn sie Ruhe haben oder nachdenken wollte. Das Hauptgebäude des Waldfriede verschwand hinter dem baumbewachsenen Hügel, und man hatte das Gefühl, völlig fern von allem zu sein.

Doch aus dem Nachdenken wurde nichts, als sie bemerkte, dass Alexander ihr gefolgt war. Ungestüm zog er sie in seine Arme und küsste sie.

Hanna wollte sich zunächst wehren, doch in dem Augenblick, als sie seine Wärme spürte, ließ sie es geschehen.

Er merkte allerdings sofort, dass etwas nicht stimmte. »Was ist denn los?«, fragte er. »Hast du vor, wieder Abstand von mir zu nehmen?«

Hanna seufzte. »Nein.« Sie senkte den Kopf. »Es ist nur …«

»Was? Hat dem Doktor das Geschenk nicht gefallen? Ich habe ihn vorhin mit dem Hund auf dem Arm gesehen.«

»Doch, wie es aussieht, gefällt ihm der Kleine«, räumte sie ein. »Nur die Umstände, wie es zu dem Kauf gekommen ist, behagen ihm leider gar nicht.«

»Oh.« Alexander sah sie fragend an. »Ist es ihm nicht recht, dass ich den Hund gekauft habe?«

»Ihm ist nicht recht, dass ich mit dir spazieren war«, erklärte Hanna. »In seiner Vorstellung haben wir uns wohl nackt durch den Wald gewälzt.«

»Was?« Alexander schüttelte ungläubig den Kopf. »Das geht ihn doch überhaupt nichts an!«

»Ich bin seine Angestellte«, gab Hanna zu bedenken. »Er fürchtet, dass dadurch der Ruf unseres Hauses in Gefahr ist.«

»Der Ruf des Waldfriede?« Alexander stieß einen frustrierten Laut aus. »Was soll denn rufschädigend sein, wenn eine Schwester mit einem Arzt einen Spaziergang macht?«

»Du verstehst das nicht«, gab sie zurück. »In unserer Gemeinschaft gibt es bestimmte Regeln.«

»Also dürft ihr euch nicht mit Männern treffen? Werden eure Ehen etwa arrangiert?«

Hanna presste die Lippen zusammen. Hin und wieder passierte das, wenngleich es nicht mehr die Regel war. Meist wurden die Ehen aus Liebe geschlossen. Doch Ehen mit Männern oder Frauen aus anderen Konfessionen wurden nicht ganz so gern gesehen.

»Entschuldige bitte«, sagte Alexander. »Das war zu hart.«

Hanna griff nach seiner Hand. »Es ist nur so, dass wir vorsichtig sein müssen.«

»Vorsichtig?« Er schüttelte den Kopf. »Ich denke, du kannst in deiner freien Zeit machen, was du möchtest. Oder hat man dir bei deinem verstorbenen Verlobten vorgeschrieben, wann du dich mit ihm treffen darfst?«

Die Erwähnung von Martin versetzte Hanna einen Stich. Aber so war Alexander eben, immer direkt. Und im Grunde genommen hatte er recht. Niemand hatte ihr vorgeschrieben, wann sie sich mit Martin treffen sollte. Doch er war ihr Verlobter gewesen, ein Mann, der ihren Glauben teilte. Das erwähnte sie gegenüber Alexander jedoch nicht.

»Nein, uns hat niemand etwas vorgeschrieben«, gab sie zu. »Und das ist auch hier nicht der Fall. Wir sollten nur aufpassen, dass die Leute uns nicht allzu aufmerksam beobachten und womöglich auf die falschen Gedanken kommen.«

»Du meinst, dass der Doktor nicht auf die falschen Gedanken kommt.«

Hanna atmete tief durch. Sie hatte nicht bedacht, wie kompliziert alles werden konnte.

»Bedeutet das, dass wir uns privat nicht mehr sehen dürfen?«, fragte er mit leiser Stimme.

»Nein, natürlich nicht!«, rief sie schnell. »Wir können uns sehen. Aber nicht mehr an der Krummen Lanke. Du wolltest doch beim nächsten Mal ohnehin zum Schlachtensee hinaus. Oder in die Stadt.«

Alexander zögerte. Auf seinem Gesicht wechselten sich Verwirrung, Zorn und Kummer ab.

Mittlerweile bereute es Hanna, dass sie den Hund hatte mitnehmen wollen. Wenn sie es nicht getan hätte, hätte Dr. Conradi nie etwas von dem Spaziergang erfahren.

»Bitte, Alexander«, sagte sie und sah ihn flehend an.

»Willst du mich denn wirklich wiedersehen?«, fragte er. »Ich meine … privat.«

»Natürlich! Der Nachmittag war wunderschön. Aber wir dürfen kein Risiko eingehen.«

Alexander machte den Eindruck, als läge ihm eine andere Erwiderung auf den Lippen, doch laut sagte er: »Gut, dann treffen wir uns eben an einem anderen Ort. Zehlendorf ist zum Glück groß genug.«

Hanna beugte sich vor und küsste ihn. Er zuckte überrascht zurück, doch dann schlossen sich seine Arme um sie.

»Und es soll mir egal sein, wer das jetzt gesehen hat«, sagte Hanna, als sie sich von ihm löste, um ins Haupthaus zurückzukehren.

45. Kapitel

Zehlendorf, 7. Juni 1923

In der nächsten Zeit war es sehr ruhig im Sprechzimmer, was hauptsächlich daran lag, dass Hanna mit Dr. Conradi kaum ein Wort wechselte, das über den fachlichen Austausch hinausging. Wenn die Sprechstunde vorüber war, zog sie sich sogleich in den Röntgenraum zurück und stand dort für Dr. Steiners und Alexanders Patienten bereit. Wenn es auch dort nichts zu tun gab, beschäftigte sie sich in der Wäschekammer oder half anderswo im Haus aus.

Conradis Worte lagen ihr nach wie vor schwer im Magen. Was hatte sie anderes getan, als mit Alexander spazieren zu gehen und ihn zu küssen? Ein Kuss zwischen zweien, die sich mochten, vielleicht auch liebten, war doch nichts Verwerfliches?

Alexander bemühte sich darum, so zu tun, als wäre nichts geschehen, doch auch er wirkte immer noch leicht angekratzt.

Zu allem Überfluss kam Rosa am Donnerstag vor der Morgengymnastik zu ihr. »Du musst mir etwas gegen die Übelkeit geben«, sagte sie, kreidebleich und etwas grünlich um die Nase. »Es wird immer schlimmer …«

»Das gehört dazu«, erklärte Hanna. »Jedenfalls bis zum dritten Monat. Danach wird es besser.«

»Danach wird man meinen Bauch sehen, nicht wahr?« Sie legte vorsichtig die Hand auf den noch flachen Unterleib.

»Im dritten und vierten Monat noch nicht so sehr, aber dann …« Hanna stockte. »Hast du es dir überlegt? Oder Paul schon erreicht?«

Rosa schüttelte den Kopf. »Ich hatte noch keine Zeit dazu. Und ich kann Frau Conradi doch wohl kaum darum bitten, mir einen Tag freizugeben, damit ich nach Berlin fahren kann.«

Da hatte sie recht, das war schwierig. Hanna fragte sich, ob die Ehefrau des Doktors etwas von Rosas Schwangerschaft wusste.

»Soll ich das vielleicht für dich tun? Mit ihm reden?«

Rosas Augen weiteten sich erschrocken. »Nein!«

»Aber ich könnte es ihm viel schonender beibringen. Außerdem wird er nicht gleich vermuten, dass er …«

»Er wird mich ganz sicher nicht heiraten.« Rosa senkte traurig den Blick. »Er ist viel zu unabhängig dazu. Einmal hat er gesagt, dass er die Ehe für überholt hält.«

»Tja, aber er wird demnächst Vater. Und es ist ein sehr schlechter Zug von einem Mann, nicht zu seiner Verantwortung zu stehen.« Hanna strich Rosa über den Arm. »Lass es mich versuchen. Bitte. Oder willst du einen Mann heiraten, den du nicht liebst? Dich auf sein Erbarmen und seinen guten Willen verlassen?«

Rosa schüttelte den Kopf. »Nein, das will ich nicht.«

»Und Paul würdest du nehmen, wenn er dir einen Antrag macht?«

Rosa nickte schüchtern.

»Gut. Ich werde ihn aufsuchen. Irgendwo haben wir sicher noch seine Adresse.«

»Da wohnt er nicht mehr«, wandte Rosa ein. »Er ist bei ein paar Freunden untergekommen … Außerdem ist er abends nur selten da …«

»Dann sag mir, wo ich ihn sonst finden kann.« Hanna fragte sich, wie sie es geschafft hatten, das Kind zu zeugen, wenn er nicht mal eine Wohnung für sich allein hatte. Als Rosa schwieg, fügte sie drängend hinzu: »Ich bin doch deine Freundin, oder nicht?«

Rosa nickte.

»Ich habe an diesem Samstag Zeit, und ich nehme es gern auf mich, mit deinem Freund zu sprechen. Außerdem solltest du dich in deinem

Zustand nicht nach Berlin wagen. Wer weiß, vielleicht wird dir im Bahnwaggon schwindelig. Also?« Sie blickte die junge Frau prüfend an. »Sagst du mir, wo ich mich an ihn wenden kann, ohne dass mich ein Knüppel oder Schuss trifft?«

»Paul ist am Samstag immer im Roten Hahn, das ist eine Kneipe im Scheunenviertel«, sagte Rosa schließlich. »Dort trifft er sich mit seinen Kameraden.«

Das Scheunenviertel war keine Gegend, in der sich eine Frau herumtreiben sollte. Es gab dort Prostituierte, Diebe und andere zwielichtige Gestalten, doch davon würde sich Hanna nicht abschrecken lassen. Sie war fest entschlossen, ihrer Freundin zu helfen.

***

Schon der Morgen war ungewöhnlich warm gewesen, doch die Hitze steigerte sich noch im Laufe des Tages. Zu allem Überfluss stand heute ein Besuch von Felix Dressler an, dem Architekten, den er mit dem Entwurf des Ärztewohnhauses beauftragt hatte.

Eigentlich hatte sich Louis darauf gefreut, doch die Gedanken, die ihn noch immer nicht loslassen wollten und zeitweilig bis in die Nacht hinein begleiteten, vergällten ihm diese Freude.

Seit er mit Hanna über Kirchfeld gesprochen hatte, war die Stimmung im Sprechzimmer kühl. Sie befolgte natürlich all seine Anweisungen und war fleißig bei der Arbeit, scherzte mit den Patienten und redete ihnen gut zu. Doch sobald der Betreffende das Sprechzimmer verlassen hatte, schien sich eine unsichtbare Mauer zwischen sie zu schieben.

Hanna verstummte, auf eine Weise, die er bisher nicht an ihr erlebt hatte. Sie lächelte nicht, sie arbeitete nur. So wie jetzt, als sie ihm die Ankunft des Architekten vermeldete.

»Möchten Sie ihn in Ihrem Sprechzimmer empfangen oder lieber in Ihren Privaträumen?« In dem Blick, mit dem sie ihn bedachte, lag nichts Feindseliges, aber eine bisher nicht dagewesene Distanz.

»Schicken Sie ihn ins Sprechzimmer, bitte.«

Hanna nickte. Vor diesem unseligen Spaziergang mit Kirchfeld hatte sie sich immer dafür interessiert, was in seinem Leben vorging. Er hatte mit ihr die Einrichtung der Krankenpflegeschule besprochen, hatte sich Rat bei der Möblierung geholt und bei der Festlegung der Unterrichtsfächer. Auch die neue Apotheke hatte er mit ihr geplant, was er genauso gut mit seiner Frau oder Dr. Meyer hätte klären können. Doch er hatte sich an Hanna gewandt. In vielen Dingen hatte sie einen unverstellten Blick und warf Fragen auf, die niemand sonst stellen würde.

In den vergangenen Jahren hatte sich ein Band zwischen ihnen gebildet, das jeder Belastung standzuhalten schien. Doch wie es aussah, hatte er sich geirrt. Das Band drohte nun zu zerreißen, und er wusste nicht, wie er es flicken sollte. Sollte er ihr einen Freischein geben für die Beziehung mit Kirchfeld? Sich heraushalten?

Im nächsten Augenblick erschien Felix Dressler in der Tür, eine Rolle mit Plänen unter den Arm geklemmt.

»Guten Tag, Dr. Conradi, ich freue mich, dass Sie Zeit für mich haben.«

»Für Sie doch immer, Herr Dressler!« Conradi erhob sich und deutete auf den Stuhl vor dem Schreibtisch. »Setzen Sie sich!«

Der Architekt kam der Aufforderung nach und zog eine Mappe aus der Tasche.

»Ich habe den bestehenden Entwurf um ein paar Details ergänzt«, sagte er. »So habe ich zum Beispiel einen Pavillon hinzugefügt, schauen Sie.« Er entrollte die Pläne auf Louis' Schreibtisch.

Den vollständigen Entwurf des Hauses zu sehen, erfüllte Louis mit Vorfreude. Es hatte zahlreiche Erker und in der zweiten Etage einen Balkon, dessen Dach von schlanken Säulen getragen wurde. Der erwähnte Pavillon war sechseckig und wurde durch eine kleine Mauer mit dem Haus verbunden. Es war eine Stadtvilla, wie sie im Buche stand, beinahe ein bisschen pompös, wo sie doch sonst an allen Ecken sparen mussten. Aber die Gesellschaft schaute auf sie, und auf keinen

Fall wollte er den Eindruck vermitteln, dass sie keinen Erfolg hatten. Niemand würde wissen, dass ein Großteil der finanziellen Mittel aus der Schweiz kam, wo es den Adventisten wesentlich besser erging als hier in Deutschland.

»Diese Pavillons sind derzeit der letzte Schrei in der Stadt. Auch wenn man glaubt, dass diese unselige Inflation nie aufhört, wollen die Leute nicht auf einen gewissen Luxus verzichten.«

Luxus war der Pavillon auf jeden Fall. Er konnte sich gut vorstellen, wie er an einem lauen Freitagabend im Sommer dort saß, seine Gedanken wandern ließ oder sich an seine Staffelei setzte, die schon viel zu lange ungenutzt im Keller herumlag. Er hatte keine Ahnung, wann er endlich wieder Zeit zum Malen finden würde, aber möglicherweise brachten irgendwann neue Ärzte die ersehnte Entlastung.

»Ich würde gern meine Frau dazuholen«, sagte Louis, denn er konnte sich Catherines Begeisterung sehr gut vorstellen.

Auf dem Weg in die Küche hielt er Ausschau nach Hanna, aber sie war nirgends zu sehen. Wieder bedauerte er, welche Entwicklung ihr ehemals so freundschaftliches Verhältnis genommen hatte, denn zu gern hätte er auch ihr den Pavillon gezeigt. Aber das war im Augenblick wahrscheinlich keine gute Idee.

***

Die Anwesenheit des Architekten nahm Hanna zum Anlass, um Alexander aufzusuchen. Dr. Conradi würde beschäftigt sein, denn heute ging es offenbar um das neue Ärztewohnhaus. Dieses war schon seit einiger Zeit im Gespräch, doch die Kirchenleitung hatte immer wieder Bedenken geäußert, was die Finanzierung anging.

Mittlerweile wurde es aber im Haus so eng, dass es für die Conradis nicht mehr zumutbar war, in einem einzigen Raum zu wohnen.

Eigentlich interessierte es sie sehr, wie das neue Haus aussehen würde, in dem nicht nur die Conradis, sondern auch die Familie von Krankenhausseelsorger Behrens ihre Wohnung finden sollte.

Doch sie wollte Dr. Conradi nicht danach fragen. Außerdem hatte sie das Gefühl, dass es ihr nicht zustand, etwas darüber zu erfahren. Immerhin war sie nur seine Sprechstundenhilfe, sonst nichts.

Ihre Gedanken schweiften zu Alexander. Untertags begegneten sie sich kaum, auch weil Hanna nicht wollte, dass irgendwer Dr. Conradi etwas zutrug. Doch nachts kam die Sehnsucht. Es verlangte sie nach seinen Küssen und Berührungen und manchmal auch nach Dingen, die sie sich selbst kaum eingestehen wollte.

Seit Leni nicht mehr da war, fühlte sich ihr Zimmer so kühl an, so einsam. Es schickte sich nicht, aber sie wünschte sich voller Sehnsucht, dass Alexander zu ihr käme, dass er ihr Wärme und Trost spendete, sie einfach nur festhielt.

Sie wartete den Moment ab, in dem er das Untersuchungszimmer verließ, dann nahm sie ihn in einer Nische zwischen den Stationen beiseite. Es war beinahe wie damals, als er sie über die Umtriebe des Buchhalters informiert hatte.

»Na, du hast ja Mut«, sagte er. »Wenn Dr. Conradi uns sieht …«

»Er ist gerade die Treppe hinunter«, gab Hanna leicht schnippisch zurück. Seine Stichelei nervte sie ein wenig. »Außerdem ist es dringend.«

Alexanders Miene wurde ernst. »Worum geht es denn?«

»Ich möchte, dass du mit mir ins Scheunenviertel gehst«, antwortete sie.

Er zog verwundert die Augenbrauen hoch. »Ins Scheunenviertel? Ich verstehe ja, dass du dich nicht in der Nähe des Krankenhauses mit mir treffen möchtest, aber dort? Wenn es einen Ort gibt, den eine Frau wie du meiden sollte, dann diesen!«

Hanna rang mit sich. Sollte sie ihm von Rosa erzählen?

»Deshalb frage ich dich ja!«, stieß sie schließlich hervor.

»Aber was willst du da? Im Scheunenviertel gibt es nichts weiter als verrufene Etablissements und Huren auf der Straße. Ehe du dichs versiehst, wird man versuchen, dich zu vergewaltigen. Und mich auszurauben.«

»Warst du denn schon einmal dort?«

Alexander wurde rot. »Als Student. Und das war der größte Fehler, den ich je begangen habe.«

»Ich muss in den Roten Hahn«, fuhr sie eindrücklich fort.

»In die Kommunistenkneipe?«, fragte Alexander entsetzt. »Warum?«

»Dort soll jemand sein, dem ich eine Nachricht überbringen muss. Es ist wirklich wichtig.«

»Und du kannst mir nicht sagen, wer dieser Jemand ist?«

Hanna fühlte sich hin- und hergerissen. Brachte es denn wirklich etwas, zu schweigen? Konnte sie ihm nicht einfach von der Sache erzählen? Immerhin war er der Mann, dem sie auch in der Angelegenheit mit dem Buchhalter vertraut hatte. Der Mann, dessen Lippen sie so gern auf ihrem Mund spürte und der Gefühle in ihr weckte, die sie seit Martins Tod verloren geglaubt hatte.

»Ich sage es dir, wenn wir dorthin fahren, versprochen. Bis dahin muss ich noch Stillschweigen bewahren.« Sie blickte ihm in die Augen. »Also, kann ich auf dich zählen?«

»Das kannst du«, versicherte er ihr. »Immer.« Damit zog er sie in seine Arme und küsste sie.

46. Kapitel

Berlin, 9. Juni 1923

Am späten Samstagnachmittag machte sich Hanna auf den Weg zum Bahnhof Zehlendorf West.

Trotz der sommerlichen Wärme waren ihre Hände eiskalt. Alexander hatte ihr versprochen, die Fahrkarten zu besorgen, nachdem sie sich auf die Uhrzeit geeinigt hatten. Mit pochendem Herzen wartete sie auf seine Ankunft. Dabei fragte sie sich, ob das, was sie vorhatte, richtig war. Was, wenn Paul Schulze sie abwies? Wenn er auch die Verantwortung für sein Kind zurückwies? Oder schlimmer noch, wenn sie ihn gar nicht fand?

Als sich immer mehr Passagiere auf dem Bahnsteig sammelten, wurde sie unruhig. Wo blieb Alexander bloß? Hatte er es sich anders überlegt?

Schließlich sah sie, wie der Zug der Stadtbahn in den Bahnsteig einfuhr. Die Furcht, dass er sie versetzt haben könnte, überkam sie.

Dann spürte sie eine Hand an ihrer Taille. Sie wollte sie schon abwehren, da erkannte sie Alexander neben sich. Er zog sie mit sich durch die Waggontür. Ein Pfeifen ertönte, dann setzte sich der Zug in Bewegung. Unter den neugierigen Blicken der anderen Passagiere führte Alexander sie zu einer der Holzbänke.

»Entschuldige bitte meine Verspätung«, sagte er und versuchte, ein Keuchen zu unterdrücken. »Dr. Meyer hat mich nicht weggelassen. Er wollte mit mir über den Unterricht sprechen, und du weißt ja, wie er ist.«

Das wusste Hanna. Dr. Meyer redete untertags nicht viel, doch wenn er ein Thema gefunden hatte, für das er sich erwärmte, gab es kaum ein Halten für ihn.

»Gut, dass du es noch geschafft hast«, sagte Hanna und drückte seine Hand. »Ich dachte schon, ich müsste umkehren.«

»Das Scheunenviertel wäre auch in der kommenden Woche noch da gewesen.«

»Aber wir haben nicht mehr viel Zeit.«

»Erzählst du mir nun, was geschehen ist?«, fragte Alexander.

Hanna blickte sich um. Die meisten Passagiere waren beschäftigt oder hatten die Augen geschlossen, doch sie wusste, dass die Menschen von Natur aus neugierig waren.

»Es geht um eines der Mädchen«, flüsterte sie. »Sie ist in anderen Umständen und fürchtet, dass der Vater einen Rückzieher machen könnte. Er soll sich im Roten Hahn aufhalten.«

»Und wenn er sich nicht gerade über die Botschaft freut?«

»Dann habe ich dich bei mir. Zum Schutz.«

»Du weißt aber schon, dass ich Arzt bin und kein Ringer?«

Hanna griff nach seiner Hand und legte sie an ihre Wange. »Es gibt keinen Menschen, bei dem ich mich sicherer fühle.«

Am Stettiner Bahnhof angekommen, stiegen Hanna und Alexander aus. Das Bahnhofsgebäude lag an der Invalidenstraße, nicht weit von der Torstraße entfernt, die das Viertel begrenzte. Hier lebten die Ärmsten der Armen, Prostituierte, Arbeitslose, Menschen, die das Leben im Stich gelassen hatte, außerdem Juden, die nirgendwo anders eine Bleibe in Berlin fanden.

Alexander hatte ihr auf der Fahrt erklärt, dass hier der erste »Ringverein« der Stadt gegründet worden war, nichts anderes als ein Zusammenschluss von Kriminellen, die die Nachbarschaft heimsuchten und Ladenbesitzer unter Druck setzten.

Nicht einmal die Polizei wagte sich hierher. Es gab hier und da Schutzmänner, die allerdings zwei Augen zudrückten, wenn irgendwer ein krummes Ding drehte – und dafür belohnt wurden.

Dennoch wirkte diese Gegend wie ein Magnet für jene, die der Monotonie ihres geordneten Lebens entrinnen wollten. Neben den Läden gab es hier viele Kneipen und etliche Bordelle. Diese Etablissements waren oftmals kaum zu erkennen, höchstens daran, dass sich einige leicht bekleidete Frauen an den Fenstern blicken ließen. Die Kunden wurden von Kupplern herbeigelotst.

»Das gibt es doch nicht!«, vernahm Hanna im nächsten Augenblick eine Stimme hinter sich. Sie wirbelte herum und sah eine Frau in einem engen grünen Kleid. Abgesehen von der Farbe ähnelte es dem, das sie an der Frau im Grunewald gesehen hatte. Auch dieser Stoff glänzte seidig und weckte das Verlangen, ihn zu berühren.

Die Frau trug einen kurz geschnittenen Bob, dessen Enden an den Schläfen und Wangen zu kleinen Kringeln onduliert und mit Pomade festgeklebt waren. Sie kam Hanna irgendwie bekannt vor.

»Larissa?«, fragte sie verwundert, als sie die Schwester von der Charité erkannte, die mit ihr den Röntgenkurs belegt hatte. »Was machst du denn hier?«

»Oh, wir sind auf dem Weg zu Clärchens Ballhaus.« Sie zwinkerte dem hochgewachsenen Mann neben ihr zu. »Wollt ihr mitkommen?«

Hanna blickte an sich hinunter. Das biedere Kleid, das sie trug, konnte mit Larissas schickem Abendkleid nicht einmal ansatzweise mithalten. Bei der Not, die derzeit überall herrschte, hätte Hanna es nicht einmal gewagt, von einem solchen Kleid zu träumen.

»Nein, wir wollen woandershin«, lehnte sie daher hastig ab.

»Ach? Wisst ihr eine Adresse, die besser ist als das Ballhaus?«

Alexander schien ihre Verlegenheit zu spüren, denn er legte schützend den Arm um sie. »Wir wollen es etwas privater haben. Aber danke für das Angebot.«

Larissa strahlte ihn an, dann blickte sie zu Hanna. »Was für ein attraktiver Begleiter! Zu dem würde ich auch nicht Nein sagen.«

»Dein Begleiter ist ebenfalls sehr nett«, sagte Hanna und wünschte sich nichts sehnlicher, als endlich weitergehen zu können.

Larissa lachte auf, dann fügte sie hinzu: »Amüsiert euch schön!« und verschwand mit dem hochgewachsenen Mann in der Menge.

»Du auch!«, rief Hanna ihr hinterher.

»Wer war das denn?«, fragte Alexander. »Ich wusste nicht, dass du mit Damen …«

»Larissa ist eine Mitschülerin aus meinem Röntgenkurs«, erklärte Hanna und setzte sich wieder in Bewegung.

»Nun, offenbar scheint sie das Leben zu genießen.« Er drückte ihre Hand. »Clärchens Ballhaus ist übrigens keine schlechte Idee. Wir könnten irgendwann auch dort hingehen.«

»Ich kann nicht tanzen«, wandte Hanna voller Bedauern ein.

»Du nimmst mich auf den Arm!«

»Ich hatte bisher keine Gelegenheit, es zu lernen.«

»Und wie willst du deinen Hochzeitswalzer tanzen?«

Hannas Mundwinkel sackten herab. Wird es denn je eine Hochzeit für mich geben?, fragte sie sich. Als Martin um ihre Hand anhielt, hatte sie sich keine Gedanken ums Tanzen gemacht. Eher darum, wie sie eine gute Ehefrau werden und Martin bei seinen Erfindungen unterstützen könnte.

»Ich kann es dir beibringen«, schlug Alexander vor und zog sie in Tanzpose an sich.

Hanna lachte auf. »Gleich hier?«

»Warum nicht?«

»Wir haben noch etwas zu tun«, protestierte sie.

»Ja, in eine verrufene Kneipe gehen und einen Arbeiter finden, der das Glück hat, Vater zu werden.« Alexander entließ sie aus seiner Umarmung.

»Es ist wichtig«, beharrte Hanna. »Das Ballhaus wird auf uns warten, aber das Kind tut es nicht.«

Die Welt, in die sie eintauchten, unterschied sich von Zehlendorf wie der Tag von der Nacht. Die hoch aufragenden Mietshäuser wirkten heruntergekommen. Putz und Farbe blätterten in großen Fetzen ab, zerschlagene Scheiben waren entweder mit Holzbrettern oder alten Zeitungen abgedichtet. Das Elend kroch diesen Gebäuden regelrecht aus den Poren. Hier und da entdeckte Hanna Frauen, die sich in Hauseingängen und anderen dunklen Ecken herumdrückten. Männer taumelten ihnen aus Kneipen und Bordellen entgegen, manche schienen auf der Suche nach Gesellschaft für die Nacht zu sein. Der Gestank nach Erbrochenem mischte sich mit den scharfen Gerüchen nach Urin und anderen menschlichen Ausscheidungen.

Der Rote Hahn lag in einer besonders finsteren Ecke.

»Willst du da wirklich rein?«, fragte Alexander skeptisch. »Um Kneipen wie diese haben wir in unserer Studentenzeit einen großen Bogen gemacht.«

»Ich dachte, du kennst dich in der Gegend aus?« Hanna blickte ihn anklagend an.

»Das tue ich. Aber es heißt nicht, dass wir auch in diese Lokale gegangen sind. Viele hat der Mut schon vorher verlassen, und jene, die es wagten, kamen oftmals mit Veilchen wieder raus.«

Hanna spürte ein Stechen in der Magengrube. War es die Sache wert? Und wenn sie nun …

Nein, es gab keine andere Lösung. Sie griff nach Alexanders Hand und zog ihn mit sich. Als sie eintraten, schlug ihnen eine Wolke aus Tabakrauch, muffiger Küchenluft, Fett und anderen, nicht näher zu definierenden Gerüchen entgegen, die sie beinahe umwarf. An den eng beieinanderstehenden Tischen saßen zerlumpt aussehende Männer. Hanna hatte geglaubt, sie würde einen abgerissenen Eindruck machen in ihrem geflickten Kleid, doch diese Männer sahen aus, als hätte das Glück sie schon vor vielen Jahren verlassen. Sie und erst recht Alexander wirkten dagegen wie aus dem Ei gepellt.

»Haste dir mit deiner Madame verlofen, Fatzke?«, frotzelte einer der Männer an Alexander gewandt und erntete Gelächter von seinen Tischkumpanen. Als er grinste, sah Hanna einige Lücken zwischen den schwarz verfärbten Zähnen.

Sie hätte am liebsten sofort kehrtgemacht, doch es ging um Rosa, weshalb sie ihren Griff um Alexanders Hand verstärkte. Hoffentlich ließ er sich nicht von den Männern provozieren!

»Wir suchen jemanden«, erklärte sie resolut.

»Na, wenn de nen richtjen Kerl willst, hier bin icke!« Einer der anderen Männer klopfte sich auf den Schoß. Er hatte keine Zahnlücken, aber sein Bart erinnerte an abgestorbenes Gestrüpp im Wald.

»Vielleicht sollte ich allein …«, sagte Alexander dicht an ihrem Ohr, doch Hanna unterbrach ihn mit einem Kopfschütteln.

»Wir suchen einen Paul Schulze. Er soll hier verkehren.«

»Watt willste denn von dem, Kleene?«, fragte der erste Mann. »Kommt ihr vonner Polizei oder watt?«

»Nein, vom Krankenhaus Waldfriede«, stellte Alexander klar. Die Anspannung im Raum war beinahe greifbar. Auch Alexanders Muskeln spannten sich an. Hanna sah ein, dass es ein großer Fehler gewesen war, hierherzukommen. Männern wie diesen hätte Alexander nichts entgegenzusetzen.

»Waldfriede? Wo soll det denn sein?«, fragte ein weiterer Gast, und sein Nebenmann lallte etwas, das sie nicht verstand. Ihr wurde klar, dass niemand darauf aus war, ihnen zu helfen.

»Schwesterchen!«, rief da plötzlich jemand.

Paul Schulze kam hinter dem Vorhang hervor, wahrscheinlich wollte er nachschauen, was hier für Aufruhr sorgte.

»Kennste die, Paule?«

»Ja, die sind in Ordnung«, sagte Schulze und trat zu ihnen.

»Es freut mich, Sie wiederzusehen, Schwester Hanna. Aller guten Dinge sind drei, nicht wahr?«

Hanna bemerkte, dass Alexander die Augenbrauen hochzog.

»Ich habe Herrn Schulze direkt nach einer Schießerei kennengelernt«, erklärte sie schnell, dann wandte sie sich an Schulze. »Das ist Herr Kirchfeld, ein Arzt aus dem Waldfriede.«

Schulze reichte ihm die Hand. »Was führt Sie in diese dunkle Kaschemme? Es gibt bessere Lokale in Berlin.«

»Wir sind nicht zum Vergnügen hier«, entgegnete Hanna. »Wir müssen Sie sprechen.«

»Mich?«, fragte der junge Mann. »Hat die Krankenkasse meine Rechnung nicht bezahlt?«

»Nein. Es geht um Rosa. Rosa Pahlke.«

Das Grinsen verschwand von seinem Gesicht und wich einem Ausdruck der Sorge.

»Ist ihr etwas passiert?«

Hanna schluckte die bissige Erwiderung, die ihr auf der Zunge lag, hinunter. »Können wir vielleicht draußen reden?«

»Meinen Sie, da ist es weniger gefährlich?«, witzelte Schulze.

»Dann an einem Ort, an dem wir nicht so viele Zuhörer haben«, verlangte Hanna. »Es wäre auch in Ihrem Sinne.«

Schulze blickte sich zu den Männern um. Man sah deutlich, dass sie ganz Ohr waren.

»Kommen Sie mit!« Schulze wandte sich um und schritt an den Tischen vorbei zu dem Vorhang. Hanna und Alexander folgten ihm. Hinter dem Vorhang befand sich ein Gang, der nur spärlich beleuchtet war. Aus einer der angrenzenden Türen fiel Licht, gedämpfte Stimmen drangen aus dem Zimmer dahinter.

Schulze führte sie daran vorbei in den Innenhof des Lokals. Er bildete zusammen mit umliegenden Mietshäusern einen engen Schacht, der jeden Laut verstärkte. So war das Geschrei einer Männerstimme genauso deutlich zu Hören wie das Schluchzen einer Frau oder das Greinen eines Säuglings.

»Also, was ist mit Rosa?«, fragte Schulze und zupfte nervös an seinem Ärmel.

»Sie ist schwanger«, antwortete Hanna.

»Was? Aber … das kann doch nicht …«

»Doch, das kann sein. Und Sie sind der Vater.«

Schulze schwieg. Im spärlichen Lichtschein, der durch die schmalen Fenster fiel, sah Hanna, dass er mit den Zähnen mahlte. Die Kiefermuskeln traten deutlich hervor und bewegten sich auf und ab.

Nach einer ganzen Weile schüttelte er den Kopf, als wollte er einen unangenehmen Gedanken abwehren.

»Also, das … das wollte ich nicht«, sagte er schließlich. »Ich dachte …«

»Sie könnten aufpassen?«, vervollständigte Hanna den Satz. Sie wusste nicht, ob er das hatte sagen wollen, doch Schulze senkte den Kopf. »Ich war wirklich vorsichtig. Und es war nur ein Mal.«

»Sie waren also einvernehmlich beisammen?«, schaltete sich Alexander ins Gespräch ein.

»Natürlich, was denken Sie denn!«, brauste Schulze auf. »Ich würde nie einer Frau Gewalt antun.«

»Nun, wenn das so ist, dann sind Sie vielleicht bereit, die Konsequenzen zu tragen.«

»Welche Konsequenzen?«, fragte er verwirrt.

»Sie müssen sie heiraten.«

Schulzes Augen weiteten sich. »Aber das kann ich nicht … Ich kann ihr nichts bieten!«

Hanna atmete geräuschvoll aus. So etwas hatte sie erwartet. Die Männer wollten ihr Vergnügen, aber wenn es darum ging, für ihre Taten geradezustehen, zogen sie den Schwanz ein.

»Was meinen Sie denn, was aus ihr wird, wenn Sie sie nicht heiraten und sie das Kind bekommt? Und schlagen Sie jetzt bloß nicht vor, dass sie zu einer Engelmacherin gehen soll!«

Schulze wich ein Stück zurück.

»Das würde ich doch nie von ihr verlangen.«

»Aber heiraten wollen Sie sie auch nicht. Was soll ohne Sie aus Rosa werden? Aus einer jungen Frau, die mit einem Kind sitzengelassen wurde?«

»Aber sie arbeitet doch im Krankenhaus.«

»Ja, noch tut sie das. Aber spätestens nach der Geburt muss sie für das Kind da sein. Außerdem gibt es bei uns gewisse Regeln …«

»Sie meinen, man wird sie entlassen? Sie wird in der Gosse landen?«

Hanna fragte sich, ob er sich jemals damit beschäftigt hatte, wie das Leben von Frauen aussah.

»Sie wird einen anderen heiraten müssen«, teilte sie ihm ohne Umschweife mit. »So ist es in unserer Gemeinschaft.«

»Aber das geht doch nicht. Rosa ist …«

Hanna zog die Augenbrauen hoch und legte den Kopf schief.

»Sie ist meine Freundin. Mein Mädchen. Sie kann keinen anderen heiraten.«

»Das muss sie aber, wenn Sie sie nicht nehmen. Wir lassen Frauen, die schwanger werden, nicht im Stich. Wenn der Erzeuger des Kindes nicht zu ihnen steht, suchen wir einen Mann für sie. So sind die Regeln.«

Schulze wirkte erschüttert. Er schniefte. »Rosa kann keinen anderen heiraten, das geht nicht.«

»Dann heiraten Sie sie. Egal, ob Sie ihr etwas bieten können oder nicht. Es wird ihr gleich sein, weil sie Sie liebt.«

Schulze presste die Handballen auf die Augen. Seine Schultern bebten. Kurz darauf hatte er sich wieder gefangen.

»Was soll ich denn machen, Schwester?«, fragte er klagend und wischte sich übers Gesicht. »Bitte helfen Sie mir.«

»Sie machen Folgendes, Herr Schulze«, sagte Hanna und blickte ihn eindringlich an. »Wenn Sie zu Ihrem Kind stehen und Rosa heiraten wollen, kommen Sie so bald wie möglich ins Krankenhaus. Sie fragen nach Rosa und halten um ihre Hand an. Da Dr. Conradi der Vorsteher unserer Gemeinschaft im Waldfriede ist und Rosa keine Eltern mehr hat, ist er derjenige, bei dem Sie vorstellig werden. In diesem Fall wird Rosa jegliche Schande erspart bleiben.« Sie hielt kurz inne, dann fuhr sie fort: »Tun Sie sich und Ihrem Mädchen den Gefallen. Rosa wird eine gute Ehefrau sein, sie ist fleißig und freundlich. Und da sie meine Freundin ist, werde ich immer da sein, wenn sie in Not gerät.« Sie machte eine Pause, wartete auf eine Reaktion, doch alles, was Paul Schulze in diesem Augenblick zu zeigen vermochte, war Verzweiflung.

»Herr Schulze?«, fragte sie, doch er reagierte nicht. »Paul? Lassen Sie sich die Sache durch den Kopf gehen. Aber bedenken Sie, es ist Ihr Kind, das Rosa unter ihrem Herzen trägt. Soll es wirklich von einem anderen Mann großgezogen werden?«

Paul Schulze erwiderte ihren Blick, doch er schien in Gedanken weit weg zu sein.

Hanna fasste Alexander am Arm. »Lass uns gehen. Ich bin mir sicher, Herr Schulze wird die richtige Entscheidung treffen.« Sie zog ihn mit sich zur Hintertür. Im Flur wandte sie sich noch einmal um. »Machen Sie es gut, Paul.«

Als sie das Lokal verlassen hatten, atmete Hanna tief durch und schmiegte sich an Alexander. Auch wenn Schulze noch keine Entscheidung getroffen hatte, fühlte sie sich, als wäre eine große Last von ihr abgefallen.

»Eines muss man dir lassen: Du bist eine der tapfersten Frauen, die ich kenne«, sagte Alexander und legte schützend den Arm um sie, während sie die Straße entlanggingen.

Hanna wollte jetzt nur noch weg von hier, heim nach Zehlendorf, wo die Not nicht ganz so stark brannte wie hier.

»Wie viele Frauen kennst du denn?«, fragte sie, was ihm ein lautes Lachen entlockte.

Eine Stunde später schlenderten sie die Grunewaldallee entlang in Richtung Alsenstraße. Hanna hatte sich mittlerweile wieder beruhigt. Sie hatte getan, was sie konnte. Jetzt konnten sie nur hoffen, dass Paul Schulze die richtige Entscheidung traf.

»Danke, dass du mitgekommen bist«, sagte sie, als sie am Tor zur Klinik stehen blieben. »Ich glaube, ich hätte es da allein nicht lebend rausgeschafft.«

»O doch, das hättest du. Hast du gesehen, wie dich die Männer beim Hinausgehen angestarrt haben? Ich sage dir, die haben gespürt, dass du diesem Burschen den Kopf gewaschen hast. Und sie hatten wahrscheinlich Angst, dass du sie dir als Nächstes vorknöpfst.«

»Ich sage dir, wenn auch nur einer aufgestanden wäre, hätte ich die Beine in die Hand genommen und wäre geflohen.«

»Und mich hättest du dabei stehen lassen?«

»Natürlich nicht!«, widersprach sie.

Alexander strich ihr eine Locke aus der Stirn. »Wenn du wüsstest, was mir jetzt durch den Kopf geht, würdest du vielleicht auch vor mir fliehen.«

»Ich glaube nicht«, sagte Hanna leise. »Aber ich kann mir denken, was du im Sinn hast, und ich sage dir, dass wir damit warten sollten. Nicht nur, weil wir direkt vor dem Waldfriede stehen und ich dich unmöglich in mein Zimmer mitnehmen kann.«

Alexander lächelte. »Das weiß ich. Es ist ein ganz besonderes Haus, unser Waldfriede, nicht wahr?« Hanna nickte, worauf er hinzufügte: »Und du bist eine ganz besondere Frau.«

Damit beugte er sich vor und küsste sie. »Gute Nacht, Hanna«, flüsterte er zärtlich. »Wir sehen uns am Montag.«

Sie löste sich von ihm und ging durchs Tor. Auf dem Weg zum Haus drehte sie sich noch einmal um und warf ihm eine Kusshand zu, und er tat so, als würde er den Kuss fangen und ihn sich für unterwegs in die Brusttasche seines Jacketts stecken.

Kurz vor der Tür meinte sie, hinter einem der Fenster das Gesicht von Schwester Maria zu sehen. Doch als sie genauer hinschaute, war es verschwunden.

Hanna seufzte schwer. Warum nur hatte sie nach jedem Treffen mit Alexander das Gefühl, sie hätte etwas Falsches getan?

47. Kapitel

Zehlendorf, 10. Juni 1923

Am Sonntagabend war Louis gerade im Begriff, die Treppe zur Frauenstation hinaufzusteigen, als Schritte durch den Flur hallten. Im nächsten Augenblick erschien Schwester Hulda, die heute Dienst an der Pforte tat.

»Herr Doktor, gut, dass ich Sie treffe«, stieß sie atemlos hervor. »Da ist jemand, der Sie sprechen möchte.«

Conradi runzelte die Stirn. »Ein Patient?«

»Er sagt, er war einmal im Waldfriede in Behandlung. Aber deshalb ist er wohl nicht hier.«

Louis machte kehrt und stieg die Stufen, die er bereits hinter sich gebracht hatte, wieder hinunter.

»Ich habe ihn zu Ihrem Sprechzimmer geschickt. Er kennt sich wohl aus.«

»Danke, Schwester Hulda.«

Mit langen Schritten kehrte er zum Sprechzimmer zurück. Der ehemalige Patient saß auf einer der Wartebänke und knetete unruhig seine Schiebermütze.

Als er Louis' Schritte hörte, blickte er auf und erhob sich.

»Herr Schulze!«, rief Louis aus. In den vergangenen zwei Jahren hatte er sehr viele verschiedene Patienten gehabt, und nicht an alle erinnerte er sich gleich gut. Aber den unter mysteriösen Umständen angeschossenen jungen Kommunisten würde er wahrscheinlich nie vergessen. »Was kann ich für Sie tun?«

Er betrachtete den Mann einen Moment lang. Das Jackett und die Hose wirkten ein wenig abgewetzt, doch er trug den typischen Sonntagsstaat eines jungen Arbeiters.

»Ich bin gekommen, weil …« Plötzlich schienen ihm alle Worte zu entfallen. Seine Lippen bewegten sich, es kam allerdings kein Ton darüber.

»Herr Schulze? Alles in Ordnung?«, fragte Louis besorgt.

»Ich komme wegen Rosa. Rosa Pahlke«, brachte er schließlich heraus. »Ich … ich möchte um ihre Hand anhalten. Man riet mir, das bei Ihnen zu tun.«

»Ich bin nicht ihr Vater«, entgegnete Louis. Plötzlich ahnte er, wer hinter Schulzes Auftauchen steckte.

»Aber Sie sind der Vorsteher Ihrer … Ihrer Gemeinschaft, oder nicht?«

Louis korrigierte ihn nicht. Heinrich Schubert stand ihrer Gemeinschaft vor, er war lediglich der Älteste ihrer Gemeinde. Aber das tat hier nichts zur Sache.

»Schwester Hanna war gestern bei mir und hat mir erzählt, dass Rosa … dass Rosa ein Kind erwartet«, fuhr Schulze fort.

Der junge Mann senkte den Blick.

Louis brauchte einen Moment, um die Worte zu verdauen. »Schwester Hanna war bei Ihnen?«

»Ja. Sie hat mir erzählt, dass Rosa in anderen Umständen ist. Deshalb bin ich hier. Ich möchte sie heiraten.«

Das passte zu Hanna. Louis konnte sich sehr gut vorstellen, wie sich seine Sprechstundenhilfe vor dem Burschen aufgebaut und ihm ins Gewissen geredet hatte.

»Kommen Sie doch erst einmal ins Sprechzimmer, Herr Schulze. Ich werde schauen, ob ich die Glückliche auftreiben kann.«

Louis schloss die Tür auf und bat den jungen Mann herein.

»Rosa soll dabei sein?«, fragte er verwundert.

»Natürlich! Oder glauben Sie, ich verschachere meine Angestellten hinter ihrem Rücken? Sie ist diejenige, die Sie fragen müssen, wenn Sie sie heiraten wollen, nicht mich!«

Mit diesen Worten marschierte er zur Tür hinaus in Richtung Küche. Dort teilte man ihm mit, dass Rosa damit beschäftigt sei, Zimmer 24 zu richten, woraufhin er nach ihr schicken ließ mit der Bitte, sie möge sich unverzüglich zu ihm ins Sprechzimmer begeben.

Rosa erschien nur wenig später mit hochrotem Kopf. »Sie wollten …« Die Worte versiegten in ihrem Mund, als sie den jungen Mann sah.

»Paul!«, rief sie aus. »Was machst du denn hier?«

»Ich … ich habe von deinem Zustand erfahren«, antwortete er ohne Umschweife. »Schwester Hanna hat es mir gestern erzählt. Und mir ganz schön ins Gewissen geredet.« Er stieß ein unsicheres Lachen aus. »Danach konnte ich nur noch daran denken, wie ich das alles hinbekommen soll. Aber jetzt bin ich mir sicher, dass wir es schaffen werden.«

»Oh, Paul!« Rosa brach in Tränen aus und fiel ihm um den Hals.

Louis unterdrückte ein Lächeln. Er wusste, dass Hanna ein großes Talent hatte, mit Menschen umzugehen und sie zu beeinflussen. Dass sie auch Ehen stiften konnte, war ihm allerdings neu.

Er räusperte sich, und die beiden Turteltauben stoben auseinander.

»Ich denke, dann sollten wir es offiziell machen, oder?«

»Natürlich.« Paul fasste Rosa bei der Hand. »Hätten Sie etwas dagegen, dass ich Fräulein Pahlke eheliche?«

»Was sagt denn die Braut dazu?«

»Ja!«, platzte es aus Rosa heraus. »Ich … ich will ihn heiraten.«

»Gut. Meinen Segen haben Sie.«

Paul schaute ihn verwundert an. »Also gibt es keine Moralpredigt, weil wir schon vor der Ehe miteinander … Sie wissen schon …«

»Die Moralpredigt haben Sie doch bereits von Schwester Hanna erhalten, oder nicht?« Moral hin oder her – Louis war froh, dass die Sache so glimpflich ausgegangen war. »Sagen Sie mir Bescheid, wenn

Sie einen Hochzeitstermin haben. Und Ihr Kind bekommen Sie selbstverständlich hier, Rosa.«

***

Die Abendsonne schien durch die Fenster des Nähzimmers und malte orangegoldene Flecken auf das Parkett zu ihren Füßen. Hanna war dermaßen in ihre Näharbeit vertieft, dass ihr gar nicht auffiel, wie weit der Tag vorangeschritten war. Als sie einen Blick auf die Uhr warf, stellte sie erstaunt fest, dass es gleich sechs und damit Zeit fürs Abendessen war.

Sie hatte gerade das Nähzeug weggeräumt, als es klopfte. Einen Moment später ging die Tür auf.

»Ah, da sind Sie!«, sagte Dr. Conradi. »Ich muss mit Ihnen reden, Schwester Hanna. Ich warte draußen vor dem Haus auf Sie.«

Hanna räumte eilig das Nähzeug auf, dann folgte sie dem Doktor hinaus in den Garten. Was mochte er so Dringendes mit ihr besprechen wollen? Hoffentlich war nichts Schlimmes passiert. Oder gab es etwa Hoffnung für Rosa? Doch warum schaute er so ernst drein?

»Soeben war ein junger Mann bei mir. Können Sie sich denken, um wen es sich handelt?«

Hannas Herz machte einen Satz. Er war also tatsächlich gekommen! Was hatte er gesagt? Möglicherweise hatte er erzählt, dass sie ihn aufgesucht hatte – und noch viel schlimmer: wo und mit wem. Wenn Dr. Conradi erfuhr, dass sie mit Alexander dort gewesen war …

»Dr. Conradi, ich …«

»Ich hatte Sie doch eigentlich gebeten, nichts über Rosas Zustand verlauten zu lassen.«

»Das haben Sie, aber …« Hanna senkte den Kopf. »Ich hielt es für angebracht, den Vater des Kindes zu benachrichtigen.«

Der Doktor blickte schweigend zum Wald hinüber, wo sich die Baumwipfel im Wind wiegten.

»Sie müssen ihm anständig die Leviten gelesen haben«, bemerkte er schließlich. »Er wirkte ziemlich verschüchtert, als er mich um Rosas Hand gebeten hat.«

Hanna blickte Conradi an. »Wirklich?«

»Vor ein paar Minuten hat er das Haus verlassen. Er kam im besten Sonntagsstaat.« Dr. Conradis Lippen verzogen sich zu einem Lächeln. »Ich weiß nicht, ob ich es gutheißen soll, dass Sie sich abends in Berlin herumtreiben, aber Sie haben ein gutes Werk getan.«

Dann hatte Paul Schulze Alexander also nicht erwähnt? Erleichtert atmete Hanna auf. »Ich konnte Rosa doch nicht einfach ihrem Schicksal überlassen.«

»Wohl eher nicht irgendeinem Mann.« Der Arzt schmunzelte, und für einen Moment war es wie früher, bevor sie mit Alexander spazieren gegangen war. »Wo Sie sich denn schon so vehement für Ihre Schwester eingesetzt haben.«

Auch Hanna musste nun schmunzeln. »Jeder Mensch hat Liebe verdient, oder etwa nicht? Und wenn schon ein Kind aus dieser Liebe entstanden ist, ist es doch nur rechtens, das Paar auch zusammenzubringen. Rosa hatte zu viel Angst, sich an den Kindsvater zu wenden, also habe ich das in die Hand genommen.«

Dr. Conradi musterte sie schweigend. Hanna spürte, dass er einen stummen Streit mit sich selbst austrug. Nach einer ganzen Weile streckte er die Hand aus und legte sie ihr auf den Unterarm. »Hanna, es … es tut mir leid, dass ich Sie wegen des Spaziergangs mit Herrn Kirchfeld zur Rede gestellt habe. Das ist eine Sache, die mich nichts angeht. Bitte verzeihen Sie mir.«

Hanna senkte den Blick, damit er nicht sah, wie sehr seine Worte sie aufwühlten.

»Es ist nur …«

Sie spürte, wie ihr Mund vor Aufregung trocken wurde. »Was? Was ist nur, Herr Doktor?«

Er ließ sich noch einen Moment Zeit, dann sagte er leise: »Sie sind etwas ganz Besonderes für mich, Hanna. Und manchmal frage ich mich, wie es wäre, wenn ich keine Ehefrau hätte …«

Ihr Herz fing an zu rasen. Besonders in der ersten Zeit hatte sie etwas Ähnliches gedacht. Doch seit Alexander in ihr Leben getreten war und sie entdeckt hatten, dass es ihnen Freude bereitete, Zeit miteinander zu verbringen, waren diese Gefühle ein wenig in den Hintergrund getreten. Dennoch …

»Nun, ich denke, es ist müßig, über Dinge nachzudenken, die nicht sein können, oder?«, erwiderte sie, nach außen hin ruhig.

»Ja, das ist es«, gab er ein wenig enttäuscht zurück und blickte zu Boden.

»Herr Doktor?«, fragte Hanna und berührte nun ihrerseits seinen Arm. »Wenn Sie wollen, werden Sie in mir immer eine Freundin haben. Freundschaft ist etwas, was uns erlaubt ist und wofür wir uns nicht gegen unseren Glauben versündigen müssen.«

Dr. Conradi nickte, doch in seinen Augen erblickte Hanna eine Regung, die sie sonst nie an ihm sah. Martin hatte so dreingeschaut, wenn er von seinen Gefühlen für sie sprach – oder von dem Tag, an dem sie heiraten würden. Sehnsucht war es, was sie da sah, dessen war sie sich sicher, und Sehnsucht war etwas, was sie auf keinen Fall füreinander empfinden durften.

Als sie in die Nähstube zurückkehrte, sah sie Rosa an der Tür stehen. Sie wirkte ein wenig unschlüssig, ob sie eintreten sollte oder nicht.

»Suchst du mich?«, fragte Hanna, worauf das Hausmädchen zusammenzuckte und einen kleinen Schrei ausstieß.

»Du meine Güte, hast du mich erschreckt!«, rief sie.

»Tut mir leid«, sagte Hanna. »Was gibt es denn?«

»Das weißt du doch genau!« Ein scheues Lächeln huschte über Rosas Gesicht. »Paul war hier. Er hat gesagt, dass er mich heiraten wird!«

»Ah, das meinst du!« Hanna umarmte Rosa voller Freude. »Ich bin so froh, dass er das Richtige getan hat.«

»Er hat mir erzählt, dass du gestern bei ihm warst.«

Hanna nickte. »Das war ich. Aber willst du denn nicht reinkommen? Außer mir ist niemand da, die anderen Schwestern sind auf den Stationen.«

Hanna öffnete die Tür, zog das Hausmädchen herein und drückte es auf einen der Stühle. Anschließend begann sie mit ihrer Stopfarbeit und ließ sich von Rosa noch einmal die Geschichte erzählen, die sie bereits von Dr. Conradi erfahren hatte.

»Du weißt gar nicht, wie glücklich ich bin!«, stammelte das Hausmädchen und wischte sich ein paar Tränen aus den Augen. »Und das Kind … ich freue mich so sehr darauf.«

Hanna zog sie in ihre Arme. »Du wirst eine gute Mutter werden. Und Paul ein guter Vater. Und solltest du bei irgendwelchen Dingen Hilfe benötigen, dann melde dich bei mir. Ich bin immer für dich da.«

48. Kapitel

Zehlendorf, 7. Juli 1923

An den folgenden Samstagen vermied Hanna, sich mit Alexander in der Nähe des Waldfriede zu treffen. Der Doktor ahnte vermutlich etwas, aber einen Beweis wollte sie ihm nicht liefern.

Da an diesem ersten Samstag im Juli 1923 dichte Wolken über der Stadt hingen und hier und da ein leichtes Gewittergrollen zu vernehmen war, beschlossen sie, sich in seiner Wohnung zu treffen.

Hanna war nervös, weil sie noch nie zuvor bei ihm gewesen war. Ihre Treffen hatten stets in der Öffentlichkeit stattgefunden. Sie hielt ihn nicht für einen Wüstling, doch ein wenig seltsam war ihr schon zumute, als sie vor dem Hauseingang neben dem Feinkostladen stand und läutete.

Alexander wohnte nicht in der Wohnung seiner Eltern, er hatte seine Zimmer direkt unter dem Dachboden.

Die Aussicht, seine Eltern kennenzulernen, machte Hanna ebenfalls nervös, doch Alexander hatte ihr versichert, dass sie derzeit zu Verwandten unterwegs waren. Sie würden das Haus für sich haben, den Laden ausgenommen, denn der war auch heute geöffnet.

Nur wenige Augenblicke nachdem das Läuten verklungen war, öffnete Alexander die Tür.

»Nur herein, schöne Frau!«, rief er, gab Hanna einen Kuss und bedeutete ihr mit einer galanten Handbewegung, einzutreten.

Das Haus war schon von außen eine Augenweide, vom Laden mal abgesehen, der ihre Blicke ohnehin immer anzog, und auch das Innere konnte sich sehen lassen. Die Schritte wurden von dicken Teppichen gedämpft, an den Wänden befanden sich Malereien. Sie passierten die Etage, in der die Kirchfelds wohnten, dann kamen sie zum Obergeschoss unter dem Dachboden.

»Bist du bereit für mein bescheidenes Reich?«, fragte Alexander.

Hanna nickte, woraufhin er die Tür öffnete.

Das Erste, worauf ihr Blick fiel, war ein großes Fenster. Auch wenn das Licht, das hereinströmte, grau war, erhellte es beinahe den ganzen großen Raum. Viele Möbel besaß Alexander nicht. Da waren ein Schreibtisch mit Stuhl direkt neben dem Fenster, unter dem sich Berge von Büchern türmten, ein großer Kleiderschrank, neben dem eine Truhe stand, sowie ein Bücherregal, das von dicken Bänden nur so überquoll. Die Bücher, die darin keinen Platz mehr fanden, fristeten ihr Dasein unter dem Schreibtisch.

Weiter hinten schien es einen kleineren Nebenraum zu geben. Die Tür stand offen und gab den Blick auf ein Bett frei. Dieses war nicht wirklich ein Doppelbett, aber zu breit für ein einzelnes.

»Das Ehebett meiner Urgroßeltern«, sagte Alexander, als er ihren Blick bemerkte.

Hanna errötete und schaute schnell weg. »Wirklich?«

»Die beiden müssen ziemlich klein gewesen sein, wenn sie zusammen hineingepasst haben. Für mich allein ist es fast ein bisschen groß, aber ich stoße mit Kopf und Zehen an, wenn ich mich ausstrecke. Und neben mir ist nur ein halber Platz frei.«

Er machte eine Pause, lächelte sie schelmisch an, dann setzte er hinzu: »Es sei denn, man liegt sehr dicht beieinander.«

Hannas Wangen glühten jetzt noch mehr. Sie wusste genau, worauf er hinauswollte. Aber deswegen war sie nicht hier.

Ihr Blick schweifte zu dem kleinen Sofa neben der Tür, das sie zunächst gar nicht wahrgenommen hatte. Es war mit dunkelgrünem Stoff bespannt, der leicht im Licht glänzte. Auf den Polstern lagen beigefarbene Kissen mit zarter Blattstickerei. Hanna fragte sich, ob Alexanders Mutter diese Stickereien angefertigt hatte.

»Setz dich doch«, sagte Alexander. »Möchtest du etwas trinken? Ich habe Limonade angesetzt. Letzte Woche haben wir eine Lieferung Zitronen bekommen, und ich habe mir einige stibitzt.«

»Ja, gern.« Hanna nahm die Tasche von der Schulter und ließ sich auf die einladend weichen Polster sinken. Sie fühlte sich ein wenig beklommen. Wenn sie draußen waren, störte es sie nicht einmal, wenn sie sich vor den Augen fremder Leute küssten. Aber hier war es etwas anderes.

Ihr Herz begann zu klopfen, als sie Alexander mit dem Tablett hereinkommen sah. In ihrem Bauch machte sich ein Kribbeln bemerkbar. Was war nur los mit ihr?

Als Alexander ihr das Glas reichte, berührten seine Finger sanft ihre Hand. »Was ist?«, fragte er.

»Nichts«, gab Hanna zurück und rückte ein Stück zur Seite. Ihre Hände umschlossen das kühle Glas.

»Fühlst du dich unwohl?«

»Nein, keineswegs.« Dass sie lieber draußen mit ihm gewesen wäre, umgeben von anderen Leuten, verschwieg sie ihm. Es war seltsam, dass sie so empfand, dachte sie. Da war ein Mann, den sie sehr mochte, der ihr Herz höherschlagen ließ, wenn sie ihn nur sah. Ein Mann, der sie förmlich erobert hatte, und dennoch …

Irgendetwas hielt sie davon ab, den nächsten Schritt zu wagen. Eine Stimme, die sie vor dem warnte, was in der Folge passieren könnte. Und diese Stimme in ihrem Hinterkopf klang seltsamerweise nach Martin.

»Ach, Hanna, meine Süße, du weißt doch, dass du vor mir keine Angst zu haben brauchst!«, rief Alexander lachend. »Ich beiße schon nicht.«

»Ich habe keine Angst«, protestierte sie. »Aber es ist das erste Mal, dass wir … allein sind.«

»Und das macht dir Sorgen?«

Er schaute sie an. Wie so oft zerfloss sie unter seinem Blick. Alexander streckte den Arm aus, lud sie ein, näher zu ihm zu kommen. Von ganz allein setzte sich ihr Körper in Bewegung und schmiegte sich an ihn. Er war so warm, und unter seinem Pullover spürte sie seine Muskeln, seinen Brustkorb und sein Herz. Es schlug kraftvoll und auch ein bisschen schneller, aber es flatterte nicht so verrückt wie ihres in diesem Augenblick. Warum fühlte es sich wie Angst an?

Sie hob den Kopf und sah ihm geradewegs ins Gesicht. Der Anblick seiner Lippen brachte sie dazu, hungrig über ihre eigenen Lippen zu lecken.

Alexander bemerkte es, zog sie an sich und küsste sie. Gierig berührten sich ihre Zungen, wollten nicht mehr voneinander ablassen. Das Kribbeln in ihrem Bauch verlagerte sich zwischen ihre Schenkel. Alexanders Hand glitt über ihre Hüften und tiefer zu ihren Beinen.

»Oh, Hanna!«, stöhnte er. Seine raue Stimme zog sie tiefer in den Strudel der Lust. Sie schloss die Augen und gab sich voller Genuss seinen Berührungen hin.

Jetzt schmiegte er den Kopf an ihren Hals und knöpfte ihre Bluse auf. Seine Hände strichen über ihre Brüste. Hanna stöhnte auf.

Doch plötzlich, als hätte sie ein eisiger Wasserschwall getroffen, kam sie wieder zur Besinnung. Was sie hier tat, durfte nicht sein! Nicht, nachdem sie gesehen hatte, in welche Schwierigkeiten Rosa geraten war …

»Nicht!«, stieß sie atemlos hervor und drängte ihn zurück.

Alexander rückte ein kleines Stück von ihr ab und sah sie fragend an. Sein Gesicht glühte.

»Alexander, du weißt, dass ich dich sehr gern habe«, sagte Hanna zitternd. »Aber ich … ich kann das nicht.« Sie zog sich die Bluse wieder über die Schulter. »Ich meine, vor der Ehe …«

»Tut mir leid«, sagte er seufzend und strich sich das Haar aus der Stirn.

»Das muss es nicht.« Hanna richtete sich auf und streichelte ihm die Wange. »Aber du weißt, wie es ist. Denk an Rosa. Wohin sie das Aufpassen gebracht hat.«

»Ich weiß«, gab er zurück. »Denkst du denn, ich würde dich in solch einem Fall sitzen lassen?«

Hanna schüttelte den Kopf. »Nein, das denke ich nicht. Aber ich möchte nicht …« Sie stockte. »Ich möchte nicht vor der Zeit schwanger werden. Und das werden die meisten Frauen, manchmal schon beim ersten Mal.«

Sie dachte daran, dass das Röntgen sie womöglich unfruchtbar machte, doch herausfinden, ob dem wirklich so war, wollte sie nicht. Im Grunde hatte sie nichts dagegen, ein Kind zu bekommen. Doch nicht, bevor ein Ehering an ihrem Finger steckte.

***

Der Nachmittag zog träge vorbei. Louis ruhte sich von dem anstrengenden Dienst in der Klinik aus und beobachtete seine Frau, die am Schreibtisch saß und sich Notizen machte. Arbeit war verboten an diesem Tag – jedenfalls soweit der Patientenbetrieb es erlaubte –, doch Catherine war damit beschäftigt, eine Hochzeitsfeier zu planen.

Paul war zwar kein Mitglied der Anstaltsfamilie, aber Rosa lag ihr am Herzen. Ebenso wie Louis war sie froh, dass sich der Erzeuger ihres Kindes zu ihr bekannte. Es sollte nach der Trauung ein kleines Mittagessen geben, das gleichwohl ein Abschiedsessen war.

»Es ist sehr nett, dass du das tust«, sagte Louis, während seine Frau Listen schrieb und nachrechnete, was in der Küche entbehrlich war.

Auch wenn sie mit Fritz Stöhr einen guten Küchenchef hatten, der sich um die Zubereitung der Mahlzeiten kümmerte, ließ es sich Catherine nicht nehmen, ein Auge auf die Vorräte zu haben.

»Rosa hat all die Jahre gut für uns gearbeitet. Da können wir sie nicht einfach so aus dem Haus setzen.«

»Du hast recht, das können wir natürlich nicht«, stimmte Louis ihr zu.

»Besser noch wäre es, er würde sich in unserem Glauben taufen lassen. Dann könnte unser Seelsorger die Trauung vornehmen.«

Louis schüttelte den Kopf. »Das können wir nicht von Paul Schulze verlangen. Die Menschen müssen zu uns kommen. Zwang bewirkt nie etwas Gutes.«

Er streichelte über den Kopf des Welpen, der sich an seine Beine drängte. Innerhalb der wenigen Wochen hatte er sich zu einem prächtigen Kerlchen entwickelt. Dank eines Metzgers, der seine gelungene Gallenoperation teilweise in Schlachtresten vom Rind bezahlte, konnte er ihm hin und wieder einen Markknochen geben, auf dem er begeistert herumkaute.

»Na, Kleiner? Willst du dir ein wenig die Beine vertreten?«

»Ja, geh nur mit ihm, ich möchte nicht, dass er uns wieder eine Pfütze auf den Boden macht. Allmählich musst du ihn stubenrein bekommen.«

Das war leichter gesagt als getan, denn zuvor hatte Louis nie einen Hund besessen, der noch so klein war. Aber möglicherweise hatte Catherine recht.

»Na gut, dann gehen wir beide mal«, sagte er und hob den Welpen auf den Arm. »Ich denke, wir sollten uns langsam einen Namen für ihn ausdenken. Wie wäre es nach ›Prinz‹ mit einem König?«

»Du kannst ihn wohl kaum ›König‹ nennen.«

»Nein, aber Rex.« Er hob sich den Hund vors Gesicht. »Was meinst du? Wäre Rex ein guter Name?«

Der Hund begann, mit dem Schwänzchen zu wedeln.

***

Obwohl in Alexanders Wohnung nichts weiter geschehen war und sie sich danach nur noch scheu geküsst hatten, fühlte sich Hanna auf dem Rückweg zum Waldfriede verstört. Sie wunderte sich über sich selbst.

Es war nicht so, dass sie Alexander nicht mochte, und für einen Moment war sie sogar versucht gewesen, der Begierde nachzugeben.

Doch dann war ihre Erziehung stärker gewesen. Sie hätte froh darüber sein sollen, doch irgendwie ärgerte sie sich nun.

Aber was war mit Alexander? Die ganze Zeit über hatte sie seine Enttäuschung gespürt. Sie hatte ihm klarzumachen versucht, dass ihr Glaube wichtig war, der voreheliche Kontakte nun einmal verdammte. Warum nur hatte sie das Gefühl, dass Alexander nicht so recht einsah, dass er ihren Körper erst in der Hochzeitsnacht bekam?

Aufgewühlt betrat sie das Haus. Der Geruch nach Desinfektionsmitteln wirkte seltsamerweise beruhigend auf sie. Hier ging alles seinen gewohnten Gang, hier wurde sie nicht vor Entscheidungen gestellt, bei denen sich Herz, Körper und Verstand uneins waren.

Dr. Conradis Auftauchen im Foyer brachte ihr Gedankenkarussell abrupt zum Stehen. Unter dem Arm hielt er den kleinen Hund, der mittlerweile gar nicht mehr so klein war.

Natürlich, er war auf seiner nachmittäglichen Runde, bevor der Sabbat endete und die Arbeit wieder begann. Er trug ein hellblaues Hemd mit hochgeschlagenen Ärmeln, dazu eine graue Hose. So wirkte er nicht wie ein Doktor, sondern eher wie ein Flaneur, von denen sie in der Stadt etliche gesehen hatte.

»Hanna! Hatten Sie einen angenehmen freien Tag?«, fragte er und musterte sie eindringlich. Hanna war nicht sicher, ob er ihr die Verwirrung ansah. Und was er von ihr dachte. Überhaupt war sie sich in diesem Augenblick in allem unsicher.

»Ja«, antwortete sie mit zitternder Stimme. Plötzlich schämte sie sich, als wäre sie mit Alexander im Bett gewesen.

»Hanna? Ist alles in Ordnung mit Ihnen?«, fragte Dr. Conradi, der ihre Verwirrung zu bemerken schien.

»Ja, es … es geht mir gut.« Unbewusst tastete sie nach den Knöpfen ihrer Bluse. Feuer stieg in ihre Wangen, als sie daran dachte, wie Alexander ihre Schulter geküsst und ihre Brüste berührt hatte. Doch plötzlich sah sie vor ihrem inneren Auge nicht sein Gesicht, sondern das von Dr. Conradi.

»Entschuldigen Sie mich bitte«, stammelte sie schamerfüllt, dann wirbelte sie herum und rannte in ihr Zimmer. Dort schlug sie die Tür hinter sich zu und warf sich aufs Bett. Das Bild, das sie unbedingt verdrängen wollte, war hartnäckig und kehrte zu ihr zurück. Sie meinte, die Küsse, die Berührungen förmlich zu spüren, doch es durfte nicht sein. Sie durfte sich ihrer Begierde nicht hingeben, nicht mit Alexander und erst recht nicht mit Dr. Conradi! Sie durfte keinen Ehebruch mit dem Doktor begehen, niemals! Verzweifelt schlang sie die Beine um die Bettdecke, in der Hoffnung, Linderung zu finden, doch ihr Schoß antwortete mit einem warmen Pulsieren, bis das Bild schließlich verschwand.

49. Kapitel

Zehlendorf, 19. Juli 1923

Die Hochzeitsfeier fand bei schönstem Sommerwetter im Park des Krankenhauses statt.

Die Festgesellschaft fiel klein aus, denn Rosa hatte außer ihren Bekannten und Freundinnen am Waldfriede niemanden, und auch Pauls Verwandtschaft war sehr überschaubar. Nichtsdestotrotz strahlte die Braut in ihrem Kleid, dessen weiter Schnitt den Babybauch noch kaschieren konnte.

Anstelle eines Schleiers trug sie einen Blumenkranz auf dem Kopf. Da es ihnen nicht möglich war, Festtagskleidung anzuziehen, trugen die Schwestern, Pfleger und Hausmädchen eine Rosenknospe an ihrer Schürze. Paul hatte sein bestes Jackett hervorgeholt, und auf Hannas Bitte hin hatte Alexander ihm eine Krawatte geliehen.

Nach der Trauung fanden sie sich an der langen Tafel ein, die im Park aufgestellt worden war.

Während Hanna das glückliche Paar betrachtete, kam ihr wieder in den Sinn, wie sie mit Martin über ihre geplante Hochzeit gesprochen hatte. Auch sie hatten draußen heiraten wollen, mitten im Sommer.

»Wir könnten Lampions in die Bäume hängen und feiern, bis die Sterne am Himmel funkeln«, hatte er gesagt, während er sie mit einem Grashalm gekitzelt hatte.

Martin. Warum kam er ihr bei dem Anblick von Rosa in den Sinn und nicht Alexander? War es, weil sie noch nicht so vertraut miteinander waren wie sie und Martin damals?

Hanna blickte zu Alexander hinüber. Er hatte sich für eine Stunde freigenommen, um Rosa und Paul zu gratulieren. Immerhin hatte er mitgeholfen, dass die beiden zusammenkamen.

Zu gern hätte Hanna während des Essens neben ihm gesessen, doch es war besser, dass sie einander wie Kollegen behandelten, weshalb sie bei den Schwestern Platz genommen hatte. So blieb ihnen nur übrig, kurze Blicke zu tauschen.

Seit dem Nachmittag in seiner Wohnung hatte sich ihr Verhältnis verändert. Sie sah in ihm nicht mehr den Freund, mit dem sie spazieren ging, sondern einen Mann, den sie begehrte, einen Mann, dessen Begehren sie jetzt noch nicht nachgeben durfte.

Dafür, dass sie an jenem späten Nachmittag in ihrem Zimmer an Dr. Conradi gedacht hatte, schämte sie sich noch immer, was sie im Umgang mit dem Doktor befangen machte. Ihr war klar, dass ihm das nicht entgehen würde, und sie hoffte nur, dass er den Grund dafür niemals erriet.

Als es am Nachmittag Zeit wurde, das Paar zu verabschieden, kam Rosa zu ihr und umarmte sie.

»Ich danke dir für alles«, sagte sie. »Ohne dich wäre dieser Tag niemals zustande gekommen.«

»Du solltest dich eher bei Frau Conradi bedanken«, wehrte Hanna ab. Tränen stiegen ihr in die Augen. »Sag deinem Paul, dass er dich immer gut behandeln soll, hörst du?«

»Keine Sorge, das tut er doch.« Rosa drückte Hanna erneut an sich. »Ihr werdet mir alle so fehlen!«

»Du uns auch!« Hanna löste sich von ihrer Freundin und wischte sich die Tränen aus den Augen. »Ich wünsche dir alles Glück der Welt! Solltest du irgendwas brauchen, melde dich gern bei mir. Denk dran: Wir sind eine Familie.«

***

Kurz vor Sonnenuntergang brach Louis mit dem Hund zu einer kleinen Runde durch den Park auf. Mittlerweile war die Festtafel wieder abgeräumt, nichts erinnerte mehr an die Hochzeit. Friedlich lag der Garten im letzten Abendsonnenschein.

Im Gang begegnete er Schwester Maria. Sie sah aus, als hätte sie etwas auf dem Herzen.

»Darf ich Sie durch den Park begleiten, Herr Doktor?«, fragte sie tatsächlich.

»Selbstverständlich, Schwester Maria, kommen Sie nur!« Für einen Moment gingen sie schweigend durch das üppige Grün. Als Maria keine Anstalten machte, mit der Sprache herauszurücken, sagte er: »Es war eine schöne Feier für Rosa, nicht wahr?«

Maria nickte. »Ja. Wenngleich ich dem Mädchen andere Umstände für ihre Heirat gewünscht hätte.«

Louis blickte sie fragend an.

»Nun, sie hat keinen von uns geheiratet. Und sich gegen das Gebot der Keuschheit versündigt.«

»Wir sind alle nur Menschen, und auch wenn ich es nicht gutheiße, was Rosa getan hat, hat die Sache einen glücklichen Ausgang genommen.«

»Wollen wir hoffen, dass uns eine ähnliche Aufregung in Zukunft erspart bleibt«, sagte Maria. »Allerdings fürchte ich, dass wir erneut in Schwierigkeiten kommen könnten.«

Conradi blieb stehen und setzte den kleinen Hund im Gras ab.

»Wie meinen Sie das?«

Maria ließ sich Zeit mit ihrer Antwort. »Es geht um Hanna. Ist Ihnen aufgefallen, dass Dr. Kirchfeld ihr ganz ungeniert schöne Augen macht?«

»Ungeniert?«, echote Louis.

»Heute, bei der Hochzeitfeier. Und nicht nur das. Sie hat ihn in der vergangenen Woche besucht. In seiner Wohnung!«

Louis spürte, wie ihm die Hitze den Nacken hinaufkroch. Dabei wusste er nicht, was ihn mehr schockierte: dass Maria sich dazu herabließ, Hanna nachzuspionieren, oder dass Hanna bei Kirchfeld gewesen war.

»Woher wissen Sie das?«, fragte er, um einen gleichmütigen Tonfall bemüht.

»Ich war am vergangenen Samstag in der Stadt und sah, dass Hanna an der Tür neben dem Feinkostladen klingelte. Wenig später öffnete Herr Kirchfeld die Tür.«

Louis brauchte einen Moment, um diese Worte zu verdauen. Der Gedanke, dass Hanna eine wirkliche Beziehung mit Kirchfeld einging, traf ihn wie ein Steinwurf. Was, wenn sie schwanger wurde? War es das, was Schwester Maria vorhin andeuten wollte?

»Nun, es spricht nichts dagegen, dass sich Hanna einen neuen Verlobten wählt«, entgegnete er und fügte hinzu: »Auch wenn er kein Mitglied unserer Gemeinschaft ist.«

»Schwester Hanna ist eine bewährte Kraft in Ihrem Haus«, gab Maria wohlüberlegt zu bedenken. »Wollen Sie wirklich auf sie verzichten?«

Conradi blieb stehen. »Was soll das heißen?« Hanna hatte bislang nicht angedeutet, dass sie das Waldfriede verlassen wollte.

»Ich nehme stark an, dass Herr Kirchfeld um ihre Hand anhalten will. Die Regeln besagen, dass sie in diesem Fall ausscheiden muss. Immerhin gilt sie als Ihre Sprechstundenhilfe als gleichrangig mit den Stationsschwestern …« Maria sah ihn abwartend an.

Diesen Blick kannte er nur zu gut. Hin und wieder schaute sie ihn so an, wenn es um die Pflege der Patienten ging. Als Chefarzt und Klinikleiter war er der unbestrittene Herr dieses Hauses, aber was die Sorge um die Patienten anging, kannten sich seine Stationsschwestern meist weitaus besser aus. Wenn Maria ihm respektvoll einen Vorschlag machte, etwas zu verbessern, erkannte er an ihrem Blick, wann es angebracht war, auf sie zu hören.

Jetzt schien so ein Moment gekommen zu sein.

»Wenn man bedenkt, wie viel Sie in sie investiert haben …«, fuhr sie nachdenklich fort. »Die Ausbildung zur Röntgenschwester zum Beispiel. Wie soll das Waldfriede eine Schwester finden, die dieses Amt so einfach übernehmen kann?«

Worauf wollte Schwester Maria hinaus? Schon der Versuch, Hanna den Umgang mit dem Assistenzarzt zu verbieten – oder sie zumindest darauf hinzuweisen, dass dies ein schlechtes Licht auf die Schwesternschaft warf –, hatte dazu geführt, dass sie wochenlang nur das Nötigste mit ihm geredet hatte.

Sie hatte ihm versichert, dass er in ihr stets eine Freundin haben würde. Dieses Versprechen setzte Vertrauen voraus, und dieses Vertrauen würde sie doch sicher nicht brechen …

»Und was sollte ich Ihrer Meinung nach tun?«

»Reden Sie ihr ins Gewissen. Eine so wichtige Kraft wie Schwester Hanna dürfen wir nicht verlieren. Nicht, bis Ersatz gefunden wurde.«

Jetzt wusste er, wohin dieses Gespräch führen sollte. Gleichzeitig sträubte sich alles in ihm dagegen, Hanna zu ersetzen. Er wollte keine andere! Er wollte sie. Auch wenn er sie nicht so haben konnte, wie er es sich insgeheim wünschte.

***

Müde kehrte Hanna in ihr Zimmer zurück und löste die Rosenknospe von der Schürze. Sie stellte sie in eine kleine Vase auf das Fensterbrett, denn sie war noch frisch und viel zu schade, um sie verwelken zu lassen.

Als sie ins Bett stieg, dachte sie wieder an Alexander, und sie fragte sich, wann er ihr wohl einen Heiratsantrag machen würde.

Bisher hatten sie noch nicht darüber geredet, aber nach der Sache in seiner Wohnung hoffte sie, dass es bald so weit sein würde. Ihre Eltern würden freilich nicht begeistert darüber sein, dass er kein Adventist war, aber sie kannten auch den Starrsinn ihrer Tochter. Hanna war sicher, dass sie sie dazu bringen konnte, ihn zu mögen.

Als sie am nächsten Morgen im Sprechzimmer eintraf, war Dr. Conradi bereits anwesend. Das war ungewöhnlich, denn normalerweise machte er erst einmal eine Runde durch die Stationen, um zu hören, was sich während der Nacht ereignet hatte.

»Guten Morgen, Herr Doktor«, grüßte Hanna und blickte ihn fragend an.

»Guten Morgen, Schwester Hanna«, gab er zurück und kam gleich zur Sache. »Bevor Sie sich hier in die Arbeit stürzen, wären Sie bitte so nett, im Röntgenraum nach dem Rechten zu sehen?«

»Natürlich, Herr Doktor«, gab Hanna etwas verwundert zurück. »Gibt es ein Problem dort?«

»In der letzten Zeit waren die Aufnahmen ein wenig mangelhaft.«

»Mangelhaft?« Das war ihr nicht aufgefallen.

»Nun, vermutlich liegt das an der Qualität der Entwicklerlösungen. Mir scheint, dass die Flüssigkeiten nicht mehr ganz frisch sind.«

Hanna zog die Augenbrauen hoch. Sie hatte sie doch erst vor einer guten Woche gewechselt!

»Wenn Sie möchten, tausche ich die Flüssigkeiten natürlich aus«, versicherte Hanna ihm. »Aber ich muss anmerken, dass sie nur etwas mehr als eine Woche alt sind. Die Entwicklerflüssigkeit ist recht teuer.«

Conradi blieb unerbittlich. »Bei diesem Eingriff brauche ich das Beste, was Sie aus dem Apparat herausholen können. Und vor allem frische Entwicklerlösungen.«

Hanna nickte. Die ganze Sache kam ihr ein wenig seltsam vor, aber Dr. Conradi war der Chefarzt und hatte zu entscheiden.

»Kommen Sie denn allein im Sprechzimmer zurecht?«, fragte sie.

»So lange werde ich es schon aushalten.« Conradi setzte ein Lächeln auf. »Sie sind ja nicht aus der Welt, Hanna, und wenn es etwas gibt, wobei ich Sie benötige, lasse ich Sie rufen.«

Auf dem Gang schüttelte Hanna den Kopf. Was hatte das zu bedeuten? Wüsste sie es nicht besser, würde sie sagen, dass der Doktor einen Vorwand suchte, um sie aus dem Sprechzimmer zu schaffen. Aber warum? Er brauchte doch ihre Unterstützung bei der Sprechstunde!

Was um alles in der Welt ging hier vor?

Im Röntgenraum angekommen, traf sie auf Schwester Martha Pischel, die gerade eine Patientin für die Diathermie gebracht hatte. Martha war seit einigen Monaten hier und noch keiner festen Station zugeteilt worden.

»Oh, Schwester Hanna«, sagte sie beinahe überrascht, als sie sie erblickte. Sie hatte dunkelblondes Haar und einen leichten Überbiss, für den sie sich ein bisschen schämte. »Müssen Sie eine Röntgenaufnahme machen? Frau Hannemann sollte …«

»Keine Sorge, Martha, machen Sie ruhig Ihre Wärmebehandlung. Dr. Conradi hat mich lediglich gebeten, die Entwicklerflüssigkeiten in der Dunkelkammer auszutauschen.«

Wenn eine Röntgenaufnahme gemacht werden musste, durfte niemand im Diathermie-Raum sein, weil die Strahlen sonst auch die Personen darin erfassen konnten.

Martha atmete auf und ging zu ihrer Patientin. Hanna verschwand in der Dunkelkammer. Sie schaltete das Licht an und begann, die Wannen mit den Flüssigkeiten abzugießen. Anschließend würde sie sie reinigen und neu füllen. Ein wenig bedauernd schaute sie in den Eimer mit den alten Lösungen. Was für eine Verschwendung! Aber was der Doktor sagte, war Gesetz.

Nach einer Weile verließ sie die Dunkelkammer wieder. Martha hatte immer noch mit ihrer Patientin zu tun. Gerade löste sie die Elektroden von der Haut der Frau. Die Wärmedurchdringung war ein interessanter Prozess, der Martin sehr gefallen hätte.

Als sie die alten Flüssigkeiten fortgeschafft hatte, kehrte sie in den Röntgenraum zurück. Martha war verschwunden, dafür wartete der Patient, der heute operiert werden sollte.

Möglicherweise war es doch kein Vorwand von Dr. Conradi gewesen? Hanna bat den Mann herein und machte sich an die Arbeit.

Nach dem Mittagessen genehmigte sie sich einen kleinen Rundgang durch den Park. Die Sprechstunde begann erst um eins, und Dr. Conradi hatte noch ein wichtiges Telefonat zu führen.

Als Alexander auftauchte, glaubte sie zunächst, er wollte ihr ein wenig Gesellschaft leisten, doch seine Miene war angespannt.

»Hanna, ich habe etwas mit dir zu bereden«, sagte er, griff nach ihrem Arm und zog sie zu den Taxuskegeln.

»Was ist los?«, fragte Hanna.

»Es ist besser, wenn uns keiner sieht.«

»Aber das wäre …«

»Conradi wird meinen Vertrag nicht verlängern«, sagte er.

Hanna öffnete den Mund, doch die Worte blieben in ihrer Kehle stecken.

»Was? Aber er …«

»Ja, er wollte mich behalten. Doch das war vorher. Bevor er wusste, dass wir beide …«

»Aber das kann er doch nicht machen!«, flüsterte sie schockiert und spürte, wie sich Zorn in ihr zusammenballte. »Wir brauchen dich doch im Krankenhaus!«

»Offiziell heißt es, dass er einem adventistischen Arzt den Vorzug geben muss, weil es die Kirchenleitung so will«, erklärte Alexander frustriert. »Aber ich weiß, was wirklich dahintersteckt, und du weißt es auch.« Er griff nach ihrer Hand.

Verzweiflung überkam Hanna. Wie konnte Conradi so etwas tun? Und das nur, weil sie sich eine neue Liebe gesucht hatte. Er wusste doch von allen am besten, wie sehr ihr der Verlust von Martin noch immer naheging.

»Das würde der Doktor nicht machen. Nach allem, was du für ihn getan hast!« Hanna stemmte die Hände in die Seiten. »Nur dir hat er es zu verdanken, dass dieser Buchhalter …«

»Ein eifersüchtiger Mann würde alles tun!« Alexander trat nach einem Stein, der im Gras lag.

»Eifersüchtig?« Hanna schüttelte den Kopf. »Warum sollte er eifersüchtig sein? Er … er ist verheiratet!«

»Glaubst du denn, das würde ihn davon abhalten, sich zu verlieben? Und glaubst du, dass ich nicht bemerke, wie er dich ansieht?«

Hanna starrte ihn fassungslos an. Der Doktor sollte in sie verliebt sein?

Ihre Gefühle ihm gegenüber waren nicht ganz eindeutig, doch seit sie Alexander nähergekommen war, wusste sie, dass es nicht dasselbe war, was sie für ihn empfand.

»Aber ich bin nicht in ihn verliebt«, sagte Hanna leise, obwohl auch das nicht ganz der Wahrheit entsprach. Es war nur anders, verwirrend, was sie fühlte. »Vielleicht hättest du ihm damals den Hund geben sollen«, sagte sie bitter. »Vielleicht hätte ich auch nicht sagen sollen, dass du ihn gekauft hast.«

Der Griff, mit dem er ihre Hand hielt, wurde fester. »Nein, es war gut so. Nun weiß ich endlich, woran ich bin.« Er blickte sie an und setzte ein Lächeln auf, das sie nicht so recht verstand. »Ich habe das Angebot erhalten, eine Praxis in Berlin zu übernehmen. Der bisherige Inhaber ist ein Freund von Professor Bier, der mein Mentor an der Universität war. Als der Professor hörte, dass er einen Nachfolger sucht, hat er mich vorgeschlagen.«

»Ja, wusste er denn, dass dein Vertrag nicht verlängert wird?«

»Nein, er hat mir das Angebot völlig unabhängig gemacht und mir damit eine Entscheidung abgenommen, denn ich hätte dich sicher nicht im Stich gelassen.«

Er vergewisserte sich, dass sie weder von der Straße noch vom Haus aus zu beobachten waren, dann zog er sie an sich und drückte seine Lippen auf ihre. Sein Kuss war so leidenschaftlich und innig, dass Hanna sich beinahe darin verlor. Doch die Angst, gesehen zu werden, egal, von wem, brach sich bald Bahn, und sie löste sich von ihm.

»Denkst du, ich sollte das Angebot annehmen?«

Hanna zögerte. »Was bedeutet das für uns? Werden wir uns weiterhin sehen können?«, fragte sie dann.

»Du tust gerade so, als hätten wir hier viel Zeit, uns schöne Augen zu machen!« Er schmunzelte. »Aber ja, natürlich werden wir uns sehen. Wenn du willst.«

Hanna zwang sich zu einem Lächeln. »Ich will. Natürlich will ich. Ich frage mich nur, wie wir das bewerkstelligen wollen.«

»Du hast doch samstags frei, oder nicht?«

»Natürlich.«

»Gut, dann haben wir schon einen Tag für uns.«

Das war Hanna recht, aber sie vermisste es schon jetzt, ihm untertags zu begegnen, ihm in die Augen zu blicken und manchmal eine kurze Berührung auszutauschen. Ohne ihn würde ihr Alltag einiges an Freude verlieren.

***

Louis beobachtete, wie Hanna über den Weg in Richtung Haus lief. Wo war sie gewesen? Es war absurd, aber sein erster Verdacht fiel auf Kirchfeld. Hatte er sie etwa abgepasst?

Das Gewissen lastete schwer auf Louis. Indem er Kirchfeld fortschickte, versetzte er Hanna eine weitere Wunde. Aber er hatte keine andere Wahl.

Nur wenige Augenblicke später wurde die Tür geöffnet. Louis zog sich vom Fenster zurück. Er gab sich unbeteiligt, doch er spürte die Wut, die ihm von Hanna entgegenschlug.

»Draußen sitzen zwei Patienten«, sagte sie, und ihr war deutlich anzuhören, dass sie ihren Ärger unterdrückte. »Soll ich den ersten hereinbitten?«

Louis zögerte.

»Hanna«, begann er vorsichtig. »Ich weiß nicht, ob Sie es schon gehört haben …« Hanna wirbelte herum und sah ihn mit hochgezogenen Brauen an. Ihre Augen blitzten. »Herr Kirchfeld wird uns im August verlassen. Ich … ich konnte seinen Vertrag nicht mehr verlängern.«

»Das ist bedauerlich.« Sie rang sichtlich um Fassung. »Er war bei seinen Patienten sehr beliebt.«

»Ich habe die Anweisung erhalten, dass wir einen adventistischen Kollegen einstellen sollen. Es tut mir wirklich leid.«

»Herr Kirchfeld hat dafür gesorgt, dass unser Krankenhaus weitermachen konnte. Er hat diesen Gruber im Auge behalten, und er hat stets gute Arbeit geleistet. Er hätte es verdient zu bleiben.«

»Wir müssen dafür sorgen, dass unsereins in Anstellung gehalten wird. Herr Dr. Bockhammer möchte sich verändern, und zwar in einem Haus, in dem unsere Religion gelebt wird. Deshalb hat man mich gebeten, ihn ins Waldfriede zu holen.«

Hanna presste die Lippen zusammen. Louis hätte zu gern gewusst, was in ihrem Kopf vorging. Ein beängstigender Gedanke kam ihm. Was, wenn er sie damit aus dem Waldfriede forttrieb? Arbeiten und lehren konnte sie auch in Friedensau … Am liebsten hätte er sie angefleht, ihm zu verzeihen, nicht wegzugehen, bei ihm zu bleiben, doch diese Worte auszusprechen, würde ihm wohl auf immer verwehrt bleiben.

50. Kapitel

Zehlendorf, 21. Juli 1923

Die Nachricht, dass Alexander das Waldfriede verlassen würde, beschäftigte Hanna die ganze Nacht lang. Immer wieder fragte sie sich, ob es diese Bitte aus der Schweiz wirklich gab und Dr. Bockhammer deshalb als neuer Stationsarzt eingestellt wurde, oder ob Dr. Conradi aus eigenem Antrieb handelte.

Kurz nach dem samstäglichen Morgengottesdienst machte sich Hanna auf den Weg in die Berliner Innenstadt. Alexander hatte an diesem Tag Stationsdienst, und alles in ihr drängte darauf, etwas anderes zu sehen. Mit jemandem zu sprechen, der nicht mehr zum Waldfriede gehörte.

Leni wusste nichts von dem Besuch, denn Hanna hatte keine Möglichkeit gehabt, sie zu benachrichtigen. Möglicherweise war sie zu einem Spaziergang außer Haus, doch sie wollte es riskieren.

Der Kauf der Fahrkarte brauchte beinahe ihren gesamten Wochenlohn auf. Sie stieg in den Waggon ein und betete mit zunehmender Unruhe, dass Leni zu Hause war. Wie es Herr Schubert versprochen hatte, war sie in der Dachgeschosswohnung über dem Büro untergebracht worden. Jedes Mal, wenn sie zu Besuch gekommen war, hatte ihre Schwester ihr kleines Reich etwas mehr geschmückt. Hanna bewunderte sie für ihre Eigenständigkeit.

In der Uhlandstraße angekommen, begegnete sie einigen Flaneuren, die wohl auf dem Weg zum Kurfürstendamm waren. Die Frauen trugen elegante Kleider, viele der Männer Anzüge, wie sie sie schon lange nicht mehr zu Gesicht bekommen hatte.

Sie war froh, dass sie sich für ihre Schwesterntracht entschieden hatte. Auch wenn das Kleid mehrfach geflickt war, verströmte ihr Aussehen eine gewisse Würde.

Am Gemeindebüro blieb Hanna stehen. Sie strich sich den Rock glatt, richtete noch einmal das Häubchen, dann läutete sie. Niemand öffnete. Anscheinend war das Büro am Sabbat unbesetzt.

Unruhig trat Hanna von einem Bein aufs andere. War ihr Läuten gehört worden? Oder war tatsächlich niemand da? Sie blickte nach oben. In den Fensterscheiben spiegelte sich der blaue Himmel, auf einem der Fensterbretter hockte eine Taube.

Plötzlich wurde der Türflügel mit Schwung aufgezogen. Hanna schreckte zurück, dann blickte sie überrascht in das Gesicht ihrer Schwester. Ihr Haar war zu einem kurzen Bob geschnitten, und sie steckte in einem weinroten Kleid mit kleinem weißem Kragen.

»Hanna!«, rief Leni freudig aus und schlang die Arme um ihre Schultern. »Was für eine Überraschung, was machst du denn hier?«

»Ich wollte dich besuchen«, erwiderte Hanna. »Und ich muss mit dir reden.«

Lenis Miene wurde schlagartig ernst. »Worüber denn?«

»Über Alexander.«

»Alexander?«

»Herrn Kirchfeld«, präzisierte Hanna.

»Ach ja, dein Freund!« Leni hob die Augenbrauen. »Sag bloß, er hat dir einen Heiratsantrag gemacht.«

»Nein, das ist es nicht. Ich glaube, wir sollten das besser oben bei dir besprechen, oder hast du gerade etwas vor?«

»Ich wollte in den Zoo gehen. Es heißt, sie haben die Außenanlagen etwas umgestaltet.«

»Hast du denn Geld dafür?«, fragte Hanna. »Die Eintrittskarten müssen doch furchtbar teuer sein.«

»Das sind sie, aber Herr Schubert bezahlt mich sehr gut. Ich könnte dich sogar einladen.«

»Wirklich?«, fragte Hanna ungläubig. »Brauchst du das Geld nicht für etwas anderes?«

»Ich habe hier doch freie Kost und Logis! Und der August ist nicht mehr weit. Ich hole nur noch meine Tasche, dann gehen wir!«

Ehe Hanna noch etwas dazu sagen konnte, verschwand Leni wieder hinter der Tür.

Es erstaunte Hanna, wie viele Leute sich trotz der Inflation und der überall herrschenden Not den Besuch des Zoologischen Gartens erlauben konnten. Kinder tollten über die Rasenflächen, während es sich ihre Mütter auf den Bänken bequem machten. Das Kreischen von Papageien und anderen exotischen Vögeln hallte über sie hinweg, ein Stück weit entfernt gellten Affenrufe durch die Luft.

Klang es so in Afrika? Sie hatte bislang noch nicht den Wunsch gehegt, als Missionsschwester zu arbeiten, aber neugierig war sie schon auf den Kontinent, von dem auch Dr. Conradi schwärmte. Hin und wieder erzählte er Geschichten, die sein Vater von dort mitgebracht hatte. Ein klein wenig beneidete Hanna Richard Conradi darum, dass er so weit in der Welt herumgekommen war, während sie nichts anderes kennengelernt hatte als Magdeburg und Berlin.

»Nun sag schon, was ist los mit dem Mann deines Herzens?«, fragte Leni, die sich bei ihrer Schwester eingehakt hatte. Mittlerweile war sie dreiundzwanzig Jahre alt und zu einer hübschen Frau erblüht. Der Babyspeck war verschwunden, ihre Wangenknochen traten deutlicher hervor und verliehen ihrem Gesicht schärfere Konturen. Dass sie auf eigenen Füßen stand und als Köchin für das Gemeindebüro arbeitete, schien ihr gut zu bekommen, denn sie strahlte eine heitere Zufriedenheit aus.

»Dr. Conradi wird seinen Vertrag nicht verlängern«, antwortete Hanna bitter und schaute hinüber zu einigen Zebras, die ihre Köpfe in einen Berg Heu steckten. Wie einfach ihr doch die Welt der Tiere erschien!

»Wie bitte?«, fragte Leni erschrocken. »Er machte sich doch so gut! Und er hat doch diesen Gruber beobachtet und dem Krankenhaus damit einen großen Dienst erwiesen!«

»Das alles scheint nichts zu gelten.« Hanna zupfte an ihrem Ärmel. Tränen stiegen in ihr auf. Den ganzen gestrigen Tag über hatte sie sich beherrschen können, doch jetzt, außerhalb des Waldfriede, wollte sie am liebsten nur noch schreien vor Zorn und Enttäuschung. »Wahrscheinlich missfällt Conradi meine Beziehung zu Alexander.«

»Aber ihr beide geht doch nur spazieren! Und ihr küsst euch. Mehr ist da nicht, oder?«

Hanna schüttelte den Kopf. »Nein, das würde ich gar nicht wagen.«

»Siehst du! Er muss doch wissen, dass du dich nicht auf etwas Unehrenhaftes einlässt!«

»Das habe ich ihm auch gesagt, aber offenbar glaubt er mir nicht.«

Leni blieb abrupt stehen und riss sie damit beinahe von den Füßen.

»Du redest mit dem Doktor über solche Dinge?«

»Er hat mitbekommen, dass wir spazieren gegangen sind. Alexander hat dem Waldfriede einen neuen Hund gekauft, und ich habe mich verplappert.« Hanna wurde das Herz schwer. »Dabei dachte ich, wir hätten die Sache geklärt. Aber jetzt schickt er ihn weg und behauptet, die Kirchenleitung würde das von ihm fordern.«

»Und wenn es tatsächlich so ist? Warum sollte er dich anlügen?«

»Ich weiß es nicht«, gab Hanna nachdenklich zurück. »Er hat mir gegenüber nichts von einem Brief oder Anruf der Kirchenleitung erwähnt.«

Leni betrachtete sie traurig. »Du solltest nicht so schlecht von ihm denken. Er hat dich gern, das weiß ich. Und er würde dir sicher nicht wehtun wollen. Möglicherweise möchte er dich nur nicht verlieren.«

»Aber er verliert mich doch nicht«, widersprach Hanna. Hatte ihre Schwester recht? Warum wurde sie dann dieses Misstrauen nicht los? Das Gefühl, dass Conradi aus Eigennutz handelte?

»Wenn du heiratest, schon«, wandte Leni nachdenklich ein. »Was will Kirchfeld denn jetzt tun?«

»Er hat das Angebot bekommen, eine Praxis in der Stadt zu übernehmen. Professor Bier von der Charité hat ihn empfohlen.«

»Was für ein Name für einen Arzt!« Leni lachte. »Aber dann ist doch alles klar! Wenn er dich heiratet, übernimmst du seine Sprechstunde. So kannst du weiterhin als Schwester arbeiten.«

»Vermutlich hast du recht«, überlegte Hanna. Sie dachte an Martin und daran, dass er ihr vorgeschlagen hatte, mit ihm zusammenzuarbeiten. Allerdings wäre es ihr leichter gefallen, Friedensau hinter sich zu lassen. Mit dem Waldfriede war es etwas anderes. Sie hatte es mit aufgebaut, sie kannte jeden Raum, jeden Winkel und jeden Stein.

Das Haus erschien ihr manchmal wie ein eigenständiges Wesen. Es lebte, es atmete. Es schien eine Seele zu besitzen. Wenn die Sonne hinter dem Wald versank, wirkte alles so friedlich. So idyllisch. Auch durch die Fenster schien das Licht und tauchte die Räume in sanft schimmerndes Gold. Diese besondere Stunde liebte Hanna, und sie konnte sich keinen anderen Ort vorstellen, an dem sie lieber wäre.

Könnte sie das aufgeben? Wenngleich sie nicht mit allen Schwestern gut auskam, war es doch so, als gehörten sie alle zu einer Familie.

»Komm, lass uns weitergehen«, sagte Leni schließlich. »Wahrscheinlich wirst du abwarten müssen, was die Zeit bringt.«

Ja, das musste sie wohl. Und sie sah auch ein, dass Leni ihr nicht helfen konnte, was Alexander anging. Eine Entscheidung für ihn und gegen das Waldfriede konnte sie nicht fällen.

Sie hakte sich bei ihrer Schwester unter, dann setzten sie ihren Weg zum Elefantengehege fort.

***

Das Wetter klarte gegen Mittag auf, was Louis zum Anlass nahm, das Haus zu einem kleinen Rundgang zu verlassen.

»Darf ich mich dir anschließen?«, fragte Dr. Meyer, der plötzlich hinter ihm aufgetaucht war und seine Absicht erraten hatte. Er krempelte die Ärmel hoch und öffnete den obersten Knopf seines Hemdes. »Ich glaube, ich könnte etwas frische Luft gebrauchen.«

»Natürlich, Erich, es wäre mir eine Freude.«

Die beiden verließen das Haus und schritten auf den Park zu. Neben den Flächen für den Gemüseanbau und den Gewächshäusern hatten sie damit begonnen, die Parkflächen für die Patienten zu gestalten. Die Wege führten an Blumenwiesen und Beeten vorbei, zwischen Bäumen hindurch zu einer Liegewiese, auf die die Patienten zum Sonnenbaden gebracht wurden. Zwar hatten sie dafür auch eine Dachterrasse, aber der Park war bei den Patienten sehr beliebt, und der Aufenthalt in freier Natur tat ihnen sichtlich gut.

Zur Straßenseite hin lag ein großes Stück Wiese brach, das für den Bau des neuen Ärztewohnhauses vorgesehen war. Mehr als Planierarbeiten waren noch nicht geschehen, denn wann es mit dem Bau losgehen konnte, stand noch in den Sternen. Aber Louis erlaubte sich dann und wann, sich vorzustellen, wie sein neues Zuhause aussehen könnte. Dann, wenn sie endlich aus der sich immer schneller drehenden Spirale der Inflation heraus waren.

»Ich hatte Schwester Hanna schon vor einiger Zeit vorgeschlagen, Schulschwester zu werden«, begann Erich Meyer, als sie sich ein Stück vom Haus entfernt hatten. »Bislang hat sie mir allerdings keine Antwort zukommen lassen.«

»Sie hat in letzter Zeit viel zu tun«, sagte Louis ausweichend und versuchte, sich eines bitteren Untertons zu enthalten.

»Mit ihrem Wissen über die Röntgentechnik wäre sie sehr wertvoll für den Unterricht. Aber ich verstehe schon, wenn du sie in deiner Sprechstunde nicht entbehren kannst.«

Das konnte er tatsächlich nicht. Aber wer wusste schon, wie lange sie noch blieb, wenn ihr dieser Kirchfeld tatsächlich einen Antrag machte?

»Vielleicht sollten wir weitere Schwestern im Röntgen ausbilden«, hörte er sich sagen. »Auch den Medizinalpraktikanten würde derartiges Wissen guttun.«

»Das stimmt, aber wenn Hanna nicht einmal Zeit hat, eine Doppelstunde pro Woche in der Schule zu geben …«

»Sie wird die Zeit bekommen«, versprach Louis, dem plötzlich ein Gedanke kam.

»Wirklich?«, fragte Dr. Meyer erstaunt. »Aber wenn sie nicht bereit ist …«

»Wenn ich es wünsche, wird sie dazu bereit sein.« Louis sah seinen Kollegen an. »Wahrscheinlich will sie mich nicht im Stich lassen, deshalb ziert sie sich ein wenig. Außerdem steht sie ungern im Mittelpunkt.«

»Das wäre nur zum Besten unserer Schule. Aber ich möchte Hanna nicht zwingen. Sie hat so viel durchgemacht.«

»Ich glaube nicht, dass sie es als Zwang empfinden wird.« Louis klopfte seinem Freund auf die Schulter. »Lass mich nur machen.«

***

Dr. Conradi musste durchs Fenster geschaut und auf sie gewartet haben, anders war es nicht zu erklären, dass er Hanna schon an der Tür in Empfang nahm.

»Ich hoffe, Sie hatten einen angenehmen Spaziergang«, sagte er. Hanna spürte deutlich, dass er etwas von ihr wollte. Ging es wieder um ihre Beziehung zu Alexander? Er würde ihn doch ohnehin entlassen, was mischte er sich also weiter ein?

»Ich war bei meiner Schwester in der Uhlandstraße«, teilte sie ihm mit.

»Und, wie geht es ihr?«

»Leni ist wohlauf«, antwortete Hanna und spürte, wie sie zunehmend nervös wurde. Was wollte er von ihr? »Wir haben uns den Zoologischen Garten angeschaut. Leni hat mich eingeladen.«

»Es scheint ihr als Köchin im Gemeindebüro gut zu gehen.«

»Ja, sie wirkt sehr glücklich. Und wesentlich erwachsener.« Ein Lächeln spielte um Hannas Mundwinkel. Das Treffen mit Leni hatte sie glücklich gemacht. Es war wieder wie damals gewesen, eine Zeit, die ihr jetzt schon so weit weg erschien.

»Haben Sie einen kurzen Moment für mich? Ich möchte etwas mit Ihnen besprechen.«

Hanna nickte und folgte dem Doktor in den Park. Dieser lag ruhig im Schein der Abendsonne, kein Patient war mehr auf den Wegen zu sehen. Der Wind strich über die Grashalme und brachte die Blätter der Bäume zum Rauschen.

»Eines Tages wird dieses Krankenhaus eines der besten in der Stadt sein. Vielleicht im ganzen Land. Es wird wachsen, um Gebäude, um Menschen. Und irgendwann werden es andere übernehmen.«

Hanna blickte den Doktor an, überrascht von dieser Ansprache. Was war los?

»Geht es Ihnen gut, Dr. Conradi?«, fragte sie.

Er erwiderte ihren Blick. »Ja, das tut es. Ich frage mich nur manchmal, wie es hier in dreißig oder fünfzig Jahren aussehen wird. Die Zeiten sind gerade nicht leicht, ich kann mich auch kaum daran erinnern, dass sie es mal waren. Aber irgendwann wird es auch wieder besser werden.«

»Das werden sie. Dessen bin ich mir ganz sicher.« Hanna wusste noch immer nicht, worauf er hinauswollte. Ein beunruhigender Gedanke kam ihr. Wollte er auch sie fortschicken?

Doch eine Versetzung oder gar Kündigung hätte er genauso gut im Sprechzimmer aussprechen können …

»Wir haben den Grundstein für die Zukunft gelegt. Wir alle zusammen. Und wir werden noch weitere Grundsteine legen.«

»Das werden wir.«

Conradi schwieg für eine Weile und richtete den Blick auf den Platz, wo eines Tages das Ärztewohnhaus stehen würde. Ein Haus, von dem Hanna keine Vorstellung hatte, weil er ihr bisher die Baupläne nicht gezeigt hatte.

Dann wurde ihr klar, dass sie auch nicht danach gefragt hatte. Seit dem Zusammenstoß wegen Alexander hatten sie kaum privat gesprochen. Und auch jetzt konnte sie ihm immer noch nicht verzeihen, dass er Alexanders Vertrag nicht verlängert hatte.

»Hanna, ich habe eine Bitte an Sie«, begann er schließlich und wandte sich ihr wieder zu. »Für unser Haus ist es wichtig, dass auch die Krankenpflegeschule die beste wird, die es in der Stadt gibt. Wir wollen, dass junge Leute, die momentan lieber in andere Städte gehen, zu uns kommen. Und wir brauchen auch Ärzte, die jeden Bereich kennen.«

Er machte eine Kunstpause, und Hanna dämmerte es.

»Hat Dr. Meyer mit Ihnen gesprochen?«

»Das hat er. Er findet, dass Sie eine gute Ergänzung für die Schule wären.«

»Aber ich versehe Dienst in Ihrer Sprechstunde, ich arbeite im OP und im Röntgenraum. Zudem beaufsichtige ich auch noch die Apotheke.«

»Zwei Stunden«, gab er zurück.

»Zwei Stunden? Wofür?«

»Für den Unterricht. Ich möchte, dass Sie erst einmal eine Doppelstunde pro Woche in Röntgenkunde geben.«

»Aber … ich … ich bin nur eine Schwester.«

»Sie sind eine der wenigen richtigen Röntgenschwestern, die es in der Stadt gibt. Noch immer schicken Ärzte und Kliniken ihre Patienten zu uns, wenn eine Röntgenaufnahme gemacht werden muss. Wenn jemand unsere Schwestern an diesen Geräten einweisen kann, dann Sie.«

Hanna rang mit sich. Eigentlich war es eine große Ehre, und hätte Dr. Conradi ihr diesen Vorschlag unterbreitet, bevor sie mit Alexander angebandelt hatte, hätte sie sich sehr darüber gefreut.

Doch nun kam sie nicht umhin, sich zu fragen, welchen Hintergedanken der Doktor hatte.

»In Ihrer Sprechstunde bleibe ich aber trotzdem, oder?«, fragte sie.

»Natürlich! Was soll ich denn ohne Sie machen?«, gab er zurück. »Und auch beim Röntgen bleibt alles unverändert. Allerdings werde ich Ihnen Assistentinnen zur Seite stellen, damit Sie die Belastung nicht allein tragen müssen.«

Assistentinnen? Ein ungutes Gefühl erwachte in Hanna. Wollte er sie vielleicht aus dem Dienst am Röntgengerät herausnehmen? Aus Furcht, dass sie Alexander heiraten und das Waldfriede verlassen würde?

Vertraute er ihr deshalb den Unterricht im Röntgen an, damit er Ersatz für sie fand?

Die Erkenntnis traf sie wie ein Stein. Sie würde entbehrlich sein, sobald jemand anderes sich auf diesem Gebiet auskannte. Dann wäre sie nur noch eine Sprechstundenhilfe, die man leicht ersetzen konnte.

Hanna hatte große Mühe, ihre Enttäuschung zu verbergen.

»Ist alles in Ordnung mit Ihnen?«, fragte Conradi.

Hanna nickte schnell, doch sosehr sie sich bemühte – ein Lächeln wollte sich nicht auf ihrem Gesicht einstellen.

»Ich könnte verstehen, wenn Sie ablehnen würden …«

Die Gedanken ratterten in Hannas Kopf. Dass sie entbehrlich gemacht werden sollte, erschütterte sie. Doch dann wurde ihr klar, dass sie, wenn sie entbehrlich war, auch keine Gewissensbisse haben musste, wenn Alexander um ihre Hand anhielt und sie seinen Antrag annahm.

»Nein, ich lehne nicht ab«, sagte Hanna und straffte die Schultern. »Ich werde den Unterricht übernehmen.«

»Bestens!«, freute sich Dr. Conradi. »Und Dr. Meyer wird ebenfalls begeistert sein.«

Zurück im Haus, eilte Hanna durch den gewundenen Gang zum Röntgenzimmer, wo sie für einen Moment allein sein konnte. Dort angekommen, ließ sie sich auf einen Stuhl sinken und starrte auf das große Röntgengerät, das schon bald nicht mehr ihr allein gehören würde.

***

Louis war überrascht. Er hatte gehofft, Hanna mit dem Vorschlag, ihre Röntgenkenntnisse an der Pflegeschule zu vermitteln, ein wenig über den Verlust von Kirchfeld hinwegtrösten zu können. Doch jetzt, da er ihr Einverständnis hatte, fühlte er sich kein Stück besser.

Er hatte nicht gelogen, als er ihre Bedeutung für die Schule unterstrich, denn tatsächlich konnte er sich kaum eine bessere Lehrerin für die Röntgenkunde vorstellen.

Aber hinter seinem Vorschlag steckte auch Selbstsucht: Er wollte Hanna im Haus halten, wollte, dass sie sich von Kirchfeld löste, dass sie ihn vergaß.

Doch was, wenn er sie wirklich heiraten wollte? Würde sie den Platz an Kirchfelds Seite dem an seiner vorziehen?

Mit einem Kopfschütteln vertrieb er den Gedanken wieder. Es gab keinen Platz an seiner Seite. Er hatte eine Ehefrau, und Hanna konnte bestenfalls eine Freundin für ihn sein.

Durfte er ihr die Chance auf Glück verwehren, nachdem sie ihren Verlobten verloren hatte? Durfte er ihr ein Leben ohne Liebe wünschen? Und war es nicht Sünde, wenn er seine Wünsche über die von Hanna stellte?

Bedrückt warf er einen letzten Blick auf den Baugrund, dann wandte er sich um und kehrte ebenfalls ins Haus zurück.

51. Kapitel

Zehlendorf, 10. September 1923

Ohne Alexander kam Hanna das Waldfriede leer vor. Wenn sie durch die Gänge lief, hoffte sie auch jetzt noch, auf ihn zu treffen. Doch dann wurde ihr klar, dass dies nicht mehr der Fall sein würde. In solchen Momenten wurde ihr Herz furchtbar schwer.

Der neue Arzt trat seinen Dienst nur wenige Tage nach Alexanders Weggang an. Dr. August Bockhammer war ein kleiner Mann mit dunklem, an der Seite gescheiteltem Haar und einer Nickelbrille. Er sprach mit Schweizer Akzent, war aber meist recht still. Hanna konnte ihn nur schwer einschätzen. Er war nicht unfreundlich, doch er strömte auch keinerlei Wärme aus. Seine Frau, die als Hilfskraft im Haus mitzuarbeiten begann, war ebenfalls still und wirkte in Gegenwart ihres Mannes stets ein wenig eingeschüchtert.

Hanna hatte glücklicherweise nur wenig mit ihm zu tun. Sie brachte ihm hin und wieder Fieberkurven und Patientenakten, aber da er der Stationsarzt war, musste sie sich nur selten mit ihm austauschen.

Das Verhältnis zu Dr. Conradi kühlte weiter ab, doch hätte man sie vor die Wahl gestellt, das Krankenhaus zugunsten von Alexander zu verlassen oder im Waldfriede zu bleiben, hätte sie sich immer wieder für das Waldfriede entschieden, den Ort, der ihr mittlerweile mehr ein Zuhause war als ihr Elternhaus in Magdeburg.

Ende August ließ Dr. Harrow erneut von sich hören. Diesmal erschien er jedoch nicht persönlich, sondern schickte einen Lastwagen voller Pakete mit Dingen, die sie im Haus dringend benötigten. Darunter war auch wieder ein riesiges Paket mit Stoffen für neue Kleider.

»Das kommt gerade zur rechten Zeit«, hörte Hanna Schwester Elisabeth beim Abladen sagen. »Das einzige Alltagskleid, das ich habe, fällt mir bald in Fetzen vom Leib.«

Das stimmte, und auch die Schwesternkleider waren vom vielen Waschen verschlissen. Hanna verbrachte die Nächte oft damit, dünne Stellen und Löcher in ihrer Kleidung zu reparieren.

Für die Schwestern, die seit dem ersten Tag im Haus waren, lieferte der Lastwagen auch Korbsessel, die besonders von den jüngeren Schwestern bewundert wurden.

»Was für ein Überfluss«, raunte Maria, die einen der Sessel vor sich her trug.

Hanna sagte nichts dazu. Ohnehin sprach sie nicht viel mit Maria, zumal sie den Verdacht nicht loswurde, dass diese noch immer Argwohn gegen sie hegte und mit ihrer Abneigung vor den anderen Mitgliedern der Krankenhausfamilie kaum hinter dem Berg hielt.

Am zehnten September war es schließlich so weit, dass sie zum ersten Mal als Schulschwester unterrichten würde. In der Nacht zuvor hatte Hanna kein Auge zugetan. Gern hätte sie sich mit irgendwem ausgetauscht, aber sie wusste nicht, mit wem.

Vor der Tür des Unterrichtsraumes empfing Dr. Meyer sie mit einem breiten Lächeln. »Na, sind Sie gut vorbereitet?«

Hanna schaute auf die Mappe in ihren Händen. »Ja, ich denke schon.« Sie hatte in den vergangenen zwei Wochen ihren Feierabend genutzt, um ihre alten Lehrbücher zu durchforsten. Dabei versuchte sie sich auch daran zu erinnern, wie ihr eigener Unterricht am Röntgeninstitut ausgesehen hatte. Die Worte des Professors klangen noch immer in ihr nach, und sie hoffte, dass sie ihm Ehre machte.

»Nun, dann kann nichts passieren. Wenn ich Ihnen einen Rat geben darf: Lassen Sie die anderen keine Unsicherheit spüren. Kinder und erst recht junge Leute sind manchmal wie kleine Raubtiere. Ich erinnere mich an Dinge aus meiner eigenen Schulzeit …«

Hanna hatte ihr Auftreten vor dem Spiegel geübt, doch zufrieden war sie nicht. Die anderen waren wesentlich jünger als sie, dennoch verspürte sie eine leichte Hemmung. Es war eine Sache, mit Patienten zu sprechen und ihnen Anweisungen zu geben, aber eine ganz andere, vor den jungen Pflegekräften zu stehen und sie zu auszubilden.

Stimmen drangen aus dem Unterrichtsraum. Hanna kannte jedes Möbelstück hier drinnen, den großen Tisch, die hohen Schränke, die die Tischler angefertigt hatten, die Präparate und Modelle darin. Der Geruch von Formalin und Kreide drang in ihre Nase. Kurz schloss sie die Augen. Sie dachte in diesem Augenblick nicht an Alexander, sondern an Martin. Es hätte ihm gefallen, dass sie zur Lehrerin ernannt worden war.

Hanna gab sich einen Ruck und schritt durch die Tür.

Zu ihrem großen Erstaunen saßen auch die beiden derzeit im Haus befindlichen Medizinalpraktikanten im Unterrichtsraum. Sie lümmelten sich am Ende des langen Tisches und wirkten, als hätten sie durchaus Besseres zu tun, als einer Schwester bei ihrem Vortrag zuzuhören.

Das trug nicht gerade dazu bei, dass ihre Nervosität weniger wurde. Die Schwestern und der junge Pfleger mit dem Lockenkopf sorgten schon für genug Herzklopfen bei ihr, und jetzt auch noch zwei studierte Herren …

»Meine Damen und Herren, ab dem heutigen Tag werde ich Ihnen, wie Dr. Meyer es vermutlich schon angekündigt hat, wöchentlich eine Doppelstunde in Röntgentechnik geben. Diese Technik gewinnt …« Sie stockte, denn ihr Mund war plötzlich staubtrocken. Dafür waren ihre eiskalten Hände schweißnass. »Diese Technik gewinnt immer mehr an Bedeutung und entwickelt sich ständig weiter. Grundlage dafür ist die Elektrizität.«

Als sie sich der Tafel zuwandte und zu schreiben begann, klopfte ihr Herz dermaßen stark, dass sie glaubte, jedermann würde es hören.

Es war beinahe so, als würde sie wieder einen Panikanfall bekommen, doch das durfte auf keinen Fall geschehen.

»Schau mal, sie kann nicht einmal Elektrizität schreiben …«, flüsterte eine Männerstimme. Hanna erkannte sie sofort. Es war Karl Tietz, der unter Dr. Meyer auf der Inneren Station arbeitete.

Hanna zögerte.

Du wirst dich doch nicht von diesen zwei Rotzlöffeln verspotten lassen!, meinte sie Martins Stimme zu hören. *Na mach schon, zeig ihnen, wer du bist und was du kannst!*

Sie atmete tief durch, schrieb zu Ende und drehte sich zur Klasse um. Plötzlich war ihre Angst verschwunden.

»Vielleicht möchte Herr Tietz uns erklären, wie Elektrizität entsteht und wie wir sie in der Röntgentechnik nutzen können.«

Der Angesprochene wurde feuerrot im Gesicht. Wahrscheinlich hatte er nicht damit gerechnet, dass sie sich wehren würde.

Hanna streckte die Hand mit der Kreide aus. »Möchten Sie zur Tafel kommen?«

Der junge Arzt blickte sie erschüttert an, dann erhob er sich und trat vor. Ein Tuscheln erklang hinter ihm, eine der Jungschwestern kicherte. Hanna verkniff sich ein Lächeln und wusste, dass Martin stolz auf sie gewesen wäre.

Am Ende der Unterrichtsstunde schlich sich Dr. Meyer in den Unterrichtsraum. Er wollte leise sein, damit er nicht störte, aber Hannas Sinne waren derart geschärft, dass er ihr auffiel.

Anmerken ließ sie es sich aber nicht. Noch vor zwei Stunden hatte sie kaum durch die Tür treten können, und nun fühlte sie sich wie elektrisiert. Der Unterricht hatte Spaß gemacht, und sie genoss das Gefühl, den anderen etwas beizubringen.

»In der kommenden Woche gehen wir auf den Aufbau des Röntgengeräts und die Wirkungsweise der X-Strahlen ein«, schloss sie die Doppelstunde. Für einen Moment wurde es still, dann klopften die Schüler auf den Tisch. Der Beifall hallte wie Donner durch den Raum.

Anschließend nahmen die Schüler ihre Bücher und gingen in die Pause.

»Wie es aussieht, war Ihre erste Stunde ein voller Erfolg.«

Hanna stieß ein erleichtertes Lachen aus. »Das kann man wohl sagen! Ich hätte nie gedacht, dass ich das durchstehen würde.«

»Nun, ich war mir ganz sicher. Von Anfang an. Sie sind die geborene Lehrerin!«, lobte Dr. Meyer sie überschwänglich.

»Ich bin vor allem Krankenschwester«, wehrte Hanna bescheiden ab. »Ich tue das hier nur, damit unser Krankenhaus in Zukunft als eines der besten in ganz Berlin gilt.«

Dr. Meyer lächelte. »Ich wünschte, die alte Oberin in Friedensau könnte Sie so sehen. Sie wäre sehr stolz auf Sie.«

In dem Augenblick erschien Dr. Conradi auf dem Gang. Hanna fragte sich, ob er sie bereits suchte. »Ich glaube, ich muss los«, sagte sie zu Dr. Meyer, da trat der Chefarzt auch schon zu ihnen.

»Und, wie war Ihre erste Stunde?«, erkundigte er sich.

»Besser, als ich dachte«, antwortete sie. »Und das habe ich nur Herrn Tietz zu verdanken.« Sie setzte ein hintergründiges Lächeln auf.

»Was hat er angestellt?«, wollte der Doktor wissen. Auch Dr. Meyer zog fragend die Augenbrauen hoch.

Hanna grinste verschmitzt. »Er hat mir gezeigt, dass viel mehr Stärke und Selbstbewusstsein in mir steckt, als ich geglaubt habe.«

Am Wochenende machte sie sich auf den Weg nach Zehlendorf. Alexander wollte sie zu einem kleinen Picknick im Stadtwäldchen treffen. Hanna konnte es kaum erwarten, ihm von ihrer ersten Unterrichtsstunde zu berichten. Vor lauter Eifer vergaß sie beinahe, dass der Grund, warum sie als Schulschwester eingesetzt worden war, vermutlich der war, dass sie sich nicht mehr so viel mit ihm treffen sollte.

In den zurückliegenden Wochen war Hanna bei den Treffen mit Alexander mit größter Vorsicht vorgegangen. Auch wenn sie bezweifelte, dass Maria ihr folgte, schlug sie manchmal Haken und kam auf Umwegen zum Treffpunkt. Alexander gegenüber ließ sie allerdings nichts darüber verlauten, denn sie wollte nicht, dass er sich aufregte oder ihr womöglich ans Herz legte, das Waldfriede zu verlassen.

Auch in seiner Wohnung trafen sie sich hin und wieder, wenn das Wetter schlecht war. Hanna spürte seine Begierde, doch sie hielt sich zurück und gab sich alle Mühe, ihn nicht zusätzlich zu ermuntern. Sie genoss seine Küsse und seine Gegenwart und schöpfte daraus Kraft für die bevorstehende Woche.

Die meiste Zeit aber verbrachten sie draußen. Sie umrundeten den Schlachtensee, fuhren Boot auf dem Wannsee, und Hanna lernte alle möglichen Winkel Zehlendorfs kennen.

Auch heute erwartete Alexander sie bereits im Park auf einer kleinen Bank. Der angehende Herbst hatte die Blätter der Bäume bereits leuchtend gelb gefärbt, von Zeit zu Zeit fiel eines davon langsam zu Boden.

Als er sie erblickte, erhob er sich und breitete die Arme aus. »Weißt du, wie sehr ich dich vermisst habe?«

»Das sagst du jedes Mal«, gab sie zurück und schmiegte sich an seine Brust.

»Und jedes Mal ist es die Wahrheit.« Sie küssten sich und ließen sich dann auf der Bank nieder. »Wie ist es dir ergangen?«

»Ich hatte meine erste Unterrichtsstunde!«, berichtete Hanna begeistert. »Ich dachte, ich müsste sterben, aber als ich vor den jungen Leuten stand … Es war wunderbar.«

Alexander zwinkerte ihr zu. »Das hatte ich nicht anders erwartet.«

»Da hast du eine höhere Meinung über mich als ich selbst«, erwiderte sie und knuffte ihn spielerisch in die Seite. »Und wie war es bei dir?«, erkundigte sie sich dann. »Sind die Patienten schon etwas gnädiger mit dir?«

»Aber ja! Meine Probezeit ist übrigens vorüber«, eröffnete Alexander ihr freudig. »Der Praxiseigner ist sicher, dass ich ein guter Nachfolger für ihn bin. Er wird mir die Praxis übergeben und möchte mir ein Kaufangebot machen.«

»Ein Kaufangebot?« Hanna blickte ihn erstaunt an. »Das ist ja wundervoll!«

»Ja, das ist es. Ich werde meine eigene Praxis haben.« Er strahlte sie an, beugte sich vor und küsste sie. »Und vielleicht magst du zu mir kommen.«

Das war der Moment, vor dem sie sich gefürchtet hatte. Sie war noch immer glücklich im Waldfriede, konnte sich keinen schöneren Ort vorstellen.

»Du weißt, dass ich im Waldfriede gebraucht werde. Dr. Conradi braucht mich. Immerhin bin ich Röntgenschwester. Er wird so schnell keinen Ersatz finden.«

»Aber Schwestern gibt es viele in Berlin. Und was ist mit den Mädchen auf eurer Schule? Der erste Jahrgang dürfte doch bald fertig sein.«

»Nächstes Jahr«, stellte Hanna klar. »Krankenschwester zu sein, bedeutet allerdings nicht, dass man für alle Bereiche spezialisiert ist. Du würdest doch eine Jungschülerin auch nicht im OP haben wollen. Oder als Hebamme arbeiten lassen.« Sie bückte sich und zupfte einen Grashalm ab. »Die Lehrgänge sind sehr teuer. Gerade erst haben wir eine Schwesternschülerin auf die Hebammenschule geschickt. Auf Kosten des Hauses. Die meisten unserer Mittel sind eigentlich schon verplant, aber Dr. Conradi hat ihr die Ausbildung dennoch ermöglicht.«

Alexander seufzte, dann schlang er den Arm um sie. »Ich sehe schon, ich kann dich vom Waldfriede nicht wegholen.«

»Bist du mir böse deswegen?«

»Natürlich nicht.« Er küsste sie auf die Schläfe.

***

Nachdenklich schaute Louis aus dem Fenster der Wohnstube und betrachtete die herbstlich üppige Natur, ohne ihrer Schönheit wirklich gewahr zu werden. Ihm war, als würde er auf etwas warten, doch er wusste nicht recht, worauf.

Nach einer Weile wurde es ihm klar. Er wartete auf Hannas Rückkehr. Die Unterrichtsvorbereitungen hatten sie nicht davon abbringen können, wie jeden Samstagnachmittag das Haus zu verlassen. Sie war wieder mit Kirchfeld unterwegs, daran hatte er keinen Zweifel.

»Was ist mit dir?«, hörte er seine Frau hinter sich fragen.

»Nichts«, antwortete er, in dem Wissen, dass dies nicht ganz der Wahrheit entsprach. Aber konnte er mit Catherine über die Gedanken, die ihn seit geraumer Zeit plagten, sprechen?

»Nichts?«, wiederholte sie. »Mein Lieber, ich kenne dich zu gut, um dir das abzunehmen. Schon seit einer ganzen Weile geht etwas mit dir vor.«

Sollte er sich ihr anvertrauen?, überlegte Louis. Momentan war ihr Verhältnis zueinander recht gut. Sie sah Hanna jetzt nicht mehr als Konkurrentin an, sondern als eine hilfreiche Kraft für ihn. Vielleicht konnte er ihr einen Teil seiner Gedanken offenbaren?

»Ich ... mache mir Sorgen um Hanna«, sagte er schließlich.

»Inwiefern?« Catherine sah ihn fragend an.

»Sie hat einen Freund«, teilte er ihr mit.

»Aber das ist doch wunderbar!« Die Erleichterung in ihrer Stimme war nicht zu überhören. Er wusste, dass Catherine sein Verhältnis zu Hanna ein wenig argwöhnisch beobachtete. »Sie ist mittlerweile schon Ende zwanzig, und nach dem Verlust ihres Verlobten hat sie doch ein wenig Glück verdient, oder nicht?«

»Das hat sie. Allerdings ...« Er stockte. Sollte er ihr sagen, dass Kirchfeld ihr Freund war, oder wäre das ein neuerlicher Vertrauensbruch? Wenn er Hanna etwas von sich erzählte, verließ er sich darauf, dass sie es nicht weitertrug, und bislang hatte sie ihn nicht enttäuscht.

»Er ist nicht ... aus unserer Gemeinschaft«, fuhr er fort.

»Wie das?«, wunderte sich Catherine. »Wo hat sie ihn denn dann kennengelernt?«

Hier, dachte Louis mit einem leichten Anflug von Bitterkeit. Und ich habe diesen Menschen auch noch ins Haus geholt, aber das sagte er nicht.

»Und du fürchtest nun, dass sie dich verlassen könnte«, folgerte seine Frau nun.

Louis zuckte zusammen. Catherine sagte »dich« und nicht »das Waldfriede«.

»Mit ihr würden wir eine gute Kraft verlieren.«

»Nun, dennoch wirst du wohl oder übel ihr die Entscheidung überlassen müssen.«

Das wusste er. Genau deshalb fühlte es sich ja auch so an, als würde ein Stein auf seiner Brust liegen.

Sie stand auf, trat zu ihm und legte ihm die Hände auf die Schultern. »Wenn sie unser Haus wirklich verlässt, wird sich eine neue Schwester finden. Maria ist doch ausgesprochen ambitioniert.«

Aber keiner kann ich so vertrauen wie ihr, dachte er. Maria würde es natürlich sehr gefallen, Hannas Platz einzunehmen, doch er wollte Maria nicht bei sich haben. Sie hatte keine Hemmungen, Hanna bei ihm in Misskredit zu ziehen, da lag es nahe, dass sie auch über andere hinter deren Rücken redete. Was, wenn sie Hanna schlechtmachte? Oder ihn?

»Mir wäre es lieber, wenn sie sich für einen Mann entscheidet, der unserer Gemeinschaft angehört«, gab er zu bedenken.

»Nun, einige der Hausmädchen haben Männer geheiratet, die keine Adventisten sind«, hielt Catherine dagegen.

Die Hausmädchen waren ihm egal. Seine Hanna nicht.

Catherine schien sein Widerstreben zu bemerken, denn sie fügte hinzu: »Wenn es dich so sehr stört, solltest du mit ihr reden. Immerhin bist du in diesem Haus das Oberhaupt. Oder möchtest du, dass ich auf sie einwirke?«

»Ich werde mit ihr reden«, beschloss er. »Wenn es an der Zeit ist.«

»Vergiss nicht, Louis, sie ist eine erwachsene Frau.«

Er nickte und wandte sich dann wieder dem Fenster zu. »Und ein Teil unserer Anstaltsfamilie, für die ich verantwortlich bin.«

52. Kapitel

Zehlendorf, 11. November 1923

Einem prächtigen Oktober folgte ein trüber November mit viel Regen. Eine Grippewelle wie in den beiden Jahren zuvor blieb aus, und auch sonst ließen sich nur wenige Patienten blicken.

Betrübt musste Louis feststellen, dass nicht nur ihre Einnahmen unablässig sanken, auch das Geld war immer weniger wert, selbst wenn ihm bei den auf die Geldscheine gedruckten Zahlen schwindelig wurde.

Immerhin fanden sich im Waldfriede noch immer Mitglieder ausländischer Botschaften ein: Dänen, Griechen, Schweden und auch Japaner wurden angezogen von der Tatsache, dass es möglich war, sich auf Englisch mit den Ärzten und einem Teil der Schwestern zu unterhalten. Was das Dänische anging, konnte Catherine aushelfen, einige neue Schwestern waren in Schweden ausgebildet worden, und es gab auch eine Griechin unter ihnen. Was die Japaner anging, konnte man sich mit ihnen passabel auf Französisch unterhalten, manche von ihnen sprachen Deutsch, weil sie die hiesige Kultur schätzten.

Dennoch blieben die Einnahmen knapp, und auch Jens Olsen, Grubers Nachfolger, den Louis nach der Buchprüfung angeworben hatte, konnte kein Geld herbeizaubern. Da überkam ihn beinahe das schlechte Gewissen, wenn er an das Ärztewohnhaus dachte. Doch die Schweizer hatten ihm in diesem Punkt Unterstützung zugesagt, wenngleich es sinnvoller gewesen wäre, das Geld anderweitig ausgeben zu können. Das Ärztewohnhaus war wichtig für ihren Ruf in der Stadt und in der Gesellschaft. Wer vertraute schon einem Chefarzt, der keine standesgemäßen Räumlichkeiten vorweisen konnte?

Wenn es allerdings so weiterging, musste er den Bau tatsächlich noch hinausschieben.

»Dein Freund Harrow hätte statt Möbeln und Stoff lieber Lebensmittel schicken sollen«, bemerkte Louis eines Abends, als sie den Speisesaal verlassen und sich in ihren Privaträumen eingefunden hatten.

Catherine warf ihm einen entrüsteten Blick zu. »Es war eine nette Geste«, erklärte sie mit Nachdruck. »Außerdem ging es uns damals noch besser.«

Louis zügelte sich. Er konnte Catherine keinen Vorwurf machen. Niemand aus dem Waldfriede traf irgendeine Schuld, denn ihre Misere war allein den äußeren Umständen geschuldet. Er hoffte sehr, dass sich die Lage bald ändern würde.

»Ich fürchte, wir werden die dritte Frauenstation auflösen müssen. Und was den Küchenchef angeht …«

»Du willst doch Bruder Stöhr nicht entlassen! Was soll ich denn ohne ihn tun?«

Louis seufzte schwer. Es tat ihm sehr leid, sich von Fritz Stöhr zu trennen, aber mittlerweile waren sie so weit, dass sie selbst die Speisen rationieren mussten, damit wenigstens die Patienten versorgt werden konnten.

»Wenn es uns besser geht, können wir ihn doch wieder einstellen«, schlug er vor.

Catherine sah ihn entsetzt an. »Dann steht dein Entschluss also fest?«

»Ich fürchte schon.«

»Wie stellst du dir das vor? Wir haben schon die meisten Küchenmädchen entlassen! Luise ist nur noch hier, weil sie auch die Arbeit eines Hausmädchens versehen kann.«

»Du übernimmst die Leitung der Küche wieder«, überlegte Louis.

»Aber das hieße, dass ich für Dutzende Leute kochen müsste!«

»Natürlich bekommst du Hilfe. Ich habe gehört, dass der Sohn eines unserer Handwerker Ambitionen zeigt, das Kochen zu lernen. Unter deiner Anleitung …«

Catherine schnaubte. »Ein ungelernter Bursche soll mir unter die Arme greifen?«

»Ein ungelernter Bursche, der sicher dankbar ist für die Gelegenheit, Erfahrungen zu sammeln. Außerdem haben wir im Moment kaum Patienten. Niemand will Geld für seine Gesundheit ausgeben, die meisten Leute kurieren sich mit Hausmittelchen. Nur, wenn sie halb am Sterben sind, werden sie zu uns gebracht.«

»Und was ist mit den Schwangeren?« Sorge trat auf Catherines Gesicht. »Es kommen doch noch Frauen zu uns, oder?«

Louis wurde klar, dass er in den vergangenen Wochen vielleicht etwas mehr mit Catherine hätte reden sollen. Er war so sehr mit Verwaltungsaufgaben beschäftigt gewesen, dass er gar nicht dazu gekommen war, sie über die wahre Lage zu informieren.

»Es kommen noch Frauen, aber deutlich weniger. Viele haben einfach kein Geld für eine Klinik. Also rufen sie eine der freien Hebammen oder bekommen ihre Kinder gar im Kreis ihrer Familien. Wie im Mittelalter.«

Louis atmete tief durch. »Ich bin nur froh, dass ich nicht jetzt vor diesen Wiedemann treten muss. Wären wir vor zwei Jahren in einer derartigen Situation gewesen, läge das Waldfriede schon nicht mehr in unseren Händen.«

Catherine seufzte. »Wir werden wohl auf bessere Zeiten hoffen müssen. Aber mir wäre wirklich wohler zumute, wenn du niemanden entlassen würdest.«

»Wir müssen sehen«, sagte Louis, doch tief im Herzen wusste er, dass er um Einschnitte beim Personal nicht herumkommen würde.

***

»Oh, Rosa, du bist ja rund!«, rief Hanna aus, als sie ihre Freundin im Gang erblickte. Da es Sonntag war, herrschte im Haus nur wenig

Betrieb, überhaupt mussten sich viele Schwestern derzeit Arbeit suchen. »Ist alles in Ordnung mit dir und dem Kind?«

»Ich denke schon.« Rosa legte schützend die Hände über ihren Bauch. »Bisher habe ich keine Beschwerden. Ich wollte dich einfach nur mal besuchen. Ich hoffe, ich störe nicht.«

»Nein, keineswegs. Heute ist es recht ruhig.«

Hanna zog Rosa mit sich in den Wohntrakt zu ihrem Zimmer.

»Es ist schade, dass du nicht mehr hier bist«, sagte sie und rückte einen Stuhl für die Freundin zurecht. »Es hat sich einiges verändert.«

»Ist deine Schwester schon Küchenchefin? Ich habe immer gern mit ihr gearbeitet.«

»Leni hat es sehr gut im Gemeindebüro«, berichtete Hanna. »Sie wohnt sogar im selben Haus in der Uhlandstraße, oben im Dachgeschoss. Und es scheint ihr wirklich gut zu gehen.«

»Oh, das freut mich für sie!« Rosa ließ die Information einen Moment lang sacken, dann fragte sie: »Was meinst du, Hanna? Ob ich je wieder arbeiten werde?«

Hanna lachte. »Na, wie es aussieht, wirst du in der nächsten Zeit auch so genug zu tun bekommen.« Sie stand auf und holte ein Glas Wasser für ihre Besucherin. »Was ist mit Paul? Kümmert er sich gut um dich?«

»Er tut, was er kann«, antwortete Rosa. »Leider sieht es mit Anstellungen momentan nicht besonders gut aus. Er arbeitet mal hier und mal da, um das Geld für unsere Wohnung und das, was wir brauchen, zusammenzubekommen.«

Hanna betrachtete Rosa. Sie war immer schon schlank gewesen, doch jetzt wirkte sie ein wenig hohlwangig. Gab es vielleicht doch noch einen anderen Grund für ihren Besuch?

»Wenn du etwas brauchst, sagst du es mir doch, oder?«, vergewisserte sie sich.

»Ihr habt ja selbst nicht viel«, sagte sie. »Schau dich nur an, du bist ebenfalls dünner geworden.«

»Ach, die paar Pfunde«, winkte Hanna ab. Aber Rosas Beobachtung stimmte.

Plötzlich krümmte sich Rosa zusammen. Ein Stöhnen drang über ihre Lippen, dann sank sie vom Stuhl herab auf die Knie.

»Was ist?«, fragte Hanna besorgt und kniete sich neben die Freundin.

»Ich habe Schmerzen«, stieß sie angestrengt hervor. »Schreckliche Schmerzen im Bauch. Und im Kopf.«

Im Kopf? Wie die unglückliche Frau Kunze? Bei Rosa würde doch wohl nicht ebenfalls eine Präeklampsie vorliegen!

»Setz dich ein wenig aufs Bett oder leg dich hin«, sagte Hanna und half ihrer Freundin vom Fußboden auf. »Ich hole Dr. Conradi. Er wird wissen, was zu tun ist.«

Nachdem es ihr gelungen war, Rosa aufs Bett zu verfrachten, eilte sie zur Tür und lief so schnell sie konnte zu den Privaträumen der Conradis.

Auf ihr dringliches Klopfen hin öffnete der Doktor die Tür. »Hanna, was gibt es? Haben wir Patienten?«

»Rosa ist hier. Unsere Rosa! Sie hat Wehen bekommen. Und sie sagt, sie hat Kopfschmerzen.«

Ohne seiner Frau Bescheid zu geben, stürmte Dr. Conradi aus dem Raum und folgte Hanna zu ihrem Zimmer.

Rosa lag auf dem Bett. Sie wirkte etwas entspannter, doch gleichzeitig war sie kreidebleich um die Nase.

»Rosa, was machen Sie denn hier?«, fragte Dr. Conradi, während er neben sie trat, ihren Arm ergriff und den Puls maß.

»Ich wollte Hanna nur mal besuchen«, flüsterte das ehemalige Hausmädchen matt.

»In Ihrem Zustand? Wenn ich mich nicht sehr täusche, sind Sie am Ende des achten Monats!«

»Ja, aber ich dachte, der Ausflug würde mir guttun. Mir ging es auch bisher nicht schlecht.«

Ein neuerlicher Krampf durchzuckte sie. Sie kniff die Augen zusammen und umklammerte ihren Bauch.

»Kann ich irgendwas tun?«, fragte Hanna.

»Besorgen Sie einen Rollstuhl und geben Sie der Hebamme Bescheid, dass eine Entbindung ansteht«, trug Dr. Conradi ihr auf, dann sagte er zu Rosa: »Ich glaube, Ihr Kind möchte nicht länger warten.«

Wenig später schob Dr. Conradi Rosa in einem der Rollstühle in den Kreißsaal. Sofort nahmen die Schwestern und die Hebamme sie in Empfang.

»Hat sie Ihnen von den Kopfschmerzen erzählt?«, fragte Hanna.

»Ja, und ich habe schon im Labor Bescheid geben lassen. Aber alles sieht so weit normal aus. Hoher Blutdruck, hervorgerufen von den Schmerzen und der Aufregung, sind keine Seltenheit.«

Die Schwestern befreiten Rosa von ihren Kleidern und hüllten sie in ein Nachthemd.

»Wir brauchen ein wenig Urin von Ihnen, Rosa.«

»Ist etwas nicht in Ordnung, Herr Doktor?«, fragte sie ängstlich.

»Reine Routine«, versicherte er ihr und blickte zu Hanna. »Wären Sie bitte so gut, den Becher ins Labor zu bringen?«

Die folgenden Augenblicke waren die bangsten seit Langem für Hanna. Während die Laborantin an die Arbeit ging, lief sie im Gang auf und ab. Ihre Hände waren eiskalt und zitterten, ihre Knie waren butterweich. Was, wenn Rosa dasselbe Schicksal ereilte wie Frau Kunze? Trüge sie eine Mitschuld an ihrem Tod, weil sie die Liebschaft mit Paul Schulze nicht verhindert hatte?

»Hanna?«, riss die Stimme der Laborantin sie aus ihren finsteren Gedanken. »Ich habe das Ergebnis.« Sie reichte ihr einen Zettel, auf dem stand, dass keinerlei Eiweißausfällungen in Rosas Urin zu sehen waren.

»Dann hat sie keine Eklampsie?« Hanna war erleichtert.

»Sieht nicht danach aus. Aber das muss der Herr Doktor entscheiden.«

Hanna nickte und brachte den Zettel in den Kreißsaal.

Der Doktor hatte bereits seine OP-Kleidung angelegt. Er warf einen Blick auf den Laborzettel, doch in seinem Gesicht spiegelte sich keine Erleichterung wider.

»Was ist?«, erkundigte sich Hanna leise. »Stimmt etwas nicht mit ihr?«

»Wie es aussieht, ist der Geburtskanal zu eng. Ich werde versuchen, sie umzulagern, aber schlimmstenfalls müssen wir einen Kaiserschnitt in Erwägung ziehen.«

Hanna schlug die Hand vor den Mund. Ihre Erleichterung verflüchtigte sich schlagartig.

»Haben Sie eine Ahnung, ob wir den Vater erreichen können?«

»Er wird auf der Arbeit sein«, gab Hanna zurück. »Rosa wollte mir gerade Näheres erzählen …«

»Wir sollten unbedingt jemanden nach ihm schicken. Vielleicht den Botenjungen? Oder könnten Sie versuchen, ihn telefonisch zu erreichen?«

Hanna nickte und beugte sich zu Rosa vor. »Bitte sag mir, wo Paul arbeitet, ich möchte ihn informieren, dass du im Waldfriede bist.«

Rosa bäumte sich schmerzerfüllt auf. Als die Wehe vorüber war, nahm sie all ihre Kraft zusammen und flüsterte angestrengt: »Bei einer Baufirma in Neukölln, in der Hermannstraße, Peters und Söhne, glaube ich. Die haben ihn heute gerufen, weil auf einer Baustelle die Termine drücken.«

Mochte die Inflation auch rasen, gebaut wurde in Berlin dennoch.

Sie sah, wie der Doktor einen Blick auf Else und Grete warf, die bereits die Operation vorbereiteten. »Sorgen Sie dafür, dass er Bescheid bekommt. Ich möchte nicht dasselbe Drama erleben wie damals mit Herrn Kunze. Er muss wissen, was mit seiner Frau geschieht.«

»Frau Conradi, wäre es möglich, einen Anruf zu tätigen?«, fragte Hanna, als sie die Küche betrat. Frau Conradi war gerade dabei, die Lehrmädchen im schonenden Garen von Gemüse zu unterweisen.

»Ist alles in Ordnung?«, fragte sie zurück.

»Rosa hat die Wehen bekommen. Ich muss ihren Mann anrufen.«

»Rosa?«, fragte Catherine Conradi verwundert, doch dann schien der Groschen zu fallen.

»Luise, übernimm bitte für mich«, sagte sie, trocknete sich die Hände ab und eilte Hanna voran in die Wohnstube.

»Es wird wirklich Zeit, dass wir eine richtige Telefonanlage bekommen«, murrte sie, »aber dafür ist leider noch immer kein Geld da.«

Wenig später hatte Hanna die Stimme des Fräuleins vom Fernmeldeamt im Ohr. Sie gab ihr die Adresse durch, die Rosa ihr genannt hatte, und nach einigem Hin und Her hatte sie schließlich jemanden am Apparat, der bereit war, Paul Bescheid zu geben.

Etwas beruhigter hastete sie zurück in Richtung Kreißsaal. Auf dem Weg dorthin kam sie am Sprechzimmer vorbei. Auf den Bänken davor saßen mehrere Patienten. Eilig machte sie sich auf die Suche nach Dr. Steiner und gab auch Schwester Elisabeth Bescheid, damit sie ihn bei der Sprechstunde unterstützte.

Als sie endlich am Kreißsaal ankam, war Rosa bereits in den OP gebracht worden. Hanna wäre am liebsten durch die Tür gestürmt, doch sie wusste, dass der Doktor Ruhe zum Arbeiten brauchte.

Die Minuten zogen sich, und schon bald wusste Hanna nicht mehr, wie sie sich noch ablenken sollte. Sie löste Elisabeth bei der Sprechstunde ab, und als keine Patienten mehr da waren, ging sie in die Wäschekammer und holte frische Verbände, dann schaute sie nach ihrer kleinen Apotheke.

Als sie es gar nicht mehr aushielt, kehrte sie zum OP-Saal zurück und drückte lautlos die Tür auf, die wegen des Äthers immer ein Stück weit offen stehen musste. Rosa war mit weißen Tüchern bedeckt. Hoffentlich würde sie den Kaiserschnitt überstehen, denn ein solcher war niemals ohne Risiko.

Würde Paul wie Herr Kunze ebenfalls nur ein Kind abholen können und nicht mehr die dazugehörige Mutter?

Die Angst raubte ihr beinahe den Atem. Zitternd zog sie sich zurück und suchte verzweifelt nach einem Halt. Plötzlich hörte sie einen Schrei. Hanna zuckte zusammen. Für einen Moment fürchtete sie, dass es Rosa war, die da schrie, doch die Stimme war zarter, heller. Zunächst schwach, dann kräftig. Es war der Schrei des Lebens.

Hanna stieß die Tür zum Operationssaal auf und sah, wie Dr. Conradi das Kind Schwester Else übergab. Es lebte, aber was war mit Rosa?

In diesem Moment schaute Dr. Conradi zu ihr hinüber. Seinem Blick konnte sie nicht entnehmen, wie es lief, doch dann nickte er ihr zu, wie immer, wenn er signalisierte, dass eine OP gelungen war.

Vor Erleichterung wären Hanna beinahe die Knie weggesackt. Die Angst in ihrer Magengrube löste sich auf, und sie stieß mit einem langen Seufzen die Luft aus. Rosa würde leben und ihr Kind kennenlernen dürfen!

Eine halbe Stunde später war der Eingriff beendet, und Rosa wurde aus dem Operationssaal gebracht. Sie schlief noch unter dem Einfluss des Äthers.

Dr. Conradi gab Elisabeth die Anweisung, ihr ein Schmerzmittel zu verabreichen, sobald sie aus der Narkose erwachte.

»Es ist ein Mädchen«, eröffnete der Doktor Hanna, als die Schwestern den OP-Saal verlassen hatten. »Es war gut, dass wir einen Kaiserschnitt durchgeführt haben. Das Kind hat einen recht großen Kopf.«

»Ist sonst alles in Ordnung mit ihm?«

»Soweit ich es einschätzen kann, ja. Der Kinderarzt wird noch nach der Kleinen schauen.«

»Und Rosa?« Hanna blickte den Schwestern nach, die das Bett den Gang entlangschoben.

»Sie wird wie alle Frauen, die per Kaiserschnitt entbinden, Zeit brauchen, um sich zu erholen. Zum Glück ist uns ein Desaster wie bei Frau Kunze erspart geblieben.«

Kurze Zeit später ging Hanna hinauf in die Frauenstation. Mittlerweile hatte sie sich wieder im Griff und freute sich über die kleine Tochter ihrer Freundin.

In Rosas Zimmer lagen noch zwei weitere Frauen. Die Betten wurden durch Paravents voneinander abgeschirmt. Hanna nickte der diensthabenden Schwester Ilse zu, dann trat sie an Rosas Bett.

Mittlerweile war Rosa wieder ansprechbar, auch wenn sie furchtbar müde wirkte.

»Hanna«, sagte sie und versuchte, die Hand zu heben, aber dazu war sie noch zu schwach.

Hanna zog sich einen Stuhl heran und griff nach ihrer Hand. »Da hast du uns aber einen Schrecken eingejagt«, sagte sie. »Hast du dein kleines Mädchen schon gesehen?«

Rosa nickte. »Sie ist wunderschön.«

»Das ist sie. Habt ihr schon einen Namen für das Kind?«

»Nora«, antwortete Rosa. »Zumindest als ersten Vornamen.«

»Das ist ein sehr schöner Name.«

»Es ist der Name meiner verstorbenen Mutter.«

Rosa blickte Hanna einen Moment lang an, dann sagte sie: »Ich bin wirklich froh, dass ich hier war. Nicht auszudenken, was passiert wäre, wäre ich zu Hause geblieben.«

Hanna streichelte ihre Hand.

»Hat sich Paul schon gemeldet?«, fragte Rosa und warf einen sehnsüchtigen Blick in Richtung Tür. »Du hast ihm doch Bescheid gegeben, oder?«

»Das habe ich«, gab Hanna zurück. »Der Vorarbeiter hat versprochen, ihn zu benachrichtigen. Er ist sicher schon auf dem Weg hierher.«

»Hoffentlich hat er sich nicht zu Tode erschrocken.«

»Ich habe ihm nur ausrichten lassen, dass sein Kind unterwegs ist.«

»Sie werden ihn doch reinlassen, oder? Ich weiß ja, dass keine Besuchszeit ist, aber …«

»Ich werde Dr. Conradi bitten, eine Ausnahme zu machen.«

Rosa lächelte matt.

»Ruh dich jetzt aus, Rosa. Sobald Paul da ist, werden wir ihn zu dir schicken«, versprach sie und stand auf.

Rosa nickte gehorsam. Hanna streichelte noch einmal ihre Hand, dann verließ sie das Wöchnerinnenzimmer.

Auf dem Gang begegnete sie Schwester Elisabeth, die gerade auf dem Weg zum Arztzimmer war. »Hat sich Rosas Ehemann schon gemeldet?«, wollte Hanna wissen.

Ihre Kollegin schüttelte den Kopf.

»Bis jetzt nicht. Aber möglicherweise denkt er, er dürfe außerhalb der Besuchszeit nicht zu seiner Frau.«

Hanna fragte sich, ob der Vorarbeiter sein Versprechen gehalten hatte. Gleichzeitig ärgerte sie sich, dass es keine Möglichkeit gab, ihn anderweitig zu erreichen. Rosa und Paul hatten kein Telefon. Vielleicht sollte sie den Botenjungen zu der Adresse schicken, die Rosa nach ihrem Ausscheiden aus dem Waldfriede hinterlassen hatte. Langsam wunderte sie sich, wo der frisch gebackene Kindsvater blieb, zumal er damals nicht den Anschein erweckt hatte, sich von Gesetzen oder Vorschriften aufhalten zu lassen. Ihm würde doch nichts zugestoßen sein?

Die Dunkelheit bildete ein dichtes Tuch über dem Waldfriede, als Hanna durch die eher spärlich beleuchteten Gänge eilte. Um diese Uhrzeit herrschte nur sehr wenig Betrieb, wenn nicht gerade ein Notfall hereinkam.

Mittlerweile war es schon nach neun, und Paul hatte sich noch immer nicht blicken lassen.

Das Schrillen der Notfallklingel riss Hanna aus ihren Gedanken. Rasch eilte sie zur Pforte, wo einer der Pfleger, die Nachtdienst hatten, bereits die Tür öffnete.

Im nächsten Augenblick trat Paul ein, vollkommen abgehetzt, als wäre er den Weg aus Neukölln zu Fuß gelaufen.

»Wo ist Rosa?«, fragte er den verdutzten Pfleger. »Wo ist meine Frau?«

»Paul!«, rief Hanna und eilte zu ihm.

»Hanna! Ist Rosa vielleicht hier? Als ich heimkam, war sie nicht zu Hause. Ich habe sie schon überall gesucht.«

»Dann hat Ihnen der Vorarbeiter also nicht Bescheid gesagt?«

»Nein, was hätte er mir denn sagen sollen?« Schrecken zeichnete sich auf seinem Gesicht ab. »Ihr ist doch nichts passiert, oder?«

Im Stillen verwünschte Hanna den Mann. Wie hatte er nur so kaltherzig sein können, den werdenden Vater nicht zu informieren?

»Ihr Kind ist zur Welt gekommen«, antwortete sie dann. »Ein kleines Mädchen. Meinen Glückwunsch!«

Paul schaute sie ungläubig an, dann breitete sich ein Strahlen auf seinem Gesicht aus. »Unser Kind …«

»Rosa hat mich heute besucht. Offenbar war die Fahrt etwas viel für sie. Sie hat Wehen bekommen, und der Doktor hat sie operiert.«

»Operiert?« Paul wurde blass um die Nase.

»Sie brauchte einen Kaiserschnitt. Aber sie hat alles gut überstanden. Kommen Sie, wir fragen Dr. Conradi, ob Sie zur ihr dürfen.« Damit fasste sie den verdutzten Mann am Arm und zog ihn mit sich davon.

Während Paul mit Conradi sprach, lief Hanna zu den Wöchnerinnen hinauf. Dort war bereits Nachtruhe angeordnet worden. Den nächtlichen Dienst hatte Schwester Martha, Hanna fand sie im Stationszimmer, wo sie gerade ein paar Formulare ausfüllte.

»Rosas Ehemann ist da«, sagte sie. »Darf er kurz zu ihr?«

»Ich weiß nicht«, gab Martha unsicher zurück. »Die Stationsschwester duldet eigentlich keine Störungen während der Nachtruhe.«

»Dr. Conradi meinte, er hätte nichts dagegen.«

Sie hörten Schritte im Gang, kurz darauf erschienen Dr. Conradi und Paul Schulze.

»Bitte nur ein paar Minuten«, gab er dem aufgeregten Vater mit auf den Weg, dann öffnete er die Tür von Rosas Krankenzimmer.

Hanna verließ das Stationszimmer und ging zu Dr. Conradi. »Ich bin so froh, dass er sie sehen darf, das bedeutet Rosa viel«, erklärte sie und blickte ihn dankbar an. Sie hätte ihm noch immer um den Hals fallen mögen wegen der geglückten Geburt von Nora.

»Er ist ihr Mann und macht sich natürlich Sorgen.« Schweigen folgte seinen Worten. Dr. Conradi blickte kühl an ihr vorbei und schickte sich an, die Station zu verlassen. »Wären Sie so freundlich, Herrn Schulze anschließend hinauszubegleiten?« fragte er mit einem Blick über die Schulter.

»Das mache ich, Herr Doktor.« Traurig sah Hanna ihm nach.

53. Kapitel

Zehlendorf, 20. November 1923

Während Rosa sich im Waldfriede von der Geburt erholte, wurde ihre neugeborene Tochter der Liebling des Hauses. Die Schwestern rissen sich förmlich darum, Nora zu halten oder ihr das Fläschchen zu geben, wenn die Mutter schlief.

»Ein Novemberkind«, sagte Schwester Elisabeth, als sie an der Reihe war, die Kleine ein wenig durch die Frauenstation zu tragen. »Die sind hart im Nehmen und haben einen starken Willen.«

Auch Hanna hatte Rosas Töchterchen hin und wieder bei sich. Bei dem Anblick des gesunden Mädchens, das sichtlich wuchs und einen goldblonden Haarflaum bekam, fragte sie sich, ob sie demnächst diejenige sein würde, die ein Kind bekam. Bisher machte Alexander keine Anstalten, von Heirat zu sprechen, und sie waren sich darüber einig, dass sie nicht miteinander ins Bett gingen, bis es so weit war.

Doch die kleine Nora zu halten, erweckte ein leises Sehnen in ihr. Vielleicht war es an der Zeit, mit Alexander über die Zukunft zu sprechen?

Am zwanzigsten November konnte Rosa endlich entlassen werden. Hanna begleitete sie bis zum Tor.

»Wollte Paul dich nicht abholen?«, fragte sie verwundert, denn eigentlich hatte sie den jungen Vater erwartet.

Nach der Geburt war er noch einmal zu Besuch gekommen, doch wegen der Arbeit hatte Hanna kaum ein Wort mit ihm wechseln können.

»Er hat sehr viel zu tun. Jetzt haben wir ein süßes Mäulchen mehr zu stopfen.« Sie strich dem kleinen Mädchen liebevoll über die Nase. Nora verzog kurz das Gesicht, schlief dann aber weiter.

»Soll ich vielleicht einen der Pfleger fragen, ob er dich begleitet? Ich stelle es mir schwierig vor, mit dem Kind in der Bahn zu fahren.«

»Ich werde es schon hinbekommen, keine Sorge«, beruhigte Rosa ihre Freundin, beugte sich vor und gab Hanna einen Kuss auf die Wange. »Danke für alles. Ich hoffe, wir sehen uns bald wieder.«

»Das werden wir«, versicherte Hanna und sah Mutter und Tochter zweifelnd nach. Rosa war noch immer ein bisschen wackelig auf den Beinen, was nach dem langen Liegen kein Wunder war. Sie wünschte sich, dass das Krankenhaus einen eigenen Wagen hätte, doch in diesen Zeiten war so ein Wunsch illusorisch.

Zurück im Gebäude, kam ihr der Doktor entgegen. »Sie glauben nicht, was passiert ist, Hanna!«, rief er.

»Doch hoffentlich nichts Schlimmes?«

»Das wird sich zeigen. Wir bekommen eine neue Währung. Eben hat mein Vater aus Hamburg angerufen. Wie es aussieht, ist die Inflation vorbei!«

Wenig später betrat Louis die Küche, wo Catherine und der junge Hilfskoch gerade dabei waren, Kartoffeln zu schälen. Dies war ein recht mühsames Unterfangen, weil die Kartoffeln noch vom Vorjahr und dementsprechend schrumpelig waren.

»Catherine, du musst in die Stadt fahren.«

»Aber warum denn?«, fragte seine Frau verwundert.

»Ich habe eben mit meinem Vater telefoniert: Ab heute werden neue Geldscheine ausgegeben. Das Wartezimmer ist leider voll, sonst würde ich selbst gehen.«

Catherine blickte seufzend zu dem jungen Mann hinüber. »Meinst du, du schaffst das, Jan?«

»Ja, Frau Conradi«, antwortete er etwas gequält und schälte weiter an der Kartoffel herum.

»Ich schicke dir eines der Hausmädchen. Solltest du dich verletzen, im Verbandskasten ist etwas Mull. Wenn es schlimmer ist, melde dich bei meinem Mann.« Damit band sie die Schürze ab und beeilte sich, ihre Handtasche zu holen.

»Was meinen Sie, wie wird das neue Geld aussehen?«, fragte Hanna, nachdem sie einen Patienten hinausbegleitet hatte und kurz mit Dr. Conradi allein im Sprechzimmer war. Sie konnte kaum glauben, dass das Geld endlich wieder einen Wert haben würde.

»Im Grunde ist es mir völlig egal, wie es aussieht, solange man damit etwas kaufen kann. Es kann doch nicht sein, dass man mit zig Millionen Mark weder einen Handwerker bezahlen noch Lebensmittel erwerben kann – vom Abbezahlen unserer Schulden ganz zu schweigen.«

Hanna wusste, dass Frau Conradi bei dem einen oder anderen Lieferanten angeschrieben hatte, doch anders hätten sie den Betrieb nicht am Laufen halten können.

Am späten Nachmittag kehrte Frau Conradi zurück.

»Die Stadt ist regelrecht in Aufruhr!«, sprudelte es aus ihr heraus. »Wir können deinem Vater nicht genug dafür danken, dass er uns rechtzeitig Bescheid gegeben hat.« Sie zog einen prall gefüllten Briefumschlag hervor. »Das ist alles, was ich bekommen habe. Allerdings sollen im Laufe der Wochen weitere Banknoten und Münzen eintreffen.«

Dr. Conradi öffnete den Umschlag und zog die Scheine hervor.

»Schauen Sie mal, Hanna!« Er reichte ihr eine frisch gedruckte rötliche Banknote. »Wann haben Sie das letzte Mal einen Schein mit einer so kleinen Zahl gesehen?«

Hanna befühlte den Geldschein mit dem Aufdruck »Zwei Rentenmark«, gefolgt von der Verpflichtungserklärung der Rentenkasse, diesen jederzeit in den entsprechenden Wert in Goldmark umzutauschen. Darunter waren die Unterschriften der Verantwortlichen abgedruckt.

»Es ist schon sehr lange her«, räumte sie ein. Ein Lächeln huschte über ihr Gesicht. »Aber wenn es damit wieder aufwärtsgeht …«

»Das will ich hoffen«, sagte Frau Conradi. »Es wäre schön, wenn endlich wieder etwas anderes auf den Tisch käme als trockene Bratkartoffeln. Apropos Kartoffeln – ich muss dringend in der Küche nach dem Rechten sehen, nicht dass sich Jan noch die Finger abgeschnitten hat!«

Die Nachricht, dass es eine neue Währung gab, verbreitete sich wie ein Lauffeuer. Innerhalb weniger Wochen füllten sich die Regale in den Läden, und die Beträge auf den Preisschildern schrumpften auf ein normales Maß zurück.

Voller Überschwang gab Louis bei Felix Dressler endlich den Bau des Ärztewohnhauses in Auftrag.

»Bist du sicher?«, fragte Catherine ihn skeptisch, als er ihr die frohe Botschaft verkündete. »Was, wenn alles wieder anders kommt?«

Er griff nach ihren Händen und barg sie in seinen. »Ich habe ein gutes Gefühl dabei. Seit die Rentenmark im Umlauf ist, kommen die Patienten wieder, wir sind dabei, die Belegungszahlen von 1921 zu überbieten. Warum sollten wir uns nicht ein wenig mehr Komfort gönnen?«

Catherine blieb skeptisch. »Dann wollen wir mal hoffen, dass das schöne Kartenhaus der Rentenmark nicht über unseren Köpfen zusammenbricht.«

54. Kapitel

Zehlendorf, 31. Dezember 1923

An Silvester 1923 stand Hanna vor dem Fenster des Röntgenzimmers und blickte hinaus in den kahlen Garten. Schnee gab es keinen, doch die Äste der Bäume waren ebenso wie das Dach des Hühnerstalls mit Raureif überzogen. Die Baumkronen schwankten bedrohlich im Sturm, der draußen tobte.

Sie dachte zurück an ihren ersten Spaziergang um die Krumme Lanke an Weihnachten 1921.

Auch in diesem Jahr hatte sie sich mit Alexander zu Weihnachten verabreden wollen, doch er hatte kurzfristig abgesagt. Er wollte mit seinen Eltern nach Österreich fahren, eine einmalige Gelegenheit, die er beim Schopf ergreifen musste.

Daran, dass sie gern mit ihm gefahren wäre, hatte er nicht gedacht. Und es war auch keine Rede davon, sie seinen Eltern vorzustellen.

Hanna atmete tief durch. Sie konnte nicht verstehen, wohin die Leichtigkeit des Sommers gegangen war. Seit sie abgelehnt hatte, seine Sprechstundenhilfe zu werden, hatte Alexander sich verändert. Auch ihre Verabredungen an den Samstagen waren weniger geworden.

Machte es tatsächlich einen Unterschied, dass sie sich nicht länger jeden Tag sahen? Oder war Alexander frustriert, weil er nicht mehr von ihr bekam als Küsse und Händchenhalten?

Nach einem arbeitsreichen Tag freute sich die Anstaltsfamilie auf die Jahresendfeier, die dank der Rentenmark ein wenig üppiger begangen werden konnte.

Zum ersten Mal seit Langem reisten wieder Gäste aus Friedensau an, außerdem ließ sich der Vater des Doktors blicken. Heinrich Schubert brachte neben seiner Frau auch Leni mit.

Als Hanna sie sah, fielen sie einander um den Hals. »Du hast mir gar nicht gesagt, dass du kommst!«

Leni strahlte. »Es sollte eine Überraschung sein.«

»Die beste, die du mir machen konntest.« Hanna hakte sich bei ihrer Schwester unter. »Du bleibst doch über Nacht, oder? Du kannst bei mir schlafen, ich besorge nur rasch ein Feldbett.«

»Natürlich bleibe ich!«, versicherte Leni strahlend.

Bevor die Feierlichkeiten losgingen, versammelte sich die Anstaltsfamilie samt Gästen im Park, wo das alljährliche Foto geschossen werden sollte. Eingemummt in Wollmäntel, stellten sich alle vor der Kulisse des Waldes auf, und Dr. Conradi versprach, jedem von ihnen einen Abzug zukommen zu lassen.

Hanna mochte es nicht, fotografiert zu werden. Seit der Eröffnung des Hauses waren einige Bilder entstanden, aber auf keinem fand sie sich wirklich getroffen. Trotzdem gesellte sie sich auch in diesem Jahr dazu, und wenig später schoss der grelle Blitz aus dem Apparat des Fotografen.

Im Haus erwartete die Anwesenden ein Festmahl: Bratkartoffeln, Spiegeleier, Gemüse, Salate und Kuchen.

Hanna zog Leni mit zu ihrem Tisch, wo sie mit den anderen Schwestern über alte Zeiten plauderten.

Als die Zeiger der Uhr auf zwölf sprangen, wünschten sie einander ein frohes neues Jahr. Das Donnern eines Feuerwerks im Garten einer der Zehlendorfer Villen lockte sie schließlich nach draußen. Rote, orangefarbene und gelbe Sterne sprühten in den Nachthimmel, und schon bald hingen dichte Rauchschwaden über dem Wald.

Nach der Feier, als sich die Angestellten und Gäste in ihre Zimmer zurückgezogen hatten, kuschelte sich Leni ins Bett und knipste die Nachttischlampe an.

»Na, wie läuft es mit deinem Alexander?«, wollte sie wissen. Für einen Moment war es wie in alten Zeiten, und Hanna war eigentlich nicht gewillt, sich die festliche Stimmung durch Zweifel verderben zu lassen. Doch wann sollte sie ihrer Schwester davon erzählen, wenn nicht jetzt?

»Ich habe ihn nun schon seit drei Wochen nicht mehr gesehen«, gab sie zu. »Er ist über Weihnachten mit seinen Eltern nach Österreich gefahren.«

»Und wann kommt er zurück?«

»Er müsste schon wieder hier sein, aber bislang hat er sich nicht gemeldet.« Sie seufzte. »Irgendwie ist alles anders geworden. Ich weiß gar nicht mehr genau, woran ich bei ihm bin.«

»Wie meinst du das?« Leni stützte sich auf die Ellbogen.

»Es ist schwer zu sagen.« Hanna zögerte. »Manchmal habe ich das Gefühl, dass er ungeduldig ist.«

»Ungeduldig?« Leni zog die Augenbrauen hoch.

»Vor einiger Zeit hat er versucht, mit mir zu schlafen. Ich habe ihn abgewiesen. Seitdem verhält er sich manchmal etwas merkwürdig.«

»Ich bin keine Expertin, was Männer angeht, aber ich weiß, dass es nie gut ist, etwas gegen den eigenen Willen zu tun.«

Hanna nickte. Leni hatte recht.

»Mit Martin war das alles so leicht.« Sie atmete tief durch und zog ihre Bettdecke hoch. »Er war einer von uns, er akzeptierte, dass wir uns einander erst in der Hochzeitsnacht hingeben. Aber Alexander ist anders …«

»Anders muss nicht unbedingt schlecht sein. Du solltest mit ihm reden und die Sache klären. Manchmal ist es besser, Bescheid zu wissen, als eine Last vor sich herzuschieben.«

Eine Weile schwiegen die beiden Schwestern. Hanna streckte gerade die Hand aus, um die Nachttischlampe zu löschen, als Leni sagte: »Manchmal frage ich mich, ob du wirklich einen Mann haben möchtest.«

Hanna fuhr hoch. »Wie kommst du denn darauf?«

»Du bist eine sehr selbstständige Frau. Du hast eine Berufung. So hast du es mir jedenfalls erklärt, als du auf die Schwesternschule gegangen bist. Auch wenn ich Martin sehr mochte, habe ich mich schon damals gefragt, ob du wirklich glücklich geworden wärst als Frau eines Hausmeisters …«

»Martin wollte mit mir zusammenarbeiten!«

»Glaubst du wirklich, das hätte funktioniert? Du hättest dich um den Haushalt und die Kinder kümmern müssen …« Leni schaute Hanna prüfend an. »Viele Frauen in unserer Gemeinde haben mehr als drei Kinder. Sie hätten gar keine Zeit, andere Ambitionen zu verfolgen. Aber du? Du bist eine Friedensauer Schwester! Du hast eine Berufung, du bist Dr. Conradis Sprechstundenhilfe, du versiehst hier das Röntgen und die Apotheke. Du bist wichtig für das Waldfriede, wichtig für so viele Menschen, die medizinische Hilfe brauchen!«

»Aber soll ich dafür wirklich mein persönliches Glück aufgeben?«

Leni streckte den Arm aus und streichelte Hannas Wange. »Wäre Alexander denn dein Glück? Auch wenn er jetzt anbietet, mit ihm zu arbeiten, weißt du nicht, ob es jemals dazu kommt. Vielleicht wirst du für immer die Frau an seiner Seite sein, wirst dich tatsächlich nur um Haushalt und Kinder kümmern. Wenn du dir absolut sicher bist, dass du ihn liebst und alles für ihn aufgeben würdest, stehe ich hinter dir, ganz gleich, was geschieht. Aber wenn nicht …«

Ihre Worte hallten wie Donner in Hanna nach. Liebte sie Alexander wirklich so sehr? Seine Nähe und seine Küsse gefielen ihr, doch wie sah es in ihrem Herzen aus? War sie bereit, das ganze Leben mit ihm zu verbringen, und würde sie all das, was sie sich im Waldfriede aufgebaut hatte, für ihn aufgeben, falls er es verlangte? Oder war die Distanz, die scheinbar von ihm ausging, vielleicht nur ein Echo ihres eigenen Abstandes, den sie seit seinem Weggang aus dem Haus immer mehr gewann?

Die Worte ihrer Schwester ließen Hanna die ganze Nacht nicht los. Ihr Körper schrie förmlich nach Schlaf, doch ihr Verstand kam nicht zur

Ruhe. Irgendwann warf sie einen Blick auf ihre Schwesternuhr, die auf dem Nachttisch lag. Zehn nach drei. Unruhig stand sie auf und trat ans Fenster.

Die gleichmäßigen Atemzüge aus dem Bett gegenüber verrieten ihr, dass Leni schlief.

Liebte sie Alexander? Wollte sie ihn? Wollte er sie? Ihre Gedanken kreisten wie ein Karussell auf einem Jahrmarkt.

Am liebsten wäre sie zu ihm gefahren und hätte mit ihm gesprochen. Das nächste Wochenende erschien ihr noch so fern, dabei brauchte sie unbedingt Klarheit. Jetzt, nicht erst in fünf Tagen. Nachdem sie noch einmal zu ihrer schlafenden Schwester geschaut hatte, schlüpfte sie in ihr Kleid und ihre Schuhe, warf sich Schal und Mantel über und schlich aus dem Zimmer.

Auf den Gängen war alles ruhig. Weil sie nicht der Nachtwache begegnen wollte, nahm sie den Weg über den Hintereingang.

Draußen biss ihr die Morgenkälte ins Gesicht und ließ sie bereuen, nicht auch die Mütze mitgenommen zu haben.

Am Tor angekommen, blickte sie sich nach dem Krankenhaus um. Die meisten Fenster waren dunkel, nur in den Schwesternzimmern brannte noch Licht.

Liebte sie das Krankenhaus etwa mehr als Alexander? Mit einem Gefühl innerer Zerrissenheit machte sie sich auf den Weg zur Hauptstraße.

Zehlendorfs Straßen waren verlassen. Hin und wieder bellte ein Hund, doch keine Menschenseele war in dieser frostigen Neujahrsnacht auf den Beinen. Hanna eilte die Alsenstraße entlang und weiter in Richtung Innenstadt. Ihr Atem bildete kleine weiße Wölkchen vor ihrem Gesicht. Hier und da fiel ein Lichtschein aus einem Fenster. Eine Katze huschte über ihren Weg.

Noch nie war sie nachts allein unterwegs gewesen. Und noch nie hatte sie sich so einsam gefühlt.

An der Hauptstraße angekommen, eilte sie zum Feinkostladen. Als sie vor dem Hauseingang daneben stand, meldeten sich die Zweifel.

Wenn sie ihn jetzt weckte, würde er sicher glauben, sie hätte den Verstand verloren.

Vielleicht war das tatsächlich der Fall. Ehe die Vernunft sie davon abbringen konnte, drückte sie auf den Klingelknopf.

Ob Alexander das Läuten hörte? Vielleicht war er ja gar nicht da, sondern hatte in Berlin in das neue Jahr hineingefeiert.

Wenig später kamen Schritte auf Tür zu. Alexander, in Morgenmantel und Pantoffeln, öffnete.

»Hanna«, sagte er verschlafen. »Was machst du denn hier?«

»Ich muss mit dir reden«, stieß sie hervor.

Alexander blickte sie verwirrt an. Hanna war klar, dass sie sich gerade wie eine Wahnsinnige verhielt.

»Und worüber?«, fragte er. »Hanna, es ist halb vier Uhr morgens!«

»Willst du mich noch?«

Alexander runzelte die Stirn. »Wie bitte?«

»Ob du mich noch willst«, wiederholte Hanna.

»Wie kommst du denn darauf?« Alexander verschränkte fröstelnd die Arme vor der Brust.

»Wir haben uns jetzt eine Weile nicht gesehen. Du hast mir nicht geschrieben. Ich höre überhaupt nichts mehr von dir!«

»Aber wir hatten doch besprochen, dass wir uns nach Neujahr treffen.«

»Ja, du hast recht … Trotzdem, ich weiß einfach nicht mehr, was ich denken soll. Ich weiß nicht mehr, ob du mich immer noch willst. Du bist so kühl, so abweisend.«

»Das stimmt doch gar nicht.«

»Doch!« Hanna merkte, dass sie wütend wurde. So hatte sie sich selbst noch nie erlebt. »Du bist so, seit ich dich abgewiesen habe«, zischte sie und trat vor Nervosität und Kälte von einem Fuß auf den anderen. »Ich kann nicht mit dir schlafen, das habe ich dir doch erklärt. Es geht einfach nicht!«

Im Nachbarhaus wurde ein Fenster geöffnet, ein Mann lehnte sich heraus.

»Es ist alles in Ordnung, Herr Kramer«, sagte Alexander, und das Fenster wurde wieder geschlossen.

Hanna blickte Alexander flehend an. Warum zog er sie nicht in den Arm? Bat sie ins Haus und versicherte ihr, dass alles gut war, dass er sie liebte?

Auf einmal wurde ihr bewusst, dass er das noch nie gesagt hatte.

Endlich kam er auf sie zu und nahm sie in seine Arme. Hanna zitterte am ganzen Leib, und das nicht nur vor Kälte.

»Hanna«, sagte er leise. »Ich bin dir wegen nichts böse. Ich akzeptiere, dass du diese Art von Nähe noch nicht willst, das weißt du doch. Warum machst du dir so viele Gedanken?«

Bebend schmiegte sich Hanna an seine Brust. »Weil ich dich nicht verlieren will. Und ich will auch nicht, dass etwas Unausgesprochenes zwischen uns steht.«

»Da ist nichts«, bekräftigte er noch einmal. »Wir machen einfach weiter wie bisher, ja?« Er beugte sich vor und küsste sie. Hanna klammerte sich fast verzweifelt an ihn und spürte, wie ihr die Tränen über die Wangen liefen. »Frohes neues Jahr, Hanna«, sagte er und schmiegte seine Stirn an ihre.

»Frohes neues Jahr«, erwiderte sie und zwang sich zu einem Lächeln.

»Möchtest du vielleicht mit hochkommen? Es ist bitterkalt hier draußen.«

Hanna schüttelte den Kopf. »Nein, ich habe Besuch von meiner Schwester. Sie würde Alarm schlagen, wenn sie aufwacht und feststellt, dass ich nicht da bin.«

»Dann begleite ich dich zurück zum Waldfriede.«

Hanna schüttelte den Kopf. »Nein, es geht schon.«

»Ich kann dich nicht allein gehen lassen. Nicht in solch einer dunklen Nacht.« Er blickte sie eindringlich an, bis sie nickte.

»Ich ziehe mir nur etwas über, dann bringe dich zum Krankenhaustor.«

Wenig später gingen sie durch die eiskalte Nacht, ihre Hand lag in seiner. Obwohl sie miteinander gesprochen hatten und es augenscheinlich nichts mehr gab, was zwischen ihnen stand, spürte sie doch eine Barriere, etwas, über das sie nicht hinwegkam. Wie eine Wand aus Eis, hinter der sie Alexander zwar sah, ihn aber nicht wirklich erreichte. Sie fröstelte. Oder war sie es, die in ihrem Innern diese Mauer errichtete?

Schweigend trafen sie am Tor des Krankenhauses ein.

»Danke, dass du mich begleitet hast«, sagte sie und ließ seine Hand los.

»Keine Ursache«, gab er ein wenig beklommen zurück. »Sehen wir uns am Wochenende?«

Sie blickte ihn an, beugte sich dann zu ihm und gab ihm einen Kuss. »Nichts kann mich davon abhalten.«

Das Zittern in ihrem Körper wich jetzt einer nie gekannten Schwere. Im ersten Moment hielt Hanna es für Erleichterung, doch das war es nicht. Es war eher eine dumpfe Taubheit, die sie erfüllte. Er hatte ihr nicht gesagt, dass er sie liebte. Und sie ihm auch nicht.

Sie nahm wieder den Weg über den Hintereingang ins Haus. Die Zeiger ihrer Uhr standen auf kurz vor halb fünf. Müdigkeit überfiel sie, und sie hoffte, dass sie wenigstens noch eine Stunde Schlaf bekam. In ihrer Schlaftrunkenheit und Erschöpfung bemerkte sie nicht, dass eine Gestalt hinter ihr auftauchte.

»Hanna?«, fragte Frau Conradi verwundert. »So früh schon auf den Beinen?«

»Ich … ich konnte nicht schlafen und habe einen kleinen Spaziergang gemacht«, stammelte Hanna.

»Allein? In der Dunkelheit?« Ein erschrockener Ausdruck trat auf das Gesicht der Arztgattin. »Hast du vergessen, was unserem armen Prinz passiert ist?«

»Ich habe niemanden auf dem Gelände gesehen«, sagte Hanna und hoffte, dass Frau Conradi das Zittern in ihrer Stimme nicht bemerkte.

»Hanna«, sagte sie nach einem kurzen Moment. »Wenn es irgendetwas gibt, das dir auf dem Herzen liegt, dann kannst du es mir anvertrauen.«

Hanna nickte, obwohl sie genau wusste, dass Frau Conradi die Letzte war, mit der sie über Alexander reden wollte. »Danke, Frau Conradi, aber es ist wirklich nichts.«

Noch nachdem sie in ihr Zimmer zurückgekehrt war, meinte sie, den skeptischen Blick der Arztgattin in ihrem Rücken zu spüren.

»Wo warst du denn?«, wurde sie von Leni begrüßt, kaum dass sie die Tür hinter sich ins Schloss gedrückt hatte. Ihre Schwester richtete sich in der Dunkelheit auf. Hanna tastete nach dem Lichtschalter, doch Leni sagte: »Lass es ruhig aus. Du warst bei ihm, nicht wahr?«

»Ja.« Hanna ließ sich aufs Bett fallen. Sie war völlig durchgefroren und fragte sich, ob ihr wohl jemals wieder warm werden würde.

»Und? Geht es dir jetzt besser?«

»Nein«, antwortete sie ehrlich, denn es lohnte nicht, ihrer Schwester etwas vorzumachen. »Er hat mir versichert, dass zwischen uns alles in Ordnung ist, doch woher soll ich wissen, dass er es aufrichtig gemeint hat?«

»Das weiß man nie.« Leni streckte den Arm aus und nahm Hannas kalte Hand. »Versuche, ein wenig Vertrauen zu gewinnen. Und wenn das nicht klappt oder du es nicht kannst, dann …«

»Dann sollte ich ihn freigeben?«

Hannas Augen brauchten die Dunkelheit nicht zu durchdringen, um zu wissen, dass Leni nickte.

55. Kapitel

Zehlendorf, 8. Mai 1924

Die Bauarbeiten am Ärztewohnhaus begannen im Frühjahr 1924 und brachten wieder Unruhe mit sich. Es wurde gehämmert, gebohrt und gebrüllt. Lastwagen mit Baumaterial lösten sich auf der Rotunde des Hofes ab, Bauarbeiter bevölkerten den Park.

Obwohl es nicht ein und dasselbe Gebäude war, litt der Betrieb im Krankenhaus darunter. Rundgänge im Park waren nur unter Lärm möglich, oftmals staubte es dermaßen, dass die Fenster in den Patientenzimmern nicht geöffnet werden konnten. Die Kranken, die zum Sonnenbaden auf die Dachterrasse gebracht wurden, mussten mit Tüchern vor dem Staub geschützt werden. Und es schien schlimmer zu werden, als sich der Sommer näherte.

Umso mehr freute sich Louis darauf, dem Trubel für eine Weile entkommen zu können. Lächelnd blickte er auf die Fahrkarten für die Passage nach Amerika, die er vor zwei Tagen beim Lloyd abgeholt hatte.

Die Einladung von Dr. Cushing hatte schon seit einer Weile im Raum gestanden, nun würde er ihr endlich nachkommen können. Und mehr noch: Er würde endlich auch wieder alte Bekannte in Battle Creek, seinem Geburtsort, wiedersehen können.

Die Sprechzimmertür wurde geöffnet. Hanna trat ein.

»Der Lärm ist wirklich nicht zum Aushalten«, murrte sie. »Gerade habe ich mit Elisabeth gesprochen, sie meinte, die Babys kämen kaum noch zum Schlafen. Hoffentlich muss nicht mehr lange ein solches Getöse veranstaltet werden.«

»Ich fürchte, eine Weile werden wir uns noch in Geduld üben müssen«, entgegnete Louis seufzend. Als er sah, dass Hannas Blick an den Fahrkarten in seiner Hand hängen blieb, fügte er hinzu: »Meine Frau und ich werden übrigens eine etwas längere Reise antreten. Am sechsundzwanzigsten Mai brechen wir auf.«

Hanna zog erstaunt die Augenbrauen hoch. »Wohin geht es denn?«

»Dr. Cushing hat mir angeboten, in seiner Klinik zu hospitieren. Ich habe bei Geheimrat Borchard angefragt, und er ist bereit, mich hier zu vertreten.«

Hanna schaute den Doktor entgeistert an. Geheimrat Dr. Georg Borchard war ein Freund von Dr. Meyer, der sich vor einiger Zeit auch mit Dr. Conradi angefreundet hatte. Er stammte aus Magdeburg, hatte dort in einem Krankenhaus operiert, behandelte nun aber nur noch Privatpatienten und konnte sich die Zeit nehmen, wenn es nötig war.

»Das … das ist wunderbar. Ist dieser Dr. Cushing nicht eine Koryphäe auf dem Gebiet der Gehirnchirurgie? In Amerika?«

Louis legte die Fahrkarten vor sich auf den Schreibtisch. »Ja, das ist er. Er lehrt an der Harvard University. Wir sind uns vor Jahren in der Schweiz begegnet, wo er ein neues Operationsverfahren vorstellte, mit dem man Granatsplitter entfernen kann. Er ist ein sehr faszinierender Mann.«

»Und wie lange werden Sie fort sein?«

»Da die Schiffspassage jeweils zwei Wochen beträgt und ich auch noch meinen Geburtsort zu besuchen gedenke, werden wir wohl gut sechs Wochen fortbleiben.«

Hannas Augen weiteten sich. »Sechs Wochen! Aber Ihre Patienten!«

»Georg wird sich gut um sie kümmern.« Er machte eine kurze Pause, dann fügte er hinzu: »Ich habe außerdem eine Überraschung für Sie, Hanna.«

»Oh, wirklich?« Ein erwartungsvolles Leuchten erfüllte ihre Augen.

»Da meine Sprechstunde nicht stattfindet und ich Ihnen die Möglichkeit geben möchte, sich ein wenig zu erholen, habe ich das hier für Sie.«

Louis reichte ihr einen Umschlag. Hanna sah ihn fragend an, dann nahm sie den Umschlag und öffnete ihn. Schiffsfahrkarten kamen zum Vorschein und eine kleine Broschüre des Maidstone-Sanatoriums von Dr. Cavendish in der Grafschaft Kent.

»Ich bin mir sicher, Sie werden sich innerhalb dieser vier Wochen gut erholen. Und obendrein können Sie Ihre Englischkenntnisse verbessern.« Er sah Hanna erwartungsvoll an.

Wirklich erfreut wirkte sie nicht. Louis war verwirrt. Er hatte mit größerer Begeisterung gerechnet. Nach all den Jahren, in denen sie hier ohne nennenswerte Pause gearbeitet hatte, musste sie doch eigentlich froh sein, mal herauszukommen.

»Hanna?«, fragte er vorsichtig. »Ich möchte Ihnen nach all der harten Arbeit mal etwas Gutes tun. Darf ich das?«

»Natürlich, Herr Doktor«, erwiderte sie zögernd.

Hannas Finger strichen über die Reiseunterlagen, dann verzogen sich ihre Lippen langsam zu einem strahlenden Lächeln.

***

In der Mittagspause lief Hanna zu dem kleinen Teich im Park und ließ sich auf einer grob geschnitzten Bank nieder, die Tischler Markward hier errichtet hatte. Im Schilf raschelte es, und wenig später erschien ein Blässhuhn, das dort wohl sein Nest hatte. Hanna beobachtete den Vogel, dann holte sie den Umschlag aus ihrer Schürzentasche und zog die Broschüre hervor.

Ein warmes Glücksgefühl strömte durch ihre Brust. Was für ein Geschenk machte ihr der Doktor da! Hanna konnte es kaum glauben, dass sie tatsächlich nach England reisen würde.

Dr. Conradi hatte nicht übertrieben, das Gästehaus war wirklich wunderschön. Und erst der Park des Sanatoriums!

Ihre Finger strichen über den Rand des Tickets. Als Datum war ebenfalls der sechsundzwanzigste Mai eingetragen. Würde sie vielleicht sogar mit dem Doktor zusammen reisen? Dieser Gedanke ließ ihr Herz schneller schlagen.

Sie wusste genau, dass die anderen sie deswegen beneiden würden, was ihr ein wenig unangenehm war. Doch die Vorfreude auf diese Reise war größer. England! Was würde Leni dazu sagen? Und Alexander?

Plötzlich war es, als würde sich eine Wolke vor die Sonne schieben.

Sie wusste, dass sich ihre Schwester sehr freuen würde, konnte beinahe Lenis Strahlen vor sich sehen. Doch gleichzeitig sah sie auch Alexanders Miene.

Die Treffen mit ihm wurden zunehmend schwieriger, auch weil er ihr ständig damit in den Ohren lag, das Waldfriede zu verlassen. Ihm von kleinen Begebenheiten im Haus zu erzählen, war zu einem Pulverfass geworden. Stets folgten lange Tiraden über Conradi. Alexander konnte dem Doktor nicht verzeihen, dass er ihn im Stich gelassen hatte, dabei schien es in Alexanders Praxis wirklich gut zu laufen.

Ihr wurde schwer ums Herz. Und was, wenn sie es ihm nicht erzählte? Wenn sie ihn kurz vor der Reise vor vollendete Tatsachen stellte, wie er es damals mit seiner Reise nach Österreich getan hatte?

Nein, so war sie nicht.

Sie starrte eine Weile auf den Teich, auf dem das Blässhuhn seine Kreise zog, dann schob sie mit einer entschlossenen Bewegung den Umschlag in ihre Kitteltasche. Am kommenden Wochenende würde sie Alexander von dem Maidstone-Sanatorium erzählen. Und egal, was er sagte, sie würde die Reise antreten!

***

»Also fahren wir wirklich?« Catherine strahlte ihn an, als er die Schiffsfahrkarten vor ihr auf den Tisch legte.

Louis nickte. »Wir reisen nach Amerika. Wie ich es dir versprochen habe.«

»Und was ist mit den Bauarbeiten?«

»Ich werde Carl Bescheid geben, dass er den Bau im Auge behalten soll. Außerdem ist ja auch noch Erich hier. Ich werde ihm die nötigen Anweisungen hinterlassen.«

Seine Frau fiel ihm um den Hals und gab ihm einen Kuss. »Ich freue mich so sehr, Amerika endlich wiederzusehen!«

»Außerdem habe ich beschlossen, Hanna nach England zu schicken«, sagte Louis, noch während er sie in den Armen hielt. »Ins Sanatorium von Dr. Cavendish. Du erinnerst dich sicher an ihn.«

Catherine sah ihren Mann erstaunt an. »Ja, aber … was soll Hanna in einem englischen Sanatorium? Ist sie krank?«

»Nein, sie ist nicht krank. Ich möchte lediglich, dass sie ihre Englischkenntnisse aufbessert. «

»Wozu braucht sie das?« Catherines Unmut war geradezu greifbar. »Das kann nicht gut gehen, Louis. Du darfst sie nicht den anderen Schwestern vorziehen. So etwas gibt nur böses Blut.«

Louis wusste, dass seine Frau nicht ganz unrecht hatte. Natürlich war ihm klar, dass er Hanna damit ein Privileg verlieh, dass die anderen neidisch auf sie werden könnten, deshalb hatte er sich das Argument zurechtgelegt, das er jetzt vorbrachte.

»Hanna muss sich in der Sprechstunde und beim Röntgen oft mit unseren Patienten aus den Botschaften verständigen. Sie sind eine wichtige Einnahmequelle, denn die Berliner können sich kaum ein Zimmer erster oder zweiter Klasse leisten. Die meisten Fremden können kein Deutsch, sind aber des Englischen mächtig.« Er machte eine Pause, dann setzte er hinzu: »Außerdem habe ich vor, ihr die Organisation der Schwesterntagungen zu übertragen.«

»Aber das kann ich doch machen!«

Louis legte die Hände auf die Arme seiner Frau. »Du wirst als meine Frau demnächst noch andere Pflichten haben. Das Haus muss eingerichtet und Kontakt zur Gesellschaft gepflegt werden. Du kennst es doch aus Hamburg, das ist hier nicht viel anders.«

Catherines Miene verschloss sich. »Die Zeiten, in denen ich mal eine

Schwester war, sind wohl endgültig vorbei.« Den bitteren Tonfall in ihrer Stimme kannte Louis nur zu gut. Er war derselbe wie damals, als sie realisierte, dass sie niemals Mutter werden konnte.

»Du bist meine Frau, Catherine. Draußen sprechen sie dich als Frau Doktor an. Nach der ganzen harten Zeit hier im Haus hast du es verdient, endlich wieder das zu sein, was dir zusteht: die Gattin des Chefarztes vom Waldfriede. Mit allen Pflichten, aber auch mit allen Annehmlichkeiten.«

»Ein Leben voller Langeweile«, sagte sie traurig.

»Wann ist dir denn jemals langweilig gewesen?«, fragte er. »Auch jetzt hast du immer noch deine Aufgaben. Aber steht es mir als deinem Mann nicht zu, dir ein angenehmes Leben zu bereiten? Soweit ich weiß, geht in Berlin keine Arztgattin arbeiten. Stattdessen erfüllt sie ihre gesellschaftlichen Pflichten. Wenn ich erst mal in die Berliner Chirurgische Gesellschaft aufgenommen werde, wirst du genug zu tun bekommen.«

Catherine nickte. Ihr war klar, dass die Regeln ihrer Gemeinschaft eigentlich vorsahen, dass die Ehefrau für ihren Mann da sein sollte. Dass es nötig gewesen war, sie im Haus mitarbeiten zu lassen, war dem Umstand geschuldet, dass sie in einer Notlage steckten und noch kein Personal hatten.

»Manchmal wünschte ich mir, wir wären damals nach Amerika gegangen«, sagte sie nun. »Oder glaubst du wirklich, die Gesellschaft in Berlin wird mich anerkennen? Oder dich? Man wird uns immer argwöhnisch betrachten wegen unseres Glaubens. Die meisten denken ohnehin, dass wir Juden sind.«

Louis hätte das gern abgestritten, aber der Disput mit diesem Wiedemann saß immer noch in seiner Erinnerung wie ein Stachel im Fleisch.

»Würdest du denn nach Amerika wollen?«, fragte er. »Nach allem, was wir uns hier aufgebaut haben? Dies ist das erste Krankenhaus in Deutschland, das ganz unserer Gemeinschaft gehört. In dem unsere Regeln gelten. Du hast es mit aufgebaut.«

Catherine antwortete zunächst nicht. Hinter ihrer Stirn schien ein stiller Kampf stattzufinden.

»Na schön«, brach sie nach einer Weile ihr Schweigen und öffnete die Tür der Wohnstube. »Dann werde ich mich mal an die Arbeit machen«, sagte sie mit einem Schulterblick, als sie in den Flur hinaustrat. »An die Arbeit, die mir als Arztgattin noch zusteht.«

***

Am Samstag eine Woche später ruderte Alexander wieder mit ihr auf den Wannsee hinaus. Es war ein strahlender Frühsommertag. Am Strand tummelten sich die Badelustigen.

Hanna fragte sich, wann sie zuletzt schwimmen gewesen war. Sich wie ein Kind einfach gehen zu lassen, im Wasser zu toben und wie ein Fisch zu tauchen hatte sie sich schon lange nicht mehr gestattet. Sie blickte zu den anderen Pärchen, die miteinander herumalberten. Konnte Alexander ebenfalls albern sein? Im Vergleich mit den anderen wirkten sie wie ein Paar, das schon viel zu viel Zeit miteinander verbracht hatte.

»Dr. Conradi schickt mich nach England«, eröffnete Hanna ihm, als sie sich ein Stück weit vom Ufer entfernt hatten.

»Was sollst du denn da?«, fragte Alexander verwundert.

»Meine Sprachkenntnisse verbessern. Und mich erholen.«

Alexander schnaubte. »Es ist wohl kaum eine Erholung, wenn du eine Sprache lernen sollst! Wie lange wirst du denn wegbleiben?«

Hanna blickte ihn erstaunt an. Dass er so reagierte, hätte sie nicht erwartet.

»Ungefähr vier Wochen. Es ist eine große Ehre und wird für meine Zukunft im Haus von Bedeutung sein.«

Alexanders Kiefermuskeln spannten sich an, als würde er auf etwas Hartem herumkauen.

»Und was soll aus uns werden?«, fuhr er sie plötzlich an. »Merkst du nicht, dass er schon wieder versucht, uns auseinanderzutreiben? Erst meine Entlassung, dann die Schule und jetzt diese Reise! Vier Wochen!« Ärgerlich ließ er die Ruder los und starrte sie an. »Sag ihm, dass er sich zum Teufel scheren soll!«

»Ich glaube nicht, dass er das damit bezweckt!«, entgegnete Hanna aufgebracht. »Er hat nur keine Verwendung für mich, wenn er selbst unterwegs ist.«

»So, er ist unterwegs!«, schnappte Alexander. »Etwa nach England?«

»Nach Amerika.«

»Und warum nimmt er dich nicht mit dorthin?«

»Weil seine Frau mit ihm reist.«

Etwas in ihrer Brust zog sich zusammen. Enttäuschung machte sich in ihr breit. Seit sie an Neujahr bei ihm aufgetaucht war, hatte er sich wieder etwas mehr um sie bemüht. Hin und wieder wirkte er merkwürdig abwesend, doch wenn sie ihn darauf ansprach, schob er dies stets auf die viele Arbeit in der Praxis.

»Du solltest dir wirklich überlegen, ob du da noch bleiben willst«, knurrte er missmutig. »Du könntest immer noch zu mir kommen. Dann bräuchtest du auch diese Reise nicht anzutreten.«

»Ich will diese Reise aber machen«, entgegnete Hanna. »Wann werde ich jemals wieder die Gelegenheit bekommen, nach England zu fahren?«

»Zu den Tommys?«, giftete er. »Als ob da jemand hinmüsste! Sie haben uns im Krieg genug angetan.«

Hanna starrte ihn an. Solche Töne war sie nicht von ihm gewöhnt. Überhaupt schien vor ihr ein ganz anderer Mann zu sitzen.

»Was ist mit dir los?«, fauchte sie, und es war ihr egal, dass die Leute, die in ihren Booten an ihnen vorbeischipperten, neugierig zu ihnen herüberschauten. »Du klingst wie einer von diesen Burschenschaftlern! Diese Einstellung hat uns den Krieg beschert! All die Toten und auf ewig Versehrten. Denkst du nicht, es wäre Zeit zur Versöhnung?«

Hanna sah, dass Alexander vor Wut schäumte, doch er verkniff sich eine Erwiderung.

Sie blickte an ihm vorbei über die Wellen. Das Ufer war nicht so weit entfernt, als dass sie nicht hätte zurückschwimmen können. Für einen Moment war sie versucht, genau das zu tun, doch dann siegte die Vernunft.

»Ich werde fahren«, sagte sie, um Ruhe bemüht. »Ob es dir gefällt oder nicht!«

»Fein, dann tu das!«, gab er zurück. »Genieß die Zeit mit deinem Freund Conradi!« Mit zornrotem Kopf griff Alexander nach den Rudern und ruderte mit kräftigen Zügen zum Ufer zurück. Er half ihr aus dem Boot, dann ließ er sie ohne ein Wort des Abschieds stehen und ging mit großen Schritten in Richtung Bahnhof.

Hanna blieb fassungslos am Bootssteg zurück.

Für einen Moment war sie versucht, ihm nachzulaufen, doch sie wusste, dass das nichts bringen würde. Um die Harmonie zwischen ihnen wiederherzustellen, müsste sie auf die Reise verzichten.

Und das wollte sie auf keinen Fall.

Eine Stunde später traf Hanna wieder in Zehlendorf ein. Matt schlenderte sie die Grunewaldallee entlang. Sie wusste nicht, ob sie wegen Alexanders Verhalten traurig oder wütend sein sollte. Vermutlich beides. Sie konnte nicht verstehen, warum die Reise nach England ihn so aufregte. Und warum er unbedingt wollte, dass sie das Waldfriede im Stich ließ.

Sie passierte die Pforte, zog erschöpft ihr Tuch vom Hals und folgte dem Gang zur Küche. Vielleicht würde sie nach einer Tasse Tee etwas klarer sehen.

In der Küche füllte sie ein Tee-Ei mit Pfefferminzblättern und goss heißes Wasser dazu.

Da sie nicht in ihr Zimmer zurückkehren wollte, begab sie sich in den Speisesaal. Der Geruch des Mittagessens hing noch in der Luft, vermischt mit dem des Bohnerwachses vom Vortag.

Während sie die Hände an der Teetasse wärmte, betrachtete sie das Licht, das durch die hohen Fenster fiel und helle Flecke auf das Parkett zeichnete. Noch nie zuvor war sie hier allein gewesen, doch sie spürte, wie die Stille sie langsam zur Ruhe kommen ließ. Die Aufregung nach dem Zusammenstoß mit Alexander fiel allmählich von ihr ab.

Sie dachte wieder an das Gespräch, das sie in der Neujahrsnacht mit Leni geführt hatte. Liebte sie ihn? Sie wusste es noch immer nicht. Alles, was sie sagen konnte, war, dass sie Martin geliebt hatte. Dass sie ihn immer noch liebte.

Und sie liebte das Waldfriede. Die Aussicht, nach England zu reisen, verursachte ihr ein angenehmes Kribbeln im Magen.

Die Tür ging auf. Hanna hob den Kopf und sah Schwester Elisabeth hereinkommen.

»Hanna, was machst du denn hier?« Die Teetasse in ihrer Hand verriet, dass sie denselben Gedanken wie Hanna gehabt hatte.

»Ich brauchte ein bisschen Zeit zum Nachdenken.«

»Geht mir genauso«, gab Elisabeth zurück. »Hast du etwas dagegen, wenn ich mich zu dir setze?«

»Keineswegs«, entgegnete Hanna und deutete auf den Platz ihr gegenüber. Elisabeth kam zu ihr und ließ sich auf dem Stuhl nieder. Eine ganze Weile schwiegen sie.

»Worüber denkst du nach?«, fragte Hanna schließlich.

Elisabeth zögerte einen Moment, dann antwortete sie: »Darüber, was aus dem Waldfriede werden soll, wenn Dr. Conradi uns verlässt.«

Diese Worte trafen Hanna wie ein Schlag. »Was?«, fragte sie erschrocken und spürte, wie ihr Herz zu pochen begann. »Wie kommst du denn darauf? Hat er irgendwas in der Richtung verlauten lassen?«

Elisabeth schüttelte den Kopf. »Bis jetzt noch nicht. Aber Catherine hat vorhin angedeutet, dass es ihr größter Wunsch sei, nach Amerika zu gehen. Und jetzt ist die Einladung von diesem Dr. Cushing gekommen.« Elisabeth stand auf und bereitete ihren Tee zu, dann setzte sie sich wieder neben Hanna. »Was, wenn er ihr den Gefallen tut und dableibt?«

Hanna schaute sie entsetzt an. »Das glaube ich nicht …«, sagte sie zögernd. »Ich meine … die beiden haben dieses Haus doch aufgebaut.«

»Das sage ich mir auch, aber diese Bemerkung heute …«

»Das muss doch nichts heißen«, hielt Hanna dagegen, doch sie hörte selbst, wie wenig überzeugt sie klang. Was sollte den Doktor davon abhalten, nach Amerika zurückzukehren? Er war ein guter Chirurg, und er war dort geboren. Und wenn es der größte Wunsch seiner Frau war, in Amerika zu leben …

Auf einmal überkam sie die Angst, dass die Anstaltsfamilie des Waldfriede zerfallen könnte. Eine irrationale Angst, denn auf Conradi würde ein anderer Arzt folgen. In ihrem Arbeitsleben hatte sie immer wieder Ärzte kommen und gehen sehen. Doch nie war einer wie Conradi gewesen. Und sie wollte ihn nicht verlieren.

Sie betrachtete Elisabeth, die das Tee-Ei aus ihrer Tasse nahm und über die heiße Flüssigkeit blies. Ihr schien es genauso zu ergehen.

»Glaubst du wirklich, er würde uns im Stich lassen?«, fragte Hanna unsicher. »Er hat gerade mit dem Bau des Ärztewohnhauses angefangen, und das Waldfriede beginnt endlich, Früchte zu tragen.«

»Aber jeder ist ersetzbar, nicht wahr?«

Hanna schwieg beklommen. Was sollte sie ohne ihn im Waldfriede? Da hätte sie genauso gut Alexanders Angebot annehmen können …

»Ich habe auch gehört, dass du nach England geschickt wirst«, fügte Elisabeth an.

»Ja. Ich soll meine Sprachkenntnisse aufbessern.«

Elisabeth lächelte. »Das ist eine wunderbare Gelegenheit für dich. Wer weiß, wozu es mal nutze ist.«

»Für die Leute von den Botschaften«, wiederholte Hanna Dr. Conradis Begründung. Dass sie eines Tages internationale Schwesterntagungen ausrichten sollte, behielt sie lieber noch für sich.

»Vielleicht bezweckt er etwas ganz anderes damit.« Nachdenklich fuhr Elisabeth mit der Spitze ihres Zeigefingers über den Rand der Teetasse. »Wenn Dr. Conradi sich entschließt, nach Amerika zu gehen, könnte er dich als Sprechstundenhilfe nachholen.«

Ein wehmütiger Ausdruck erschien auf ihrem Gesicht, dann stand sie auf und stellte die unberührte Teetasse ab.

Hanna saß wie versteinert da. Es klang plausibel, was Elisabeth gesagt hatte. Was würde Dr. Conradi daran hindern, sie mitzunehmen, wenn er nach Amerika ging und sie der Sprache mächtig war? Ob das der eigentliche Plan war, der hinter dieser Englandreise steckte?

56. Kapitel

Zehlendorf, 17. Mai 1924

Das Gespräch mit seiner Ehefrau hatte er immer noch nicht ganz verkraftet, als Louis am Abend eine kurze Visite auf der Männerstation machte. Der Gedanke, dass sie sich tief im Herzen wünschte, das Waldfriede zu verlassen und ganz nach Amerika zu gehen, ließ ihn einfach nicht los. Und auch ihre Reaktion auf Hanna machte ihm Sorgen.

Im Stationszimmer wurde er von Schwester Maria erwartet.

»Sie haben also vor, Hanna nach England zu schicken?«, fragte sie wie beiläufig und breitete die Fieberkurven der Patienten vor ihm auf dem Schreibtisch aus.

Louis nickte gespielt zerstreut, doch in seinem Innern schrillten die Alarmglocken. Was für ein Affront gegen Hanna würde nun schon wieder folgen?

Tatsächlich sagte Maria mit verkniffenem Gesicht: »Machen wir uns nichts vor, Herr Doktor. Früher oder später wird sie Herrn Kirchfeld heiraten. Wenn Sie eine Kraft suchen, die der englischen Sprache mächtig ist, sollten Sie jemand anderen auswählen, nicht dass Sie am Ende Zeit und Geld verschwenden.«

»Und wen sollte ich Ihrer Meinung nach schicken?«, fragte Louis, bemüht, sich seine Gereiztheit nicht anmerken zu lassen.

»Nun, eine Schwester, die nicht mit einem Bein vor dem Altar steht.

Eine Schwester, die bereit ist, auf eine Vermählung zu verzichten, um dem Waldfriede zu dienen.«

Conradi lehnte sich zurück und verschränkte die Hände vor der Brust. Hoffte Maria, sie selbst könne die Reise antreten?

»Zeigen Sie mir eine junge Schwester, die nicht heiraten würde, wenn sie einen entsprechenden Mann fände.« Er atmete tief durch und fügte hinzu: »Ich vertraue Schwester Hanna. Und ich bin sicher, dass die Reise nach England zu unserem Wohl sein wird.«

Maria presste die Lippen zusammen. Wieder einmal fragte sich Louis, woher ihr Groll gegen Hanna kam. War es Neid? Fühlte sie sich noch immer übergangen?

Die leitende Schwester der Männerstation überlegte. »Wenn sie fort ist, wird niemand das Röntgen übernehmen können«, gab sie nach einem kurzen Moment zu bedenken.

»Auch dafür habe ich Sorge getragen. Einer unserer jungen Medizinalpraktikanten wird das übernehmen. Tietz hat bei Hanna gelernt und trägt sich mit dem Gedanken, Röntgenarzt zu werden.«

Maria wirkte immer noch nicht zufrieden. Conradi wusste, dass er nicht umhinkam, sie direkt nach ihrem Problem mit Hanna zu fragen, ganz gleich, ob sie es ihm übelnehmen würde oder nicht.

»Schwester Maria«, sagte er daher. »Worum geht es Ihnen genau?«

»Das habe ich Ihnen doch gerade eben erklärt.«

»Das meine ich nicht. Ich möchte wissen, ob Sie ein persönliches Problem mit Hanna haben. Nehmen Sie es ihr immer noch krumm, dass ich sie zu meiner Sprechstundenhilfe gemacht habe?«

Die Schwester schwieg ertappt.

»Schwester Maria, wenn Sie mich um Urlaub oder eine Reise bitten wollen, sagen Sie es. Ich bin mir sicher, dass wir auch für Sie eine Gelegenheit zur Weiterbildung finden können. Oder würden Sie gern an der Schule unterrichten?«

Maria blieb ihm eine Antwort schuldig, drehte sich um und befasste sich demonstrativ weiter mit den Fieberkurven.

Den restlichen Samstagabend sinnierte Louis vor sich hin. Catherine wunderte sich über seine Schweigsamkeit, doch sie fragte nicht näher nach.

Diese Woche hatte allerhand Erhellendes gebracht, auch wenn er noch nicht so recht wusste, was es zu bedeuten hatte. Allerdings musste er in einer Sache einen Entschluss fassen.

Am Sonntagmorgen, als seine Frau in der Küche verschwunden war, um nach dem Rechten zu sehen, ging er zum Telefon, nahm den Hörer ab und ließ sich mit seinem Kollegen verbinden, mit dem er vor einigen Jahren in der Schweiz gearbeitet hatte.

»Louis, ich freue mich von dir zu hören!«, drang Dr. Webers Stimme mit Schweizer Akzent aus dem Hörer. »Wie geht es dir?«

»Bestens, Christian«, antwortete er. »Ich bereite mich gerade auf eine Reise nach Amerika vor. Ich möchte unserem guten alten Battle Creek einen Besuch abstatten.« Die Hospitation bei Dr. Cushing behielt er für sich.

»Auf den Spuren von Ellen White?«, fragte Weber. »Man wird sich sehr über deinen Besuch freuen.«

»Ja, dem Grab unserer Prophetin werde ich auf jeden Fall einen Besuch abstatten«, gab er zurück. Er hatte Ellen White noch als Kind kennengelernt. Damals war ihre dunkle Haarpracht schon verblasst, doch ihre Augen, mit denen sie die Prophezeiungen in Form von Visionen empfangen hatte, waren noch immer eindringlich und voller Eifer gewesen. »Aber ich rufe nicht an, um dir von meinem Urlaub zu erzählen. Ich habe eine Bitte.«

»Welche denn?«

»Ich würde euch gern eine Schwester schicken. Allerdings müsste es so aussehen, als würdet ihr sie anfordern.«

»Nun, gute Schwestern können wir immer gebrauchen. Was hat sie angestellt, dass du sie offenbar loswerden willst?«

»Es wäre nicht für immer«, erwiderte Louis ausweichend. »Vielleicht für ein Jahr oder zwei. Sie hat Probleme mit einer Kollegin, die sie hin und wieder in Misskredit zu bringen versucht.«

»Sie ist also neidisch.«

»Das kann man so sagen. Ich möchte ihr die Gelegenheit geben, sich bei euch ein wenig zu erholen. Und vielleicht auch etwas Neues zu lernen. Nur diese Rivalität … Ich fürchte, daraus wird auf die Dauer nichts Gutes erwachsen.«

Weber überlegte eine Weile. »Also gut, ich werde dir eine offizielle Anforderung schicken. Ich mag keine intriganten Schwestern, aber vielleicht können wir sie von diesem schlechten Charakterzug befreien.«

»Danke, Christian, dafür hast du etwas bei mir gut.«

Er legte auf mit dem Gefühl, durch diesen Schachzug Hanna und auch sich selbst für eine Weile Erleichterung zu verschaffen.

***

Hanna wusste nicht, was sie mehr vom Schlafen abhielt: der Streit mit Alexander oder Elisabeths Befürchtung, Dr. Conradi könnte das Waldfriede im Stich lassen.

Sie grübelte, was sie tun konnte, um Alexander wieder zu versöhnen, doch ihr wollte partout nichts einfallen. Genauso wenig wie ihr einfallen wollte, wie sie Dr. Conradi das wahre Motiv für die geschenkte Reise entlocken konnte.

Wenn er dich fragen würde, ob du mit ihm nach Amerika gehst, überlegte sie, würdest du Alexander aufgeben und ihn begleiten?

Nach der unglückseligen Bootsfahrt am Nachmittag fiel Hanna die Antwort erschreckend leicht.

Sie setzte sich auf die Bettkante und holte Martins Notizbüchlein aus ihrem Nachtschränkchen hervor. Seit sie sich mit Alexander traf, hatte sie es nicht mehr angeschaut. Ob ihr das Büchlein Kraft geben konnte? Antworten einflüstern auf die Fragen, die sie umtrieben? Zärtlich strich sie mit der Hand über den Deckel, suchte in der Berührung nach einer Spur ihrer verlorenen Liebe, doch alles, was sie spürte, war das raue Leder.

Am nächsten Morgen hatte sie dunkle Ringe unter den Augen und fühlte sich matt. Martins Notizbüchlein lag noch immer neben ihr, aber in diesem Augenblick war es nicht mehr als ein Gegenstand.

Sie stand auf, verrichtete ihre Morgentoilette und ging dann nach unten. Die Morgengymnastik stand an, danach wartete das Frühstück.

Wie würde die Routine in dem englischen Sanatorium aussehen?

Als Dr. Conradi zur Leibesertüchtigung erschien, bemerkte Hanna, dass viele Schwestern ihn leicht verunsichert anschauten. Anscheinend hatte Elisabeth ihren Verdacht mit weiteren Kolleginnen geteilt.

Als sie sich im Speisesaal an der Tafel versammelten, erhob sich Dr. Conradi und bat um Aufmerksamkeit.

Hanna erstarrte. Würde er jetzt bekannt geben, dass er in Amerika zu bleiben gedachte? Vor lauter Sorge verging ihr der Appetit.

»Meine lieben Geschwister und Angehörige unserer Anstaltsfamilie«, begann er. »Wie Sie sicher mittlerweile wissen, werde ich in zehn Tagen meine Reise nach Amerika antreten. Dr. Borchard hat sich freundlicherweise dazu bereit erklärt, meine Vertretung in der Chirurgie und Frauenheilkunde zu übernehmen. Die Leitung des Hauses übernimmt Dr. Meyer.« Er machte eine Pause und ließ seinen Blick über die Gesichter der Angestellten wandern. Bei Hanna angekommen, hielt er inne.

»Dass Schwester Hanna zu einem Studienaufenthalt nach England aufbrechen wird, ist einigen von Ihnen bereits bekannt. Aber es wird noch eine weitere Änderung geben.«

Wird er jetzt mit der Sprache herausrücken?, dachte Hanna angespannt.

»Wir haben eine Anfrage aus der Schweiz erhalten. Man möchte einer unserer Schwestern die Möglichkeit geben, sich in der Klinik von Dr. Weber weiterzubilden. Mir ist da nur eine einzige Person eingefallen, die würdig genug wäre, unser Haus dort zu vertreten.«

Sein Blick schweifte zur gegenüberliegenden Seite der Tafel. »Schwester Maria, ich würde Sie gern dorthin entsenden.«

Ein Raunen ging durch die Menge. Alle Schwestern und Pfleger drehten sich zu Maria um, die kreidebleich wurde.

Dem Doktor war anzusehen, dass er eine Erwiderung erwartete, doch Maria blieb stumm.

»Kannst du das glauben?«, flüsterte Else. »Ich hätte nie damit gerechnet, dass er sich von Schwester Maria trennen würde.«

»Es geht ja nur um eine Weiterbildung«, zwang Hanna sich zu einer Antwort. Sie war völlig verwirrt, wusste weder, was sie denken, noch, was sie fühlen sollte. Erst Gruber, dann Kirchfeld und jetzt Maria. Etwas merkwürdig war das schon.

»Was sagen Sie dazu, Schwester Maria«, fragte Conradi, als sich das Schweigen in die Länge zog. »Nehmen Sie diese Berufung an?«

Wenn er Dankbarkeit erwartet hatte, dann hatte er sich getäuscht. Entsetzt sah Hanna, wie die Miene der Stationsschwester hart wurde. Mit blitzenden Augen sprang Maria auf, schleuderte wütend ihre Serviette auf den Tisch und stürmte wortlos aus dem Speisesaal.

***

Louis warf seiner Frau einen Blick zu. Catherine stand auf, und gemeinsam folgten sie Schwester Maria aus dem Speisesaal.

Er hatte damit gerechnet, dass sie aufgebracht sein würde, aber dass sie einfach so aufstand und ohne ein Wort hinaushastete, überraschte ihn doch.

An der Treppe zu den Stationen holten sie Maria schließlich ein.

»Schwester Maria!«, rief Louis.

Maria blieb stehen und drehte sich um. Ihre Wangen waren gerötet, und ihre Augen funkelten.

»Warum wollen Sie mich wegschicken? Habe ich irgendwas getan, was Ihr Missfallen erregt hat?«

»Schwester Maria«, antwortete seine Frau an seiner Stelle. »Wie kommen Sie dazu, den Willen meines Mannes …«

»Ich weiß nicht, wovon Sie sprechen, Schwester Maria«, fiel Louis seiner Frau ins Wort. »Sie sind zu mir gekommen wegen der Reise von Schwester Hanna, daher dachte ich, Sie freuen sich, dass ich Sie für die Schweiz auserwählt habe. Als die Anfrage meines Freundes Dr. Weber kam, wusste ich, dass er sich nur mit einer Spitzenkraft zufriedengeben würde. Diese Berufung ist eine große Ehre!«

»Ich war vom ersten Tag an hier, ich habe dieses Haus mit aufgebaut! Und jetzt schicken Sie mich weg?« Marias Stimme zitterte. »Warum schicken Sie nicht Hanna? Aber nein, die darf ja nach England!«

Louis legte versöhnlich die Hand auf ihren Arm.

»Schwester Maria, ich schicke Sie nicht fort. Ich möchte, dass Sie sich in der Schweiz weiterbilden. Nach ein, zwei Jahren werden Sie wieder hier sein.«

Maria schüttelte den Kopf. »Das machen Sie alles nur ihretwegen! Weil Sie mich aus dem Weg haben wollen.«

»Ich verstehe nicht, was Sie meinen.« Louis konnte eine gewisse Schärfe nicht aus seiner Stimme heraushalten. Mit ihren Worten bestätigte Maria ihm, dass er richtig handelte. Es würde ihr guttun, eine Weile aus dem Waldfriede fort zu sein. Vielleicht kam sie dann zur Besinnung. »Mein Entschluss steht fest. Sie werden sich noch vor unserer Abreise auf den Weg in die Schweiz machen.«

Maria bebte, doch den Mut, ihre Gedanken auszusprechen, sich gegen seine Entscheidung aufzulehnen, hatte sie nicht. Stattdessen warf sie den Kopf in den Nacken und rauschte die Treppe hinauf.

***

»Du meine Güte, was war denn das?« Elisabeth ließ sich auf den freien Stuhl neben Hanna fallen. Else war schon wieder auf dem Weg in den Kreißsaal.

»Ich weiß es nicht«, antwortete Hanna seufzend. Warum Elisabeth gerade ihre Nähe suchte, wusste sie nicht, aber sie war auf der Hut und hatte nicht vor, etwas Schlechtes über Maria zu sagen. »Offenbar war sie überwältigt von Dr. Conradis Entschluss.«

»Sie war wütend«, stellte Elisabeth klar.

Hanna blickte ihr in die Augen. »Hast du etwas von dieser Sache gewusst?«

Elisabeth richtete den Blick auf die Tür, durch die die Conradis vor wenigen Augenblicken verschwunden waren.

»Vielleicht ist es ein weiterer Hinweis«, begann sie, doch angesichts dessen, dass sie nicht allein waren, verstummte sie.

»Du meinst, dass er seine leitenden Schwestern in andere Häuser schickt, weil er in Amerika bleiben will?«, flüsterte Hanna. Dann schüttelte den Kopf. »Das glaube ich nicht.«

»Wer weiß, wer die Nächste sein wird«, sagte Elisabeth nachdenklich, stand auf und kehrte an ihren Platz zurück.

Nach dem Frühstück, auf dem Weg ins Sprechzimmer, verstellte Maria Hanna den Weg. Die Arme vor der Brust verschränkt, musterte sie sie kalt. »Jetzt hast du, was du wolltest«, stieß sie feindselig hervor.

»Was meinst du?«, fragte Hanna überrumpelt.

»Tu nicht so scheinheilig!«, fuhr Maria sie an. »Jetzt hast du endlich die Möglichkeit, dir deinen Doktor zu angeln.«

Hanna fiel es schwer, sich zu zügeln. »Maria, falls du auf Dr. Conradi anspielst: Ich schwöre, ich wusste nichts davon, dass er dich in die Schweiz schicken will«, sagte sie betont ruhig. »Und selbst wenn ich es gewusst hätte, was hätte ich tun sollen? Glaubst du wirklich, er hört auf mich? Oder denkst du gar, ich hätte ihn auf diese Idee gebracht?«

Maria presste die Lippen zusammen.

Hanna schüttelte den Kopf. Traurig sagte sie: »Ich verstehe wirklich nicht, woher diese Feindseligkeit mir gegenüber kommt, Maria! Deutlicher, als dich für die Schweiz auszuwählen, kann er dir seine Anerkennung gar nicht zollen!«

»Das glaubst du doch selbst nicht!«, blaffte Maria mit blitzenden Augen und ließ Hanna stehen.

57. Kapitel

Zehlendorf, 26. Mai 1924

Am Tag ihrer Abreise nach Hamburg stand Hanna vor dem Spiegel und betrachtete sich. Sie trug ihr blaues Kleid vom ersten Rendezvous mit Alexander, das Haar war im Nacken zusammengesteckt, und hinter ihr, über der Stuhllehne, hing der Mantel, den sie sich von ihren Ersparnissen gekauft hatte, damit sie auf dem Schiff und bei ihren Gastgebern einen guten Eindruck machte.

Ihre Schwesterntracht ruhte in dem kleinen Koffer. Die würde sie tragen, falls im Sanatorium eine helfende Hand gebraucht wurde. Dr. Conradi hatte zwar gesagt, dass sie sich erholen und Englisch lernen sollte, aber Hanna wusste, dass sie ihre Hände nicht einfach so stillhalten konnte.

Als es klopfte, wandte sie sich um. »Ja, bitte?«

Else trat ein. In der Hand hielt sie einen kleinen Stoffbeutel.

»Na, bist du schon aufgeregt?«, fragte sie lächelnd.

»Und wie!«, gab Hanna zu. »Ich war noch nie auf einem Schiff. Ich hoffe nur, dass ich nicht seekrank werde.«

»Wir haben dir hier ein wenig Wegzehrung zusammengestellt. Kein Proviant, sondern Dinge, die du auf der Reise vielleicht brauchen kannst.«

Mit diesen Worten reichte sie ihr den Beutel. Hanna warf einen Blick hinein und entdeckte eine Tüte Himbeerbonbons, etwas von Frau Conradis selbst gemachtem Kräutertee sowie eine kleine Reisebibel.

»Damit du nicht so viel in deinem Koffer herumschleppen musst«, sagte Else mit einem erwartungsvollen Leuchten in den Augen. »Schickst du mir hin und wieder eine Ansichtskarte? Es soll in England ganz traumhafte Gegenden geben.«

»Natürlich«, versprach Hanna. »Und wenn ich wieder zurück bin, kann ich euch vielleicht ein wenig Englisch beibringen.«

»Das wäre wunderbar!« Else fiel ihr um den Hals. »Hab eine gute Reise und gib auf dich acht.«

»Das werde ich.« Hanna drückte Else fest an sich, die erste Freundin, die sie nach ihrer Ankunft im Waldfriede gefunden hatte.

Als sie wieder allein war, richtete sie den Blick erneut auf ihr Spiegelbild. Diesmal allerdings prüfte sie nicht ihre Erscheinung, sondern gestattete ihren Gedanken, zu Alexander zu schweifen.

Seit dem Nachmittag auf dem Wannsee hatten sie sich nicht mehr gesehen. In der ersten Zeit hatte Hanna darauf gehofft, dass er sich für sein Verhalten entschuldigen würde. Ja, sie hatte sich sogar ins Stadtwäldchen begeben, in der Hoffnung, dass er auftauchen würde. Doch er war nicht gekommen.

An diesem Nachmittag war sie zu seinem Haus gelaufen, hatte aber nicht den Mut gefunden, bei ihm zu klingeln. Was hätte sie ihm auch sagen sollen? An ihrem Entschluss, die Reise anzutreten, hatte sich nichts geändert und an Alexanders Ansicht wahrscheinlich auch nicht.

Schweren Herzens beschloss sie daher, ihm einen Brief zu schreiben, sobald das Schiff abgelegt hatte.

Eine halbe Stunde später versammelten sich alle abkömmlichen Angestellten des Waldfriede vor dem Hauseingang. Auf der Rotunde wartete bereits der Wagen, der die Conradis und Hanna zum Bahnhof bringen würde. Von dort aus sollte die Reise erst einmal nach Hamburg gehen, dann weiter per Schiff in Richtung England.

Hanna klopfte das Herz bis zum Hals. Mit den Conradis reisen und sogar bei Dr. Conradis Vater übernachten zu dürfen, war eine große Ehre.

Sie dachte an den Abschied, den sie Maria bereitet hatten. Auch ihr zu Ehren waren die Angestellten angetreten, doch Marias Miene war unversöhnlich gewesen. Der Abschied fiel entsprechend knapp und kühl aus, und auf dem Weg nach draußen würdigte sie weder den Doktor noch Hanna eines Blickes. Hanna hoffte nur, dass sie die Zeit nutzte und in den Schweizer Bergen endlich den Groll aus ihrem Herzen vertrieb.

Nun verabschiedeten sich die Conradis und Hanna von den anwesenden Schwestern und stiegen in das wartende Automobil. Hanna nahm neben Frau Conradi auf dem Rücksitz Platz, der Doktor setzte sich nach vorn.

Kurz darauf erwachte der Motor mit einem lauten Brummen, dann rollte der Wagen vom Klinikgelände.

Hanna fühlte sich in Frau Conradis Nähe ein wenig unbehaglich. Catherine war eine Frau, die das Reisen gewohnt war. Zusammen mit ihrem Mann hatte sie die Schweiz bereist, war in Dänemark gewesen und auch schon einmal in Amerika. Hanna dagegen war vor Berlin nicht weiter als nach Magdeburg oder Friedensau gekommen. Mit Martin hatte sie davon geträumt, in die Alpen zu fahren, nach Österreich oder in die Schweiz. Als er einmal scherzhaft vorgeschlagen hatte, sie könnten als Missionare nach Afrika gehen, hatte sie gelacht. Afrika kannte sie nur von der Landkarte und den Erzählungen der Ärzte und Schwestern, die in den Missionen tätig waren. Doch eine richtige Vorstellung von diesem Kontinent hatte sie nicht.

»Es ist Ihre erste große Reise, nicht wahr?«, fragte Dr. Conradi mit einem Blick über die Schulter.

»Ja«, gab Hanna befangen zu. Mit ihm im Sprechzimmer zu reden, war eine Sache, doch es war etwas ganz anderes, mit ihm und seiner Frau auf engstem Raum in einem Wagen zu sitzen.

»Du hast recht wenig Gepäck dabei für vier Wochen«, bemerkte Catherine Conradi. »Bist du sicher, dass es reichen wird?«

»Ich brauche nicht viel«, antwortete Hanna und fügte im Stillen hinzu: Und ich habe auch nicht viel.

Am Lehrter Bahnhof angekommen, stiegen sie in den Zug nach Hamburg. Hanna war froh, dass der Doktor nach einer Zeitung griff und Frau Conradi ihr Strickzeug herausnahm. Sie lehnte sich in ihrem Sitz zurück und betrachtete die vorbeiziehenden Häuser und die sich der Stadt anschließenden Wiesen und Felder. Wie mochte es in Hamburg sein? Hanna hatte von dem Hafen gehört, doch richtig vorstellen konnte sie ihn sich nicht.

Nach einer Weile wurde sie schläfrig und wehrte sich schließlich nicht länger dagegen, dass ihr die Augen zufielen.

Der Traum schlich sich an wie eine Katze. Sie sah sich selbst mit Martin über einen Feldweg gehen, und sie wusste, dass sie ihn jetzt zum Bahnhof brachte, von wo aus ihn der Zug in den Krieg tragen würde.

»Ich werde dir schreiben«, versprach er ihr, während er ihre Hand nahm. »So oft ich kann.«

»Und ich werde dir schreiben«, versicherte ihm Hanna. Sie versuchte, tapfer zu sein, aber in ihrem Innern wütete die Angst. Mittlerweile war er einer der wichtigsten Menschen für sie geworden, wenn nicht gar der wichtigste. Obwohl er noch nicht einmal fort war, betete sie bereits jeden Tag dafür, dass er heil zu ihr zurückkommen würde.

Das Bahnhofsgebäude tauchte vor ihnen auf, eine schwarze Dampflokomotive mit nur einem Waggon wartete am Bahnsteig. War das nicht zu wenig, um all die Soldaten abzuholen, die in den Krieg mussten? Als sie sich zu Martin umwandte, sah sie, wie er sich bückte und eine Mohnblüte abpflückte.

»Damit du mich nicht vergisst«, sagte er und drückte ihr die Blüte in die Hand.

Hanna schlug die Augen auf. Frau Conradi berührte sie sacht an der Hand. Sie stellte fest, dass sich der Zug nicht mehr bewegte. Er stand in einem Bahnhof, auf dem Bahnsteig wimmelte es nur so von Menschen.

»Hanna«, drängte Frau Conradi. »Wach auf, wir sind da!«

Hanna rieb sich die Augen. Wie hatte sie nur die gesamte Fahrt verschlafen können?

Noch immer ein wenig benommen stand sie auf und nahm ihr Gepäck entgegen, das Dr. Conradi ihr von der Ablage reichte.

»Ich wünschte, ich wäre ebenso gelassen wie Sie«, sagte er schmunzelnd und folgte seiner Frau, die der Waggontür zustrebte. »Ich kann vor Reisebeginn nie schlafen, und während der Reise erst recht nicht!«

Vom Bahnhof aus brachte sie ein Taxi in die Hohcluftchaussee. Auf den ersten Blick unterschied sich Hamburg kaum von Berlin, doch die Luft war von einem salzigen Aroma erfüllt.

Richard Conradi empfing sie herzlich und führte sie ins Wohnzimmer. Trotzdem kam sich Hanna wie ein Störfaktor vor, etwas, das nicht in diese Familie gehörte. Die Wohnung des älteren Conradi war groß genug, um eine mehrköpfige Familie zu beherbergen, doch anscheinend lebte er allein.

Hanna wusste, dass er Witwer war und es abgelehnt hatte, sich wieder zu verheiraten. Stattdessen ging er ganz in seiner Arbeit auf, besuchte die Adventgemeinden und kümmerte sich auch um den von ihm gegründeten Verlag. Wie hielt er es ohne seine Gattin in diesem Haus nur aus?

Zum Abendessen gab er Geschichten aus seiner Missionarszeit zum Besten. Er berichtete von einer Schifffahrt auf einem reißenden Strom, von Löwen in der Steppe und von Menschen mit schwarzer Haut, die fernab westlicher Zivilisation lebten.

Eine Köchin, die offenbar einmal am Tag zu ihm kam und sich um das Essen kümmerte, zauberte ein Gericht namens Shepherd's Pie, bei dem Gemüse und Linsen mit Kartoffelbrei überbacken wurden.

»In Amerika und England isst man das sehr gern, allerdings ist meist Schweinefleisch unter den Kartoffeln«, erklärte Richard Conradi nach dem gemeinsamen Tischgebet. »Darauf müssen Sie achten, wenn Sie bei Nichtadventisten zu Gast sind, Hanna«, ermahnte er sie. »Uns ist der Genuss von Schweinefleisch verboten.«

»Das Sanatorium, in dem sie sich aufhalten wird, wird von einem unserer Brüder betrieben«, sprang der Doktor ihr bei. »Dort ist gut für sie gesorgt.«

Das restliche Tischgespräch drehte sich überwiegend um familiäre Dinge, was Hanna verlegen machte. Sie war froh, als Richard Conradi auf Glaubensfragen umschwenkte, wobei sie einen Eindruck bekam, warum er von jungen Predigern und Missionaren gefürchtet wurde.

»Mittlerweile beginnt sich auch in unserer Kirche die Korruption und Gottlosigkeit einzuschleichen«, wetterte er. »Gib bloß acht, mein Sohn, dass die Lehren des Teufels nicht auch in dein Haus Einzug finden. Am besten, du unterziehst jeden Angestellten einer genauen Prüfung. Noch besser wäre es natürlich, du würdest nur Mitglieder unserer Gemeinschaft im Waldfriede beschäftigen.«

»Das lässt sich momentan nur schwer bewerkstelligen, denn es herrscht ein großer Mangel an Pflegekräften. Aber mit unserer neuen Schule wird sich dieser Zustand bald verbessern.« Er blickte zu Hanna. »Schwester Hanna lehrt übrigens auch dort.«

Der Blick des alten Conradi richtete sich streng auf sie. »Ich nehme an, dass Sie die Aspekte unseres Glaubens in den Unterricht mit einbinden.«

»Ich … ich unterrichte Röntgenkunde«, gab sie ein wenig eingeschüchtert zurück. »Aber ich bin mir bewusst, dass auch die Röntgenstrahlen Gottes Werk sind.«

Richard Conradi nickte zufrieden. »Manche unserer Mitglieder sind der Meinung, dass Frauen nicht lehren sollten. Aber ich weise immer darauf hin, dass auch Ellen White eine Lehrerin war.«

Schon in frühen Kindertagen hatte man Hanna die Geschichte der Prophetin und Mitbegründerin der Siebenten-Tags-Adventisten Ellen White erzählt. Sie war die Ehefrau eines Mannes, der zusammen mit einigen Freunden überlegt hatte, die christliche Lehre von störenden Einflüssen und Unwahrheiten zu befreien. Während eines Kirchgangs hatte sie eine Vision, die ihr direkt von Gott gesandt wurde. Sie schrieb sie auf und schaffte es, die Mitglieder der neu gegründeten Konfession zu einen.

Hanna lächelte, doch ihr entging nicht Frau Conradis prüfender Blick.

»Wollen wir nur hoffen, dass Hanna uns noch eine Weile erhalten bleibt«, sagte Catherine zum alten Conradi. »Eine Frau in Ihrem Alter ist dem Eheglück nicht abgeneigt, nicht wahr?« Ihr Blick schweifte zurück zu Hanna.

Hanna zuckte zusammen. Hatte der Doktor ihr von den Treffen mit Alexander erzählt? Sicher hatte er das, denn Eheleute sollten keine Geheimnisse voreinander haben …

»Das bin ich nicht«, räumte sie aufrichtig ein. »Aber noch steht so eine Entscheidung nicht an.« Bitterkeit schlich in ihr Herz. Wieder dachte sie an Alexander und ihren unsinnigen Streit. Da sie die Reise tatsächlich angetreten hatte, war es eher unwahrscheinlich, dass er ihr einen Antrag machen würde – wenn es denn jemals wahrscheinlich gewesen war.

58. Kapitel

Dover, 30. Mai 1924

Mein lieber Alexander,

nun bin ich schon auf dem Schiff nach England. Ich hoffe sehr, der Brief trifft dich wohl an und du magst lesen, was ich dir mitzuteilen habe.

Dass wir uns an jenem Samstag ohne ein Wort des Abschiedes getrennt haben, bekümmert mich noch immer sehr. Ich habe nicht den Mut gefunden, zu dir zu gehen, wie auch du wohl nicht den Mut hattest, zu mir zu kommen. Das Unausgesprochene zwischen uns belastet mich, und ich möchte dir sagen, dass meine Entscheidung, die Reise anzutreten, nichts mit dir und meinen Gefühlen für dich zu tun hat. Sie ist einfach nur eine Gelegenheit, die ich ergreifen muss und möchte, denn wenn ich eines Tages heirate, werde ich wohl nicht mehr dazu kommen, etwas von der Welt zu sehen.

Ich bitte dich um Verzeihung für meine Bemerkung mit der Burschenschaft und auch für alles andere, womit ich dich verletzt habe. Meine Gefühle für dich sind unverändert, und ich freue mich darauf, dich wiederzusehen.

Alles Liebe
deine Hanna

Drei Tage nach der Abreise aus Hamburg näherte sich ihr Schiff dem Hafen von Dover.

Hanna stand bereits in den frühen Morgenstunden an Deck, um die Küstenlinie zu betrachten, die von schroffen Felsen gesäumt war. Die Steine leuchteten rot in der Morgensonne, und im rosafarbenen Dunst konnte man das Blinken eines Leuchtturms erkennen.

Hanna war überrascht gewesen, wie gut sie die Reise überstanden hatte. Viele Passagiere waren seekrank geworden und hatten sich kaum noch aus ihren Kabinen gewagt. Sie dagegen liebte das Schwanken unter ihren Füßen, genau wie die hohen Wellen, die das Schiff trugen.

»Konnten Sie auch nicht schlafen?«, fragte eine Stimme hinter ihr.

Dr. Conradi trat zu ihr und lehnte sich neben sie gegen die Reling. Er trug einen leichten Mantel, was bei der Morgenkühle durchaus angebracht war.

»Ich habe noch nie eine richtige Meeresküste gesehen«, sagte Hanna ehrfürchtig. »Den Anblick wollte ich mir nicht entgehen lassen.«

»Die englische Küste ist wunderschön, besonders bei einem Wetter wie diesem.« Sie spürte seinen Blick auf ihrem Profil. »Eines Tages werde ich Sie vielleicht auch nach Amerika mitnehmen, um Ihnen den Ursprung unseres Glaubens zu zeigen.«

Sofort hatte Hanna Elisabeth vor Augen. »Herr Doktor, gestatten Sie mir eine Frage?«

»Nur zu, Hanna!«

»Würden Sie das Waldfriede jemals verlassen?« Sie drehte sich zu ihm um und sah ihm direkt ins Gesicht.

»Sie meinen, ob ich mir eine andere Wirkungsstätte suchen würde?«

Hanna nickte.

»Nun, man weiß nie, wohin einen der Wind weht«, erwiderte er nachdenklich. »Das Waldfriede ist mein Werk. Es ist meine Heimat. Doch wenn Gott mir einen Ruf erteilt, werde ich diesem folgen.«

»Und wenn dieser Ruf nach Amerika geht?«

»Dann werde ich auch dorthin gehen«, antwortete der Doktor und legte seine Hand auf ihre. »Aber machen Sie sich keine Sorgen, Hanna, so bald wird das nicht geschehen. Wir haben im Waldfriede noch viel Arbeit vor uns.«

Hanna nickte. Sie hoffte inständig, dass Elisabeth sich irren würde, doch der Zweifel war gesät. Als Freundin seiner Ehefrau bekam Elisabeth Einblicke, die Hanna für gewöhnlich verwehrt blieben.

»Wussten Sie eigentlich, dass die Engländer vor vielen Jahrhunderten eine große feindliche Flotte im Ärmelkanal geschlagen haben?«, wechselte Dr. Conradi das Thema.

Hanna schüttelte den Kopf.

»Damals stritten sich die Katholiken mit der frisch aus der Taufe gehobenen Reformbewegung in England. Dem spanischen König, der Katholik war, war die anglikanische Königin Elisabeth I. ein Dorn im Auge, nachdem seine Pläne, sie zu heiraten, gescheitert waren. Also schickte er eine Flotte, die der der Engländer weit überlegen war. Doch Gott half den Engländern, diese ›Armada‹ zu vernichten. Genauso wie er uns Adventisten stets bei unserem Wirken hilft.«

Die Geschichte war Hanna neu. Beim Versuch, sich diese Königin Elisabeth vorzustellen, sah sie lediglich Schwester Elisabeth mit einer Krone vor sich – ein seltsames Bild.

»Wen hat sie geheiratet, wenn nicht den spanischen König?«, fragte Hanna.

»Niemanden«, antwortete Dr. Conradi. »Sie blieb auf ewig die jungfräuliche Königin, die ihr Reich zu einer großen Blüte führte. Ein Ehemann hätte ihr nur die Krone genommen, die sie so sehr liebte. Da sie selbst keine Kinder bekam, verschrieb sie sich voll und ganz ihrem Volk und sah sich als dessen Mutter.«

Hanna fühlte sich auf seltsame Weise berührt. Es gab einige Schwestern, die nicht heirateten, weil sie sich ganz dem Dienst an den Patienten widmen wollten. Nun sah sie die Friedensauer Oberinnen, deren Ehelosigkeit sie manchmal nicht ganz verstanden hatte, in einem anderen Licht.

»Wir sollten wieder in unsere Kabinen gehen«, sagte der Doktor und zog seine Hand zurück. Am liebsten hätte Hanna sie festgehalten, doch das schickte sich nicht.

»Sie haben recht«, sagte sie und warf einen letzten Blick auf die Klippen. Die Geschichte von der Flotte und Königin Elisabeth würde ihr noch lange zu denken geben.

Eine Stunde später legte ihr Schiff im Hafen an. Zusammen mit den anderen Passagieren verließen Hanna und die Conradis ihre Kabinen und marschierten die Landebrücke hinunter.

»Dann wird es wohl Zeit, dass wir uns verabschieden«, sagte Dr. Conradi, als sie wieder festen Boden unter den Füßen hatten. Er reichte Hanna die Hand. »Erholen Sie sich gut. Und lernen Sie fleißig! Die englische Sprache ist sehr reizvoll. Ich empfehle Ihnen, auch ein paar englische Schriftsteller zu lesen.«

Hanna ergriff seine Hand, schüttelte sie und versprach, seinen Rat zu beherzigen und auch Dr. Cavendish die herzlichsten Grüße von den Conradis auszurichten. Anschließend verabschiedete sie sich von Catherine. »Eine gute Fahrt, möge Gott Sie beschützen.«

»Dich auch, Hanna«, sagte Catherine Conradi, dann hakte sie sich bei ihrem Mann ein und ging mit ihm zu dem Fahrzeug, das sie ins Hotel bringen würde.

Hanna musste nicht lange warten. Kurz nachdem der Wagen mit den Conradis um die Ecke gebogen war, hielt ein Automobil an. Ein hochgewachsener, schlaksiger Mann mit blonden Haaren stieg aus. Er trug eine Chauffeuruniform mit dazu passender Schirmmütze. Als er Hanna entdeckte, ging er auf sie zu und fragte sie nach ihrem Namen, dann öffnete er ihr die Tür zum Fond und verstaute ihr Gepäck im Kofferraum. Kurz darauf rollten sie durch die Straßen von Dover. Hanna staunte über die zahlreichen Bauten, die noch aus der Zeit der alten englischen Könige stammen mussten. Wenig später ging es hinaus aufs Land.

Auf den ersten Blick unterschied sich die Gegend kaum von der Magdeburger Börde. Überall gab es Felder, Wald und an den Wegrändern Rosenbüsche, wie sie sie auch aus ihrer Heimat kannte.

Hin und wieder konnte sie einen Blick auf Häuser werfen, deren Baustil ihr zeigte, dass sie nicht zu Hause war. Einige der Häuser, die man hier »Cottages« nannte, waren aus grauem Stein erbaut und hatten hohe Schornsteine, andere waren mit zahlreichen Erkern bestückt. Es gab Anwesen, die aussahen wie kleine Landgüter. Sie wechselten sich ab mit einfachen, etwas windschiefen Häusern, deren Wände mit Efeu oder Rosen bewachsen waren.

Der Fahrer redete nicht viel. Hanna war froh darüber, denn mit ihren bescheidenen Englischkenntnissen traute sie sich noch keine Konversation zu. Sie hoffte, dass ihre Gesprächspartner im Sanatorium Nachsicht mit ihr haben würden. Außerdem wollte sie all die neuen Eindrücke in sich aufnehmen, um ihrer Schwester davon berichten zu können.

Nach einer Stunde Fahrt tauchte vor ihnen ein villenähnliches Gebäude mit weitläufigem Park auf. Das Anwesen befand sich rund zwei Kilometer von Maidstone entfernt und war umgeben von einem hohen Eisenzaun.

Die Rotunde vor dem Haus ähnelte der des Waldfriede, doch sie war wesentlich größer bemessen. Vor dem Haus hielt der Fahrer an, stieg aus und hielt ihr die Tür auf.

»Follow me please«, sagte er, dann nahm er ihr Gepäck und ging ihr voran.

Auf dem Weg durchs Sanatorium begegneten sie einigen Leuten. Patienten waren darunter, aber auch Krankenschwestern und Hausmädchen. Hanna staunte über die breiten Gänge. So schön das Waldfriede auch geraten war, dieser Bau übertraf es bei Weitem. An den Wänden des Flurs, dessen schwarze und weiße Bodenfliesen im Schachbrettmuster verlegt waren, hingen Gemälde, die Stillleben oder Landschaften zeigten.

Hanna fragte sich, ob sie zum Leiter des Hauses oder zu ihrem Zimmer geführt wurde.

Vor einer hohen Flügeltür blieben sie stehen. Der Fahrer bedeutete ihr, auf einer der Wartebänke Platz zu nehmen, klopfte und verschwand hinter der Tür.

Eine Erinnerung überkam Hanna. Wie viele Jahre war es her, dass sie im Flur von Friedensau gesessen hatte? Damals hätte sie sich nicht träumen lassen, wohin ihr Weg sie führen würde.

Wenig später kehrte er zurück, gefolgt von einer jungen Frau in Matrosenbluse und einem überknielangen blauen Rock. Beides passte wunderbar zu ihrer schlanken Figur. Ihr kurzes rotblondes Haar war zu weichen Wellen onduliert, die von einer zarten silbernen Klammer aus dem Gesicht gehalten wurden.

»Du bist Schwester Hanna, nicht wahr?«, fragte sie auf Englisch.

Hanna erhob sich und nickte. Stockend erwiderte sie: »Ja, die bin ich.«

»Ich freue mich, dich kennenzulernen!« Ehe Hanna sichs versah, schloss die Frau sie in die Arme. »Ich bin Jane Peterson, die Sekretärin von Dr. Cavendish.«

»Es ist ganz mein Vergnügen«, gab Hanna ein wenig ungelenk zurück. »*Sorry*, ich spreche nicht gut.«

Jane strahlte sie herzlich an. »Das werden wir ändern! Solltest du ein Wort nicht wissen, sag es ruhig auf Deutsch. Meine Großmutter war Deutsche.«

Hanna wäre es lieber gewesen, wenn sie sich dann auch auf Deutsch unterhalten würden. Jane erriet ihren Gedanken und sagte: »Dr. Conradi hat Dr. Cavendish gebeten, dass wir dir helfen, deine Sprachkenntnisse zu verbessern, weshalb ich dich unter meine Fittiche nehme.«

Hanna betrachtete Jane. Sie schätzte sie auf etwas jünger als sich selbst. Ihr Wesen und ihre Art, sich zu kleiden, hätte bei Schwester Maria sicher Argwohn erregt.

»Dann werde ich dir erst einmal deine Unterkunft zeigen.«

Als sie dem Ausgang zustrebten, fragte Hanna: »Werde ich … nicht hier wohnen?«

»Dr. Cavendish gab mir die Anweisung, dich im alten Cottage im Garten unterzubringen. Du bist weder eine Angestellte noch eine Patientin. Das Cottage ist unser Gästehaus.«

Hanna dachte wieder an die Schwesternuniform in ihrer Tasche. Auf einmal kam sie sich einfältig vor. Warum hatte sie nur geglaubt, hier mitarbeiten zu können?

Sie folgte Jane durch den weitläufigen Park bis hin zu einem Häuschen, das unter Rosenranken beinahe verschwand. Jane zog einen Schlüssel hervor und öffnete die kleine, blau gestrichene Tür.

»Es ist alles da, was du brauchst, doch wenn du einen Wunsch hast, lass es mich wissen. Die Mahlzeiten gibt es im Speisesaal des Sanatoriums, wenn du möchtest, kann ich sie dir auch bringen lassen.«

»Nicht nötig«, sagte Hanna. »Ich komme gern.«

»Gut! Dann richte dich so gut es geht ein. Ich werde dem Doktor mitteilen, dass du hier bist. Mittagessen gibt es um ein Uhr. Danach werde ich dich ein bisschen herumführen.«

Jane schenkte ihr ein weiteres strahlendes Lächeln, dann verließ sie das Cottage.

Hanna sah ihr nach. Dr. Cavendishs Sekretärin gefiel ihr, sie mochte ihre heitere, warmherzige Art. Auch im Waldfriede wurde ab und an herzlich gelacht, doch Janes Fröhlichkeit schien aus tiefster Seele zu kommen. Auch das Gästehaus gefiel ihr. Es war schlicht eingerichtet, doch die Möbel waren hellblau angestrichen und die Wände mit großen Blumen bemalt.

Sie ließ sich auf das breite Holzbett sinken. Hanna spürte die Schwere in ihren Gliedern, doch auch eine tiefe Ruhe. Es war richtig gewesen, die Reise anzutreten. Als sie die Augen schloss, schweiften ihre Gedanken voller Dankbarkeit zu Dr. Conradi, und sie hoffte, dass er gut in Amerika ankommen würde.

59. Kapitel

Maidstone, 8. Juni 1924

Die folgenden Tage liefen für Hanna ab wie ein Uhrwerk: Morgens stand sie auf, machte ein wenig Gymnastik, anschließend ging sie ins Haupthaus. Im Frühstücksraum traf sie auf Jane, die sie nach und nach mit den Schwestern und Ärzten bekannt machte.

Dr. Cavendish war ein Mann in den Fünfzigern mit dichtem grauem Haar und einer dicken Brille auf der Nase. Er freute sich sehr über die Grüße von den Conradis und wollte dann alles über das Waldfriede wissen.

Hanna gab sich große Mühe, auf Englisch zu antworten, doch hin und wieder entfiel ihr ein Wort, das Jane dann ergänzte. Wenn sie gar nicht weiterkam, übersetzte sie für Hanna.

Den Vormittag hatte sie zur freien Verfügung, was ihr seltsam vorkam. Sie war es gewohnt, täglich hart zu arbeiten. Der Sabbat und die Spaziergänge mit Alexander hatten eine Ausnahme gebildet. Nun saß sie über einem Buch aus der Bibliothek und fühlte sich wie eine Faulenzerin.

Das änderte sich auch nicht, wenn Jane am Nachmittag erschien und ihr Unterricht gab. Bei schönem Wetter schlenderten sie durch den Park und gingen die englische Grammatik durch, bei schlechtem Wetter setzten sie sich in eines der Gesellschaftszimmer.

Obwohl sie nicht direkt mit ihnen zu tun hatte, beobachtete Hanna oft die Patienten und fragte sich, von welchem Leid sie sich hier wohl erholen sollten.

Manche hatten bei Kampfhandlungen oder durch einen Unfall Gliedmaßen verloren. Wenn sie ihnen begegnete, versuchte Hanna, nicht allzu genau hinzuschauen, damit sie nicht von der Erinnerung an Martin heimgesucht wurde.

Andere Patienten hatten durch traumatische Vorfälle Schaden an der Seele genommen, und eine dritte Gruppe erholte sich von Schlaganfällen. Bei letzteren wurde eine Therapie angewandt, die an jene angelehnt war, die schon Ellen Whites Mann von seinen Lähmungen geheilt hatte.

Am Abend versammelten sich alle Angestellten in dem für sie bestimmten Speisesaal, und auch Hanna war herzlich eingeladen. Es gab eine kleine Andacht für alle, egal, welcher christlichen Konfession sie angehörten. Viele der Mitarbeiter waren Adventisten, doch es gab hier auch einige Anglikanische und Katholiken.

Nach den Abendrunden, die Hanna an die ersten Tage im Waldfriede erinnerten, kehrte sie in das Gästehaus zurück.

Nach einer Woche verlor Hanna die Scheu, Englisch zu sprechen. Sie unterhielt sich sogar mit den Ärzten und erkundigte sich eingehend nach dem Sanatorium. Eine Röntgenanlage gab es nicht, aber zur Erholung wurden auch hier Bäder verordnet. Hanna war sicher, dass es Schwester Elisabeth im Maidstone-Sanatorium gefallen hätte. Sie leitete im Moment zwar die Frauenstation, doch Hanna wusste, dass sie liebend gern in die Badeabteilung wechseln wollte.

Die späteren Abendstunden nutzte sie, um Briefe zu schreiben. Sie schrieb an ihre Schwester, an Else, Elisabeth und einige andere. Auch an Alexander verfasste sie einen Brief, doch diesen schickte sie noch nicht ab. Sie wollte abwarten, wie er auf den ersten Brief reagierte.

Hin und wieder war sie versucht, auch ein paar Worte an Dr. Conradi zu richten, doch dann sank ihr stets der Mut, und sie legte den Stift eilig beiseite.

Am ersten Sonntag nach ihrer Ankunft machte Hanna am Nachmittag einen kleinen Spaziergang durch den Park des Sanatoriums. Vergeblich hatte sie auf Post von Alexander gehofft, aber sie sagte sich, dass er sicher in seiner Praxis zu tun hatte und ein Brief von und nach England eine gewisse Zeit brauchte.

Alexander war stets so freundlich und liebevoll gewesen, da konnte es doch unmöglich sein, dass ihre Entscheidung, die Reise anzutreten, sie beide für immer auseinandergetrieben hatte.

Gegen Abend kehrte sie zum Sanatorium zurück. Sie hatte die Rotunde kaum überschritten, als sie einen Schrei vernahm, gefolgt von einem dumpfen Aufschlag.

Hanna wirbelte herum. Etwa zweihundert Meter von ihr entfernt lag ein Mann auf dem gepflasterten Weg vor dem Haus. Anscheinend war er aus einem der oberen Fenster gestürzt. Unter seinem Kopf breitete sich innerhalb weniger Augenblicke eine Blutlache aus.

Von einem Impuls getrieben lief Hanna zu ihm. Die Gliedmaßen des Mannes waren verdreht, die Augen offen, aus seinem Ohr lief Blut.

Hannas Herz begann zu rasen. Sie wusste, dass sie etwas hätte tun sollen, doch sie konnte nicht. Das Gesicht des Verletzten wurde zu dem von Martin, wie er tot an die Decke des Krankenzimmers starrte.

Innerhalb weniger Augenblicke war sie von Menschen umringt.

»Holt Hilfe!«, schrie jemand, worauf Bewegung in die Menge kam.

Hanna wich zurück.

Niemand schien zu erwarten, dass sie etwas tat. Leute drängten sie beiseite, beugten sich über den Mann.

Hanna schnappte nach Luft. Ihr Blickfeld verschwamm und wurde schwarz an den Rändern.

Kurz darauf tauchte Jane neben ihr auf. Sie schien die Situation sofort zu erfassen, denn sie berührte Hanna am Arm und fragte eindringlich: »Hanna, was ist mit dir?«

»Ich …«, stieß Hanna hervor. »Ich kriege keine Luft … ich … muss … weg.« Sie spürte, wie ihre Knie nachgaben.

Jane fing sie auf und sackte gemeinsam mit ihr ins Gras.

Hanna sah das Grün der Baumkronen. Alle Geräusche schienen auf einmal weit weg zu sein. Es war, als würde sie in einem stillen grünen See ertrinken. Seltsamerweise wehrte sie sich nicht dagegen, bis ein scharfer Schmerz ihre Wange traf.

Japsend kam sie wieder zu sich. Mit weit aufgerissenen Augen starrte sie Jane an.

»Hanna, hörst du mich?«, fragte die Engländerin.

»Ja«, antwortete Hanna benommen. »Was ist passiert?«

»Du bist ohnmächtig geworden«, sagte Jane und half ihr, sich vorsichtig aufzurichten. Hannas Blick fiel auf den Pulk von Leuten auf dem Pflaster.

»O mein Gott, der Mann!« Hanna sprang auf.

Jane fasste sie bei den Schultern. »Langsam, Hanna, langsam. Dr. Carmichael kümmert sich um ihn. Es ist alles gut.«

»Was ist denn mit ihm?«, fragte Hanna drängend. »Wird man ihm helfen können?«

»Das ist Sorge unserer Ärzte, nicht deine. Vergiss nicht, dass du zur Erholung hier bist.«

»Meinst du, er hat überlebt?« Hanna ließ nicht locker.

Jane zögerte. »Ich weiß es nicht.«

»Ich glaube, er hat einen Schädelbasisbruch erlitten. Er blutete aus dem Ohr …« Tränen schossen in ihre Augen.

Jane legte den Arm um Hannas Schultern und führte sie durch den Hintereingang ins Haus, wo sie sie in Dr. Cavendishs Büro Platz nehmen ließ und ihr eine Decke gegen den Schock umlegte.

»Du hättest ihm nicht helfen können«, sagte sie sanft. »Er ist bei unseren Ärzten in guten Händen. Hier, trink etwas Wasser.« Sie schenkte Hanna aus der Karaffe auf dem Schreibtisch ein Glas ein und reichte es ihr.

Hanna griff zitternd danach und leerte es in einem Zug.

»Du kanntest ihn, nicht wahr?«

»Ja«, antwortete Jane leise. »Er war …«

»Du musst es mir nicht sagen«, unterbrach Hanna sie eilig und stellte das Glas ab. »Ich will es nicht wissen.«

Jane nickte. »Fühlst du dich stark genug, dass ich dich ins Cottage zurückbringen kann?«

»Ich glaube schon.«

»Gut, dann begleite ich dich. Ruh dich am besten etwas aus, ich schaue später nach dir.«

Auf wackeligen Beinen ließ sich Hanna von Jane aus dem Sanatorium führen. Die Menschenmenge auf dem Gehweg war verschwunden, genau wie der Mann. Nur ein kleiner Sandhaufen an der Stelle, wo das Blut hingeflossen war, erinnerte noch an ihn.

Eine Stunde später erschien ein Polizist, um den Vorfall aufzunehmen. Da der Patient trotz der Rettungsmaßnahmen gestorben war, musste eine Untersuchung in Gang gesetzt werden.

Auch bei Hanna wurde er vorstellig. Er hatte eine untersetzte Gestalt und meergrüne Augen, die sich erstaunt weiteten, als er erfuhr, dass sie Deutsche war.

Mit brüchiger Stimme erklärte sie ihm, was sie mitbekommen hatte: den Schrei, den dumpfen Aufprall.

Als er wieder fort war, tauchte Jane mit einem Tablett bei ihr auf. Auf einem Teller lagen ein paar Scones, in einer großen Tasse dampfte heiße Schokolade. Trotz allem verspürte Hanna ein wenig Appetit.

»Der Mann ist in den Tod gesprungen, nicht wahr?«, flüsterte sie.

Jane senkte den Kopf.

»Ich bin Krankenschwester«, sagte Hanna. »Auch wir bekommen manchmal Selbstmordversuche ins Haus. Eigentlich sollte es mir nichts ausmachen, aber … hin und wieder passiert mir das.«

»Du hast das öfter?«

»Nur, wenn Patienten sehr schwer verletzt sind.« Hanna verstummte. Hatte sie gerade einen entscheidenden Fehler gemacht? Was, wenn die Leute hier an ihrem Verstand zweifelten? Welches Licht warf es auf Dr. Conradi, dass er eine derart labile Schwester beschäftigte?

Jane schob ihr den Teller mit den Scones zu.

»Woher kommt das?«, fragte sie, während sie einen Stuhl heranzog und sich Hanna gegenübersetzte. »Ich meine, dass du beim Anblick von verletzten Männern das Bewusstsein verlierst?«

Hanna schwieg und schob sich ein kleines Stückchen von dem weichen, süßlichen Gebäck in den Mund. Es war ihr peinlich, dass sie zusammengebrochen war. Peinlich, dass sie Jane von ihrem Problem erzählt hatte. Trotzdem spürte sie, wie gut es ihr tat, sich ihren Kummer von der Seele zu reden.

»Mein Verlobter … er wurde im Krieg schwer verwundet«, erzählte sie daher stockend. »Man lieferte ihn in unser Krankenhaus ein. Es war furchtbar. Noch in derselben Nacht starb er. Seitdem ist es so.« Hanna nahm einen Schluck heiße Schokolade.

Jane griff über den Tisch hinweg nach ihrer freien Hand. »Der Krieg hat so viele von uns zu Krüppeln gemacht«, sagte sie leise. »Man glaubt, dass es nur den eigenen Leuten so ergeht, aber darüber vergisst man, dass auch auf der anderen Seite Menschen sterben. Menschen, die Eltern haben, Kinder vielleicht oder eine Braut …« Sie verstummte und sah Hanna eindringlich an. »Was ist dann geschehen?«, fragte sie, als Hanna nichts auf ihre Worte erwiderte.

Hanna zögerte, doch plötzlich brachen die Dämme, und sie erzählte ihr, wie sie an Dr. Conradi geraten war und wie er sie ins Waldfriede geholt hatte.

»Da hattest du großes Glück«, sagte Jane, als sie geendet hatte. »Ich kenne Krankenschwestern, die über solche Vorfälle zerbrochen sind.«

»Du meinst, auch anderen geht es so wie mir?«

»Es gibt so einige, die unter der Last ihrer Arbeit zusammenbrechen. Und dazu bedarf es nicht einmal des Todes eines geliebten Menschen. Manchen wird die Arbeit im OP zu viel. Andere verzweifeln, weil so viele um sie herum sterben. Eine Freundin von mir arbeitete während der Spanischen Grippe 1918 in einem vollkommen überfüllten Hospital in London. Sie war danach ein seelisches Wrack, denn ganz gleich, was die Ärzte taten, sie konnten das Sterben einfach nicht aufhalten.« Jane verstummte. Ihr Blick wanderte zum Fenster.

»Wo ist deine Freundin jetzt?«, fragte Hanna.

»Sie arbeitet in einem Warenhaus in London. Sie kann noch immer kein Hospital betreten, ohne Beklemmungen zu bekommen. Leider weigert sie sich, einen Arzt aufzusuchen.«

»Kann denn ein Arzt etwas dagegen ausrichten?«, fragte Hanna ungläubig.

»Natürlich!«, erwiderte Jane mit Nachdruck. »Die Betroffenen müssen es nur wollen. Manche glauben, dass es von allein besser wird, wenn sie nur genug Abstand haben. Doch einen Dämon muss man vertreiben, sonst lässt er einen nicht los.«

Hanna blickte in ihre Tasse.

»In Maidstone gibt es einen Psychologen, der sich deinen Fall mal anschauen könnte«, hörte sie Jane sagen.

»Aber ich bin doch nicht verrückt!«, protestierte Hanna.

»Nein, das bist du nicht. Aber das Trauma muss aus deinem Körper vertrieben werden. Dr. Rogers war ein Schüler von Sigmund Freud, jedenfalls behauptet er das. Er ist einer der besten Psychologen, die ich kenne. Hin und wieder kommt er auch zu unseren Patienten.«

Hanna rang mit sich. Sollte sie wirklich zu diesem Mann gehen?

Jane drückte ihre Hand »Du solltest dir Hilfe holen, Hanna. Diese Anfälle könnten mit der Zeit schlimmer werden. Dr. Rogers ist ein wirklich guter Mann. Vielleicht hin und wieder etwas ruppig, aber stets für seine Patienten da. Und er ist diskret.«

Hanna dachte an etwas, was Dr. Meyer während ihrer Ausbildung gesagt hatte. Dass Körper und Geist eine Einheit bildeten und nicht voneinander getrennt werden konnten. »Verabschieden Sie sich von Vorstellungen der unsterblichen Seele«, hatte er gesagt. »Der menschliche Geist ist fest mit seinem Körper verwachsen. Leidet das eine, leidet das andere meist mit.«

»Also gut«, sagte Hanna. »Ich werde es versuchen.«

Jane nickte ihr zu. »Ich gebe dir seine Adresse. Wenn du willst, rufe ich ihn an und frage, ob er morgen Zeit hat.«

»Das wäre sehr freundlich.«

»Und du kannst auch gern mein Fahrrad haben, aber pass auf, dass es niemand stiehlt.«

»Danke, ich werde darauf achtgeben«, sagte Hanna und erwiderte Janes Händedruck.

Am nächsten Morgen machte sie sich auf den Weg in die Stadt. Dr. Rogers hatte seine Praxis am Stadtrand von Maidstone, in einem hübschen Cottage. Es war schon seltsam, dass hier selbst bei Regen alles malerisch wirkte, während ihr Berlin bei trübem Wetter grau und freudlos erschien. Auf Janes Anruf hin hatte er sofort zugestimmt, mit Hanna zu sprechen.

Sie stellte das Fahrrad vor dem Haus ab, schloss es mit einer Kette und einem Schloss an den Zaun an und trat dann durch die halb offen stehende Tür.

»Dr. Rogers?«, rief sie, erhielt allerdings keine Antwort.

Im Flur, der ein wenig nach altem Gebäude und Desinfektionsmitteln roch, hing ein Heiligenbild. Eine Frau in grünem Gewand und Schleier hielt eine jüngere Frau im Arm, unter deren rotem Gewand sich ein Babybauch zeigte. Die Ältere trug einen Heiligenschein und lächelte mild.

»Die Heilige Anna«, erklärte eine Männerstimme. »Schutzpatronin der Schwangeren.« Als sie sich zur Seite wandte, blickte Hanna in das Gesicht eines älteren, etwas untersetzten Mannes mit breitem, ergrautem Schnurrbart. Er war in Hemdsärmeln, seine Hose wurde von breiten Hosenträgern gehalten. »Das Bild hat meiner Mutter gehört. Sie war durch und durch katholisch und die beste Hebamme, die diese Gegend je gesehen hat.« Er blickte Hanna in die Augen. »Sind Sie die junge Frau, die Jane mir angekündigt hat?«

Hanna schaute ihn überrascht an, dann nickte sie. »Hanna Richter.«

»Jonathan Rogers«, sagte er und schüttelte ihr die Hand. »Sie sind Deutsche, nicht?«

»Ja«, gab sie etwas zögerlich zurück.

»Nun, Sie müssen keine Angst haben, ich hege keine Ressentiments gegenüber den Deutschen. Kriege werden nicht von Zivilisten begonnen, schon gar nicht von Krankenschwestern. Sie sind nur diejenigen, die ausbaden müssen, was Könige und Kaiser verzapfen.«

Er bedeutete ihr, mitzukommen. »Sie müssen wissen, dass ich nur noch sehr selten Patienten von außerhalb annehme«, erklärte er. »Aber wenn Jane anruft, bin ich zur Stelle.«

Hanna folgte ihm zu einem Raum mit niedriger Holzdecke, von der ein rustikaler Kronleuchter herabhing. Genau genommen war es ein großes Wagenrad, auf das Lampen montiert waren.

»Dieses Haus hier diente früher einmal als Herberge für Reisende.« Er stieß ein Lachen aus. »Heutzutage würde sich wohl niemand mehr hier einquartieren lassen.« An einer Sitzgruppe aus schweren lederbezogenen Sesseln machte er halt. »Setzen Sie sich, Miss Richter.«

Hanna ließ sich auf einem der Sessel nieder. Rogers setzte sich ihr gegenüber. Zwischen ihnen stand ein in Holz eingefasster Glastisch mit einer Obstschale darauf.

»Nun, dann erzählen Sie mir mal von Ihrem Problem. Jane hat sich sehr bedeckt gehalten.«

Hanna zögerte. »Ich … ich bekomme Panik, wenn ich es mit verletzten Männern zu tun habe. Schwer verletzten Männern«, begann sie vorsichtig.

Dr. Rogers schaute sie eindringlich an. »Sehr unvorteilhaft für eine Krankenschwester, nehme ich an.«

Hanna nickte.

»Können Sie ein Ereignis benennen, bei dem sich diese Panik zum ersten Mal manifestiert hat?«

Hanna wollte gerade von dem ersten Patienten berichten, dem Soldaten, der zur Erholung nach Friedensau geschickt worden war, doch dann fiel ihr ein, dass sie besagtes Gefühl schon vorher empfunden hatte. Bei Martin. Also erzählte sie Dr. Rogers von ihrem Verlobten, die ganze Geschichte, so detailliert wie noch nie zuvor. Sie ließ auch nicht aus, dass Martin und sie heiraten wollten und dass er nach seiner Rückkehr diesen Wunsch mehrfach wiederholt hatte. Und welches Grauen sie dabei empfunden hatte.

Dr. Rogers machte sich eine Menge Notizen, ansonsten hörte er wortlos zu.

Er brauchte keine Fragen zu stellen. Alles sprudelte wie von selbst aus Hanna heraus.

Als sie fertig war, fühlte sie sich zunächst erleichtert. Doch dann kam es ihr plötzlich so vor, als würde ihre Brust von einer Klammer umschlossen. Ihr Herz begann zu rasen, und ihre Hände wurden schweißfeucht.

»Nun, junge Frau, ich glaube, ich kann Ihnen helfen«, sagte Rogers bedächtig. »Allerdings setzt das Ihre Bereitschaft voraus, mit mir zusammenzuarbeiten. Ich nehme doch an, dass Sie dieses Trauma loswerden wollen.«

»Natürlich möchte ich es loswerden«, versicherte Hanna eilig. »Ich wünsche mir nichts sehnlicher, als endlich wieder normal zu sein und nicht so … überzureagieren, wenn jemand verwundet ist.«

Rogers nickte, schlug sich einmal auf die Schenkel und stand auf. »Dann sehe ich Sie morgen Nachmittag.«

»Morgen?«, fragte sie verwundert. Sie hatte eigentlich damit gerechnet, dass er ihr gleich sagen würde, was mit ihr los war.

»Nun, ich muss mir Gedanken machen. Psychologie ist eine sehr komplexe Wissenschaft. Außerdem hat Sie das, was Sie mir erzählt haben, sicher sehr aufgewühlt. Es ist nicht gut, gleich im Anschluss mit der Therapie zu beginnen, das würde eher das Gegenteil von dem bewirken, was ich erreichen möchte.« Er blickte sie prüfend an. »Also, sehen wir uns morgen?«

Hanna nickte und reichte ihm die Hand.

Auf dem Rückweg kam Wind auf. Der Himmel verfinsterte sich, leises Grollen ertönte. Hanna stemmte sich auf dem Fahrrad gegen die Böen und versuchte, so schnell wie möglich in die Pedale zu treten, damit sie nicht in das Unwetter kam. Einzelne Regentropfen schlugen ihr ins Gesicht und wurden bald immer mehr.

Obwohl die Fahrt mühsam war, hatte Hanna das Gefühl, dass ihr die Bewegung guttat. Ihr Kopf wurde frei. Zum ersten Mal seit Langem fühlte sie nur sich selbst, ihren Körper und die Nässe auf ihrer Haut.

Als sie am Sanatorium ankam, war sie durchweicht bis auf die Knochen. Sie stellte das Fahrrad neben dem Cottage ab und stürmte hinein. Drinnen streifte sie die klatschnassen Kleider ab und hüllte sich in ihren Bademantel, dann begann sie, die Haare mit einem Handtuch zu trocknen.

Mit den Holzscheiten, die neben dem Kamin aufgestapelt waren, entfachte sie ein Feuer und streckte die Hände nach den lodernden Flammen aus.

Etwas später schlüpfte sie in Ermangelung anderer Kleidung in ihr Schwesternkleid. Kurz darauf klopfte es an die Tür.

»Hanna, bist du da?«, fragte Jane.

»Ja, komm rein!«, antwortete sie.

Als die Sekretärin sie in dem Schwesternkleid sah, stockte sie. »Oh!«, entfuhr es ihr. »Ich habe das Fahrrad vor dem Haus gesehen. Du warst doch bei Dr. Rogers.«

»Ja, das war ich. Ich bin unterwegs nass geworden.«

»Warum hast du denn dein Schwesternkleid mitgebracht?«, wollte Jane wissen, als sie die Tür hinter sich zuzog.

»Ich habe kein anderes mitgenommen. Ich dachte, ich …« Der Gedanke, dass sie hier mit anpacken konnte, kam ihr nun absurd vor. »Bis zur Einführung der neuen Währung hatten wir in Deutschland kaum Gelegenheit, neue Kleidung zu kaufen.«

»Du Ärmste!«, gab Jane zurück. »Dann werde ich dir ein Kleid schenken.«

»Das ist nicht nötig«, wehrte Hanna ab, aber Jane blieb dabei. »Als unser Gast brauchst du hier nicht zu arbeiten, aber wenn du das trägst, zieht dich mit Sicherheit einer der Doktoren in sein Sprechzimmer.«

Sie lachte kurz auf, dann fragte sie: »Wie war es bei Dr. Rogers? Er ist ein netter Mann, nicht wahr?«

»Das ist er«, pflichtete Hanna ihr bei. »Er hat mich einiges gefragt, und dann hat er gesagt, dass ich morgen wiederkommen soll.«

»Und, wirst du zu ihm gehen?«

Hanna nickte. »Ich möchte gern wissen, was mit mir los ist. Und ich will es loswerden. Ich möchte so werden wie früher. Bevor das alles geschehen ist.«

Jane betrachtete sie abwartend, doch offenbar spürte sie, dass Hanna nicht weiter darüber reden wollte.

»Wie wäre es, wenn ich dich einen Blick in meinen Kleiderschrank werfen lasse?«, schlug sie daher vor. »Du kannst dir nehmen, was du magst. Komm schnell mit, bevor ich es mir anders überlege!«

60. Kapitel

Maidstone, 10. Juni 1924

Das Unwetter tobte die ganze Nacht, doch kurz bevor sie zu Dr. Rogers aufbrechen wollte, ließ der Regen nach, und die Sonne schien durch die Wolken.

Hanna fragte sich, was der Psychologe heute mit ihr machen würde. Psychologie war kein Fach, das es im Waldfriede gab, auch wenn man die Krankenschwestern in Patientenbeobachtung schulte. Sie sollten lernen, sich einen genauen Eindruck vom jeweiligen Patienten zu verschaffen, um herauszufinden, wie es um seine körperliche und geistige Verfassung bestellt war.

Dr. Rogers nahm sie herzlich in Empfang und reichte ihr einen Earl Grey mit Milch und Kandiszucker. Danach begann die Sitzung.

»Haben Sie eigentlich daran gedacht, sich wieder zu verloben?«, fragte der Psychologe.

Diese Frage kam für Hanna überraschend. Sie hatte eigentlich mit etwas anderem gerechnet.

»Ich habe einen …« Sie stockte und fragte sich gleichzeitig, was Alexander eigentlich für sie war. »Freund«, fuhr sie schließlich fort.

»Mit dem es aber nicht so richtig gut zu laufen scheint«, entgegnete Dr. Rogers.

Hanna schaute ihn mit großen Augen an. »Wie kommen Sie darauf?«

»Sie haben gezögert. So als wüssten Sie nicht, was genau er für Sie ist.«

Ertappt blickte Hanna auf ihre Hände.

»Ich nehme an, dass es für Sie nicht ganz leicht ist, sich auf andere Menschen einzulassen, nicht wahr?« Der Psychologe betrachtete sie. »Welche Menschen in Ihrem Leben sind Ihnen wichtig?«

»Meine Schwester Leni«, sagte Hanna. »Alexander und …« Wieder stockte sie. Konnte sie Dr. Conradi nennen? Er war ihr Chef, kein Verwandter oder Freund.

»Und?«, fragte Dr. Rogers. Hanna sah ein, dass es sich nicht lohnte, etwas vor ihm geheim zu halten.

»Dr. Conradi«, gab sie zu. »Mein Chef.«

Dr. Rogers kniff kurz die Augen zusammen. »Haben Sie Gefühle für diesen Mann?«

»Nein!«, platzte es aus ihr heraus, ein bisschen zu forsch, wie ihr im nächsten Augenblick klar wurde. »Ich mag ihn, aber er … er ist mein Chef. Und er ist verheiratet.«

Der Psychologe nickte und machte sich dann wieder eine Notiz.

»Das … das bleibt doch unter uns, oder?«, fragte sie ängstlich.

»Auch wenn ich nicht mit dem Körper, sondern mit der Seele der Menschen zu tun habe, bin ich doch Arzt und an die Schweigepflicht gebunden«, erwiderte er ruhig. Er machte eine Pause, dann fügte er hinzu: »Wünschen Sie sich manchmal, er wäre mehr als Ihr Chef?«

»Nein, ich …« Hanna schüttelte den Kopf. »Es ist kompliziert. Wir … wir dürfen den Bund der Ehe nicht brechen. Und ich weiß auch nicht, was er für mich fühlt. Eben weil auch er gebunden ist.«

Dr. Rogers nickte. »Wissen Sie, was auffällig ist? Dass Sie sehr emotional über Ihren Chef sprechen, aber nicht über Ihren Freund.«

»Alexander …« Verwirrt verstummte Hanna.

»Ja? Was empfinden Sie für ihn? Lieben Sie ihn?«

Hanna rang mit sich. Wenn du die Dämonen loswerden willst, dann musst du ehrlich sein, sagte sie sich. Doch liebte sie Alexander? Und vor allem: Liebte er sie? Es war noch immer kein Brief von ihm gekommen.

»Ich … weiß es nicht. Ich weiß nur, dass ich ihn nicht verlieren möchte.«

»Wie Ihren Verlobten?«

Hanna nickte. Kalter Schweiß trat auf ihre Handflächen. Alles in ihr schrie danach, die Sitzung zu beenden. Doch sie blieb sitzen, als würde eine Eisenkugel sie an ihrem Platz halten.

»Haben Sie in Ihrem Leben noch jemanden verloren?«

»Meine Schwester Ruth«, antwortete Hanna wie betäubt. »Sie starb bei der Geburt ihres Kindes.«

»Sie haben Ihre Schwester geliebt, nicht wahr?«

»Sehr.« Hanna knetete die Hände in ihrem Schoß.

»Mehr noch als Ihren Verlobten?«, ließ Dr. Rogers nicht locker.

»Ich weiß es nicht.« Etwas schien plötzlich ihre Kehle zuzuschnüren. Ruth war ihre Schwester, während Martin der Mann war, den sie geliebt hatte. Konnte man das eine gegen das andere aufwiegen?

Der Psychologe schwieg eine Weile, dann blickte er sie direkt an.

»Meinen Sie, Sie sind in der Lage, sich meine Analyse anzuhören?«

Hanna atmete zitternd durch, ihr Blick wanderte zum Fenster. Der Himmel zog sich bedrohlich zu. Wenn sie jetzt fuhr, würde sie wieder in eine Regendusche kommen, was hier an der Tagesordnung zu sein schien.

»Ja, ich denke schon.« Ihre Stimme war nicht mehr als ein heiseres Krächzen, aber sie hielt seinem Blick stand.

Kurz darauf setzte ein gleichmäßiger Landregen ein. Er war nicht zu vergleichen mit dem Schauer, in den sie gestern hineingeraten war, doch er trommelte gleichmäßig gegen die Fensterscheiben und bildete so eine leise Hintergrundmelodie für Dr. Rogers' Worte.

»Sie werden von Verlustängsten heimgesucht, Hanna«, erklärte er. »Diese haben sich bereits in dem Augenblick manifestiert, als Sie Ihre Schwester verloren haben. Der Tod Ihres Verlobten hat die Ängste verstärkt. In der Folge wollen Sie sich auf nichts Neues einlassen, weil Sie fürchten, Sie könnten auch das verlieren. Aber das ist es nicht allein, was Sie quält, und es ist auch keine Erklärung für die Reaktionen, die Sie angesichts von verletzten Männern zeigen.«

»Was ist es dann?« Hanna umklammerte ihre Schultern, als müsste sie sich selbst davon abhalten, in einen Abgrund zu fallen.

»Ihre Panikattacken wurzeln in der Nacht, in der man Ihren Verlobten nach Hause gebracht hat. Die schweren Verletzungen, all das Leid, das Sie mit angesehen haben, sind für eine menschliche Seele sehr viel.«

»Aber ich bin Krankenschwester«, wandte sie ein. »Ich müsste das doch ertragen, oder?«

»Selbst wenn Sie Arzt wären, müssten Sie das nicht ›ertragen‹!«, stellte Dr. Rogers klar. »In Ihrem Fall gehe ich allerdings nicht davon aus, dass der Anblick schwerer Verletzungen der Ursprung für Ihre Panikattacken ist. Sie haben mir erzählt, dass Sie manchmal auch bei Operationen assistieren. Wenn Frauen verletzt sind oder operiert werden müssen, macht Ihnen das nichts aus, nicht wahr?«

Hanna nickte. »Die Panik überkommt mich nur bei Männern.«

Der Psychologe lehnte sich in seinem Sessel zurück. »Vielleicht ist es für Sie nicht ganz einfach zu verstehen, doch Ihre Tätigkeit als Krankenschwester und das, was dieser Beruf mit sich bringt, hat mit dem eigentlichen Problem nichts zu tun. Es geht um etwas ganz anderes.«

»Und um was?« Ein Frösteln durchlief Hanna. Ihre innere Unruhe fühlte sich an wie ein Ungeheuer, das sie von innen heraus auffressen wollte.

»Sie sagten mir, dass Sie nicht wissen, was Sie für den neuen Mann in Ihrem Leben empfinden. Ob Sie ihn lieben und ob Sie sich auf ihn einlassen sollen.«

»Und was hat das mit meinen … Anfällen zu tun?«

»Es ist in meinen Augen glasklar.« Dr. Rogers machte eine kurze Pause, dann fuhr er mit eindringlicher Stimme fort: »Ihre Attacken wurden ausgelöst von dem Ansinnen Ihres Verlobten, Sie vom Fleck weg zu heiraten.«

Hanna schüttelte verwirrt den Kopf. »Aber das ist … doch absurd. Ich hätte mich doch nicht mit ihm verlobt, wenn ich ihn nicht hätte heiraten wollen!«

»Ich meine nicht sein Ansinnen zu heiraten, als er noch unversehrt war«, erklärte Rogers bedächtig, »sondern vielmehr seinen Wunsch, Sie noch in derselben Nacht zu heiraten, als man ihn versehrt nach Friedensau brachte.«

Plötzlich hatte Hanna die Szene wieder vor Augen.

Sie stand am Krankenbett, froh, dass er lebte, aber gleichzeitig erschüttert von seinem Anblick. Auf einmal war alles wieder da: die Stümpfe, die Verbände und dieser unaussprechliche Geruch.

»Endlich können wir heiraten!«

»Du solltest erst einmal richtig gesund werden. Ich glaube nicht, dass der Pastor dir erlaubt, so vor den Altar zu treten.«

»Das wird ihm egal sein. Einem verletzten Soldaten wird er den Wunsch, endlich mit seiner Liebe verbunden zu sein, nicht abschlagen, oder?«

Plötzlich war es Hanna, als würde ihr jemand die Kehle zudrücken. Sie schnappte nach Luft, krallte sich an das Polster des Sessels und kämpfte gegen den Schwindel an, der sie mit aller Macht überfiel.

»Hanna!«, hörte sie die Stimme des Psychologen, doch es war wie in den Augenblicken, wenn sie vor Verwundeten stand. Sie konnte sich nur darauf konzentrieren, dass sie atmete, zu etwas anderem war sie nicht fähig. Schweiß überzog ihren Körper, ein Zittern ging durch ihre Glieder, ihr Sichtfeld verengte sich.

»Hanna!« Dr. Rogers Stimme tönte über das laute Rauschen in ihren Ohren hinweg, dann spürte sie seinen Arm um ihre Schultern. Wenig später stach ihr ein beißender Geruch in die Nase. Sie drehte den Kopf zur Seite und spürte, wie die Welt, die von ihr abgerückt war, langsam zu ihr zurückkehrte. Dann wurde ihr klar, dass der Psychologe Riechsalz unter ihre Nase hielt.

»Sagen Sie mir, was Sie vor Augen gehabt haben«, forderte er sie mit sanfter, aber fester Stimme auf, nachdem sie sich wieder beruhigt hatte. Jetzt kehrte auch die Wärme in ihre Hände zurück.

»Den Moment, in dem Martin mir einen Heiratsantrag gemacht hat«, stieß Hanna angestrengt hervor und strich sich über die schweißnasse Stirn. »Ich … ich konnte in diesem Moment nur denken, dass er nie wieder der Alte sein würde. Ich habe mich so dafür geschämt!«

»Das ist es«, sagte Dr. Rogers und blickte sie abwartend an.

»Wie meinen Sie das?«

»Das ist es«, wiederholte er. »Scham. Sie haben sich geschämt, dass Sie die Liebe für ihn von seinem Äußeren abhängig gemacht haben. Wäre der Pastor gekommen, hätten Sie dann Ja gesagt?«

Hanna schüttelte den Kopf. »Ich weiß es nicht.«

»Ihr Gefühl hat die ehrliche Antwort gegeben, während Ihr Verstand die schonende Antwort wählte.«

»Ich verstehe nicht …«, stammelte Hanna. Am liebsten wäre sie aus Dr. Rogers' Haus geflohen. Fort aus England, zurück nach Deutschland, wo es ihr sicherer erschien. Gleichzeitig war sie nicht imstande, sich zu rühren.

»Sie hätten ihn nicht heiraten wollen. Wahrscheinlich hätten Sie Ja gesagt, aus Mitleid, aber im Grunde Ihres Herzens fühlten Sie sich dem Zustand Ihres Verlobten nicht gewachsen. Sie verspürten Scham, und ich nehme an, dass Ihnen auch Ihr Gewissen ordentlich zu schaffen gemacht hat und immer noch macht.«

Hanna nickte.

»Nun, es wird nicht so einfach zu vertreiben sein, dieses schlechte Gewissen. Aber ich bin mir ganz sicher, dass es der Grund für Ihre Attacken ist. Wenn Sie einen schwer verletzten Mann vor sich sehen, fürchten Sie unterbewusst, dass dieser Ihnen einen Heiratsantrag machen könnte. Und dass die Scham über seinen Zustand Sie dazu bringen würde, ihn anzunehmen. Also flüchten Sie in die Ohnmacht, in der Hoffnung, dem zu entkommen.«

»Können Sie mir helfen?«, fragte sie.

»Ich denke ja. Aber dazu werden wir uns täglich sehen müssen. Wie lange sind Sie denn noch hier?«

»Knapp zwei Wochen«, antwortete Hanna.

»Nun, das ist immerhin etwas.«

Plötzlich spürte Hanna, wie ein Lächeln auf ihr Gesicht trat.

»Sie lächeln?«, stellte Dr. Rogers fragend fest.

Hanna nickte. »Dr. Conradi hat mich nach England geschickt, damit ich meine Sprachkenntnisse aufbessere«, sagte sie. »Ist es nicht lustig, dass ich das jetzt bei Ihnen tun werde?«

Als sie sich schließlich von Dr. Rogers verabschiedete, kam es ihr so vor, als hätte sie soeben einen wütenden Sturm überlebt. Körper und Geist fühlten sich an wie die Natur nach einem reinigenden Gewitter. Neuer Mut stieg in ihr auf, auch wenn sie wusste, dass in den folgenden Tagen Schweres auf sie zukam. Sie würde sich der Scham stellen müssen. Dem schlechten Gewissen. Und der Tatsache, dass sie eine eigenständige Frau war, die sich auf nichts einzulassen brauchte, was sie selbst nicht wollte.

61. Kapitel

Boston, 24. Juni 1924

Louis stand auf dem Campus der Harvard Medical School und fragte sich, wie alles gekommen wäre, hätte sein Vater Amerika nicht verlassen.

Vogelgezwitscher hallte laut über den Platz, und noch waren die Temperaturen mild genug, dass man nicht in den kühlenden Schatten hoher Bäume flüchten musste. Der Morgenhimmel spiegelte sich in den Fenstern des Klinikgebäudes, von denen einige offen standen, um die frische Luft hereinzulassen.

Die zurückliegenden Tage waren ziemlich strapaziös gewesen. Wechselhaftes Wetter bestimmte die Überfahrt, was nicht nur seinen Magen herausgefordert hatte. In Battle Creek hatten sie sich kaum erholen können, zu straff war das Programm, wenngleich es schön war, seinen Geburtsort wiederzusehen.

Gestern waren sie in Boston eingetroffen, und nun war der Augenblick gekommen, nach dem er sich gesehnt hatte: endlich mit der Hospitation bei Dr. Cushing zu beginnen.

Louis schritt auf das Krankenhausgebäude zu. Das Brigham Hospital war 1910 errichtet worden. Dr. Cushing war maßgeblich an dessen Planung beteiligt gewesen. Seit 1912 hatte er hier den Lehrstuhl für Chirurgie inne und war auch der Chefchirurg des Hauses.

Im vergangenen Jahr hatte Louis einen Artikel über die Errichtung der weltweit ersten Wachstation gelesen, *Intensive Care*, wie Cushing sie nannte. Dabei wurden frisch operierte Patienten für eine Weile dauerhaft überwacht und alle Vitalparameter festgehalten. Außerdem gab es die Möglichkeit, die Patienten rund um die Uhr mit Sauerstoff und Infusionen zu versorgen, sollte es ihr Zustand erfordern. Gedacht war diese Station für Patienten nach schwersten Operationen oder mit stark reduziertem Allgemeinzustand.

Louis hatte sich sofort gefragt, ob eine derartige Station auch für das Waldfriede infrage käme.

Jetzt, wo er so kurz davor stand, die Räumlichkeiten mit eigenen Augen zu sehen, fühlte er sich fast ein wenig eingeschüchtert. Er wusste um sein Können und konnte sich nicht über mangelndes Selbstbewusstsein beklagen. Aber vor einem Chirurgen wie Cushing, der nicht einmal vor Operationen am Gehirn zurückschreckte, hatte er höchsten Respekt.

Mit großen Schritten eilte er zum vereinbarten Treffpunkt: Cushings Büro. Er wollte gerade klopfen, als die Tür aufschwang und der Großmeister der Chirurgie auf ihn zutrat.

Beim letzten Mal, als sie sich gesehen hatten, hatte Cushing in einem Maßanzug gesteckt, doch wenn er wie jetzt einen weißen Kittel trug, wirkte er noch eindrucksvoller. Er war ein schlanker Mann mit markanten Zügen und einer leicht gebogenen Nase, die ihm das Aussehen eines römischen Senators verlieh. Sein Haar war mittlerweile schlohweiß, doch seine Augen versprühten immer noch jugendliche Energie.

»Ah, Louis! Da sind Sie ja!« Er kam auf ihn zu und reichte ihm die Hand. »Es freut mich sehr, Sie wiederzusehen!«

»Harvey! Die Freude ist ganz auf meiner Seite!« Louis ergriff die dargebotene Hand und schüttelte sie. »Es ist schon eine Weile her.«

»Ja, eine Ewigkeit, wie mir scheint. Die neue Zeit schreitet so schnell voran!«

Da hatte er recht. Was waren fünf Jahre oder zehn? Mittlerweile gab es das Waldfriede vier Jahre, der Krieg lag beinahe sechs Jahre zurück und ihr letztes Treffen acht.

»Ich bin gerade auf dem Weg in den OP. Haben Sie Lust, gleich einmal mitzukommen? Ich habe einen Hirntumor auf dem Plan. Schon seit einer Weile forsche ich diesen Gebilden nach, die scheinbar aus den Gliazellen entstehen.«

Louis hatte von seinen Forschungsarbeiten gelesen und war fasziniert gewesen. Er träumte schon eine Weile davon, Harvey Cushing während einer Operation über die Schulter zu blicken. »Ich komme natürlich gern mit«, beeilte sich Louis zu versichern.

»Gut, ich bin mir sicher, dass der heutige Patient einen solchen Tumor hat.«

Wenig später stand Louis neben Cushing am Waschbecken und schrubbte sich die Hände. Eine Schwester erschien und half ihm in den OP-Kittel, danach setzte sie ihm die Haube auf. Mit ihrem blonden Haar erinnerte sie ihn ein wenig an Hanna.

Wie es ihr wohl in England erging? Diese Frage hatte er sich letzter Zeit immer wieder gestellt, und er hoffte, dass sie ihren Aufenthalt in England genießen konnte. Er hatte mit dem Gedanken gespielt, ihr zu schreiben, doch er wollte sie nicht in Verlegenheit bringen.

Als sie fertig waren, betraten sie einen weitläufigen Operationssaal, der groß genug war, dass mehrere Patienten gleichzeitig operiert werden konnten.

»Unser Patient ist eine sechsundfünfzigjährige Frau, die wegen starker Kopfschmerzen zu uns gekommen ist«, erklärte Cushing, während er sich mit auf Taillenhöhe erhobenen Händen dem Tisch näherte. »Wir haben den Tumor mittels einer Röntgenaufnahme des Kopfes erkannt.«

Die Frau war mit weißen Tüchern bedeckt, nur ihr Kopf lag frei. Man hatte ihr eine Seite des Schädels kahl rasiert.

Cushing ließ sich die Aufnahme noch einmal zeigen. »Was für ein Segen sind doch die Röntgenstrahlen«, sagte er und ließ Louis einen Blick auf das Bild werfen. Der Tumor war nicht besonders groß und saß auf der linken Hirnhälfte. »Sehen Sie? Was sollten wir nur ohne diese Technik machen.«

Louis wünschte sich, Hanna könnte dieses Bild sehen. Die Aufnahme war so scharf und detailreich, dass er sich fragte, ob Cushings Hospital auch ein moderneres Röntgengerät besaß.

Als die Patientin narkotisiert war, reichte die OP-Schwester dem Chirurgen das Skalpell.

»Die meisten europäischen Chirurgen sind grobe Hauklötze«, sagte Cushing, als er sich daranmachte, mit Skalpell und einer kleinen Knochensäge vorsichtig den Schädel der Patientin zu öffnen. »Sie nehmen kaum Rücksicht auf ihre Patienten, ja, manchmal scheinen sie zu vergessen, dass sie überhaupt einen Menschen vor sich haben. Bevor ich Theodor Kocher kennenlernte, glaubte ich, dass es nicht anders ginge, doch er hat mir beigebracht, dass man auch langsam operieren kann. Und genau das muss man in Fällen wie diesem tun.«

Cushing arbeitete hoch konzentriert und fragte bei seinem für die Narkose zuständigen Assistenten immer wieder Blutdruck, Puls und Atemfrequenz ab.

Louis stellte fest, dass der amerikanische Kollege in dieser Hinsicht sehr viel gründlicher vorging als er. Schließlich konnte er im Lampenschein einen Blick auf die Hirnmasse werfen, die von Adern durchzogen und mit leichten Blutschleiern bedeckt war. Cushing präparierte vorsichtig weiter, bis er den Tumor freilegen konnte.

»In früheren Zeiten war selbst so ein kleiner Tumor wie dieser ein Todesurteil. Ich mag mir gar nicht mehr vorstellen, dass meine Kollegen früher die Tumore einfach rausgerissen und dabei wertvolles Nervengewebe zerstört haben.« Cushing ließ sich ein Instrument reichen, das wie eine Pinzette aussah, aber mit einem Kabel an ein Gerät mit Reglern angeschlossen war. Er ließ eine Schwester einen bestimmten Wert einstellen und führte die Pinzette an ein Blutgefäß. Wenig später stieg ein kleiner Rauchfaden auf.

Louis riss erschrocken die Augen auf.

»Keine Sorge«, sagte Cushing. »Ich verschließe auf diese Weise nur die Blutgefäße, damit es nicht zu stark blutet und das Operationsfeld besser einsehbar ist.«

Fasziniert betrachtete Louis das Gerät. So etwas könnte er auch gebrauchen. Ob er sich in Deutschland so etwas anfertigen lassen konnte? Oder gab es diese Geräte etwa in Amerika zu kaufen?

Harvey Cushing operierte voller Bedacht, wobei er sich bemühte, so viel gesundes Gewebe wie möglich zu erhalten. Louis verfolgte wie gebannt jeden noch so kleinen Handgriff, sodass er gar nicht merkte, wie die Zeit verging. Sechs Stunden später lag das Präparat bereit, um vom hauseigenen Pathologen untersucht zu werden. Cushing verschloss den Schädel der Frau mit mehreren Stichen.

»Ich muss schon sagen, etwas Derartiges habe ich noch nie gesehen«, bemerkte Louis beeindruckt. »Ich wünschte, ich könnte so raffiniert operieren.«

»Kommen Sie zu mir und lernen Sie.« Cushing lachte auf, dann gab er den Schwestern ein paar kurze Anweisungen.

»Die Patientin wird in unsere neue Wachstation gebracht. Wenn Sie wollen, können wir ihr gleich einen Besuch abstatten.«

»Darauf habe ich gehofft«, gab Louis zu und folgte seinem Kollegen in den Waschraum.

»Wo sind Sie während Ihres Aufenthalts in Boston abgestiegen?«, fragte der amerikanische Kollege und seifte sich gründlich die Hände ein. »Ich hoffe, man hat Ihnen ein anständiges Hotel empfohlen.«

»Wir wohnen im Haus eines Bekannten meines Vaters«, antwortete Louis. »Ausgesprochen freundliche Leute.«

»Haben sie denn auch eine gute Köchin?«

»Die Hausherrin kocht selbst«, erwiderte Louis, was ein Lächeln über Cushings Gesicht huschen ließ.

»Ich will die Leistungen dieser wackeren Dame nicht schmälern, aber was halten Sie davon, wenn Sie und Ihre Gattin uns heute Abend zum Essen beehren? Unsere Köchin ist einer der besten der gesamten Ostküste.«

»Nun, wenn das so ist, werden wir Ihrer Einladung gern folgen.« Auch Louis wusch sich nun die Hände und trocknete sie mit einem frischen Handtuch ab.

»Gut, dann lassen Sie mich doch wissen, ob Sie irgendwelche Abneigungen beim Essen haben. Sie sind doch Adventist, nicht wahr?«

»Das bin ich«, gab Louis verdattert zurück. Religion war unter Medizinern nur selten ein Thema. Eher stritten sie sich über Politik. »Dass Sie darauf achtgeben …«

Cushing lachte. »Ich hatte mal einen adventistischen Assistenten, der es strikt ablehnte, Fleisch zu essen. Außerdem haben wir einige jüdische Angestellte, die koschere Nahrung bevorzugen.«

Louis starrte ihn ungläubig an. Von Nichtadventisten wurde er nur selten nach seinen Vorlieben oder Abneigungen beim Essen gefragt. Dass Cushing sich danach erkundigte, nahm Louis gleich noch mehr für ihn ein.

»Vegetarisch wäre für uns genau richtig.«

In seiner Unterkunft wartete Catherine bereits auf ihn. Sie wirkte so frisch und ausgeruht wie schon lange nicht mehr.

»Louis!«, rief sie aus, kam zu ihm und umarmte ihn. Das hatte sie schon seit Langem nicht mehr getan. Aber in den vergangenen vier Jahren waren sie beständig in einem Haus gewesen und hatten sich am Tag mehrfach gesehen.

Louis musste zugeben, dass der Abstand auch ihm guttat. So freute er sich wieder auf seine Frau und nahm sie ganz anders wahr.

»Hattest du einen schönen Tag?«, erkundigte sie sich und führte ihn zu dem Sofa unter dem Fenster.

»Es war überwältigend!«, rief er begeistert aus. »Dr. Cushing ist ein faszinierender Mann. Ich wünschte, ich hätte seine Fähigkeiten!«

»Du solltest dein Können nicht unter den Scheffel stellen«, ermahnte ihn Catherine. »Auch du bist ein guter Chirurg!«

»Aber Cushing ist ein Gott!«, platzte er heraus.

»Lass das nicht deinen Vater hören!« Verschmitzt drohte sie ihm mit dem Zeigefinger.

»Keine Sorge, das werde ich nicht.« Louis atmete tief durch. Seine Brust schien vor lauter Freude zu zerspringen. Es war, als würde jeden

Augenblick ein Sonnenstrahl aus seinem Herzen scheinen. »Dieser Operationssaal! Und erst einmal die Wachstation! Ständig werden die Vitalwerte der Patienten überprüft, wodurch sich die Erfolgsrate selbst bei schwersten Operationen gewaltig erhöht.« Er seufzte sehnsüchtig. »Ich wünschte, so etwas könnten wir auch in unserem Waldfriede haben.« Ein breites Lächeln huschte über sein Gesicht, als er das Bild wie eine Vision vor sich hatte: die modernen Geräte, die großen Fenster … dazu die Station, die viele Leben retten könnte, ganz einfach, weil ständig jemand zugegen war, der auf die Bedürfnisse der Patienten einging …

»So habe ich dich ja schon lange nicht mehr gesehen.« Catherine strahlte ihn an. »Ich freue mich sehr, dass es für dich so ein positives Erlebnis war.«

Louis sah seine Frau an. Sie hatte recht, es war sehr positiv. Aber er spürte, dass sie nur halb erfasste, wie viel es ihm wirklich bedeutete.

Hanna kam ihm in den Sinn. Während der Zeit in Battle Creek hatte er kaum an sie gedacht, weil er so eingenommen war von den Bekannten und den Reizen seines Geburtsortes. Doch jetzt stand sie ihm wieder vor Augen. Sicher wäre auch sie begeistert von Cushings Hospital. Plötzlich wünschte er sich sehnlichst, er könnte ihr alles erzählen.

Ihm kam wieder der Gedanke, ihr zu schreiben, doch wenn der Brief ankam, war sie sicher schon zurück in Deutschland.

»Dr. Cushing hat uns übrigens eingeladen«, bemerkte er und setzte sich zu seiner Frau aufs Sofa. »Zum Abendessen. Heute.«

»Das ist ganz reizend«, freute sich Catherine, doch dann wurde ihre Stimme unsicher. »Allerdings frage ich mich, ob ich die richtige Garderobe habe, um einem so wichtigen Mann unter die Augen zu treten.«

Louis zog sie in seine Arme. »Das hast du, meine Liebe. Cushing ist ein sehr netter und verständnisvoller Mann. Stell dir vor, er nimmt sogar beim Essen Rücksicht auf uns. Das ist bei Nichtadventisten nicht die Regel.«

Catherine streichelte ihm über die Wange. »Ich bin schon sehr gespannt auf den Mann, der dich derart in Begeisterung versetzen kann.«

Das Taxi brachte Louis und Catherine zu einem eleganten, zweistöckigen Haus im Stil der Gründerzeit, dessen Fenster hell erleuchtet waren. Louis half seiner Frau aus dem Wagen, dann reichte er ihr mit einem stolzen Lächeln den Arm. Catherine sah ausgesprochen hübsch aus in dem cremefarbenen Kleid mit tief angesetzter Taille, das ihrer Figur überaus schmeichelte.

»Du wirst Dr. Cushing mögen«, flüsterte er ihr zu, als sie die Treppe hinaufstiegen. Auf ihr Läuten erschien ein Dienstmädchen.

»Guten Abend, die Herrschaften erwarten Sie.«

Sie führte die Conradis ins Foyer, wo ihnen Dr. Cushing entgegenkam. Jetzt trug er einen sandfarbenen Anzug mit Weste, der ihn beinahe wie einen Politiker aussehen ließ.

»Ich freue mich, dass Sie meine Einladung angenommen haben.« Die beiden schüttelten sich die Hand, dann sagte Louis: »Das ist meine Frau Catherine.«

Ein erstaunter Ausdruck huschte über Cushings Gesicht. »Na, das ist mal ein Zufall. Meine Frau heißt auch Katherine.« Er machte eine galante Verbeugung und gab ihr einen Handkuss. »Liebling, hast du gehört?«, rief er über die Schulter.

Prompt trat Mrs Cushing aus einem der angrenzenden Zimmer. Sie trug ein lindgrünes Kleid und einen glänzenden dunklen Bob, der ihre feinen Züge hervorragend zur Geltung brachte.

»Das ist ja wirklich ein Zufall!« Sie reichte den Conradis die Hand und erkundigte sich interessiert: »Schreiben Sie Ihren Namen mit K oder C?«

»Mit C«, antwortete Catherine ein wenig schüchtern.

»Ich bin eine K-Katherine«, gab sie fröhlich zurück und zog Catherine ins Esszimmer. Die Männer folgten ihnen.

Mochte das Haus von außen altertümlich wirken, im Inneren war es modern eingerichtet. Der große Esstisch und die Stühle wirkten noch recht neu, die Bilder an der Wand wurden von zierlichen Rahmen umgeben. Der Lüster, der von der Decke herabhing, war im Art-déco-Stil gehalten.

Catherines Blick fiel auf eines der Bilder, die auf dem Kaminsims standen. Es zeigte die Cushings neben zwei Jungen und drei Mädchen unterschiedlichen Alters.

»Sind das alles Ihre Kinder?«, fragte Catherine.

»Ja«, antwortete Katherine Cushing. »Unser ältester Sohn studiert an der Harvard University, die anderen Kinder sind auf verschiedenen Internaten. Lediglich unsere jüngste Tochter Barbara ist noch hier, aber sie weilt derzeit bei ihrer Großmutter.«

»Ich hätte sie gern kennengelernt.«

Louis schaute Catherine an. Die Sehnsucht in ihren Worten war nicht zu überhören.

»Haben Sie Kinder?«, fragte Mrs Cushing.

»Wir hatten eine Tochter«, antwortete sie leise. »Gott hat sie noch vor der Geburt in den ewigen Schlaf versetzt.«

»Das tut mir leid.«

»Unsere Familie sind die Angestellten unseres Hauses«, schaltete sich Louis rasch ein, da er nicht wollte, dass dieses Gespräch eine trübsinnige Wendung nahm. »Jedenfalls sehen wir es so.«

»Das ist ein löblicher Ansatz, der hier leider nicht zu realisieren ist. Dazu wechseln die jungen Leute viel zu schnell. Einige können wir dazu gewinnen, in der Forschung zu bleiben, aber viele zieht es hinaus.«

Kurz nachdem sie Platz genommen hatten, wurde das Essen aufgetragen. Wie angekündigt, wurde die Tafel vegetarisch gehalten. Es gab gebackene Kartoffeln mit Rosmarin, gebuttertes Gemüse, einen Braten aus Nüssen, Champignons und Linsen, dazu eine braune Soße. Louis war froh, dass kein Alkohol ausgeschenkt wurde.

Nach dem gemeinsamen Tischgebet legten ihnen die Dienstmädchen auf.

»Wäre es vermessen, wenn ich Sie um das Rezept dieses Bratens bitte?«, fragte Catherine. Auch Louis hatte bisher kaum etwas Besseres gegessen.

»Natürlich nicht. Ich werde Linda, unsere Köchin, bitten, es Ihnen aufzuschreiben«, versprach Katherine Cushing.

Als Nachtisch gab es ein Sorbet aus Orangen, dazu Käse und Obst.

Louis, der den Geschmack von Orangen schon lange nicht mehr auf der Zunge gehabt hatte, schoss durch den Sinn, dass diese Früchte vielen ihrer Patienten gute Dienste leisten würden. Als er bedauerte, nichts davon mit nach Deutschland nehmen zu können, bot Cushing an: »Ich schicke Ihnen eine ganze Kiste, wenn Sie wollen. Ein Bekannter von mir besitzt eine Orangenplantage in Florida.«

Louis blickte Catherine an, die strahlend nickte.

»Waren Sie jemals an der Front, Louis?«, fragte Cushing später am Abend, als sie es sich vor dem Kamin bequem machten. Da Louis und Catherine Alkohol ablehnten, reichten die Dienstmädchen Limonade mit Zitronenschnitzen.

Conradi schüttelte den Kopf. »Nein, als der Krieg begann, war ich in der Schweiz. Anschließend bin ich nach Hamburg gegangen.«

»Zwei Jahre nachdem wir uns in der Schweiz begegnet sind, war ich in Paris, um ein neues Operationsverfahren auszuprobieren. Wir haben Granatsplitter aus den Köpfen verwundeter Soldaten entfernt. Es war menschlich gesehen eine furchterregende Zeit, doch medizinisch eine der interessantesten, die ich bis dahin erlebt hatte. Wir haben so viele Männer vor dem Tod oder schlimmen Folgeschäden bewahren können.«

Louis musste wieder daran denken, dass er sich vor dem Dienst an der Front gesträubt und überlegt hatte, nach Amerika zu gehen. Er hatte nur vor Augen gehabt, in den Missionsdienst zu treten, während Cushing in Paris Leben gerettet hatte. Dafür schämte er sich jetzt.

»Sie sagten, Sie haben in der Schweiz gearbeitet«, wechselte Cushing das Thema. Er schien zu spüren, dass es unangenehm für Louis war, über den Krieg zu sprechen. »Haben Sie jemals mit Theodor Kocher operiert?«

Louis schüttelte den Kopf. »Nein, leider hatte ich dieses Vergnügen nicht.«

»Ein brillanter Mann«, fuhr der Chirurg fort. »Was er mir alles beigebracht hat! Nun, ich hoffe, dass ich dieses Wissen an meine jungen Ärzte weitergeben kann.«

»Soweit ich das beurteilen kann, tun Sie das längst. Ihr Haus ist wirklich beeindruckend.«

Cushing sah ihn prüfend an. »Wie wäre es, wenn Sie in dieser Woche mit mir zusammenarbeiten, anstatt nur zu hospitieren?«, schlug er schließlich vor.

Louis zog die Augenbrauen hoch. »Meinen Sie wirklich?«

»Sie sind ein erfahrener Chirurg, und ich habe Ihnen angesehen, dass es Ihnen in den Fingern kribbelt.« Cushing nahm einen Schluck Limonade, dann fügte er hinzu: »In meiner Klinik geht es nicht nur um Hirnchirurgie. Wir haben auch gynäkologische Fälle. Vielleicht kann ich Ihnen auch auf diesem Gebiet neues Wissen bieten.«

»Dazu kann ich einfach nicht Nein sagen.« Auch Louis hob nun das Glas an die Lippen. Insgeheim hatte er gehofft, zum Skalpell greifen zu können. Dass dieser Wunsch jetzt erfüllt werden sollte, fühlte sich für ihn unglaublich an.

Erst weit nach Mitternacht verabschiedeten sich Louis und Catherine. Cushing hatte ihnen ein Taxi rufen lassen.

»Dann sehen wir uns morgen im OP.« Damit reichte er Louis die Hand.

»Ich freue mich schon darauf«, sagte Louis und half seiner Frau in den Wagen.

»Ein sehr freundliches Paar«, bemerkte Catherine, als sich das Taxi in Bewegung setzte. »Und reich mit Kindern gesegnet, trotz der vielen Arbeit des Mannes.«

»Wir sind auf andere Weise gesegnet«, tröstete Louis sie und küsste ihre Schläfe. »Wir haben unsere Familie im Waldfriede.«

»Das ist wahr, aber manchmal wünschte ich mir …« Sie stockte, und Louis glaubte, ihren Gedanken erraten zu können. Beide hatten sie die vierzig erreicht. Dass Catherine noch einmal schwanger wurde, war unwahrscheinlich. Und selbst wenn sie jetzt ein Kind bekämen, wie sollte das gehen? Ihr Haus war noch nicht fertig, und immer wieder musste Catherine einspringen. Es wäre besser, wenn sie sich weiterhin ihren Patienten verschrieben.

62. Kapitel

Boston, 30. Juni 1924

Die Woche verging wie im Flug. Louis hatte das Gefühl, noch nie in seinem Leben so viel gelernt zu haben. Cushing operierte Patienten aus allen Teilen des Landes, und deren Krankheiten waren so vielfältig, wie er es noch nie zuvor gesehen hatte. Am Ende der Woche, kurz vor ihrer Abreise, nahm Cushing ihn beiseite.

»Ich weiß, dass Sie Gynäkologe sind, aber könnten Sie sich nicht vielleicht doch für die Neurochirurgie begeistern?«, fragte er ihn. »Ich würde Sie liebend gern in meinem Hospital anstellen.«

Louis blickte ihn verwirrt an. »Das ... ehrt mich sehr. Aber ich ... ich habe ein eigenes Krankenhaus. In Berlin.«

»Das weiß ich. Und mir ist auch klar, dass es einen hohen Stellenwert in Ihrer Gemeinschaft hat. Sie sind ein sehr guter Chirurg und haben das Zeug dazu, eine Koryphäe zu werden. Allerdings fürchte ich, dass Ihnen das in Berlin verwehrt bleiben wird.«

Louis rang mit sich. Die Zeit an diesem Hospital war wunderbar gewesen. Beinahe bereute er seine damalige Entscheidung, nach Hamburg anstatt nach Amerika zu gehen. Doch wäre dann alles so verlaufen, wie er es sich gewünscht hatte? Hätte Cushing ihm dieses Angebot gemacht?

»Ich werde mit meiner Frau sprechen«, hörte er sich antworten.

Cushing klopfte ihm ermutigend auf den Arm. »Sehr gut. Lassen Sie mich wissen, wie Sie entschieden haben. Ich würde Sie vom Fleck weg einstellen und nach einer Zeit der Weiterbildung zum Operateur in meinem Haus machen.«

Louis dankte ihm, doch als Cushing fort war, starrte er ratlos auf die Spinde. Schlug sein Herz wirklich für Amerika? Cushing hatte recht, an diesem Hospital würde er die Möglichkeit haben, sein Repertoire erheblich zu erweitern. Außerdem gab es so viel, was er dazulernen konnte. Und erst die technische Ausstattung des Hauses!

Bei seiner Rückkehr erblickte er die Koffer, die Catherine bereits zu packen begonnen hatte. »Wie war es heute an deinem letzten Tag?«, fragte sie, als er zur Tür hereinkam.

Louis zögerte einen Moment lang, dann antwortete er: »Cushing hat mir angeboten, am Brigham zu arbeiten. Zunächst als Assistenzarzt, doch dann würde er mich schon bald zum Operateur in der Frauenabteilung befördern.«

Seiner Frau klappte der Mund auf. Ihre Augen weiteten sich, und es dauerte eine Weile, bis sie imstande war, etwas zu sagen.

»Das ist ja wunderbar!«, rief sie voller Begeisterung aus.

Louis seufzte. »Schon, aber was wird aus dem Waldfriede?« Er schob die Hände in die Westentaschen und begann, nachdenklich auf und ab zu gehen.

Catherine schaute ihn erwartungsvoll an. Er erinnerte sich noch gut an das Gespräch, in dem sie ihren Wunsch geäußert hatte, für immer nach Amerika zu gehen, und sie hatte ihre Meinung gewiss nicht geändert. Wenn er ehrlich war, verspürte auch er einen gewissen Reiz.

»Es wäre die Chance meines Lebens«, überlegte er. »Ich würde an einer der größten Universitäten Amerikas arbeiten. Ich hätte die Möglichkeit zu forschen und mich zu habilitieren.« Für einen Moment meinte er, ein Lichtstrahl würde seine Seele berühren, doch dann kehrte er auf den Boden der Tatsachen zurück. »Aber gleichzeitig habe ich auch eine Verantwortung für meine Anstaltsfamilie. Was wird sie ohne mich machen?«

Catherine überlegte eine ganze Weile, bevor sie antwortete. »Wenn du dich entscheiden würdest, nach Amerika zu gehen, wird die Gemeinschaft einen anderen Chefarzt bestimmen. Erich ist ja noch im Haus, und Dr. Steiner ist mittlerweile ein versierter Chirurg. Möglicherweise kann Dr. Borchard als Klinikleiter gewonnen werden.«

»Borchard?« Louis lachte auf. »Er ist kein Adventist! Und dass er die Klinik übernehmen könnte …« Louis rang mit sich. Die Anstellung hier war ein Traum, den er nicht einmal zu träumen gewagt hatte. »Ich habe dieses Haus aufgebaut. Und denk mal an unser Ärztewohnhaus …«

»Das sind alles weltliche Güter«, gab Catherine zu bedenken. »Du kannst sie hinter dir lassen, wenn du es willst.«

Sie trat zu ihm und legte ihm die Hand auf den Unterarm.

Louis wusste, dass sie sich ein Leben wie das von Katherine Cushing wünschte. Eine Köchin zu haben, ein schönes Haus … Und wer weiß, vielleicht konnten sie eines Tages ein Kind adoptieren? Sie würde in Katherine Cushing sicher eine treue Freundin haben. Und was den Glauben anging, so gab es hier sogar eine kleine Gemeinde, an deren Gottesdiensten sie teilnehmen konnten. Überhaupt war Amerika ein bunter Schmelztiegel von religiösen Ansichten, für die niemand verurteilt wurde.

»Ich bin deine Frau, und als solche folge ich dir überallhin«, versicherte sie ihm. »Das gilt für den Fall, dass du zum Waldfriede zurück möchtest – aber auch für den, dass du hier dein Glück versuchen willst.«

Louis wusste ihren Beistand zu schätzen. So oft schon war sie ihm gefolgt, so oft schon hatte sie widrige Umstände in Kauf genommen, damit er seine Arbeit tun und seinen Traum verwirklichen konnte. Er wusste, dass sie auch jetzt an seiner Seite stehen würde.

Doch plötzlich fiel ihm noch etwas anderes ein. Hanna, wie sie im Morgenlicht an Deck des Schiffs gestanden und ihn gefragt hatte, ob er es über sich bringen würde, das Waldfriede im Stich zu lassen. In ihren Augen hatte er die Furcht gesehen, ihn zu verlieren.

Würde er Hanna wirklich enttäuschen können?

63. Kapitel

Berlin, 30. Juni 1924

Am Tag ihrer Abreise aus Dover war Hanna beinahe traurig gewesen, dass sie diesen schönen Ort verlassen musste. Der farbenfrohe Garten würde ihr ebenso fehlen wie das kleine Gästehaus, das sie ganz allein für sich gehabt hatte.

Aber sie hatte sich auch darauf gefreut, das Waldfriede wiederzusehen. Mochte sie auch nicht mit allen gut auskommen, so lagen ihr die meisten Mitglieder der Anstaltsfamilie am Herzen. Und sie wusste nun auch, wie sie dem Schrecken, der ihre Seele plagte, begegnen konnte. Die Gespräche mit Dr. Rogers hatten ihr sehr geholfen und ihr klargemacht, dass es vielleicht an der Zeit war, sich auf Alexander einzulassen.

»Lass bald etwas von dir hören«, hatte Jane gebeten, als sie Hanna auf der Treppe vor dem Haus umarmte.

»Ich werde dir schreiben«, hatte Hanna der Sekretärin versprochen, die ihr in diesen wenigen Wochen zu einer guten Freundin geworden war. »Und ich werde mich auf jeden Brief von dir freuen.«

Jane hatte sie noch einmal fest an sich gedrückt, dann freigegeben und Hanna nachgeschaut, wie sie die Stufen hinabging und in das wartende Automobil einstieg.

Der Wagen war losgefahren, und Hanna hatte gewinkt, bis Jane aus ihrem Blickfeld verschwunden war. Würde sie sie jemals wiedersehen? Ein wenig war sie sich vorgekommen wie damals, als sie Friedensau in Richtung Berlin verlassen hatte. Als das Sanatorium schließlich hinter dem Wald verschwunden war, hatte sie nach vorn geblickt. Es gab einiges, was sie in Berlin in Angriff zu nehmen gedachte.

Nun, am dreißigsten Juni, traf Hanna wieder in Berlin ein. Die vergangenen Tage waren ein Abenteuer gewesen, und sie war mächtig stolz darauf, dass sie die Rückfahrt ohne Begleitung hinter sich gebracht hatte.

Sie brannte darauf, Alexander alles zu erzählen. Dass er auf ihren Brief nicht geantwortet hatte, konnte sie nicht davon abbringen, zu ihm zu gehen und ihm von Angesicht zu Angesicht zu sagen, dass sie nun frei war von ihrer Scham gegenüber Martin und wusste, dass sie ihn liebte.

Als die Stadtbahn den Lehrter Bahnhof verließ, fing es in Hannas Magengrube an zu kribbeln. Sie freute sich darauf, Alexander wiederzusehen. Wahrscheinlich rechnete er noch nicht mit ihr, denn sie hatte in ihrem letzten Brief den genauen Tag ihrer Rückkehr offengelassen. Hoffentlich würde ihr die Überraschung gelingen!

Eine halbe Stunde später stand sie vor dem Haus, in dem seine Praxis untergebracht war. Es hatte einen zartgelben Anstrich, weiße Fensterrahmen und Stuckornamente über den Öffnungen. Eine kleine Treppe führte zu einer weiß gestrichenen Holztür, neben der das Schild mit der Aufschrift »Alexander Kirchfeld, Allgemeinmediziner« stand.

Da sie lieber im Grünen spazieren gingen, als in die Stadt zu fahren, war Hanna nur ein- oder zweimal hier gewesen.

Sie blickte auf die Uhr. Es war kurz vor sechs, er würde gleich Feierabend haben. Durch das geöffnete Fenster konnte sie die Praxisräume einsehen. Sollte sie klingeln? Oder sollte sie sich gedulden, bis er herauskam?

Hanna beschloss, auf der gegenüberliegenden Straßenseite auf ihn zu warten. Kurz darauf erschien seine Silhouette am Fenster. Hanna wollte gerade die Hand heben, um ihm zu winken und ihn zu rufen, doch dann sah sie, dass eine Frau zu ihm trat. Alexander zog sie in seine Arme und küsste sie voller Begierde. Hanna erstarrte.

Sie konnte nicht glauben, was sie da sah. Alexander küsste eine andere? Noch dazu eine seiner Sprechstundenhilfen?

Alles in ihr schrie danach, kehrtzumachen und das Weite zu suchen, doch wie von unsichtbarer Hand geschoben, überquerte sie die Straße und stellte sich unter das offene Fenster.

»Wann kommt sie eigentlich aus England zurück?«, hörte sie die Frau sagen.

Hannas Herz begann zu rasen. Keinen Moment lang zweifelte sie daran, dass von ihr die Rede war.

»Heute oder morgen«, gab Alexander zurück.

»Wirst du es ihr dann sagen?«, fragte die Frau weiter. »Ich meine, es kann nicht mehr so weitergehen. Zwei Monate sind wir schon zusammen, und du hast dich noch immer nicht von ihr gelöst. Wann willst du es denn endlich tun?«

»Bald«, erwiderte er mit einem lachenden Unterton. »Noch ist sie ja nicht zurück. Wenn sie wieder da ist, sage ich es ihr. Und dann habe ich nur noch Zeit für dich …«

Hanna glaubte zu träumen. Sie zwickte sich in den Handrücken, fühlte den Schmerz, und ihr wurde klar, dass sie keineswegs träumte. Sie war so wach wie schon lange nicht mehr.

»Und wenn du bei ihr reinen Tisch gemacht hast, kannst du dir auch gleich deine Eltern vornehmen und ihnen sagen, dass du bei ihnen ausziehen wirst. Oder willst du dir die hübsche Wohnung hier im Haus etwa nehmen lassen?«

Wohnung? Davon hatte er ihr nichts erzählt. Wie auch – er hatte ja nicht einmal auf ihren Brief geantwortet.

»Auf gar keinen Fall! Komm her, meine Schöne, du weißt doch, keine begehre ich mehr als dich.« Für einen Moment herrschte Stille, dann sagte er: »Du kannst dir gar nicht vorstellen, wie froh ich bin, nichts mehr mit diesem bigotten Haufen von Möchtegern-Nonnen und

-Mönchen zu tun haben! Dass dieser Conradi mich rausgeworfen hat, war das Beste, was mir seit Langem passiert ist!«

Hanna lehnte sich gegen das Treppengeländer und schloss die Augen. Tränen brannten in ihren Augen, die Brust wurde ihr seltsam eng.

Das, was sie gehört hatte, wollte nicht zu dem Bild des Mannes passen, der ein Ruderboot hergerichtet hatte, nur um mit ihr auf den See hinauszufahren.

Ja, sie war vielleicht keuscher als alle anderen, und im Waldfriede galten die Regeln ihrer Gemeinschaft, doch nichts davon rechtfertigte die Niedertracht seiner Worte. Hatte er ihr die ganze Zeit über etwas vorgemacht?

Eine geraume Weile konnte sie sich nicht rühren. Unverständnis tobte in ihr und wechselte sich ab mit Zorn und Enttäuschung. Seltsamerweise musste sie in diesem Moment an Martin denken. Er hatte sich nicht gegen sie gestellt. Mit seinem letzten Atemzug hatte er sich zu ihr bekannt, wollte sie sogar noch heiraten, als er schon fast im Sterben lag. Und Alexander?

Sie musste nur gute vier Wochen weg sein, und schon hatte er eine andere.

Nein, kam es ihr in den Sinn. Nicht vier Wochen. Die Unbekannte hatte von zwei Monaten gesprochen. Hatte er sich deshalb von ihr zurückgezogen? Und dann war da noch der Streit, als sie ihm von der Reise erzählt hatte …

Ein Geräusch brachte ihr kreisendes Gedankenkarussell zum Stehen. Die Tür wurde geöffnet, und ehe sie davonlaufen konnte, hörte sie die Frauenstimme sagen: »Und was machen wir heute Abend, Herr Doktor?«

»Hanna!«, kam es im nächsten Moment erschrocken über Alexander Lippen. Seine neue Freundin hatte sich bei ihm eingehakt. Mit ihrem hellblonden ondulierten Haar und dem malvenfarbenen Kleid mit der tief angesetzten Taille sah sie aus wie ein Mannequin aus einer Modezeitschrift.

Hanna fühlte sich wie eine rissige Vase, doch sie wollte sich nicht die Blöße geben, vor den beiden in tausend Stücke zu zerspringen.

»Alexander«, brachte sie kühl über die Lippen, als würde nicht ein Funke Zorn in ihr brennen. Als würde das, was sie da vor sich sah, nichts bedeuten.

Die junge Frau neben ihm schien nicht gleich zu begreifen. Erst als Alexander sich von ihr frei machte, trat sie zurück.

»Du bist wieder hier?«, fragte er verwirrt, während sein Gesicht zu glühen begann.

»Ja, das bin ich«, gab Hanna zurück. »Aber mach dir keine Sorgen. Ich werde dir nicht länger im Weg stehen.«

»Hanna, bitte, versteh doch …«

Hanna hob die Hand. »Ich verstehe. Und ich vergebe dir. Weitere Worte sind nicht notwendig.«

Damit ließ sie ihn stehen und stolzierte hoch erhobenen Hauptes davon, ihr weniges Gepäck in der Hand.

»Hanna!«, hörte sie Alexander hinter sich rufen, doch sie verlangsamte ihren Schritt nicht. Und sie blickte sich auch nicht um.

Erst als sie an einer Parkfläche ankam, blieb sie stehen und sah sich nach einer freien Bank um. Sie stellte ihr Gepäck ab, setzte sich und brach in Tränen aus. Eine ganze Weile wurde sie von herzzerreißenden Schluchzern geschüttelt. Der tiefe Schmerz rührte nicht nur daher, dass Alexander sich für eine andere Frau entschieden hatte, nein, es war vielmehr die Art und Weise, wie er über sie und das Waldfriede urteilte.

Ob alle so über ihre kleine Gemeinschaft dachten? Ja, für sie galten andere Regeln, aber rechtfertigten diese, sie deshalb gering zu schätzen? Sie, die immer da waren, wenn sich jemand in Not befand?

Nach einer Zeit trat eine ältere Frau in ihr Blickfeld.

»Haste Liebeskummer, Kleene?«, fragte sie. »Du weenst dir ja die Oogen aus.«

Hanna nickte, worauf die Frau ihr die Schulter tätschelte.

»Na, det wird och wieder. Jetzt sieh ma zu, dass de nach Hause jehst. Det is doch keen Platz für 'ne Süße wie dir! Es wird ja schon dunkel.« Erst jetzt stellte Hanna fest, dass bereits die ersten Gaslaternen aufgeflammt waren. Die Frau hatte recht. Es war besser, wenn sie sich auf den Weg machte und zurück nach Zehlendorf fuhr.

Als sie das Waldfriede erreichte, hatte sich die Dunkelheit herabgesenkt. Ein wenig erinnerte sie der Anblick des Hauses an damals, als sie zum ersten Mal hierhergekommen war. Und doch war es anders.

Vor über vier Jahren hatte sie vor einem maroden Bau gestanden, in dem kein Licht brannte, jetzt blickte sie auf ein hell erleuchtetes Krankenhaus. Hier und da huschte ein Schatten vorbei. Der Spätdienst war auf dem Weg durchs Haus. In diesem Augenblick wurden den Patienten noch einmal Medikamente gebracht, Einreibungen verabreicht und, wo es nötig war, Puls und Fieber gemessen.

Der Anblick war tröstlich, und obwohl sie wusste, dass das, was sie vorhin erlebt hatte, nicht so schnell vergehen würde, wusste sie doch, dass sie hier zu Hause war. Dass es Leute gab, die zu ihr stehen würden, egal, was passierte.

Ein freudiges Gefühl breitete sich in ihrer Brust aus. Mit schnellen Schritten legte sie den Weg zur Hauptpforte zurück. Als sie eintrat, wehte ihr der vertraute Geruch nach Desinfektionsmitteln und Essen entgegen.

Zu Hause, dachte sie.

Sie grüßte die Schwester am Empfang und ging zu ihrem Zimmer. Dabei traf sie auf Schwester Elisabeth, die gerade aus den Bädern kam.

»Hanna, du bist wieder da!« Sie lief auf sie zu und schloss sie in die Arme. »Wir haben dich alle so vermisst!«

»Ich euch auch«, flüsterte sie. Müdigkeit und Enttäuschung lasteten schwer auf ihr, doch da war dieses Gefühl der Erleichterung, das sie beinahe erneut in Tränen hätte ausbrechen lassen.

»Du hast übrigens Post bekommen!«, sagte Elisabeth. »Jetzt stell erst einmal dein Gepäck ab und mach dich frisch. Wenn du möchtest, bringe ich sie dir gleich. Soll ich dir etwas zu essen bringen?«

Hanna stellte ihre Tasche auf dem Bett ab und schälte sich aus ihrem Mantel. Ihr Körper fühlte sich bleiern an, aber sie hatte Elisabeths freundliches Angebot nicht ablehnen wollen.

Wenig später erschien ihre Kollegin in der Tür, ein Tablett in der Hand. Darauf standen eine kleine Kanne Tee und ein Teller mit belegten Stullen sowie ein paar Haferkeksen. Der Geruch von Ziegenkäse ließ ihr das Wasser im Mund zusammenlaufen.

Als sie das Tablett abgestellt hatte, zog Elisabeth einen Brief und zwei Postkarten aus ihrer Schürzentasche, eine aus Battle Creek und eine aus Boston. Der Brief kam von ihren Eltern, doch die Karten stammten von Dr. Conradi.

Ein Lächeln huschte über ihr Gesicht. Plötzlich merkte sie, wie ausgehungert sie war. »Danke«, sagte sie, nahm einen großen Schluck Tee und biss beherzt in ein Käsebrot.

»Dr. Conradi hat allen leitenden Schwestern geschrieben«, berichtete Elisabeth. »In ungefähr drei Wochen wird er wieder hier sein, ist das nicht wunderbar?«

Diese Nachricht brachte Hanna zum Strahlen. Am liebsten hätte sie die Karten gleich gelesen, aber sie wollte damit warten, bis sie allein war.

Als sie aufgegessen hatte, stellte Elisabeth das Geschirr zurück aufs Tablett, wünschte ihr eine gute Nacht und verließ das Zimmer.

Hanna warf sich mit den beiden Postkarten aufs Bett und betrachtete die Bilder darauf, die einmal eine wunderbare Landschaft und dann die Ansicht des Campus der Yale University zeigten. Anschließend drehte sie die Karten um und las die Worte, die Dr. Conradi in seiner elegant geschwungenen Handschrift an sie gerichtet hatte.

Liebe Hanna, ich hoffe, es gefällt Ihnen in England. Wir sind gut in Battle Creek angekommen und durften auch schon das Wohnhaus von Ellen White und die Fabrik von Harvey Kellogg besuchen. Ich glaube, es würde Ihnen hier gefallen.
Es grüßt Sie L. Conradi

Liebe Hanna, die Hospitation bei Dr. Cushing war ein Erlebnis. Sie würden staunen, wie es in seinem Hospital zugeht. Das Röntgengerät ist eines der modernsten, die ich je gesehen habe. Vielleicht begleiten Sie mich eines Tages hierher. Wenn wir uns wiedersehen, haben wir viel zu erzählen. Ich hoffe, Sie sind wohlbehalten im Waldfriede angekommen. Beste Grüße, L. C.

Mit einem liebevollen Lächeln strich sie über das Geschriebene. Es war nichts Verfängliches, und wahrscheinlich hatte er den anderen Schwestern Ähnliches geschrieben. Doch in diesem Augenblick erlaubte sich Hanna die Vorstellung, dass er vielleicht etwas anderes beim Schreiben dieser Zeilen empfunden hatte.

64. Kapitel

Zehlendorf, 21. Juli 1924

In den folgenden Wochen kämpfte Hanna immer wieder mit Tränen, Selbstzweifeln und Wut. Wut gegen Alexander, aber auch gegen sich selbst. An manchen Tagen warf sie sich vor, ihm nicht genug entgegengekommen zu sein, an anderen, dass sie sich auf ihn eingelassen hatte.

Sobald sie konnte, suchte sie ihre Schwester auf, um ihre Seele zu erleichtern. Leni reagierte erbost, als sie von Hannas Begegnung mit Alexander und seiner Geliebten erfuhr.

»Wie konnte er dir das nur antun?«, schimpfte sie. »Glaubt er wirklich, die andere wäre besser für ihn?«

»Darum ging es ihm wahrscheinlich nicht«, erwiderte Hanna und spürte, wie sich eine merkwürdige Ruhe in ihr breitmachte. »Er muss gespürt haben, dass ich nicht bereit für ihn war, dass Martin auf gewisse Weise immer noch zwischen uns stand.«

Drei Wochen war es jetzt her, dass sie Alexanders Betrug entdeckt hatte. Seltsamerweise fühlte sie sich mittlerweile nicht mehr nur traurig, sondern auch befreit. Alexander wollte etwas von ihr haben, das sie nicht zu geben bereit war. Sie hatte ihm gegenüber beinahe das gleiche schlechte Gewissen empfunden wie bei Martin.

»Es wird wahrscheinlich noch dauern, bis ich bereit bin, mich wirklich auf eine neue Liebe einzulassen – wenn ich mich denn überhaupt noch einmal verlieben kann.«

Leni griff nach ihrer Hand. »Du wirst wieder lieben, da bin ich mir sicher. Und wer weiß, vielleicht tust du es längst.«

Ansonsten war ihr nicht viel Zeit geblieben, um über Alexander nachzudenken, denn sie wurde im Sprechzimmer von Geheimrat Borchard gebraucht. Sie hatte schnell gemerkt, dass er kein Dr. Conradi war, auch wenn er nicht unfreundlich war und sich ebenfalls um die Patienten bemühte. Doch Borchard hatte selbst mit einigen Gesundheitsproblemen zu kämpfen, und manchmal hatte sie ihn am Nachmittag schlafend mit dem Kopf auf dem Schreibtisch vorgefunden. Wenn sie ihn weckte, wusste er mitunter nicht, wo er war.

Dr. Conradis Abwesenheit hatte sich auf die Patientenzahl ausgewirkt, die merklich zurückgegangen war. Umso erleichterter waren alle gewesen, als ein Telegramm aus Hamburg eintraf, in dem der Doktor seine Rückkehr nach Berlin ankündigte.

Genau deshalb herrschte seit heute Morgen eine freudige Unruhe im Haus. Alle fragten sich, wann Dr. Conradi und seine Frau im Waldfriede eintreffen würden.

Als das Automobil schließlich anrollte, versammelten sich alle abkömmlichen Mitglieder der Anstaltsfamilie vor dem Haus.

»Du meine Güte«, sagte der Doktor, als er aus dem Wagen stieg. »So ein großer Bahnhof wäre doch nicht nötig gewesen!«, doch Hanna merkte deutlich, welche Freude ihm dieser warmherzige Empfang bereitete.

***

Louis konnte nicht von sich behaupten, dass er sich ausgeruht fühlte, doch sein Herz sprudelte über vor Glück, als er Hanna die Treppen hinauf folgte. Er warf einen Blick aus dem Fenster und stellte fest, dass es mit den Arbeiten am Ärztewohnhaus vorangegangen war. Sie würden wahrscheinlich erst im folgenden Jahr einziehen können, doch schon jetzt ertappte er sich dabei, wie er überlegte, das Haus einzurichten. Auf jeden Fall würde er vom Balkon aus sein Krankenhaus immer im Blick haben.

Wenig später fand er sich im Sprechzimmer ein. Er wollte keine Sekunde länger warten, seine Arbeit wieder aufzunehmen. Also verabschiedete er Dr. Borchard, der darum bat, bei Gelegenheit noch ein Foto zu schießen. Sie taten ihm den Gefallen und holten einen der Pfleger, der über eine kleine Fotoausrüstung verfügte. Danach war er mit Hanna wieder allein.

»Wie war Ihre Reise?«, erkundigte sie sich. Anscheinend war sie ausgesprochen froh darüber, dass alles wieder seine Ordnung hatte.

»Das könnte ich Sie ebenso fragen. Vielleicht sollten Sie anfangen!«

»Nun, so viel war bei mir eigentlich gar nicht los. In England hat es beinahe jeden Tag mindestens einmal geregnet. Doch die Natur ist traumhaft, und Dr. Cavendishs Sanatorium ist wirklich sehr schön. Ich war in einem Cottage untergebracht, und das Beste von allem ist, dass ich von nun an wahrscheinlich keine Panik mehr empfinden werde, sollten wir schwer verletzte männliche Patienten ins Haus bekommen.«

Conradi zog interessiert die Augenbrauen hoch. »Und wie ist es dazu gekommen?«

»Dr. Rogers, ein anerkannter Psychologe aus Maidstone, hat mir geholfen.«

»Ach?«

»Jane, die Sekretärin von Dr. Cavendish, hat ihn mir empfohlen«, erklärte sie. »Aber reden wir doch erst mal von Ihnen, wie war es in Amerika? Ich habe mich sehr über die Ansichtskarten gefreut!«

Einige Tage später brachte Dr. Conradi eine Mappe ins Sprechzimmer mit. Darin befanden sich mehrere handschriftliche Notizen.

»Was halten Sie davon, wenn wir zur Einweihung des Hauses eine Festschrift herausgeben, in der wir über unser Haus berichten?«, fragte er Hanna und reichte ihr das Geschriebene. »Schon während meiner Überfahrt habe ich begonnen, einige Artikel zu schreiben. Natürlich müssen diese erst noch in Reinschrift gebracht werden. Sie haben nicht zufällig Kenntnisse im Maschinenschreiben?«

Hanna lachte. »Ich könnte es lernen, wenn ich eine Schreibmaschine hätte.«

»Die sollen Sie bekommen!«, rief der Doktor begeistert, dann schob er eilig nach: »Vorausgesetzt, es macht Ihnen nichts aus, dass ich Ihnen schon wieder Ihre Zeit stehle.«

»Sie stehlen mir meine Zeit nicht, Herr Doktor«, widersprach Hanna, froh über die Ablenkung.

Conradi zog die Augenbrauen hoch und musterte sie eindringlich. Hanna versuchte, seinem Blick standzuhalten, aber es gelang ihr nicht.

»Was ist passiert?«, fragte er sanft.

Hanna blickte auf ihre Hände. Sie würde wohl nicht länger umhinkommen, ihn von der Trennung von Alexander in Kenntnis zu setzen.

»Herr Kirchfeld und ich treffen uns nicht mehr«, sagte sie daher.

Conradi ließ diese Information einen Moment lang sacken. »Das ist bedauerlich.«

Hanna schaute auf. Sie fragte sich, ob er sich darüber freute, doch in seinen Augen entdeckte sie nichts als Mitgefühl.

»Danke«, sagte sie. Sie schämte sich dafür, dass sie in Erwägung gezogen hatte, das Krankenhaus für Alexander zu verlassen. »Ich habe erkannt, dass das Waldfriede meine Heimat ist. Und immer sein wird«, fügte sie leise hinzu.

Conradi hielt ihren Blick fest und lächelte. »Genau wie ich. Harvey Cushing hat mir das Angebot gemacht, bei ihm zu arbeiten, in seinem Hospital an der Yale University. Einen Moment lang war ich versucht, anzunehmen, auch weil meine Frau den Wunsch geäußert hatte, nach Amerika zu gehen. Doch dann fielen Sie mir wieder ein, Hanna, und Ihre Frage auf dem Oberdeck des Schiffs vor der Küste von Dover. Und da wusste ich, dass ich Sie niemals im Stich lassen könnte.«

Conradi ergriff ihre Hand und drückte sie leicht. Hanna wusste, dass sie ihre Hand hätte zurückziehen sollen, doch sie konnte es nicht. Seine Berührung ließ warme Wellen durch ihren Körper fluten. Wenn er jetzt versuchen würde, sie zu küssen, hätte sie sich nicht gewehrt.

Doch der Doktor blieb ganz Gentleman. Wenig später fragte er: »Können Sie sich vorstellen, meine Chronistin zu werden? Alles aufzuschreiben, was im Haus passiert?«

»Für die Broschüren?«

»Nein, für die Nachwelt. Für alle Generationen, die nach uns kommen.«

Hanna nickte ihm zu und zog ihre Hand aus seiner. »Sie können auf mich zählen. Immer.«

Epilog

Zehlendorf, 10. Oktober 1929

Vom Giebelfenster des Hauses aus beobachtete Hanna, wie die Schwestern in ihrer Festtagstracht durch das Tor des Waldfriede strömten. Die Bäume im Hintergrund trugen bereits ihr Herbstkleid, gelb und rot leuchteten die Blätter in der Sonne.

Die U-Bahn-Station Krumme Lanke direkt gegenüber stand kurz vor der Vollendung, und Hanna war froh, dass dann der allgegenwärtige Baulärm aufhören würde. Zur Eröffnung wollte die Stadt ein großes Fest ausrichten, auf das sich auch das Personal vom Waldfriede freute. Schon bald brauchten sie nicht mehr zum Bahnhof Zehlendorf West zu gehen, wenn sie in die Berliner Innenstadt fahren wollten, sondern konnten bequem hier in die Bahn einsteigen. Und auch für die Patienten, die zu Fuß hierherkamen und keinen Transport in Anspruch nehmen wollten, bedeutete die neue Station eine große Erleichterung.

Nur einen Moment später spürte sie, dass Dr. Conradi hinter sie trat. Sie hatte ihn gar nicht kommen hören.

»Sind Sie aufgeregt, Hanna?«

»Ein bisschen«, gab sie zurück und zupfte die Manschetten an ihrem dunkelblauen Festtagskleid zurecht. »Dieses Jahr findet das größte Schwesterntreffen statt, das wir je ausgerichtet haben.«

»Sie haben da wirklich etwas Grandioses auf die Beine gestellt«, lobte der Doktor.

Tatsächlich hatte sie ein recht großes Programm zusammengetragen. Es würde Vorträge von Ärzten und Schwestern aus aller Welt geben, ein festliches Bankett und zum Abschluss noch eine Dampferfahrt. Das alles zu organisieren hatte sie viele Telefonate und Botengänge gekostet, aber es hatte sich gelohnt.

»Das hoffe ich«, gab sie zurück. »So viele Gäste waren noch nie auf einer Schwesterntagung.«

»Es ist Ihnen ja sogar gelungen, einige Ärzte aus Schweden und Amerika herzulocken.«

»Ich glaube, das haben wir nur dem Rang unseres Hauses zu verdanken«, wehrte Hanna bescheiden ab. »Mittlerweile weiß die Welt, was das Waldfriede ist.«

In den zurückliegenden Jahren hatte sich das Waldfriede einen guten Ruf in Berlin erarbeitet. Vor allem Frauen kamen zu ihnen, denn Dr. Conradis Ruf war nicht nur der eines guten Geburtshelfers, er galt auch als Berliner Koryphäe auf dem Gebiet der Frauenheilkunde.

»Ich habe übrigens beschlossen, Professor Kirsch weitere Belegbetten zu geben«, sagte Conradi schließlich.

Rudolf Kirsch behandelte im Waldfriede Patienten mit Knochentuberkulose, besonders spezialisiert hatte er sich auf Kinder.

»Das wird ihn sicher freuen. Er ist eine Bereicherung für unser Haus.« Ein Lächeln huschte über ihr Gesicht, als sie an den freundlichen jüdischen Arzt dachte, der hier seit zwei Jahren ein und aus ging. Sein Gang und seine schlanke Statur erinnerten sie ein wenig an Alexander. Seit sie sich Lebewohl gesagt hatten, hatten sie sich nicht wiedergesehen, obwohl sie manchmal versucht war, nach seiner Praxis zu schauen.

Conradi legte ihr die Hand auf die Schulter. »Nun, dann werde ich Sie mal zu Ihren Gästen lassen. Geben Sie mir Bescheid, wenn Herr Andersen aus Skodsborg eintrifft.«

Hanna drehte sich zu ihm. Er wirkte ein wenig blass, doch der Bau des U-Bahnhofs hatte so viel Krach gemacht, dass sie wohl alle zu wenig Schlaf bekommen hatten.

»Das mache ich, Herr Doktor.«

Er nickte ihr zu und verließ das Zimmer. Kaum hatte sich Hanna wieder dem Fenster zugewandt, hörte sie ein dumpfes Geräusch wie von einem Aufprall. Als sie auf den Gang hinausstürmte, sah sie den Doktor am Boden liegen.

»Dr. Conradi!«, rief Hanna entsetzt und war im nächsten Augenblick bei ihm. »Was ist mit Ihnen? Geht es Ihnen nicht gut?«

Das Herz schlug ihr bis zum Hals.

»Hilfe!«, rief sie so laut sie konnte. »Hilfe!«

Ihr Ruf lockte einige Schwestern an, die rasch herbeigeeilt kamen.

»Schnell, holt Dr. Meyer!«

Hanna bettete Dr. Conradis Kopf auf ihrem Schoß, fühlte seinen Puls, tätschelte seine Wangen. »Bitte sterben Sie mir nicht, hören Sie? Wir brauchen Sie. *Ich* brauche Sie!«

Im nächsten Augenblick kam Dr. Meyer den Gang entlanggerannt. Zwei Pfleger folgten ihm mit einer Trage.

In dem Augenblick schlug der Doktor die Augen wieder auf, sah Hanna überrascht an und setzte sich vorsichtig auf.

»Louis, hast du irgendwelche Beschwerden?«, fragte Dr. Meyer, der mit einer kleinen Stablampe in seine Augen leuchtete und anschließend seinen Puls fühlte.

»Nur eine Schwäche«, wehrte der Doktor ab. »Kein Wunder nach den Diensten der vergangenen Tage.«

Meyer verzog das Gesicht. »Dein Puls geht unregelmäßig. Du kommst mit mir runter ins Sprechzimmer.«

»Du vergisst, dass ich selbst Arzt bin«, protestierte er.

»Aber ich leite die Innere Abteilung, während du der Frauenheilkundler und Chirurg bist. Keine Widerrede, du kommst mit!« Dr. Meyer half ihm auf die Beine.

Hannas Herz zog sich zusammen. Das Letzte, was sie jetzt gebrauchen konnten, war ein kranker Dr. Conradi. Wie hatte ihn die Schwäche überkommen können, wo er doch sonst ein Fels in der Brandung zu sein schien?

Voller Sorge blickte sie ihm nach, dann wurde ihr bewusst, dass sie sich um die gerade eintreffenden Gäste kümmern musste. Also drängte sie ihre Angst um Dr. Conradi beiseite, schritt mit gestrafften Schultern den Gang entlang und trat wenig später vor die versammelte Schwesternschaft.

»Meine lieben Geschwister, verehrte Gäste. Willkommen im Krankenhaus Waldfriede!«

Nachwort

Es erscheint mir wie ein Wink des Schicksals, dass mich mein Weg im Jahr 2019 ins Krankenhaus Waldfriede führte. Als Patientin hatte ich während meiner Genesungsphase viel freie Zeit und Gelegenheit, mir den Ort genauer anzuschauen.

Schon beim ersten Blick auf den alten Gebäudeteil, der seit der Gründung des Hauses da war, wusste ich, dass sich dort etwas Besonderes verbirgt. Dann entdeckte ich eine Vitrine in der Nähe der Cafeteria. Die Fotos aus längst vergangenen Zeiten schlugen mich in ihren Bann, und ich beschloss, darüber zu schreiben.

Als eines der wenigen Krankenhäuser in Berlin verfügt das Waldfriede, im Südwesten Berlins im Stadtteil Steglitz-Zehlendorf gelegen, über eine interessante Chronik, in der man viel über den Werdegang des Hauses sowie die Menschen, die in ihm lebten und arbeiteten, erfährt. Die Geschichte des Krankenhauses Waldfriede wurde niedergeschrieben von Hanna Rinder, die als Röntgenschwester, Sprechstundenhilfe und rechte Hand von Dr. Louis Conradi fungierte. Die Niederschriften beginnen im Jahr 1920 und wurden bis zum Datum ihres Ausscheidens aus dem Haus im Jahr 1956 fortgeführt. Die Chronik ist ein unschätzbar wertvolles Zeitzeugnis. Aus erster Hand wird darin über die Wirtschaftskrise berichtet, die dem Ersten Weltkrieg folgte, man erlebt durch Hanna Rinders Augen die Inflation, den Aufstieg des Faschismus in Deutschland und vor allem die Kriegszeit, die für das

Haus zahlreiche Entbehrungen und Schrecken brachte. Auch die Nachkriegszeit bedeutete eine große Herausforderung für das Haus.

Um der Geschichte mehr Farbe zu verleihen und auch, weil sich die echte Hanna in der Chronik sehr zurückgenommen hat, was ihre eigene Person angeht, habe ich mich entschlossen, eine fiktive Hanna ins Waldfriede zu schicken, die viel mit Hanna Rinder gemeinsam hat, bei der es aber auch literarische Freiheiten gibt.

So ist nichts darüber bekannt, ob Hanna Rinder sich in einen Assistenzarzt verliebte, wohl aber wissen Zeitzeugen zu berichten, dass sie ein sehr enges Verhältnis zu Dr. Conradi hatte. Die echte Hanna blieb zeitlebens unverheiratet, und sie muss eine große Liebe zu ihrem Beruf gehabt haben. Darauf habe ich aufgebaut.

Bei Dr. Louis Eugen Conradi hatte ich es etwas leichter. Er, der Sohn des Verlegers Ludwig Richard Conradi, einer der wichtigsten Figuren der Geschichte der Siebenten-Tags-Adventisten, war sehr schreibfreudig und hinterließ einige Erinnerungen und andere Schriftwerke. Sein Leben konnte ich sehr gut rekonstruieren, und auch wenn ich mir bei ihm ebenfalls literarische Freiheiten genommen habe, so hält sich der Buch-Conradi sehr dicht an der Wirklichkeit. Verheiratet war er mit Ann Catherine Conradi und hatte laut Aktenmaterial eine Tochter, die leider tot geboren wurde. Weitere Kinder gab es zumindest offiziell nicht.

Sein Vater Ludwig Richard Conradi war eine der schillerndsten Persönlichkeiten der Siebenten-Tags-Adventisten. Er begründete sehr viele europäische Glaubensgemeinschaften und war bis ins hohe Alter aktiv. Familie galt ihm allerdings wenig, er war ein Mann der Arbeit und des Glaubens.

Conradis Mutter Elisabeth »Lizzie« Wakeham war das vollkommene Gegenteil zu ihm. Sie unterstützte und liebte ihren Mann und ihren Sohn bis zu ihrem Tod. Sie starb im Jahr 1928, aus dramaturgischen Gründen habe ich ihren Tod allerdings ein wenig vorverlegt.

Was die anderen Schwestern angeht, so sind einige fiktiv, andere ebenfalls reale Personen. Wie bei vielen Frauen aus der damaligen Zeit ist über die echten Waldfriede-Schwestern wenig erhalten geblieben, sodass ich meine Fantasie habe spielen lassen. Doch nicht nur: Hanna Rinder hat ein paar Informationen über ihre Mitschwestern hinterlassen. Schwester Maria Kuch wurde tatsächlich in die Schweiz versetzt, und Hebamme Elsbeth Rogel sagte man später nach, dass sie »halb Zehlendorf« zur Welt gebracht hätte.

An dieser Stelle möchte ich allen Menschen danken, die mich beim Schreiben der *Waldfriede-Saga* unterstützt haben, insbesondere Herrn Bernd Quoß, Geschäftsführer des Krankenhauses Waldfriede, der mir nicht nur einen Blick in die Chroniken ermöglichte, sondern mir auch die freundliche Erlaubnis gab, die Geschichte seines Hauses in eine literarische Form zu bringen.

Ein großes Dankeschön geht auch an Frau Waltraud Ulbricht, die lange Zeit als Schulschwester im Waldfriede arbeitete und Hanna Rinder noch persönlich kannte. Sie bedachte mich nicht nur mit wertvollen Informationen, was es heißt, eine Schwester im Waldfriede zu sein, sie zeigte mir auch, wie man ein Schwesternhäubchen korrekt faltet.

Allen anderen, die mich während des Schreibprozesses begleitet haben, möchte ich sagen: Auch wenn ich euch nicht namentlich nenne, bin ich euch dennoch unendlich dankbar für eure große Hilfe, ohne die ich die Geschichte des Waldfriede nicht hätte zum Leben erwecken können.